Scarlet
스칼렛

www.bbulmedia.com

녹차와

마카롱

녹차와 마카롱

1판 1쇄 찍음 2017년 6월 28일
1판 1쇄 펴냄 2017년 7월 6일

지은이 | 김영희
펴낸이 | 정 필
펴낸곳 | **(주)뿔미디어**

편집장 | 박경희
기획·편집 | 이영은, 고수민
표지 디자인 | 장형준

출판등록 | 2002년 9월 11일 (제1081-1-132호)
주소 | 경기도 부천시 원미구 소향로 17, 303(두성프라자)
전화 | 032)651-6513 / 팩스 032)651-6094
E-mail | scarlets2012@hanmail.net
블로그 | http://blog.naver.com/dahyangs
비북스 | http://b-books.co.kr

값 9,000원

ISBN 979-11-315-8067-7 03810

녹차와

마카롱

SCARLET
ROMANCE
STORY

김영희 장편 소설

Contents

제1장 — 뱀파이어의 위험한 청혼

어디를 가나 저를 힐끔거리는 시선과 제 이야기를 수군대는 목소리뿐이다. 이영은 굳어지려는 표정을 애써 감추며 덤덤한 얼굴을 가장했다. 어차피 예상 못 한 건 아니었다. 이미 소문은 퍼질 대로 퍼진 상황이었으니까.

그녀가 속해 있는 이쪽 세상이 얼마나 좁은지 잘 알고 있다. 외부에는 새어 나가지 않는 소문들도 이 세상 안에서는 단 며칠 만에 다 퍼져 나가기 마련이다. 그중 일부분이 가끔 증권가에 '찌라시'라는 이름으로 돌아다니기도 하지만, 새어 나가지 않는 이야기가 훨씬 많은 법이다.

이영은 얼마 전 그 이야기 중 하나에 등장하는 주인공이 되었다. 흔히 드라마에서나 볼 법한 출생의 비밀이 주된 내용이었다. 한영일보 공현익 회장의 막내딸이 사실은 그와 본처 사이에서 태어난 자식이 아니라, 그가 밖에서 데리고 들어온 첩의 딸이었다더

라. 간단히 말하자면 그런 이야기였다.

그 이야기가 다른 사람들에게 새어 나가게 된 건 이영의 이복 언니인 수연의 입을 통해서였다. 얼마 전, 수연이 몇 명의 지인들과 함께한 자리에서 술에 취해 이영의 출생에 대한 말을 실수로 꺼냈다.

그녀는 화를 내던 아버지에게 단지 '실수'였을 뿐이라며 변명을 늘어놓았지만, 그다지 신빙성이 있지는 않았다. 수연의 주량은 제법 센 편이었고, 또한 그날 그녀는 별로 취하지 않은 상태로 귀가했으니 말이다.

어찌 되었든 그 바람에 이영은 자의 반 타의 반으로 한동안 외출을 삼가고 집에 틀어박혀 있어야 했다. 그러나 시간이 조금 지나자마자 이번에는 각종 모임이나 파티 등에 참석하라는 강요를 받게 되었다.

오늘 이 크루즈 파티도 아버지의 그런 강요로 인해 참석하게 된 터였다. 자신의 아버지가 대체 무슨 생각으로 마음을 바꿔 여기저기 모습을 드러내라 하는 것인지 알 수 없지만, 이영은 그 명령을 따를 수밖에 없었다.

그녀는 흔들리려는 속내를 다잡으며 아무렇지 않은 척 사람들의 시선과 수군거림을 무시하고 주위를 둘러보았다. 이 모든 일의 원인을 제공했던 수연이 어느 남자의 품에 안겨 있는 게 보였다.

저 남자가 홍영전자 장남이었던가. 이영은 무심코 속으로 중얼거리다가 이내 관심을 거두고 시선을 돌렸다. 어차피 자신이 상관할 바 아닌 일이다. 그저 언제쯤이면 파티가 끝날까, 그것만이 제 유일한 관심사일 뿐이었다. 파티를 즐기고 있는 제 이복형제들과는 달리.

그 순간, 이영의 시선이 어느 곳인가를 무심히 스쳐 지나가려다가 그대로 멈췄다. 그와 동시에 그녀의 눈이 일렁였다. 이영이 바라보고 있는 곳에, 불과 얼마 전까지만 해도 그녀의 곁에 있었던 남자가 다른 여자와 함께 서 있었다.

윤기석.

그는 이영의 전 약혼자였다. '전(前)'이라는 말을 붙이는 게 아직 어색하지만, 이미 그에게서 파혼 통보를 받았으니 이제는 익숙해져야 할 것이다. 그 사실을 되새기는 이영의 입가에 쓸쓸한 미소가 스쳤다.

당신, 참 빠르구나.

좋아한다고 먼저 고백했던 쪽은 기석이었다. 이영은 느닷없이 본인의 감정을 내보이며 다가오는 기석에게 쉽게 마음을 열지 못했다. 그럼에도 불구하고 그는 포기하지 않고 끈질기게 감정을 호소했다. 그 집요함에 이영이 결국 두 손을 든 결과가 바로 두 사람의 약혼이었다.

그런데 자신의 출생에 대한 말이 나돌기 무섭게 기석은 냉정하게 돌아섰다. 그토록 지극정성이었던 남자가 언제 그랬던가 싶게 싸늘해졌다. 바로 전날만 하더라도 다정하게 웃고 사랑스럽다는 듯 바라보던 시선이 아무런 쓸모가 없는 물건을 보는 듯 돌변했다.

'우리 약혼 없었던 걸로 하자.'

그나마 직접 얼굴을 보고 파혼하자 말한 걸 고맙다고 해야 할까. 이영은 피식거리며 실소하고는 제 쪽으로 다가오는 기석을 쳐다보았다. 그와 동시에 그가 누군가를 향해 웃으며 인사를 하고는 무심코 이영 쪽으로 고개를 돌렸다.

"아……."

그의 입에서 무의미한 소리가 새어 나왔다. 그들이 약혼했던 사이라는 걸 지금 이곳에 모인 이들 중 모르는 사람은 없을 터였다. 이영은 순식간에 자신과 그를 향해 사람들의 시선이 모조리 집중된 것을 느꼈다.

"네가 올 줄은 몰랐는데."

"내가 오면 안 되는 곳이었나요?"

이영의 말을 들던 기석이 이맛살을 찌푸리더니 여자에게 뭐라고 양해를 구했다. 그러자 여자가 피식 웃으며 한 걸음 물러섰다. 그와 동시에 그가 이영의 손목을 낚아채고는 연회장 한쪽 구석으로 그녀를 끌고 갔다.

"지금 뭐 하는 거예요!"

그녀는 기석에게 끌려가다시피 하다가 날카롭게 외쳤다. 그러자 기석이 이영의 손목을 떨쳐 내듯 놓고는 얼굴을 잔뜩 구긴 채 입을 열었다.

"그러는 너야말로 여기는 왜 온 건데? 너는 창피한 것도 몰라? 수치심 같은 걸 느끼지도 못하냐고. 파혼당했다고 일부러 나 엿 먹일 작정으로 온 게 아니고서야……."

"아무리 본인 편하게 생각한다고 하지만, 어떻게 그런 결론이 나와요? 내가 그렇게 할 일이 없어 보여요? 전 약혼자 엿 먹이겠다고 참석하지 않아도 될 파티에 굳이 나타날 만큼, 기석 씨 눈에는 내가 그렇게 한가해 보였나 보죠?"

이영은 기석의 말을 끊고는 기가 막혀서 헛웃음과 함께 되받아쳤다. 더러운 물 한 바가지를 뒤집어쓰기라도 한 것처럼 불쾌한 기분이 온몸을 휘감았다. 아무리 헤어진 사이라 하더라도 지켜야 할 최소한의 예의라는 게 있는 법이다. 그런데 지금 눈앞에 있는 남자는 그 예의조차 갖추지 않고 있었다.

제 출생에 대해 알고 나서 기석이 일방적으로 파혼을 통보한 점에 대해서는 서운하기는 했지만, 이해 못 할 일은 아니었다. 어떻게 보면 그를 속이고 결혼하려 한 것이나 마찬가지였으니 말이다.

약혼한 뒤에 몇 번이나 기석에게 제 출생에 대하여 솔직히 털어놓아야 하는 게 아닐까 고민하기도 했었다. 그러나 그럴 때마다 아교라도 바른 듯 입이 열리지 않았다. 그래서 결국 그에게 아무것도 얘기하지 못하고 있다가 다른 사람들의 입에 오르내리는 소문으로 듣게끔 했다. 그것이 내심 미안하던 터였다.

……이제는 그럴 필요도 없겠지만.

"너, 지금 뭐라고 지껄이는 거야?"

기석은 제 앞에서 시선을 똑바로 마주한 채 대꾸하는 이영의 모습에 당황해 하며 눈을 찡그렸다. 그러다가 문득 자신을 쳐다보는 시선들을 느꼈다. 그가 황급히 주위를 둘러보았다. 같이 파티에 참석한 여자뿐만 아니라 안면이 있는 이들이 자신과 이영을 빙 둘러싼 채 흥미진진한 눈으로 보고 있었다.

젠장!

그는 자칫 웃음거리가 되겠단 생각에 어금니를 악물었다. 그리고 주먹을 꽉 쥔 채 이영을 향해 비아냥거리듯 말을 이었다.

"그럼 내가 없는 말을 지어내기라도 했다는 거야? 공이영, 너 그럼 여기에 왜 온 건데? 네가 아직도 한영일보 공주님인 줄 아냐? 근본도 모르는 여자한테서 태어난 주제에. 너 말이야. 너를 낳은 친모가 누구인지도 모른다며. 하기야 뻔하지. 술집이나 사창가에서 몸이나 파는 여자……."

짜악.

이영이 휘두른 손에 얻어맞은 기석의 고개가 옆으로 돌아갔다. 연회장을 채우고 있던 피아노 연주가 뚝 끊겼다. 그리고 주위에 있던 사람들도 모두 숨조차 쉬지 않는 듯 침묵만이 감돌았다. 그 적막을 깬 건 그녀에게 뺨을 맞은 기석이었다.

"야, 공이영! 너 지금 나를 쳤어?"

사람들 앞에서 따귀를 맞았다는 수치심에 그의 얼굴이 시뻘게졌다. 기석은 그대로 후려치기라도 할 듯 큼직한 손을 들었다. 그 손에 얻어맞으면 이영의 가냘픈 몸 정도는 그대로 나가떨어질 것만 같았다. 그들의 주변에 있던 사람들 중 일부가 움찔거리며 눈을 감으려는 순간, 낯선 남자의 목소리가 끼어들었다.

"그만합시다, 윤기석 씨."

이영은 금방이라도 저를 후려칠 듯하던 기석의 손 대신, 마치 저를 보호하기라도 하듯 앞을 가로막고 선 낯선 남자의 등을 쳐다보았다. 방금 들려온 목소리는 바로 자신의 앞에 서 있는 남자에게서 나온 것이었다.

"뭐야? 당신이 뭔데……."

기석이 남자를 향해 언성을 높이려다가 말끝을 흐리더니 들고 있던 팔을 슬그머니 아래로 내리고 재차 입을 열었다.

"……채서원 씨가 왜 끼어드는 겁니까. 이건 엄연히 제 개인적인 문제입니다만."

채서원, 남자의 이름이 순식간에 파도를 타듯 사람들의 입에서 입으로 옮겨졌다. 이영은 그제야 제 앞에 보이는 등의 주인이 채서원이라는 걸 깨달았다. 하지만 남자의 정체를 알게 되었다고 해서 그가 제 앞을 가로막고 서 있는 게 이해된다는 의미는 아니었다.

채서원이 왜, 지금 이 상황에 끼어든 거지?

이영은 되레 어리둥절한 표정으로 눈만 깜빡였다. 그건 이영뿐만 아니라 기석과 주변 사람들도 마찬가지였는지 다들 이해할 수 없다는 얼굴로 서원을 쳐다보았다. 그러나 그는 사람들의 시선을 그다지 개의치 않는 듯 무덤덤한 얼굴로 기석을 쳐다보다가 뒤늦게 대꾸했다.

"아는 동생이 봉변을 당하게 생겼는데, 그걸 못 본 척하고 넘어갈 수는 없지 않겠습니까."

"아, 아는 동생?"

기석이 얼굴을 찡그리며 서원의 뒤쪽에 서 있는 이영을 쳐다보았다. 이영과 서원이 친한 사이였던가 하고 의구심을 품은 게 역력해 보이는 눈빛이었다. 그렇지만 이영은 기석의 의문 가득한 시선에도 불구하고 아무런 대응을 할 수 없었다. 기석보다도 더 당혹스러운 게 바로 그녀였기 때문이다.

아는 동생이라니.

그의 입에서 나온 말은 황당하기 그지없었다. 자신과 서원이 그정도로 가까운 사이는 결코 아니었다. 물론 어릴 적부터 이런저런 모임을 통해 얼굴 정도를 알고 지내기는 했다. 그렇지만 말 그대로 그저 서로의 얼굴만 알고 지낸 것이지, 이렇듯 다른 사람들 앞에서 친분을 과시할 만큼 가까운 관계인 건 아니었다. 더구나 제 출생에 대한 소문이 퍼져 나간 상황에서는 더욱 그랬다.

이영은 가까이 지내던 이들조차 저를 외면하고 거리를 두기 시작한 것을 새삼 떠올리다가 쓴웃음이 비어져 나오려는 걸 삼켰다. 그러고는 잡념을 털어 내기 위해 고개를 두어 번 저으려는데, 등을 보이고 서 있던 남자가 그녀를 향해 슬쩍 몸을 돌렸다.

"공이영, 나 몰라?"

"……아, 알기는 알지만."

그녀는 너무나 친근하게 저를 부르는 서원의 태도에 당황하여 말을 더듬었다. 바보 같은 대답이란 생각이 들었다. 솔직히 지금 이 연회장에 모인 사람들 중에서 채서원을 모르는 이가 과연 있기나 할까 싶어서였다.

수십 년째 재계 1위 자리를 확고하게 지키고 있는 도경그룹, 그곳의 하나뿐인 후계자가 바로 채서원이다. 외부에서는 서원과 다른 이들을 한꺼번에 뭉뚱그려 '금수저' 운운하는 말로 엮기도 하지만, 그건 얼토당토않은 얘기였다.

국내 재계 서열 1위라는 게 도경그룹이 갖고 있는 전부가 아니다. 오히려 그것은 도경의 일면에 불과했다. 경제 분야뿐만 아니라 정치, 사회 전반에 걸쳐 막강한 영향력을 행사하고 있는 곳이 바로 도경이다. 오죽하면 헌법 제 1조 1항의 문구를 '대한민국은 도경공화국이다.' 라고 고쳐 써야 한다는 말까지 우스개처럼 나올까.

그런 까닭에 이곳에 모인 이들 중 어느 누구도 서원의 존재를 가볍게 볼 수 없는 상황이었다. 기석도 별반 다르지 않은 입장이기에 한 발 뒤로 물러선 것일 테고.

그런데 그런 남자가 왜 자신을 도와준 것일까. 무엇 하나 이득 될 게 없는데.

그녀의 의문을 눈치채기라도 한 듯 그의 눈이 가늘게 휘어졌다. 그러나 서원은 곧 웃음기를 지우고 기석을 돌아보았다.

"더 할 얘기가 있습니까?"

"아, 아니, 그게……."

기석은 난처한 표정으로 입을 열었다가 다물기를 반복했다. 한국대 총장을 부친으로 두고 있다는 게 지금 이 순간에는 아무런 쓸모가 없다는 걸 깨달은 얼굴이었다. 하기야 대통령을 부친으로 두고 있다고 해도 마찬가지일 테지만. 그는 얼굴이 일그러지려는 걸 간신히 억누르고는 이영을 쏘아보다가 같이 왔던 여자와 함께 연회장의 반대편으로 향했다.

멀어져 가는 기석의 뒷모습을 쳐다보던 이영이 바짝 긴장해 있던 것을 풀어내며 한숨을 쉬었다. 자신이 생각한 것보다도 더 긴장하고 있었는지 몸이 제멋대로 바들바들 떨렸다.

"괜찮아?"

그 순간, 서원의 목소리가 다시금 그녀의 귓가에 들렸다. 이영은 황급히 주먹을 꽉 쥐었다가 놓으며 호흡을 가다듬은 뒤, 그를 향해 돌아섰다. 그가 미간을 살짝 찌푸린 채 그녀를 쳐다보고 있었다.

"도와주셔서 감사해요, 채 차장님."

"……채 차장?"

이영이 고개를 숙여 고맙단 인사를 하자마자 찌푸리고 있던 서원의 미간에 더욱 선명한 주름이 생겼다. 뭔가 못마땅하다는 듯 그녀를 쳐다보던 그가 피식 웃으며 말을 이었다.

"어릴 때는 오빠라고 부르더니, 웬 '차장' 호칭이야? 내가 네 직장 상사도 아닌데."

"아, 그거야……"

이영은 서원을 쳐다보다가 괜히 어색해져서 시선을 피했다. 어릴 때야 아무것도 모르던 시절이었기에 그를 '오빠'라고 불렀지만, 지금은 모든 게 달라진 상황이다. 친하지도 않은 남자에게 어릴 때처럼 오빠 운운할 만큼 제 성격이 그렇게 사교적인 것도 아니다. 그 사실을 눈앞의 남자가 모르는 바도 아닐 텐데 굳이 이렇게 질문하는 건 무슨 심술일까. 그녀는 저도 모르게 입술을 꾹 깨물었다. 그 모습을 가만히 바라보던 서원이 어깨를 으쓱이고는 재차 입을 열었다.

"세상에 남자가 윤기석 하나뿐인 건 아니야."

"……예?"

"오히려 파혼한 게 전화위복이 될 것 같은데? 저런 작자랑 결혼해 봤자 그다지 행복하게 살 것 같지도 않고."

"……."

그녀는 서원이 하는 말을 가만히 듣기만 했다. 자신이 착각한 게 아니라면, 지금 그는 저를 위로하고 있는 게 틀림없었다. 파혼당하고 난 뒤에 그 누구에게서도 듣지 못했던 위로의 말을 별로 친하지도 않았던 남자에게서 듣게 되다니. 이영은 눈시울이 뜨거워지려는 걸 간신히 참으며 입술을 거듭 깨물었다.

"괜히 윤기석 같은 남자 때문에 아파할 필요 없다는 거야. 사람들 수군거리는 것쯤이야 시간이 흐르고 나면 가라앉기 마련이고."

"고맙…… 고맙습니다."

이영은 힘겹게 입을 열어 인사했다. 서원이 고개를 까딱이며 인사를 받는 시늉을 하고는 몸을 돌렸다. 그녀는 서원이 다른 사람들과 함께 어울려 대화를 나누기 시작하는 걸 물끄러미 쳐다보다가 픽 웃고 말았다.

예상조차 못 했던 위로를 받아서일까. 기분이 한결 나아졌다. 그 덕분에 이 파티를 조금 더 견뎌 낼 수도 있을 것만 같았다.

그러나 서원으로 인해 나아졌던 기분이 그리 오래가지는 않았다. 이영은 옆머리를 망치로 두드리는 듯한 통증에 이를 악물며 손으로 관자놀이 근처를 눌렀다. 이곳에 와서 칵테일 한 잔을 마신 게 전부인데, 그게 의외로 독했던 것인지 간헐적으로 두통이 치밀었다.

아니다. 사실, 자신이 마신 칵테일에는 아무런 문제가 없었다. 사람들의 시선과 수군거리는 말이 칼날처럼 제 몸을 헤집고 상처를 낸 게 두통의 원인이 되었을 터. 그녀는 계단을 올라가다 말고 중간 참에 멈춰 서서 숨을 몰아쉬며 허리를 숙였다. 난간을 잡고 있는 그녀의 손끝이 새하얗게 질린 채 파르르 떨렸다.

이영이 서원의 도움을 받은 이후, 기석은 그녀의 근처에 얼씬도 하지 않았다. 무심코 시선이 마주쳤을 때도 먼저 시선을 돌린 건 그였다. 그나마 그건 다행이었다. 저를 조롱하는 사람들을 대하고 있는 것만으로도 견디기 힘들었으니 말이다.

……그것도 한계에 다다른 것 같지만.

난간을 잡고 있던 이영의 손안에 땀이 찼다. 그러나 그녀는 미처 그런 제 상태를 알아차리지 못한 채 숙이고 있던 허리를 다시 펴려 했다. 그와 동시에 땀으로 젖은 손바닥이 난간 위에서 미끄러졌다.

"앗!"

둔탁한 소리와 함께 이영의 얼굴이 일그러졌다. 손이 미끄러지는 바람에 그대로 고꾸라지면서 명치 부근을 난간에 부딪치고 만 것이다. 그녀는 갑작스러운 통증에 숨조차 쉬지 못하고 바들바들 떨며 몸을 웅크렸다. 점심 이후로 아무것도 먹은 게 없는데도 불구하고 구역질이 나오려 했다. 아마도 명치 근처를 심하게 부딪친 탓인 듯싶었다.

이영은 한 손으로 입을 틀어막은 채 다리에 힘을 주고 일어났다. 여기까지 굳이 올라올 사람은 없겠지만, 그래도 혹시 누군가에게 이런 제 모습을 들키고 싶지는 않은 까닭이었다.

"하아……."

이영이 재차 난간을 잡고 숨을 내쉬었다. 통증이 조금 가라앉으면서 울렁거리던 속도 진정되었다. 그녀는 차가워진 제 뺨을 다른 손으로 살짝 감쌌다가 뗀 뒤에 다시 천천히 계단을 올라가기 시작했다.

아래층에서 피아노를 연주하는 소리가 들렸다. 그리고 사람들의 웃음소리가 그 사이사이에 섞여 귓가를 스쳤다. 이영은 계단을 하나씩 밟아 올라갈 때마다 그 소리가 조금씩 작아지는 걸 느끼며 쓴웃음을 지었다.

이곳에도 자신이 있을 자리가 없다는 걸 다시 한번 확인하게 된다. 하기야 그걸 모르고 참석한 것도 아니고, 어차피 기대 같은 건 애당초 품은 적도 없다. 그러니 실망할 일도 없는 게 맞았다. 그런데 왜 이렇게 서글픈 건지 모를 일이다.

그녀는 괜한 생각을 하는구나 싶어 고개를 흔들며 하나 남은 계단을 마저 올라갔다. 더 이상 음악 소리는 들리지 않았다. 아니, 음악 소리뿐만 아니라 사람들의 웃음소리와 대화 나누는 소리도 뚝 끊겨 고요하기만 했다.

마치 아래층과는 다른 세상인 것처럼 이영이 서 있는 곳은 적막하고 어두웠다. 그녀는 복도 저편을 밝히고 있는 작은 불빛을 물끄러미 응시했다. 저 불빛은 무엇일까. 그녀는 이곳에 오던 길에 보았던 등대를 떠올렸다. 어쩌면 그 등대에서 새어 나온 불빛일지도 모르겠단 생각이 뒤를 이었다.

이영은 가만히 바라보던 불빛을 향해 걸음을 옮기다가 옆으로 나 있는 창문을 향해 돌아섰다. 어두운 밤하늘, 그 아래에 끝없이 펼쳐져 있는 바다가 보였다. 항구에서 얼마나 멀어진 걸까. 돌아가고 싶어도 바다 한가운데에 있으니 불가능한 일이다. 하기야 제게 돌아갈 곳이 있는지 의문이기는 하지만.

그녀는 문득 한기를 느끼고는 두 팔을 엇갈려 어깨를 감쌌다. 스물셋. 이제는 저 홀로 살아갈 수도 있을 나이인데, 그러지 못하는 제 처지가 한심했다.

남에게 드러나는 부분을 예민하게 신경 쓰는 그녀의 아버지, 현익은 결코 이영이 저 혼자 독립하여 나가 사는 걸 허락하지 않는다. 그들과 한집에서 살아가는 게 그녀에게 얼마나 지옥 같은지, 아마도 그는 생각조차 해 본 적 없으리라. 이영의 입꼬리가 살짝 비틀렸다. 그녀는 창백한 얼굴로 다시금 창밖의 바다 어딘가를 응시했다.

중학생 때 자신의 출생에 대해 알게 된 뒤에도 그녀는 한동안 그 모든 걸 부정하며 가족의 일원이 되고 사랑받기를 소망했다. 어릴 적부터 저를 냉대하였던 어머니, 한정숙이 왜 그리도 제게 모질고 차갑기만 했는지 그 이유를 알게 되었으면서도 그걸 받아들일 수는 없었다.

그래도 노력하면 좋아지지 않을까.

내가 조금만 더 잘하면 예뻐해 주지 않을까.

겨우 중학생에 불과했던 이영은 헛된 기대를 버리지 못한 채 그들 주변을 맴돌았다. 생모가 따로 있다는 걸 알고 난 이후, 더욱 절박해졌던 것도 같다. 언젠가 그들에게서 내쳐질지도 모른다는 불안감에 더 간절히 매달리고 싶었는지도 모른다. 그러다가 그 모든 기대와 바람을 버리게 된 건 그 뒤의 어느 날 밤이었다.

이영은 순간적으로 입술을 꽉 깨물며 드레스 자락을 움켜쥐었다. 그녀는 머릿속에 깊숙이 묻어 두었던 악몽을 기억해 낸 자신을 저주하며 고개를 마구 흔들었다. 하지만 한번 떠오른 기억은 몸에 달라붙어 떨어지려 하지 않았다. 그 감각이 바로 제 몸을 훑던 이복 오빠의 손길을 연상시켰다.

싫어! 더 이상 생각하지 마!

그녀가 다시 한번 고개를 세차게 흔들었다. 그 바람에 단정하게 올렸던 머리가 흐트러지면서 어깨 위로 흘러내렸다. 그러나 이영은 그런 제 모습을 인식하지 못한 듯 파리한 얼굴을 두 손으로 감싼 채 거듭 고개를 저었다.

그 순간, 계단 쪽에서 남녀의 목소리가 들렸다. 사람들의 시선을 피해 밀회를 즐기려는 이들인지, 흥분에 젖어 든 신음 소리가 그 사이사이에 섞여 들렸다. 이영은 귓바퀴까지 빨갛게 달아오른 채 황망한 얼굴로 주위를 둘러보았다. 마주치기라도 하면 서로 난처해지겠단 생각이 이어지던 찰나, 그녀의 눈에 굳게 닫힌 문이 보였다.

이영이 들어와 문을 닫자마자 바깥쪽에서 낯 뜨거운 소리가 들렸다. 그녀는 문고리를 꽉 잡은 채 민망함에 달아오른 제 뺨을 다른 손으로 두드리며 마음을 가라앉혔다. 다행히 문밖에서 들려오던 소리는 점차 작아지는 듯싶더니 이내 뚝 끊겨 사라졌다. 그 소리의 주인공들이 복도를 지나서 어느 룸에라도 들어간 게 분명했다. 그녀는 안도하며 숨을 크게 내쉬다가 이내 헛웃음을 짓고 말았다.

참석하기 싫은데 억지로 왔더니 별일을 다 겪는구나 싶었다. 이영은 한 번 더 피식 웃다가 한숨을 내쉬고는 몸을 돌렸다. 바로 앞조차 보이지 않을 정도로 실내가 어두웠다. 그녀는 전등 스위치를 찾기 위해 벽 쪽을 더듬거렸다. 하지만 스위치가 다른 데에 있는 것인지 손끝에 닿는 것이라고는 그저 차가운 대리석이 전부였다.

뭐, 굳이 전등을 켤 필요는 없으니까.

그녀는 전등 스위치를 찾으려다가 포기하고는 방 안으로 더듬거리며 조심스럽게 들어갔다. 차라리 잘됐단 생각이 들었다. 어차피 아래층에서 있어 봤자 사람들 때문에 피곤하기만 할 테니 말이다.

파티가 끝날 때까지 그냥 이 방에서 쉬고 있으면 되겠어.

이영이 속으로 혼잣말을 중얼거리며 방 안쪽으로 발을 들여놓으려다가 그 자리에 멈춰 섰다. 어두운 탓에 보이지 않았던 실내가 그새 어둠에 익숙해진 눈에 들어온 것이다.

"아, 저, 죄송합⋯⋯."

아무도 없는 줄로만 알고 있었는데 선객이 있었나 보다. 달빛이 들어오는 창문 바로 앞에 남자가 기대어 서 있는 게 보였다. 그리고 남자의 손에 와인 잔이 들려 있는 게 뒤이어 눈에 들어왔다. 혹시 술에 취한 남자인가 싶어 이영이 저도 모르게 경계하며 주춤 뒤로 물러서려는 순간, 반대쪽에서 여자의 앓는 듯한 신음이 들렸다.

"아으으⋯⋯ 흐웃."

그녀가 반사적으로 고개를 돌려 여자의 신음이 들린 쪽을 쳐다보았다. 그와 동시에 이영의 눈이 휘둥그레지더니 뒤이어 그녀의 입에서 목소리가 떨려 나왔다.

"어, 마, 말도 안 돼⋯⋯."

비릿한 피 냄새가 뒤늦게 코끝을 자극했다. 이영은 자신이 보고 있는 광경이 믿기지 않아 바들바들 떨며 입술을 달싹였다. 그렇지만 달싹이는 입술 사이에서 더 이상의 말은 나오지 않았다. 그저 가쁘게 들이쉬는 숨소리만이 간헐적으로 이어졌을 뿐.

그녀의 등 뒤에서 누군가가 다가오는 발소리가 들렸다. 이영은 창가에 기대어 서 있던 남자를 떠올렸다. 그와 동시에 바로 뒤까지 다가온 이가 그녀를 향해 몸을 숙이기라도 한 것인지 관능적이면서도 서늘한 느낌의 향이 물씬 풍겼다.

"세상에는, 말이 안 되는 일들이 실제로 벌어지고는 하지."

나직한 음성이 귓가를 간질였다. 이영은 제 뒤에 서 있는 남자의 존재에 얼어붙어 옴짝달싹도 하지 못했다. 아니, 그보다는 자신의 눈앞에 펼쳐진 광경 때문에 애당초 움직이지 못하고 있었다고 해야겠지만.

"어, 어떻게……."

이영이 바라보고 있는 곳에는 기다란 소파 하나가 놓여 있었다. 그 소파에 앉아 있는 사람은 둘이었다. 제 뒤에 있는 남자와 비슷한 체구로 보이는 다른 남자, 그리고 그 남자의 허벅지 위에 흐트러진 모습으로 기대어 앉아 있는 여자. 그 모습만 보면 조금 전에 올라온 남녀처럼 남들 시선을 피해서 밀회를 하러 온 이들인가 하고 여길 수도 있을 테지만, 실상은 그게 아닐지도 모른다는 예감이 엄습했다. 코끝을 건드리는 피 냄새 때문이었다.

이영은 불안한 시선으로 여자를 쳐다보았다. 남자의 허벅지 위에 앉아 있는 여자의 드레스가 다리 위쪽까지 올라간 터라 하얀 허벅지가 고스란히 모습을 드러냈다. 그러나 그보다 더 이영의 시선을 뗄 수 없게 만든 건, 그 뒤쪽에 앉아 그녀의 턱 언저리에서부터 목덜미까지 느릿하게 쓸어내리는 남자의 손길이었다.

성적인 의도를 품은 기색이 역력한 손길은 너무나 위험해 보였다. 아무런 증거도 없지만 지금 주위에 진동하는 피 냄새가 바로 남자가 어루만지는 여자의 목덜미에서 비롯된 게 아닐까 하는 생각이 들었다.

말도 안 되는 생각인데.

이영은 제 생각이 얼마나 터무니없는지 잘 알았다. 이 크루즈에

탑승한 이들 중 신원이 불확실한 자는 단 한 명도 없었다. 합의에 의해 문란하고 난잡한 밀회를 즐기는 건 몰라도 지금 제 생각처럼 위험한 범죄를 저지를 사람은 없다는 의미였다. 하지만 그럼에도 불구하고 그녀는 자신의 생각을 떨쳐 내는 게 힘들었다.

"이해하기 힘든 일들도 종종 벌어지고 말이야. 이를테면 '뱀파이어' 같은 존재가 버젓이 활보하고 있다거나."

등 뒤에 있던 남자가 이영의 생각을 구체화시키듯 대신 말을 꺼냈다. 그녀는 남자의 말에 놀랄 새도 없이 그대로 바닥에 털썩 주저앉고 말았다. 이영의 뒤쪽에 있던 남자가 어느새 다가와 그녀의 앞에 섰다. 그러고는 한쪽 무릎을 꿇더니 손을 뻗어 그녀의 턱을 고정하듯 감싸 쥐었다.

……채, 서원?

제 앞에 있는 남자는 서원이었다. 아까 기석과 함께 있던 자리에서 저를 도와줬던, 바로 그 남자였다. 그가 왜, 아니, 그가 어떻게 이곳에……. 이영이 저도 모르게 의아한 표정을 지었던 것인지, 그녀의 턱을 잡고 있던 서원이 부드럽게 눈을 휘며 웃고는 입을 열었다.

"여기서 또 보네, 공이영."

"채 차장님……."

"또, 차장님이라고 부르는 거야? 아까도 말했지만 내가 네 직장 상사도 아닌데 그런 호칭은 좀 아닌 것 같지 않아?"

웃으며 농담처럼 건네는 그의 말에도 불구하고 그녀는 전혀 웃지 못했다. 지금 그녀의 앞에 펼쳐진 상황이 이영으로 하여금 웃을 수 없게 했다. 그것을 눈치챈 서원이 웃음기를 싹 지우고는 진지한 눈으로 그녀를 쳐다보았다.

"……어떻게 된 상황이에요?"

이영은 비명을 지르고 싶은 마음을 억누르며 간신히 물었다. 질문을 받은 서원이 어깨를 으쓱이더니 제 뒤쪽으로 시선을 던졌다.

"그래서 내가 장소를 가려 가면서 섭취하라고 했잖아."

"누가 이렇게 불쑥 들어올 줄 알았나. 아니, 그보다 대체 어떻게 들어온 거야? 분명히 이 방에 결계를 쳐 놓았는데."

소파에 있던 남자가 희한하다는 투로 대꾸하더니 이영의 앞으로 다가왔다. 그녀는 제 앞에 쪼그려 앉는 남자를 보고 나서야 그 역시 안면이 있는 사람이라는 걸 깨달았다.

장도준. 서원의 최측근이라 할 수 있는 남자였다. 그런데 그 남자가 지금 여기서 뭘 하고 있었던 걸까.

그녀는 저를 향해 난처한 표정을 짓는 도준을 쳐다보다가 다시 서원을 보았다. 서원은 그때까지도 이영의 턱을 감싸 쥐고 있다가 싱긋 웃더니 손을 놓았다. 세게 잡혀 있던 것이 아님에도 불구하고 턱 주변이 얼얼했다. 이영은 한 손으로 턱을 문지르며 몸을 뒤로 물리고는 재차 소파 쪽으로 고개를 돌렸다.

여자가 소파 위에 누워 있는 게 보였다. 어깨가 훤히 드러난 와인색 드레스가 흘러내린 탓에 가슴의 둥그스름한 둔덕이 고스란히 노출되어 있었다.

그 모습을 본 이영이 몸을 일으켰다. 금방이라도 주저앉을 듯 다리가 휘청거렸지만 간신히 여자를 향해 다가갈 수 있었다. 그런 그녀를 서원과 도준, 두 사람 모두 막으려 하지 않았다. 이영은 뒤에서 저를 바라보는 그들의 시선을 느끼면서도 꿋꿋하게 걸음을 옮겨 여자의 앞에 섰다.

여자를 내려다본 이영의 시선이 흔들렸다. 주위가 어둡기는 했지만, 서원이나 도준을 알아본 것처럼 여자가 누구인지도 금세 알아볼 수 있었다. 기석과 함께 있었던 여자였다. 그녀가 왜 이곳에 있는 건지 궁금해할 새도 없이 이영은 다시금 제 눈에 들어온 여자의 모습에 다급히 숨을 들이쉴 수밖에 없었다.

여자의 목덜미에 나 있는 두 개의 구멍과 그 구멍에서 흘러나온 핏줄기가 어둠 속에서도 달빛을 받아 선명하게 보였다. 조금 전에 장도준이 애무하듯 어루만졌던 그 자리였다.

커다란 개에 물리기라도 한 게 아닐까 하는 생각이 먼저 스쳤지만, 개에 물렸다고 하기에는 다른 점이 있었다. 개를 비롯한 짐승에게 물렸을 경우에 생길 만한 여러 개의 상처와 잇자국이 아닌, 그저 송곳으로 뚫은 것처럼 보이는 두 개의 구멍이 전부였으니 말이다.

"이, 이게 어떻게 된……. 설마 사람을 죽인 거예요? 이 여자한테 무슨 짓을 한 거예요!"

경악한 이영이 서원과 도준을 향해 날카롭게 물었다. 저와는 아무런 친분도 없는 여자였다. 아니, 기석과 얽혀 있으니 되레 악연이라 해도 될 법한 사이였다. 하지만 그렇다 해서 아무 죄도 없는 여자가 범죄 피해자가 된 것인지도 모르는 상황을 외면할 수는 없었다.

"진정해. 여자는 멀쩡히 살아 있으니 안심하고. 피를 흘리고 있어서 보기에 좀 그런 것뿐이지, 몸에 이상이 있는 것도 아니야. 뭐, 약간의 빈혈 증세는 나타날지 모르지만 아래층 내려가서 스테이크 몇 점만 먹어도 금방 회복될걸? 장도준이 그런 건 적절하게 조절해서 섭취하는 편이거든."

다그쳐 묻는 이영을 달래며 서원이 도준을 힐끔 쳐다봤다. 그러자 도준이 고개를 주억거리며 그의 말에 동의했다.

"아무렴, 내가 이 나이에 그런 것도 조절 못 할까 봐? 더구나 난 불교 신자라서 살생은 안 한단 말이야. 이것 봐요, 공이영 씨. 이 여자는 아무 일도 없었던 것처럼 깨어날 테니 마음 푹 놓아도 돼요. 지금은 잠시 기분 좋게 잠들어 있는 것뿐이니까."

이영은 서원과 도준의 말에 아무런 대꾸도 할 수 없었다. 지금 그들이 제게 무슨 말을 한 것인지 이해가 되지 않았다. 그나마 한 가지는 확실했다.

여자가 죽은 건 아니라는 것.

그녀는 깊이 숨을 들이쉬고는 차갑게 식은 제 이마를 손으로 꾹 눌렀다. 놀란 탓에 손끝이 바르르 떨렸지만 애써 덤덤한 척 행세하며 여자를 향해 몸을 숙였다. 다행히 목에서 흘러내린 핏줄기가 말라붙어 있는 걸 보니 출혈이 더 이상 있을 것 같지는 않았다. 게다가 잠들어 있다는 말이 맞는 것인지 호흡 역시 평온한 상태였다.

이영은 여자에게 다른 이상이 있는 것 같지는 않다고 판단을 내린 뒤, 그녀의 옷매무새를 만져 주었다. 어쨌든 남자들 앞에서 흐트러진 차림새로 자게 내버려 둘 수는 없었다.

"상냥하기도 하지. 전 약혼자의 여자에게도 친절을 베풀다니."

웃음기 섞인 서원의 목소리가 들리는 듯싶더니 어느새 그가 바로 옆에 다가왔다. 이영은 황급히 허리를 세우고는 그에게서 멀찍이 비켜서려 했다. 그러나 서원이 먼저 손을 뻗어 그녀의 손목을 붙잡았다.

"도망가려고?"

"저, 이 손 좀⋯⋯."

"궁금한 게 많을 텐데."

이영은 덤덤한 척 굴었던 게 무색할 정도로 새하얗게 질린 채 서원에게 잡힌 손목을 빼내려고 바르작거리다 말고 모든 동작을 멈췄다. 그녀는 방금 그가 자신에게 한 말을 곱씹기라도 하듯 되새기다가 숨을 크게 들이쉬고는 똑바로 고개를 들었다. 서원의 눈이 오롯이 그녀를 담은 채 호를 그리며 휘어져 있었다.

뭐가 그렇게 즐거운 건데.

그녀는 새삼 억울한 마음이 들었다. 이해하기 힘든 상황 앞에서 바들바들 떨며 두려워하는 제 모습이 우습기라도 했나 보다. 이복형제들이 저를 괴롭히며 즐거워하듯이 말이다. 그것이 너무 앞서 나간 생각이라는 걸 알면서도 순간적으로 불쾌감이 치미는 걸 참을 수 없었다. 이영은 두 눈을 질끈 감았다가 뜨고는 제 두려움을 떨쳐 내며 날카롭게 그를 향해 입을 열었다.

"물어보면 대답해 줄 건가요?"

"대답 못 해 줄 이유는 없지. 아니, 굳이 내 대답을 듣지 않아도 이미 짐작하고 있는 거 아닌가?"

서원이 입꼬리를 올린 채 선선히 대꾸했다. 이미 너는 모든 물음에 대한 답을 알고 있잖아, 라고 말하는 듯한 태도에 그녀의 시선이 한차례 요동쳤다.

조금 전 자신이 보았던 광경이 눈앞에 되살아났다. 여자의 목에 나 있던 작은 구멍 두 개. 그 구멍에서 흘러나온 핏자국. 그리고 여자의 목덜미를 어루만지던 도준의 벌어진 입술 사이로 보인…….

그녀의 눈꺼풀이 파르르 떨렸다. 인정하지 않으려고 애써 무시하고 있었던 마지막 단서가 제 존재를 주장하듯 선명하게 떠올랐다. 어두운 와중에도 새하얗게 빛나던, 결코 인간의 것이라 할 수 없을 정도로 뾰족하던 송곳니가 바로 그것이었다.

이영은 몇 번이고 실룩이는 입매를 감추며 입술을 짓씹다가 다시 서원을 쳐다보았다. 이성과 논리로는 결코 납득할 수 없는 답이 입 안에 맴돌았다. 그녀의 그런 상태를 짐작한 듯 서원이 고개를 주억거리더니 대신 대꾸했다.

"그래. 뱀파이어야. 장도준도, 그리고 나도."

"말도 안 돼. 미쳤어."

서원의 말이 끝나기가 무섭게 이영이 기가 막힌다는 투로 혼잣말을 중얼거렸다. 그러자 서원의 뒤쪽에 있던 도준이 키득거리며 웃기 시작했다.

"아, 이거 재미있네. 안 그러냐, 서원아?"

그는 그때까지도 쪼그려 앉아 있다가 뒤늦게 다리를 펴고 일어서더니 서원을 향해 물었다. 하지만 서원은 도준의 물음에 굳이 대답할 필요를 느끼지 못한 사람처럼 아예 그를 향해 시선조차 주지 않았다. 되레 이영에게 시선을 거의 고정하다시피 하였을 뿐.

"아무리 농담이라고 해도 너무 허황된 얘기라는 거 아시죠? 어린애들도 이런 농담은 유치하다고 안 할……."

"농담 아니라는 거 알잖아."

이영이 재차 고개를 흔들며 부정하려는 걸 끊은 뒤, 서원이 나직한 목소리로 말했다. 그녀는 당황한 눈으로 그를 쳐다보다가 파르르 떨며 한 걸음 뒤로 물러섰다. 억지로 부정하고자 했던 공포가 막을 새도 없이 밀려들었다. 마치 거대한 얼음덩어리를 끌어안고 있기라도 한 것처럼 가슴속까지 한기가 몰아닥치면서 손끝이 곱아들었다.

이영은 숨을 크게 들이쉬고는 소파에 누워 있는 여자 쪽을 돌아보았다. 이 와중에 고요히 자고 있는 여자의 모습이 기괴한 연극

무대에 올라와 있는 소품 같았다.

그녀는 다시 몸을 떨며 고개를 돌려 서원을 쳐다보았다. 도준이 저를 쳐다보는 걸 느끼기는 했지만, 그보다 더한 존재감으로 저를 응시하고 있는 서원을 무시할 수 없었다.

"저를, 어떻게 하시려고요."

믿기 힘들지만 제 앞에 펼쳐진 이 기괴한 일은 현실이다. 그 점을 자각하고 나니 다른 생각이 뒤를 이었다. 아무도 알지 못하던 비밀을 알게 된 이상, 자신은 어떤 식으로든 그 비밀의 대가를 치러야 할 거라는 점이었다.

원해서 알게 된 비밀은 아니었지만, 그런 사정을 봐줄 리 없다는 걸 안다. 눈앞의 남자가 그냥 눈감아 주지는 않으리란 걸 본능적으로 깨달았다. 뭔가를 받아 내기 위해서 제게 대답하기를 강요하고 비밀을 밝혔을 터.

"제 처지에 대한 소문을 들어 아시겠지만, 아무것도 드릴 게 없어요."

"내가 지금 너한테 돈이라도 뜯어낼 거라고 생각하는 거야?"

서원이 어이없다는 듯 웃으며 물었다. 이영은 그 물음에 대꾸하지 못한 채 입술만 잘근잘근 씹었다.

"하지만 이대로 너를 놓아줄 수는 없지. 다른 사람에게 비밀이 새어 나가기라도 하면 곤란하니까."

"마, 말 안 해요. 아무한테도 말하지 않을 거예요. 아니, 제가 다른 사람한테 지금 이 얘기를 한다고 해도 누가 믿겠어요? 오히려 미친 사람 취급이나 받을 텐데."

"물론 네 말대로 누가 믿을 리 없겠지만……. 그래도 그 추측 하나만으로 너를 돌려보내는 건 위험 부담이 크지 않겠어? 평생

내 비밀이 다른 누군가에게 발설될지도 모른다고 생각하며 살아야 한다면 말이야."

서원의 목소리는 차분하면서도 친절했다. 그 말의 내용을 직접 듣지 못한 사람이 본다면 밀어라도 속삭이는 게 아닐까 하고 착각할 정도로. 그러나 이영은 핏기가 사라진 얼굴로 그를 쳐다보다가 꺼질 듯한 목소리를 냈다.

"그럼 뭘 어쩌려고요."

"간단히 하자면 지금 이 자리에서 우리의 비밀을 아는 공이영 씨를 깨끗하게 처리할 수도 있겠고. 사실 그게 가장 간단한 방법이기는 하지."

이영의 말에 서원이 대답하기 전, 도준이 불쑥 끼어들었다. 서늘한 눈매가 조금은 잔혹한 빛으로 물든 채 휘어졌다. 누구에게나 매너 있고 정중하게 굴던 장도준이라 볼 수 없는 모습이었다. 그리고 그 모습 위에 다른 모습이 떠올랐다. 바로 여자의 목덜미에 제 송곳니를 박아 넣고 피를 빠는 모습이었다.

"아, 안…… 안 돼."

직접 흡혈하는 장면을 본 건 아니었다. 하지만 그녀의 머릿속에서 저절로 연상된 모습은 마치 제 눈으로 보기라도 한 것처럼 생생했다. 이영은 가쁜 숨을 들이쉬지도 내쉬지도 못한 채 헐떡이다가 그대로 도망치려 했다. 그러나 미처 한 걸음을 떼기도 전에 서원에게 손목을 붙잡히고 말았다.

"안 잡아먹어. 걱정 마. 형은 괜한 소리를 해 가지고 어린애 겁먹게 만들어? 팔백 살 넘은 나이가 아깝다."

서원은 이영의 손목을 꽉 붙든 채 도준을 타박했다. 도준이 서원의 말에 발끈해서 한마디 하려다가 입을 다물더니 어깨를 으쓱이며 한 걸음 뒤로 물러났다. 도준을 쳐다보던 서원의 시선이 다시금 이영에게로 향했다. 그녀가 바들바들 떨다가 다리의 힘이 풀리면서 무릎이 꺾여 비틀거렸다.

"이런, 조심해야지."

그녀를 재빨리 부축한 서원이 고개를 돌려 방 안을 둘러보다가 반대편 창가 앞에 놓인 티 테이블 쪽으로 이영을 데리고 갔다. 그녀는 저항조차 하지 못하고 그에게 이끌려 테이블로 향했다. 작은 테이블과 의자 두 개가 창문 바로 밑에 자리하고 있었다. 서원은 이영을 의자에 앉힌 뒤, 맞은편 자리에 가서 앉았다.

"……흑, 흐으."

이영의 몸이 심하게 떨렸다. 감당하기 힘든 두려움에 눈물이 왈칵 쏟아지려는 걸 참는 것만으로도 온몸의 에너지를 모두 소진할 것만 같았다. 그래도 여기서 기절할 수는 없었다. 그녀는 손톱이 손바닥을 파고드는 줄도 모르고 주먹을 꽉 쥐었다. 그 순간, 그녀를 물끄러미 바라보던 서원의 입이 열렸다.

"결혼하자."

"……뭐, 뭐라고요?"

이영은 전혀 생각조차 하지 못했던 말을 듣고 저도 모르게 멍한 표정을 지었다. 그 바람에 긴장이 풀어져서 주먹을 쥐고 있던 손이 느슨해졌다. 서원은 그녀의 손을 가만히 쳐다보다가 입꼬리를 올려 웃더니 한 번 더 말했다.

"나랑 결혼하자고."

"그, 그게 무슨…… 지금 이 상황에 그런 얘기가, 아니, 이런 상황이 아니더라도…… 도대체 왜……."

뜬금없는 청혼에 머릿속이 백지라도 된 것처럼 새하얘졌다.

"비밀을 지키려면 그 비밀을 알고 있는 이를 평생 꽁꽁 묶어서 곁에 두는 게 확실한 방법이니까. 그렇게 따진다면 결혼만큼 적격인 게 또 있겠어?"

서원은 별것 아니라는 듯 덤덤한 투로 말했다. 그렇지만 그녀는 당혹감을 감추지 못한 채 고개를 저었다.

"말도 안 돼요. 어떻게 결혼을 이런 식으로……."

"사흘 줄게."

이영의 말을 끊으며 서원이 재차 입을 열었다. 그녀는 서원의 말뜻을 이해하지 못하고 그를 쳐다보았다.

"네가 내 제안을, 아니, 내 청혼을 받아들일 시간 말이야."

그는 이영이 자신의 말을 거절할 수 없다는 듯 말했다. 그녀는 당혹스러운 얼굴로 그를 쳐다보다가 고개를 세차게 흔들고는 그대로 몸을 돌렸다.

서원은 이번에는 달아나는 그녀를 붙잡지 않았다. 그녀가 나간 방향을 물끄러미 바라보기만 했을 뿐. 그때, 도준의 목소리가 들렸다.

"드디어 그 오래된 짝사랑을 끝내기로 결심한 거냐? 붙잡기로 마음먹은 거야?"

그는 도준의 물음에 아무런 대답 없이 그저 희미하게 미소 지었다. 이영이 나가 버린 문 쪽을 응시하는 서원의 시선이 한층 가라앉았다. 그녀가 눈앞에 있다면 금방이라도 삼켜 버렸을 듯 짙은 소유욕이 묻어나는 시선이었다.

제2장 - 미련이 불러온 덫

이영은 발포 비타민 하나를 컵 안에 넣으며 한 손으로 지끈거리는 옆머리를 눌렀다. 살림을 맡아서 하는 익산댁이 걱정스러운 얼굴로 물었다.

"얼굴이 하룻밤 사이에 반쪽이 됐네. 피곤한 자리였나 봐요?"

"뭐…… 조금요."

이영이 익산댁의 질문에 어색한 웃음과 함께 대꾸한 뒤, 비타민이 녹아든 물을 마셨다. 차가운 물이 들어가니 그나마 머릿속이 맑아지는 것 같았다. 그렇다고 해서 두통이 가라앉은 건 아니지만 말이다. 수더분한 인상의 익산댁이 냉장고 문을 열고 포장된 갈비를 꺼내며 말을 이었다.

"몸이 그렇게 약해서 어디에 쓴대요? 아무리 남자들이 가냘프고 연약해 보이는 여자를 좋아해도 그건 말 그대로 그렇게 '보이는' 걸 좋아하는 거지, 진짜 연약한 걸 좋아하는 건 아니라고요."

"그래요?"

그녀가 흐릿하게 웃으며 대꾸하자 익산댁이 고개를 주억거리더니 짐짓 으쓱한 표정으로 말했다.

"이래 봬도 내가 소싯적에 남자들한테 인기가 꽤 있었거든요? 나 좋다던 남자들이 한 트럭은 거뜬히 넘었으니. 어쨌든 그러니까 남자 문제에 대해서만큼은 내가 하는 말을 무조건 믿어도 좋아요."

이영은 익산댁의 넉살 좋은 말에 거듭 소리 없이 웃다가 거실로 나왔다. 제 방이 있는 2층으로 올라가기 위해 몸을 돌리려는 순간, 안방 쪽에서 이영의 모친인 한정숙이 나왔다. 이영은 정숙과 마주치자마자 흠칫 어깨를 움츠리며 고개를 숙였다.

"……쯧."

정숙은 뭐가 그렇게 못마땅한지 이영을 보자마자 혀를 차더니 돌아서서 거실로 향했다. 차가운 모친의 태도에 그녀는 쓴웃음을 지으며 계단을 올라갔다.

2층에 막 올라와 방으로 들어가려는데, 맞은편 방문이 열리고 필성이 그 안에서 나왔다. 얇은 파자마 하나만을 걸치고 상반신은 벌거벗은 그의 모습에 이영이 깜짝 놀라 황급히 방 안으로 들어가려 했다. 그러나 그보다 먼저 필성의 목소리가 들렸다.

"넌 오빠 보고도 인사 안 하냐?"

"……."

이영은 입술을 앙다문 채 침묵을 고수했다. 그 모습을 보던 필성의 얼굴이 험악해지려는 순간, 다른 방에서 수연이 나오면서 비아냥거리는 투로 말했다.

"내버려 둬. 오빠는 저런 계집애한테 굳이 인사받고 싶어? 나 같으면 재수 없어서라도 안 받아."

이영은 차디찬 이복 언니의 말에도 역시 아무런 반응을 보이지 않았다. 그들이 1층으로 내려가기를 그저 묵묵히 기다렸을 뿐이다. 수연이 먼저 계단을 내려가고 필성이 그 뒤를 따랐다. 그러고는 이영의 옆을 막 지나가려다 말고 멈춰 서더니 그녀의 가느다란 팔을 꽉 움켜잡았다.

"……!"

이영의 얼굴이 핏기 없이 창백해졌다. 그녀의 그런 반응을 즐기기라도 하듯이 필성은 몸까지 슬쩍 기울여 그녀의 얼굴 가까이 제 얼굴을 들이댄 채 움켜잡은 팔을 주물렀다. 희롱하는 게 분명한 손길이었다. 이영은 비명이라도 지르고 싶은 걸 어금니를 악물고 참아야 했다.

"큭."

필성은 이영의 반응에 재미있다는 듯 목을 울려 웃더니 잡았던 그녀의 팔을 놓고 경쾌한 발걸음으로 계단을 내려갔다. 그 발소리가 잦아들 때까지 이영은 그 자리에 서서 아무것도 하지 못했다.

가족이 되고 싶었던 바람이 산산이 부서졌던 건 열다섯 살 때의 어느 날이었다. 늘 그랬듯 밤늦게까지 책을 읽다가 그대로 잠이 들었던, 그런 평범한 밤이었다. 잠들어 있다가 가장 먼저 느낀 건 지독한 술 냄새였다. 뒤이어 느낀 건 자신의 몸을 짓누르고 있는 묵직한 무게였다. 그리고…….

그녀는 송곳으로 후벼 파는 듯한 두통을 견디지 못하고 두 손으로 머리를 감싼 채 그 자리에 주저앉았다. 열다섯, 여물지도 못했던 몸을 탐한 손의 주인은 바로 제 이복 오빠, 공필성이었다.

시간이 이렇듯 흘렀음에도 불구하고 기억은 여전히 선명하게 그날의 악몽을 털어놓는다. 이영은 힘없이 주저앉은 채 덜덜 떨리는 몸을 양팔로 감싸고 앞으로 허리를 구부렸다. 흘러내린 머리칼 사이로 눈물이 뚝뚝 떨어져 바닥에 얼룩을 남겼다.

아무도 도와주려 하지 않았다. 필성의 몸 아래에 깔려 옷이 거의 벗겨진 채 여기저기 얻어맞아 상처투성이가 된 그녀를 보고도 현익과 정숙, 수연은 모두 외면했다. 그나마 집 밖으로 추문이 새어 나갈까 두려워한 현익이 필성을 강제로 끌고 나갔을 뿐.

그게 다행이라면 다행이었을지도 모르지.

적어도 그 덕분에 강간은 모면할 수 있었으니 말이다. 또한 부친의 압박으로 인해 필성이 제게 그날처럼 노골적으로 손을 대는 일은 사라지기도 했고. 이영은 피식거리며 눈물에 젖어 차갑게 식은 제 뺨을 문질렀다. 그녀의 아버지, 공현익 회장이 염려한 것은 본인의 사회적 체면이었지, 놀라고 상처받은 당신의 딸이 아니었다.

그날, 어둠 속에 남겨진 그녀는 찢겨진 잠옷을 추스르며 홀로 그 모든 걸 감당해야 했다. 열다섯 살이라는 어린 나이에 당한 추행은 이영에게 큰 상처를 남겼지만 어느 누구에게도 위로를 구할 수는 없었다.

'위로'라……

문득 이영은 전날 파티에서 받았던 위로를 기억해 냈다. 그 위로를 줬던 이가 지금 제 두통의 가장 큰 원인이라는 점이 우습기는 하지만.

"결혼이라니."

그녀는 무심코 중얼거리다가 제풀에 놀라 양손으로 입을 틀어막았다. 다른 사람이 들은 것도 아닌데 가슴이 쿵쾅거리며 제멋대로 뛰었다.

"……누가 꿈이라고 해 줬으면 좋겠다, 진짜."

하다못해 언제나 저를 못 잡아먹어 안달을 내는 이복 언니에게서라도 그런 말을 들을 수 있다면 기꺼이 조롱하는 말 몇 마디는 감사하게 받아들일 텐데. 이영은 헛된 바람을 품고 있는 제 자신이 우스워서 픽 웃으며 다시 무릎에 힘을 주고 일어섰다.

그녀는 방으로 들어가자마자 가방을 챙겼다. 오늘은 학원 수업도 있는 날이라 다른 날보다 가방이 묵직했다. 도서관에 가서 서너 시간 공부를 한 뒤에 곧바로 학원에 갈 예정이다.

한동안 집에 갇혀 있다시피 한 터라 수업 진도를 따라가려면 더욱 노력해야 할 터였다. 설령 지금 제 머릿속이 전날 밤에 투척된 '결혼 폭탄' 때문에 엉망이 되었더라도 해야 할 일을 뒷전으로 미룰 수는 없으니 말이다. 이영은 한숨을 작게 내쉬고는 가방을 메고 방 밖으로 나갔다. 그녀의 발걸음이 무겁기 그지없었다.

잠을 설친 탓일까. 하루 종일 묵직한 두통 때문에 정신을 차릴 수가 없었다. 더 정확하게 말하자면 시도 때도 없이 제 머릿속으로 찾아든 한 남자 때문이었다고 해야겠지만 말이다.

이영은 뻣뻣해진 목과 어깨를 한 손으로 주무르며 버스 정류장에서 내렸다. 학원 근처에 주차할 만한 곳이 별로 없는 터라 차를 몰고 나오는 대신, 대중교통을 이용하는 게 어느새 익숙해진 터였다.

그녀는 서늘한 밤공기를 깊이 들이마시며 흐트러진 머리를 쓸어 넘겼다. 집까지 걸어 올라가려면 제법 시간이 소요되겠지만 그것도 그리 나쁘지는 않았다. 머릿속을 정리하기에는 걷는 것보다 좋은 게 없으니 말이다.

대략 이십여 분을 걸었을까. 그녀는 다시 한번 어깨를 주물렀다.

다른 날보다 가방이 무거웠던 탓에 어깨가 많이 결렸다. 이영은 가방을 고쳐 메고 이마에 맺힌 땀을 슬쩍 손으로 닦아 냈다. 봄이 되었다고 하지만 아직 아침저녁으로는 쌀쌀한 편인데도 땀이 났다.

그러고 보니 혜선이 감기 기운 있는 것 같았는데.

이영은 같이 저녁을 먹던 자리에서 계속 콜록거리며 기침을 하던 제 친구를 떠올리며 걱정스러운 표정을 지었다. 그녀는 생각난 김에 곧바로 혜선에게 전화를 걸까 하다가 뒤쪽에서 비춘 자동차의 헤드라이트 불빛을 보고는 옆으로 비켜서며 마음을 바꿨다. 제 방에 들어가 마음 놓고 편히 통화를 하는 게 좋겠다는 판단에서였다.

그렇게 발걸음을 재촉한 끝에 집 앞에 다다랐다. 그녀는 대문 앞에 서서 물끄러미 정면을 응시했다. 시커먼 대문이 마치 괴물의 벌어진 입처럼 느껴졌다. 이영은 그 안으로 들어가는 걸 생각한 것만으로도 답답함을 느끼고는 저도 모르게 주먹을 쥐고 가슴을 쳤다. 그러나 곧바로 헛웃음을 지으며 고개를 흔들었다.

어차피 들어갈 거면서 매번 이러는 것도 우습다. 달아날 용기도 없으면서. 벗어나려고 저항조차 하지 못하면서. 그러면서 저 스스로 피해자인 척하는 게 한심하기까지 했다. 이영은 창백해진 제 뺨을 쓱쓱 문지르고는 대문 안으로 발을 들여놓았다.

돌계단 양쪽으로 서 있는 석등이 고풍스러운 느낌을 자아냈다. 그렇지만 이영은 석등을 보면서 결코 그런 느낌을 받을 수 없었다.

아마 초등학교 5, 6학년 시절이었을 것이다. 무엇 때문에 제 어머니가 화를 냈던 것인지는 기억이 나지 않지만, 그녀에게 몇 번이나 따귀를 맞으며 돌계단 아래로 끌려 내려와 그대로 석등에 머리를 부딪쳤던 건 기억난다.

이영은 멍하니 석등을 쳐다보다가 불쑥 손을 들어 제 이마를 만져 보았다. 석등에 부딪쳤던 이마에는 화장으로도 완벽하게 가려지지 않는 흉터가 지금도 남아 있다.

'계, 계단에서 놀다가 굴렀어요.'

정신이 혼미한 와중에도 병원 응급실 의사에게 몇 번이고 반복해서 말했던 것도 희미하게나마 기억 속에 남아 있다. 머리가 깨져 붕대를 칭칭 감은 것보다 더 두려운 건, 조심하지 그랬냐며 매섭게 저를 쏘아보던 모친의 시선이었다.

이영은 정숙에게 학대당한 흔적을 둘러대느라고 거짓말을 일찌감치 배워야 했다. 처음에는 정숙이 시켜서 어쩔 수 없이 거짓말을 했지만, 나중에는 당연히 그래야 한다고 여겼기에 저절로 거짓말을 입에 담았다.

그러면 저를 예뻐해 주지 않을까 하는 어리석은 마음에.

이영의 입술 끝이 비틀렸다가 이내 내려갔다. 이제는 일말의 기대도 없는데 씁쓸한 마음이 드는 건 무슨 까닭인지 모르겠다. 미련이 남기라도 한 걸까. 그녀는 자조하며 소리 없이 웃고는 현관 안으로 들어갔다.

곧바로 2층으로 올라가려던 이영의 발걸음이 멈췄다. 거실에 현익과 정숙을 비롯해 필성, 수연까지 다들 모여 앉아 있었다.

테이블 위에 놓인 다과 접시와 그 주변에 둘러앉은 가족의 모습. 누가 봐도 단란한 가족이구나 하는 생각이 들 법한 광경이었다. 자신과는 전혀 상관없는, 아니, 저로서는 끼어들 수조차 없는, 그런 완벽한 가족의 모습이었다. 가방끈을 만지작거리던 그녀의 손끝이 파르르 떨렸다.

"다녀왔습니다."

"이리 와서 앉아라."

작은 소리로 고개 숙여 인사하고 서둘러 2층으로 올라가려던 이영의 뒤에서 현익의 목소리가 들렸다. 예상치 못한 부름에 이영이 그 자리에 멈춰 섰다. 단 한 번도 이렇게 모여 앉은 자리에 저를 부른 적 없던 이가 바로 아버지, 현익이었다. 그런데 왜 갑자기…….

"뭘 하고 있니? 아버지께서 와서 앉으라는데."

하여간 답답하기는. 정숙이 날카로운 투로 이영에게 쏘아붙였다. 그 바람에 이영은 의문이 남은 것을 억지로 밀어 두고 소파 쪽으로 걸음을 옮겼다. 그러고는 조금 거리를 둔 채 가방을 옆에 내려놓고 소파 끄트머리에 걸터앉았다. 바짝 긴장이 되어 입이 말라 왔다.

그 순간, 맞은편에 앉아 있던 수연에게서 피식 웃는 소리가 새어 나왔다. 이영은 고개를 들어 수연을 보았다. 수연의 입꼬리에 매달린 웃음이 어쩐지 불길했다. 하기야 제 이복 언니가 저를 보고 웃을 때는 언제나 좋지 않은 일이 벌어지고는 했으니 새삼스러울 것도 없었다. 야단을 맞는다거나 하는 식으로 말이다.

내가 뭘 잘못한 걸까.

이영은 가만히 며칠 동안 있었던 일을 되돌아보았다. 그러나 특별히 아버지에게 지적당할 만한 잘못을 저지른 건 없었다. 뭐, 그건 전적으로 제 생각일 뿐이지만. 그녀가 한숨을 삼키는데, 현익의 목소리가 재차 들렸다.

"내일 저녁에 회사 근처로 오너라. 그 옆 건물에 커피숍이 있다고 하니 거기에 들어가 있든지."

"……예?"

뭔지 몰라도 야단을 맞겠구나 싶어 단단히 각오하던 이영의 귀에 예상치 못한 말이 들려왔다. 그녀는 저도 모르게 고개를 들어 그를 쳐다보았다. 그러자 눈이 마주친 현익이 미간을 찌푸리더니 툭 던지듯 한마디를 덧붙였다.

"밥이나 같이 한 끼 먹자는 거다. 부녀지간에 밥 한 끼 먹는 게 그렇게 놀랄 일이냐?"

"아, 아니요. 그게 아니라……."

이영은 당황하여 제대로 말을 잇지 못하다가 그대로 입을 다물었다. 지금 자신이 제대로 들은 게 맞나 싶어 당혹스럽기까지 했다. 단 한 번도 들어 본 적 없는 말이었다. 부녀지간에 밥 한 끼 먹는 게 다른 사람에게는 대수롭지 않은 일인지는 몰라도, 그녀에게는 꿈 같은 일이었다.

"참, 그리고 예쁘게 입고 나오너라. 미용실에 들러서 머리도 좀 만지고, 화장도 제대로 해. 젊은 애가 꾸미지도 않고, 그게 뭐냐. 아무리 파혼을 당해서 충격이 컸어도 그렇지. 오히려 이럴 때일수록 더 예쁘게 꾸며야 하는 법이야. 네 엄마나 언니를 봐라. 항상 저렇게 가꾸고 있으니 얼마나 보기 좋아. 그렇지 않으냐?"

"예……."

정말 자신이 제대로 들은 게 맞았다. 이영은 얼떨떨한 표정으로 대답하고는 고개를 주억거렸다. 핏기 없이 창백하던 얼굴이 불그스름하게 물들었다.

어쩌면 지금껏 자신이 너무 앞서 생각하고 오해했던 건 아닌지, 하는 생각이 들었다. 아무리 본처가 아닌 다른 여자에게서 태어난 자식이라 하더라도 아버지의 입장에서 볼 때는 똑같은 자식이었을 테니 말이다.

저를 외면하지 않고 본처와의 사이에서 태어난 자식으로 출생 신고를 한 것부터가 그 증거였는지도 모른다. 자신을 낳고 떠나 버린 게 분명한 생모와는 달리 아버지는 당신의 자식을 책임지려 했으니까.

이영은 어릴 적에 포기했던 바람을 다시 꿈꾸는 듯한 시선으로 현익을 바라보았다. 하루 종일 자신에게 두통을 안겨 준 서원과의 일조차 잠시 잊을 정도로, 그녀는 제 아버지에게만 오롯이 집중했다. 그래서 그녀는 미처 보지 못했다.

감격스러워하는 이영을 바라보는 정숙의 차디찬 시선과 비틀려 올라간 입술 끝을. 그리고 그녀를 경멸 어린 눈으로 보며 조소하고 있는 필성과 수연의 얼굴을 말이다.

✴ ❊ ✴

"참, 저 결혼합니다."

서원이 저녁을 먹는 자리에서 문득 생각났다는 듯 꺼낸 말에 그의 부친인 채필봉 회장이 물을 마시다가 그대로 식탁 위에 뿜어 버리고 말았다.

"어머, 여보! 괜찮아요?"

필봉의 아내이자 서원의 모친인 맹모연이 황급히 필봉의 등을 두드렸다. 필봉은 아내의 도움을 받아 가까스로 속을 진정시킨 뒤, 서원을 향해 물었다.

"서원이, 너 방금 뭐라고 한 거냐? 내 귀가 잘못되기라도 한 건지, 네가 느닷없이 결혼을 한다고……."

"맞아요, 아버지. 정확히 들으셨습니다. 아버지 귀에는 아무 문제없으니 안심하세요."

"뭐, 뭐라고?"

"너 진짜 결혼한다고? 아니, 결혼하고 싶다거나 혹은 결혼을 허락해 달라는 게 아니라, '결혼한다'는 거니? 응? 그래?"

모연이 필봉의 말을 가로막으며 서원 쪽으로 몸을 기울였다. 평소에는 온화하지만 한번 흥분하면 무섭게 돌변하는 이가 바로 제 어머니라는 걸 알고 있는 서원이 입가를 매만지며 어색하게 웃다가 고개를 끄덕였다. 그러자 모연의 안색이 붉으락푸르락 변하기 시작했다.

"여보, 맹 여사! 혈압! 혈압 조심!"

"무슨 결혼 선언을 이렇게 밥 먹다가 불쑥하는 거니! 더구나 우리한테 일언반구도 없다가 갑자기 결혼한다고 통보를 해? 왜? 아예 혼인 신고까지 해 놓고 알리지 그랬어!"

필봉이 서둘러 모연을 진정시키려 했지만, 그녀는 남편의 팔까지 뿌리치며 목소리를 높였다. 그 와중에도 서원은 침착함을 잃지 않고 우아한 동작으로 물을 한 모금 마신 뒤, 말을 이었다.

"아직 답을 못 들어서 혼인 신고는 할 수가 없었거든요."

"뭐어어? 아직, 답을 못 들었다고?"

"그건 또 무슨 소리냐, 서원아? 설마 청혼을 했는데 거절당했다는 거야?"

서원의 말에 모연과 필봉이 동시에 물었다. 그는 자신의 부모를 번갈아 쳐다보다가 필봉의 물음에 떨떠름한 표정을 지었다.

"말 그대로 아직 답을 못 들었다는 것뿐인데, 아버지는 어떻게 그걸 거절당했다는 뜻으로 왜곡하실 수 있으세요?"

"그거나 저거나!"

"엄연히 다르죠, 아버지. 토씨 하나만 달라져도 확 바뀔 수 있는 법인데요. 그래서 결재 서류나 계약서 같은 걸 검토할 때 문구 하나하나에도 온 신경을 집중해야 한다고, 아버지께서 저 어릴 때부터 신신당부하며 가르쳐 주시지 않았습니까."

끄으응. 필봉은 아들의 말에 대꾸할 말을 찾지 못해 입을 꾹 다물었다. 그 모습을 힐끔 돌아보며 혀를 차던 모연이 흥분을 다소 가라앉힌 투로 서원을 향해 재차 물었다.

"그러니까 청혼을 했다는 거지? 아직 대답을 들은 건 아니고?"

"예."

"그 상대방이 남자는 아니지?"

"예에?"

서원이 모연의 말에 대꾸를 하다 말고 황당한 표정을 지었다. 필봉 역시 헛기침을 하며 모연을 향해 손을 내저었다. 그러나 모연은 진지하기 짝이 없는 얼굴로 서원을 쳐다보다가 말을 이었다.

"네가 지금껏 여자한테 관심을 가진 적이 있어야 말이지. 나는 서원이 네가 여자한테 전혀 관심을 보인 적이 없어서, 혹시 성적 취향이 조금 다른 건가 하고……."

"어머니!"

그가 저절로 뒷목으로 향하려던 손으로 컵을 집어 들어 물을 벌컥벌컥 마셨다. 제 어머니인 맹모연 여사가 가끔 엉뚱한 말을 할 때가 있다는 건 이미 서른 해 가까이 겪어 왔으니 익숙할 법도 하지만, 그럼에도 불구하고 전혀 예상치 못한 돌발 발언 앞에서는 생전 처음 겪는 양 행동할 수밖에 없었다.

만약 제게 고혈압이 생긴다면, 그건 바로 어머니의 이런 황당한 말과 행동 때문일지도 모른다. 서원이 고개를 절레절레 젓다가 단호한 어조로 입을 열었다.

"저 여자 좋아합니다. 아주 많이요. 어머니께서 생각하시는 그런 거, 절대 아닙니다."

"하지만 네 주변만 봐도 온통 남자들만 득시글거리고……."

"그거야 당연히! 남자 중학교, 남자 고등학교를 나왔으니까요! 더구나 대학도 공대를 졸업했고요."

그러니 동창생이라고는 남자밖에 없는 게 당연했다. 그 외에 가끔 연락하는 군대 동기들도 역시 남자일 수밖에 없고. 지금 자신이 근무하는 도경물산 경영전략팀에도 어찌 된 영문인지 여자 직원이 단 한 명도 배정되지 않았다. 그런 상황에서 자신이 대체, 어디에 가서 여자를 만날 수 있단 말인가.

물론 어제처럼 파티나 모임 같은 데 가면 어떻게든 그의 시선을 잡기 위해서 헐벗다시피 한 몸을 문질러 대고 끈질기게 따라다니는 여자들을 만날 수 있기야 하겠지만……. 서원은 문득 어제 파티에서의 일을 떠올리고는 입꼬리를 올렸다.

공이영.

제 흡혈 본능마저 사라지게 했던 꼬맹이. 아니, 이제는 어엿한 '성인 여자'라고 해야 할 터였다. 그는 제 손에 잡혀 바들바들 떨던 이영을 떠올렸다. 그와 동시에 느닷없이 복부 아래쪽에서 열기가 치솟으며 바지춤이 팽팽하게 당겨지려 했다.

미쳤구나, 채서원. 부모님 앞에서 뭘 어쩌려고.

그는 욕구를 간신히 진정시킨 뒤, 후식으로 준비된 파나코타를 스푼으로 한입 떠먹었다. 스푼 위에서 탱글탱글 흔들리던 파나코타가 입 안으로 들어가자마자 마치 크림처럼 부드럽게 녹아내렸다. 서원이 그 달콤한 맛을 잠시 음미하려는 듯 눈을 감고 있다가 다시 뜨더니 제 부모를 향해 웃으며 말했다.

"제가 피를 먹지 않을 수 있게 해 준 여자예요."

"뭐?"

"뭐라고?"

필봉과 모연이 무심코 서원의 말을 흘려들으려다가 깜짝 놀라 눈을 휘둥그렇게 떴다. 서원은 제 부모의 시선을 한꺼번에 받고도 아무렇지 않게 어깨를 으쓱였다.

"제 입맛이 바뀌게 된 게 그 애 때문이거든요."

"……설마."

모연이 서원의 말에 숨을 크게 들이쉬고는 입술을 달싹였다. 그는 그녀가 미처 잇지 못한 질문을 들은 사람처럼 고개를 주억거리며 대답했다.

"예. 흡혈 본능을 달콤한 음식으로 대체할 수 있게 된 게 그 여자 덕분이었어요."

"맙소사. 그게 정말이니?"

모연은 눈을 동그랗게 뜬 채 두 손을 모아 잡았다. 제 아들의 말이 사실이라면, 장차 며느리가 될 여자는 저와 제 남편에게 은인이나 다를 바가 없을 터였다. 아들을 뱀파이어가 아닌 인간으로 키우고 싶었던 자신들의 바람을 이루어 준 것이나 마찬가지였으니 말이다.

"이렇게 고마울 수가……."

모연의 목소리가 눈물에 젖어 떨려 나왔다. 필봉이 아내의 감격한 마음을 짐작하고는 가만히 그녀의 어깨를 두드려 주었다. 그러고는 슬그머니 다른 손으로 젖은 눈가를 닦아 냈다. 두 사람 모두 같은 마음이었기 때문이다.

자식이 없던 필봉과 모연 부부에게 서원은 어느 날 느닷없이 찾아든 귀하디귀한 선물이었다. 대문 앞에 버려진 갓난아기를 발견했던 날, 그들은 맹세했다. 자신들을 찾아온 이 사랑스러운 아기를 친자식으로 그렇게 키우겠다고 말이다. 비록 배 속에 열 달 품고 낳아 주지는 못했지만, 어느 누구보다도 좋은 부모가 되고 아낌없이 사랑하겠다고 거듭 약속하고 맹세했다.

그래서 어린 서원이 갑자기 돌변하여 발광하며 모연의 목덜미를 물어뜯었을 때도, 본인 스스로를 뱀파이어라 칭한 '장도준'이란 남자가 예고 없이 찾아와 서원 또한 뱀파이어라고 말하며 자신이 데려가겠다고 했을 때도 그들은 결코 아들을 품에서 놓으려 하지 않았다.

물론 그렇다고 해서 모든 게 순조롭지는 않았다. 마음과 생각만으로는 안 되는 일이 있었다. 바로 서원의 흡혈 본능이 그것이었다.

아무리 그를 평범한 인간으로 키우고 싶었어도 흡혈 본능을 억제시키는 건 힘든 일이었다. 정기적으로 내과에 가서 철분 주사를 맞게 한다고 모든 일이 해결되지도 않았다. 사람이 식욕을 느끼면 밥 생각이 먼저 떠오르는 게 당연하듯 뱀파이어로 태어난 아들은 식욕을 느끼면 피를 마시고 싶어 했으니 말이다.

그래도 필봉과 모연은 포기하고 싶지 않았다. 도준이 몇 번이고 찾아와 그들 부부를 비난하며 서원에게서 뱀파이어로서의 정체성을 빼앗으려 하지 말라고 하였지만, 서원을 자신들과 똑같은 인간으로 키우고 싶은 욕심을 버릴 수 없었다.

그리고 그런 부모의 마음을 알고 있는 서원 역시 힘겹게 제 본능과 싸웠다. 그들 세 식구에게는 힘든 시간이었다. 서원이 피 대신 달콤한 음식을 찾기 전까지 줄곧 그런 시간이었다.

"우리를 전부 구해 준 거나 마찬가진데 왜 진작 말해 주지 않았니? 얘기해 줬더라면 그 아가씨한테 고맙단 인사를 했을 텐데."

물론 당시에는 아주 어린 꼬마 숙녀였을 테지만. 모연은 눈물까지 글썽이며 진심을 다해 말했다. 서원은 그런 어머니의 모습에 부드럽게 미소 짓다가 고개를 흔들었다.

"아마 본인은 자기 덕분에 제 입맛이 바뀐 줄 상상도 못 할 거예요."

"응?"

"하도 케이크를 맛있게 먹기에, 덩달아 먹어 봤다가 그대로 입맛이 바뀐 것이거든요."

그는 어릴 적 보았던 '꼬맹이 공이영'을 떠올리며 거듭 미소 지었다. 아들의 웃는 얼굴을 보던 필봉과 모연이 서로 눈짓을 주고받았다. 서른이 될 때까지 그 어떤 여자에게도 관심을 준 적 없던 아들이다. 더구나 저렇게 그 누군가를 떠올리며 다정히 웃는 것도 처음이고.

"아, 그리고 그 여자, 다 알고 있어요."

서원이 갑자기 생각났다는 듯 미소 짓다 말고 다시 입을 열었다. 모연이 남편과 눈짓을 주고받다가 의아한 표정으로 서원을 보았다.

"제가 뱀파이어라는 걸 알고 있다고요."

"뭐? 그, 그게 정말이야?"

"아니, 어떻게……."

조금 전 서원이 결혼한다고 선언했을 때보다 더욱 과격한 반응이 그 뒤를 이었다. 하지만 정작 서원 본인은 부모의 경악에 아랑곳하지 않고 싱글거리며 태연하게 며칠 안에 같이 와서 정식으로 인사드리겠단 말을 덧붙였다. 모처럼 부모님과 저녁 식사를 함께 한다는 명목으로 본가에 와서 그 식사 자리를 초토화시키고도 너무나 천연덕스러운 모습이었다.

✳ ❊ ✳

"후처 자리? 그게 진짜야?"

"그렇다고 하더라고요. 학교 후배가 고복근 의원 비서실에서 인턴을 하고 있는데, 거기서 알음알음 입소문 난 걸 들었대요."

도준이 퇴근 준비를 하다 말고 제 팀원들이 나누는 대화 내용에 눈살을 찌푸렸다. 그들은 멀찌감치 떨어져 있는 제게 들릴 리 없다고 생각하고 있겠지만, 도준은 인간보다 청력이 수십 배는 뛰어난 뱀파이어의 신체적 특성상 바로 옆에서 대화하는 것처럼 선명히 들을 수 있었다.

감사팀에 속해 있는 사람들이 저렇게 소문에 귀를 팔랑대고 떠들어 대서야……

그가 따끔하게 한마디 건네기 위하여 그들 쪽으로 향하려는 순간, 다시 그들의 대화가 이어졌다.

"한영일보 회장이 소문난 딸바보라더니, 그것도 아닌가 봐?"

"전부 이미지 메이킹이었던 거죠, 뭐. 다른 여자에게서 본 자식이라고 이 바닥에 소문이 파다하게 났으니 더 이상 투자할 가치도 없을 테고. 그러니 이런 식으로라도 팔아 넘겨서 조금이나마 이득을 챙겨 보겠다는 거 아니겠어요? 그 딸만 불쌍하게 됐죠. 고복근 의원, 환갑도 벌써 지나지 않았어요?"

"아마 그럴걸? 게다가 내가 알기로는 이혼만 세 번 했던 걸로 아는데 말이야. 나 참, 아무리 어린 여자가 좋아도 그렇지. 어떻게 제 자식보다도 어린 여자를 후처로 들일 생각을 해? 게다가 아버지라는 작자는 그 노인네한테 넙죽 딸을 바칠 생각이나 하고."

"그러게 말이에요. 오늘 아예 머리까지 올려 주겠다고, 고 의원이 호텔 잡아 놨다던데……."

"지금 두 사람이 나눈 대화, 한영일보 막내딸이랑 관련된 얘기 맞지요?"

도준이 성큼성큼 다가가 그들의 대화 속에 불쑥 끼어들었다. 한창 대화 중이던 도준의 팀원들이 당황하여 서로 눈치만 살폈다. 도준은 미간을 슬쩍 손톱으로 긁다가 신경질적으로 그들 중 더 나이가 적은 쪽을 향해 말을 이었다.

"방금 한 얘기가 뭡니까? 후처는 뭐고, 오늘 머리를 올린단 말은 뭔지 구체적으로 말해 봐요."

"저기…… 팀장님. 그러니까 그게……."

도준의 부하 직원이 난감한 얼굴로 망설이다가 그의 재촉을 몇 번 더 받고 나서야 자신이 알고 있는 걸 전부 털어놓았다. 얘기를 듣던 도준의 얼굴이 새파랗게 질린 건 얼마 지나지 않아서였다.

"아, 내가 지금 이러고 있을 때가 아니지."

그는 팀원들이 모두 퇴근한 뒤에도 잠시 멍한 표정을 짓고 있다가 뒤늦게 제 뺨을 때리고는 고개를 흔들었다. 조금 전에 팀원으로부터 들은 얘기에 욕지기가 치밀었다. 한영일보 공현익 회장이 오늘 여당 4선 의원인 고복근과 삼청동의 어느 요정(料亭)에서 만나기로 했단다. 그런데 그 만남의 목적이 바로 공 회장이 본인의 막내딸을 고 의원에게 선보이기 위한 것이란다.

"내가 이래서 인간이 싫어. 돈이든 권력이든 갖고자 하는 것 앞에서는 가족도 팔아 치우는 게 인간이니. ……쯧. 서원이 녀석, 이 거 알면 완전히 돌아 버릴 텐데."

얘기를 해 줘야 하나, 말아야 하나. 어린 인간 여자 하나가 제 아비의 손에 이끌려 노인네에게 팔려 가든 말든, 그런 건 저와 아 무 상관도 없는 일이다. 다만 지금 이 얘기를 듣고도 자신이 서원 에게 전하지 않아서 그녀가 고복근에게 몹쓸 일이라도 당하게 된 다면, 서원이 자신을 가만히 놔두지 않으리란 게 문제일 뿐이다.

"젠장. 머리에 피도 마르지 않은 새끼 뱀파이어한테 겁이라도 먹었단 거야, 뭐야."

도준이 짜증스럽다는 듯 제 머리를 헝클어뜨리고는 이내 한숨을 내쉬었다. 그리고 어쩔 수 없다는 얼굴로 자신의 휴대 전화를 꺼냈 다.

✽ ✾ ✽

이영은 서버가 가져다준 녹차를 한 모금 마신 뒤, 두 손을 모아 잡은 채 밖을 응시했다. 어느새 해가 저물어 어둑해진 거리에는 퇴 근길의 직장인들이 많았다. 그 광경을 잠시 바라보다가 다시 찻잔 을 두 손으로 감싸 들었다. 은은한 풀빛 물을 가만히 내려다보고 있는데 누군가가 다가오는 발소리가 들렸다. 그녀는 저도 모르게 미소를 지으며 고개를 들었다.

"아버지, 오셨……."

당연히 제 부친이 온 줄로만 알았다. 이영은 자리에서 일어나 인사를 하다 말고 말끝을 흐렸다. 그녀의 자리로 다가온 이는 현익 이 아닌 다른 사람이었다. 자주 본 건 아니지만 안면 정도는 있는 사내였다.

"최 비서님께서 여기는 어떻게⋯⋯."

"나가시죠, 아가씨. 밖에 차 대기시켜 놓았습니다."

현익의 수행 비서가 이영의 말이 끝나기도 전에 냉랭한 투로 입을 열었다. 그녀를 무시하고 있는 게 역력한 태도였다. 그녀는 주먹을 꽉 쥐며 입술을 깨물었다. 하지만 화를 낼 수도 없는 노릇이었다. 아니, 자신이 화를 내 봤자 코웃음이나 칠 게 분명했다. 이영은 두 눈을 질끈 감았다가 뜨고는 울컥거리는 속을 가라앉혔다.

"아버지는요."

"회장님께서는 따로 이동하실 겁니다. 그러니 어서 가시죠. 회장님을 기다리게 하실 겁니까."

"⋯⋯가, 야죠. 그래요. 가야겠죠."

이영이 금방이라도 사라질 듯 작은 목소리로 대답하고는 옆에 놔두었던 가방을 들었다. 그러자 비서가 냉큼 돌아서더니 그녀를 배려할 생각이 전혀 없다는 걸 노골적으로 드러내며 커피숍 밖으로 나가 버렸다.

속상해할 것 없잖아.

이영은 속으로 중얼거리며 커피숍을 나와 바로 앞 도로에 세워져 있는 자동차로 걸음을 옮겼다. 그리고 뒷좌석에 앉자마자 비서가 차를 출발시켰다. 그녀는 말없이 고개를 돌려 차창 밖으로 시선을 던졌다. 어두워진 거리의 풍경이 쓸쓸했다. 지금 제 마음이 그렇기 때문에 괜히 죄 없는 풍경 탓을 하는 것일 테지만.

얼마나 시간이 지났을까. 불편한 마음 때문인지 명치 부근에서 바늘로 찌르는 듯한 통증이 일었다. 이영은 바깥을 바라보다 말고 황급히 두 손으로 배 위쪽을 감싸며 몸을 숙였다. 순식간에 그녀의 낯빛이 창백해지더니 이마 위에 식은땀이 맺혔다.

"무슨 문제라도 있습니까, 아가씨?"

"아, 아니요. 아무것도 아니에요."

몸을 한껏 숙인 채 통증이 가시기를 기다리던 이영이 비서의 목소리에 화들짝 놀라 허리를 펴고는 고개를 흔들었다. 비서는 룸미러를 통해 그녀를 잠시 살피다가 다시 운전에 집중하겠다는 듯 눈길을 돌렸다. 심각한 문제가 아닌 이상, 신경 쓰고 싶지 않다는 태도였다. 그녀 역시 그에게 나약한 말 같은 걸 하고 싶지는 않았기에 어금니를 악물고 통증을 참았다. 그러다가 허탈한 마음에 실소를 터뜨렸다.

자신이 상상한 아버지와의 저녁 약속은 이런 모습이 아니었다. 그저 아버지와 단둘이 만나서 밥을 먹으며 지금껏 하지 못했던 얘기를 나누고 싶었을 뿐이다.

어리석은 기대였을까. 그녀는 장이 꼬이는 듯한 통증에 신음이 나오려는 걸 재차 참아 내며 다시 차창 밖을 바라보았다. 옆 차로를 달리는 자동차의 헤드라이트 불빛이 아스팔트 위를 비추고 지나갔다. 이영은 갑자기 눈시울이 뜨거워져서 황급히 눈을 감았다.

기대하지 않았더라면 이런 감정을 느끼지 않았을 텐데, 하는 후회가 가슴속을 채웠다. 그럼에도 불구하고 아직까지 버리지 못한 마음에 기가 막혀서 실소가 자꾸만 새어 나오려 했다.

어릴 적 많은 게 부러웠다. 다른 아이들보다 가진 게 많았다고 하지만, 정작 그녀는 정말 갖고 싶었던 건 그 무엇도 갖지 못했다.

어린 이영은 엄마 몰래 하굣길에 아빠와 단둘이 만나 분식점에 가서 떡볶이를 먹기로 했다던 친구를 부러워했다. 또한 수학여행을 가기 전 아빠를 졸라 예쁜 옷과 가방을 샀다며 어깨를 으쓱이고 자랑하던 다른 친구를 부러워하기도 했다.

그래서였는지도 모른다. 같이 저녁을 먹자던 현익의 말에 이영이 자신도 모르게 기대를 품고 들떴던 까닭은.

오래전 버렸다고 생각한 기대가 미련이 되어 이토록 덕지덕지 눌어붙어 있으리라고는 미처 알지 못했다. 이영이 쓴웃음을 지으며 고개를 젓다가 차창 밖으로 보이는 기와집에 눈을 조금 크게 떴다. 현익과 만날 장소가 이곳이었는지, 비서가 속도를 늦추는 듯싶더니 이내 차를 세웠다.

그녀는 차에서 내려 눈앞에 보이는 커다란 기와집을 물끄러미 응시했다. 한옥 특유의 고풍스럽고 우아한 분위기 대신 요사스러운 느낌이 드는 곳이었다. 이영은 저도 모르게 거부감이 들어 한 걸음 뒤로 물러섰다. 그 순간, 대문 안쪽에서 머리를 틀어 올린 한복 차림의 여자가 사뿐사뿐 다가왔다.

"어서 오세요. 그렇지 않아도 어르신들께서 기다리고 계십니다."

"예? 어르신들, 이라니…….."

분명히 어르신 '들' 이라 했다. 이영은 의아한 눈으로 여자를 쳐다보며 입을 열었다. 그러나 그녀가 채 말을 잇기도 전에 비서가 다가오더니 재촉하듯 끼어들었다.

"들어가시죠, 아가씨. 회장님께서 기다리시지 않습니까."

그 바람에 이영은 여자에게 아무것도 묻지 못한 채 대문 안으로 들어갈 수밖에 없었다. 여자는 이영보다 두어 걸음 앞서 걸으며 그녀를 더욱 깊숙한 곳으로 안내했다. 안채를 지나 조금 더 걷다 보니 별채로 보이는 곳에 다다랐다. 그녀는 저도 모르게 불안감이 들어 걸음을 멈췄다. 그러자 별채 안으로 들어가려던 여자가 뒤를 돌아보았다.

"이리 들어오시면 돼요."

여자는 이영의 불안감 따위는 알아차리지 못했다는 듯 생긋 웃으며 말했다. 이영은 무의미하게 입술을 몇 번 달싹이다가 이내 고개를 끄덕이고는 주먹을 꽉 쥐고 다시 걸음을 옮겼다. 섬돌 위에 구두를 벗고 올라서는 그녀의 얼굴이 창백했다.

여자의 안내를 받으며 이영은 별채 내에서도 가장 안쪽까지 들어갔다. 겉에서 보이는 한옥의 형태와 달리 그 내부는 전통적인 한옥 구조가 아닌, 복도와 양쪽 옆에 일렬로 이어진 밀실로 이루어져 있었다. 복도는 흡사 미로처럼 사방으로 갈라져 있어서 자칫 안내 없이 들어섰다가는 길을 잃을 수도 있을 것 같단 생각이 들었다.

바로 그 순간, 여자가 어느 문 앞에선가 멈춰 서더니 이영을 돌아보았다. 이영은 여자의 시선에 흠칫 몸을 떨고는 가까이 다가갔다. 정체 모를 불안감이 그 부피를 키워 가슴속을 가득 채운 것인지 호흡조차 쉽지 않았다.

괜찮아. 아버지와 저녁을 먹으러 온 것뿐이잖아.

그녀는 주먹을 쥐었다가 펴기를 두어 번 반복하며 애써 긴장을 풀었다. 여자가 문을 두드리고는 가느다란 목소리로 이영이 왔음을 방 안쪽에 알렸다. 들어오라는 현익의 목소리가 들렸다. 부친의 목소리를 들은 순간, 이영의 얼굴 위로 안도하는 기색이 스쳤다.

그녀는 여자가 열어 준 문 안쪽으로 발을 들여놓았다. 뒤쪽에 있던 여자가 저를 안쓰럽게 보는 시선을 알아차리지 못한 채.

제3장 - 구원

방 안에 들어서자마자 이영은 몸이 굳어 버리기라도 한 것처럼 미동조차 하지 못했다.

"거기 서서 뭘 하는 거냐. 의원님께 인사드려야지."

"……예?"

그녀는 현익의 목소리에 간신히 입을 열었다. 하지만 그에게 되묻는 외마디 소리를 낸 것 외에는 아무런 말도 이어 나갈 수 없었다. 이영은 현익을 쳐다보던 시선을 옮겨 그의 맞은편에 앉아 있는 사내를 보았다. 육십 대로 보이는 사내가 술잔을 기울이다 말고 그녀와 눈이 마주치자 입을 벌려 웃었다.

그 순간, 온몸에 소름이 돋았다. 그녀는 저도 모르게 주춤거리며 뒤로 한 걸음 물러섰다. 굳게 닫힌 문이 등 뒤를 가로막고 있었다. 마치 이곳에 한번 들어온 이상 결코 나갈 수 없다고 하는 것만 같았다.

"이영이 너 지금 고 의원님 앞에서 무슨 버릇없는 행동이야! 어서 이리 와서 죄송하다고 사죄드려!"

"허허, 뭐 그럴 것까지야……."

현익의 맞은편에 앉아 있던 사내, 고복근이 이영을 힐끔거리며 말끝을 흐렸다. 이미 현익과 몇 차례 술잔을 돌린 탓에 취기가 올라온 상태였다. 그런 상황에서 이영의 청초한 모습을 보고 있으려니 복부 밑에서 뜨끈한 열기가 올라왔다.

확실히 계집은 앳된 년이 품을 맛이 나지.

그는 테이블 아래로 손을 내려 답답해진 바지춤을 슬쩍 주물렀다가 놓으며 헛기침을 했다.

"얼른 이리 오라니까! 지금 네 아비를 망신시킬 참이냐!"

고복근이 헛기침을 하는 걸 불쾌감을 드러낸 것이라고 오해한 현익이 더욱 조급한 표정으로 이영을 다그쳤다. 오지 않으면 강제로 끌어다가 앉히겠다는 듯 눈을 부라리는 모습이 살벌하기까지 했다. 이영은 서글픈 시선으로 잠시 제 부친을 쳐다보다가 떨어지지 않으려는 발걸음을 뗐다.

"인사드려라. 너도 이미 알고 있겠지만, 고복근 의원님이시다."

"……처음 뵙겠습니다. 공이영이라고 합니다."

이영이 고복근을 향해 정중하게 허리를 숙여 인사했다. 긴 머리가 가냘픈 어깨 밑으로 흘러내렸다. 고복근은 그녀의 인사를 받으며 번들거리는 눈으로 이영의 몸을 훑었다. 그 시선이 너무나 노골적이었던 탓에 몸이 저절로 굳어 버렸다. 이영은 당황하여 어쩔 줄 몰라 하다가 블라우스 앞자락을 꽉 움켜쥐며 자리에 앉았다. 마치 그의 눈앞에서 벌거숭이가 되기라도 한 듯 수치심이 밀려들었다.

단순히 아버지와의 저녁 식사 자리라고 생각했다. 태어나서 처음으로 아버지와 단둘이 저녁을 먹는다는 생각에 저도 모르게 설레기까지 했다. 그게 잘못이었을까. 기대하지 말았어야 했는데 어리석게도 다시금 기대했던 제 잘못이었을까. 그녀의 낯빛이 창백했다.

"술 한 잔 받으시게나."

고복근이 제 술잔을 이영 쪽으로 건넸다. 자신의 입술이 닿았던 쪽이 그녀에게로 향하게끔 말이다. 이영은 그의 의도를 짐작할 수 있을 것만 같아서 더욱 참담해졌다. 그러나 애써 마음을 가라앉힌 뒤, 공손한 어조로 사양했다.

"죄송합니다, 의원님. 제가 술을 잘 마시지 못해서요."

"어허! 의원님께 그 무슨 말버릇이냐! 의원님께서 직접 권하신 술을 마다하다니."

현익이 옆에서 재차 눈을 부라리며 이영을 나무랐다. 그러자 고복근이 끌끌거리며 웃더니 옆에 놓인 술병을 들었다. 그녀는 입술을 잘근잘근 짓씹다가 이내 체념한 얼굴로 술잔을 받아 들었다.

고요한 와중에 술잔을 채우는 소리만이 들렸다. 이영은 가슴속에 스며드는 꺼림칙한 기분을 억지로 밀어내며 잔 가득 술이 차기를 기다렸다. 찰랑대며 금방이라도 쏟아질 듯 술이 가득 차고 나서야 고복근이 술병을 내려놓았다. 그녀가 안도하며 잔을 다시 내려놓으려는 찰나, 고복근이 입을 열었다.

"한 모금이라도 들어야지. 어른이 따라 줬는데 그냥 내려놓아서야 되나."

이영은 머뭇거리다가 한숨을 삼키고는 술잔에 입을 댔다. 고복근의 입술이 닿았던 자리를 피해 입을 대기는 했지만 순간적으로 구역질이 나려고 했다. 간신히 울렁거리는 속을 가라앉히고 술을 한 모금 넘긴 순간, 입 안에 불이라도 붙은 듯 홧홧한 열기가 돌면서 눈시울이 뜨거워졌다.

"콜록! 콜록!"

생전 처음 마셔 본 독주에 눈물이 왈칵 쏟아졌다. 정신없이 기침이 터져 나오고 눈물이 시야를 가린 탓에 이영은 옆에 앉아 있던 현익이 어느새 자리를 뜨고 그 대신 고복근이 제 곁으로 다가와 앉았다는 사실을 깨닫지 못했다.

"이런……. 정말 술이 약하구먼."

껄껄대며 웃는 소리와 함께 등을 쓸어내리는 손길이 느껴졌다. 마치 뱀이 꿈틀대며 지나가는 것만 같은 느낌이었다. 이영이 화들짝 놀라 제 등을 쓸어내리던 손을 쳐 내며 몸을 비틀었다. 고복근이 방금 밀쳐진 제 손을 다른 손으로 주무르다가 입술을 실룩였다.

"순하기만 한 줄 알았더니 앙칼진 구석이 있는 모양이군?"

"……아, 아버지는."

이영은 가까이 다가와 앉은 고복근을 보고는 너무 놀라 말을 더듬으며 주위를 둘러보았다. 현익의 모습이 그 어디에서도 보이지 않았다.

설마…… 아니겠지. 아닐 거야. 말도 안 돼.

그녀의 입술이 새파랗게 질렸다. 방금 자신이 떠올린 생각 자체가 너무나 끔찍하고 비참해서 결코 받아들일 수 없었다. 그러나 그런 이영을 비웃기라도 하듯 고복근이 조금 더 가까이 몸을 붙이며 입을 열었다.

"네 아비를 찾는 거라면 소용없는 짓이다. 너를 나한테 팔아넘긴 이가 바로 네 아비거든."

"……!"

"세무 조사를 막아 주는 대가로 넘겨받았으니 나로서는 꽤 후하게 값을 치른 셈이지. 고작 이렇게 비린내 나는 어린 계집아이 하나를 품는 대가치고는 과하지 않았나 싶기도 하고. 안 그런가, 막내따님?"

고복근은 제 말과는 달리 탐욕스러운 시선을 이영에게서 떼지 못하며 재차 입맛을 다셨다. 그의 말을 듣던 이영의 얼굴에 경악과 절망이 스쳐 지나갔다.

이러려고 저녁을 같이 하자, 하셨구나.

생전 저와 단둘이 밥 한 끼 먹지 않았던 부친이 갑자기 그런 제안을 했을 때는 의심을 했어야 한 걸까.

그녀는 현익이 제게 저녁을 함께하자고 말하기 전, 수연이 저를 보며 피식거렸던 걸 떠올렸다. 다들 알고 있었나 보다. 모두가 동의했나 보다. 하기야 그들에게 있어서 자신은 겨우 이렇듯 나이 든 사내에게 팔아넘겨도 될, 그런 값어치를 가진 존재에 불과했을 테니.

고복근의 손이 꿈틀거리는 애벌레처럼 블라우스 아래로 들어왔다. 이영은 찢기고 해어져 너덜대는 마음을 추스를 새도 없이 그에게 반항하며 몸부림을 쳤다. 고복근의 커다란 손에 얻어맞은 뺨이 화끈거렸다. 그러나 그녀는 저항을 멈추지 않았다. 지금 이 끔찍한 상황에서 저를 도와줄 수 있는 건 오로지 제 자신밖에 없다는 걸 알기 때문이었다.

지금껏 어느 누구도 제게 손을 내밀어 주지 않았다. 얼굴조차 알지 못하는 친어머니는 갓난아기였던 저를 버렸다. 지금의 부모님이나 이복형제들 역시 마찬가지였다. 그들에게 저라는 존재는 단 한순간도 가족이었던 적이 없었다. 그리고 그건 앞으로도 마찬가지일 터였다.

세상 그 어디에도 제 가족은 없다.

그 사실이 이영으로 하여금 더욱 발악하게 만들었다. 한쪽 뺨에 멍이 들고 옷차림이 엉망이 되었음에도 불구하고 아랑곳하지 않고 계속 몸부림을 쳤다.

"이게 진짜!"

고복근이 반항하는 이영을 간신히 제압한 뒤에 이마의 땀을 훔쳐 내며 말을 이었다.

"갓 잡아 올린 게 펄떡거려서 맛이 좋기는 할 테지만, 그래도 어느 정도껏 버둥거려야 말이지. 공 회장은 딸내미 교육을 어떻게 시켰기에……."

고복근의 우악스러운 손길에 블라우스는 이미 절반 이상 찢겨진 상태였다. 그는 찢겨진 블라우스 안으로 슬쩍 보이는 새하얀 둔덕에 입술을 축였다. 그러고는 황급히 제 바지 버클을 풀고 그녀의 스커트를 마저 벗기려 했다.

"아, 안…… 안 돼."

이영이 몸을 억지로 움직이며 재차 저항하려 했지만 허사였다. 그녀는 스커트가 벗겨져 바닥으로 떨어지는 걸 느끼고는 두 눈을 질끈 감았다. 절망 가득한 얼굴에 눈물이 주르륵 흘러내렸다.

제발…… 제발 누구라도 나를 구해 줬으면…….

헛된 바람이라는 걸 알면서도 다시 한번 도움을 갈구하던 그 순간, 갑자기 문이 부서지는 소리와 함께 그녀의 허벅지를 주무르던 고복근에게서 고통에 찬 비명 소리가 들렸다. 그리고 거의 헐벗은 상태인 그녀의 몸 위에 아직 체온이 남아 있는 누군가의 겉옷이 덮였다.

＊ ＊ ＊

끼이익.

타이어가 찢기는 듯한 브레이크 소리와 함께 차가 멈춰 섰다. 대문 안으로 들어서던 이들이 요란한 소음에 눈살을 찌푸리며 뒤를 돌아보았다. 줄지어 주차된 고급 승용차들 사이에서도 압도적인 존재감을 드러내는 차 한 대가 바로 그 소음의 원인이었다. 눈살을 찌푸리던 사람들의 눈에 호기심이 어렸다. 전 세계를 통틀어서도 몇 대 없는 차라는 걸 알아봤으니 당연한 반응이었다.

"국내에 저 차를 소유하고 있는 사람이……."

누군가가 제 일행에게 입을 연 순간, 차 문이 열리고 남자가 내렸다. 금방이라도 주변의 모든 것들을 베어 낼 듯 날카로운 분위기를 풍기고 있는 젊은 남자였다. 그를 알아본 다른 누군가의 입에서 남자의 이름이 새어 나왔다.

"채서원……."

채서원? 도경의 채서원? 사람들이 금세 웅성대기 시작했다. 그러나 서원은 그 누구에게도 시선을 주지 않은 채 곧바로 안으로 들어갔다. 접대를 위하여 몇 번 온 적이 있는 곳이었다. 겉은 화려하지만 속은 썩어서 고약한 악취를 풍기던 곳이기도 했다.

그런데 바로 이곳에 그녀가 있다니.

그는 당장에라도 제 앞에 있는 누구든 죽여 버릴 수도 있을 듯한 살기를 드러내며 성큼성큼 걸음을 옮겼다. 그 순간, 열두 폭의 풍성한 치마를 입은 중년 여자가 다급한 발걸음으로 그를 향해 다가왔다. 바로 이곳의 주인이었다.

"채서원 차장님, 어떻게 연락도 없이 오셨어요. 누구와 약속이 있으셨는지……."

서원은 여자를 향해 단도직입적으로 물었다.

"공이영 씨, 여기 왔죠?"

"……예?"

"공현익 회장과 고복근 의원, 그 사람들 지금 어디에 있습니까."

그는 이영의 이름을 먼저 물어봤다가 여자가 바로 알아듣지 못하자 곧바로 말을 바꿔 다시 물었다. 그러자 여자의 얼굴이 창백해지는 듯싶더니 이내 흙빛으로 변했다.

"어, 저, 그게, 그러니까……."

노련하기 그지없던 그녀답지 않게 말을 더듬었다. 서원은 그런 여자를 보고는 더욱 굳은 표정으로 어금니를 악물더니 그녀의 화사한 저고리 깃을 멱살 잡듯 움켜쥐었다.

여자의 눈이 휘둥그렇게 커졌다. 직접 본 건 몇 번 되지 않지만, 도경의 채서원이 얼마나 냉철하고 침착한 남자인지 다른 이들이 하는 말을 통해 이미 알고 있었다. 그런데 그런 남자가 이토록 흥분한 모습을 보이다니. 여자가 당황하여 입을 달싹였다. 그러나 너무 놀란 탓인지 입술 사이에서 새어 나온 것은 그저 쌕쌕거리는 숨소리뿐이었다.

"다시 묻겠다. 공이영은 어디에 있지?"

서원의 말투가 바뀌었다. 그와 동시에 그의 눈이 붉게 변했지만 여자는 그 어떤 변화도 감지하지 못했다. 당혹감으로 흔들리던 시선이 몽롱하게 변하는 듯싶더니 그녀의 입에서 억양이 사라진 목소리가 흘러나왔다. 내부 구조를 잘 알지 못하는 사람이 무턱대고 들어갔더라면 되레 헤매기만 했을 정도로 그녀의 입에서 나온 설명은 단번에 알아듣기 힘들었다. 물론 그의 경우는 예외

였지만 말이다.

서원은 모든 설명을 듣고 난 뒤, 여자를 옆으로 던져 버렸다. 여자가 실 끊어진 꼭두각시 인형처럼 힘없이 한쪽 구석에 처박혔다. 그는 그녀에게 시선조차 주지 않고 걸음을 옮겼다.

가급적 뱀파이어로서의 능력을 쓰지 않고 살고자 했다. 인간으로서 살아가기를 바라는 부모의 마음 때문에도 그랬고, 또한 제 스스로도 굳이 남들과 다른 능력을 쓰고 싶지는 않았다.

도경그룹의 총수를 부친으로 두고 있는 이상, 이미 제 손에는 많은 것들이 쥐어진 셈이었다. 거기에 다른 이들에게는 없는 능력까지 더하고 싶지는 않았다. 조금이라도 제힘으로 뭔가를 이루어내고 싶었기 때문이다. 그래서 주변의 기대와는 달리 아직 경영 일선에 뛰어들지 않고 도경물산의 경영전략팀 차장으로 있는 것이기도 했다.

하지만 지금 이 상황에서 그런 게 다 무슨 소용이 있을까. 서원은 입술을 비집고 날카롭게 튀어나온 송곳니를 감출 생각도 하지 못한 채 이영이 있다는 별채로 거의 달려가다시피 했다. 그러다가 어느 순간, 그는 걸음을 멈췄다. 본능적으로 그녀의 위치를 파악한 것이다.

그는 곧바로 다시 걸음을 옮겼다. 그리고 별채 안으로 막 들어서려는 찰나, 절박한 비명이 그의 귓속으로 파고들었다. 별채 안쪽의 밀실에서 나온 소리라 평범한 사람의 귀에는 들리지 않았을 테지만, 긴장감으로 팽팽히 당겨진 채 뱀파이어로서의 모습을 유지하고 있던 서원에게는 바로 옆에서 들린 소리처럼 선명했다.

분명 그녀의 비명 소리였다.

그것을 자각하자마자 그의 송곳니가 더욱 길어지고 눈 또한 핏빛으로 일렁였다. 서원이 그 모습 그대로 달려 들어가려는데 누군가가 마치 하늘에서 떨어지기라도 한 것처럼 나타나 그의 앞을 가로막았다.

"장도준, 비켜!"

서원의 앞을 가로막은 이는 도준이었다. 도준은 별채 안쪽을 힐끗 돌아보고는 인상을 쓰며 비켜섰다. 그리고 서원이 바로 제 옆을 스쳐 지나가려는 순간, 당부하듯 말했다.

"공이영, 그 여자만 데리고 나와."

그러나 서원은 도준의 말에 아무런 대꾸도 하지 않았다. 서둘러 들어가야 한다는 생각만이 그의 머릿속을 가득 채우고 있을 뿐이었다. 도준은 그런 서원의 팔을 잡아채고는 재차 말을 이었다.

"아무도 죽이지 마."

"놔!"

서원의 붉게 변한 눈이 살기를 담은 채 도준을 향했다. 하지만 도준은 그 살기를 고스란히 받아치며 거듭 말했다.

"인간으로 살겠다며. 뱀파이어가 아닌 사람으로 살겠다고 고집 부린 건 너야. 네 부모의 눈에서 피눈물 흐르는 걸 보고 싶지 않으면 정신 차려. 더구나 공이영이랑 결혼하겠다며? 네가 좋아하는 여자를 살인자 아내로 만들 셈이야?"

인간 세상에서 살아가고 있는 이상, 뱀파이어라 해도 지켜야 할 선이 있는 법이다. 그 선을 넘으면 다시는 그 세상에서 살아가지 못한다. 도준은 바로 그 점을 이 어린 뱀파이어에게 다시금 일깨워 주고 싶었다.

그것을 알아차린 서원의 시선이 흔들리는 듯싶더니 핏빛으로 물들었던 눈동자가 서서히 원래 상태로 돌아오기 시작했다. 그와 동시에 입술 사이로 드러나 있던 송곳니도 자취를 감추었다. 그렇다고 해서 그가 살기 자체를 누그러뜨린 것은 아니었지만 말이다.

"알았어."

서원은 도준이 잡고 있던 팔을 흔들어 뿌리치고는 그대로 들어갔다. 도준이 그 뒷모습을 보다가 혀를 차며 고개를 흔들었다. 이제 겨우 서른 살 먹은 어린 뱀파이어의 첫사랑이 안쓰럽고 애달팠다.

"어차피 영생 속에서 스쳐 지나갈 찰나의 감정일 뿐인데."

도준의 목소리가 허망하게 흩어져 사라졌다.

서원은 문을 그대로 걷어찼다. 그의 발길질 한 번에 굳게 닫혀 있던 문이 굉음과 함께 부서지고 말았다. 눈앞에 펼쳐진 광경에 그대로 이성을 잃어버릴 것만 같았다.

엉망이 되어 버린 이영의 모습이 제일 먼저 눈에 들어왔다. 눈물로 범벅이 된 얼굴과 찢겨진 블라우스 속으로 보이는 상처들, 그리고 스커트가 벗겨진 탓에 팬티만을 입은 상태로 눈앞에 고스란히 노출된 그녀의 하체에 남은 붉은 손자국이 참혹했다.

그 모든 게 단 1초 만에 그의 눈을 통해 머릿속에 입력되었다. 그는 곧바로 사내, 고복근을 향해 발길질을 했다.

"으아악!"

방금 전까지 이영의 허벅지를 주무르던 고복근이 발길질 한 번에 나가떨어졌다. 서원은 그를 죽여 버리고 싶은 걸 참으며 그녀에게 먼저 다가갔다. 그러고는 곧바로 제 겉옷을 벗어 그녀의 몸을 감싸 주었다. 그러자 이영이 본능적으로 숨기라도 하려는 듯 서원의 겉옷을 꽉 움켜쥐며 몸을 움츠렸다. 그 모습에 가슴이 미어졌다.

"이영아, 이제 괜찮아."

다 괜찮아. 아무 일도 없을 거야. 서원은 고작 의지할 데라고는 자신이 벗어 준 겉옷 하나뿐이라는 듯 그것만을 움켜쥔 채 덜덜 떠는 이영을 감싸 안으며 그녀의 귓가에 몇 번이고 속삭였다. 그러자 이영이 정신을 차린 것인지 바들바들 떨면서도 고개를 움직여 그를 쳐다보았다.

"차…… 오빠?"

차장님, 이라고 부르려던 호칭 대신 어릴 적에 불렀던 '오빠'라는 호칭이 나왔다. 아주 가까운 사이는 아니었다. 그건 당연한 일이었다. 가족도 아니었고, 나이가 비슷한 것도 아니니 친구도 될 수 없었다. 하지만 가끔 볼 때마다 그는 다정한 오빠가 되어 주었다. 그저 가볍게 인사를 건네고 잠깐 웃어 준 게 전부였지만, 그것마저도 제 이복 오빠나 언니에게서는 받아 본 적 없던 애정이었으니까.

이영은 왈칵 울음이 터져 나오는 걸 자제하지 못하고 저를 감싸 안은 서원의 품에 고개를 묻어 버렸다. 그러자 서원이 당황한 듯 순간적으로 멈칫거리더니 이내 그녀를 안고 있던 팔에 더욱 힘을 주었다.

이 남자가 어떻게 온 걸까.

단 한순간도 타인에게서 도움을 기대하지 못했다. 그러면서도 끝내 헛된 바람을 버리지 못해 절박하게 누군가의 도움을 빌었다. 그런데 그런 제 소원을 하늘에서 듣기라도 한 것인지 이 남자가 나타난 것이다.

가장 절망적인 순간에, 저를 돕겠다고.

어떻게 알고 온 것인지 모르지만, 따지고 보면 사람도 아닌 존재이지만.

그녀의 입에서 계속 울음이 새어 나왔다. 긴장이 풀린 탓인지 온몸이 욱신거리고 쑤시며 아팠다. 서원은 그런 이영을 안은 채 묵묵히 그녀의 어깨와 등을 다독였다.

"이, 이게 무슨 짓이야! 네놈은 누군데 감히……."

서원의 발길질에 나가떨어졌던 고복근이 정신을 차리고는 언성을 높이다가 이내 말을 끝내지도 못한 채 기침을 내뱉었다. 가래가 들끓는 듯한 소리가 이어졌다. 서원은 이영이 그 소리를 듣는 것 자체가 불쾌해져서 미간을 찌푸렸다. 그리고 고복근을 향해 한마디 하려고 입을 여는데 부서진 문 바깥에서 현익의 모습이 보이는 듯싶더니 이내 그가 안으로 들어왔다.

"의, 의원님! 이게 대체 무슨 일입니까!"

현익은 허둥대며 방 안으로 들어서자마자 고복근에게 달려가 그를 부축했다. 그 모습을 보던 서원의 시선이 싸늘하게 식었다. 상식적으로 생각하자면 본인의 딸부터 먼저 괜찮은지 확인해야 하는 게 아니겠는가.

하기야 자신의 손으로 직접 이 시궁창 같은 곳에 제 딸을 밀어 넣은 작자에게 뭘 바랄까 싶기는 하지만.

그는 입술 끝이 비틀리려는 걸 억지로 참으며 다시 제 품 안에 안겨 있는 이영에게로 고개를 돌렸다. 제 부친의 목소리를 들었을 텐데도 그녀는 그의 가슴팍에 묻고 있던 고개를 들지 않았다. 되레 몸의 떨림이 더욱 심해졌을 뿐.

서원은 이영의 몸을 감싸고 있는 제 겉옷을 더욱 꼼꼼하게 여몄다. 비록 얼굴은 여전히 엉망이었지만 찢겨진 블라우스 사이로 드러났던 상처투성이의 몸이 겉옷 속으로 감춰졌다.

치마는 어떻게 해야 하나…….

잠시 고민하던 그의 눈에 잔뜩 구겨진 채 바닥에 떨어져 있는 치마가 뒤늦게 보였다. 발에 밟히기까지 한 듯 지저분해진 치마를 그녀에게 다시 입힐 수는 없었다. 아니, 그러고 싶지도 않았다.

다행히 이영의 몸집이 저보다 훨씬 작아서 제 겉옷이 그녀의 허벅지 중간까지는 가릴 수 있을 것 같았다. 그는 이영을 다시금 힘주어 안아 든 채 현익을 향해 몸을 돌렸다. 그러자 고복근에게만 매달리다시피 하고 있던 현익이 서원을 발견하고는 험악한 얼굴로 고함을 질렀다.

"대체 너는 뭐 하는 새끼인데 함부로 들어와서 이 난장판을 만든 거야? 네가 지금 다치게 한 이분이 어떤 분인지 알기나……."

"고복근 의원인 걸 누가 모릅니까."

"뭐?"

"그건 그렇고 오랜만입니다, 공 회장님."

서원의 서늘한 음성에 현익은 머릿속까지 차가워지는 느낌을 받았다. 어디선가 들어 본 듯한 목소리였다. 현익은 그 사실을 깨닫고는 황급히 남자를 주시했다. 남자의 품에 안겨 있는 여자가 보였다. 그리고 그 여자가 바로 제 딸이라는 걸 알 수 있었다. 이게 대체 무슨 상황인가 싶어 눈을 굴리던 현익의 눈에 남자의 얼굴이 선명히 들어왔다.

"채, 채서원 차장?"

남자의 차림새가 잔뜩 흐트러진 데다가 앞머리마저 헝클어져 이마와 눈 주변을 가리고 있던 탓에 평소의 단정한 채서원과 곧바로 연결 짓지 못했다. 현익은 '도경의 후계자' 채서원이 대체 왜 이곳에 있는 건가 싶어 순간적으로 아연한 표정을 지었다. 더구나 제 딸, 이영을 소중하게 품고 있는 모습이라니.

고복근을 부축하고 있던 현익의 손끝이 덜덜 떨렸다. 그러더니 그를 부축하던 손을 슬그머니 아래로 치우고는 옆으로 물러섰다. 현익이 하는 행동을 가만히 쳐다보던 서원의 입매가 한쪽으로 비뚜름하게 올라갔다. 그러나 그는 예의 바른 투로 현익을 향해 입을 열었다.

"그렇지 않아도 곧 인사드릴 겸 찾아뵈려고 했는데, 이런 자리에서 먼저 뵙게 되어 유감입니다."

"이, 인사라니?"

현익의 눈이 크게 뜨였다. 그의 머릿속에서 말도 안 되는 가정이 떠올랐다. '인사드릴 겸 찾아뵈려고' 했다던 서원의 말뜻을 '결혼 승낙을 받기 위해 오려고' 했다고 이해하는 건 자신이 너무 곡해하여 알아들은 것이 아니겠는가. 스스로 제 생각에 기가 막혀서 상황에 어울리지도 않게 헛웃음이 나오려는 순간, 그의 머릿속을 마치 읽어 내기라도 한 것처럼 서원이 재차 말을 이었다.

"이영이와의 결혼을 허락해 주십사, 찾아뵐 예정이었거든요."

"뭐라고?"

현익이 경악한 속내를 숨기지 못하고 입을 벌렸다. 그리고 고복근이 뒤에서 비틀대며 몸을 추스르다 말고 고개를 퍼뜩 들고는 서원을 쳐다보았다. 두 사람 모두 정신이 번쩍 들었다.

도경그룹의 차기 주인, 채서원의 결혼이다. 그가 어느 집안의 여자와 결혼을 하느냐에 따라 대한민국 내의 권력이 요동치고 재계의 서열이 바뀔 것이다. 그런데 지금 그가 결혼 승낙을 받으러 올 예정이라 했다.

현익과 고복근은 누가 먼저라고 할 것 없이 서로를 쳐다보았다. 현익의 얼굴에는 숨기지 못한 희열이 감돌았고, 그와 반대로 고복근의 얼굴에는 난감한 기색이 역력했다. 고복근으로서는 졸지에 도경의 후계자와 결혼할 여자를 겁탈하려 한 셈이 되었으니 말이다.

아니, 그런데 이 혼인이 성사될 수 있기는 한 건가?

고복근은 이맛살을 구기며 의아한 표정을 지었다. 도경에서 이런 결혼을 용납할 가능성이 없으리란 게 그의 판단이었다. 채필봉 회장이 뭐가 아쉬워서 저런 싸구려 계집애를 하나뿐인 아들의 짝으로 허락하겠는가. 그는 서원의 품에 안겨서 제대로 얼굴조차 보이지 않는 이영을 탐욕스럽게 쳐다보았다.

저 계집애의 말캉말캉한 감촉이 아직 제 손에 남아 있는데 다른 놈에게 빼앗겨야 한다니. 분하고 속이 터질 노릇이었다.

그 번들거리는 시선을 느낀 것일까. 서원이 이영에게로 돌렸던 시선을 다시금 들어 고복근을 쳐다보았다. 그 순간, 고복근은 자신도 모르게 뒷걸음질을 치고 말았다.

무, 무슨 눈빛이…….

무저갱이 저절로 연상될 정도로 서원의 시선은 그 끝을 짐작할 수 없을 만큼 어둡고 깊이 가라앉아 있었다. 고복근은 가슴속을 짓누르는 두려움에 휘청거리며 재차 뒤로 물러섰다.

"그럼 이만 가 보도록 하겠습니다."

서원이 고복근을 쳐다보던 눈을 돌려 현익에게로 향하더니 고개를 슬쩍 숙여 인사했다. 그러고는 일말의 망설임도 없이 이영을 품에 안은 채 부서진 문밖으로 나가 버렸다.

— 잘했다.

"내가 뭘 잘했단 거야?"

— 아무도 안 죽여서.

"누가 들으면 내가 연쇄 살인마라도 되는 줄 알겠네."

서원은 도준의 말에 피식거리며 창밖을 응시했다. 거리의 야경이 한눈에 보이는 전면 유리창은 그의 등 뒤가 고스란히 비쳤다. 늘 봐 왔던 거실 풍경인데도 어째서인지 그는 바깥 야경보다 제 등 뒤의 실내 풍경에 더욱 시선이 갔다. 더 정확하게 표현하자면 그녀가 들어가 있는 제 침실 문이라고 해야겠지만 말이다.

— 아까 네 표정이 딱 그랬어, 인마. 눈앞에 걸리적거리는 건 뭐든지 다 갈기갈기 찢어 죽일 것처럼. 태어난 지 고작 서른 해밖에 안 된 꼬맹이가 뭐 그렇게 살벌하게 굴어?

"이것 보세요, 대부님. 인간 세상에서 살면 시간도 그 세상 속에 맞춰야지. 서른이면 충분히 컸는데 언제까지 어린애 취급할 셈이야?"

서원이 짐짓 짜증을 내며 찌푸려진 제 미간을 손가락으로 꾹꾹 눌렀다. 팔백 살, 아니, 팔백한 살 차이 나는 도준은 종종 이렇게 서원을 꼬맹이라 부르며 어린애 다루듯 한다. 휴대 전화 너머로 도준이 키득거리며 웃는 소리가 들렸다. 그러더니 언제 웃었던가 싶게 그가 진지한 목소리로 말했다.

— 너무 깊이 빠지지는 마.

"……."

— 물론 이런 내 말이 네 귀에 들어갈 리 없다는 건 알지만.

도준의 목소리에서 허망함이 묻어났다. 서원은 아무런 대답도 하지 않았다. 도준 역시 대답을 기대하지 않았다는 듯 피식거리며 웃더니 그대로 전화를 끊었다. 잠시 씁쓸한 마음이 들었지만 이내 어깨를 으쓱이며 털어 버렸다.

그 순간, 침실 문이 열리는 소리가 들렸다. 그리고 서원이 바라보던 유리창으로 이영의 모습이 비쳤다. 큼직한 옷을 입고 나온 이영이 쭈뼛거리며 문 앞에 서서 자신의 등을 바라보고 있었다. 유리창에 제 모습이 비치는 줄은 모른 채.

서원은 언제 씁쓸한 마음이 들었나 싶을 만큼 입꼬리가 제멋대로 올라가는 걸 느끼며 뒤로 돌아섰다. 그러고는 그제야 그녀가 거실로 나온 걸 알아차렸다는 듯 눈을 크게 뜨고 입을 열었다.

"이제 나온 거야? 옷은 좀…… 어떠냐고 묻기가 그러네. 많이 커서 불편하지? 하룻밤만 참아. 내일 아버지 비서한테 연락해서 네가 입을 만한 옷 좀 사 가지고 오라고 할 테니까. 비서로 근무하기 전에 모 의류업체 디자인팀에 있었던 사람이니 안목은 있을 거고……."

"아, 아니요. 저, 괜찮아요. 제가 알아서 할게요. 친구한테 부탁해도 되고요."

"친구한테 부탁한다고? 여기로 옷 가져다 달라고? 너 그럼 속된 말로 '빼박'인데."

"예?"

"남자 집에서 외박한 거, 친구한테 고스란히 들통 나는 거잖아."

서원이 피식 웃으며 이영에게 설명하듯 말했다. 그러자 이영이 당황한 얼굴로 눈만 깜빡였다. 그러다가 얼굴을 붉히더니 아래로 길게 내려간 와이셔츠 소매를 가만히 만지작거렸다.

이렇게 작은 여자인데.

그는 웃음기를 지우고 가만히 그녀를 바라보았다. 이영에게 갈아입으라고 줄 만한 옷이 없었던 터라 제 와이셔츠와 바지를 주었다. 그녀의 몸에 비해 옷이 클 거라고 예상은 했지만, 실제로 옷을 입고 나온 모습은 제 예상보다도 훨씬 더 심했다. 흡사 어린아이가 삼촌 옷이라도 몰래 훔쳐다가 입은 것 같은 모습이었다.

소매는 길게 내려와 손을 덮고도 여유분이 남아돌았고 바지는 몇 번을 접어 올렸음에도 불구하고 그 끝이 바닥에 질질 끌렸다. 또한 허리가 큰 탓에 자꾸만 바지가 흘러내리는지 이영은 어색하게 와이셔츠 소매를 만지작거리는 와중에도 가끔 제가 입고 있는 바지를 추어올렸다. 그 모습이 사랑스럽기 그지없었다.

그러면서도 한편으로는 화가 치밀었다. 이렇듯 작고 사랑스러운 여자에게 가해진 폭력에 어떻게 분노하지 않을 수 있을까. 아비라는 작자는 나이 든 사내에게 딸을 팔아넘겼고, 나이 든 사내는 정욕을 해소할 대상으로 본인의 딸보다도 더 어린 여자를 강제로 탐하고자 했는데.

둘 다 가만히 내버려 두지는 않겠어.

오늘은 운이 좋았다고 여기겠지. 하지만 이대로 묻어 두지는 않을 것이다. 제 여자의 몸과 마음에 상처를 입힌 만큼, 아니, 그 수십 배, 수백 배는 갚아 주어야 그나마 속이 조금 풀릴 듯싶으니 말이다. 서원은 살기 어린 시선을 이영에게 들키고 싶지 않아서 눈을 아래로 내리떴다. 그리고 다시 마음을 가라앉힌 뒤에야 그녀를 향해 시선을 들 수 있었다.

"저…… 차장님, 그럼 부탁 좀 드릴게요."

"그새 또 호칭이 바뀐 거야?"

"그게, 조금 어색해서……."

이영은 서원의 웃음기 섞인 질문에 눈을 굴리다가 슬쩍 그의 시선을 피하며 말끝을 흐렸다. 그러고는 어색한 마음을 감출 겸 무심코 손을 들어 입가를 매만지다가 곧바로 통증을 느끼는 바람에 저도 모르게 신음을 내고 말았다.

"아앗……."

"조심해야지!"

서원이 황급히 다가오더니 곧바로 이영의 턱을 잡고는 고개를 들게 했다. 그리고 그녀의 얼굴 곳곳에 남은 상처를 하나도 놓칠 수 없다는 듯 꼼꼼하게 살피기 시작했다. 이영은 한 뼘도 되지 않는 거리를 두고 저를 살피는 서원의 시선에 당황하여 몸을 물리려 했다. 하지만 그의 손에 턱이 잡힌 탓에 뜻대로 물러설 수는 없었다.

"……흉터가 남으려나."

그가 인상을 쓰면서 혼잣말을 중얼거리고는 다시 그녀를 쳐다보았다. 뭔가를 말하고 싶은데 주저하는 듯한 눈빛이었다. 이영이 당황했던 것조차 잊고 의아한 표정으로 서원을 쳐다보는 순간, 그가 입을 열었다.

"비린 거 잘 먹어?"

"예? 그게 갑자기 무슨……."

이영은 서원의 말에 더욱 어리둥절해져서 눈만 깜빡이며 되물었다. 그러자 그가 제 머리를 헝클어뜨리더니 입술을 짓씹다가 툭 던지듯 말했다.

"내 피를 마시면 흉터 하나 남기지 않고 싹 나을 텐데."

"……예에?"

웃어야 하는 상황인 걸까. 농담도 잘하시네요, 하고 식상한 말도 덧붙이면서. 그러나 이영은 서원이 한 말이 결코 농담이 아니란 걸 잘 알고 있었다. 그녀의 얼굴이 파래졌다가 하얘지기를 반복하는 걸 보던 서원이 이영의 턱을 잡고 있던 손을 놓더니 어깨를 으쓱였다.

"됐어. 못 들은 걸로 해. 그렇게 기겁할 것까지는 없잖아. 내가 언제 너한테 억지로 먹인다고 했어?"

그는 별것 아닌 일이라는 듯 대수롭지 않은 투로 말했다. 그러면서도 아쉽다는 기색이 희미하게 엿보였다. 이영은 부르르 몸을 떨며 입술을 앙다물었다. 혹시라도 그가 붉은색 주스라든가 와인 비슷한 걸 권하면 절대 마시지 말아야겠단 생각과 함께 말이다.

"그건 그렇고, 일단 앉자."

서원은 소파 쪽으로 고갯짓을 했다. 이영은 그의 말에 순순히 고개를 끄덕이고는 소파로 다가갔다.

"몸은 괜찮아?"

"……예."

"정말?"

서원의 물음에 이영이 고개를 끄덕였다. 근육통이 일어난 것인지 몸 여기저기가 욱신거리는 것 같기는 하지만, 그럭저럭 몸을 움직일 수는 있으니 괜찮다고 한 게 거짓말은 아니었다.

그렇지만 서원은 좀처럼 그녀의 말을 믿지 못하겠다는 듯 눈을 가늘게 뜨고 쳐다보다가 한숨과 함께 고개를 주억거렸다. 이영은 그의 한숨 소리에 저도 모르게 두 손을 꽉 오므려 쥐었다. 자신이 서원의 품에 안긴 채 떨어지려 하지 않아서 그가 난감해했던 게 새삼 기억났다. 그녀는 민망함을 이기지 못하고 고개를 푹 숙였다.

정신을 차렸을 때는 이미 그의 집, 그것도 가장 내밀하다 할 수 있는 그의 침실 안이었다. 게다가 저를 내려놓으려는 그를 놓지 않으려고 끌어당기는 바람에 함께 침대 위에 드러눕다시피 한 상태였다.

'사흘을 꽉 채울 필요도 없겠네.'

'……예?'

'결혼식도 올리기 전에 벌써 침대로 돌진하다니 말이야. 알고 보니 배짱 두둑한 아가씨였네, 공이영.'

침대에 모로 누워 한쪽 팔로 머리를 괴고 있던 서원이 우스갯소리처럼 건넨 말이 귓가에 새삼 맴돌았다. 이영의 얼굴이 금세 빨개졌다. 그런 제 얼굴이 보일까 싶어 그녀는 더욱 아래로 고개를 숙였다. 그 모습이 바로 앞의 테이블 유리에 비쳐 고스란히 서원의 눈에 들어간 줄도 모른 채.

"언제가 좋을지 말해 봐."

서원은 이영의 빨개진 얼굴을 잠시 감상하느라 테이블에 시선을 고정하고 있다가 뒤늦게 입을 열었다. 하지만 민망함을 곱씹고 있던 이영의 귀에 들리지 않은 것인지, 그녀에게서는 아무런 대답도 나오지 않았다. 그는 팔짱을 낀 채 이영을 가만히 쳐다보았다. 고개를 숙이고 있으니 정수리밖에 보이지 않는데도 불구하고 그의 시선은 좀처럼 떨어질 생각이 없어 보였다.

"저…… 아까는 감사했어요."

서원이 저를 뚫어져라 보는 줄도 모른 채 이영이 작은 소리로 감사 인사를 했다. 그리고 고개를 들었을 때, 서원의 시선은 이미 다른 곳을 향한 뒤였다.

"뭐, 감사 인사 듣자고 한 건 아니고."

그가 뒤늦게 이영의 말을 들었다는 듯 시선을 돌려 다시 그녀를 쳐다보고는 덤덤한 투로 말했다. 하지만 이영은 고개를 절레절레 흔들며 말을 이었다.

"그래도 차장…… 아니, 오빠가 도와주시지 않았으면 정말……
어떤 일이 벌어졌을지 모르니까요."

그녀는 애써 아무렇지 않은 척 표정을 가다듬으며 옷매무새를
만졌다. 핏기 없는 손끝이 파르르 떨리는 걸 긴 소매 속으로 숨겼
다. 하지만 서원의 예리한 시선을 피할 수는 없었다.

이영의 입가에 남은 상처와 뺨에 푸르스름하게 든 멍이 그의 속
을 뒤집히게 만들었다. 엉망이 된 이영을 데리고 나오는 게 우선이
었기에 그들을 그냥 내버려 둘 수밖에 없었던 게 다시 생각해도
분통이 터졌다. 도준의 말대로 살인을 저지를 수는 없겠지만, 그래
도 반쯤 죽여 놓았어야 했다.

아니, 아니야. 고작 그런 정도로 끝나면 안 되지.

서원의 눈빛이 찰나였지만 붉게 변했다가 본래대로 돌아왔다.
적어도 지금 이 자리에서 보일 모습은 아니다. 이 여자 앞에서는
안 돼. 그는 살의가 치미는 것을 억누르고는 다시 입을 열었다. 직
전의 모습과는 전혀 다른, 짓궂은 미소를 매단 채 말이다.

"그나저나 왜 대답 안 해?"

"예? 무슨 대답을 하라고요?"

"좀 전에 내가 물어봤잖아. 언제가 좋을지 말해 보라고."

뜬금없는 그의 물음에 이영의 표정이 아연해졌다. 그녀는 눈을
깜빡이며 그를 쳐다보다가 고개를 기울였다.

"무슨 말씀이신지 전혀 모르겠어요. 뭐가 '언제'라는 건지."

"부모님께 결혼 승낙, 아니, 결혼 통보하러 가는 거 말이야. 언
제가 좋겠어?"

"예?"

이영의 눈이 동그래졌다. 그러나 서원은 그저 싱긋 웃기만 하다가 뒤늦게 한마디를 덧붙였다.

"사흘 준다던 거 취소하려고."

"그, 그게…… 그래도 아직 하루 남았는데."

당황한 이영이 허둥대며 말을 더듬었다. 서원은 어깨를 으쓱이고는 아무렇지 않게 대꾸했다.

"그냥 하루 앞당겨서 결정한 셈 치지, 뭐. 굳이 하루를 더 줘야 해? 그럴 필요 있을까?"

"……"

"고복근, 그 노인네 후처보다는 그래도 내 옆자리가 낫지 않아? 인간 아닌 종보다는 나이 든 노인네라도 그쪽이 나은 건가?"

"아니요! 절대 아니에요!"

이영은 그의 말을 듣자마자 고개를 세차게 흔들었다. 고복근, 그 사내는 두 번 다시 떠올리고 싶지도 않았다. 그가 가했던 폭력과 추행의 흔적이 조금 전 샤워를 했는데도 불구하고 남아 있는 것만 같았다. 그녀는 양손으로 제 머리를 감싸며 몸을 웅크렸다.

순식간에 자신이 있는 곳이 그곳, 밀실이 되었다. 아버지와의 저녁 약속이라고 바보처럼 들떴던 기억이 났다. 제 몸을 탐하던 사내의 탁한 시선과 뜨거운 숨이 생생히 떠올랐다.

"아, 아니, 아니야……. 싫어."

그녀는 소리 내어 울지도 못하고 그저 눈물을 뚝뚝 흘리며 재차 고개를 흔들었다. 숨이 막히는 듯싶더니 가슴속이 답답해졌다. 이영은 옷을 쥐어뜯기라도 하듯 잡아당기다가 소파 밑으로 내려가 앉았다.

왜 나는 이렇게 살아야 하는 걸까.

왜 내 삶은 이토록 어렵고 힘겹기만 한 걸까.

이영이 끅끅거리며 더욱 몸을 움츠리려는데, 누군가의 온기가 전해졌다. 그리고 그 온기의 주인이 저를 힘주어 꽉 끌어안는 게 느껴졌다.

괜찮아.

이제 괜찮아, 이영아.

누구의 목소리일까. 지금 내게 괜찮다고 말해 주고 나를 다독여 주는 사람은 대체 누구일까.

……제발, 나를 좀 잡아 줘요.

이영은 절박한 몸짓으로 손을 뻗어 저를 끌어안은 누군가를 덥석 붙잡았다. 그러자 머리 위에서 한숨을 내쉬는 소리가 들리는 듯싶더니 그 누군가의 입술이 살포시 제 입술 위로 내려앉았다.

그리고 그 뒤는 기억나지 않았다. 아마도 까무룩 잠들었던 것 같다.

제4장 - 동상이몽 예비부부

모든 일은 일사천리로 진행되었다. 이영은 정신없이 몰아치듯 진행된 결혼 준비 과정을 곱씹어 보다가 한숨을 삼킨 뒤, 앞에 놓인 찻잔을 들었다. 떫은맛의 찻물이 입 안에 잠깐 고였다가 목구멍을 타고 흘러 들어갔다. 따뜻한 차를 마시니 한결 속이 편안해지는 듯싶었다.

"……어쩔 수 없잖아."

이영은 찻잔을 내려놓으며 혼잣말을 중얼거렸다. 제게는 선택의 여지가 없다는 걸 누구보다 스스로 잘 알고 있었다. 서원과 결혼하지 않는다면 고복근 의원이나 혹은 다른 이에게 팔려 가게 될 것이 분명했다. 이미 한 번 팔고자 했던 딸을 그 누구에겐들 팔지 못할까. 그녀는 쓴웃음을 지으며 테이블 주변을 둘러싸고 있는 격자무늬 칸막이를 물끄러미 응시했다.

서원이 아무리 제게 결혼을 제안했다 하더라도 그의 부모가 반대할 것이라 여겼다. 제 태생에 대하여 알고 있다면 당연히 반대할 거라고 믿었다. 하지만 자신의 예상과는 달리 그의 부모는 반대하지 않았다. 되레 기뻐했다고 했다. 물론 서원이 자신에게 한 말을 곧이곧대로 믿는 건 아니지만……. 어쨌든 반대를 하지 않은 것만은 확실했다.

이렇게 인사를 하러 가게 되었으니 말이다.

그녀는 오늘, 서원의 집에 인사를 드리러 가기 위하여 나온 참이다. 서원과 만나기로 한 약속 시간보다 조금 일찍 나온 터라 그를 기다리고 있는 중이기도 했다.

그를 기다리고 있는 중.

그 점을 상기하니 기분이 묘해졌다. 결혼하게 될 남자를 기다리고 있다는 사실이 기분을 묘하게 만든 것인지, 아니면 비현실적인 존재를 이렇듯 평범하게 기다리고 있다는 사실이 기분을 묘하게 만든 것인지는 알 수 없지만, 어찌 되었든 '채서원'이란 남자가 저를 동요하게 만든 건 분명했다.

제게 '가짜 결혼'을 제안한 남자.

여전히 믿기지는 않지만, 인간이 아니라 뱀파이어인 남자.

이영은 문득 얼마 전의 일을 떠올리고는 얼굴을 붉혔다. 제 인생에 있어서 가장 끔찍한 날이 될 뻔했던 날이다. 아니, 그렇다고 해서 끔찍하지 않았던 건 아니지만. 그녀는 쓴웃음을 지으며 고개를 한 번 저었다.

그래도 그날의 기억이 악몽으로 끝난 건 아니라 다행이었다. 그녀는 저를 다독이던 온기를 떠올리다가 재차 얼굴을 붉혔다.

……설마, 아니겠지. 말도 안 되잖아. 그 남자가 왜 나한테 입을 맞췄겠어.

고복근을 떠올린 순간, 갑작스럽게 쇼크 상태가 되었던 것 같다. 그 뒤의 일이 잘 기억나지 않는 걸 보면 말이다. 다시 눈을 떴을 때는 이미 날이 밝은 상태였고, 자신은 서원의 침대 위에 누워 있었다. 언제 가져다 놓은 것인지 몰라도 단정한 원피스가 한 벌 걸려 있었고, 출근을 해야 해서 먼저 나간다는 메모가 침대 옆의 협탁에 놓여 있었던 게 전부였다.

말 그대로 그게 '전부'였다면 얼마나 좋았을까.

"왜 갑자기 그런 기억이 떠올라서……."

이영은 제 입술에 살짝 닿았던 타인의 입술을 떠올리다가 나직하게 중얼거렸다. 그 순간, 그녀의 머리 위에서 남자의 목소리가 들렸다.

"그런 기억? 무슨 기억인데?"

"아! 아…… 오셨어요?"

그녀는 느닷없이 들려온 목소리에 놀라서 고개를 들었다. 서원이 넥타이 매듭에 손가락을 걸어 느슨하게 풀며 이영을 향해 눈인사를 건넨 뒤, 그녀의 맞은편에 자리를 잡고 앉았다.

"미안. 내가 좀 늦었지."

"아니요. 괜찮아요. 저도 조금 전에 왔는걸요."

이영은 서원의 사과를 받고 당황하여 고개를 흔들며 대답했다. 그러자 서원이 의아하다는 듯한 표정을 짓더니 계산대 쪽에 있는 찻집 주인을 눈짓으로 가리키며 말을 이었다.

"응? 하지만 저기 있는 주인 말로는 네가 아까 와서 한참 기다렸다던데."

"예? 아아, 그게……."

졸지에 거짓말쟁이가 되어 버렸다. 그렇다고 거짓말을 한 게 아니란 변명을 할 수도 없었다. 솔직히 말하자면 그를 기다린 시간이 꽤 길기는 했으니 말이다. 더구나 약속 시간보다 일찍 도착한 것이기도 했고……. 그녀는 대꾸할 말을 찾지 못하고 계속 입술만 달싹였다.

그 모습을 쳐다보던 서원이 피식 웃고는 이영을 향해 슬쩍 몸을 기울였다. 갑자기 자신에게로 몸을 숙인 서원의 행동에 당황한 이영이 흠칫거리려는 찰나, 그가 그녀의 이마를 손가락으로 가볍게 튕겼다.

"거짓말을 하려면 완벽하게 해야지. 내가 뭐라고 하든 말든, 일단 우기고 봐야 하는 거 아니야?"

"아! ……예?"

이영은 이마를 문지르며 눈을 찡그리다가 이내 그를 쳐다보았다. 서원이 장난스럽게 웃다가 다시 한번 주인 쪽을 가리키며 말했다.

"죄 없는 주인한테 나중에라도 뭐라고 하지 마. 주인은 아무 얘기도 안 했으니까. 그냥 한번 해 본 말에 이렇게 네가 걸려들 줄은 몰랐거든. 내가 낚시를 잘하는 건지, 아니면 공이영이 미끼를 덥석 잘 무는 건지."

뒤늦게 그의 말을 이해한 이영의 얼굴이 확 달아올랐다. 그녀는 붉게 물든 뺨을 가리지도 못한 채 어쩔 줄 몰라 하다가 두 눈을 질끈 감으며 고개를 숙였다. 그 순간, 서원이 혼잣말을 중얼거렸다.

"하기야 이 결혼 자체도 일종의 낚시였다고 해도 과언이 아니지만."

"예?"

이영은 그의 말을 정확히 듣지 못한 채 고개를 들었다. 그가 입

속말을 하다 말고 화들짝 놀라 두 손까지 내저으며 말했다.

"아무것도 아니야. 그냥, 혼잣말한 거야."

"예에⋯⋯."

"그럼 이제 슬슬 일어날까? 우리 부모님, 너 보고 싶어서 오늘 하루 어떻게 보내셨나 모르겠다."

서원이 장난스럽게 키득거리고는 입을 열었다. 이영은 가방을 챙기며 자리에서 일어서다가 그의 말에 헛웃음을 지었다.

"설마요."

"설마라니?"

"그분들이 저를 보고 싶어 하실 리 없잖아요. 아, 나쁜 의미로 보고 싶어 하실 수는 있겠지만."

당신들의 귀한 아들과 결혼하려고 하는, 제 주제도 모르는 여자로 말이다. 그녀는 이어서 나오려는 말을 목구멍 아래로 밀어 넣었다. 굳이 제 입으로 말하지 않아도 누구나 아는 얘기였다.

서원이 그녀가 입 밖으로 꺼내지 않은 말을 제 귀로 듣기라도 한 사람처럼 표정을 굳혔다. 그러나 곧 아무것도 눈치채지 못한 듯 가볍게 웃으며 대꾸했다.

"우리 어머니가 보고 싶지도 않은 며느릿감 먹이겠다고 한식, 양식, 중식, 일식까지 다 준비하실 분은 아닌데."

"예?"

"이따가 집에 가면 많이 먹어야 할 거야. 어머니가 음식 남기는 걸 엄청 싫어하시거든."

서원은 짓궂은 얼굴로 덧붙여 말하고는 몸을 돌렸다. 이영이 순간적으로 멍한 표정을 짓고 있다가 뒤늦게 정신을 차리고는 당혹스러운 얼굴로 입만 벙긋거렸다.

설마 농담이겠지. 내가 뭐 예쁘다고 음식까지 그렇게 준비하셨겠어? 그녀는 제 생각이 옳다며 고개를 주억거리면서도 불안한 기색을 완전히 지우지 못한 채 서둘러 그의 뒤를 따라 나갔다.

……설마가 사람 잡는다더니.

이영은 식탁 위의 음식들을 보고는 저도 모르게 입을 벌렸다가 황급히 다물었다. 그 순간 모연이 이영의 바로 앞에 음식이 담긴 그릇과 접시들을 끌어다 놓으며 입을 열었다.

"어서 들어요. 갈비도 먹고, 여기, 문어전복찜도 먹어 봐요. 내가 자랑하는 것 같아서 안 하려고 했는데, 이래 봬도 내 음식 솜씨가 제법 좋다는 평을 받거든. 물론 우리 집 남자들 한정이기는 하지만."

"아아, 예…… 예, 감사합니다."

도경그룹의 안주인이라는 선입견 때문이었을까. 그녀가 상상한 서원의 어머니는 결코 이렇듯 소탈하고 수더분한 모습이 아니었다. 되레 제 어머니인 정숙보다 더 까다롭고 엄할 거라고 생각했다. 다른 곳도 아닌, 도경의 안주인이니 말이다.

"허허, 그래요. 많이 들어요. 나도 자랑하는 것 같아서 안 하려고 했는데, 우리 집사람 음식 솜씨를 능가하는 사람을 여태껏 본 적이 없을 정도라오."

서원의 부친, 채필봉 회장이 한술 더 떠서 장난스럽게 말했다. 그 역시 이영의 예상과는 너무나 달랐다. 제 부친처럼 권위적이지도 않고 위압감을 드러내지도 않았다. 그러기는커녕 유쾌하고 다정한 사람이었다.

"두 분 다 주책 좀 그만 부리세요. 며느릿감 앞에 두고 너무 심하신 거 아니에요?"

그런 두 사람을 타박하는 서원까지. 이영은 완벽한 가족의 모습을 보는 것만 같아서 저도 모르게 숨을 삼켰다. 가슴속이 지끈거리며 부러움이 밀려들었다. 단 한 번도 자신은 가져 본 적 없던 가족의 모습이었다. 애당초 꿈조차 꿀 수 없던 이상적인 가족의 모습이기도 했다.

어떻게 그게 가능할까.

이곳까지 오는 길에 이영은 서원에게서 그의 태생에 대한 이야기를 조금 더 구체적으로 들었다. 대문 앞에 버려진 갓난아기였던 그를 거두어 친자식으로 키운 분들이 그의 부모님이라 했다. 지금 저와 함께 식탁에 둘러앉아 유쾌하게 웃고 농담을 건네는, 바로 이분들 말이다.

피 한 방울 섞이지 않은 관계.

단순히 혈연으로 따져 본다면 남이나 다를 바 없는 관계일 터였다. 실제로 저와 제 어머니가 그런 관계였다. 부친이 저지른 부정으로 태어난 자신을 어쩔 수 없이 용납해야 했지만, 어머니는 그런 저를 결코 진정한 자식으로 받아들이지는 않았다.

그렇다고 그 피를 물려받은 부친에게서 자식으로 받아들여졌는가 하면, 그것도 아니었다. 이영은 거의 아물어 상처가 희미해진 입가를 무심코 만지다가 쓴웃음을 지었다.

……차라리, 나도 이런 집 앞에 버려졌더라면.

이영은 이루어질 수 없는 과거를 가정해 보다가 피식 웃고 말았다. 미련한 망상이었다. 어차피 바뀔 수 없는 과거를 아무리 달리 상상해 봤자 무슨 소용이 있겠는가.

"그나저나 알고 있다면서요?"

이런저런 상념에 머릿속이 복잡해지려는 찰나, 귓가에 모연의 목소리가 들렸다. 이영을 바라보는 모연의 눈시울이 다소 붉어져 있는 게 보였다. 그 모습에 의아해진 이영이 고개를 살짝 기울이는데, 모연이 떨리는 목소리로 다시금 말을 이었다.

"서원이가 뱀파이어라는 거."

"……예."

이영은 모연의 말에 머뭇거리다가 고개를 끄덕이며 작게 대답했다. 그 사실을 이미 알고 있었는데도 막상 당사자의 어머니 입에서 한 번 더 듣게 되니 새삼 기분이 묘해졌다. 게다가 호감 가득한 시선으로 저를 보는 필봉과 모연을 마주 바라보는 게 불편하기도 했다. 그들은 자신과 서원이 그저 서로를 좋아해서 결혼하는 줄로만 알고 있는 것 같다.

이래도 되는 걸까.

이영은 조금 불편해진 속내를 감추며 제 옆에 나란히 앉아 있는 서원을 힐끔 쳐다보았다. 그녀의 시선을 느꼈는지, 그가 고개를 돌려 쳐다보더니 가만히 웃었다. 그 미소 짓는 얼굴에 저도 모르게 얼굴이 달아올랐다. 그녀는 황급히 시선을 돌리고는 작게 헛기침을 했다.

"어머……."

얘들 좀 봐. 모연은 제 아들과 예비 며느리가 하는 양을 쳐다보다 말고 자신의 남편을 향해 눈짓을 보냈다. 필봉 역시 전부 보고 있었는지 흡족한 표정으로 미소를 짓다가 검지를 입술 가운데에 댔다.

내색하지 말아요, 맹 여사. 괜히 젊은 애들 쑥스러워서 애정 표현도 못 하게 만들지 말고.

필봉이 소리 없이 전한 말을 알아들은 모연이 알았다는 듯 고개를 끄덕였다. 그러고는 손을 내밀어 이영의 손을 덥석 붙잡았다. 그 바람에 깜짝 놀란 이영이 눈을 동그랗게 뜨고 모연을 쳐다보았다.

"고마워요. 정말 고마워요, 이영 씨."

"저, 사모님."

이영은 당황하여 그녀에게 잡힌 손을 빼지도 못한 채 눈만 깜빡였다. 그러자 모연이 장난스럽게 웃더니 이영의 손등을 찰싹 때리는 시늉을 했다.

"어휴, 사모님이 뭐야, 사모님이."

"……예?"

"안 되겠네. 나 그냥 지금부터 말 놓을게. 어차피 우리 며느리 될 거니까 그래도 되지?"

모연이 이영의 손을 제 손처럼 만지며 거듭 물었다. 이영은 모연의 갑작스러운 행동에 당혹감을 감추지 못하고 서원을 돌아보았다. 그가 물을 한 모금 마신 뒤, 어깨를 으쓱이며 웃더니 입을 열었다.

"그렇게 하시라고 해. 어차피 너, 우리 어머니 못 당해 낼걸? 어머니가 마음먹고 작정하면 아무도 못 당하거든."

더구나 너처럼 순둥이는 더 말할 것도 없고. 서원이 뒷말을 생략하고는 씩 웃었다. 아무래도 부모님이 이영이를 마음에 들어 한 것 같았다. 평소에도 사적으로 만나는 이들에게 유쾌하고 친절한 분들이지만, 그래도 처음 보는 사람에게 이렇게까지 친근감을 표시하는 건 극히 드문 일이었다. 제 눈에 예뻐 보인 만큼, 부모님 눈에도 예뻐 보인 게 당연한 건지도 모르지만.

"내가 이영이 보기 전만 하더라도 그저 내 아들에 대해 다 알고서도 좋아해 줘서 고맙다, 결혼을 결정해 줄 정도로 내 아들을 사랑해 줘서 정말 고맙다, 그런 마음뿐이었거든. 그런데 이렇게 직접 얼굴 보니까 고마운 것도 고마운 거지만, 내 딸 삼고 싶을 만큼 예뻐서 그래."

"사, 사모……."

"또 사모님이라고 그런다! 엄마라고 불러. 그게 낯설고 어색하면 어머니라고 부르고."

"……."

"싫어? 나 그럼 못된 시어머니 될지도 모르는데?"

모연의 웃음기 섞인 말을 듣던 이영의 눈에 눈물이 고였다. 좋은 분들이다. 마음 따뜻한 분들이다. 저에 대해 다 알 텐데도 굳이 상처를 들춰내지 않을 만큼 세심하고 다정한 분들이다. 그녀는 파르르 떨리는 입술을 꾹 깨물었다.

제 손을 잡고 있는 모연의 온기에 가슴이 먹먹해졌다. 그저 손길과 체온으로 전하는 마음에 온전히 답할 수 없는 제 처지가 죄스러웠다. 이영은 복잡해지는 속을 달래며 눈을 내리깔았다. 오해하고 있는 이들 앞에서 차마 진실을 털어놓을 용기가 나지 않았다. 지금 제 손을 감싸고 있는 온기를 뿌리쳐 낼 자신이 없었다.

그것이 설령 거짓으로 얻어 낸 것이라 할지라도.

✳ ✳ ✳

"정말 좋은 분들이시네요."

이영은 서원이 시동을 걸고 차를 출발시킨 뒤, 얼마 지나지 않아 입을 열었다. 그는 적색 신호에 맞춰 횡단보도 앞에 차를 세우고는 조수석에 앉은 그녀를 돌아보았다. 이영의 얼굴이 어딘지 모르게 불편해 보였다. 말과는 다른 표정에 그의 미간이 살짝 찌푸려졌다.

"비록 거짓으로 하는 결혼이지만, 그래도 부모님께는 최선을 다할게요."

"……거짓으로, 하는 결혼?"

서원의 얼굴에 못마땅한 기색이 스쳤다. 하지만 정면을 바라보고 있는 이영은 그 표정을 보지 못했다. 그녀는 고개를 주억거리며 다짐하듯 한 번 더 말했다.

"예. 이 가짜 결혼과는 별개로 그분들에게는 정말 잘하고 싶어요."

"……."

조금 전에는 거짓 운운하더니 이번에는 '가짜' 결혼이란다. 서원은 저도 모르게 입가를 실룩였다. 그러나 거기에 딱히 대꾸할 말이 떠오르지 않았다. 어쨌든 그녀의 말대로 자신과 이영의 결혼이 모두를 속이고 치러지는 건 사실이니 말이다.

물론 내 경우에는 진심이지만.

그는 녹색 신호로 바뀐 걸 보고 다시 차를 출발시켰다. 어두워진 시내 도로는 한적한 느낌이 들었다. 그래서일까. 제 옆의 여자와 세상에 단둘이 남아 있는 것만 같았다. 언제나 꿈꾸던 순간이었다. 어린 이영을 처음 보았던 날부터 지금까지 줄곧 그랬다.

어느 모임에서였던가. 부모가 아이만을 홀로 놔두고 어디로 간 것인지, 자그마한 여자아이가 혼자 덩그러니 서 있는 게 눈에 띄었다. 새하얀 얼굴에 커다란 눈, 인형처럼 사랑스러운 아이였다. 그런 아이가 울먹이며 금방이라도 눈물을 쏟을 것 같아서 다가가려던 찰나, 아이가 큰 눈 가득 그렁그렁 고였던 눈물을 손등으로 문질러 닦더니 지나가던 서버의 옷자락을 야무지게 잡아당기고는 작은 조각 케이크 하나를 가져다 달라고 했다.

그게 서원이 기억하는 이영과의 첫 만남이었다. 물론 그녀는 알지 못할, 저 혼자만의 일방적인 만남이었지만 말이다. 그때 그 만남을 계기로 자신이 피 대신 달콤한 음식을 좋아하게 됐다는 걸 알게 되면 이 여자는 어떤 표정을 지을까.

"참! 그런데 그거 정말이에요?"

"뭐?"

이영이 문득 생각났다는 듯 물었다. 서원은 그녀를 힐끔 봤다가 곧바로 정면을 주시하며 되물었다. 그녀가 머뭇거리다가 조금 작아진 목소리로 말을 이었다.

"아까 사모님, 아니, 어머님께서 하셨던 말씀 말이에요. 철분 주사로 대체하고 있다는 거."

서원의 부모와 대화를 나누던 중에 그의 '흡혈 문제'에 대해 얘기가 나왔다. 피를 직접 섭취하는 대신, 정기적으로 내과에 가서 철분 주사를 맞고 있다는 말을 그의 모친에게서 들었다.

'그 바람에 정기적으로 주사를 맞아야 하는 만성 빈혈 환자가 됐지, 뭐.'

모연은 이영도 이미 알고 있으려니, 하며 장난스럽게 덧붙였다. 그러나 이영은 처음 들은 얘기였다.

"응, 어머니가 말씀하신 대로야."

서원은 이영의 물음에 대수롭지 않은 투로 대꾸했다. 이영이 그 대답에 저도 모르게 발끈하며 입을 열었다.

"그러면서 그때는 왜 그렇게 무섭게 굴었어요!"

"그때? 언제? 아아, 내가 결혼하자고 했던 날?"

서원은 피식 웃으며 그녀의 말에 대꾸하고는 앞서가던 차들이 속도를 줄이는 걸 보고 같이 감속을 했다. 그리고 앞차와의 간격을 적당히 두고 차를 멈춰 세운 뒤, 그녀를 돌아보았다. 이영이 짐짓 억울한 얼굴로 그를 쳐다보고 있었다.

"내가 다른 사람 피를 먹는 대신 주사 맞으면서 사는 걸 알았으면 뭔가 달라졌을 거라는 얘기야?"

"그, 그거야……."

어쩌면 그랬을지도 모른다고 생각했다. 적어도 흡혈에 대한 두려움이 없는 상황이었다면 말이다. 하지만 다시 생각해 보니 꼭 그렇지는 않았을 것 같기도 했다. 서원과의 결혼이 아니었다면, 자신은 고복근이나 또 다른 누군가에게 팔려 갔을 테니까.

그녀는 입을 꾹 다물고 아무 말도 하지 않았다. 고복근 같은 사내의 후처가 되는 것보다 제 옆의 남자와 결혼하는 게 훨씬 나은 선택이라는 건 더 말할 것도 없는 사실이다. 그가 인간이 아닌 뱀파이어라 하더라도 말이다. 적어도 서원은 제게 나쁜 짓을 하지 않을 테니…….

이영은 무심코 생각을 이어 가다 말고 흠칫 몸을 떨었다. 나쁜 짓을 하지 않을 거라니. 자신이 그를 믿고 있다는 사실이 당혹스러웠다.

언제부터 이 남자를 믿었던 걸까. 저를 협박하고 말도 안 되는 결혼을 강요한 남자인데. 게다가 지금은 철분 주사를 맞고 있다고 해도 그는 언제 돌변해서 제 목을 물어뜯고 피를 탐할지 알 수 없는 존재이기도 했다. 이영이 당혹감을 주체하지 못하고 한 번 더 몸을 떠는 순간, 서원의 목소리가 들렸다.

"추워? 히터 온도 올릴 테니까 그래도 추우면 말해."

서원은 이영이 몸을 떠는 걸 보고 내부 온도를 높이기 위해 히터를 조절했다. 그녀는 저를 위해 히터 온도를 올리는 그의 손을 가만히 쳐다보았다.

"……오빠는 괜찮겠어요?"

"뭐가?"

서원이 뜬금없는 그녀의 질문에 되물었다. 그러자 이영이 대답을 망설이다가 차가 다시 출발하고 나서야 입을 열었다.

"이런 결혼 말이에요. 평생 함께할 사람을 이런 식으로 맞이해도 괜찮은 건가 싶어서요. 사랑까지는 아니더라도 좋아하는 마음은 있어야 하는 거잖아요."

이영은 제 입으로 말을 하고도 우스운 생각이 들어 픽 웃어 버렸다. 사랑이니 좋아하는 마음이니 그런 말을 하는 제 모습이 얼마나 바보 같고 어리석어 보일까 싶었다. 그녀가 화끈거리는 뺨을 손으로 가볍게 두드리며 고개를 흔들었다.

"아니에요. 제가 괜한 말을……."

"난 너 좋아하는데?"

"……예?"

그녀의 말을 끊고 서원이 툭 던지듯 말했다. 그저 '어, 저기 개가 지나가네?' 정도로 들릴 법한 말이었다. 이영은 자신이 뭔가 잘못 들은 건가 싶어 고개를 돌려 그를 쳐다보았다. 운전에 집중하고 있는 그의 옆얼굴에서는 방금 자신이 들은 말의 흔적을 조금도 찾아낼 수 없었다. 잘못 들은 게 맞는 것 같아 머쓱해지려는 순간, 그의 목소리가 들렸다.

"싫어하는 사람이랑 어떻게 결혼하겠어? 만약 내 비밀을 알게 된 사람이 내가 평소에 싫어하던 사람이었으면, 아마 결혼 말고 다른 방도를 궁리했겠지."

이영은 아무 대꾸도 하지 못한 채 눈만 깜빡이다가 침을 꼴깍 삼켰다. 서원이 말한 '좋아한다' 는 말이 별다른 뜻을 품고 있는 게 아니란 걸 모르지 않는다. 그저 사람 대 사람으로서 느끼게 되는 호감을 의미한 것일 터였다. 그럼에도 불구하고 그의 말에 가슴이 뛰었다.

내가 미쳤지.

그녀는 손으로 부채질을 하며 고개를 흔들었다. 그러자 서원이 이영을 향해 시선을 흘끗 던지고는 고개를 갸웃거렸다.

"이제 더워? 온도 낮출까?"

"예? 아아…… 예, 뭐……."

이영은 서원의 말에 고개를 끄덕였다. 얼굴을 새빨갛게 물들인 채 고개를 마구 주억거리는 모습을 쳐다보던 서원이 다시 앞을 바라보았다. 그의 입꼬리가 슬쩍 올라갔다.

이 여자와 정말, 부부가 된다는 건가.

자신이 꾸민 일이지만 믿기지 않았다. 그러나 부모님에게 인사를 드리고 함께 저녁을 먹고 나와서 이렇듯 단둘이 차를 타고 가고 있으니 새삼 실감이 났다.

정말 이 여자와 결혼을 하는구나.

이 여자가 앞으로는 이렇듯 내 옆에 있겠구나.

그것을 자각하자마자 가슴이 벅차올랐다. 욕심내지 않으려 했던 게 언제였나 싶을 정도로, 그녀를 향한 소유욕이 치밀었다.

도준이 수백 년 전 사랑했던 여인을 잊지 못해 그녀가 윤회하여 태어날 때마다 찾아가 그 주변을 맴돌았다는 이야기를 들은 적이 있다. 그리고 언제나 비극으로 끝날 수밖에 없었다는 것도.

영생을 살아가는 뱀파이어와 백 년도 채 살아가지 못하는 인간의 시간은 찰나의 접점이 지나고 나면 서로 어긋나기 마련이니까.

도준이 짓는 미소가 얼마나 허망한지 알게 된 뒤, 서원은 그처럼 살지 않겠다고 결심했다. 그 헛헛한 삶을 경험하고 싶지 않아서 아예 시작도 하지 않으려 했다. 그래서 이영에게 쏠리는 마음을 애써 억누르며 바라보는 것으로 충분하다고 제 자신을 속이려고도 했다.

그 모든 게 제 멍청하고 오만한 생각이었다는 것도 모른 채.

이영이 윤기석과 사귄다는 걸 알게 되고 약혼까지 했다는 소식을 접했을 때는 제 앞에서 그런 말을 지껄인 작자의 입을 찢어 버리고 싶었다. 어느 모임에서 두 사람이 함께 있는 걸 보았을 때는 제 눈을 뽑아 버리고 싶었다.

다른 놈에게 빼앗기고 싶지 않아!

그의 가슴은 그렇듯 흉포하게 소리를 질러 댔다. 그러나 이미 늦어 버린 뒤였다. 그녀가 다른 사내의 아내가 되는 걸 그저 지켜봐야 하는 신세였다.

그러고 보니 공수연, 그 여자한테 고마워해야겠네.

수연이 이영의 출생에 대하여 소문을 퍼뜨린 덕분에 그녀가 파혼당했던 것이니 말이다. 서원은 소리 없이 웃었다. 그러나 그의 눈빛은 싸늘하기 그지없었다. 며칠 전 이영의 집에 인사를 하러 갔던 날의 기억이 떠오른 탓이다.

주방에서 이영을 붙들고 온갖 악담을 퍼부어 대던 수연의 목소리가 여전히 생생했다. 본인이야 목소리를 한껏 낮추었으니 거실에 있던 제 귀에는 결코 들릴 리 없을 거라 확신했겠지만, 유감스럽게도 서원의 청력은 인간보다 훨씬 뛰어났다.

'너 같은 게 도경에 어울리기나 하는 줄 알아? 다리 몇 번 벌린 걸로 채서원 같은 남자를 잡았다고 착각하지 마, 공이영.'

'천한 창녀 같은 계집애. 그 기질을 못 버리는구나? 하기야 그런 년이니 오빠도…….'

무심코 수연이 했던 말을 되새기던 서원의 미간이 찌푸려졌다. 그러고 보니 뭔가 자신이 놓친 부분이 있단 생각이 들었다.

……오빠 '도'?

꺼림칙한 기분이 들었다. 상상조차 하기 싫은 한 가지 가정이 머릿속에 떠올랐다. 그는 그대로 브레이크를 밟아 차를 급정거시켰다. 뒤쪽에서 경적을 울리는 소리가 이어졌다.

"무, 무슨 일이에요?"

느닷없이 차가 멈춰 서는 바람에 몸이 앞으로 쏠렸던 이영이 흐트러진 머리를 매만지지도 못한 채 그를 쳐다보았다.

서원이 핸들을 꽉 쥔 채 어딘가를 노려보고 있었다. 그녀는 그의 낯선 모습에 눈을 휘둥그렇게 떴다. 부모님을 뵙고 나올 때만 하더라도, 아니, 방금 전만 하더라도 그는 기분이 좋아 보였다. 조금 전 길이 막혔을 때도 가벼운 불평조차 하지 않았을 정도였다. 되레 아주 작게 콧노래를 흥얼거린 것도 같았다.

그런데 갑자기 차를 세우더니 굳은 표정으로 앞만 보고 있다. 그의 기분을 상하게 한 뭔가가 있나 싶어 그녀는 조심스럽게 차창 밖을 내다보았다. 그러나 딱히 신경에 거슬릴 만한 건 눈에 띄지 않았다.

그럼 내가 실수라도 한 건가?

이영이 슬며시 제 행동을 돌아보려는데 서원에게서 한숨 소리가 들렸다. 그녀는 황급히 고개를 돌려 그를 보았다. 서원이 얼굴을 양손으로 거세게 문지르더니 이내 피식 웃으며 이영을 향해 말했다.

"술 한잔할래?"

"예?"

"결혼 준비는 양쪽 집에서 알아서 진행하고 있다고는 하지만, 우리끼리도 대화 좀 나눠야 하지 않겠어? 앞으로의 결혼 생활에 대해서도 그렇고. 음…… 너무 늦은 시간인가?"

언제 굳은 표정을 지었나 싶을 만큼, 그는 부드럽게 미소 짓고 있었다.

이영은 소파에 앉은 채 불편한 얼굴로 죄 없는 스커트 자락만 구겼다가 펴기를 반복했다. 술 한잔하며 대화를 나누자고 하기에 근처의 술집이나 바 같은 곳에 갈 줄 알았는데, 서원이 그녀를 데리고 온 곳은 이미 한 번 와 본 적이 있는 그의 집이었다.

아무리 결혼할 사이라고는 해도 남자 혼자 사는 집에 이렇게 밤 늦은 시간에 와도 되는 건가 싶었다. 게다가 따지고 보면 서원과 자신은 서로 좋아하는 사이도 아니고…… 남이나 마찬가지인데.

"꼬냑? 아니면 와인?"

"와인 주세요."

타인의 집에 늦은 시간에 와 있는 것 자체도 신경 쓰이는 일인데, 독한 술까지 마시는 건 곤란했다. 서원은 홈 바를 사이에 둔 채 술을 고르다 말고 이영을 쳐다보더니 피식 웃었다.

"우유부단한 성격인 줄 알았더니 술 고르는 건 빠르네? 술 취향

만큼은 확실한가 봐?"

"아, 아니요. 그게 아니라⋯⋯."

이영이 당황하여 고개를 저으며 대꾸하다가 저를 보며 싱글싱글 웃는 서원을 보고는 그가 저를 놀리려고 꺼낸 말이라는 걸 깨닫고 입을 다물었다. 그러는 사이에 서원이 두 개의 잔과 술병을 가지고 다가왔다.

하나는 와인. 그리고 다른 하나는 리처드 헤네시.

술에 대해 잘 알지 못하지만, 독특한 병 모양만 보고도 그 술이 리처드 헤네시라는 걸 알아볼 수 있었다. 기석이 좋아하던 술이었기에 저도 모르게 눈에 익은 모양이다. 문득 떠오른 기석과의 기억에 이영의 낯빛이 순간적으로 창백해졌다. 그러고 보니 파혼당한 지 얼마 지나지 않았는데 아예 그를 잊고 있었다.

고작 이 정도의 감정이었던 걸까.

영화나 소설 속에 등장하는 거창한 감정은 아닐지라도, 나름대로 그를 사랑한다고 생각했는데 그게 아니었나 보다. 그저 애정에 굶주렸던 제게 다가온 이였기에, 좋아한다며 몇 번이나 고백하며 마음을 전해 온 이였기에, 나약한 마음의 틈새로 파고든 그를 내칠 수 없었던 것에 불과했던 듯싶다. 그가 나를 사랑하니 나 역시 그를 사랑한다고, 그렇게 스스로를 속이기까지 하면서 말이다.

이영은 씁쓸한 마음에 한숨을 내쉬고는 자조했다. 그 순간 그녀의 앞에 놓인 잔에 붉은색 와인이 채워졌다.

"한 잔 마셔."

"아, 제가 따라 드릴⋯⋯."

그녀는 서원이 제 잔에 와인을 따라 준 것을 보고는 황급히 그의 잔에 술을 따르기 위해 손을 내밀었다. 하지만 서원은 씩 웃으며 제 손으로 옆에 놓인 술병을 들었다.

"외간 남자한테 술 함부로 따르는 거 아니야."

"……예?"

"남편 말고 다른 남자한테는 술 따라 주는 거 안 된다고. 나 이래 봬도 아주 고리타분한 남자거든."

서원이 장난스럽게 웃으며 농담처럼 말하고는 자신의 잔에 술을 따랐다. 이영은 어리둥절한 얼굴로 눈만 깜빡이다가 뒤늦게 당황하여 입을 벙긋거렸다.

"건배."

그는 그런 이영을 향해 태연히 잔을 들어 보였다. 이영은 당황한 표정을 감추지 못한 채 그에 맞추어 제 잔을 들 수밖에 없었다.

잔과 잔이 부딪치며 맑은 소리가 났다. 그리고 서원이 자신의 잔을 단번에 비우는 것을 보며 그녀 역시 와인을 한 모금 마신 뒤에 잔을 내려놓았다. 딱 한 모금을 마셨을 뿐인데 금세 취기가 올라오는 게 느껴졌다. 이영이 혹시라도 술에 취해 실수를 하지 않을까 정신을 가다듬는데, 그의 목소리가 다시금 이어졌다.

"부모님이 너를 마음에 쏙 들어 하신 것 같아."

"어, 그래요?"

"너도 느끼지 않았어? 우리 아버지랑 어머니, 너한테 푹 빠져서 허우적거리던 거."

서원이 농담처럼 웃으며 덧붙여 말하고는 빈 잔을 만지작거렸다. 이영은 잔을 만지는 그의 손을 가만히 쳐다보았다. 그러다가 저도 모르게 불쑥 입을 열었다.

"손이 예뻐요."

"뭐?"

"손이, 참 예쁘게 생겼다고요. 뱀파이어인데 손이 사람보다 더 예뻐."

"……공이영, 설마 그거 한 모금 마시고 취한 거야?"

서원은 이영이 뜬금없이 꺼낸 말에 당황해 하며 물었다. 얌전하고 말수가 적은 그녀의 입에서 나온 말이라고 하기에는 너무나 엉뚱했다. 그러니 답은 하나뿐이었다. 방금 그녀가 마신 와인이 원인이라는 것. 딱 한 모금 마시고 내려놓았지만, 술을 마시기는 마신 거니까.

"안 취했어요."

"원래 취한 사람한테 취했냐고 물어보면 누구나 안 취했다고 하지."

"정말이에요. 취한 거 아니에요."

이영은 고개까지 절레절레 흔들며 아니라고 부정했다. 그러나 그녀의 뺨은 이미 취기로 인해 빨갛게 물들기 시작한 상태였다.

"술이 약한 편이기는 하지만 겨우 이거 마시고 취할 정도는 아니라고요. 진짠데……."

이영이 억울하다는 듯 눈을 비비며 항변했다. 그녀의 말은 사실이었다. 평소였다면 와인 한 모금에 취하지는 않았을 테니 말이다. 그러나 다른 한편으로는 거짓이기도 했다. 서원의 부모를 만나느라고 바짝 긴장했던 몸은 약간의 알코올 성분이 들어가자마자 확 풀어져서 취기를 이겨 내지 못하는 상태가 된 것이다. 물론 본인은 그런 제 컨디션에 대해 전혀 눈치채지 못했지만.

"진짜…… 손이 예뻐요."

다시 원점으로 돌아왔다. 그녀는 자신이 충동적으로 꺼낸 말을 거듭 중얼거리며 그의 손을 쳐다보았다. 하얗고 가느다란 손가락이 섬세해 보였다. 이영은 느릿하게 눈을 깜빡이다가 손을 뻗었다. 그리고 서원이 막을 새도 없이 그의 손에 제 손을 대 보았다.

"야, 너……."

"손이 이렇게 큰데, 커도 예쁘네요."

그녀는 그의 손바닥에 제 손바닥을 마주 붙이고는 감탄하듯 중얼거렸다. 서원은 기가 막혀서 이영을 쳐다보다가 이내 서서히 얼굴을 붉혔다. 이영은 아무 생각 없이 술김에 하는 행동이겠지만, 그걸 받아들이는 제 입장은 결코 아무렇지 않을 수 없었다.

십수 년을 줄곧 바라봤던 여자와 이렇듯 가까이 살을 맞대고 있는데 어떻게 아무 반응도 일어나지 않을 수 있을까. 하다못해 그저 손바닥을 맞대고 있는 상황이라 하더라도 말이다. 그는 당장이라도 이영을 끌어안고 그녀의 안에 제 몸을 묻고 싶은 충동을 억눌러야 했다.

서두르지 말자. 어떻게 얻은 기회인데. 모든 걸 망쳐 버릴 수는 없다. 서원은 그녀와 맞대고 있는 손 대신 다른 손을 꽉 움켜쥐었다. 취기에 살짝 초점이 흐려진 눈이 자신을 응시했다. 그는 이영의 시선을 마주 바라보다가 제 손에 여전히 맞닿아 있는 그녀의 작은 손을 보았다.

잡아 볼까.

손가락을 살짝 구부리기만 하면 이영의 작은 손을 온전히 감싸쥘 수도 있을 텐데. 서원에게는 그것이 세상에서 가장 어려운 일이었다. 그렇게 계속 망설이고 있는 사이에 이영의 손이 부르르 떨리는 듯싶더니 곧바로 맞닿아 있던 손바닥이 떨어졌다.

"아, 아아…… 죄송해요."

취기가 벌써 사라졌나 보다. 서원은 쓴웃음을 지으며 허전해진 손을 쥐었다가 폈다. 이영이 당황한 듯 작게 헛기침을 하다가 어색한 분위기를 전환시키려는 것인지 다시금 입을 열었다.

"참! 대화하자고 하셨잖아요."

"그랬지."

그가 허전함이 사라지지 않는 손을 거듭 쥐었다 펴며 고개를 끄덕였다. 이영은 무심코 서원의 손을 쳐다보고는 곧바로 뺨이 달아오르는 바람에 손부채질을 했다. 고작 와인 한 모금에 취해서 어이없는 행동을 하다니. 서원이 이런 저를 보고 얼마나 황당했을까 생각하니 민망해서 그를 똑바로 쳐다볼 수조차 없었다. 그 순간, 귓바퀴까지 빨갛게 물든 이영을 쳐다보고 있던 서원이 말을 이었다.

"우리 결혼 생활에 있어서 어떤 규칙 같은 게 필요하지 않나 해서."

"규칙이라니요?"

"같이 살면서 서로 지켜야 할 사항 같은 거 말이야. 서로 익숙하지 않은 상태에서 결혼을 하고 한 공간에서 살게 되니까 어느 정도는 그런 게 필요하지 않겠어?"

"아……."

이영은 언제 민망해했던가 싶게 진지한 표정으로 고개를 끄덕였다. 그러고 보니 그런 규칙을 정해 놓으면 한결 낫겠단 생각이 들었다. 더구나 자신의 안전을 위해서라도 말이다. 그녀의 표정이 짐짓 비장해졌다.

아내는 먹이가 아니라는 걸 평생 인지할 것.

이영이 작성한 종이를 받아 들자마자 서원의 한쪽 눈썹이 비틀려 올라갔다. 그는 종이를 든 채 눈을 치켜떴다. 이영이 와인 잔을 두어 번 돌리다가 슬그머니 그의 시선을 피하며 옆으로 고개를 돌렸다.

"혹시 모르는 거니까요……. 지금이야 철분 주사를 맞으면서 산다고 해도."

"피 안 먹거든? 이제는 누가 먹으라고 해도 비린 맛 싫어서 안 먹어."

"살다 보면 입맛이 다시 바뀔 수도 있잖아요. 나이 들면 입맛이 종종 변한다던데."

이영이 그의 눈치를 살피며 조심스럽게 대꾸했다. 서원은 울컥한 표정으로 한마디를 더 하려다가 그냥 입을 다물었다. 그래. 이 정도 내용이야 넘어갈 수 있지. 공이영으로서는 이런 식으로라도 본인의 안전을 보장받고 싶어 하는 게 당연해. 그는 그렇게 속으로 중얼거리며 억울하다고 호소하는 마음을 진정시킨 뒤, 그녀가 작성한 다음 항목으로 시선을 내렸다.

성적인 의미가 담긴 어떤 스킨십도 하지 않을 것.

순간적으로 그의 미간이 꿈틀거렸다. 그것을 보았는지 이영이 작은 목소리로 변명처럼 덧붙였다.

"어쨌든 우리 결혼이 일반적인 결혼은 아니잖아요. 물론 다른 사람들 앞에서는 충실히 배우자로서의 역할을 하겠지만, 둘이 있을 때만큼은 불상사가 벌어지는 일이 없도록 서로 조심하자는 뜻에서……."

불상사? 불상사아아? 서원은 들고 있던 종이를 내려놓은 뒤, 제 얼굴을 위아래로 문질렀다. 모르는 건 아니다. 이 결혼에 대한 자신과 이영의 생각이 얼마나 다른지 잘 알고 있다. 그녀에게 있어서 자신과의 결혼은 그저 '뱀파이어에게 운 나쁘게 걸려들어 평생 차게 된 족쇄'에 지나지 않을 테니 말이다. 그걸 알면서도 저도 모르게 서운해진 건 어쩔 수 없었다.

나는 아닌데.

십수 년을 바라보기만 했던 여자와 평생 함께하게 될, 그 시작인데.

까마득하단 생각과 함께 조급한 마음이 밀려들었다. 놓쳐 버렸다고 절망한 순간, 다시 찾아든 기회였기에 무턱대고 붙잡을 수밖에 없었다. 계략을 써서라도 일단 이 여자를 제 옆에 묶어 두어야겠다고 생각했다.

그러니 결혼부터 하자고, 두 번 다시 윤기석 같은 놈이 욕심내지 못하게 '아내'라는 이름으로 내 울타리 안에 가둬 놓자고, 그렇게 마음먹고 저지른 일이었다.

뱀파이어라는 비밀이 새어 나갈까, 그게 두려워서 곁에 두어야겠다고?

우스운 얘기였다. 그럼에도 불구하고 그는 바로 그것을 이유로 그녀에게 결혼을 강요하다시피 했다. 이영을 제 곁에 둘 수 있다면 더 치졸하고 유치한 방법이라도 모조리 동원할 수 있었다.

그렇게 추진한 결혼인데, 저도 모르게 자꾸만 마음이 급해졌다. 일단 곁에 붙잡아 두기만 하자던 마음이 어느새 커져서 그녀의 모든 걸 온전히 소유하고 싶어진 탓이다.

서두르지 말자. 어쨌든 결혼하는 순간, 내게 속한 내 여자가 되는 거야.

이영의 성격상 결혼 후에 다른 남자에게 시선을 준다거나 하는 일은 없을 것이다. 비록 그 결혼이 거짓으로 이루어진 것이라 하더라도 말이다. 그것을 노리고 급하게 결혼을 추진한 것이 아니었던가.

차근차근.

그는 속으로 중얼거렸다. 그녀의 마음을 얻는 건 그 이후의 일이다. 서원은 숨을 깊이 들이쉬었다가 내쉰 뒤, 마음을 가라앉히고 입을 열었다.

"좋아. 어차피 나도 강제로, 그럴 마음은 없으니까."

"어어…… 예, 그렇다면 다행이고요."

이영은 그의 말에 고개를 주억거리며 대답하고는 살짝 눈을 찡그렸다. 방금 서원의 말 속에서 뭔가가 걸렸다. 강제로, 그럴 마음은 없다고? 당연한 말이다. 말 그대로 성적인 스킨십을 하는 일은 없을 거란 의미였다. 그런데 어째서인지 자신이 뭔가를 놓쳤다는 생각이 들었다. 그게 무엇인지 알 길은 없었지만 말이다.

제5장 — 신혼 집들이에 초대합니다

"야아아아! 이 나쁜 계집애! 너어어어! 결혼할 때 부르지도 않고 오옷!"

이영은 커피숍 안에 들어가자마자 쩌렁쩌렁 울려 퍼진 친구의 목소리에 어깨를 움츠렸다. 소라가 커피숍 한쪽 구석에 앉아 씩씩대고 있는 게 먼저 눈에 들어왔다. 그리고 맞은편에 앉아 있던 혜선이 '너 때문에 다들 쳐다보잖아! 창피해!' 하고 소라를 타박하는 모습이 그 뒤를 이었다. 이영은 겸연쩍은 얼굴로 그들에게 다가갔다. 그러자 혜선이 냉큼 제 옆에 앉으라며 가방을 놔두었던 걸 치웠다.

"어라? 얘가 왜 여기 있지? 게다가 웨딩드레스는 왜 입고 있는 거야? 이게 웬일이지? 뭐야, 우리한테 얘기도 없이 홀라당 결혼을 했다는 거야? 이걸, 죽여? 살려?"

소라는 이영이 자리에 앉기 무섭게 본인의 노트북을 그녀에게로 돌려놓은 뒤, 화면에 떠 있는 인터넷 뉴스 기사를 가리켰다.

아, 이게 그날 사진이로구나.

이영은 친구의 야단에도 아랑곳하지 않고 새삼스러운 기분에 사진을 뚫어져라 쳐다보았다. 웨딩드레스를 입고 있는 저와 턱시도 차림의 서원이 나란히 서 있는 게 보였다. 웨딩드레스를 입고 있지 않더라면 결혼식이 아니라 장례식에 참석한 것이라고 착각할 정도로 잔뜩 굳어 있던 제 얼굴도 확인할 수 있었다. 또한 저와는 달리 느긋한 표정으로 입꼬리를 슬쩍 올리고 있던 서원의 얼굴도 보았다.

……이 남자는 이런 표정을 짓고 있었구나.

결혼식 내내 정신이 없었던 터라 그의 얼굴을 보지 못했다. 바로 옆에 나란히 서서도 힐끔 돌아볼 여유조차 없었다. 기억나는 것이라고는 눈을 찌를 듯하던 화려한 조명과 여기저기에서 터지던 카메라 플래시가 전부였다.

그래서일까. 이영은 기사 속의 제 결혼식 사진이 신기하기만 했다. 더 정확히 말하자면 자신의 옆에 서 있던 턱시도 차림의 서원이 신기했다. 정말 이 남자와 결혼한 것이로구나, 하는 묘한 자각이 들었다.

"허허, 이 계집애 좀 보소. 의리 없이 몰래 결혼식 올려놓고도 제 신랑 얼굴 보고 헤벌쭉해서 친구가 죽으니 살리느니 하는 건 아예 귓등으로도 들리지 않나 봐. 야! 공이영! 신랑 좀 그만 봐, 이 계집애야! 아침에도 봤을 거면서 여기서도 또 넋 놓고 보는 거야? 그렇게 좋으냐? 응? 친구 배신하고 도둑 결혼하니까 그렇게 좋더냐?"

소라가 제 노트북을 덮고는 이영에게 다그치듯 말했다. 이영은 그제야 민망한 얼굴로 난처하게 웃다가 혜선을 돌아보았다. 그러나 혜선 역시 소라의 말에 전적으로 동의한다는 듯 고개를 위아래로 끄덕이더니 소라의 말끝에 덧붙였다.

"공이영은 배신자."

"아, 아니…… 그게 말이야."

이영은 난감한 얼굴로 제 친구들을 번갈아 보았다. 그들이 내심 서운한 마음을 이렇듯 장난으로 표현한다는 걸 모르지 않았다. 하기야 서운한 게 당연했다. 만약 자신이 친구들의 입장이었더라도 많이 서운했을 테니 말이다.

"미안해."

그녀는 어깨를 축 늘어뜨린 채 사과했다. 이 결혼이 언론을 통해 보도되리라는 걸 미처 생각하지 못한 건 제 실수였다.

"게다가 너, 한영일보 회장님이 아버지인 것도 얘기 안 해 주고."

"……아, 그건."

혜선이 시무룩한 어조로 끼어들었다. 이영은 황급히 입을 열었지만 뭐라고 변명을 해야 할지 알 수 없어서 다시 입을 다물었다. 그러는 와중에 소라가 이영을 노려보는 시늉을 하더니 말을 이었다.

"우리가 한영일보 막 욕하고 그럴 때라도 얘기를 해 줬어야지. 친구 아버지 회사인 줄 알았으면 그렇게 대놓고 욕하지는 않았을 텐데. 물론! 아예 욕을 안 했을 거라고는 거짓말 못 해. 너도 인정하지? 한영일보가 꼴통 짓을 많이 했잖아. 왜곡 보도도 많이 하고, 무조건 정부랑 여당 편만 들고. 재벌 편도 들고……."

소라가 말을 계속 이어 가려는데, 혜선이 그만하라는 듯 눈을 찡긋거렸다. 소라는 그제야 자신의 말이 좀 심하게 나갔다는 걸 깨닫고 입을 닫았다. 그러고는 혹시 이영의 기분이 상했을까 싶어 눈치를 살폈다. 그런 친구들의 마음을 잘 아는 이영이 먼저 미소를 지었다.

"사실, 나도 인터넷에 한영일보 나쁘다고 댓글 단 적 있는걸."

"뭐? 진짜? 으하하, 대애박."

소라가 이영의 말에 키득거리며 박수를 쳤다. 혜선 역시 이영의 말에 작게 웃었다. 이영은 그런 친구들을 잠시 쳐다보다가 입술을 깨물었다.

저라고 왜 결혼식에 친구들을 부르고 싶지 않았을까. 당연히 부르고 싶었다. 그 누구보다도 소라와 혜선만큼은 꼭 부르고 싶었다.

……그 결혼이, 진짜 결혼이었다면 말이다.

"어쨌든 미안해. 그냥, 집안끼리 한 결혼이라 그랬어. 좋아하는 사람이랑 하는 결혼도 아니었고……. 그래서 그게 축하받을 일은 아니라고 생각해서."

모두를 속이고 하는 결혼이었기에 친구들을 부를 수 없었다. 제 소중한 친구들 앞에서 거짓으로 웃고 싶지 않았다. 이영은 서원과 결혼하게 된 속사정을 숨긴 채 대충 둘러댔다. 집안끼리 한 결혼이라는 말이 아예 틀린 건 아니니 말이다. 그런데 제 말을 듣던 소라와 혜선의 눈이 동시에 동그래졌다.

"응? 아니던데?"

"그러게. 아니던데?"

"뭐가 아니란 거야?"

이영은 소라와 혜선이 동시에 한 말에 고개를 갸웃거렸다. 그러자 소라가 테이블 위에 팔을 괸 채 이영에게로 몸을 기울이더니 재차 말했다.

"신랑 눈에서 꿀이 막 떨어지던데. 그렇지, 혜선아?"

"응."

혜선이 고개를 끄덕이며 소라의 말에 동의했다.

"이영이 너는 아니었는지 몰라도, 남자 쪽은 너 많이 좋아하는 것 같더라."

"그게 무슨 소리야? 말도 안 돼."

"진짜야! 여기, 이 사진을 보고도 부인할래?"

이영이 고개를 흔들며 헛웃음을 짓자 소라가 발끈하며 제 노트북을 다시 열었다. 그러고는 조금 전에 보았던 사진 속 서원을 손가락으로 가리켰다.

"이거 봐. 아주 꿀이 뚝뚝 떨어지는구만. 이래도 아니라고 그럴래?"

"……진짜 아닌데."

이영은 소라의 노트북 모니터를 보며 말끝을 흐렸다. 아무리 봐도 제 눈에는 그렇게 보이지 않았다. 소라와 혜선이 괜히 저를 놀리느라고 과장하여 말한 게 틀림없었다. 그녀는 친구들의 장난에 넘어갔나 싶어 머쓱한 표정으로 다시 고개를 흔들었다.

"아니야."

"맞다니까! 너 좋아하는 게 확실해."

소라가 팔짱을 끼며 턱을 치켜들었다. 그러자 혜선 역시 고개를 힘차게 끄덕였다. 이영은 친구들의 착각을 해결할 방법이 없어서 난감해하다가 한숨을 내쉬었다.

서원은 그저 본인의 정체를 들키지 않기 위해서 저를 붙잡아 둔 것뿐이다. 그 사실을 얘기하면 다 해결될 일인데, 문제는 그걸 털어놓을 수 없다는 점이다. 이영이 머뭇거리며 말을 잇지 못하는 걸 본 소라와 혜선은 역시 자신들의 생각이 딱 맞았다며 서로 눈짓을 교환했다.

솔직히 말하면, 그들은 뉴스 기사를 보고 꽤 많이 놀랐었다. 아니, 자신들뿐만 아니라 대학 동기와 선후배, 학과 교수들까지 한바탕 뒤집어졌다고 해도 과언이 아니었다. 그저 평범해 보이기만 하던 이영이 한영일보 막내딸이라는 것만으로도 놀랄 일인데, 거기에 더해 도경그룹 후계자와 결혼을 했다고 하니 그야말로 경악할 일이 아닐 수 없었다.

그러면서도 한편으로는 걱정이 되었다. 혹시 말로만 듣던 정략결혼이 아닌가 싶어서. 온순하고 착하기만 하던 이영이 그런 결혼을 감당할 수 있을까 싶어서. 그런데 그런 걱정이 모두 쓸데없는 것이었다는 듯 사진 속 남자는 진심으로 기뻐하고 있는 것 같았다.

물론 직접 그의 얼굴을 보고 확인한 게 아니니, 아직 확신할 수는 없지만 말이다.

그런 의미에서…….

"집들이는 언제 할래?"

"어?"

이영이 거듭 한숨을 쉬며 난감해하다가 또다시 들려온 소라의 목소리에 고개를 들었다. 소라가 이영과 시선이 마주치자마자 눈을 부라렸다.

"뭐야, 너? 설마 결혼식에 이어서 집들이마저 부르지 않으려고 한 거야? 집들이에도 초대 안 하면 진짜 우리랑 절교하겠다는 뜻으로 받아들일 거야!"

"아, 아니야. 절대 그런 거 아니야! 절교라니. 그런 무서운 말하지 마."

할게, 할 거야. 집들이할 거라고. 이영이 다급히 손을 내저으며
고개까지 마구 흔들었다. 그 바람에 그녀는 제 친구들이 서로 눈을
찡긋거리며 개구지게 웃는 걸 보지 못했다.

"어떻게 하지……."

이영은 엘리베이터 문이 열렸는데도 내릴 생각조차 못 하고 혼
잣말을 중얼거렸다. 얼떨결에 친구들에게 집들이를 하겠다고 약속
을 해 놓고 나서야 정신이 들었다. 하지만 이미 잔뜩 기대에 들뜬
친구들 앞에서 약속을 번복할 수는 없었다.

"내가 미쳤나 봐. 집들이라니."

그녀는 거듭 중얼거리다가 엘리베이터 문이 닫히려는 걸 보고는
황급히 버튼을 눌러 다시 문을 열고 내렸다. 현관문 앞까지 몇 걸
음을 옮기는 와중에도 이영의 입에서는 한숨이 계속 새어 나왔다.

정말 어떻게 해야 할까.

제멋대로 집들이를 하겠다고 한 걸 서원이 알게 되면 불쾌해할
지도 모르겠단 생각이 들었다. 그의 공간에 함부로 다른 사람들을
들이겠다고 결정한 셈이니 말이다.

"휴우……."

이영은 재차 한숨을 내쉰 뒤, 현관문을 열었다. 어쨌든 자신이
저지른 일이니 스스로 해결해야 할 터였다. 그녀는 단단히 각오하
며 현관 안으로 발을 들여놓았다.

그 순간, 달콤한 냄새가 그녀를 반겼다. 속이 울렁거릴 정도로
달콤한 냄새였다. 이영은 저도 모르게 한 손으로 입과 코를 막으며
미간을 찡그렸다. 그와 동시에 주방 쪽에서 발소리가 들리더니 뒤

이어 서원의 모습이 보였다.

"친구들이랑 잘 놀았어?"

"벌써 퇴근한 거예요?"

아직 이른 시간이었다. 소라와 혜선이 서운해하는 걸 알면서도 저녁을 먹지 않고 들어왔으니 자신이 늦게 들어온 건 아니다. 그럼에도 불구하고 이영은 반사적으로 거실 벽에 걸린 시계를 확인했다. 서원이 덩달아 시계를 보더니 어깨를 으쓱이며 웃음기 섞인 투로 말을 이었다.

"새신랑이니 일찍 들어가야 한다고, 다들 등을 떠밀어서 말이야."

"아……."

'새신랑'이라는 말에 괜히 얼굴이 홧홧해졌다. 하기야 다른 사람들의 눈에 비친 저와 서원은 한창 깨가 쏟아지고도 남을 신혼부부이니, 그게 당연한 건지도 몰랐다. 일찍 들어가야 한다는 제 말에, 친구들이 서운해하면서도 내심 어쩔 수 없다는 듯 받아들인 것처럼 말이다.

"그나저나 이게 무슨 냄새예요?"

이영은 따끈따끈 달아오른 뺨을 손으로 문지르며 구두를 벗고 안으로 들어서다가 말을 돌렸다. 그러자 서원이 뿌듯한 표정으로 주방 쪽을 가리키고는 냉큼 대꾸했다.

"일찍 퇴근했는데 딱히 할 것도 없고 심심해서 마카롱 좀 만들었어. 먹어 볼래?"

"예? 어어…… 예에."

그녀가 잠시 망설이다가 기대에 찬 그의 얼굴을 보고는 체념하듯 고개를 끄덕였다. 서원은 이영이 고개를 끄덕이자마자 신이 난 어린아이처럼 주방으로 들어갔다. 그 뒷모습을 보는 이영의 눈빛이 복잡했다.

"이건 가나슈를 넣은 거고, 이건 버터크림에 녹차 가루를 섞은 거. 그리고 이건 크림치즈에 블루베리 콩포트를 섞은 거. 취향에 따라서 먹어 봐."

서원이 이영의 앞에 세 가지 색깔의 마카롱을 나열해 놓고는 맞은편에 앉았다. 그녀는 아무 말 없이 제 앞에 놓인 마카롱 접시를 물끄러미 쳐다보기만 했다. 부드러운 초콜릿 색깔의 마카롱과 그 옆의 싱그러운 연둣빛 마카롱, 그리고 아기자기한 느낌이 감도는 연보라색 마카롱까지 세 가지 모두 사랑스러운 모습을 하고 있었다.

"……예쁘네요. 이런 걸 직접 만드실 수 있을 거라고는 상상도 못 했는데."

"내가 달콤한 걸 좋아하거든. 그렇다고 무조건 달기만 하면 다 좋은 건 아니고. 그러다 보니 디저트 카페 찾아다니며 입맛에 맞는 거 고르는 것보다 차라리 직접 내 입맛대로 만들어 보는 건 어떨까 싶더라고. 그래서 한번 시도를 해 봤는데 의외로 만드는 과정 자체도 재미있더라. 딱 내 취향대로 만들 수 있는 것도 마음에 들었고. 그 뒤로 가끔 직접 만들어 먹고는 해. 일 때문에 시간이 없어서 자주 만들지는 못하지만."

서원이 이영의 물음에 대답하며 마카롱을 하나 집었다. 그러고는 제 입에 넣으려다 말고 이영을 쳐다보았다.

"안 먹어? 그렇게 겁먹고 못 먹을 정도는 아닌데. 내 주관적인 평가이기는 하지만, 여느 디저트 카페에서 파는 것 못지않거든?"

"아, 먹을 거예요."

이영이 서원의 말에 서둘러 대답하고는 주저하던 손끝으로 연두색 마카롱을 하나 집었다. 그나마 녹차가 들어 있는 게 낫지 않을까 해서 고른 것이었다. 하지만 그뿐이었다. 마카롱을 집은 손은 쉽게 입으로 가려 하지 않았다. 되레 저도 모르게 올라온 거부감 탓에 온몸이 뻣뻣하게 굳었다.

하지만 서원은 그런 이영의 상태를 알아차리지 못한 채 쉬지 않고 마카롱 서너 개를 한꺼번에 먹어 치운 뒤, 흡족한 표정을 지었다.

오늘따라 더 괜찮게 나온 것 같네.

꼬끄도 쫀득하고 필링도 세 가지 다 부드럽고.

그는 이영이 제 마카롱을 먹고는 눈을 동그랗게 뜨고 감탄할 모습을 상상했다. 어릴 적, 제게 달콤한 맛을 알게 해 준 이가 바로 이영이었다. 뱀파이어가 아닌 인간으로서의 입맛을 갖게 해 준 거나 마찬가지였다. 그런 이영에게 자신이 만든 걸 먹인다는 건 새삼 가슴을 뛰게 만드는 일이었다.

······어라?

서원이 기대 가득한 눈으로 이영을 쳐다보다가 이내 의아한 표정을 지었다. 그녀가 여전히 마카롱을 손에 들고 있는 걸 보았기 때문이다. 자그마한 연둣빛 마카롱을 내려다보고 있는 이영의 시선이 어째서인지 심란해 보였다.

"왜? 마카롱에 뭐, 문제라도 있어?"

혹시 무슨 이물질이라도 들어갔나 싶어 덜컥 겁이 났다. 서원은 급한 마음에 엉거주춤 일어서서 그녀 쪽으로 몸을 숙였다. 그리고 이영의 손에 들려 있던 마카롱을 제 눈으로 확인하려는 순간, 그녀가 들고 있던 마카롱을 냉큼 입에 넣었다.

그리고 바로 그 직후에 문제가 생겼다.

"우욱!"

"이영아?"

"저, 죄, 죄송…… 우욱!"

이영이 입을 틀어막고는 황급히 자리에서 일어났다. 그리고 구역질이 나오려는 걸 애써 참으며 욕실 쪽으로 급히 가 버렸다. 서원은 순식간에 벌어진 상황 앞에서 잠시 멍한 표정을 짓고 있다가 뒤늦게 제 뺨을 한 대 때리고는 그녀의 뒤를 따라갔다.

속을 모조리 게워 내기라도 하는지 그녀가 토하는 소리가 들렸다. 그 소리에 그의 발걸음이 잠시 멈췄다. 욕실 문이 반쯤 열려 있는 게 서원의 눈에 들어왔다. 그리고 변기를 끌어안다시피 한 채 쪼그려 앉아 있는 이영의 모습도 열린 문 사이로 보였다.

대체 이게 무슨 일이야?

서원은 굳은 얼굴로 다시 걸음을 옮겼다. 그가 욕실 바로 앞에 막 다가간 순간, 그녀가 비틀거리며 일어서서 변기 물을 내리고는 세면대에서 입을 헹구고 찬물로 얼굴을 적셨다. 얼굴에서 물이 뚝뚝 떨어지는 와중에도 새파랗게 질린 낯빛을 확인할 수 있었다.

"갑자기 왜 그래? 어디 아파?"

서원은 욕실 문 앞에 서서 이영이 몸을 돌려 나오려는 걸 보고는 다급히 물었다. 그녀가 젖은 얼굴을 수건으로 닦다가 그를 쳐다보았다. 저를 걱정하는 시선이 낯설었다. 누군가가 자신을 이토록 걱정한 적이 있었던가. 고복근 의원에게 끔찍한 일을 당할 뻔했을 때도 이 남자는 이런 시선으로 저를 보았던 것 같다. 그때는 워낙 정신이 없었던 터라 기억이 또렷하지는 않지만 말이다.

두근두근.

가슴이 갑자기 제멋대로 뛰기 시작했다. 그와 동시에 속이 울렁거렸다. 만든 사람의 정성을 무시할 수 없어 억지로 마카롱 하나를 입에 넣었다가 구역질이 치밀었던 것과는 다른 의미에 울렁거림이었다.

지금 이것을 뭐라고 말해야 할까.

그녀의 창백했던 얼굴에 희미하게 홍조가 들었다. 하지만 정작 본인은 그런 제 상태를 눈치채지 못했다. 이영은 두근대는 가슴을 억누르며 서원을 향해 변명했다.

"죄송해요. 속이 좋지 않아서 그랬어요."

"속이 안 좋다고? 체한 거야?"

"……조금, 그랬나 봐요."

이영은 어색하게 대답한 뒤에 서원의 시선을 피해 고개를 모로 돌렸다. 그러고는 주방 쪽으로 다시 걸음을 옮기며 말을 이었다.

"저녁 드셔야죠. 곧 준비할게요."

"됐어. 속도 좋지 않다면서 무슨 저녁을 준비해?"

서원이 주방으로 향하던 그녀의 손목을 붙잡았다. 이영은 제 손목을 잡은 서원의 손길에 화들짝 놀라 몸을 돌렸다. 하지만 그는 아무렇지 않게 그녀의 손목을 움켜잡은 채 거실로 걸음을 옮겼다. 손목이 잡혀 있는 탓에 그녀 역시 그를 따라서 거실로 갈 수밖에 없었다.

"얌전히 앉아 있어. 아니면 들어가서 옷이라도 편하게 갈아입고 쉬든지."

"……예?"

"죽 끓여 줄 테니까 잠깐만 기다려."

서원이 주방으로 되돌아간 뒤, 이영은 거실에 덩그러니 서서 멍한 얼굴로 주방 쪽을 쳐다보았다. 그러다가 문득 손목에서 열기가 느껴져 저도 모르게 다른 손으로 손목을 움켜잡았다.

"집들이?"

"죄송해요. 친구들이 집들이하라고 하는데, 차마 거절할 수가 없었어요."

이영은 제 앞에 놓인 죽을 다 비운 뒤, 수저를 내려놓고는 고개를 푹 숙였다. 어떻게 말을 꺼내야 하나 계속 고민하다가 일단 저녁을 먹고 난 이후에 해야겠다 싶어 꾹꾹 참았던 얘기를 이제야 털어놓은 것이다.

자신에게 허락도 받지 않고 마음대로 행동했다고 불쾌해하면 어쩌나 싶어 저절로 어깨가 움츠러들었다. 결혼을 하여 부부가 되었다고는 해도 저와 그는 엄연히 따지고 보면 남남이나 다를 바 없는 관계이니 말이다. 아니, 그래도 같은 공간에서 생활하고 있으니 룸메이트 정도의 관계는 된다고 해야 할까.

남남이든 룸메이트든, 달라질 건 없겠지만.

이영은 고개를 들지도 못한 채 다시금 입을 열었다.

"정말 죄송해요. 그냥, 제가 다시 친구들한테 전화해서 없던 일로……."

"해."

"예?"

"하라고, 집들이 말이야."

서원은 별것 아니라는 듯 어깨를 으쓱였다. 이영이 예상치 못한 그의 대답을 듣고 멍한 얼굴로 눈만 깜빡였다. 그러다가 다시 정신을 차리고는 조심스럽게 물었다.

"괜찮으시겠어요?"

"응? 뭐가?"

"집들이요."

"괜찮지 않을 건 뭔데? 신혼부부가 집들이하는 거야 당연한 일이지. 그렇지 않아도 도준 형이 집들이하라고 졸라 댔는데 이 기회에 아예 같이 부르면 되겠네. 그래도 되지? 이번 주말은 어때?"

"아아, 예. 뭐, 괜찮기는 한데……."

이영은 서원의 말에 고개를 끄덕이다 말고 자신도 모르게 흠칫 거렸다. '도준'의 이름에 반사적으로 나온 반응이었다. 잊어버렸다고 생각하다가도 이렇듯 불쑥 그날의 기억이 떠올랐다. 여자의 목에서 흘러나온 피와 그 비릿한 냄새. 그녀는 몸을 부르르 떨고는 한숨을 쉬었다. 그 모습을 가만히 쳐다보던 서원이 조심스럽게 물었다.

"도준 형이 불편해?"

"……솔직히 조금 그래요."

그녀는 물컵을 만지작거리며 망설이다가 대답했다. 피를 직접 섭취하지 않고 주사를 맞는다는 서원과 달리 도준은 흡혈을 한다는 점에서 어쩔 수 없이 거부감이 들었다.

"뭐, 네 입장에서는 그럴 수밖에 없겠지만, 그래도 너무 불편해하지는 마. 알고 보면 그냥 팔백 살 넘은 바보야, 바보."

"예? 장도준 씨가 팔백 살이 넘었어요?"

이영이 서원의 말을 무심코 듣다가 깜짝 놀라 고개를 들었다. 그리고 그녀의 표정이 묘해지는 듯싶더니 뒤이어 그를 쳐다보던 시선도 살짝 달라졌다. 서원은 자신을 '나이 든 요괴' 보듯 쳐다보는 이영의 시선을 깨닫고는 서둘러 손을 내저었다.

120

"야! 아니야. 나는 아니거든? 인간 나이로든 뱀파이어 나이로든 무조건 서른이라고, 서른!"

"……저, 아무 말도 안 했는데요."

이영은 자신이 살짝 오해할 뻔한 걸 감추며 대꾸했다. 하기야 갓난아기였던 그를 그의 부모가 거두어 키웠다고 했으니 서원이 그 이상 나이를 먹지는 않았을 것이다. 물론 갓난아기 상태로 수백 년을 살았을지는 모르지만……. 그녀는 저도 모르게 다시 서원의 나이를 의심하려다가 고개를 휘휘 저었다. 그러고는 새삼 신기한 기분에 입을 열었다.

"그런데 장도준 씨랑 오빠는 외모로 볼 때 나이가 비슷해 보여 요."

"뱀파이어는 본인이 원하는 상태에서 자신의 노화 상태를 멈출 수 있거든. 보통은 자신이 가장 매력적으로 보이는 시기에서 멈춘 다고 하더라."

"그렇군요, 어, 그러면……."

그녀가 서원의 말에 고개를 끄덕거리다 말고 문득 든 생각에 그를 쳐다보았다. 서원이 이마 위로 흘러내린 머리를 쓸어 넘기고 있는 게 보였다. 날카로운 콧날과 시원스럽게 뻗은 눈매가 매력적인 남자였다. 이영은 그런 서원의 옆에서 저 홀로 늙어 가게 될 자신의 미래를 무심코 떠올려 보았다.

"나중에 사람들이 오빠랑 저 보면 손자랑 할머니라고 하겠네 요."

"콜록! 뭐, 뭐라고?"

그가 물을 마시다 말고 뿜어낼 뻔한 걸 가까스로 참아 낸 뒤, 그녀를 보았다. 이영은 방금 무시무시한 말을 뱉어 낸 사람답지 않게 덤덤한 표정으로 그를 마주 바라보고 있었다. 서원은 그녀의 무심한 얼굴에 울컥해서 자신도 모르게 말했다.

"부러워? 너는 늙어 갈 텐데, 나는 계속 이렇게 청춘일 테니."

"아니요."

"부럽지 않다고?"

충동적으로 건넨 물음에 되돌아온 대답을 들은 서원이 눈을 찡그리며 한 번 더 되물었다. 그러자 이영이 희미하게 미소 짓더니 고개를 끄덕였다.

"전혀 부럽지 않아요."

"어째서?"

"그냥…… 어릴 때부터, 빨리 늙어 버렸으면 하고 바랐거든요."

갑자기 기운이 빠지기라도 한 듯 그녀의 목소리가 작아졌다. 그와 동시에 서원의 표정은 굳어 갔다. 하지만 이영은 그의 표정이 의미하는 바를 알아차리지 못한 채 느릿하게 눈을 감았다가 떴다.

자신의 출생에 대하여 숨겨져 있던 비밀을 알게 된 날 이후, 때로는 죽음을 꿈꿨고 종종 폭삭 늙어 버린 제 모습을 바랐다. 스스로 목숨을 끊을 용기가 없었기에 하루하루 살아가면서도 그 시간이 지긋지긋해서 눈 한 번 감았다가 뜨면 늙어 있기를 소원한 적도 있었다. 그러나 시간은 누구에게나 공평하게 주어진다는 말을 증명이라도 하듯 이영의 시간은 다른 이들의 것과 똑같은 속도로 흘러갔다.

"이제 겨우 스물셋이라는 것도 지겨운데, 여기서 시간이 멈추면 끔찍할 것 같아요."

이영은 피식 웃으며 제 속에 품고 있던 아주 작은 조각을 꺼내 보였다. 친구들에게조차 해 본 적 없던 이야기였다. 그런 제 속내를 타인에 불과한 남자에게 일부분이나마 드러내 보였다는 사실에, 스스로도 놀라웠다.

어째서일까.

그녀는 고개를 숙이다가 제 앞의 빈 그릇을 보았다. 지금껏 먹어 본 음식 중에서 가장 형편없었던 걸 꼽으라면 무조건 지금 제가 먹은 죽이라고 할 것이다. 하지만 지금껏 먹어 본 음식 중에서 가장 맛있었던 걸 꼽으라고 해도 역시 지금 제가 먹은 죽이라고 할 것이다. 가장 형편없었지만, 또한 가장 맛있었던 죽을 끓여 주었기 때문일까. 그에게 이런 이야기를 할 수 있는 까닭은, 말이다.

"나도 마찬가지야."

그 순간, 서원의 목소리가 들렸다. 그녀는 고개를 다시 들어 그를 쳐다보았다. 서원이 식탁 위에 팔을 괸 채 이영을 빤히 바라보고 있었다. 의미 모를 시선이 저를 응시했다. 그는 가끔 이렇듯 알 수 없는 눈으로 자신을 쳐다보고는 한다. 그 의미가 무엇인지 생각할 틈도 주지 않고 서원의 입이 재차 열렸다.

"지금도 일하느라 지겨워 죽겠는데, 여기서 시간이 멈추면 아마 미쳐 버릴걸?"

"……."

"아마 내 시간은 너랑 똑같이 흘러갈 거야. 그러니 우리가 할머니와 손자 모습이 될 미래 같은 건 아예 꿈도 꾸지 마."

서원이 가볍게 웃으며 농담처럼 덧붙였다. 그렇지만 이영은 그의 말에 함께 웃지 못했다. 되레 가슴이 먹먹해져서 숨을 깊이 들이쉬어야 했다.

'아마 내 시간은 너랑 똑같이 흘러갈 거야.'

그저 가볍게 건넨 말에 지나지 않을 텐데, 그 말이 제 명치에

엎히기라도 한 것처럼 묵직하게 느껴졌다. 그리고 이유를 알 수 없는 안도감이 몸을 감싸 안았다.

이상했다.

다른 사람들의 시간보다 제 시간이 빨리 흐르기만을 바랐었는데, 그의 시간이 저와 같은 속도로 흘러간다는 것에 안도감을 느끼는 것 자체가.

정말이지, 너무나 이상했다.

"그건 그렇고 집들이 때 음식은 어떻게 해요?"

이영은 주체할 수 없는 감정이 밀려드는 걸 간신히 털어 낸 뒤, 황급히 말을 돌렸다. 그 순간 그들 사이에 내려앉았던 묘한 분위기가 흩어져 버렸다. 서원은 어깨를 으쓱이며 별것 아닌 걸 묻는다는 듯 대꾸했다.

"그냥 평범하게 하면 돼. 적당히 친구들 좋아하는 걸로 해. 아, 디저트는 내가 준비해도 되고."

"하지만 장도준 씨가 드실 건 별도로 준비해야 하지 않아요? 선짓국이라든가, 뭐, 그런 걸로요."

"뭐? 선짓국?"

서원이 이영의 말에 눈을 끔뻑이다가 이내 웃음을 터뜨렸다. 그녀는 그의 웃음이 그칠 때까지 그저 가만히 지켜볼 수밖에 없었다. 그는 손을 내저으며 계속 웃다가 간신히 진정하고는 혼잣말을 중얼거렸다.

"하하, 뱀파이어를 위해서 선짓국까지 준비해 주는 매너라니……."

그 엉뚱한 면이 너무나 사랑스러웠다. 서원은 웃음을 참은 뒤, 이영을 향해 말을 이었다.

"도준 형에 대해서는 딱히 신경 안 써도 될 거야. 우리보다 입맛은 더 향토적일걸? 무려 이 땅에서 팔백 년 넘게 살았으니 말이야."

"아아……."

이영은 그 사실을 새삼 알았다는 듯 고개를 주억거렸다. 그러다가 문득 떠오른 궁금증에 재차 입을 열었다.

"그럼 장도준 씨는 조선 시대에도 살았던 거예요?"

"그렇지."

"팔백 년도 훨씬 전이었으면, 조선이 건국되기 전에도 살았던 거네요? 고려 때도?"

"응."

"우와……."

그녀가 본인도 모르게 감탄을 하다가 피식 웃고 말았다. 황당한 얘기를 이렇듯 아무렇지 않게 주고받는 저와 서원의 모습이 우습기도 하고 한편으로는 재미있기도 했다.

"참! 이왕 얘기 나온 김에 하나만 더 물어봐도 돼요?"

"뭐든지."

서원이 어깨를 으쓱이며 흔쾌히 대꾸했다. 그녀는 그의 차에 탔던 기억을 되새기며 조심스럽게 물었다.

"차에 묵주가 걸려 있던데 괜찮아요?"

"아하, 룸미러에 매달아 놓은 거? 어머니가 그 차 구입했을 때 달아 놓으신 거야. 항상 안전 운전하라고."

"묵주를요?"

"응. 왜, 뭐 문제 될 거 있어?"

서원은 대수롭지 않은 투로 대꾸했다. 하지만 이영으로서는 결코 아무렇지 않게 받아들일 수 있는 게 아니었다.

뱀파이어와 묵주라니.

대표적인 카톨릭의 성물을 뱀파이어의 안전 운전을 기원하는 데 사용한다고?

제 귀로 듣고도 도저히 믿기 힘든 얘기였다. 이영이 어안이 벙벙한 얼굴로 아무 말도 이어 가지 못하자 서원이 뒤늦게 그녀가 왜 그러는지 깨닫고는 혀를 찼다.

"이래서 편견이 무섭다니까. 영화나 소설 때문에 뱀파이어 이미지가 아예 고착화됐잖아."

"고착화되다니요?"

"지금처럼 말이야. 뱀파이어가 묵주를 갖고 있는 걸 이상하다고 생각하는 거."

"당연히 이상한 거죠. 뱀파이어와 묵주는 상극 아니에요?"

이영이 서원의 말에 억울하다는 듯 항변했다. 그러자 서원이 고개를 흔들고는 말을 이었다.

"학교 다닐 때 다윈의 진화론 배웠지?"

"예. 그런데 그건 왜……."

"자연선택도 배웠을 테고."

"당연하죠."

"바로 그 이론이 뱀파이어에게도 적용되거든."

"……예?"

이건 또 무슨 해괴한 얘기인가 싶어 그녀의 눈이 동그래졌다. 하지만 서원은 진지한 얼굴로 그녀를 향해 계속 설명을 이어 나갔다.

"보통 인간들이 생각하는 뱀파이어의 이미지는, 우리 쪽에서 볼 때는 거의 원형(原形)에 가까워. 쉽게 말하자면 진화하기 전의 초기 모델이라고 해야 할까. 그 이후로 뱀파이어가 얼마나 많은 변이와 도태 과정을 겪었을지, 그건 아예 생각조차 하지 않는단 말이야."

그는 이왕 얘기가 나온 김에 제대로 설명해서 뱀파이어에 대한 오해와 편견을 해소해야겠단 생각에 열성적으로 말을 이었다.

"그러니까 아무리 세월이 흘러도 인간의 상상 속에 등장하는 뱀파이어는 한결같은 모습이지. 예를 들면 십자가와 성수, 마늘 같은 걸 두려워하고, 햇빛을 받으면 재로 변하기 때문에 대낮에는 아예 밖에 나갈 엄두도 내지 못한 채 관 속에서 있다가 밤에만 나와서 돌아다니고."

"……"

"방금 내가 말한 것 중에 나한테 해당되는 게 있어?"

"아니요."

이영은 서원의 말을 듣다가 고개를 절레절레 저었다. 그러고 보니 룸미러에 걸려 있는 묵주만이 문제가 아니었다. 애당초 그가 이렇듯 인간들과 똑같은 모습으로 생활하고 있는 것 자체가 놀라운 일이니 말이다.

게다가 이렇게 죽까지 끓여 주는 뱀파이어가 있으리라고, 누가 상상이나 하겠어.

그녀는 피식 웃고 말았다. 죽을 한 그릇 먹어서인지 속이 뜨끈하면서 든든한 느낌이 들었다.

✷ ※ ✷

"으응? 집들이에 웬 선짓국?"

소라가 이영이 차려 놓은 상 앞에 기웃거리다 말고 고개를 갸웃 거렸다. 서원과 도준이 베란다에 나가 담배를 한 대 피운 뒤에 거 실로 들어오다가 그 말을 듣고는 동시에 흠칫거렸다. 하지만 소라 와 혜선 중 그 누구도 그들의 반응을 알아차리지 못했다. 이영이 주방에서 끊임없이 내온 음식에 온 신경이 집중되었기 때문이다.

"혜에, 나 선짓국 좋아하는데."

혜선이 수저를 놓다 말고 해맑게 웃으며 말했다. 소라는 그런 혜선을 보다가 쯧쯧, 혀를 차고는 타박하듯 입을 열었다.

"너 그 입맛 좀 어떻게 안 되냐? 앳된 얼굴로 선짓국, 돼지국밥, 순댓국, 막창, 그런 거나 좋아하니까 지금까지 남자 친구를 못 사 귄 거야."

"남자 친구 있었거든!"

"헤헹. 일주일짜리 남자 친구?"

소라가 혀를 쭉 내밀며 놀렸다. 그러자 혜선이 발끈해서 소라를 향해 항의를 했다. 그 두 사람이 티격태격 장난삼아 다투는 걸 보 던 도준이 제 턱을 쓰다듬으며 혼잣말을 중얼거렸다.

"확실히 어린애들이 있으니까 소란스럽네."

"노인네 같은 소리 좀 작작해."

서원은 눈을 찡그리며 퉁명스럽게 받아치더니 곧바로 주방에 들 어갔다. 이영이 가스레인지 불을 줄인 뒤, 몸을 돌리려다가 서원을 보고는 손을 내저었다.

"편히 앉아 계세요. 밥 뜸 들면 금방 가져다 드릴게요."

"내가 무슨 손님이야? 나도 엄연히 이 집 주인이거든?"

서원이 짓궂은 투로 대꾸하고는 그녀에게로 가까이 다가갔다. 앞치마를 입은 이영의 모습에 가슴이 쿵쾅대며 제멋대로 뛰었다.

앞치마를 입은, 내 여자라……

어떻게 보면 고리타분하고 성차별적인 생각이라고 할 수도 있겠지만, 자신의 여자가 앞치마를 두르고 있는 걸 보는 것만으로도 가슴속이 뻐근해지도록 만족감이 드는 걸 부정할 수 없었다. 스스로도 지금껏 삼십 년을 살면서 알지 못했던 취향이었다. 저를 위해 앞치마를 입고 요리를 하는, 제 여자라니.

"냄비 불 끌까? 그냥 그대로 갖고 가면 돼?"

서원은 두근대는 제 속을 내색하지 않고 태연하게 이영을 향해 물었다. 그러자 밥솥을 막 열려던 이영이 눈을 동그랗게 뜨더니 고개를 끄덕였다.

"그렇게 해 주시면 감사하죠. 아! 냄비 손잡이 뜨거우니까 먼저 장갑부터 끼시고요."

"별로 뜨거울 것 같지는 않은데…… 뭐, 알았어."

그는 주방 벽 한쪽에 걸려 있던 오븐용 장갑을 끼다가 콧등을 찡그렸다.

"그런데 이 장갑 말이야. 꼭 이런 걸 사야 했어?"

"왜요? 장갑에 무슨 문제라도 있어요?"

이영이 밥을 퍼 담다 말고 고개를 돌려 그를 쳐다보았다. 그러자 서원이 양손에 장갑을 낀 채 흔들어 보이고는 투덜거렸다.

"너무 밋밋하잖아. 스트라이프 패턴이 뭐야."

"……예?"

그녀는 그가 투덜대는 이유가 뭔지 알아차리지 못해 어리둥절한 표정을 지었다. 그 모습에 서원이 인상을 쓰더니 말을 이었다.

"장갑 말이야. 아니, 장갑뿐만 아니라 앞치마도 그렇고. 마트에 가면 귀여운 것도 많던데, 왜 그렇게 단조로운 무늬만 골라서 산 거냐고. 병아리나 사과, 당근 같은 거 그려진 게 귀엽던데."

서원이 아쉽다는 듯 말하고는 입을 다물었다. 이영은 멍하니 그를 쳐다보다가 눈을 깜빡였다. 뭔가 굉장히 구체적인데…….

"혹시 점찍어 둔 거 있었어요?"

"……."

서원에게서 아니라는 대답은 돌아오지 않았다. 그러고 보니 근처 마트에 가서 이 앞치마와 장갑을 샀을 때, 방금 그가 이야기한 병아리나 사과, 당근이 그려진 것들을 본 기억이 났다. 그녀는 당황하여 어쩔 줄 몰라 하다가 재차 입을 열었다.

"같이 마트에 간 적 없잖아요. 혼자 갔었던 거예요?"

"……."

이번에도 역시 그는 부정하지 않았다. 침묵은 긍정이라는 말을 몸소 실천이라도 할 작정인 듯싶었다. 이영은 양손에 큼직한 장갑을 낀 채 멀뚱히 서 있는 남자를 쳐다보다가 자신도 모르게 웃음을 터뜨렸다.

은근히 그의 취향이 어린애 같단 생각이 들었다. 달콤한 음식을 좋아하는 것도 그렇고, 아기자기하고 귀여운 걸 좋아하는 듯한 취향도 그렇고. 서늘하고 단정한 외모만 놓고 보면 결코 어울리지 않을 법한 취향이었다. 아니, 외모를 떠나서도 '뱀파이어' 라는 그의 정체에 비추어 봐도 마찬가지였다.

"주방에서 아주 깨가 쏟아지네, 쏟아져. 거기, 신랑님. 아무리 그래도 그렇지, 너무 티 내는 거 아니에요? 누가 신혼 아니랄까 봐 아예 주방에 들어가 사시네."

그 순간, 소라의 심술궂은 목소리가 끼어들었다. 이영은 화들짝 놀라 주방 입구 쪽을 돌아보았다. 소라가 짓궂은 표정으로 입구에 기대어 서서 생글생글 웃고 있었다. 괜히 민망해진 이영이 서둘러 시선을 피하려는데, 서원의 천연덕스러운 목소리가 들렸다.

"소라 씨도 결혼해 보면 알 거예요. 한시도 떨어져 있기 싫은 이 마음. 안 그래, 이영아?"

"예? 아아…… 예. 아, 아니, 그게 아니라."

갑작스러운 물음에 당황한 이영이 저도 모르게 고개를 끄덕이며 대꾸하다가 흠칫 놀라 다시 고개를 흔들었다. 그런 이영의 모습을 본 서원과 소라에게서 동시에 웃음이 터져 나왔다. 뒤이어 거실에 있던 혜선과 도준이 왜 웃는 거냐며 묻는 소리가 이어졌다. 그녀는 빨갛게 물든 뺨을 손바닥으로 가볍게 두드리고는 다시 밥을 담았다. 공기에 밥을 수북하게 퍼 담던 이영의 입가에 본인도 의식하지 못한 미소가 매달렸다.

"앞으로 일주일은 밥 굶고 살아도 될 것 같아. 우리 엄마가 무진장 좋아하겠다. 밥 축내지 않는다고."

흐흐, 소라가 기분이 좋은 듯 엘리베이터에 타자마자 거울에 달라붙은 채 혼잣말을 중얼거렸다. 그런 소라를 보고 뭐라고 혼자 웅얼대던 혜선이 그 자리에 쪼그려 앉았다. 그러고는 양손으로 머리를 뱅글뱅글 꼬며 또다시 뭐라고 중얼거렸다. 이영은 제 친구들이 술주정을 하는 모습에 낯이 뜨거워져 얼굴을 찡그렸다. 그 모습을 보던 도준이 피식 웃더니 입을 열었다.

"어쨌든 명색이 신혼집인데 눈치 없이 너무 늦게까지 놀았네. 미안해요, 공이영 씨."

"아, 아니에요. 괜찮……."

"알면 이제 그만 좀 가지? 열림 버튼 계속 누르고 있지 말고."

서원이 이영의 말이 끝나기도 전에 끼어들었다. 도준은 어색하게 웃고는 계속 누르고 있던 버튼에서 손을 뗐다. 그러자 기다렸다는 듯 문이 닫히고 세 사람을 태운 엘리베이터가 아래층으로 내려갔다. 이영은 서원과 단둘이 남고 나서야 한숨을 폭 내쉬며 어깨에서 힘을 뺐다.

  "휴우……."

  "긴장하고 있었어?"

  "예? 뭐, 조금……. 아! 그런데 괜찮을까요?"

  이영은 서원이 웃으며 묻는 말에 대답하다 말고 갑자기 생각났다는 듯 그를 쳐다보았다. 그가 집으로 다시 들어가기 위해 몸을 돌리려다가 의아한 표정으로 그녀를 보았다. 하지만 그녀는 막상 입이 쉽게 열리지 않는 듯 눈만 데구루루 굴렸다.

  "왜? 뭘 물어보려던 건데?"

  "저기, 소라랑 혜선이요."

  "응?"

  "그…… 장도준 씨한테 맡겨도 되나 싶어서."

  제 친구들을 '뱀파이어' 장도준에게 맡긴 게 잘한 짓인지를 묻는 것이었다. 서원은 이영이 조심스럽게 꺼낸 말뜻을 알아듣고는 가볍게 웃음을 터뜨렸다. 하기야 먹성 좋은 짐승한테 도시락을 두 개나 싸서 보낸 셈이라고 해야 할까. 적어도 제 앞의 여자가 상상하기로는 그럴 터였다. 그는 어깨를 으쓱이며 웃음기 섞인 목소리로 대답했다.

  "괜찮을 거야. 밥 많이 먹었잖아."

  "그, 그래도……."

  "도준 형이 아마 선짓국을 두 그릇이나 먹었지?"

짐짓 놀리는 듯한 서원의 말투에 이영이 저도 모르게 뾰로통한 표정을 지었다. 그러자 서원이 안심하라는 듯 그녀의 어깨를 다독였다.

"정말이야. 괜찮아. 그 정도도 자제 못 하지 않아."

"……정말요?"

이영은 서원의 말에도 불구하고 믿을 수 없다는 듯 재차 물었다. 그는 고개를 힘차게 끄덕이며 현관 쪽으로 그녀의 등을 떠밀다시피 했다. 현관 안에 들어서자마자 센서등이 환하게 켜졌다. 그녀가 신발을 정리하기 위해 몸을 숙이려는 순간, 그가 재차 이영의 등을 부드럽게 떠밀었다.

"들어가. 내가 정리할게."

"제가 해도 되는데요."

"이게 뭐 어려운 거라고."

서원이 피식 웃으며 대꾸하고는 신발을 정리했다. 이영은 현관 안쪽에 서서 가만히 그 모습을 쳐다보았다. 제 친구들과 함께 웃고 떠들며 자연스럽게 어울려 놀던 서원의 모습이 문득 떠올랐다. 마치 오랫동안 알고 지낸 사람들처럼 모두 다 함께 어우러지던 모습에 몇 번이나 가슴이 뭉클해지기도 했다.

"고마워요, 오빠."

"아니, 신발 정리가 그렇게 대단한 일도 아닌데 민망하잖아."

그가 현관 안으로 들어서려다가 그녀의 인사를 받고는 멋쩍게 웃었다. 이영은 그런 서원을 물끄러미 쳐다보다가 고개를 느릿하게 저었다.

"그게 아니라…… 아, 물론 신발 정리 해 준 것도 고맙지만요. 같이 웃고 얘기하고, 그럴 수 있게 해 준 거요. 그게 고맙다고요."

"······."

"집에서는 겪어 보지 못한 걸, 여기서 느끼게 되네요."

이영이 어색하게 웃으며 말했다. 하지만 서원은 웃는 대신, 그저 그녀를 가만히 응시했다. 가볍게 웃으며 제 말에 대꾸해 주던 남자가 갑자기 말없이 진지한 시선으로 저를 쳐다보고 있으니 저절로 어색함이 더해졌다. 그녀는 어색하게 웃던 입꼬리를 간신히 끌어 내린 뒤, 몇 번 입술을 달싹이다가 말을 꺼냈다.

"아, 맞다. 설거지해야 하는데······."

억양마저 어색했을 것이다. 이영은 제 목소리가 어색하게 흘러 나온 걸 깨닫고는 얼굴을 붉히며 황급히 주방 쪽으로 몸을 돌리려 했다. 그러나 그보다 먼저 서원이 그녀의 팔을 붙들었다.

"여기가 '우리 집'인데; 대체 어디를 두고 집이라고 하는 거야."

"······예?"

서원은 이영의 팔을 붙든 채 벽 쪽으로 돌려세웠다. 뒷머리가 현관 바로 옆쪽의 벽에 닿는 걸 느끼며 이영이 파르르 몸을 떨었다. 그가 한쪽 손으로 제 머리 위를 짚은 채 자신을 내려다보고 있었다. 얼마든지 마음만 먹으면 옆쪽으로 빠져나갈 수 있음에도 불구하고 그의 품 안에 갇힌 듯한 느낌이 들었다.

그녀에게서 숨소리가 가늘게 새어 나왔다. 긴장한 게 역력히 느껴질 정도로 그 숨결 속에서 떨림이 묻어났다. 서원은 그때까지도 계속 붙잡고 있던 이영의 팔을 놓은 뒤, 천천히 손을 들었다.

그녀의 뺨 위에 그의 손끝이 닿을 듯 말 듯 아슬아슬한 거리를 둔 채 흔들렸다. 그와 더불어 그들 사이의 분위기가 묘해지면서 애매한 긴장감마저 느껴졌다. 그것이 남녀 사이의 성적인 긴장감이라는 걸 모를 만큼 두 사람은 둔하지 않았다.

"우, 우리 각서 썼던 거요!"

그 순간, 이영이 두 눈을 질끈 감으며 외쳤다. 그녀의 외침과 동시에 그들 사이에 오가던 긴장감이 사라졌다. 서원은 복부 아래쪽으로 몰렸던 열기를 미처 해소하지도 못한 채 이영의 뺨 위에서 헤매던 손끝을 꽉 말아 쥘 수밖에 없었다.

"각서? 아아…… 스킨십 조항?"

'성적인 의미가 담긴 어떤 스킨십도 하지 않을 것.'

그녀가 종이 위에 또박또박 썼던 내용이 눈앞에 선명히 떠올랐다. 서원은 헛헛한 표정으로 머리를 쓸어 넘기고는 한 걸음 뒤로 몸을 물렸다. 그러자 이영이 재빨리 옆으로 비켜서더니 그대로 달아나 버렸다. 홀로 남겨진 서원이 피식거리다가 이내 중얼거렸다.

"그 각서인지 계약서인지 하는 빌어먹을 것부터 없애야겠는데……. 젠장, 내가 왜 그런 걸 쓰게 했던 건지."

그는 중얼거리다 말고 울분이 치민다는 듯 제 머리를 마구 헝클어뜨렸다. 결혼한 지 한 달도 채 되지 않은 새신랑에게 너무 가혹한 처사가 아니냐는 혼잣말과 함께.

제6장 — 진짜 부부

"어이, 새신랑. 혼자 청승맞게 무슨 술을 마시고 있어?"

도준은 서원의 옆에 자리를 잡고 앉았다. 낯익은 바텐더가 고개를 숙여 인사했다. 그는 바텐더를 향해 눈인사로 화답한 뒤, 킵해 두었던 걸 가져다 달란 말을 짧게 덧붙였다. 그리고 다시 서원을 쳐다보고는 이맛살을 찌푸렸다. 술잔을 만지작거리는 서원의 눈가에 피로한 기색이 역력했다.

"그렇게 안 봤는데…… 공이영 씨가 신랑 정기를 아예 쪽쪽 다 빨아 먹나 보지?"

"무슨 헛소리야?"

서원이 도준의 혼잣말을 듣고는 짜증스럽게 받아쳤다. 그러자 도준이 아예 턱을 괸 채 서원에게로 시선을 고정하고는 재차 말을 이었다.

"아니면, 그 반대 상황이라든가."

"……뭐?"

"반대쪽이었나 보네."

도준의 입꼬리가 실룩거렸다. 그 모습을 힐끔 쳐다보았던 서원이 눈을 찡그렸다. 하여간 팔백 살 넘은 이 늙은이 앞에서는 뭘 숨길 수가 없다. 그는 속으로 구시렁대다가 다시 술잔을 비웠다. 독한 보드카가 목구멍을 타고 넘어가며 홧홧한 열기를 전해 왔다. 그러나 서원은 그 열기를 느끼지 못한다는 듯 거듭 잔을 채우고 비우기를 반복했다.

"그만 마셔, 인마. 평소에 독한 술은 즐기지도 않던 놈이……. 아! 이 녀석한테 준벅 한 잔 만들어 줘."

잔소리를 이어 가려던 도준은 자신이 킵해 놓았던 술을 가지고 돌아온 바텐더를 보고는 제 옆의 서원을 가리키며 말했다. 바텐더가 웃으며 알겠다고 대답한 뒤, 도준이 주문한 칵테일을 만들기 시작했다. 그 모습을 가만히 지켜보던 서원이 미간을 찌푸렸지만 그만두라는 말은 하지 않았다. 도준은 그런 서원을 힐끔 보며 나직하게 웃다가 이내 한숨을 삼켰다.

지금 이게 웃을 일은 아니었다. 뱀파이어로서의 정체성을 망각한 어린 녀석의 입맛을 본래대로 돌려놓지는 못할망정 한술 더 떠서 달콤한 칵테일을 가져다 바치는 제 꼴이라니.

"내가 어쩌다 이렇게 됐냐……."

도준이 인상을 쓰며 한탄하듯 중얼거렸다. 그러나 한창 다른 생각에 빠져 있는 서원의 귀에 들어갈 리 만무했다.

공이영.

이영아.

그는 제 머릿속을 온전히 차지하고 있는 여자의 이름을 속으로 불러 보았다. 아무리 부르고 또 불러도 그녀에 대한 갈증은 사라지려 하지 않았다. 아니, 오히려 더 심해지고 있다고 봐야 했다. 서원은 관자놀이를 두드리는 것 같은 두통에 얼굴을 찌푸렸다. 며칠째 불면증이 지속되면서 생긴 두통이었다.

그때, 바텐더가 밝은 연둣빛의 칵테일을 서원의 앞에 놓았다. 그는 바텐더를 향해 고맙단 눈짓을 보낸 뒤, 잔을 단번에 비웠다. 옆에 있던 도준이 무슨 칵테일을 그렇듯 무식하게 마시냐고 구시렁대는 소리가 들렸지만 그 말에 굳이 대꾸하지는 않았다.

멜론과 코코넛의 달콤한 향 덕분일까. 갑작스럽게 찾아들었던 두통이 다시금 수그러들었다. 그나마 다행이란 생각을 하며 헛웃음을 짓던 서원의 귀에 그제야 도준의 말이 또렷하게 파고들었다.

"짝사랑하던 여자랑 결혼까지 했으면서 왜 이러고 있어? 세상에서 가장 행복한 놈 행세라도 할 줄 알았더니. 그새 싸웠냐? 결혼해 보니까 사랑이고 뭐고 별것 아니지?"

"……차라리 그랬더라면 이러고 있지는 않겠지."

서원이 피식거리며 빈 잔의 둘레를 검지로 덧그리듯 훑었다. 그의 시선이 한층 더 깊이 가라앉았다.

집들이를 했던 날 이후, 그와 그녀 사이에는 어색한 긴장감이 종종 감돌기 시작했다. 물론 그 전에도 편한 사이는 아니었기에 어느 정도의 긴장감이 그들 사이에 내재되어 있기는 했다. 그러나 그 긴장감의 성격이 약간 바뀐 게 문제였다.

성적인 긴장감.

한 공간에 남녀가 단둘이 있으니 자연스러운 일인지도 모른다. 내심 그런 걸 바라기도 했다. 어찌 되었든 이영에게 '남자'로서 인식되고 싶었던 건 그의 바람이었으니 말이다. 뱀파이어라는 이

종(異種)의 존재가 아닌, 그저 한 남자로서 그녀에게 각인되고 싶었다. 그러니 지금 상황은 그로서는 충분히 기꺼워해야 할 터였다.

"후우…… 그래, 기뻐해야 할 상황이기는 한데."

그 여자의 철벽이 더욱 탄탄해진 게 문제라고 해야 할까. 서원은 술잔을 만지작거리다 말고 고개를 푹 숙이며 한숨을 내쉬었다.

처음부터 침실은 무조건 같이 썼어야 하는 건데.

애당초 그런 이상한 규칙 같은 걸 정하는 게 아니었다. 결혼을 하게 된 계기가 어떠했든, 자신과 그녀는 엄연히 부부가 된 게 아니겠는가. 그가 후회를 곱씹다가 재차 한숨을 내뱉고는 고개를 절레절레 흔들었다.

"대체 뭐가 문제야?"

도준이 술잔을 기울이다가 이해하기 힘들다는 얼굴로 물었다. 서원은 입을 달싹이며 몇 번을 망설이다가 아무것도 아니라며 고개를 거듭 저었다. 그 모습을 유심히 쳐다보던 도준이 제 턱을 쓰다듬으며 운을 띄우듯 입을 열었다.

"그래도 집들이 때 보니까 알콩달콩 잘 사는 것 같던데 말이야."

"그래?"

서원이 도준의 말에 금세 솔깃해져서 그를 돌아보았다. 눈까지 반짝거리는 모습이 흡사 첫사랑에 정신 못 차리는 소년을 연상시켰다. 뱀파이어 나이로 따지면 머리에 피도 안 마른 녀석이지만, 그래도 인간 나이로는 서른이나 되었는데……. 도준은 비스듬히 턱을 괸 채 서원을 쳐다보다가 피식 웃고는 짓궂은 투로 물었다.

"너 지금 욕구불만 상태 맞지?"

"뭐?"

"키스는 했냐? 지금 네 상태를 보아하니 키스는 고사하고 어린 애들 하는 뽀뽀도 못 해 본 것 같은데."

싱글거리며 던진 도준의 질문에 서원이 뻣뻣하게 굳은 채 침묵했다. 그 반응을 확인한 도준이 허리를 숙이고는 킬킬댔다. 다른 손님과 대화를 나누느라 멀찌감치 있던 바텐더가 무슨 일인가 싶어 그들을 쳐다보았다. 서원은 아무 일도 아니라는 의미로 바텐더를 향해 손을 내저은 뒤, 목소리를 낮추어 도준에게 말했다.

"작작 좀 하시죠, 대부(代父)님."

마치 맹수가 위협이라도 하듯 으르렁대는 목소리에 흠칫 놀랄 만도 하지만, 도준은 천연덕스럽게 웃으며 그의 말을 받아쳤다.

"그러는 대자(代子)께서는 이 무슨 버릇없는 행동이신지."

작작이 뭐냐, 작작. 도준이 장난스럽게 말을 덧붙이다 말고 갑자기 울려 댄 휴대 전화에 얼굴을 찡그렸다. 보아하니 회사에서 온 긴급 연락인 듯싶었다. 서원이 비뚜름하게 입꼬리를 올리고는 출입문 쪽을 고갯짓으로 가리켰다.

"전화는 나가서 받아."

"여기서 받으라고 해도 안 받는다, 인마."

도준은 서원을 향해 퉁명스럽게 대꾸한 뒤, 휴대 전화만을 손에 쥔 채 자리에서 일어섰다. 다시금 혼자가 된 서원이 멍하니 앞을 응시하다가 도준의 자리에 놓여 있던 술을 제 잔에 따랐다. 킵해 놓고 조금씩 아껴 먹는 걸 한 잔 가득 따라 마셨다고 난리를 칠 게 눈앞에 선했지만, 그래도 상관없었다.

공이영.

그는 그녀의 이름을 입 안에서 굴려 보았다. 이영아. 그렇게 한 번 더 데굴데굴 입 안에서 굴렸다. 조금 전에도 이와 비슷한 짓을 한 것 같단 생각을 하다가 실없이 웃어 버렸다.

조금 전에 자신이 마신 칵테일 잔에 시선이 갔다. 저도 모르게 피식 웃고 말았다. 뱀파이어답지 않은 입맛이라며 툭하면 잔소리를 해 대면서도 도준은 이렇듯 저를 배려해 준다. 평소 잘 마시지도 않던 술을 마시고 있는 제 모습을 보고 나름대로 걱정이 되어 한 행동일 것이다. 달콤한 걸 좋아하는 제 입맛에 맞추어서 말이다.

얼마 전 자신이 구웠던 마카롱을 하나 먹으려다가 그대로 토해 냈던 이영의 모습이 기억났다. 새하얗게 질려 금방이라도 쓰러질 것 같은 얼굴로 죄송하다며 속이 좋지 않아서 그랬다고 이유를 대던 그녀의 모습이 눈앞에 선연히 그려졌다.

무슨 이유일까. 기억을 더듬어 다시 떠올린 이영의 얼굴에 가면이 한 겹 덧씌워져 있었던 것 같은 느낌이 드는 건.

당시에는 이영이 갑작스럽게 속을 게워 내는 바람에 놀라고 당황하여 미처 알아차리지 못했지만, 분명 그녀는 가면을 쓰고 있는 사람처럼 제 속내를 표정 깊숙이 감추고 있었다. 그걸 뒤늦게 깨달은 서원이 눈을 깜빡이다가 입을 벌렸다.

"……뭘 숨겼던 거지?"

하기야 따지고 보면 이영이 지금껏 숨긴 건 제법 많다고 할 수도 있겠다. 그녀의 생모가 따로 있었다는 출생의 비밀부터 시작해서, 가정적이고 모범적인 아버지라 알려져 있던 공현익 회장이 본인의 딸인 이영을 아무렇지 않게 늙은이에게 팔아넘길 정도로 파렴치한 작자였다는 점까지, 굵직굵직한 비밀들을 감춘 채 살아가고 있었으니 말이다.

"생각하다 보니 짜증 나네."

서원이 미간을 찌푸리며 중얼거렸다. 고작 집들이에 감격하고 고마워하던 그녀의 모습이 덩달아 떠올랐다. 특별히 뭔가를 한 것도 아니었다. 그저 모여서 밥을 먹고 대화를 나누고, 그게 전부였다. 술에 취해 주정하는 친구들을 챙기느라 되레 번거로웠다면 모를까.

……그런데 그게 그렇게도 좋았을까.

"아무리 사생아라고 해도 그렇지. 아버지라는 작자가 어떻게 그럴 수가 있어? 그 집안사람들도 마찬가지고."

양어머니도 그렇고, 이복형제도 그렇다. 그 누구도 이영에게 제대로 애정을 보여 준 적 없으니 그녀가 그토록 하찮은 일에 감격해하고 기뻐한 게 아니겠는가.

"젠장!"

술잔을 잡은 서원의 손에 힘이 들어갔다. 금방이라도 그의 손안에서 유리잔이 부서질 것만 같았다. 그의 눈빛이 본인도 모르게 붉게 변하려는 순간, 도준이 다가와 서원의 어깨를 꽉 움켜잡았다.

"정신 차려, 채서원. 뭐 하는 짓이야?"

도준은 다른 이들에게 들리지 않을 정도로 목소리를 한껏 낮추어 서원에게 경고했다. 붉게 물들던 서원의 눈동자가 간신히 검은색으로 되돌아왔다. 그는 자신도 모르게 이성을 잃을 뻔했다는 사실에 자조하며 헛웃음을 뱉고는 고개를 저었다. 그 모습을 보던 도준이 혀를 차며 못마땅하다는 투로 말을 이었다.

"네 아내, 공이영 때문이라면 그냥 흘려버려. 그게 무엇이든, 전부 흘러가도록 내버려 둬."

"뭐?"

"어차피 모든 게 금세 사라지고 끝나 버릴 거니까."

다시 서원의 옆자리에 앉은 도준이 자신의 잔에 남아 있던 술을 비웠다. 짓궂고 장난기 많던 도준과 동일 인물이라고 보기 힘들 정도로 그는 허무한 표정으로 정면 어딘가를 응시했다. 서원은 도준의 그런 모습이 그의 본모습일지 모른다는 생각을 했다.

"백 년도 못 사는 인간을 마음에 담았다는 건 그런 거야. 사랑하고 분노하고 기뻐하고 슬퍼해 봤자 눈 한 번 감았다가 뜨면 사라질 감정이라고. 그러니 이런 식으로 혼자 청승 떨 필요도 없어."

"말 참 쉽게 하네. 그러는 형이야말로 백 년도 채 살지 못하고 죽은 여자를 잊지 못해서 끊임없이 그 여자가 다시 태어나기를 기다렸다며? 지금도 그 여자가 또 어디선가 태어나기만을 기다리고 있다고 하지 않았어?"

"내가 술에 취해서 했던 얘기는 이제 그만 잊어 줄 때도 되지 않았냐? 치사하게 자꾸 그 얘기 꺼낼래? 이십 년도 더 된 것 같은데 말이야."

도준이 서원을 보며 투덜거리다가 피식 웃고 말았다. 그러고는 어깨를 으쓱인 뒤에 덤덤한 투로 말을 이었다.

"그래서 이제 그만하려고."

"응?"

서원이 무심코 도준의 말을 흘려들으려다가 흠칫 놀라 그를 쳐다보았다. 도준은 서원과 눈이 마주치자 다시 한번 가볍게 웃었다.

"몇 번씩 거듭하다 보니까 이제 더는 질려서 못 하겠더라. 그래서 이제 안 하려고. 그 여자 찾는 거."

"……형."

"내 눈으로 그 여자 죽는 걸 보는 것도 더 이상 하고 싶지 않고."

도준은 덤덤하게 말을 이어 가려 했다. 그러나 본인의 의지와는 달리 그의 목소리는 추스르지 못한 감정으로 흔들렸다. 그는 서원이 저를 바라보고 있다는 걸 알면서도 정면만을 응시했다.

"네가 무엇 때문에 이렇게 혼자 고민하고 분노하는지 모르겠지만…… 그 모든 감정이 별것 아니게 되는 순간이 올 거야."

"함부로 단언하지 마."

서원이 듣기 싫다는 듯 미간을 찌푸리며 대꾸했다. 그러자 도준이 피식 웃고는 다시 턱을 괴고 서원을 쳐다보았다.

"수십, 수백 년, 아니, 그럴 것도 없이 딱 일 년만 지나도 지금 네가 느끼고 있는 감정이 하찮아질걸? 그때 내가 왜 혼자 청승맞게 앉아 주접을 떨고 있었나, 하고 후회할 거야."

"함부로 말하지 말라고 했어."

"따지고 보면 우리에게 일 년이란 건 찰나에 불과한 시간인데 말이야. 우리가 인간 세상의 시간에 너무 적응을 한 게 문제야, 문제."

도준은 빈정거리듯 혼잣말을 중얼거렸다. 서원은 반대편으로 고개를 돌린 채 술을 홀짝이는 도준을 보았다.

글쎄, 나도 형처럼 팔백 년 넘게 살면 그렇게 변하려나.

저로서는 아직 살아 본 적 없는 긴 시간이니, 함부로 뭐라고 말할 수 없다. 어쩌면 팔백 년 뒤에는 저 역시 도준과 비슷한 말을 읊조리고 있을 수도 있겠지.

하지만…….

"아직 오지도 않은 시간이 무섭고 그 허망함이 두려워서 지금, 내 앞에 다가온 사랑을 피할 수는 없잖아."

나 먼저 일어날게. 서원은 말을 덧붙이고는 자리에서 일어났다.

그리고 출입문 쪽으로 막 걸음을 옮기려는 순간, 도준의 목소리가 다시 들렸다.

"참, 고복근 말이야. 내일쯤 제대로 터진다던데?"

"그래?"

"그으래애애? 이야, 처음 듣는 얘기인 것처럼 말하네? 채서원 기획, 채서원 연출로 만들어진 작품인 거 내가 뻔히 아는데."

서원은 웃음기 머금은 도준의 목소리에 뒤를 돌아보았다. 그가 언제 허무한 표정을 지었던가 싶게 실실 웃으며 장난스럽게 눈을 찡긋거리고 있었다.

"모 방송사 기자 중에 아는 놈이 있어서 귀띔으로 들었는데 말이지. 그 내용이 아주 가관이더라고. 첩에게서 본 늦둥이 녀석을 위해 그 녀석 다니는 대학에 쏟아부은 돈지랄부터 시작해서, 그걸 만회하려고 여기저기서 골고루 잡수신 뇌물은 기본 중의 기본! 거기에…… 차마 내 입으로는 말하기도 싫은, 구역질 나는 짓거리까지."

웃으며 말하던 도준의 얼굴이 팍 일그러졌다. 서원은 그가 차마 말하지 못한 '짓거리'가 무엇인지 짐작하고는 차게 웃었다.

고복근에 대해 뒷조사를 하다 보니 온갖 더러운 행각이 튀어나왔다. 그중에서도 가장 압권이었던 건 아동 성폭행이었다. 서원은 그 일을 다시 떠올린 것만으로도 혐오감이 들어서 곧바로 고개를 흔들었다. 도준이 그런 서원을 보고는 뭘 떠올렸는지 알겠다는 듯 비슷한 표정을 지으며 입을 열었다.

"여하튼 고복근은 끝난 거나 마찬가지지, 뭐. 내가 아는 그 기자 녀석이 그렇게 정의로운 놈은 아니었는데, 고복근만큼은 절대 재기할 수 없도록 밟아 버린다고 난리를 칠 정도니 말이야."

서원은 말없이 그저 입꼬리만 슬쩍 올리고는 다시 인사를 하듯 손을 들어 보인 뒤, 몸을 돌렸다. 그 뒷모습을 쳐다보던 도준이 콧등을 손으로 문지르다가 피식 웃고는 혼잣말을 중얼거렸다.

"……고복근, 그 늙은이 앞으로 편히 살기는 틀렸지. 우리에게 남아도는 건 시간이고, 거기에 더해서 서원이 저 자식이 뒤끝 하나는 제대로 있거든. 어쩌면 대대로 그 후손들까지 괴롭힐지도 몰라."

어이쿠, 상상만 해도 소름 돋네. 도준이 장난스럽게 웃으며 몸을 떠는 시늉을 했다. 그러면서도 고복근을 떠올린 그의 시선은 차디찼다.

✽ ❊ ✽

자정이 지났다.

이영은 읽고 있던 책을 덮은 뒤, 벽에 걸린 시계를 보다가 시선을 옮겨 현관 쪽을 물끄러미 응시했다. 그 순간, 중문 너머 현관의 센서등이 환하게 켜졌다. 그녀가 저도 모르게 환한 표정으로 앉은 자리에서 벌떡 일어나 급히 현관으로 향했다.

"오셨……."

반가운 목소리로 인사를 하려던 이영의 표정이 금세 흐려졌다. 그녀는 중문 유리 너머의 현관 불빛이 사라져 다시 어두워진 걸 보고는 입술을 깨물었다.

"오작동이었나?"

왜 하필이면 지금 오작동을 일으켰담. 이영이 투덜대며 입을 삐죽이다가 그런 제 모습에 놀라 손으로 입을 가렸다. 그러고 보니 저녁 시간 무렵부터 지금까지 계속 서원을 기다리고 있었다는 걸 깨달았다. 그녀는 당혹스러운 얼굴로 눈만 빠르게 깜빡이다가 이내 제 뺨을 손바닥으로 두드렸다.

"뭐, 기다릴 수도 있는 거잖아. 어쨌든 같이 사는 사람이니까. 말 그대로 동거인이 집에 아직 안 들어왔으니 기다리는 거야 기본 예의인 거고……."

그렇게 말하던 이영의 뺨에 홍조가 들었다. 그녀는 말끝을 흐리다가 그대로 입을 다물었다. 그러고는 다시 소파 쪽으로 돌아와 앉더니 테이블 위에 놔두었던 휴대 전화를 집어 들었다. 휴대 전화의 새까만 화면을 말없이 바라보기만 하던 이영이 숨을 크게 들이쉬고는 화면을 켰다.

밋밋하기까지 한 배경화면 한쪽에 자리 잡고 있는 전화번호부를 누른 뒤, '채서원'이라 입력된 이름을 찾았다. 하지만 그 옆에 있는 통화 아이콘을 곧바로 누르지는 못했다. 그녀의 손끝이 망설임을 담아 수화기 모양의 아이콘 위를 몇 차례 헤맨 끝에 간신히 화면을 건드렸다.

신호음이 가기 시작하자마자 이영이 몸을 흠칫거렸다. 전화를 걸자마자 괜한 짓을 했다는 후회가 밀려들었다. 빨리 오라고 재촉하는 것만 같은 제 행동이 주제넘은 것이란 생각도 덩달아 들었다.

어차피 진짜 부부도 아닌데, 그의 생활에 이런 식으로 간섭하는 게 옳은 행동일까.

이어지는 신호음 소리를 듣던 이영의 어깨가 움츠러들었다. 그리고 그녀가 황급히 전화를 끊으려는 순간, 누군가가 전화를 받았다.

— 응, 잠깐만.

짧게 들린 목소리는 서원의 것이었다. 이영은 그 목소리에 자동적으로 벌떡 일어섰다.

제게 한 말인 걸까? 아니, 다른 누군가에게 한 말은 아니었을까? 다른 사람과 대화하던 중에 울린 전화를 끊으려다가 실수로 통화 버튼을 누른 게 아닐까?

순식간에 온갖 걱정이 밀려들었다. 게다가 방금 전에 그가 한 말이 자신에게 한 것인지 아니면 다른 사람에게 한 것인지 정확히 알지도 못하는 상황에서 함부로 전화를 끊을 수도 없는 노릇이었다. 이영이 난감한 상황에 안절부절못하며 휴대 전화를 귀에 댄 채 입술을 깨물었다. 바로 그때, 느닷없이 초인종 소리가 들렸다.

"어?"

거실 한쪽 벽면에 설치되어 있는 월패드의 모니터에 익숙한 남자의 얼굴이 보였다. 화면 속의 남자가 본인의 휴대 전화를 귀에 댄 채 싱긋 웃었다. 마치 그녀가 자신의 얼굴을 보았다는 걸 아는 듯 자연스러운 행동이었다.

— 문 안 열어 줄 거야? 늦게 들어왔다고 마누라가 문도 안 열어 주려나 보네.

"아! 아, 아아, 잠깐만요!"

이영은 휴대 전화와 월패드 스피커로 동시에 들려온 서원의 목소리에 화들짝 놀라 허둥지둥 문 열림 버튼을 누르고는 황급히 현관으로 뛰어갔다. 현관 안에 들어와 구두를 막 벗으려던 서원이 그녀를 힐끔 쳐다보더니 그대로 팔을 뻗었다. 이영이 갑자기 다가온 그의 팔을 피하지 못하고 그대로 서원의 품에 안기고 말았다.

"어……."

서원에게서 약하게나마 술 냄새가 났다. 이영은 얼떨결에 서원

148

에게 안겨 있다가 뒤늦게 얼굴을 붉히고는 그의 품에서 벗어나려 했다. 그러나 그는 놓아줄 마음이 없다는 듯 더욱 힘주어 그녀를 끌어안았다.

"후우……."

그가 내쉰 숨결이 목덜미에 닿았다. 그 뜨거운 열기에 이영의 몸이 굳어 버렸다. 아무래도 술에 취하여 본인이 무슨 행동을 하고 있는지 자각조차 못 하고 있는 듯싶었다. 이영은 호흡을 가다듬은 뒤, 다시 한번 조심스럽게 그의 가슴팍을 떠밀었다. 하지만 이번에도 역시 서원은 그녀를 놓아주려 하지 않았다. 오히려 그녀에게 더욱 몸을 기대었을 뿐.

"……!"

그 바람에 서원의 입술이 이영의 목덜미에 닿았다. 그녀는 그 자리에 붙박이기라도 한 것처럼 옴짝달싹도 하지 못했다. 그의 입술이 닿은 자리에 열꽃이 피기라도 하듯 붉어지면서 달아올랐다. 하지만 이영은 그런 제 상태를 정확히 알 수 없었다. 머릿속이 새하얘져 더 이상 그 어떤 생각도 이어 나갈 수 없었기 때문이다.

며칠 전에도 이와 비슷한 일이 있었던 것 같은데.

그때는 각서 내용을 들먹이며 상황을 모면할 수 있었다. 그러나 이번에는 이영의 입에서 아무런 소리도 새어 나오지 않았다. 달착지근한 술 냄새와 함께 그의 입술이 주는 열기에 정신이 혼미해졌다.

두근두근.

심장이 미친 듯 뛰고 있단 생각이 흐릿하게 스치고 지나갔다. 그러다가 뒤늦게 그 심장 박동이 제 것이 아니라는 걸 깨달았다. 이영은 서원의 가슴팍에 고개를 묻고 있다가 제 목덜미를 느릿하게 문지르는 손길에 파르르 떨며 고개를 들었다.

자신을 내려다보고 있던 그와 눈이 마주쳤다. 취기라고는 찾아볼 수 없을 정도로 맑은, 아니, 뜨거운 시선이었다.

"……저, 저기."

"그거 알아?"

서원이 낮게 가라앉은 목소리로 말을 건넸다. 그러고는 엄지로 목덜미의 여린 살을 문지르다가 맥박이 뛰는 게 선명히 느껴지는 혈관 바로 위에서 멈췄다. 그가 살갗 위를 덧그리듯 한 번 더 엄지로 문지르다가 고개를 숙였다. 그녀의 귓불을 스친 입술이 다시금 목덜미에 닿았다. 바로 직전까지 자신이 어루만졌던, 그 지점이었다.

"너한테서 달콤한 피 냄새가 나."

맥박이 뛰는 자리에서는 피 냄새가 더욱 짙게 풍겼다. 인간에게는 비릿할 뿐인 냄새일 테지만, 자신에게는 향긋하기 그지없는 냄새였다. 더구나 자신이 사랑하는 여자의 피 냄새는 더욱 달콤하고 매혹적이었다.

그는 제 품에 안긴 채 바들바들 떠는 작은 몸을 더욱 힘주어 끌어안은 채 그녀의 목덜미를 살짝 깨물었다. 그러자 이영이 파르르 떨며 몸을 움츠리는 게 느껴졌다. 서원의 입꼬리가 슬쩍 올라갔다.

지금 자신이 한 행동은 결코 취해서 한 것이 아니었다. 술을 즐겨 마시는 건 아니지만, 그렇다 해서 술에 약한 편은 아니었으니까. 다만 현관 앞에 서 있는 이영을 본 순간, 저도 모르게 손을 뻗었던 것뿐이다. 그러면 안 된다는 걸 인식하기도 전에 몸이 먼저 움직이고 말았다. 그녀와 자신이 정했던 각서, 규칙, 그런 건 아예 생각할 새도 없었다.

이영의 따뜻하고 말랑한 몸이 제 품에 들어온 순간이 되어서야 정신이 번쩍 들었다. 그리고 그때라도 그녀를 놓아주었어야 했다. 취기에 한 행동이라고 사과하며, 그렇게 행동해야 했다. 하지만 서원의 영악한 머리는 그것을 거부했다.

모든 건 그저 술에 취한 탓이라고.

이영의 순진한 눈에 대고, 그렇게 변명하고자 했다. 술에 취한 것처럼 흐느적거리며 그녀에게 제 몸을 기댄 채 말이다. 그런 제 속도 모른 채 버둥거리며 당황해 하던 이 여자가 얼마나 사랑스럽던지.

그래. 어릴 적에도 그렇듯 사랑스러웠기에 저절로 시선이 갔다. 그저 작고 평범한 꼬맹이인데 달콤한 케이크보다 더 보드랍고 말랑말랑해 보여서.

"너, 혹시 단걸 못 먹어?"

서원은 이영의 목에 대고 있던 입술을 떼고는 불쑥 질문을 던졌다. 지난 며칠 동안 제멋대로 머릿속을 차지하고 있던 궁금증이 저도 모르게 튀어나온 것이다. 자신이 질문해 놓고도 흠칫 놀라려는 찰나, 이영이 바르르 떨더니 그의 품에서 벗어났다.

"대답하기 곤란하면 안 해도……"

"못 먹어요."

서원이 당황하여 말을 이으려는데 그녀가 먼저 대답했다. 제 대답을 들은 서원의 표정이 굳은 줄도 모른 채 이영은 힘겹게 고개를 끄덕이며 말을 이었다.

"죄송해요. 숨기려던 건 아니었는데…… 아니, 어쩌면 숨기고 싶었던 건지도 모르지만, 하여간 얘기하지 않은 건 제 잘못이에요."

감추고 싶었다. 어느 누구에게도 들키고 싶지 않은 부분이었다. 그래서 지난번에 마카롱을 먹다가 토했을 때도 서원에게 솔직히 얘기하지 못하고 속이 좋지 않다는 거짓 변명을 둘러댔다. 굳이 거짓말을 하면서까지 감출 생각은 아니었다고 해 봤자 그 말 자체가 거짓말이 될 터였다. 이영은 눈을 질끈 감으며 고개를 숙였다. 그 순간, 서원에게서 한숨을 내쉬는 소리가 들리더니 뒤이어 그의 목소리가 이어졌다.

"얘기 안 했다고 뭐라고 하려던 거 아니야. 그냥…… 혹시나 해서 물어본 거지."

"……."

"그러고 보니 여태 현관에 서서 이러고 있었네. 나 들어가도 되는 거지? 설마 집에 늦게 왔다고 못 들어오게 하려는 건 아니지?"

서원이 농담처럼 말을 건넨 뒤, 이영의 양쪽 뺨을 감싸고는 고개를 들게 했다. 그리고 눈을 질끈 감고 있던 그녀의 눈가를 가만히 손으로 어루만졌다.

"눈 떠. 눈 안 뜨면 계속 내 마음대로 만진다?"

눈가를 매만지는 손놀림은 부드러우면서도 어딘지 모르게 야릇하고 집요한 느낌을 주었다. 이영은 빨갛게 달아오른 얼굴을 제 마음대로 숨길 수도 없었다. 서원의 한 손은 제 눈가를 어루만지고 있었지만, 다른 한 손은 여전히 자신의 뺨을 감싼 상태였기 때문이다. 이영의 눈꺼풀이 파르르 떨리는 듯싶더니 천천히 열렸다. 그리고 그녀의 눈에 들어온 남자의 시선은 그저 부드럽게 웃음기를 머금고 있을 뿐이었다.

얘기하지 않았다고 타박하는 것도 아니었고, 자신을 속였다며 화를 내고 다그치는 눈빛도 아니었다. 그저 아무 일도 없었다는 듯 저를 바라보며 웃을 따름이었다.

쿵.

그 웃음에 느닷없이 가슴속에서 쿵, 하는 소리가 났다. 실제로 그런 소리가 났을 리 없지만 그녀의 귀에는 생생히 들렸다. 그리고 뒤이어 심장이 제멋대로 뛰기 시작했다. 이십여 년 내내 잠들어 있었던 뭔가를 깨우는 듯한 움직임이었다.

이영은 저도 모르게 옷 앞섶을 꽉 움켜쥐었다. 손끝이 새하얘졌지만 그런 제 상태를 자각조차 하지 못했다. 그녀의 모든 감각이 눈앞의 남자를 향해 집중되었다. 주변 풍경은 흡사 희뿌연 안개 속에서 번져 사라지기라도 한 것처럼 인식 밖으로 밀려 나갔고, 저를 향해 웃고 있는 서원만이 세상 속의 유일한 존재인 양 선명하게 눈 속을 파고들었다.

그 감각을 어떻게 설명해야 할까.

그녀는 그에게서 시선을 뗄 수 없었다. 단 한 번도 느낀 적 없던 감정이 너울처럼 가슴속을 흔들며 채워졌다. 그 감정의 이름을 뭐라 표현해야 할지 알 수 없었다. 그저 그 일부분이 욕심이란 것만 알 수 있었을 뿐.

저를 향한 이 남자의 미소가 너무나 달콤해 보여서.

단것은 입에 대지도 못하는데, 어쩐지 그 미소만큼은 갖고 싶단 욕심이 들었다. 한 번도 가져 본 적 없었고, 감히 갖고 싶단 생각조차 해 본 적 없지만, 지금 이 순간만큼은 욕심을 내고 싶었다. 그래도 이 남자라면 다정히 웃으며 받아 줄 거란 믿음이 들었다.

저를 위협할 수도 있는 뱀파이어에게, 거짓 관계로 위장한 가짜 남편에게 그런 믿음을 품는다는 건 어리석은 일일 것이다.

그걸 알면서도, 욕심을 부리고 싶다면…… 어떻게 해야 하는 걸까.

이영은 저를 바라보는 서원의 눈을 마주한 채 입술을 가만히 깨물었다. 그녀의 눈빛이 몇 번이고 흔들렸다. 복잡한 감정의 조각들이 제멋대로 뒤엉켜 올라왔다가 밀려 나가고 다시금 올라오기를 반복했다.

당신은 왜 이토록 다정해서 나를 뒤흔드는 걸까.

괜히 서러운 마음에 그를 탓하고 싶었다. 꿈꿀 수조차 없었던 욕심을 부리고 싶은 건 전적으로 이 남자 때문이라고, 그렇게 원망하고 싶었다. 그저 그가 한 것이라고는 자신에게 상냥하게 웃어 주고 다정히 대해 준 일이 전부인데.

눈가에 닿아 있는 그의 손끝이 생생한 열기를 전해 왔다. 자신도 모르게 눈가가 젖어 든 것인지 그가 어루만지는 손길에 따라 물기가 번져 가는 게 느껴졌다. 그것이 민망하고 창피하면서도 가슴을 두근거리게 했다. 이영은 숨을 들이마신 채 손을 꽉 오므려 쥐었다가 펴고는 그의 손목을 붙잡았다.

그 순간, 이영의 눈가를 어루만지던 서원의 움직임이 멎었다. 두 사람의 시선이 교차하면서 서로를 담았다.

누가 먼저라고 할 것도 없이 이영과 서원은 서로를 향해 손을 뻗었다. 그가 이영의 뒷머리를 단단히 감싸고는 다른 팔로 그녀의 가느다란 허리를 휘감아 끌어당겼다. 그녀 역시 그의 목에 제 양팔을 감고는 매달리다시피 했다.

키 차이가 제법 나는 터라 이영은 자신도 모르게 발뒤꿈치를 들고 비틀거렸다. 그가 그런 이영의 허리를 받치듯 안은 채 반 바퀴를 돌아 벽 쪽으로 세웠다. 순식간에 벽과 서원이 만들어 낸 좁은 공간에 갇혀 버린 이영이 숨을 급히 들이쉬었다.

그가 벽을 짚었던 손을 내려 느릿하게 그녀의 귓불을 만졌다. 말캉하면서 얇은 살갗의 감촉에 본인도 모르게 미소를 지었다. 그러나 반대로 이영은 웃는 시늉조차 내지 못했다. 제 귓불을 만지작거리는 그의 손에서 전해진 열기에 금방이라도 델 듯이 피부가 화끈거렸다.

영화나 소설에서 접했던 뱀파이어는 서늘한 체온을 갖고 있을 것 같았는데, 눈앞의 남자는 서늘하기는커녕 뜨거운 열기를 품고 있었다. 상대방에게까지 전염될 것만 같은 열기였다.

그래서일까.

이영은 제 온몸을 휘감은 열기를 견디지 못하고 들이쉬었던 숨을 단번에 토해 냈다. 그 순간, 서원이 그녀의 입술에 제 입술을 겹쳤다. 뜨겁게 토해 냈던 숨을 고스란히 삼킨 후, 그는 탐욕스럽게 그녀의 입술 사이로 파고들었다.

제 것이 아닌 타인의 젖은 살덩이가 입 안쪽의 여린 살을 훑고 지나가는 감촉에 이영이 저도 모르게 그를 붙들었다. 하지만 그것만으로는 역부족이었는지 다리의 힘이 풀렸다. 이영이 휘청대다가 그대로 주저앉으려는 찰나, 서원이 제 다리를 그녀의 무릎 사이에 밀어 넣었다.

"아, 자, 잠깐……."

졸지에 그의 허벅지 위에 다리를 벌려 엉거주춤 앉은 모양새가 된 이영이 당황하여 입을 열려 했다. 그러나 방향을 살짝 바꿔 다시금 겹쳐 온 그의 입술 때문에 말을 채 이어 가지 못했다.

맞닿은 입술과 입술, 그 틈새로 새어 나오는 신음과 젖은 소리만이 귓가를 두드렸다. 이영은 서원의 팔을 꽉 움켜쥐었던 손을 들어 그의 목을 끌어안았다. 그리고 다른 손을 그의 머리카락 사이에 묻었다. 끊임없이 머리를 헤집어 놓은 제 행동으로 인해 서원의 머리가 말 그대로 '까치집'이 되었다는 걸 인식할 여유조차 없었다.

그저 저를 끌어안고 탐하는 남자의 열기, 그것만을 온몸의 감각으로 느꼈을 뿐.

서원의 손이 벌어진 블라우스 사이로 들어갔다. 보드라운 살갗 위를 더듬는 남자의 손은 거친 일을 하지 않았음에도 불구하고 투박한 강인함이 느껴졌다. 그의 손길이 지나가는 곳마다 붉은 손자국이 남았지만, 두 사람 모두 알지 못했다.

"이영아…… 공이영."

서원의 입에서 신음처럼, 그녀의 이름이 흘러나왔다. 열기에 들뜬 시선은 초점조차 제대로 맞지 않은 채 오로지 그녀만을 찾아 헤매고 있었다. 눈앞에 저를 두고도 끊임없이 갈구하는 듯한 그의 시선을 마주한 이영이 몸을 바르르 떨었다.

아아…… 아!

그녀는 울컥 눈물이 쏟아지려는 걸 막고자 했다. 그렇지만 이영의 노력에도 불구하고 눈물은 걷잡을 수 없이 쏟아지기 시작했다.

"이영아? 이영아, 울어?"

서원은 느닷없이 눈물을 쏟아 낸 이영으로 인해 정신을 차리고는 황망한 얼굴로 그녀를 살폈다. 그러다가 자신이 그녀와의 약속을 어겼다는 걸 뒤늦게 깨달았다.

'성적인 의미가 담긴 어떤 스킨십도 하지 않을 것.'

이런, 젠장! 그는 양손으로 제 머리를 마구 헝클어뜨리다가 어느새 주저앉아 눈물만 쏟고 있는 이영의 앞에 무릎을 꿇었다.

"내가 잘못했어, 이영아. 미안해."

각서 내용을 어기고 그녀에게 입을 맞춘 건 제 잘못이 분명했다. 참았어야 했는데, 어떻게든 이성을 붙들고 자제했어야 했는데 그러지 못했다. 술에 취하여 그랬단 핑계를 대는 것도 구차했다.

그는 거듭 미안하다고 사과하며 두 손을 꽉 움켜쥐었다.

이영이 눈물 때문에 시야가 흐릿해진 와중에도 그 움켜쥔 손을 본 건 우연이었다. 단단히 주먹을 쥐고 있는 손은 절박하게 느껴졌다. 그 손을 보고 나서야 그녀는 제 앞에 무릎을 꿇은 채 재차 사과하고 있는 서원을 발견했다. 그리고 그가 무엇을 사과하고 있는지도 그제야 알 수 있었다.

"어……."

그녀는 당혹스러운 얼굴로 입을 달싹이다가 이내 눈에 가득 고였던 눈물을 손등으로 훔쳤다. 서원이 제 행동을 오해하고 있는 게 분명했다. 성적인 스킨십을 하지 않기로 해 놓고 그걸 어겼기 때문에 자신이 우는 것이라고 생각하는 듯싶었다.

그게 아닌데.

무엇 때문에 속에서 울컥 감정이 치받고 올라온 것인지 간단히 표현하기는 어렵다. 스스로도 제 눈물이 당혹스러운 상황이었으니 말이다. 그저 저를 이토록 갈구하는 이가 있다는 사실에 눈물이 왈칵 쏟아졌던 것뿐이다.

자신이 누군가에게 그런 존재가 될 수도 있구나 싶어서.

"그런 거 아니에요. 그것 때문이 아니라……."

이영은 황망한 표정으로 거듭 눈물을 닦은 뒤, 그의 주먹 쥔 손을 양손으로 감싸 쥐었다. 열기가 채 식지 않은 탓인지 그의 손이 전하는 온도는 체온보다 조금 높은 것 같았다. 그 온기에 가슴이 두근거렸다.

어, 어떡하지?

조금 전만 하더라도 뿌연 안개에 갇힌 듯 정확히 들여다볼 수 없어 그저 욕심이라 치부했던 제 감정이 선명하게 보였다. 그녀는 지금 제 가슴이 두근거리는 이유가 무엇인지 깨달았다. 바로 제 앞에 앉아서 스스로를 탓하며 괴로워하고 있는 남자가 그 이유였다.

이 남자가 좋아.

어쩌면 처음으로 느껴 본 온기였기에 마음이 향한 것인지도 모른다. 하지만 아무려면 어떨까. 제게 다정히 웃어 주고 온기를 알려 준 사람은 이 남자뿐인데. 누군가를 좋아하게 되는 계기는 저마다 다른 법이고, 제게는 그 계기가 바로 서원이 준 다정한 마음이었던 것이다.

인간이 아닌 뱀파이어라는 이 남자가 제게는 그 누구보다 인간적이었다. 결혼을 하게 된 계기가 어떠했든, 그는 저를 편견 없는 눈으로 바라봐 준다. 평생 곁에 두고 감시해야겠던 목적 따위와 아무 관련도 없을 호의를 한껏 베풀어 준다.

그런 남자를 어떻게 좋아하지 않을 수 있을까.

이영의 눈에서 또다시 눈물이 흘러내렸다. 뺨을 타고 흘러내린 눈물이 턱 아래로 뚝뚝 떨어지는 것을 본 서원이 어찌해야 할 바를 몰라 허둥대는 기색이 느껴졌다. 그러면서도 제 손을 뿌리치지 못하고 난감해하는 것 역시 느낄 수 있었다. 그 다정함에 기대어, 이영은 오랫동안 묻어 두었던 제 얘기를 털어놓고 싶었다.

"처음부터 달콤한 걸 먹지 못했던 건 아니에요. 오히려 어릴 땐 단걸 참 많이 좋아했어요. 초콜릿이든 사탕이든 가리지 않고."

당혹스러워 어쩔 줄 몰라 하던 서원의 움직임이 서서히 잦아들었다. 그가 저를 물끄러미 응시하고 있는 시선이 느껴졌지만, 그녀는 그를 바라보는 대신 고개 숙여 자신이 감싸 잡고 있는 서원의 손을 쳐다보았다.

제 손보다 큼직한 손은 얌전히 자신에게 붙잡혀 있었다. 어떻게 보면 두렵게 여겨질 수도 있는 손이었다. 뱀파이어라는 비현실적인 이유가 아니더라도 이렇듯 커다란 손이 주는 위압감은 무시할 수 없으니 말이다.

하지만 그녀는 그의 손이 결코 두렵지 않았다. 되레 그 손이 저를 지켜 줄 거란 근거 없는 믿음마저 들 정도였다. 이영은 그런 제 어이없는 믿음이 우습단 생각을 하면서도 진지한 얼굴로 그 손을 조금 더 응시하다가 고개를 들었다. 자신을 보고 있던 서원과 눈이 마주쳤다. 그러자 뺨이 홧홧해지며 달아올랐다. 그것을 애써 내색하지 않으며 그녀가 말을 이었다.

"다섯 살 무렵이었던 걸로 기억해요. 물론 정확한 건 아니지만…… 아마 그쯤 되었을 거예요. 언니가 초등학교에 입학한 지 얼마 지나지 않았을 때였거든요."

언니랑 세 살 터울이에요. 이영이 덧붙이듯 작게 말하고는 겸연쩍은 얼굴로 웃었다. 하지만 서원은 그녀의 말에 웃지 못했다. 그녀의 웃음이 더없이 쓸쓸하고 힘겨워 보인 탓이다. 그것을 이영 역시 알아차린 듯 다시 웃음기를 지우고는 눈가를 문질렀다. 눈물이 말라붙은 자리에 손가락이 닿아서인지 쓰라린 느낌이 들었다.

"아마도 무슨 파티가 열렸던 것 같아요. 언니가 친구들을 초대했으니 저더러 방 밖으로 나오지 말라고 해서 직접 제 눈으로 보지는 못했지만…… 웃음소리, 노랫소리, 그런 소리들을 듣는 것만으로도 충분히 상상할 수 있었어요."

"……."

"그게 부러웠어요. 눈으로 보고 싶고, 직접 그 행복한 파티 속에 끼어들고도 싶었죠. 그렇지만 나가면 안 되니까 굳게 닫힌 문 앞에 쪼그려 앉아 그저 상상하고, 또 상상할 수밖에 없었어요. 그러다가 저녁 무렵이 되어서야 파티가 끝났는지 더 이상 아무 소리도 들리지 않았고……."

이영은 저도 모르게 떨려 나오는 목소리에 황급히 입을 다물었다. 오랜 세월, 그 누구에게도 꺼내 보인 적 없었던 얘기를 하는 게 이토록 어려울 줄 몰랐다.

그러나 그녀는 말하고 싶었다. 지금 이 남자에게 하지 않으면 다시는 그 누구에게도 말하지 못할 것 같단 생각이 들었다. 그런 이영의 마음을 응원하듯 서원이 잡혀 있던 손을 빼내더니 반대로 그녀의 손을 꽉 움켜잡았다.

"그래서 이제 나가도 되는 줄 알고 방문을 열었어요. 2층 거실에는 파티의 흔적만 남아 있었고, 언니랑 언니 친구들은 모두 놀러 나갔는지 아무도 보이지 않았어요. 그걸 깨달은 순간 덩그러니 혼자 남겨진 기분이 들었어요. 다른 때도 혼자였던 건 마찬가지인데, 그날은 왜 유독 외롭고 무서웠던 건지……."

이영이 조소하듯 희미하게 웃다가 서원에게 붙잡힌 손을 꼼지락거리며 움직여 보았다. 제멋대로 움직여도 좀처럼 놓아줄 마음이 없다는 듯 제 손을 꽉 쥐고 있는 그 큼직한 손의 느낌이 좋아서 저도 모르게 입꼬리를 올렸다. 조금 전의 조소와는 다른 미소였다.

"그게 싫어서 모두가 떠나간 그 자리에 앉아 혼자 작게 노래를 부르고, 웃고, 박수를 쳤어요. 방문을 사이에 두고 들었던 그 행복한 소리들을 흉내 내면서. 그러다가 절반 정도 남아 있던 케이크를 봤죠."

"……."

"원래도 달콤한 걸 좋아했던 데다가 혼자 파티 기분을 냈답시고 흉내를 내면서 들떴던 게 문제였어요. 저도 모르게 그 케이크에 손

160

을 댔으니."

"남은 걸 먹은 게 문제라고?"

한참 침묵하며 그녀의 얘기를 듣던 서원이 이해할 수 없다는 듯 미간을 좁히며 물었다. 그 물음에 이영이 희미하게 미소 짓다가 고개를 끄덕였다.

"언니는 제가 언니 물건에 손을 대는 걸 싫어했거든요. 그게 무엇이든 가리지 않고요. 설령 먹다 남은 음식이라 하더라도."

"고약한 계집애였네."

서원이 미간을 찡그린 채 퉁명스럽게 받아쳤다. 이영의 앞에서 차마 상스러운 욕을 할 수 없어서 간신히 참았다. 그와 동시에 공수연의 영악한 얼굴이 떠올랐다. 한 아버지를 둔 자매라 할 수 없을 정도로 이영과 수연은 너무나 다른 느낌이었다. 물론 외모만 놓고 보면 닮은 구석이 있을지도 모르지만, 분위기 자체가 판이한 터라 그들을 모르는 사람이 본다면 둘을 자매라고 생각하지 않을 게 분명했다.

하기야 누가 자매라고 봐도 그건 그것대로 열받을 것 같기는 하지만.

어딜 봐서 이 사랑스러운 여자를 그런 여자와 자매로 엮을 수 있겠는가. 서원은 거듭 욕이 나오려는 걸 목구멍 아래로 쑤셔 넣었다. 그러는 와중에 이영의 말이 계속 이어졌다.

"케이크를 두 입 정도 먹었을 때, 언니가 올라왔어요. 아마 친구들을 배웅하고 다시 돌아온 거였나 봐요."

이영은 눈을 질끈 감았다가 떴다. 그녀의 눈꺼풀이 파르르 떨렸다. 지금도 또렷하게 기억하고 있다. 2층에 올라오자마자 케이크를 먹던 저를 발견한 수연이 달려와 곧바로 자신의 뺨을 때렸던 것을. 뺨이 찢어질 듯한 통증과 함께 테이블에 있던 케이크를 뒤집 어썼던 그 순간을.

그리고…….

"어머니가, 벌을 주셨어요."

서원은 형체 없는 불안감에 다시 그녀를 똑바로 쳐다보았다. 이 영이 몇 번이나 입을 달싹이다가 힘겹게 말했다.

"며칠 뒤였을 거예요. 저녁을 먹기 위해 모두 모인 자리였어요. 밥을 다 먹고 난 뒤에 일어서려는데, 어머니가 저를 위해 준비했다 며 커다란 2단 케이크를 제 앞에 놓아 주셨어요. 그리고…… 이렇 게 말씀하셨죠. 남김없이 다 먹으렴, 언니 것 훔쳐 먹지 말고."

"……!"

서원의 눈이 크게 뜨였다. 그는 자신도 모르게 그녀의 손을 잡 고 있던 손에 힘을 주었다. 이영이 힘겹게 토해 내듯 꺼낸 얘기에 눈이 뒤집힐 것 같았다. 그는 간신히 분노를 억누르며 어금니를 악 물었다. 이영은 고개를 숙이고는 떨리는 목소리로 계속 말을 이었 다.

"먹다가 몇 번을 토했어요. 두 손 모아 싹싹 빌며 그만 먹게 해 달라고 애원도 해 봤고요. 하지만 어머니는 맞은편에 앉아서 제가 그 케이크를 다 먹을 때까지 기다리셨어요. 모두가 잠을 자러 들어 간 뒤에도."

그다음 날 결국 탈이 나는 바람에 응급실에 실려 간 기억이 난 다. 미련하게 식탐을 부렸다며 의사 선생님 앞에서 나무라던 어 머니가 이내 자신을 끌어안고 눈물을 글썽이던 것 역시 기억하고 있다. 그런 어머니의 앞에서 음식 욕심을 낸 적 없다고 말할 수 없었다. 그저 어머니의 거짓 눈물이 너무나 무서워서 벌벌 떨기만 했을 뿐.

"……그 이후, 단 음식을 못 먹게 됐어요."

이영은 쓴웃음을 지으며 다시 고개를 들었다. 바로 앞에 있는 그의 얼굴이 희뿌옇게 보였다. 갑자기 시력이 나빠질 리도 없는데 왜 이러나 싶어 눈을 비비려는데, 서원이 먼저 손을 내밀었다.

눈가를 어루만지는 그의 손길에 눈물이 가득 고였다가 흘러내렸다. 그제야 자신이 또 울고 있었다는 걸 깨달은 이영이 당황하여 몸을 뒤로 물리려 했다. 서원이 그런 이영을 끌어당기고는 이내 양손으로 그녀의 뺨을 감싼 채 조심스럽게 입을 맞췄다. 눈물이 흘러내려 입술 사이로 스며든 탓에 그들의 입맞춤은 짭조름한 맛이 났다. 그녀의 뺨을 타고 눈물이 한 줄기 더 흘러내렸다.

다정한 입맞춤에 가슴속 깊숙이 묻어 두었던 상처가 아무는 듯한 느낌이 들었다. 물론 이 한 번의 입맞춤으로 오래된 상처가 완벽하게 아물지는 않으리란 걸 모르지 않는다. 하지만 단 한 번도 제 스스로 다독인 적도 없던 상처였기에, 서원이 입맞춤으로 건넨 위로는 그만큼 큰 힘이 되었다.

"고마워. 꺼내기 힘든 얘기였을 텐데 말해 줘서."

그저 입술을 맞댄 채 가만히 있던 서원이 입술을 떼더니 나직한 목소리로 말했다. 이영은 저를 보는 서원의 시선을 마주하고 있다가 뒤늦게 멋쩍은 마음이 들어 슬그머니 그를 밀어 냈다.

"시간이 많이 늦었네요. 그만 주무세요."

그녀는 다리의 힘이 풀려 일어서기가 쉽지 않았지만 안간힘을 써서 몸을 일으켰다. 서원이 덩달아 일어서면서 이영을 부축하려 했지만, 그녀는 그의 손을 피하며 어색한 표정으로 말을 이었다.

"저 먼저 들어갈게요."

"혹시 거부감 같은 걸 느낀 거야?"

"예?"

이영이 제 침실로 사용 중인 안방 쪽으로 향하려다가 서원의 말을 듣고는 몸을 돌렸다. 그가 다소 굳은 표정으로 자신을 보고 있었다.

"거부감이라니요?"

그의 질문을 이해하지 못한 이영이 의아한 얼굴로 되물었다. 그러자 서원이 헛기침을 하며 잠시 주저하다가 입을 열었다.

"그게, 으흠, 아무래도 서로 다른 종끼리 키스를 한 셈이니까……."

"……!"

이영의 눈이 휘둥그렇게 커지는 듯싶더니 뒤이어 그녀의 얼굴이 빨갛게 달아올랐다. 그와 동시에 서원과 했던 키스와 입맞춤이 연이어 머릿속을 스쳤다.

내가 어쩌자고 그랬을까!

이영이 붉게 물든 얼굴을 숨기지도 못하고 당혹스러워하는 사이에 그의 말이 계속 이어졌다.

"그래서 혹시 네가 거부감을 느낀 거라면 사과를 해야겠지만…… 만약 그런 게 아니라면 말이야."

서원은 허둥지둥 말을 이어 나가다가 인상을 썼다. 왜 이렇게 말이 두서없이 나오는 건지, 제 모습이 한심했다. 그러나 그만큼 제 감정이 절박하기 때문이란 생각이 들었다. 말로는 제 감정을 온전히 표현할 수 없기에 되레 어설픈 말 몇 마디만이 두서없이 나오는 것일 터였다.

설령 그렇다 하더라도 말할 수밖에 없었다. 이영이 제게 과거의 상처를 털어놓은 것처럼, 저 역시 이제는 그녀에게 솔직해져야 했다. 적어도 자신의 감정만큼은.

"너랑 자고 싶어."

"……예?"

아뿔싸. 서원은 말을 꺼내자마자 제 혀를 씹을 뻔했다. 자고 싶다니! 무턱대고 그런 말부터 하면 어쩌자는 거야! 그는 속으로 제자신을 다그쳤다. 그렇지만 이미 밖으로 나간 말을 주워 담을 수는 없었다. 이영이 당혹스러운 얼굴로 눈을 동그랗게 뜬 채 저를 보고있는 것만 봐도 충분히 짐작 가능한 일이었다.

"아, 아니, 그러니까 내 말은…… 단순히 섹스를 하고 싶다는게 아니라, 너와 진짜 부부가 되고 싶다는 거야."

머뭇거리던 그는 제 마음을 일부분이나마 간신히 드러냈다. 이영은 당혹스러운 듯 눈만 깜빡거렸다. 뭐라고 대답해야 할지 모르겠다는 듯 난감해하는 기색이 역력했다.

서원은 그런 이영을 쳐다보다가 가만히 웃었다. 제 감정을 전부털어놓지 않은 게 그나마 다행이란 생각이 들었다. 아주 조금 드러낸 것뿐인데도 이렇듯 놀란 얼굴을 하고 있는 걸 보면 말이다. 자신이 품고 있는 감정을 온전히 고백했다면 되레 놀라서 도망갈 수도 있었겠단 생각이 들었다.

자신이 언제부터 그녀를 좋아했는지 알게 된다면 더더욱.

네다섯 살 무렵의 꼬마 공이영에게 반해 버렸던 초등학생 채서원의 모습은 좀 그렇잖아.

그는 괜히 낯이 화끈거리는 걸 느끼고는 그녀를 내버려 둔 채몸을 돌렸다. 등 뒤에서 저를 바라보는 이영의 황망한 시선이 느껴졌지만 차마 돌아볼 수 없었다. 서원은 벌게진 얼굴을 손으로 문지

르며 곧바로 욕실로 향했다. 아무래도 찬물로 샤워를 해야 할 듯싶
었다.

✳ ✺ ✳

"하아……."

거의 뜬눈으로 밤을 지새우다시피 했다. 이영은 커튼을 투과해
들어오기 시작한 이른 새벽빛을 보고는 몸을 일으켰다. 창밖을 바
라보는 그녀의 표정이 복잡했다.

'너랑 자고 싶어.'

'너와 진짜 부부가 되고 싶다는 거야.'

서원이 했던 말을 다시금 떠올린 이영의 얼굴이 붉게 물들었다.
그녀는 저도 모르게 이불을 꽉 움켜쥐었다가 놓고는 제 입술을 가
만히 만졌다. 뜨겁게 저를 탐하던 그의 입술과 숨결이 생생히 되살
아났다.

정말, 그 남자가 자신을 원하는 걸까.

그가 자신을 바라보던 시선을 떠올렸다. 끝없이 갈구할 듯하던
서원의 강렬한 눈빛 안에 제가 담겨 있었다. 그러나 그건 뱀파이어
와 결혼하게 된 사정보다 더 비현실적인 일이었다.

"……왜?"

그녀는 저도 모르게 중얼거렸다. 그가 왜, 자신을 그토록 원하
는 것처럼 행동했는지 좀처럼 납득이 되지 않았다. 이영이 혼란스
러운 표정을 짓다가 이내 고개를 흔들고는 침대 아래로 내려섰다.
어차피 잠도 오지 않을 것 같으니 차라도 한잔 마시는 편이 나을
듯싶었다.

이영은 옷을 갈아입을까 하다가 다시금 고개를 돌려 시계를 확인했다. 아직 기상 시간이라고 하기에는 이른 편이었다. 그녀는 잠시 망설인 끝에 잠옷 위에 카디건 하나만을 걸치고 방 밖으로 나갔다.

새벽빛이 아슴푸레 스며든 거실은 고요하기 그지없었다. 이영은 조금 서늘한 느낌에 카디건을 여미며 주방으로 향했다. 그런데 그 순간, 적막을 깨고 서원의 목소리가 들렸다.

"일찍 일어났네? 좋은 아침."

이영은 예상치 못한 서원의 목소리에 당황하여 주방 바로 앞에서 멈춰 섰다. 그가 주방 안쪽에서 어색하게 웃더니 제 손에 들려 있던 찻잔을 눈짓으로 가리켰다.

"차 한잔하려던 참인데, 너도 마실래?"

"⋯⋯차요?"

이영이 의아한 눈으로 그를 쳐다보았다. 달콤한 걸 좋아하는 남자와 차(茶)라니. 어울리지 않는 조합이었다. 서원 역시 그걸 알아차렸는지 겸연쩍은 얼굴로 웃었다.

"앞으로 입맛 좀 바꿔 볼까 해서."

"갑자기 왜요? 아, 물론 단걸 줄이는 건 좋은 일이지만요."

인간이 아닌 뱀파이어라 하더라도 단 음식을 많이 먹는 게 좋을 리는 없을 터였다. 하지만 그와는 별개로 갑작스럽게 입맛을 바꾸고자 하는 서원의 태도가 당혹스러웠다.

그가 서툴게 차를 우려내는 게 그녀의 눈에 들어왔다. 다기(茶器)를 다루는 서원의 손놀림은 어색하기 그지없었다. 당연했다. 달콤한 걸 즐기는 그가 본인의 손으로 차를 우려내 마실 일은 없었을 테니.

그런데 왜 갑자기 차를 마시려 하고, 입맛을 바꾸겠다고 하는 걸까.

이영은 제게 새로 우려낸 차를 건네며 멋쩍게 웃는 서원을 가만히 바라보았다. 그러다가 시선을 내려 그의 손을 보았다. 은은한 풀빛을 머금은 찻잔이 그 손에 들려 있었다.

늘 저 혼자 마시던 차였다. 서로 다른 취향 탓에 아예 서원에게 권해 본 적도 없었다.

그런데 그가 제게 차를 권하고 있다니.

이영은 서원이 건넨 찻잔을 받아 들었다. 살짝 입술을 축인 뒤, 곧바로 한 모금을 마셨다. 떫으면서도 깔끔한 맛이 텁텁했던 입 안을 개운하게 했다. 그 덕분인지 밤잠을 설쳐 지끈거리던 머리도 한결 나아진 듯싶었다.

그녀는 조용히 차를 마시다가 고개를 들었다. 서원이 차를 한 모금 마실 때마다 진저리를 치며 얼굴을 찡그리는 게 보였다. 그러면서도 포기할 마음이 없다는 듯 찻잔을 꼭 쥐고 있었다.

"그렇게 해요."

찻잔을 쥐고 있는 남자의 손을 가만히 응시하던 이영이 불쑥 입을 열었다. 서원이 차를 마시다 말고 그녀를 쳐다보았다. 그녀는 그의 눈을 똑바로 바라보며 재차 말했다.

"그렇게, 하자고요."

지난밤, 서원이 제게 했던 말에 대한 대답이었다. 그가 살짝 내보였던 마음에 대한 응답이기도 했다.

제7장 – 내게는 선물인 너

"지금 휴학 중이라고 했지?"

모연이 수저를 내려놓은 뒤, 물을 마시다 말고 이영에게 물었다. 그러자 이영이 냅킨으로 조심스럽게 입을 닦다가 내려놓고는 고개를 끄덕이며 대답했다.

"예, 3학년 1학기까지 마치고 캐나다로 일 년 동안 어학연수를 다녀왔어요. 이번 2학기에 복학하려고요."

"3학년이라……."

모연은 이영의 대답을 듣다가 묘한 표정을 지으며 말끝을 흐렸다. 그러자 이영이 모연의 반응이 이상했는지 의아한 표정으로 그녀를 쳐다보았다. 모연은 서둘러 손사래를 치고는 어깨를 으쓱이며 웃었다.

"아니, 그냥. 서원이 녀석이 진짜 도둑놈이구나 싶어서."

"예?"

"이렇게 어린 아가씨를 홀랑 잡아먹겠다고 데려왔으니 도둑놈이지."

모연의 장난기 어린 말에 이영의 얼굴이 빨갛게 물들었다. 그 모습을 다정하게 바라보던 모연의 미간이 살짝 좁아졌다. 그녀의 눈에 비친 자신의 며느리, 이영은 그야말로 '어린애'였다. 차분하고 얌전한 성격이라 가끔은 제 아들과 나이 차이가 별반 나지 않는다고 착각하기도 하지만, 이렇듯 말 한마디에 얼굴을 붉히고 수줍어하는 걸 보면 확실히 어리단 생각이 들었다.

그래서 그만큼 안쓰러운 것도 사실이었다. 아직 대학조차 졸업하지 않은 어린 이영이 지금껏 감당해야 했을 상처가 눈에 선연히 들어와 제 가슴속이 저릿하기까지 했다.

얼마나 아팠을까. 또한 얼마나 외로웠을까.

모연은 상견례 때, 그리고 결혼식 날 보았던 이영의 부모와 형제를 떠올렸다. 겉으로는 다정한 가족의 행세를 하고 있었지만, 그것이 거짓으로 꾸며 낸 행동이라는 걸 금세 알아차릴 수 있었다.

사람의 눈은 거짓말을 못 하거든.

완벽하게 거짓말을 하고 싶었다면 차디찬 눈빛부터 숨겼어야 했다.

'이미 소문을 들어 아시겠지만, 이영이 제 배로 낳지는 않았습니다. 하지만 제 배로 낳은 자식보다 더 마음 쏟고 애지중지 키웠어요. 물론 이런 말을 하면 어느 누구든 믿지 못하겠지만요. 이영이, 이 애가 무슨 잘못이 있겠어요. 잘못이 있다면 이영이 생모와 제 남편에게 있겠죠.'

우아한 어조로 나긋나긋 말하던 이영의 모친이 떠올랐다. 그리고 그 옆에 앉아 새하얗게 질린 채 침묵하고 있던 이영의 모습도.

170

그것으로 충분했다.

이영이 그 집에서 어떻게 살아왔을지 예상할 수 있었다. 그 거짓 속에서 홀로 곪아 들어갔을 제 며느리가 가여웠다.

물론 남 얘기를 즐겨 하는 이들의 수군거림에 조금은 마음이 상하기도 했던 건 사실이다. 왜 하필이면 그런 아가씨와 결혼을 하게 되었나 싶어 아들이 원망스러웠다. 제 아들이 인간이 아닌 뱀파이어라는 걸 알고도 결혼하겠다고 마음먹은 이영에게 한없이 고마웠지만, 그러면서도 부모 마음이란 게 자식 일에는 이기적으로 변할 수밖에 없어 몇 번이고 이래저래 변덕스럽게 흔들리기도 했다.

그런데 그 모든 감정이 상견례를 했던 날, 싹 사라졌다. 뱀처럼 차가운 그들 사이에 앉아 있는 이영을 보게 되니 다른 생각은 할 수가 없었다. 누가 뭐래도 이제 자신의 며느리가 될 아이였다. 아들에게 소중한 존재인 만큼, 저와 남편에게도 소중한 식구가 될 터였다.

지금껏 받지 못했을 사랑, 우리가 다 주마. 모연은 상견례 날, 이영을 보며 그렇게 다짐했다. 그리고 지금도 그 마음은 변함없었다.

이렇게 온순하고 예쁘고 고운 아이를 어떻게 사랑하지 않을 수 있겠어.

모연은 따스한 눈으로 이영을 쳐다보다가 이내 짓궂은 표정을 짓더니 그녀에게로 몸을 슬쩍 기울였다.

"그나저나 서원이 녀석, 잘하니?"

"예? 아아, 예. 잘해 주세요. 항상 신경 많이 써 주시고, 늘 세심하게 배려해 주시고……."

이영이 고개를 제법 힘차게 끄덕이며 대답했다. 그녀의 볼에 홍

조가 깃든 걸 유심히 쳐다보던 모연이 장난스럽게 손을 내젓고는
재차 말했다.

"아니, 그런 거 말고."

"……?"

시어머니의 말뜻을 알아듣지 못한 이영의 표정이 더욱 어리둥절
하게 변했다. 모연은 그런 이영이 귀엽다는 듯 눈꼬리를 휘며 웃고
는 주위를 둘러보는 시늉을 한 뒤, 몸을 더욱 그녀에게로 기울인
채 작은 소리로 속삭였다.

"밤에 말이야. 침대에서, 잘하냐고."

"……!"

바, 바, 바아암요? 이영은 차마 제 시어머니에게 직접 되묻지
못하고 얼굴만 새빨갛게 물들인 채 입을 벙긋거렸다. 시어머니가
아들 부부의 '밤'에 대하여 물어볼 거라고는 상상도 못 했기 때문
이다.

"아, 그, 그러니까, 예, 뭐, 자…… 잘, 음……."

두서없이 아무런 의미도 갖지 못한 음절들이 입에서 더듬더듬
새어 나갔다. 솔직히 뭐라고 대답할 수 없는 처지였다. 며칠 전에
입을 맞추고 '진짜 부부'가 되자고 대화를 나누기는 했지만, 아직
자신과 그는 침실조차 합치지 않은 상태였다. 그러니 같이 나란히
누운 적은 애당초 한 번도 없었고. 그런 상황에서 그들의 '밤'에
대하여 어떤 말을 할 수 있겠는가.

"어머, 애 부끄러워하는 것 좀 봐."

얼굴이 빨개져서 말을 더듬는 이영을 본 모연이 그녀가 부끄러
워한다고 생각하고는 장난스럽게 웃으며 덧붙였다.

"네 얼굴 보니까 서원이가 그래도 잘하고 있는 것 같아서 다행

이야. 사실, 이건 비밀인데 말이지. 서원이한테 여자는 아마 네가 처음이었을걸? 그 녀석이 여태껏 누구를 사귄다거나 만난다는 얘기를 들어 본 적이 없어."

"예에?"

이영은 저도 모르게 놀라서 목소리를 높였다가 냉큼 두 손으로 입을 틀어막았다. 그녀의 귀까지 새빨갛게 물든 걸 본 모연이 깔깔대며 웃다가 이내 주변의 시선이 제게 모이는 걸 깨닫고는 어렵게 웃음을 참았다. 말괄량이 소녀를 마주하고 있는 듯한 기분에 이영이 아연실색하여 말을 잇지 못했다.

어느 누가 이렇듯 유쾌한 모연의 모습을 보고 국내 최대 재벌가의 안주인을 떠올릴 수 있을까. 자신의 어머니, 한정숙 여사가 보았더라면 품위 없이 행동한다고 혀를 찼을 터였다. 그러나 이영은 모연의 이런 모습이 더없이 정겹고 좋았다.

만약 부모를 제 손으로 선택할 수 있었더라면 한 치의 망설임도 없이 모연과 필봉을 선택했을 것이다. 다정하고 소탈한 시부모님은 처음부터 저를 살갑게 대해 주었다. 본처의 자식이 아니라는 추문을 매달고 들어온 며느리라 미울 법도 한데, 단 한 번도 그런 내색을 한 적 없었다. 되레 자신이 혹시 상처를 입지는 않을까, 늘 마음 쓰고 염려하는 게 느껴질 정도였다.

"못 믿겠지? 나도 그래. 솔직히 서원이 녀석이 얼굴값 좀 하게 생겼잖아. 그런데 생긴 거랑 다르게 여자한테 통 관심이 없었거든. 주변에는 사내놈들만 바글바글하고. 그래서 혹시 남들과 다른 성적 취향을 갖고 있는 건 아닌가 싶어 염려도 했는데, 너랑 결혼한다고 해서 얼마나 다행이었는지 몰라."

눈을 찡긋거리며 장난스럽게 말하는 모연을 쳐다보던 이영이 저도 모르게 웃음을 터뜨리고는 이내 손으로 입을 가리며 사과했다.

"아, 저기, 죄송……."

"죄송할 게 뭐 있어? 편하게 큰 소리로 웃어도 돼. 원래도 예쁘기는 하지만, 웃으니까 그 몇 배는 더 예쁘잖아. 서원이 녀석 앞에서도 많이 웃니? 그 녀석 정신 못 차리겠……."

모연이 이영을 보며 다정하게 말을 이어 가려는데 느닷없이 휴대 전화 벨소리가 그녀의 말을 끊었다. 이영은 제 가방 속에서 울리는 소리라는 걸 깨닫고 황급히 전화를 꺼냈다.

[채서원.]

그의 이름이 휴대 전화 화면 위에 떠 있었다. 이영의 얼굴이 붉게 달아오르는 걸 알아차린 모연이 눈꼬리를 내리며 웃었다.

"서원이니?"

"예에……."

"양반은 못 되나 보네. 어서 받아. 둘이 오붓하게 통화해야 하는데 시어머니가 버티고 있어서 신경 쓰여? 내가 자리 피해 줄까?"

"아, 아니요! 괜찮아요."

이영은 모연이 농담 삼아 빈말로 한 소리라는 걸 알면서도 그녀가 저 때문에 자리를 뜰까 봐 서둘러 고개를 흔들며 전화를 받았다.

"예."

— 어디야? 조금 시끄럽네?

"아, 밖이에요. 어머님이랑 백화점 들렀거든요."

그녀는 서원의 물음에 대꾸하며 뜨끈해진 제 뺨을 손으로 슬쩍 문질렀다. 모연이 그런 이영을 재미있다는 듯 쳐다보다가 그녀에게로 몸을 기울이더니 휴대 전화에 대고 입을 열었다.

"아들이 밤에 얼마나 잘해 주는지 모른다고, 이영이가 칭찬이 자자하더라. 장하다, 우리 아들!"

"어, 어머님!"

모연의 짓궂은 장난에 화들짝 놀란 이영이 휴대 전화를 떨어뜨릴 뻔한 걸 간신히 움켜쥔 채 눈을 동그랗게 떴다. 하지만 모연은 언제 무슨 일이 있었냐는 듯 태연한 표정을 짓더니 마저 통화하고 나오라며 자리에서 일어섰다.

이영은 어찌할 바를 모르고 엉거주춤 일어선 채 휴대 전화를 쥔 손에 힘을 주었다. 당황한 탓에 손바닥에 땀이 났는지 휴대 전화가 미끄러질 것 같았다. 그 순간 휴대 전화 너머로 그가 웃는 소리가 전해졌다.

— 익숙해져야 할 거야.

"……예?"

— 어머니 말이야. 가끔 그렇게 장난을 치시거든. 사람 당혹스럽게 만드는 데 일가견이 있으신 분이니, 네가 적응하는 수밖에 없어.

웃음기가 묻어나는 서원의 목소리가 듣기 좋았다. 이영은 순간적으로 그런 생각을 하다가 얼굴이 확 달아오르는 걸 느끼고는 휴대 전화를 쥐고 있지 않은 다른 손으로 부채질을 했다. 그러나 달아오른 열기가 가시기는커녕 가슴까지도 제멋대로 두근거리기 시작했다.

처음으로 입을 맞췄던 날, 그를 좋아한다는 자각을 했다. 그 뒤로 하루에도 몇 번씩 감정이 제 것이 아닌 양 제멋대로 치고 올라와 저를 뒤흔들고는 한다. 이영은 애써 두근대는 가슴을 진정시키며 가방을 챙겨 들고 몸을 돌렸다. 푸드 코트 출입구 쪽에 모연이 서 있는 게 보였다. 그저 평범한 어머니의 모습이었다. 그 모습을 가만히 보던 이영이 다시금 입을 열었다.

"어머님요, 아니, 어머님뿐만 아니라 아버님도…… 두 분 다 정말 좋은 분들이세요. 저한테는 참 과분하다 싶을 만큼."

— 좋은 분들이시지. 그런데 공이영 씨가 과분하다고 하면, 아마 두 분 모두 버럭 화내실걸? 가족끼리 뭐가 과분하고 말고 할 게 있냐고 말이야.

서원의 말에 가슴이 먹먹해졌다. 가족끼리. 그 말에 저도 모르게 눈시울마저 뜨거워지려 했다. 그녀는 눈가를 손끝으로 문지르며 가만히 웃다가 다시 입을 열었다.

"참, 아버님이랑 어머님, 뭘 좋아하세요?"

— 응?

"점심 먹고 어머님이랑 쇼핑할 건데, 두 분께 작은 선물이라도 드리고 싶어서요."

— 선물? 글쎄, 뭘 좋아하시려나? 잘 모르겠는데. 그냥 적당히 옷이나 가방 같은 거 사 드리면 되지 않을까? 딱히 그런 걸 부모님께 여쭈어본 적이 없어서 말이야.

목소리만으로도 그가 겸연쩍어 하는 게 느껴졌다. 세심해 보이면서도 이럴 때는 무뚝뚝한 아들이었구나 싶어 웃음이 나왔다.

"그럼 제가 그냥 적당히 살게요. 어머님이랑 같이 골라도 될 테고."

모녀 사이로 보이는 이들이 정답게 팔짱을 끼고 쇼핑을 하는 걸 볼 때마다 참 많이 부러웠다. 하지만 그저 부러워하기만 했을 뿐, 감히 꿈꿔 본 적 없었다. 그런데 이렇듯 제게 기회가 온 것이다.

비록 저를 낳아 준 생모라든가 키워 준 양어머니와 함께 하게 된 건 아니지만.

그래도 난 이게 좋아.

이영은 서원과의 통화를 끝낸 뒤, 서둘러 출입구 쪽으로 향했다. 모연이 그녀가 다가오는 걸 알아차린 듯 이영을 향해 고개를 돌리더니 웃었다. 이영 역시 모연과 비슷하게 닮은 미소를 저도 모르게 지었다.

✳ ❄ ✳

"어?"

수연이 매장 안을 둘러보며 옷을 고르다 말고 무심코 건너편 매장 쪽을 쳐다보다가 외마디 소리를 뱉었다. 그러자 매장 안쪽 소파에 앉아 지루한 표정으로 카탈로그를 뒤적이던 중년 여자가 고개를 들었다.

"왜 그러니?"

"저기, 공이영. 쇼핑 나왔나 보네? 옆에 있는 아줌마는 누구지? 아! 저 계집애 시어머니로구나? 하도 수수한 차림이라 못 알아볼 뻔했네."

빈정거리는 수연의 입매가 한쪽으로 비틀렸다. 그녀의 눈에 질시하는 빛이 스치고 지나갔다. 도경이라니. 도경 며느리라니. 수연의 손안에서 실크 원피스가 구겨졌다. 직원이 그걸 보고는 안절부절못하며 발을 동동 굴렀지만, 수연은 아랑곳하지 않고 원피스를 신경질적으로 휙 던져 버렸다.

의아한 눈으로 수연을 쳐다보던 중년 여자가 카탈로그를 테이블 위에 내려놓은 뒤, 자리에서 일어섰다. 그리고 수연이 쳐다보던 건 너편 의류 매장 쪽을 무심히 바라보았다. 이영이 나이 든 여자와 사이좋게 옷을 고르고 있는 게 보였다. 그 모습을 보던 중년 여자 의 시선이 가라앉았다. 이영을 바라보는 여자의 눈빛에는 지독한 혐오가 담겨 있었다. 수연이 계속 이영에게 시선을 고정한 채 시샘 이 섞인 투로 비아냥거렸다.

"사생아 주제에 팔자 폈어. 저따위 계집애가 도경 외며느리가 될 줄 누가 알았겠냐고."

"뭐? 그게 무슨 소리야?"

중년 여자가 살짝 미간을 찌푸리며 수연을 돌아보았다. 그러자 수연이 그제야 여자를 보고는 피식거렸다.

"고모가 저 계집애 아예 사람 취급도 안 하는 건 알고 있었지 만, 그래도 이건 너무했잖아. 아무리 결혼식에 참석 안 했어도 그 렇지, 소식 못 들었던 거야? 프랑스가 뭐, 첩첩산중이라도 돼?"

"괜한 신소리하지 말고 방금 했던 얘기나 더 자세히 해 봐. 쟤 가 어디 며느리가 됐다고? 설마 그, 도경을 말하는 거야? 도경그 룹?"

"그렇다니까. 공이영 옆에 있는 아줌마가 도경 안주인이잖아. 그나저나 저 아줌마는 뭐, 저런 옷차림으로 나왔대?"

수연이 턱짓으로 이영과 그녀의 옆에 있는 여자를 가리켰다. 수 연의 고모, 공현희는 그제야 눈을 가늘게 좁히고는 이영과 함께 있 는 여자를 유심히 쳐다보았다.

아아, 그러고 보니 얼굴이 눈에 익기는 했다. 수연이 말한 대로 옷차림이 너무 수수해서 바로 알아보지는 못했지만 말이다. 서글 서글한 인상의 여자는 도경그룹 채필봉 회장의 아내가 분명했다.

아무리 자신이 프랑스에 거주하며 아주 가끔 귀국한다고는 하지만, 도경의 안주인이 누구인지도 모를 정도로 관심을 두지 않고 살아가는 건 아니니까. 아니, 외려 관심이 많다면 모를까.

현희의 눈이 순간적으로 반짝였다.

"이러면 얘기가 달라지는데……."

현희가 혼잣말을 중얼거리며 입꼬리를 올렸다. 수연이 이영을 질시하는 눈으로 조금 더 쳐다보다가 현희를 돌아보았다.

"고모, 방금 뭐라고 했어?"

"아니야, 아무것도. 그나저나 다 고른 거니? 적당히 사고 그만 가자. 나, 너랑 더 놀아 줄 시간 없어."

"쳇, 오늘 시간 많다며? 그새 말이 바뀌었어?"

수연은 현희의 말에 투덜대더니 자신이 골라 놓았던 옷가지 십여 벌을 손짓으로 가리키며 직원에게 뭐라 말을 이었다. 그 사이에 현희는 다시금 이영과 그녀의 시어머니가 있는 쪽을 쳐다보았다.

조카.

오빠의 딸.

그것이 사람들이 알고 있는 자신과 이영의 관계일 터였다. 하지만 그게 진실은 아니다. 자신과 오빠 내외, 그리고 죽은 부모만이 알고 있는 비밀이 그 이면에 숨겨져 있으니 말이다. 현희의 입가가 실룩거렸다.

뭔가를 산 것인지 커다란 종이 가방을 들고 시어머니와 매장을 나서는 이영의 모습이 보였다. 그녀의 얼굴 위로 한 남자의 얼굴이 겹쳐졌다. 이영이 어릴 때는 잘 몰랐는데, 오늘 보니 남자와 꽤 닮은 구석이 많아 보였다. 현희는 입술 끝에 힘을 주고는 입을 꾹 다물었다. 빨갛게 칠한 손톱 끝이 그녀의 손바닥을 파고들었다.

남자의 딸.

이영의 뒷모습을 바라보는 현희의 시선이 차디찼다. 무엇이든 제가 원하는 건 언제나 가졌지만, 단 하나 갖지 못한 게 바로 그 남자였다. 이영과 똑 닮은 한 남자 말이다.

……자신이 이영을 낳으면서까지 붙잡으려 했던 남자였다.

현희는 숨을 크게 들이쉬고는 파르르 떨리는 입술에 힘을 주었다. 묻어 두었던 오래전 기억이 제멋대로 떠오른 탓에 감정이 심하게 요동쳤다. 그것을 수연에게 들킬 수 없기에, 그녀는 가까스로 동요하는 속내를 가라앉혀야 했다.

남자를 처음 알게 되었던 건 프랑스 내의 어느 한인 모임에서였다. 당시 그는 프랑스의 명문 요리 학교로 알려진 에꼴 페랑디를 다니고 있었다. 공인회계사로서 국내 최대 규모의 회계 법인에서 근무하던 남자는 남들보다 늦은 나이에 본인의 꿈을 위해 그때까지 쌓았던 모든 경력을 포기한 채 아내와 단둘이 프랑스로 유학을 왔다고 했다.

그 남자가 너무나 탐이 났다. 남자의 곁에 아내가 있다는 사실 따위는 현희에게 문제 될 게 없었다. 그래서 남자에게 매달리다시피 했다. 하지만 돌아온 건 정중한 거절이었다.

현희는 남자의 거절을 받아들일 수 없었다. 갖고 싶은 건 뭐든지 가져야 직성이 풀렸다. 수단과 방법을 가리지 않고 원하는 건 빼앗아서라도 가져야 한다는 건 부친에게서 배운 삶의 방식이기도 했다. 그렇기에 그녀는 자신이 살아오면서 배운 대로 행했다.

남자를 속여 술과 최음제를 먹이고 섹스를 한 것이다. 그리고 그 하룻밤의 관계로 임신을 했다. 그때까지는 제 뜻대로 모든 게 풀려 나간다고 생각했다. 기대한 적 없던 임신까지 했으니 행운도 제 편이라 여겼다.

하지만 남자는 매몰차게 그녀를 거부했다. 아이를 가졌다는 현희의 말에도 아랑곳하지 않고 그는 그녀가 아닌 아내를 선택했다. 자신을 속여 관계를 가졌던 것만으로도 혐오스럽다며, 남자는 두번 다시 현희를 보려 하지 않았다. 아이 역시 남자에게는 그저 끔찍했던 그날의 산물에 지나지 않은 듯싶었다.

그게 현희로서는 처음이자 마지막으로 겪은 실패였다. 남자를 잡는 데 쓰이지 못한 아이의 존재 따위는 그녀에게 필요하지 않았다. 그렇지만 낙태를 하기에는 아이가 너무 자란 뒤였다. 그래서 어쩔 수 없이 아이를 낳아야 했다.

그 사실을 알게 된 현희의 부모는 아이를 데려다가 아들 부부에게 키울 것을 지시했다. 당신들의 피를 이어받은 아이를 내버릴 수도 없고, 딸을 미혼모로 만들 수도 없었던 그녀의 부모가 내린 고육지책이었다.

자신의 부모가 오빠 내외에게 그에 대한 보상으로 무엇을 얼마나 주었는지 정확히 알지 못한다. 그러나 꽤 큰 보상이었을 거라고 짐작할 수 있다. 여동생이 낳은 아이를 데려다가 친자식으로 키울만큼 제 오빠가 희생적인 성격도 아니었고, 또한 아무런 이득 없이 시누이의 자식을 키울 정도로 올케가 만만한 성격이었던 것도 아니니 말이다.

"참! 고모, 이번 미쉐린 가이드 개정판에 우리 레스토랑 좀 넣어 주면 안 돼?"

그 순간, 수연이 현희에게 말을 걸었다. 현희는 눈살을 찌푸리며 제 조카를 돌아보았다. 미쉐린 가이드에 넣어 달라고 당당히 말하는 모습이 어이없었다.

"말이 되는 소리를 해. 그게 가능하다고 생각하니?"

"왜 안 돼? 미쉐린 가이드 총괄 디렉터께서 그거 하나 못 해 준다고? 고모가 마음만 먹으면 넣어 줄 수 있는 거잖아."

수연이 투덜대는 투로 현희에게 말했다. 그러나 현희는 수연과 더 이상 그에 대한 얘기는 할 마음이 없다는 듯 손을 내저었다. 수연이 그 모습에 입을 삐죽였다. 미쉐린 가이드 총괄 디렉터 공현희. 그녀가 요식업계에서 얼마나 큰 영향력을 발휘하고 있는지 잘 알고 있다. 현희의 말 한마디에 무명의 음식점 하나가 세계적인 식당으로 발돋움하기도 한 사례를 접한 적도 있었다.

치사하게……. 그게 뭐 어려운 일이라고. 조카가 부탁하는데 그거 하나 못 들어줘?

수연은 입술을 짓씹으며 속으로 투덜거렸다. 작년에 광화문 근처에 낸 레스토랑의 매출액이 점차 줄어드는 터라 은근히 스트레스를 받고 있는 상황이었다. 그녀가 상처가 나는 줄도 모르고 거듭 입술을 짓씹는 걸, 현희가 무심히 쳐다보다가 코웃음을 쳤다.

제 주제도 모르고…….

현희가 차가운 시선으로 수연을 잠시 일별했다가 시선을 돌리려는데, 수연이 다시금 생각났다는 듯 입을 열었다.

"그나저나 일 다 마무리하고 나면 돌아가겠네?"

"아……."

수연의 물음에 현희가 의미 없는 외마디 소리를 내뱉고는 살짝 입꼬리를 올렸다.

"글쎄, 생각 중이야."

"생각 중이라니? 바로 돌아가야 한다고 하지 않았어? 업무 때문에 잠깐 귀국한 거라고 했잖아."

수연이 현희의 대답에 의아한 얼굴로 물었다. 현희는 제 조카를 향해 싱긋 웃어 보인 뒤, 매끈하게 다듬은 손톱 끝을 만지다가 이내 별 얘기 아니라는 듯 대답했다.

"당분간 여기에 머무를까 해. 지금껏 쉬지 않고 일만 했으니 조금은 쉬고 싶기도 하고."

서울 편 개정판 작업이 마무리되는 대로 프랑스로 돌아갈 예정이었다. 그러나 말 그대로 그건 '예정'이었으니 얼마든지 바꿀 수 있다. 물론 지금까지는 단순히 휴식 따위를 위해 일정을 바꾼 적은 없었지만.

"……만날 사람도 있을 것 같고."

현희의 입꼬리가 묘한 웃음을 머금은 채 올라갔다. 그녀는 이미 가 버린 이영의 흔적을 좇기라도 하듯 건너편 매장을 가만히 응시했다.

✳ ❈ ✳

이영은 주문한 커피를 들고 바깥 풍경이 보이는 테이블에 자리를 잡고 앉았다. 도경물산 근처의 커피숍이라 그런지, 도경물산 직원임을 알리는 출입증을 목에 건 사람들이 많이 보였다.

나만 놀고먹는 백수 같아…….

모두가 바쁘게 살아가는 와중에 홀로 동떨어져 있는 듯한 기분이 들었다. 이영이 괜히 머쓱한 마음에 볼을 긁적이고는 커피 잔을 두 손으로 감싸 잡았다.

갑작스럽게 결혼을 하게 되면서 제 일상이 송두리째 뒤바뀌었다. 본래대로라면 복학 준비를 하며 도서관이나 학원 등을 바쁘게 오갔어야 할 시간이다. 그런데 지금 자신은 남편이 근무하는 회사 앞 커피숍에 앉아 이렇듯 시간을 보내고 있으니.

"집 근처 도서관에라도 다녀야 하나."

"도서관? 그 고리타분한 곳에는 왜 가려고?"

이영이 혼잣말을 중얼거리는데 곧바로 남자의 목소리가 이어졌다. 그녀는 갑작스럽게 끼어든 목소리에 놀라서 퍼뜩 고개를 들었다. 서원이 테이블 바로 옆에 서서 자신을 내려다보고 있었다.

"어, 언제 왔어요?"

"방금."

그는 이영이 눈을 동그랗게 뜨고 저를 쳐다보다가 이내 얼굴을 붉히는 걸 보고는 조용히 웃었다. 그녀가 자신을 '남자'로서 의식하고 있다는 걸 확인하는 느낌이라 흡족하기 그지없었다. 서원은 그녀의 맞은편 자리에 앉자마자 이영의 옆자리를 힐끔 쳐다보는 시늉을 하더니 고개를 기울였다.

"뭐야, 그런데 왜 빈손이야?"

"예?"

"어머니랑 쇼핑했다더니 왜 빈손이냐고."

그가 다시 한번 그녀의 비어 있는 옆자리를 눈짓으로 가리켰다. 그러자 이영이 살포시 미소 짓더니 제 핸드백 안에서 작은 상자를 하나 꺼내 서원의 앞에 놓았다.

"이게 뭐야?"

"대단한 건 아니고요. 그냥, 어머님 따라서 쇼핑하다가 잘 어울릴 것 같아서 샀어요."

서원의 물음에 이영이 쑥스러운 듯 웃으며 말했다. 그는 눈을 휘둥그렇게 뜨고 그녀를 쳐다보았다.

"사다니? 설마 나 주려고 뭘 샀어?"

"그렇게 놀랄 것까지는 없는데요. 정말 별것 아니라서……."

서원은 이영이 멋쩍은 투로 말하는 걸 다 듣지 못하고 냉큼 제 앞에 놓여 있던 작은 상자의 포장을 풀었다. 벨벳으로 감싸여 있는 자그마한 상자가 그 모습을 드러냈다. 그는 상기된 표정으로 상자를 열어 보았다. 상자 안에는 장밋빛 커프스 버튼 한 쌍이 들어 있었다.

"다이아몬드로 할까 하다가 탄생석으로 하는 편이 좋을 것 같아서 가넷으로 했어요. 붉은색이 잘 어울리기도 하고……."

"……."

서원에게서는 아무런 대답도 나오지 않았다. 이영은 혹시 서원이 마음에 들어 하지 않나 싶어 조심스럽게 그의 눈치를 살폈다. 그가 한 손으로 제 입을 가린 채 상자 안의 커프스 버튼을 쳐다보다가 숨을 깊이 들이쉬더니 입을 열었다.

"고마워. 전혀 기대도 하지 못했던 터라 말문이 잠깐 막혔어."

"마음에 들어요?"

"당연하지! 아, 지금 당장 바꿔 달아야겠다."

조심스럽게 묻는 이영을 보고는 서원이 힘차게 고개를 끄덕이며 대답했다. 그리고 곧바로 와이셔츠에 달려 있던 커프스 버튼을 빼더니 이영이 선물한 붉은색 커프스 버튼으로 교체했다.

은은한 빛이 감돌던 기존의 커프스 버튼이 테이블 위에 버려지다시피 한 걸, 이영이 챙겼다. 서원은 자신이 달고 있었던 커프스 버튼에 관심이 없다는 듯 소매에 새로 단 이영의 선물에만 폭 빠져서 즐거워했다. 어린아이처럼 좋아하는 그를 보던 이영의 얼굴이 수줍게 달아올랐다.

좋아한다고 자각한 뒤로 그를 마주하고 있으면 이렇듯 얼굴이 홧홧해지기 일쑤였다. 그래서 당혹스러웠지만 그게 나쁘지는 않았다. 오히려 설레는 마음에 매 순간이 기다려지고 기대됐다.

마치, 처음 연애하는 것처럼…….

"콜록! 콜록!"

이영이 커피를 마시다가 그대로 사레들려 기침을 했다. 서원이 황급히 그녀에게로 몸을 기울였다.

"괜찮아? 사레들린 거야?"

"아, 예에…… 콜록, 괜찮아요."

이영의 얼굴이 더 이상 빨개질 수 없을 정도로 새빨갛게 변했다. 그에게 제 속내를 들키기라도 한 것처럼 뺨이 뜨끈뜨끈 달아올랐다. 그녀는 차마 그를 마주 바라볼 수 없어서 눈을 내리깐 채 두어 번 더 기침을 한 뒤, 간신히 속을 진정시켰다.

"그러고 보니 선물을 두 개나 받은 셈이네. 아니, 한 개랑 한 명이라고 해야 하나."

그 순간, 서원의 웃음기 섞인 중얼거림이 들렸다. 이영은 그의 말뜻을 이해하지 못해 다시 시선을 들었다. 그가 부드럽게 휘어진 눈으로 그녀를 쳐다보다가 제 와이셔츠 소매의 커프스 버튼을 가리켰다.

"이건 나한테 내 아내가 준 선물이고."

"……?"

"너는 우리 어머니가 준 선물."

"예?"

그가 무슨 말을 하는 건가 싶어 이영이 어리둥절한 표정으로 눈을 깜빡였다. 서원은 가만히 웃고는 제 양복 재킷 주머니에서 휴대 전화를 꺼냈다. 그리고 휴대 전화에서 뭔가를 찾더니 그녀를 향해 화면을 보여 주었다.

[아들! 지금 당장 회사 앞 커피숍으로 나와. 선물 맡겨 놓고 가니까 잘 찾아가렴.]

"……어머님이 보낸 문자예요?"

이영은 서원의 휴대 전화 화면에 떠 있는 문자 메시지를 보다가 황당함을 감추지 못하고 물었다. 그가 고개를 끄덕이며 나직하게 웃었다. 그제야 서원이 한 말을 이해한 이영이 다시금 얼굴을 붉혔다. '선물'이 바로 저를 지칭한 것이라는 걸 깨달은 탓이다.

'서원이 녀석한테 여기로 나오라고 연락했으니까 그 녀석 오면 같이 저녁 맛있는 거 사 먹고 데이트하다가 들어가. 오늘 하루 종일 늙은이랑 놀아 주느라 고생했다, 이영아.'

모연이 먼저 자리를 뜨며 했던 말이 생각났다. 그냥 단순히 서원에게 나오라고 연락한 줄로만 알았는데, 저를 '선물'이라 칭한 문자 메시지를 보니 가슴이 뭉클해졌다.

어머님은 처음부터 이럴 생각이셨던 걸까.

백화점에서 이것저것 구경을 하다가 몇 가지를 산 뒤에 모연은 이영을 데리고 서원의 회사 앞으로 향했다. 이영은 빌딩 출입문 위에 매달린 '도경물산'이란 현판을 보고 나서야 제가 온 곳이 그가 근무하는 회사 앞이라는 걸 깨달았다. 그리고 모연은 당황하여 어쩔 줄 몰라 하는 그녀를 커피숍으로 데리고 갔다. 그게 불과 십여 분 전의 일이다.

"어머님의 행동력을 못 따라갈 것 같아요."

"하하, 그건 그렇지. 맹 여사님을 누가 흉내나 낼 수 있겠어?"

이영이 멍한 얼굴로 혼잣말처럼 중얼거리자 서원이 유쾌하게 웃으며 고개를 끄덕였다. 그러고는 다시 제 소매에 달린 커프스 버튼을 만지작거렸다. 커프스 버튼을 제법 마음에 들어 하는 듯한 그의 모습에 이영이 재차 얼굴을 붉히려는 순간, 그가 입을 열었다.

"참! 그런데 너는? 네 건 없어? 어머니가 뭐 안 사 주셨어?"

서원이 또다시 그녀의 옆자리를 보다가 핸드백을 주시했다. 가방 안에 또 뭔가 숨겨 놓은 게 아닐까 하는 시선이었다. 이영은 작게 웃음을 터뜨리고는 블라우스 소매에 가려져 있던 손목을 드러냈다.

"그렇지 않아도 어머님께서 팔찌 사 주셨어요."

그녀는 백금 팔찌를 찬 손목을 그의 눈앞에 보여 주었다. 동글동글한 체인이 이어져 있는 팔찌는 심플해 보여서 평소에 차고 다니기 편할 듯싶었다. 물론 액세서리에 대해 아는 게 많지 않으니 실제로 착용했을 때 어떤지는 알 수 없지만 말이다.

서원이 턱을 만지며 팔찌를 보다가 불쑥 손을 뻗어 이영의 손목을 움켜잡았다. 갑작스러운 그의 행동에 놀란 이영이 붙잡힌 손목을 빼내려 했지만, 서원은 놓아줄 생각이 없다는 듯 그녀의 손목을 쥔 채 이리저리 살피다가 눈을 찡그렸다.

"손목이 너무 가늘잖아."

"······예?"

"살짝 힘만 줘도 톡, 부러지겠네."

그는 팔찌에 대한 감상 대신 그녀의 손목에 대한 평가를 했다. 서원이 못마땅한 기색이 역력한 얼굴로 제 손목을 거듭 만지작거리는 걸 멍하니 쳐다보던 이영이 얼굴이 빨개진 채 한 번 더 손목을 빼내려 했다.

"저기, 손 좀 놔주셨으면······."

"가자."

그러나 이영의 시도는 곧바로 무산되고 말았다. 서원이 그녀의 손목을 잡은 채 자리에서 일어선 것이다. 그 바람에 이영은 서원에게 손목을 붙들린 채 덩달아 일어날 수밖에 없었다.

"어디 가는데요?"

"일단 밥부터 먹자. 너 살 좀 찌워야지, 안 되겠어."

서원이 이영의 핸드백을 빼앗다시피 하여 다른 손에 들고는 그녀의 손목을 꼭 쥔 채 성큼성큼 출입문 쪽으로 걸음을 옮겼다.

"도착했……."

서원이 차를 세우고 시동을 끈 뒤에 조수석 쪽을 돌아봤다가 황급히 입을 다물었다. 이영이 제 쪽으로 고개가 살짝 기울어진 줄도 모르고 곤히 잠들어 있는 게 보였다.

저녁을 먹으면서 와인을 한 잔 마신 게 뒤늦은 취기를 몰고 온 것일까. 숨소리조차 거의 들리지 않을 정도로 얌전히 자고 있는 그녀를 바라보던 서원의 눈이 부드럽게 휘어졌다. 그는 안전벨트를 푼 뒤에 아예 그녀에게로 몸을 틀고는 조심스럽게 손을 뻗었다. 이마 위에 흐트러진 머리를 가지런히 넘겨 주던 서원의 입꼬리가 슬며시 올라갔다.

"이영아."

그는 아주 작은 소리로 그녀를 불러 보았다. 잠결에 제 이름을 듣기라도 한 것인지 이영의 콧등에 살짝 주름이 잡혔다가 사라졌다. 그 모습을 본 서원이 자신도 모르게 그녀의 머리를 쓸어 넘기던 손으로 이영의 뒷머리를 받치고 있던 헤드레스트를 꽉 움켜잡았다.

안고 싶다.

서원은 아래에서부터 뜨겁게 밀고 올라오는 욕구를 억누르며 소리 없이 숨을 몰아쉬었다. 하지만 겨우 숨 몇 번 몰아쉰 것만으로는 그녀를 탐하고 싶은 속내를 완벽히 진정시킬 수 없었다. 그는 헤드레스트를 움켜쥐었던 손바닥에 땀이 찬 것을 느끼고는 혀를 차며 다시 몸을 똑바로 돌렸다. 그리고 등받이에 몸을 기댄 채 헛웃음과 함께 제 이마를 손으로 짚었다. 땀이 난 탓인지 이마에 닿은 손이 차가웠다. 아니, 손바닥에 닿은 제 이마가 뜨거웠다고 해야 할까.

"뭐, 그게 그거지."

그가 허탈한 투로 중얼거리다가 다시 고개를 돌려 이영을 쳐다보았다. 여전히 잠들어 있는 그녀를 보고 있던 서원의 얼굴이 서서히 심통 난 사람처럼 변해 가기 시작했다.

내가 지금 이렇게 고민 중인데 말이야.

"너는 잠이 온단 말이지? 응? 이렇게 쿨쿨, 겁도 없이 잘 잔다?"

하다못해 자신이 뱀파이어라는 걸 알면서도 말이다. 처음에는 겁도 내고 두려워하는 낌새가 조금은 엿보이는 것도 같더니 이제는 무덤덤해지다 못해 편해진 듯싶다. 물론 그게 싫다는 건 아니다. 오히려 두 팔 들고 환영할 만한 일이라 할 수 있다. 그만큼 자신이 그녀에게 가까운 존재가 된 것일 테니까.

"그렇지만 남녀 사이에 적당한 긴장감 정도는 있어 줘야 하는 거 아니야? 진짜 부부가 되고 싶다고 했더니, 얘가 아예 수십 년 같이 산 부부 행세를 하려고 드네."

투덜대는 그의 목소리와는 달리 서원의 입가에는 미소가 번졌다. 그와 동시에 서원이 혼자 중얼거리는 소리를 들은 것인지 이영의 눈꺼풀이 두어 번 떨리더니 그녀가 천천히 눈을 떴다.

"……어?"

눈을 뜨자마자 그녀의 눈에 들어온 건 화면이 꺼진 내비게이션이었다. 가장 마지막으로 보았던 화면이 학동역 근처를 가리키고 있었는데…….

"어어?"

이영이 또다시 외마디 소리를 내다가 뒤늦게 제 몸이 비스듬히 기울어 있었다는 걸 깨달았다. 안전벨트 덕분에 아예 모로 쓰러지는 않았지만 운전석 쪽으로 몸이 기울어 있었던 건 분명했다. 그 사실을 자각하자마자 화들짝 놀라 몸을 똑바로 세웠다. 그제야 서원의 웃음소리가 터져 나왔다.

"하하! 너 왜 이렇게 하는 짓이 귀엽냐."

"어, 언제부터."

그에게 굳이 물어볼 것도 없었다. 아마 자신이 잠에서 깨어나 허둥대는 걸 전부 본 듯싶으니 말이다. 이영은 달아오른 뺨을 식히려고 손으로 부채질을 했다. 차창 밖으로 익숙한 풍경이 보였다. 깜빡 잠들었던 사이에 집 앞에 도착한 모양이다.

"도착했으면 깨우지 그랬어요?"

"막 깨우려던 참이었어."

서원이 장난스럽게 싱글거리며 대꾸했다. 그 표정만으로도 방금 본인이 한 말의 신빙성이 사라졌다는 걸 모르는 걸까. 이영은 한숨을 삼키고는 멋쩍은 마음에 괜히 죄 없는 머리만 매만졌다.

어떻게 잠을 잘 수 있었던 걸까. 그와 단둘이 있는 공간에서 잠이 들었다는 사실이 당혹스러웠다. 물론 지금 그와 자신이 있는 공간은 집 안이 아닌 자동차 안이기는 하지만 말이다. 어쨌든 서원이 보는 앞에서 잠든 모습을 보였다는 것 자체가 그녀로서는 민망하고 어색했다.

"내리자."

"아, 아아…… 예."

다행히 그가 별다른 내색 없이 운전석 문을 열고 차에서 내렸다. 이영은 가슴을 쓸어내리며 안도하고는 서둘러 안전벨트를 풀었다. 가로등이 어두워진 길 위를 밝히고 있었다. 그녀는 차에서 내리자마자 가로등 불빛을 멍하니 올려다보았다.

"뭘 보는 거야?"

서원이 그녀의 곁으로 다가왔다. 이영은 가로등을 쳐다보다가 고개를 돌려 그를 보았다. 문득 기분이 이상해졌다. 딱히 뭔가 일이 있었던 건 아니다. 아니, 따지고 보면 일이 굉장히 많이 벌어졌던 것인지도 모른다. 제게 결코 허락될 거라 생각하지 못했던 포근한 일상을 누리고 있는 것부터가 그랬다.

"그냥."

기분이 조금 이상해서요. 그녀는 굳이 뒷말을 입 밖에 꺼내려 하지 않았다. 누군가와 함께 저녁을 먹고 같은 차를 타고 집으로 돌아오는 것 자체가 새삼 신기했다. 더구나 그 누군가가 운전하는 차 안에서 마음 놓고 잠까지 들었으니 더 말할 것도 없었다.

솔직히 따지고 보면 집에 들어가자고 재촉하지도 않고 제 옆에 나란히 서서 무작정 기다려 주고 있는 이 남자만큼 위험한 존재는 없을 터였다. 아무리 그가 피를 마시지 않는다고 하지만, 그래도 뱀파이어라는 사실 자체가 변하는 건 아니니까. 그럼에도 불구하고 이영은 서원에게서 안정감을 느꼈다. 이렇듯 어두운 집 앞 길 위에 서서 나란히 가로등 불빛을 바라보고 있어도 전혀 무섭지 않을 만큼.

"흐음……."

그 순간, 서원에게서 묘한 콧소리가 새어 나왔다. 이영은 가로등을 물끄러미 올려다보다 말고 그를 보았다. 서원이 저를 보는 그녀의 시선을 알아차리고는 입꼬리를 올렸다. 그러더니 몸을 살짝 틀어 그녀와 마주 보고 서서 다시금 입을 열었다.

"적당히 어둠이 내려앉은 집 앞. 가로등 아래. 이쯤 되면 여기서 우리가 뭔가 해야 한다는 생각 안 들어?"

"예?"

뜬금없는 얘기에 이영의 눈이 동그래졌다. 그 모습에 서원이 작게 웃더니 손을 내밀었다. 자그마한 얼굴이 손안에 폭 감싸이다시피 했다. 이영이 얼떨결에 그의 손에 제 뺨을 내어 준 채 눈만 깜빡이다가 뒤늦게 당혹스러워하며 한 걸음 물러서려 했다. 그러나 그보다 먼저 서원이 그녀에게 한 걸음 더 다가갔다.

당황하여 살짝 벌어진 입술 위에 그의 입술이 겹쳐졌다. 이영이 급히 숨을 들이쉬려 했지만, 그 숨결마저 모조리 삼키겠다는 듯 서원이 벌어진 입술 사이를 비집고 파고들었다. 그녀는 두어 번 헛손질을 하다가 간신히 그의 재킷을 꽉 움켜잡았다. 재킷을 움켜쥔 손끝이 파르르 떨렸다.

이영은 점차 농밀하게 변하는 입맞춤에 다리의 힘이 풀려 휘청거렸다. 서원이 곧바로 그녀의 허리를 받치듯 감싸 안은 덕분에 그자리에 주저앉는 일은 모면할 수 있었다. 하지만 여전히 다리에 힘이 들어가지 않은 탓에 그의 부축을 받지 않고서는 제대로 설 수조차 없었다.

그녀가 자신에게 거의 몸을 기대다시피 하며 의지하고 있음을 깨달은 그에게서 만족스러운 듯한 웃음소리가 흘러나왔다. 그리고 그가 겹쳤던 입술을 떼고 장난스럽게 그녀의 콧등을 깨물었다.

"아!"

아프지는 않았다. 그러나 열이 오르면서 온몸의 감각이 몇 배는 더 예민해진 탓에 그녀는 저도 모르게 탄성을 내뱉고 말았다. 그리고 곧바로 그런 제 모습이 민망해서 고개를 숙이려 했다.

"왜 고개 숙여? 예쁜 얼굴 좀 보여 주라."

"하, 하지 말아요."

그가 그녀의 턱을 잡아 고개를 숙이지 못하게 하자 당황한 이영이 서원의 가슴팍을 떠밀었다. 그렇지만 고작 그런 힘에 밀려 날 서원이 아니었다. 되레 그는 짓궂게 웃은 뒤, 그녀의 입술에 마치 새가 쪼는 듯한 입맞춤을 연거푸 이어 갔다.

"누가 보면 어떡하려고······."

이영은 붉게 물든 얼굴로 간신히 그를 떠밀고는 타박하듯 말했다. 그러고는 주위를 둘러본 뒤, 황망한 표정으로 서원을 놔둔 채 저 먼저 1층 현관으로 뛰어 들어갔다. 그 뒷모습을 가만히 보던 서원이 피식 웃고는 일부러 큰 소리로 그녀를 향해 외쳤다.

"같이 들어가자! 공이영 씨, 내 아내님!"

"미, 미쳤어요?"

엘리베이터 쪽에서 그녀가 화들짝 놀라 외치는 소리가 들렸다. 그는 거듭 웃음을 터뜨리고는 현관을 향해 걸음을 옮겼다.

제8장 ─ 보온병, 녹차

겉옷 주머니 안에서 휴대 전화 진동음이 새어 나왔다. 이영은 전공 교재를 읽으며 노트 정리를 하던 걸 잠시 멈춘 뒤, 의자 등받이에 걸어 놓은 겉옷 안에서 휴대 전화를 꺼냈다. 발신인을 확인한 그녀의 표정이 순간적으로 당혹스러워졌다.

"고모가 왜……."

그녀는 저도 모르게 입을 열었다가 황급히 다물고는 휴대 전화를 손에 꼭 쥔 채 자리에서 일어났다. 그리고 곧바로 열람실 밖으로 나가서 전화를 받았다.

"안녕하셨어요, 고모."

이영의 목소리에서 당혹감이 짙게 묻어났다. 휴대 전화 연락처에 번호가 저장되어 있기는 했지만, 단 한 번도 제 고모와 직접 통화한 적이 없었던 터라 그저 황당하기만 할 뿐이었다. 혹시 다른 사람에게 걸려던 전화를 잘못 건 게 아닐까 하는 생각이 들

정도였다.

— 오랜만이다, 이영아.

하지만 그런 제 생각이 틀렸나 보다. 이영은 고모, 현희가 정확히 제 이름을 부르는 걸 듣고 나서야 그녀가 전화를 잘못 건 것은 아니라는 걸 알았다. 하지만 그걸 알았다고 해서 당혹감이 사라지는 건 아니었다.

"예, 저, 그런데 무슨 일이신지……."

— 고모가 조카한테 딱히 무슨 용건이 있어야 전화하니? 그냥 어떻게 지내나 궁금하기도 하고. 아, 결혼식 때 참석 못 해서 미안해. 내가 웬만하면 스케줄 미루고 참석했어야 하는 건데 도저히 시간을 낼 수가 없었거든.

"아니요…… 괜찮아요, 고모."

이영은 당황한 얼굴로 눈을 깜빡이며 제 목덜미를 손으로 쓸었다. 현희가 제게 이렇듯 다정한 어조로 말을 건 건 생전 처음 있는 일이었다. 자신이 뭘 잘못했나 싶어 고민하기도 했고, 때로는 서운한 마음을 품기도 했다. 제 출생에 대해 알고 나서야 그녀가 왜 그렇듯 자신에게만 차디찼는지 어렴풋이 짐작했을 뿐.

— 어쨌든 늦었지만 결혼 축하해.

"예에, 고맙습니다……."

그녀는 거듭 당황해 하며 말끝을 흐렸다. 축하 인사를 받고도 기쁘기는커녕 불안감이 앞섰다. 그런 불안감을 아는지 모르는지, 현희는 태연한 어조로 말을 이었다.

— 귀국한 김에 네 얼굴 좀 볼까 하는데 시간 언제쯤 괜찮니? 오늘 오후 어때?

"예, 예에?"

— 뭘 그렇게 놀라? 고모가 조카 좀 보자고 하는 게 그렇게 놀랄 일이야?

현희가 웃으며 말을 이었지만 이영은 웃을 수 없었다. 되레 그녀의 얼굴은 핏기가 사라져 창백하기까지 했다. 제 고모가 아무런 이유 없이 시간을 내서 자신을 만날 리 없었다. 그러나 이영은 현희가 오후 시간으로 약속을 잡는 걸 막지 못했다. 어찌 되었든 제게는 고모이니 말이다.

— 그럼 이따가 거기서 보도록 하자. 알았지?

현희는 거의 일방적으로 약속 시간과 장소를 정한 뒤, 전화를 끊었다. 이영은 전화가 끊어진 뒤에도 한참 동안 제 귀에 휴대 전화를 대고 있다가 뒤늦게 손을 아래로 내렸다.

"휴우…… 갑자기 왜 보자고 하시는 거지?"

그녀는 복잡한 얼굴로 중얼거렸다. 그 순간, 손안에 쥐고 있던 휴대 전화가 진동했다. 이영은 그 진동음에 정신을 차리고 휴대 전화를 확인했다. 서원이 보낸 메시지가 한 통 도착한 상태였다.

[도서관이야?]

별것 아닌 내용이었다. 그저 도서관에 있는지 묻는 것에 불과했다. 그러나 이영은 그 메시지를 보자마자 제 머릿속을 복잡하게 했던 현희의 존재조차 잊고 두근대는 가슴을 달래야 했다. 서원을 좋아한다고 자각한 이후, 하루가 다르게 그 감정은 차곡차곡 쌓여 가기 시작했다. 이만큼이면 됐겠지 싶을 때마다 그런 저를 바보 같다고 놀리듯 하룻밤 사이에 전날만큼의 감정이 소복소복 쌓였다.

[예. 오빠는요?]

휴대 전화 키패드를 두드리던 손가락 끝이 잠시 머뭇거렸다. 오빠, 라는 호칭을 입력하다가 괜히 민망해진 탓이다.

제 이복 오빠, 필성에게도 이렇듯 자연스럽게 부르지 못했던 호칭이다. 필성을 오빠라고 부를 때마다 언제나 목구멍 안쪽을 가시가 긁고 지나가기라도 한 듯 통증마저 느낄 정도였다. 제 것이 아닌 호칭을 입에 담는 듯한 불편함이 늘 마음속에 자리하고 있었다.

그런데 서원을 부를 때는 그런 느낌이 들지 않으니 희한한 일이었다. 결혼하고 이제 겨우 한 달 조금 넘은 사이일 뿐인데. 더구나 남들처럼 서로 좋아하고 연애하다가 결혼한 것도 아니고…….

[잠깐 본사 들러서 아버지 뵙고 나오는 길이야.]

멀찌감치 떨어진 곳에서 사람들의 목소리가 들렸다. 이영은 서원에게 답장을 보내려다가 고개를 들었다. 사람들 서너 명이 자판기 앞에 서서 대화를 나누고 있는 게 보였다. 다른 때였더라면 그 모습을 보며 외롭단 생각을 했을지도 모르지만, 지금은 아무렇지도 않았다.

저 역시, 함께 대화를 나눌 사람이 있으니까.

그녀는 저도 모르게 싱긋 웃고는 다시 그에게 답장을 보내기 위해 휴대 전화로 시선을 내렸다. 그러나 곧바로 떠오른 생각에 입을 벙긋거리다가 휴대 전화에 내장되어 있는 달력을 확인했다.

"아…….."

이영이 외마디 소리를 내뱉고는 바쁘게 손을 움직여 그에게 문자를 보냈다.

[오늘 병원 가는 날 아니에요?]

[그걸 어떻게 알았어?]

서원에게서 바로 답장이 왔다. 뒤이어 그녀의 휴대 전화가 요란하게 진동을 울려 댔다.

— 나 병원 가는 날까지 기억하고 있는 거야? 은근히 나한테 관

심 많았나 보다?

전화를 받자마자 그가 웃음기 섞인 투로 말을 걸었다. 그녀는 그와 얼굴을 직접 마주한 게 아니라 다행이란 생각을 하며 확 달아오른 뺨을 손등으로 가볍게 문질렀다.

"기억하고 있었던 건 아니고, 그냥 갑자기 생각나서……."

— 아예 머릿속에 나 병원 가는 날을 저장해 놓고 있었단 거네?

서원이 거듭 웃으며 놀리듯 말했다. 이영은 빨개진 얼굴로 입만 달싹이다가 긍정도 부정도 아닌 한숨을 폭 내쉬었다.

— 그렇지 않아도 사무실 들어가기 전에 병원 들르려고.

"예에……."

정기적으로 철분 주사를 맞아야 한다던 그의 말이 새삼 실감 났다. 그녀는 저도 모르게 미간을 좁혔다. 그러고 보니 그는 지금까지 이렇듯 주사를 맞기 위해 병원에 다녔을 것이다. 또한 앞으로도 평생 그래야 할 터였다.

외롭지 않았을까.

문득 그런 생각이 들었다. 뱀파이어로 태어났기에 감수해야 하는 숙명이라고 하지만, 바로 그렇기 때문에 더욱 외롭지는 않았을까 하는 생각 말이다. 사람들 사이에서 홀로 미운 오리 새끼라도 된 듯한 기분을 느꼈던 적은 없었을까. 자신이 가족의 일원으로 섞이지 못한 채 그러했던 것처럼.

그와 내가 비슷한 처지였구나.

처한 상황이 같지는 않았지만, 둘 다 외톨이였다는 점에서는 비슷했다. 서원의 경우에는 그를 아낌없이 사랑해 주는 부모님이 있었지만 말이다. 그렇다 해서 그의 근원적인 외로움이 아예 사라지지는 않았을 테니까.

그럼에도 불구하고 당신은 어떻게 이렇듯 다정하고 밝게 웃을 수 있는 걸까.

이영은 휴대 전화를 꼭 쥔 채 시선을 돌렸다. 자판기 앞에 있던 사람들은 다시 열람실로 들어갔는지 한 사람도 보이지 않았다. 복도에 있는 사람이라고는 오로지 저 하나였다. 그러나 혼자가 아니었다.

"제가, 같이 가도 돼요?"

이영이 불쑥 입을 열었다. 그러나 휴대 전화 너머에서는 아무런 소리도 들리지 않았다. 그녀는 혹시 그가 듣지 못했나 싶어 한 번 더 말을 꺼냈다.

"병원에 저도 같이 가면 안 되나요?"

— 병원에 같이 가겠다고?

그제야 그의 목소리가 다시금 들렸다. 이영은 냉큼 고개를 끄덕이다가 이내 통화 중이란 걸 새삼 깨닫고는 머쓱한 표정으로 대답했다.

"같이 가는 게 귀찮으면 어쩔 수 없고요."

— 귀찮기는!

이영의 말이 나오기 무섭게 서원이 목소리를 높였다.

— 나야 환영이지. 항상 혼자 가서 링거 맞는 거 심심했는데, 네가 같이 있어 주면 심심하지도 않고 좋잖아. 그런데 너, 그렇게 시간 내도 괜찮겠어? 나 때문에 공부하는 거 방해되는 건 아니야?

"급히 공부할 게 있는 건 아닌걸요. 그냥 복학 전까지 놀고 있기 뭐해서 하는 거고……."

그녀가 쑥스러운 마음에 볼을 살짝 붉적였다. 잔뜩 신이 난 그의 목소리를 들으니 제가 뭔가 대단한 제안을 한 것 같았다.

그렇게 대단한 말을 한 건 아닌데…….

이영은 속으로 중얼거리면서도 입꼬리가 제멋대로 올라가는 걸 막지는 않았다. 그리고 서원과 병원 근처에서 만나기로 약속을 한 뒤에 전화를 끊었다.

"아, 참……."

그제야 현희와 만나기로 한 약속이 떠올랐다. 불과 십여 분 전에 한 약속임에도 불구하고 그 뒤에 이어진 서원과의 통화로 인해 까맣게 잊고 있었다. 그녀는 입술을 깨물며 난감한 표정으로 시간을 확인했다. 다행히 병원에 갔다가 고모를 만나러 가도 될 듯싶었다. 물론 서두르기는 해야겠지만 말이다.

"휴우……."

만나기 싫은데. 이영은 그 말이 튀어나오려는 걸 애써 삼킨 뒤, 가방을 챙겨 나오기 위해 다시 열람실로 몸을 돌렸다. 어쨌든 서원과 만나는 게 우선이니, 구태여 제 고모와의 약속을 떠올려 우울해지고 싶지는 않았다.

"이렇게 함부로 들어가도 돼요?"

이영은 회복실이라고 쓰여 있는 문 앞에서 주춤거렸다. 하지만 서원은 천연덕스럽게 그녀의 손목을 잡아끌고는 회복실 안에 있던 간호사를 향해 입을 열었다.

"들어가도 되죠, 선생님?"

"원래는 안 되는데 지금은 회복실에 아무도 없으니까 그냥 들어오세요. 뭐, 어린이 환자 같은 경우에는 보호자가 같이 들어오기도 하니까."

간호사가 철분 주사액이 담긴 작은 팩을 준비하다가 가볍게 웃

201

으며 농담을 덧붙였다. 그러자 서원이 그것 보라는 듯 이영을 돌아보며 어깨를 으쓱였다. 문제는 이 남자가 '어린이' 환자가 아니란 데에 있었지만, 그건 귓등으로 흘려들은 듯싶었다. 그녀는 난감한 표정으로 어쩔 수 없이 그에게 이끌려 회복실 안으로 들어갔다.

일정한 간격을 두고 자리한 침대 중에서 그가 택한 침대는 회복실 가장 안쪽에 놓인 것이었다. 이영은 왜 하필이면 제일 안쪽의 침대를 택했나 싶어 더욱 난감한 표정을 지었다. 간호사 역시 그걸 보고는 웃음을 터뜨렸다.

"다른 때는 출입문 바로 근처 침대를 선택하더니 오늘은 제일 안쪽을 고르셨네요? 왜 그럴까나. 달라진 건 아내분이 온 것 말고는 없는데……. 신성한 병원 회복실 안에서 뭘 하려고 그러시는 건지."

간호사가 짐짓 놀리는 투로 말하자 이영의 얼굴이 새빨개졌다. 그러나 서원은 침대 위에 올라가 눕더니 천연덕스럽게 대꾸했다.

"이런, 들켜 버렸네. 알고 보니 우리 정 간호사님, 야한 것 좀 보셨나 봐요?"

지금 무슨 말을 하는 거예요! 이영이 화들짝 놀라 그의 손등을 찰싹 때렸다. 그러자 서원이 과하게 반응하며 아프다는 시늉을 했다. 그 모습을 본 간호사가 또다시 웃음을 터뜨린 건 당연했다.

그제야 이영은 그가 일부러 저를 놀리려고 한 행동이라는 걸 깨닫고는 침대 옆 보조 의자에 앉아 입을 꾹 다물었다. 간호사가 그런 이영을 보고 작게 웃은 뒤, 서원의 팔에 주삿바늘을 꽂고 철분 팩과 연결했다. 서원과 장난스럽게 농담을 주고받던 것과 달리 간호사의 움직임은 진지하기만 했다.

"다 맞으려면 한 사십 분 정도 걸릴 거예요. 아내분도 편하게 쉬세요."

"예, 감사합니다."

이영은 자리에서 일어나 간호사를 향해 꾸벅 인사를 했다. 간호사가 싱긋 웃으며 고개를 숙여 그에 답한 뒤, 회복실 밖으로 나갔다. 문이 닫히고 나서야 이영이 한숨을 내쉬며 안심했다는 듯 다시 자리에 앉았다. 그 모습을 계속 바라보던 서원이 나직하게 웃었다. 그녀가 웃음소리를 듣고는 저도 모르게 샐쭉한 표정을 지었다.

"놀리니까 재미있어요?"

"응, 정말 재미있네. 앞으로 종종 놀려야겠어."

그는 고개까지 주억거리며 대꾸했다. 이영은 그런 서원을 쳐다보다가 얼굴을 찡그렸다.

"차가워 보이던 거, 다 거짓이었나 봐요. 간호사 선생님이랑 농담도 잘하고."

"왜? 질투 났어?"

서원이 그녀를 향해 고개를 돌리고 있다가 아예 몸까지 모로 뉘었다. 그 바람에 놀란 이영이 황급히 일어나 그를 말리며 타박했다.

"막 움직이다가 바늘이라도 빠지면 어쩌려고 그래요!"

"으음…… 미안."

그녀의 과격한 반응에 놀란 듯 그의 눈이 잠시 크게 뜨였다. 그러나 서원은 곧 싱긋 웃으며 사과하더니 덧붙여 말했다.

"그래도 기분 좋다."

"뭐가요?"

"공이영이 내 걱정을 해 줘서."

"……"

이영은 침대 한쪽에 있던 담요를 펴서 서원의 몸 위에 덮어 주다가 멈칫하고는 그를 쳐다보았다. 서원의 시선이 오롯이 저를 향해 있는 게 어쩐지 무안했다. 그녀는 슬그머니 눈을 내리깔아 그의 시선을 피하고 다시 의자에 앉았다. 그리고 그의 팔에 꽂혀 있는 바늘을 가만히 응시했다.

"매번 아프지 않아요?"

"뭐? 이거?"

그녀가 불쑥 질문을 던지자마자 그가 되물었다. 서원은 눈짓으로 제 팔뚝을 가리키고는 피식 웃었다.

"내가 너한테 어지간히 엄살쟁이로 보였나 보다. 그건 좀 곤란한데."

"왜 곤란한데요?"

"매력적인 남자로 보여야 하는데 엄살쟁이 어린애로 보면 어떡하나 싶어서. 앞으로 쭉쭉 진도도 나가야 하는데 말이지."

서원의 말을 들던 이영의 뺨에 홍조가 들었다. 그렇지만 그녀는 애써 덤덤한 척 표정을 가장하고는 몸을 약간 틀었다.

"주사 다 맞을 때까지 한숨 자요. 피곤할 텐데."

"같이 잘까? 여기로 올라와서 누워."

그가 이영의 말에 냉큼 제 옆을 손으로 가볍게 치며 대꾸했다. 그녀는 서원의 말에 당황하여 입을 벙긋거리다가 그대로 등을 보이고 돌아앉았다. 이영의 뒷머리를 물끄러미 쳐다보던 서원이 바늘을 꽂지 않은 손을 뻗어 그녀의 머리카락을 조심스럽게 만졌다. 갑작스러운 손길에 놀란 듯 그녀의 어깨가 움찔거렸다. 하지만 이영은 그의 손을 거부하거나 피하지는 않았다. 그저 고집스럽게 등을 보인 채 앉아 있었을 뿐.

서원이 가만히 웃고는 몸을 반쯤 일으켰다. 지금 제 모습을 보았더라면 또 함부로 움직인다고 타박을 했겠지만 뒤돌아 있는 상황이니 자신이 뭘 하는지 알 리 없었다. 그는 짓궂은 표정으로 씩 웃고는 조심스럽게 그녀의 머리를 앞쪽으로 넘겼다. 새하얀 목덜미가 금세 그의 눈에 들어왔다.

"어? 뭘 하는……."

갑자기 뒷목이 서늘해진 느낌에 이영이 고개를 돌리려는 순간, 서원의 입술이 그녀의 목덜미에 내려앉았다. 지그시 누르는 입술의 감촉에 이영의 몸이 화들짝 놀라 들썩였다.

그는 머리를 만지고 있던 손으로 그녀의 어깨를 부드럽게 감싸 쥐었다. 어깨에서 팔로 이어지는 둥근 선이 고스란히 손바닥 안에 감싸였다. 작은 떨림이 그대로 손바닥을 통해 그에게로 전해졌다. 서원은 이영의 뒷목에 입술을 댄 채 그 떨림을 제 안에 삼켰다.

문득 제 앞에서 떨고 있는 이 작고 가녀린 여자의 목덜미를 물어뜯고 싶은 충동이 걷잡을 수 없이 일어났다. 새하얀 목덜미의 여린 살갗에 이를 박아 넣고 피를 마시고 싶은 본능이 저도 모르게 들끓는 바람에, 그는 바늘을 꽂고 있던 손에 힘을 꽉 주었다. 서원은 그녀의 목에 대고 있던 입술을 뗀 뒤, 잔뜩 가라앉은 목소리로 속삭이듯 말을 건넸다.

"내가 달콤한 걸 얼마나 좋아하는지 알지?"

"예, 예에? 그, 그거야 당연히……."

이영이 귓가에 닿은 숨결에 놀라 몸을 재차 떨며 말끝을 흐렸다. 그가 뜬금없이 꺼낸 얘기를 곱씹어 볼 새도 없었다. 제 목덜미에 닿은 서원의 입술이 준 열기와 촉감에 도통 정신을 차릴 여유가 없었던 탓이다. 그녀가 당황해 하며 몸을 비틀려는 걸 다시금 진정시킨 뒤, 서원이 웃음기 섞인 목소리로 말을 이었다.

"그리고 너에게서 달콤한 피 냄새가 난다고 했던 것도 기억나지?"

"아⋯⋯."

그녀는 몸을 움츠리며 목을 쏙 집어넣었다. 그가 했던 말이 귓가에 맴돌았다. 달콤한 걸 좋아하는 남자. 그리고 제 피에서 달콤한 냄새가 난다는 남자. 어떻게 생각하면 그 남자의 앞에 이렇듯 제 목을 드러내 놓고 있는 것만큼 위험한 일이 없을지도 모른다.

비록 그는 흡혈을 하고자 하는 본능을 억누르고 이렇듯 철분 주사로 대체하여 살아가고 있지만, 본인이 마음만 먹으면 얼마든지 그런 자제심 따위는 던져 버리고 본연의 모습으로 돌아갈 수도 있을 테니까.

하지만 이영은 서원에게서 그런 말을 듣고도 결코 그가 두렵지 않았다. 되레 그의 말이 연인 사이의 밀어라도 되는 양 온몸에 낯선 쾌감이 퍼졌다. 그녀는 가늘게 떨리는 몸을 추스르며 숨을 크게 들이쉬었다. 그리고 다시 그를 향해 몸을 돌렸다.

서원이 언제 무슨 행동을 했었나 싶게 천연덕스러운 모습으로 얌전히 누워서 저를 바라보고 있었다. 그러다가 그녀와 시선이 마주치자 나른하게 웃고는 입을 열었다.

"이거 다 맞고 나면 우리 나가서 뭐라도 먹자. 아니, 영화부터 한 편 보고 저녁 먹을까? 그럼 시간도 딱 될 것 같은데."

"회사는요? 들어가 봐야 하는 거 아니에요?"

이영이 시계를 확인하고는 물었다. 아직 퇴근 시간도 아닌데 마음대로 행동해도 되나 싶었다. 그녀의 물음에 그가 난처한 표정을 짓더니 이내 시선을 피했다.

"바로 회사에 들어가세요. 그렇지 않아도 근무 시간에 이렇게 시간 내는 거, 좋은 얘기 들을 만한 건 아니잖아요."

"한 달에 한 번, 외출 나오는 거야. 게다가 내가 그 외의 시간에 하는 일이 얼마나 많다고."

서원이 짐짓 억울하다는 듯 항의했다. 이영은 그 모습을 보고는 작게 웃음을 터뜨린 뒤, 다시 말을 꺼냈다.

"사실은 제가 시간이 안 돼요."

"응? 왜? 무슨 약속 있어?"

"예. 고모랑 만나기로 해서."

"고모님? 아, 그 프랑스에 계신다던 분?"

서원은 언젠가 귓등으로 흘려들었던 그녀의 친척 관계를 새삼 떠올렸다. 고모가 하나 있다고 들은 기억이 났다. 얼굴이 아예 떠오르지 않는 걸 보면 결혼식 때도 참석하지 않은 것 같은데…… 그의 표정이 금세 시큰둥해졌다. 그 모습을 본 이영이 소리 없이 웃었다. 그가 무슨 생각을 하다가 시큰둥해진 건지 알 것만 같아서였다.

"일 때문에 잠깐 귀국하셨나 봐요. 좀 보자고 하셔서 이따가 뵈러 가야 해요."

"어디서 만나기로 했는데?"

"대한 호텔 커피숍요."

이영은 그의 물음에 순순히 대답했다. 그 대답을 듣던 서원이 못마땅한 듯 미간을 좁혔다. 딱히 이유가 있는 건 아닌데 왜 그런지 불쾌감이 들었다. 얼굴조차 본 적 없는 이에게 거부감마저 느껴지는 게 스스로 어이없기도 했다. 그는 스멀스멀 밀려드는 불쾌감을 털어 내고는 다시 입을 열었다.

"그럼 호텔 앞까지 데려다줄게."

"아니요. 괜찮은데."

"회사 들어가는 길에 잠깐 들렀다 가면 돼."

거절은 용납할 수 없다는 듯 그가 단호한 투로 말했다. 그녀는 묘한 기분에 저도 모르게 그를 빤히 쳐다보다가 쇄골 아래를 손으로 문질렀다. 그의 다정함에 목이 메었다.

✽ ✽ ✽

커피숍 안으로 들어선 이영이 그 자리에 서서 잠시 실내를 둘러보았다. 사람이 그다지 많지 않았던 터라 현희를 찾는 건 어려운 일은 아니었다. 그녀는 창가 쪽 테이블에 앉아 있는 현희를 보고는 천천히 걸음을 옮겼다.

"안녕하셨어요, 고모. 제가 좀 늦었나 봐요. 죄송해요."

"네가 늦었다기보다는 내가 빨리 온 거니까 미안해할 건 없고…… 앉으렴."

현희가 제 옆에 다가온 이영을 힐끔 올려다보더니 눈짓으로 자신의 맞은편 자리를 가리켰다. 이영은 어깨에 메고 있던 가방끈을 꽉 쥐었다가 놓은 뒤, 자리에 앉았다. 그녀가 자리에 앉자마자 직원이 다가와 주문을 받았다. 이영은 커피 한 잔을 시키고는 바짝 긴장한 자세로 제 앞에 앉아 있는 현희를 쳐다보았다.

꽤 오랫동안 보지 못한 탓인지, 제 마지막 기억에 남아 있는 모습보다 조금 더 늙은 듯싶었다. 그러나 늙었다고 해서 날카로운 면이 무뎌지는 건 아닌 듯 현희에게서는 여전히 차디찬 분위기가 감돌았다.

"이거라도 먼저 들어."

그 순간, 현희가 자신의 앞에 놓여 있던 조각 케이크 접시를 이 영 쪽으로 밀었다. 한눈에 봐도 지독하리만치 단맛이 느껴졌다. 굳이 입에 대지 않아도 말이다. 이영은 난처한 표정으로 잠시 주저하다가 어렵게 입을 뗐다.

"죄송해요. 단걸 좋아하지 않아서."

"어머, 그러니?"

처음 듣는 얘기라는 듯 묻는 현희의 모습에 이영은 쓴웃음이 비어져 나오려는 걸 애써 삼켰다. 자신이 단 음식을 먹지 못한다는 건 집안 내에서 웬만한 사람들은 다 아는 사실이었다. 특히 돌아가신 조부모님이 살아 계실 적에 그런 저를 못마땅하게 여기며 입맛 한번 까다롭다고 혀를 끌끌 차고는 했다.

물론 현희의 경우에는 국내보다는 국외를 돌아다니는 편이었으니 몰랐을 수도 있겠지만…… 몇 번 정도는 조부모님께 야단을 맞는 자리에 현희가 있었던 걸 기억하기에, 그녀가 제 입맛 정도는 알고 있는 줄 알았다.

하기야 고모가 나한테 관심을 가진 적이 없었으니까.

이영은 다시 케이크 접시를 현희에게로 밀어 놓은 뒤, 마침 직원이 가져 온 커피를 받아 한 모금 마셨다. 평소 녹차를 가장 좋아하기는 하지만 아메리카노도 그럭저럭 좋아하는 편이기는 했다.

그러나 지금 이 순간만큼은 현희와 마주 보고 있는 자리가 불편해서인지 커피를 마셔도 아무런 맛을 느낄 수가 없었다. 그녀는 밍밍한 맛밖에 나지 않는 커피를 한 모금 더 마신 뒤에 잔을 내려놓았다. 그때, 현희가 혼잣말을 중얼거리는 게 들렸다.

"의외네. 안 닮았나 봐."

"예? 누구를 말씀하시는 건지……. 혹시 아버지를 말씀하시는 거라면."

"네 아빠 말한 거 아니야. 다른 사람 얘기한 거지."

이영이 의아한 표정으로 말을 꺼냈지만 이내 현희의 말에 가로막혔다. 아버지를 두고 말한 게 아니라면 대체 누구와 닮지 않았다고 한 걸까. 저도 모르게 고개를 갸웃거리던 이영의 표정이 서서히 굳어 갔다. 부친이 아니라면, 혹시 제 생모를 얘기한 게 아닐까 싶어서였다.

"고모, 혹시 제 친어머니에 대해 아세요?"

"뭐?"

찻잔을 내려놓던 현희의 눈가에 미세한 경련이 일었다. 하지만 그녀는 곧바로 표정을 가다듬은 뒤, 태연하게 이영을 쳐다보았다. 이영은 현희가 느낀 당혹감을 눈치채지 못한 채 다급한 마음에 거듭 입을 열었다.

"방금 다른 사람 얘기한 거라고 하셨잖아요. 안 닮았다고. 아버지가 아니면, 저와 닮았는지 닮지 않았는지 그런 걸 얘기할 만한 사람은 저를 낳아 준 친어머니뿐이잖아요."

"……."

"정말, 제 친어머니를 말씀하신 거예요?"

이영의 얼굴이 창백해졌다. 현희는 입을 다문 채 이영을 쳐다보았다. 그녀를 바라보는 현희의 시선에서는 온기를 찾아볼 수 없었다. 그녀의 입에서 저를 칭하는 말이 나왔음에도 불구하고 말이다.

쓸모없어 내버렸던 존재.

현희에게 이영은 겨우 그런 의미였다. 남자를 붙잡기 위하여 낳았으나 무용지물이었다. 제 치부에 불과한 존재였기에 언제나 눈에 거슬리기만 했다. 핏줄에 대한 집착으로 제 부모가 거두어 오빠 내외에게 맡긴 걸 두고두고 원망하기도 했다. 차라리 아무도 모르는 곳에 내버렸어야 했다고, 그렇게 후회를 곱씹은 적도 있었다.

이제라도 이 엄마한테 쓸모가 있어야 하지 않겠니?

현희의 입매가 비틀렸다. 그녀는 조소하듯 코웃음을 치고는 다시 덤덤한 투로 말했다.

"아니."

"……아니, 라고요?"

"응. 아니야."

적어도 거짓말을 한 건 아니다. 자신이 말한 대상은 이영의 생물학적 아버지인 남자였으니까. 지금은 프랑스 유명 호텔의 수석 페이스트리 셰프가 된 남자, 그를 떠올리던 현희의 눈이 일그러졌다. 시간이 흘렀음에도 불구하고 그 남자를 떠올리면 갖지 못한 미련이 달라붙어 기분이 가라앉는다. 게다가 미쉐린 가이드 총괄 디렉터로 일을 하다 보니 남자와 가끔 얼굴을 마주하게 될 경우가 있었다.

그는 알고 있을까. 세상에서 가장 달콤한 디저트를 만드는 남자의 딸이 단 음식을 먹지 못한다는걸.

우스운 이야기가 아닐 수 없다. 왜 진작 몰랐을까. 현희는 남자의 앞에서 크게 웃어 주고 싶다는 비틀린 생각을 하다가 다시 이영을 보았다. 이영을 찾아오게 된 목적을 새삼 상기한 것이다.

도경이라…….

현희는 이영의 옷차림을 살피다가 저도 모르게 눈살을 찌푸렸다. 도경그룹의 며느리가 되었다면서 차림새가 이게 뭔지, 저절로 혀를 차게 되었다. 하지만 그녀는 곧 싱긋 웃음을 꾸며 내며 재차 입을 열었다.

"그나저나 신랑은 어때? 잘해 주니?"

"……예, 뭐. 좋은 사람이에요."

이영은 갑자기 화제를 돌린 현희를 보며 머뭇거리다가 작은 소리로 대답했다. 제 고모가 뭔가를 감추고 있다는 느낌을 받았다. 그러나 그저 막연한 느낌만으로 뭔가를 할 수 있는 건 아니었다.

'그 고모님이란 분 말이야. 왠지 마음에 안 들어.'

그녀는 저를 호텔 앞까지 데려다준 뒤에 혼잣말처럼 투덜대던 서원을 떠올렸다. 그는 이런 걸 예상하고 있었던 걸까. 어쩌면 뱀파이어는 본능적으로 뭔가를 감지하는 능력을 갖고 있는 건지도 모르겠다. 저 스스로도 알지 못한 불안감과 불쾌감, 그런 것들을 먼저 알아차리는 능력 말이다.

차라리 서원이 병원에서 했던 제안처럼 그와 영화를 보고 저녁을 먹었더라면 좋았을 텐데. 이영은 한숨을 삼키며 다시 현희를 쳐다보았다. 그녀의 입에서 제 생모에 대한 얘기가 나오지는 않을 게 분명했다. 자신의 친어머니에 대해 말한 게 아니라고 본인의 입으로 단언하듯 말했으니까. 그럼에도 불구하고 마음속에 뭔가가 찌꺼기처럼 달라붙어 찝찝한 느낌을 지울 수 없었다.

'의외네. 안 닮았나 봐.'

제 고모는 분명, 누군가와 자신을 겹쳐 비교해 보았다. 제 이복형제와 비교한 것은 아닐 테고 부친과 비교한 것도 아니라고 했으니 남는 건 얼굴도 모르는 생모뿐인데. 같은 자리를 자꾸 맴도는 생각을 억지로 털어 내며 이영은 다시 커피 잔을 들었다. 여전히 커피 맛은 전혀 느껴지지 않았다.

"대체 왜 보자고 하셨던 걸까……."

이영은 지하철역을 향해 터벅터벅 걸음을 옮기다가 혼잣말을 중얼거렸다. 딱히 어떤 용건이 있었던 게 아니라는 듯 현희와의 대화는 별반 특별할 것이 없었다.

신랑은 잘해 주느냐, 시부모님은 어떤 분들이더냐, 하는 의례적인 인사부터 시작해서 이번에 나오게 될 미쉐린 가이드 개정판 작업 이야기까지. 따지고 보면 그 모든 게 고모와 조카 사이에 나눌 법한 대화 주제였으나 그들 사이에서는 낯설기 그지없는 것이기도 했다.

그래서일까. 이영과 현희의 대화는 자주 끊겼고, 그 자리를 어색한 침묵이 차지하고는 했다. 그녀는 슬쩍 명치 아래를 손으로 누르며 미간을 찌푸렸다. 고작 커피 한 잔 마신 게 전부인데도 속이 부대끼는 듯싶었다. 그만큼 제 고모와의 만남이 불편했던 것일 터. 그녀는 쓴웃음이 나오려는 입술 끝을 손으로 문질렀다.

바로 그때, 그녀의 옆에서 경적음이 빠앙, 하고 울렸다. 이영이 깜짝 놀라 소리가 난 방향으로 고개를 돌렸다. 승용차 한 대가 서 있었다. 그리고 그 차는 그녀에게 제법 익숙한 것이었다.

"……어?"

이영의 눈이 휘둥그렇게 뜨였다. 그와 동시에 차창이 스르륵 내려가더니 불과 한 시간 전쯤 호텔 커피숍 앞에서 헤어진 남자가 싱긋 웃으며 모습을 드러냈다.

"타시죠, 아가씨."

"여기는 어떻게……."

"아, 이거 너무 촌스러운 방식인가. 어쨌든 얼른 타, 이영아."

서원이 멋쩍은 표정으로 콧등을 긁고는 다시 차에 타라는 듯 고갯짓을 했다. 이영은 당황해 하면서도 그의 말에 순순히 따랐다. 그녀가 차에 타자마자 서원이 콘솔박스에 들어 있던 보온병을 이영에게 건넨 뒤, 차를 출발시켰다.

"이게 뭐예요?"

이영은 얼떨결에 보온병을 받아 들고는 어리둥절한 얼굴로 물었다. 그가 그녀 쪽으로 힐끔 시선을 던졌다가 다시 정면을 보며 입을 열었다.

"녹차."

"예?"

"꽤 유명한 찻집에서 가지고 온 거야. 원래 이렇게 팔지 않는다고 거절하는데, 주인 붙잡고 무작정 졸라 댔더니 보온병에 담아 주더라."

다시는 오지 말라고 하면서. 서원이 키득거리며 덧붙여 말했다. 이영은 그가 덧붙인 말을 듣고 깜짝 놀라 눈을 크게 떴다. 그러나 그의 입가에 매달린 짓궂은 미소를 보고는 그가 농담을 한 거라는 걸 깨달았다.

"놀랐잖아요."

그녀가 안도의 한숨을 내쉬며 타박하듯 말했다. 정말 찻집 주인에게 문전박대를 당했나 싶어 순간적으로 가슴이 내려앉았던 것이다. 이영이 저도 모르게 입을 삐죽이다가 이내 제 품에 있던 보온병을 가만히 만져 보았다. 녹차를 보온병에 담아 가지고 올 생각을 어떻게 했을까. 게다가 찻집에 가서 조르기까지 했다니. 그녀는 피식 웃으며 보온병 뚜껑 언저리를 손으로 어루만졌다.

현희를 만난 뒤에 어딘지 모르게 쓸쓸했던 마음을 위로받은 기분이다. 그가 이런 제 마음을 미리 눈치채고 녹차를 준비하지는 않

214

았을 테지만 말이다. 아니, 어쩌면 어렴풋이 짐작했는지도 모르겠다. 제 출생에 대한 비밀을 알고 있으니 자신이 가족뿐만 아니라 친척들에게도 어떤 취급을 받았는지 짐작하지 않았을까.

"참, 고모가 언제 밥 한번 먹자고 하시네요."

이영은 씁쓸한 속내를 애써 숨기며 덤덤한 목소리로 입을 열었다. 서원이 핸들을 부드럽게 돌리며 고개를 끄덕이고는 다시 그녀를 힐끔거렸다.

"그러지, 뭐. 그나저나 녹차 안 마실 거야?"

마치 어린아이가 칭찬이라도 받기를 원하는 양 모든 관심이 제 손에 들려 있는 보온병에 집중된 듯했다. 그녀는 재차 미소 짓고는 보온병을 열었다. 짙은 녹차 향이 금세 차 안을 가득 채웠다. 이영은 보온병 뚜껑에 녹차 한 잔을 따라 음미하듯 천천히 한 모금 마셨다. 입 안에 감도는 떫은 차 맛에 저도 모르게 미소가 번졌다.

"어떻게 그걸 마시면서 그렇게 예쁘게 웃을 수 있지?"

콜록!

그 순간 들려온 서원의 목소리에 이영은 사레가 들리는 바람에 심하게 기침을 하고 말았다. 얼마나 기침이 심했던지 눈물까지 찔끔 나올 정도였다. 그녀는 거듭 기침을 하다가 간신히 진정한 뒤, 그를 돌아보았다. 어느새 차를 도로 가장자리에 세워 놓은 서원이 깜짝 놀랐다는 듯 눈을 크게 뜬 채 그녀를 쳐다보고 있었다. 그 모습에 얼굴이 확 달아올랐다. 그가 방금 한 말이 다시금 떠오른 탓이었다.

'어떻게 그걸 마시면서 그렇게 예쁘게 웃을 수 있지?'

무심코 중얼거린 혼잣말이었던 것 같다. 잔뜩 당황한 얼굴로 어쩔 줄 몰라 하는 걸 보면 말이다. 그 점이 더욱 민망하고 쑥스러웠다. 이영은 분명히 빨갛게 물들었을 얼굴을 손으로 가볍게 두드렸다.

"괜찮아? 갑자기 왜 그래?"

"오빠가 이상한 말을 하는 바람에."

"내가? 내가 무슨 이상한 말을 했는데?"

서원이 이영의 말에 억울한 표정을 지었다. 그녀는 방금 그가 한 말을 할까 하다가 그냥 입을 다물었다. 차마 제 입으로 예쁘게 웃는다는 둥 하는 말을 꺼낼 수 없어서였다. 이영이 뭔가 말을 할 듯하다가 입을 꾹 다물자 서원의 표정이 의아해졌다. 그러고는 대체 무엇 때문인가 생각하듯 눈을 굴리더니 이내 그에게서 웃음이 터져 나왔다.

"하하! 설마 내가 한 말 때문에 사레들린 거야?"

"당연하잖아요. 말도 안 되는 소리를 하니까……."

"그게 왜 말이 안 돼? 뜨거운 녹차 마시면서 예쁘게 웃는 게 하도 신기해서 한 말인데?"

서원은 진심으로 신기하다는 듯 물었다. 그 모습을 마주한 이영의 얼굴이 새빨개졌다. 그녀는 손에 쥐고 있던 보온병과 그 뚜껑을 만지작거렸다.

기분이 이상해졌다. 자신이 누군가에게 이렇듯 소중하게 여겨지고 예쁘게 보인다는 사실이 도저히 믿기 힘들었다. 딱히 뭔가 착한 일을 한 것도 아니고, 어떤 식으로든 쓸모를 보인 것도 아니다. 되레 녹차 한 잔조차 제대로 마시지 못하고 콜록거리다가 하마터면 차 시트에 엎지를 뻔하지 않았던가. 그런데 그런 제 모습이 예쁘단다. 예쁘게 웃는 게 신기하단다.

……부모조차 버린 저를, 이 남자가 그렇게 봐 준다.

예쁘다고. 예쁘게 웃는다고.

이영은 가슴속 깊숙한 곳에서 울컥거리며 치밀고 올라오려는 감정을 억지로 내리눌렀다. 좋아하는 제 마음을 깨달았지만 모든 게 그저 두렵고 조심스럽기만 하다. 하다못해 이 남자에게 제 감정을 솔직히 표현하는 것조차 어렵다. 그녀는 손에 쥔 보온병을 더욱 힘주어 잡은 뒤, 그를 향해 입을 열었다.

"우리…… 저녁, 먹고 들어갈까요?"

어렵지만, 딱 이만큼의 노력은 해 볼 수 있지 않을까. 이영은 쿵쾅대며 뛰는 심장 박동을 주체할 수 없어 숨을 크게 들이쉬었다. 제 목소리에 희미한 떨림이 묻어난 것을 부디 그가 눈치채지 않았기를, 그렇게 속으로 중얼거리며.

제9장 — 가을에, 이곳에서

뿌연 담배 연기가 룸을 가득 채웠다. 그 안에 있는 이들 중 어느 누구도 멀쩡한 정신을 갖고 있는 사람은 없었다. 환각제와 각성제 등으로 몽롱해진 이들은 마치 짐승처럼 서로 몸을 섞었다. 어느 여자의 둥그스름한 가슴 양쪽에는 각기 다른 남자가 들러붙어 있었고, 그 옆쪽에서는 한 남자를 두고 세 명의 여자가 서로 먼저 그 위에 올라타겠다며 싸우는 중이었다.

"야, 네 동생 말이야. 줄 하나 잘 바꿔 탔더라? 윤기석이 완전히 꽝 됐던데?"

"누구?"

필성이 환각제에 취해 초점이 흐려진 눈으로 방금 제게 말을 건넨 남자를 쳐다보았다. 그러자 남자가 벌거벗다시피 한 상태로 필성의 맞은편 자리에 앉더니 킬킬대며 말을 이었다.

"네 반쪽짜리 여동생 말이야, 인마. 이름이 뭐였더라?"

"공이영!"

그 순간, 필성과 테이블 사이에 주저앉아 있던 여자가 팔을 쭉 올리더니 크게 외쳤다. 여자의 입술은 립스틱이 번져 엉망인 상태였다. 물론 단순히 립스틱이 번진 것만이라고 할 수는 없겠지만 말이다. 그녀는 입 안에 남아 있던 하얀 체액 덩어리를 대충 뱉어 내고는 필성의 옆에 엉덩이를 들이밀고 앉았다. 그 모습을 게슴츠레한 눈으로 보던 남자가 뒤늦게 맞장구를 쳤다.

"아! 맞다! 공이영이었지."

"그런데 갑자기 걔는 왜?"

필성이 이영의 이름을 듣자마자 얼굴을 찡그렸다. 단 한 번도 제 동생이라 여긴 적 없던 계집애의 이름을 들으니 짜증부터 앞선 것이다. 그런 필성의 기분을 눈치채지 못한 남자가 키득거리더니 다시 말을 이었다.

"윤기석, 그 자식 파혼했다더라."

"파혼? 아니, 그것보다도 윤기석이 대체 누군데…… 아, 한국대 총장 아들?"

그리고 덧붙이자면 이영의 전 약혼자라 해야겠지만. 필성은 뿌옇게 흐려진 기억을 더듬어 간신히 기석을 떠올렸다. 이영의 태생에 대해 알게 되기 전까지 약혼자랍시고 붙어 다니던 모습이 눈앞에 그려졌다. 그의 입꼬리가 실룩였다.

"그런데 윤기석이 왜? 뭐가 어떻게 됐다는 건데? 왜 파혼했대? 웬만한 소문은 다 들어 알고 있지만, 난 그런 건 못 들었는데?"

"왜 파혼한 건지는 모르겠는데 한바탕 집안이 뒤집어졌다더라. 여자한테 무슨 문제가 있었던 건지. 여하튼 그 주변에서 작정하고 입막음을 하는 바람에 아직 소문이 널리 퍼지지는 않았는데, 뭐 그

래 봤자 그게 얼마나 가겠냐? 우선 한없이 가벼운 내 주둥이부터
가 문제인데."

남자가 제 입술을 쭉 내밀어 보이더니 또다시 낄낄거렸다. 그러
자 필성의 옆에 앉아 그의 아랫도리 쪽으로 손을 더듬어 내려가던
여자가 아, 하고 외마디 소리를 내더니 입을 열었다.

"나, 왜 파혼했는지 알겠다."

"어? 진짜? 너, 알아?"

"응. 윤기석이랑 약혼했던 애, 나랑 대학 동창이거든. 그런데
걔, 얼마 전에 임신했다는 얘기를 들었어. 애 아빠가 둘 중 하나라
고 했던 것 같은데."

"둘 중 하나라니?"

남자가 흥미진진한 눈으로 여자를 쳐다보았다. 여자는 실실 웃
으며 필성의 가슴팍에 제 뺨을 비비고는 대꾸했다.

"이태원 클럽에서 백인 하나, 흑인 하나, 그렇게 둘 잡아서 호
텔 갔다더라고. 아마도 그때 생긴 애라지?"

"푸핫! 뭐야, 그럼 낳아 봐야 애 아빠를 아는 거야? 흰 놈이 나
오는지, 아니면 시꺼먼 놈이 나오는지를 보고?"

남자는 테이블까지 마구 두드리며 웃었다. 필성은 그 대화를 가
만히 듣고 있다가 피식 웃고는 테이블 위에 놓여 있던 담배를 하
나 꺼내 입에 물었다. 이거야말로 뭐 피하려다 뭐 밟은 격이구나
싶었다. 윤기석인지 뭔지 하는 놈, 속이 몇 번은 뒤집혔겠는걸. 그
는 가만히 중얼거리다가 다시 남자의 목소리가 이어지는 걸 듣고
시선을 들었다.

"차라리 네 여동생이랑 결혼하는 게 나을 뻔했네. 걔는 순진했
잖아?"

"공이영? 아아…… 물론 순진하기야 했지."

필성이 남자의 말에 고개를 주억거리며 동의했다. 그의 입가에 야릇한 미소가 스쳤다. 그때 걔가 열넷, 아니, 열다섯 살이었던가? 다른 여자애들보다 2차 성징이 늦었던 이영은 중학생이 되고 나서야 가슴이 봉긋해지고 여성스러운 모습으로 변해 갔다. 비쩍 마른 계집애가 처음으로 제 관심 대상이 된 순간이기도 했다.

친구들과 술을 마시고 돌아온 어느 날이었다. 자신의 방으로 들어가려던 필성은 취기와 함께 밀려든 성욕을 풀어낼 상대가 필요했고, 마침 집 안에는 적당한 계집애가 있었다. 아직 완벽하게 여물지는 않았으나 이제 조금씩 꽃봉오리를 올리던, 그런 계집애 말이다.

술에 취했던 터라, 그리고 시간이 이렇듯 훌쩍 흘러 버린 터라 기억은 드문드문 끊어진 채 남아 있다. 그러나 중요한 부분은 생생히 기억하고 있다. 바로 제 몸 아래에서 몸부림치던 이영의 가냘픈 몸과 브래지어 안을 다 채우지도 못한 작은 가슴, 가느다란 허벅지 같은 것 말이다.

"그때, 꽤나 애를 먹었지."

필성은 혼잣말을 중얼거리다가 미간을 손톱으로 긁적이고는 피식거렸다. 조그만 게 반항을 하는 바람에 제대로 뭘 해 보지도 못한 채 결국 부친에게 붙잡혀 끌려 나가야 했다. 그가 예전 기억을 되새기다가 제 이마를 손으로 가볍게 툭툭 치며 키득거리는데, 남자의 목소리가 다시금 들렸다.

"야, 네 동생더러 이리 오라고 하면 안 되냐?"

"뭐?"

"도경그룹 며느님 얼굴 좀 보자. 응? 이왕이면 술 한잔 같이 해도 좋고."

남자가 꺼낸 말에 필성의 옆에 있던 여자가 좋은 생각이라며 박수를 쳤다. 그러자 룸 여기저기서 흐느적거리며 몸을 섞고 약에 취해 있던 이들이 덩달아 뭔지도 모르고 환호했다.

필성이 그 분위기에 휩쓸려 충동적으로 고개를 끄덕이고는 벗어던져 놓았던 제 양복 안주머니를 더듬어 휴대 전화를 꺼냈다. 그리고 이영에게 전화를 걸기 위해 연락처를 뒤지려던 찰나, 인상을 구기고 말았다.

"젠장. 그러고 보니 전화번호를 모르는데?"

그는 짜증 섞인 손길로 제 머리를 헝클어뜨리고는 수연에게 전화를 걸었다. 하지만 수연 역시 어딘가에서 놀고 있는 것인지 전화를 받지 않았다. 필성이 재차 욕설을 내뱉은 뒤, 부친의 비서에게 전화했다.

"나야. 공이영, 걔 전화번호 좀 보내."

비서는 그 어떤 의문도 제기하지 않고 곧바로 필성에게 이영의 전화번호를 문자 메시지로 보냈다. 필성은 비서에게서 메시지를 받자마자 짐짓 우쭐대는 표정으로 이영에게 전화를 걸었다. 신호음이 몇 번 울리는 듯싶더니 이영이 전화를 받았다.

— 여보세요.

"이영이냐? 오빠인데……."

필성이 말을 잇기가 무섭게 휴대 전화 너머에서 이영이 다급히 숨을 들이쉬는 게 느껴졌다. 저를 두려워하고 있는 게 분명했다. 묘한 쾌감을 느낀 필성의 입가에 비릿한 미소가 번졌다.

이 계집애, 열다섯 살 때나 지금이나 달라진 게 없잖아?

그의 눈이 희열에 차 번들거렸다.

＊ ＊ ＊

　— 당장 이리로 와.

　필성은 명령하듯 말하고는 일방적으로 전화를 끊었다. 이영이 휴대 전화를 들고 멍하니 앉아 있다가 다시 그 번호로 전화를 걸었다. 신호음은 이어지는데 도통 전화를 받지 않았다. 일부러 받지 않는 것인지, 혹은 주위가 시끄러워서 벨소리를 듣지 못한 것인지 알 수 없었다. 그녀는 제게 전화를 걸었던 필성의 주변에서 들린 고함과 야릇한 교성 등을 떠올리다가 미간을 찌푸렸다.

　그가 오라고 알려 준 곳은 술집인 듯싶었다. 가게 이름만으로는 술집인지 아닌지 알 수 없었지만, 약간 발음이 꼬인 필성의 목소리로 짐작해 볼 때 술집이라고 보는 편이 정확할 것 같았다.

　지금 이 시간에 거길 오라고?

　그녀는 어느새 새벽 2시를 넘긴 시간을 확인한 뒤, 고개를 절레절레 흔들었다. 이럴 줄 알았으면 전화를 받지 않는 건데 그랬다 싶어 후회가 밀려들었다.

　잠이 오지 않아 침대에 기대어 앉아 책을 읽던 중에 걸려 온 낯선 전화였다. 휴대 전화 화면에 뜬 번호가 제 이복 오빠의 것인 줄도 모른 채 전화를 받았다. 뱀파이어라는 종족의 특성인지, 서원은 유난히 청력이 뛰어난 편이었다. 그래서 혹시 그가 서재에서 자다가 제 휴대 전화 벨소리를 듣고 깰까 봐 서둘러 전화를 받았던 것이다.

　"그냥 문자라도 보내야 하나."

　못 간다고, 그렇게. 이영은 계속 신호음이 이어지다가 음성 사서함으로 연결된다는 안내음을 듣고 나서야 전화를 끊었다. 통화는 물론, 문자 메시지 같은 것도 주고받은 적이 없었던 탓에 필성에게 문자를 보내는 게 어쩐지 꺼려졌다. 그녀가 휴대 전화를 쥔 채 망설이고 있는데 문을 두드리는 소리가 들렸다.

"이영아, 자?"

문 너머에서 서원의 목소리가 들렸다. 이영은 그의 목소리에 반응하듯 고개를 퍼뜩 들고는 서둘러 침대 아래로 내려갔다. 그리고 곧바로 방문 쪽으로 걸음을 옮겼다. 문을 열자마자 그 앞에 서 있던 서원과 눈이 마주쳤다.

"죄송해요. 전화 벨소리 때문에 깬 거죠? 제가 휴대 전화 전원을 꺼 놓았어야 하는 건데……."

"처남이 왜 전화했어?"

이영이 서둘러 사과를 하는데, 그 말을 끊으며 서원이 질문을 던졌다. 그 말을 들은 이영의 눈이 동그래졌다. 그녀는 황당한 기색을 감추지 못한 채 눈을 깜빡이다가 설마, 하는 표정으로 입을 열었다.

"서재에서 제가 누구랑 통화했는지도 다 들려요? 청력이 남들보다 좋다는 건 짐작하고 있었지만."

우와. 그녀는 감탄하듯 입을 벙긋거렸다. 서원이 머쓱한 얼굴로 제 목을 손바닥으로 문지르다가 해명했다.

"신경 써서 귀 기울여 들으면 들려. 하지만 평소에는 그 정도까지 들리는 건 아니야. 그렇게 다 듣다 보면 여기저기서 이어지는 소음 때문에 내가 피곤해져서 못 견디거든."

"아아……."

이영이 고개를 끄덕이며 외마디 대답을 했다. 그가 그 모습을 보다가 씩 웃고는 다시금 말을 이었다.

"이 야심한 시간에 내 아내가 누구랑 통화를 하는 건가 했지."

"예?"

어리둥절한 얼굴로 그를 쳐다보던 이영이 뒤늦게 억울하다는 듯 얼굴을 빨갛게 물들였다. 그러니까 지금 그의 말뜻은…….

"제가 뭐, 다른 남자랑 바람이라도 피웠단 거예요?"

"아니, 꼭 그런 뜻이 아니라."

"그런 뜻이었잖아요!"

이영은 서원을 향해 목소리를 살짝 높였다. 저도 모르게 발끈하여 언성이 높아진 것이다. 하지만 곧바로 그런 제 상태를 깨닫고는 황급히 입을 다물었다. 서원 역시 당황했는지 눈만 끔뻑이다가 이내 웃음을 터뜨렸다. 민망해진 이영의 얼굴이 더 이상 빨개질 수 없을 정도로 새빨개졌다.

"배짱 좋네, 공이영. 뱀파이어 앞에서 이렇게 겁 없이 왕왕, 짖는 건 너밖에 없을 거다."

"……제가 무슨, 강아지도 아닌데."

이영이 볼멘소리로 대꾸를 하다가 쑥스러운 마음에 다시 입술을 앙다물었다. 그러고 보니 언제부터 이 남자 앞에서 이렇듯 편하게 행동하게 된 걸까. 분명히 처음에는 이 남자를 두려워했는데 지금은 그 누구보다도 편한 상대로 대하고 있으니 말이다.

아니, 완벽히 편하다고는 할 수 없는지도 모르겠다. 좋아하는 남자를 어떻게 마음 편하게 대할 수 있을까. 그녀가 어색한 얼굴로 슬그머니 시선을 피하려는 순간, 서원이 손을 뻗어 이영의 머리를 쓱쓱 문질렀다.

"나쁘지 않아. 아니, 딱 좋아."

"뭐가요?"

"네가 날 무서워하지 않는 거."

그가 허리를 숙여 그녀와 눈높이를 맞추고는 부드럽게 미소 지었다. 이영이 그 시선을 피해 눈을 내리깔려다가 흠칫거렸다. 무심코 시선을 내리다가 그의 입술이 제 눈에 들어온 것이다.

그 입술이 제 입술을 덮쳤던 당시의 열기와 감각이 고스란히 떠올랐다. 벌어진 입술 사이로 말캉한 혀가 밀려들어 와 제 입 안쪽의 여린 점막을 모조리 훑고 탐하던 느낌 역시 생생했다.

미쳤어!

그녀는 당황해 하며 고개를 휙 돌렸다. 기석과 사귀던 때는 단 한 번도 이런 생각을 해 본 적 없었다. 기석이 불만을 토로할 정도로 성적인 면에 있어서는 무감했다. 이영은 저도 모르게 몸이 달아올라 손을 꽉 오므려 쥐었다. 그와 동시에 바닥을 딛고 서 있던 그녀의 발 역시 바짝 오므라들었다.

서원의 눈길이 그녀의 손에 잠시 머물렀다가 뒤이어 발에 고정되었다. 양말이나 스타킹을 신지 않은 맨발이 어쩐지 갈증을 자극했다. 그는 마른 입술을 축일 새도 없이 한 걸음 더 그녀에게 다가갔다.

이영이 주춤거리며 제 옷자락을 움켜쥐었다가 자신이 잠옷 차림이라는 걸 뒤늦게 깨닫고는 당황한 얼굴로 입을 달싹였다. 그 연한 색 입술이 달싹이는 걸 보던 서원이 그녀를 향해 손을 뻗으려는 순간, 느닷없이 휴대 전화 벨소리가 요란하게 울려 퍼졌다.

그와 동시에 그들 사이에 감돌았던 묘한 분위기가 순식간에 흩어져 버렸다. 이영은 안도하면서도 한편으로는 이유 모를 아쉬움을 느끼며 허둥지둥 전화를 받으려 했다. 그러나 통화 버튼을 막 누르려던 손끝이 화면 위에서 아슬아슬한 거리를 둔 채 가늘게 흔들렸다.

낯선 번호.

그러나 조금 전에 봤던 번호이기에 조금은 눈에 익은 번호였다. 전화를 건 상대방을 알면서도 이영은 그 전화를 받을 수 없었다. 비록 반쪽이지만 같은 피가 흐르고 있는 혈육의 전화임에도 불구하고 거부감이 앞섰다.

왜 또 전화한 걸까.

일방적으로 오라고 해 놓고 다시금 재촉하기 위해 전화한 걸까. 가고 싶지 않은데.

이영은 온몸에 소름이 돋는 것을 느끼며 몸을 떨었다. 그 순간, 서원이 다가오더니 그녀의 손에 쥐여 있던 휴대 전화를 가져갔다. 그러고는 이영에게 몸을 슬쩍 기댄 채 휴대 전화 화면을 가리키며 말했다.

"저장되어 있지 않은 번호네? 모르는 사람이야? 그럼 그냥 끊어 버리면 되잖아."

"……."

"아니면…… 처남이 또 전화한 건가?"

이영이 대답하지 못하고 머뭇거리는 걸 알아차린 듯 그가 나직한 목소리로 덧붙여 물었다. 그 물음에 그녀가 몸을 움찔거렸다. 굳이 그녀에게서 대답을 듣지 않아도 될 듯싶었다. 서원은 이영의 창백해진 옆얼굴을 쳐다보다가 시선을 돌려 계속 울려 대는 휴대 전화를 차가운 눈으로 보았다. 그리고 그녀에게 허락을 구하지 않은 채 곧바로 전화를 받았다.

— 야, 공이영! 내 전화를 이제야 받아? 내가 전화를 걸었으면 곧바로 받아야 할 것 아니야! 그나저나 너 어디야? 언제쯤 도착하는데?

술에 취한 사람처럼 발음이 둔해진 필성의 목소리가 들렸다. 자신에게는 그저 우스울 뿐이지만, 이영으로서는 위압감을 느낄 수도 있을 정도로 쩌렁쩌렁 고함을 질러 대는 투가 불쾌했다. 서원은 미간에 주름이 잡히는 걸 다른 손으로 꾹꾹 누르며 그저 가만히 입을 다문 채 필성이 계속 말을 이어 가기를 기다렸다.

― 뭐야, 왜 대답이 없어? 야, 씨발, 너 지금 내가 질문하는데 대꾸 안 해? 어? 도경 며느님 되셨다고 간이 배 밖으로 나왔구나?

필성에게서 상스러운 욕설이 너무나도 자연스럽게 터져 나왔다. 아무리 여동생이라 하더라도 이렇게 험한 말을 해서는 안 되는 것이었다. 더구나 그가 욕을 한 대상은, 바로 제 아내였다.

서원의 입술 끝이 제멋대로 비틀렸다. 이 새끼를 어떻게 할까, 잠시 생각하는 사이에 자신이 통화하고 있는 상대가 서원일 거라고는 눈곱만큼도 상상하지 못한 필성이 다시 입을 열었다.

― 네가 어떻게 그 자식을 홀려서 결혼까지 한 건지 모르겠지만 말이야. 너무 네 남편 믿고 까불지 마라? 솔직히 네가 가진 게 뭐 있기나 해? 뭐, 그 몸뚱이?

킬킬대며 비아냥거리는 필성의 말에 서원이 미간을 찌푸리며 입을 열려 했다. 그러나 필성이 또다시 말을 이어 나갔다.

― 그 몸뚱이 뻣뻣하기만 해서, 어디 남자 꾀는 데 쓸 수나 있겠냐? 뭐, 지금이야 어떤지 모르겠다만…… 너, 그때는 내가 손만 조금 댔는데도 통나무라도 된 것처럼 꼼짝도 못 했잖아. 안 그래?

"……!"

서원이 눈을 부릅뜨고는 자신도 모르게 이영을 돌아보았다. 이영의 파리한 안색이 먼저 눈에 들어왔다. 그리고 그녀가 두려워하는 듯한 눈으로 제 손에 들려 있는 휴대 전화를 보고 있는 것도.

어금니가 꽉 맞물리면서 그의 턱에 힘이 들어갔다.

지금 자신이 무슨 소리를 들은 걸까.

분명 필성에게서 들은 말이 귓속을 파고들었고, 그 말을 이해하지 못할 정도로 머리가 아둔하지도 않았다. 필성이 지껄여 댄 말이 무슨 의미를 담고 있는지도 본능적으로 알 수 있었다. 하지만 서원의 가슴속은 필성이 한 말을 부정하고 싶어 했다.

말도 안 되는 거잖아. 그런 추악한 짓을, 저와 같은 피가 흐르는 동생에게.

서원의 표정이 서서히 얼어붙었다. 스스로 아무리 부정하려 해도 소용없다는 걸 알았다. 그가 핏기 없는 이영의 얼굴을 가만히 바라보고 있는데, 필성이 재차 말을 이었다.

— 뭐야, 왜 말이 없어? 하기야 네가 무슨 말을 하겠냐. 그렇다고 네 남편한테 쪼르르 달려가 이를 수도 없을⋯⋯.

"입 한번 더럽군요."

서원이 싸늘한 어조로 입을 열자마자 휴대 전화 너머에서 필성이 숨을 급히 들이쉬는 소리가 들렸다. 제멋대로 입을 놀리던 게 무색할 정도로 침묵만이 이어졌다. 흐리멍덩한 상태에서도 서원의 목소리는 알아차린 듯싶었다. 휴대 전화 너머에서 잠시 침묵이 이어지다가 뒤늦게 부산스러운 소음과 함께 필성의 더듬거리는 목소리가 다시금 들렸다.

— 매, 매제가 어떻게 이영이 저, 전화를.

"내가 내 아내 전화를 대신 받는 데 무슨 문제라도 있습니까?"

필성이 이영에게 했던 것처럼 똑같이 상스러운 욕설이라도 퍼붓고 싶었다. 그러나 서원은 가까스로 자제심을 발휘하여 침착하게 말을 꺼냈다. 비록 그 목소리에 서린 싸늘함까지 지우지는 못했지

만 말이다. 필성 역시 서원에게서 묻어나는 한기를 느낀 듯 흠칫하
더니 이내 우물쭈물 망설이다가 간신히 입을 열었다.

— 아, 아니. 무슨 문제가 있다는 게 아니라…….

"지금 몇 시인지 알고 있기는 합니까, 큰 처남?"

서원의 잇새로 뿌드득, 이가 갈리는 소리가 났다. 호칭만 '큰
처남'이라고 붙였을 뿐, 필성을 부르는 그의 태도에서는 일말의
예의도 보이지 않았다. 되레 지금 필성이 제 눈앞에 있었더라면 난
생처음 살인을 저지르기라도 할 것처럼 살기를 드러냈다. 이영이
그런 서원을 보고 흠칫 놀라 한 걸음 뒤로 물러설 정도의 살기였
다. 그걸 알아차린 서원이 제 기세를 누그러뜨리고는 다시 필성에
게 내뱉듯 말했다.

"어쨌든 이영이한테 이런 식으로 전화해서 몰상식하게 구는 거,
두 번은 용납 안 합니다."

— 어, 어어, 저기, 매제!

필성이 황급히 뭐라고 말을 이으려고 했지만 서원은 일방적으로
전화를 끊어 버렸다. 가슴속에서 화가 치밀었다. 그는 거칠게 숨을
몰아쉬며 제 머리를 쓸어 넘긴 뒤, 이영을 쳐다보았다. 창백한 얼
굴로 그를 쳐다보고 있는 그녀의 새까만 눈이 불안하게 흔들리는
게 보였다.

대체 너한테 무슨 일이 있었던 걸까.

이영이 그녀의 가족에게 좋은 대접을 받으며 자라지 않았다는
걸 안다. 하지만 조금 전 필성이 한 말은 그 이상의 일도 벌어졌다
는 걸 의미했다. 도저히 제 머리로는 믿기지도 않고 받아들일 수도
없는, 그런 일 말이다.

"오, 오빠가…… 뭐래요?"

그 순간, 이영이 머뭇거리다가 조심스럽게 입을 열었다. 서원과 필성이 주고받은 통화 내용을 들을 수 없었던 탓에 불안감이 커져 갔다.

　"뭐, 별 얘기 없었어."

　그녀를 가만히 쳐다보던 서원이 어깨를 으쓱이고는 휴대 전화를 협탁 위에 내려놓았다. 그러고는 이영을 향해 뭔가 말을 하려는 듯 입을 달싹이다가 이내 피식 웃으며 방문 쪽으로 고갯짓을 했다.

　"야식 좋아해?"

　"야식이라니요?"

　"라면 끓여 줄게. 같이 먹자."

　"……예에?"

　뜬금없이 라면이라니. 이영이 갑자기 바뀐 화제에 적응하지 못하고 눈만 깜빡였다. 그러자 서원이 웃음을 터뜨리고는 가까이 다가와 그녀의 코를 가볍게 쥐었다가 놓았다. 그러더니 나가자는 듯 그녀의 등을 살짝 떠밀었다. 얼떨결에 서원에게 떠밀려 방에서 나온 이영은 식탁 앞에 도착하고 나서야 정신을 차렸다.

　"앉으시죠, 마님."

　"어, 저기……."

　이영은 서원이 장난스럽게 말하며 빼 준 의자를 한 번 보고는 그를 쳐다보았다. 금세 주방 안쪽으로 들어간 남자가 허리를 구부린 채 조리대 아래쪽의 문을 열더니 라면 두 봉지를 꺼냈다. 라면이 집에 있었구나. 그녀는 속으로 중얼거리며 멍한 얼굴을 했다. 그러다가 서원이 능숙하게 냄비에 물을 받아 가스레인지 위에 올리는 걸 보고는 신기한 마음에 입을 벌렸다.

　"뭘 하고 있어? 앉으라니까. 그렇게 감시하지 않아도 돼. 이래 봬도 라면 정도는 잘 끓여."

그가 냉장고에서 계란과 파를 꺼내다 말고 이영을 돌아보며 웃었다. 그 웃는 얼굴에 저도 모르게 가슴이 뛰었다. 그녀는 얼굴이 달아오르는 걸 느끼며 허둥지둥 의자에 앉았다. 그러자 서원이 다시 씩 웃더니 몸을 돌려 조리대로 향했다. 그리고 라면에 넣을 파를 송송 썰기 시작하는데 그 손놀림이 너무나 자연스러웠다. 되레 저보다 더 능숙한 것 같기도 했다.

누가 저런 남자를 뱀파이어라고 생각할까.

"요리를 좋아하나 봐요."

그러고 보니 지난번에 그가 직접 마카롱을 구웠던 게 기억났다. 비록 단걸 먹지 못하는 터라 그 맛 자체를 음미하지는 못하고 꾸역꾸역 억지로 먹었다가 토하기는 했지만 말이다. 아마 다른 사람들이 먹었더라면 꽤나 감탄했을 법한 솜씨였다.

"야, 낯 뜨겁다. 고작 라면 끓이는 건데."

"하지만 파 써는 것도 그렇고, 굉장히 능숙해 보여요. 예상 밖의 모습이라고 해야 하나……."

"그래서? 내 색다른 면에 새삼 반하기라도 했어?"

서원이 보글보글 끓는 라면 안에 계란물을 부으며 짓궂게 웃었다. 이영은 순간적으로 그의 물음에 대답하지 못하고 입을 달싹이다가 헛기침을 작게 했다. 그 모습을 바라보는 서원의 눈이 그녀가 눈치채지 못할 정도로 아주 살짝 일그러졌다.

필성에게서 들은 말을 그녀에게 더 자세히 확인하고 싶었다. 하지만 그런 제 질문이 이영에게 큰 상처가 될 것이 분명하기에 쉽게 물을 수 없었다. 과거에 겪은 악몽 같은 기억을 그녀가 돌이켜 떠올리게 하고 싶지도 않았다. 그는 가슴속에 묵직한 무게가 얹히는 것을 한숨에 실어 토해 낸 뒤, 아무렇지 않은 표정으로 가스레인지 불을 끄고는 냄비를 들고 식탁으로 향했다.

"먹자."

"아! 잠깐만요."

이영이 식탁 위에 냄비가 올라온 걸 보고서야 뒤늦게 수저와 그릇 같은 게 전혀 준비되지 않았다는 걸 깨닫고 자리에서 일어서려 했다. 하지만 그보다 먼저 서원이 움직였다. 그는 재빨리 이영의 앞에 수저와 빈 그릇, 물컵을 놓고는 씩 웃었다. 그 모습이 마치 칭찬해 달라며 꼬리를 흔들어 대는 강아지 같아서, 그녀는 저도 모르게 웃음을 터뜨리고 말았다.

"라면 다 붇겠어. 얼른 먹자."

서원이 덩달아 입꼬리를 올려 웃더니 그녀의 그릇에 라면을 담았다. 이영은 자신도 모르게 침을 꼴깍 삼켰다. 평소 라면을 즐겨 먹었던 것도 아닌데, 갑자기 라면이 세상에서 가장 맛있는 음식처럼 느껴졌다.

"먹어."

재차 먹으라며 눈짓을 하더니 서원이 맞은편 자리에 앉았다. 이영은 제 앞의 라면 그릇을 내려다보았다. 불그스름한 국물과 꼬불꼬불한 면발이 잊고 있었던 식욕마저 자극했다. 그녀는 침을 한 번 더 삼킨 뒤, 숟가락을 들어 국물을 한입 떠먹었다. 매콤한 맛이 혀를 자극했다.

"국물이 끝내줘요."

웃음기 섞인 서원의 목소리가 들렸다. 오래전 텔레비전 광고에서 어느 여배우가 했던 대사 그대로, 그 억양까지 살린 목소리였다. 이영이 라면을 먹다 말고 작은 소리로 웃고는 입을 열었다.

"그런 것도 흉내 낼 줄 알아요?"

"당연하지. 왜? 난 이런 거 안 할 줄 알았어?"

"아무래도 이미지가 좀, 그랬으니까."

"이미지가 조오옴?"

서원이 라면을 한입 먹던 걸 우물우물 씹어 삼키고는 불만스러운 표정을 지었다.

"내 이미지가 어땠는데?"

"솔직히 편한 이미지는 아니잖아요. 냉정해 보이고, 음…… 뱀파이어라는 거 알게 됐을 땐 꼼짝없이 물려 죽는 줄 알았거든요."

"그, 그건……."

이영의 말을 듣던 서원이 억울한 얼굴로 미간을 찡그렸다. 하지만 딱히 변명할 말이 떠오르지 않았기에 뭐라고 대꾸하지는 못했다.

그때, 너무 겁을 줬나?

그는 뒤늦은 후회를 곱씹으며 재차 인상을 썼다. 결혼하자고 무작정 밀어붙이느라고 처음에 다소 강압적으로 굴었던 게 없지 않았다. 제게 찾아온 기회를 놓칠 수 없단 마음에 조급해졌던 것도 사실이다.

결국 그 덕분에 결혼까지 하게 되기는 했지만…… 어쨌든 그 바람에 제 첫인상이 엉망이었다는 걸 부정할 수 없는 노릇이었다. 시무룩해진 서원을 쳐다보던 이영이 가만히 웃더니 국자를 들어 냄비 안에서 라면 국물을 떴다.

"그새 국물이 다 없어졌어요."

그 말과 함께 서원의 그릇에 국물을 부었다. 그러고는 차분한 목소리로 말을 이었다.

"처음에는 분명 그랬는데, 지금은 이렇게 라면을 나눠 먹는 사이가 됐네요."

"……그러게."

서원이 잠시 침묵하다가 이내 피식 웃고는 고개를 끄덕여 대답했다. 문득 그녀의 뒤쪽으로 보이는 베란다 너머의 밤하늘이 눈에 들어왔다. 별은 고사하고 달조차 보이지 않을 정도로 구름이 짙게 끼어 있었다. 그는 어두운 밤하늘에 마치 얼룩처럼 덕지덕지 자리하고 있는 희끄무레한 구름을 쳐다보다가 다시 이영에게로 시선을 돌렸다.

다 불어 버린 라면을 세상에서 가장 맛있는 진수성찬이라도 되는 양 먹는 모습이 사랑스러웠다. 지난번 자신이 만든 마카롱을 먹고 곧바로 토한 이후 종종 미안한 기색을 내비쳤던 그녀가 나름대로 그 미안했던 마음을 담아 더 맛있게 먹어 주는 게 아닐까 하는 생각이 들었다.

"왜 안 드세요?"

"응? 아아…… 배불러서."

이영이 라면을 먹다 말고 묻는 말에 서원은 씩 웃으며 대답했다. 그러자 그녀가 그의 그릇에 거의 그대로 남아 있는 라면을 보고는 의아한 표정을 지었다. 서원은 짓궂은 표정으로 턱을 괸 채 그녀를 향해 말을 이었다.

"보기만 해도 배가 부르다는 게 어떤 건지 알 것 같아."

"……예?"

어리둥절한 얼굴로 눈만 깜빡이던 이영의 얼굴이 서서히 빨갛게 물들었다. 그의 말이 어떤 의미인지 뒤늦게 깨달은 탓이었다. 그녀는 소리도 내지 못한 채 입만 벙긋거리다가 고개를 푹 숙였다. 흘러내린 머리칼 사이로 드러난 목덜미가 꽃물이라도 든 것처럼 붉게 변해 있었다.

이영아.

서원은 그녀를 불러 보았다. 소리 내지 못한 채 그저 입만 살짝 달싹였다. 이대로 그녀에게 제 감정을 모조리 털어놓고 싶었다. 그러나 바람과는 달리 입은 쉽게 열리지 않았다. 너무나 소중하게 간직해 온 감정이기에 더욱 조심스러웠다.

자신이 정식으로 이영에게 고백을 하는 순간, 그녀가 어떤 반응을 보일지 두려웠다. 혹시 지금 이렇게 조금이나마 열린 마음이 다시 닫혀 버리는 건 아닐까 싶어 무섭기도 했다. 서서히 다가가고 있기는 하지만, 그것만으로 마음을 놓을 수는 없었다. 그래서 침실도 여전히 따로 쓰고 있는 것이고.

그거 알아? 난 네가 세상에서 제일 무서워.

이런 말을 꺼낸다면 이영은 억울하다는 얼굴로 항의를 할지도 모른다. 누가 누구를 무서워해야 하는 거냐고 그렇게 투덜댈 수도 있지 않을까. 물론 아직 제게 낯을 가린다면 그저 속으로 투덜대는 것으로 끝내겠지만 말이다.

"이영아."

"예?"

서원은 불쑥 그녀를 불렀다. 이영이 물을 마시다 말고 그를 쳐다보았다. 하지만 그는 아무런 말도 하지 않고 물끄러미 그녀를 바라보기만 했다. 할 말이 있어서 부른 게 아니었나 싶어 그녀의 고개가 갸우뚱, 기울어졌다. 그 모습을 본 서원의 입에서 가벼운 웃음소리가 새어 나오는 듯싶더니 이내 그가 몸을 그녀에게로 숙이고는 물었다.

"우리 침실은 언제 합칠까?"

"푸우웃!"

이영은 입 안에 있던 물을 그대로 뿜어냈다. 그리고 졸지에 그 물을 고스란히 맞은 서원을 보고는 황급히 자리에서 일어섰다.

"죄송해요. 제가 너무 당황하는 바람에……."

그녀가 허둥대며 그의 옆으로 다가갔다. 그러고는 서원의 얼굴을 타고 흘러내린 물기를 닦을 만한 걸 찾기 위해 두리번거리다가 급한 마음에 제 잠옷 소매로 닦으려 했다. 그 순간, 서원이 흘러내린 소매 사이로 드러난 이영의 손목을 움켜쥐더니 그대로 끌어당겼다.

그리고 두 사람의 입술이 포개졌다. 이영의 눈이 휘둥그렇게 커졌지만 이내 눈꺼풀 속으로 숨어 버렸다. 그와 동시에 그의 어깨를 붙잡은 손에 바짝 힘이 들어갔다. 서원은 제 허벅지 위에 이영을 앉히고는 당황한 그녀가 입을 벌린 틈을 놓치지 않고 바로 파고들었다. 말랑말랑한 혀가 놀란 듯 달아나려는 걸 휘감았다. 혀의 돌기가 도드라진 게 고스란히 느껴졌지만, 그는 아랑곳하지 않고 그녀의 입 안 곳곳을 더욱 깊숙이 탐했다.

"아……."

이영의 벌어진 입에서 가느다란 신음이 새어 나왔다. 그리고 서원의 어깨를 잡고 있던 그녀의 손이 미끄러져 그의 가슴팍에 닿았다. 부드러운 잠옷 천을 사이에 둔 손바닥으로 그의 심장 뛰는 박동이 전해졌다. 마치 전력 질주라도 한 사람처럼 그의 심장이 미친 듯 뛰고 있었다.

가쁜 숨이 터져 나왔다. 그의 가슴팍에 대고 있던 그녀의 손이 오므라들었다. 그때, 서원이 이영의 손을 움켜잡았다. 그리고 천천히 입술을 떼고 그녀를 바라보았다. 이영은 저를 바라보는 서원의 시선을 마주하고 있다가 자신이 그의 허벅지에 걸터앉아 있다는 걸 새삼 깨닫고는 허둥지둥 몸을 비키려 했다.

"이영아."

하지만 서원이 이영을 재차 붙잡는 바람에 그녀의 시도는 무산되고 말았다. 얇은 잠옷만을 입고 있어서일까. 자신이 걸터앉은 서원의 허벅지 근육이 고스란히 느껴지는 것만 같았다. 그녀는 얼굴이 빨개진 채 어쩔 줄 몰라 하며 고개를 숙였다.

"헉!"

차라리 고개를 숙이지 않는 편이 나을 뻔했다. 이영은 당황해하며 고개를 퍼뜩 들었다. 고개를 숙인 순간, 그의 잠옷 앞섶이 불룩해진 게 눈에 들어온 것이다. 황급히 시선을 돌리기는 했지만 그렇다고 해서 이미 본 걸 잊을 수는 없었다. 그녀는 새빨개진 얼굴로 시선을 둘 곳을 찾지 못해 허공만 이리저리 바라보았다.

"어딜 봐."

그녀가 왜 그러는 건지 알아차린 서원이 웃음기 섞인 목소리로 말을 걸며 이영의 양쪽 뺨을 감싸고는 자신을 보게끔 했다. 그러나 이영은 뺨을 감싸인 상태에서도 눈을 데구루루 굴리며 그를 피했다.

"나를 봐야지."

"아, 저, 저기, 그게, 그러니까……."

의미 없는 말들이 제멋대로 입에서 튀어나왔다. 그녀는 간신히 그의 눈을 마주했다. 민망함 때문인지 이영의 눈가가 불그스름했다. 그 모습에 서원이 재차 웃음을 터뜨리고는 가볍게 입을 맞췄다. 그리고 맞닿았던 입술이 떨어지기 무섭게 이영이 입을 열었다.

"저는…… 저는, 괜찮아요."

"응?"

서원은 순간적으로 그녀의 말을 이해하지 못해 어리둥절한 얼굴로 이영을 쳐다보았다. 이영은 그 시선을 마주하지 못한 채 그의 어깨 언저리 어딘가를 응시하다가 머뭇거리며 말을 이었다.

"조, 좀 전에 했던 얘기요. 침실……."

그녀는 말끝을 흐리며 두 눈을 질끈 감았다. 살아가면서 낼 용기를 한꺼번에 쏟아 낸 기분마저 들었다. 제 대답을 듣고 당황한 것인지 그에게서는 아무런 반응도 느껴지지 않았다. 하기야 저 스스로도 방금 자신이 꺼낸 말이 당혹스럽기 그지없으니 말이다. 듣는 상대방 쪽에서는 그보다 더 당혹감이 컸을 터.

이영은 감았던 눈을 천천히 뜨고 다시금 그를 보았다. 서원이 눈을 크게 뜬 채 시뻘겋게 달아오른 얼굴을 주체하지 못하고 입만 벙긋거리고 있었다. 그러더니 두 손으로 본인의 얼굴을 두어 번 쓸다가 냉큼 이영의 손목을 움켜잡았다.

"말 바꾸면 안 되는 거 알지?"

"어, 어어……."

이영이 뭐라고 대꾸할 새도 없이 서원은 그녀의 손목을 붙잡은 채 자리에서 일어섰다. 그 바람에 그의 무릎 위에 앉아 있던 이영 역시 내려설 수밖에 없었다. 그리고 곧바로 그가 이끄는 대로 침실에 따라 들어갔다. 그의 급한 걸음을 미처 따라잡지 못한 이영의 다리가 휘청거렸다. 다행히 서원이 그녀를 바로 침대 위에 앉히는 바람에 넘어지지는 않았다.

"잠깐만."

그는 이영을 침대 위에 얌전히 앉혀 놓은 뒤, 냉큼 뒤돌아서 방을 나가 버렸다. 이영이 얼떨떨한 얼굴로 눈을 깜빡이고 있는데 서원이 다시 돌아왔다.

"……?"

이영의 눈이 휘둥그렇게 커졌다. 그가 한쪽 팔로 베개를 안고 다른 쪽 옆구리에 이불을 낀 상태로 들어온 모습 때문이었다. 서원은 그녀의 어리둥절한 표정을 보고는 머쓱한 듯 어색하게 웃었다.

"말 나온 김에 바로 합쳐야지. 날 밝은 뒤에 마음 바뀌었으니 없던 일로 하자고 하면 어떡해?"

"……아, 하하."

그녀는 저도 모르게 그와 비슷한 얼굴로 어색하게 웃다가 이내 푸훗, 하며 진심으로 웃음을 터뜨리고 말았다. 잠옷 차림으로 베개와 이불을 가지고 들어온 모습이 흡사 제 부모의 방에 들어온 남자아이 같단 생각이 들어서였다. 하지만 그 느낌은 제게 가까이 다가온 서원으로 인해 금세 사라졌다.

어차피 한집에서 지내고 있었음에도 불구하고 침대 근처로 다가온 그를 보니 저절로 입이 말랐다. 그녀는 침대 위에 걸터앉아 있다 말고 뒤쪽으로 몸을 물렸다. 그리고 그만큼 서원이 더 가까이 다가와 자신의 베개와 이불을 침대 한쪽에 내려놓은 뒤, 그녀의 앞에 섰다. 저를 내려다보는 그의 시선을 똑바로 마주하지 못한 채 이영이 발가락을 꼬물거리다가 흠칫 몸을 움츠렸다.

"이영아."

저를 부르는 목소리가 다정했다. 마치 설탕을 입에 물고 있기라도 한 듯 달콤함이 느껴질 정도였다. 단것을 먹지 못하면서도 그의 달콤한 목소리는 듣기 좋았다. 가슴속 깊숙한 곳을 간질이는 느낌에 숨이 가쁠 만큼.

이영의 앞에 서 있던 서원이 침대 위에 무릎을 꿇고 앉았다. 그리고 움츠러든 이영의 귓바퀴를 조심스럽게 어루만졌다. 그 손길에 붉은 물이 스며들기라도 한 듯 귓불이 빨갛게 물들더니 이내 귓바퀴가 전체적으로 빨개졌다.

두 사람의 시선이 마주쳤다. 다정한 목소리와 별개로 그의 시선은 금방이라도 그녀를 잡아 삼킬 듯 일렁이고 있었다. 하지만 두렵다거나 거부감이 들지는 않았다. 그저, 제멋대로 쿵쾅대며 뛰는 심장을 주체할 수 없었을 뿐.

"이러다 밤 꼬박 새우겠어. 자자."

이영을 바라보던 서원에게서 짧은 호흡처럼 웃음이 새어 나오더니 뒤이어 그의 손이 그녀의 눈을 덮었다. 그리고 그대로 그녀를 안아 들고는 침대 안쪽에 뉘었다. 이영은 제 눈 위를 덮고 있던 손이 멀어졌음에도 불구하고 눈을 뜨지 않았다.

그의 발걸음 소리가 멀어지는 듯싶더니 전등을 끄는 소리와 함께 눈꺼풀 너머에서 스며들던 불빛이 사라졌다. 어둠이 내려앉고 그가 다시 침대 위로 올라오는 게 느껴졌다. 이영은 저도 모르게 입술을 축이며 두 손을 꽉 오므려 쥐었다. 서원이 이불을 끌어당겨 그녀의 목 위까지 꼼꼼히 덮어 준 뒤, 조심스럽게 옆에 누웠다.

이영은 반사적으로 이불을 꼭 쥐고 침을 꼴깍 삼켰다. 누군가 제 옆에 누운 게 아예 처음 있는 일은 아니었다. 친구들과 가볍게 1박 2일 정도의 여행은 다녀온 적도 있으니 말이다. 그러나 남자가 이렇듯 제 바로 옆에 누운 건 처음이라 그런지 가슴이 콩닥거리며 뛰었다. 나란히 누워 있는 탓에 제 심장 박동 소리가 그의 귀에 들릴지도 모른단 생각이 들었다.

"잘 자."

"오, 오빠도요……."

그 순간, 서원의 목소리가 어둠 속에서 들렸다. 그녀는 허둥대며 간신히 대답한 뒤, 이불을 제 머리끝까지 뒤집어썼다. 이불 너머에서 그가 가만히 웃는 소리가 들렸던 것도 같았지만, 그녀는 굳이 확인해 볼 엄두는 내지 못했다.

✳ ✳ ✳

"다녀오세요."

"응. 넌 오늘 학교 가 본다고 했지?"

서원이 현관으로 나가려다 말고 이영을 돌아보며 물었다. 그녀는 어색한 표정으로 고개를 끄덕였다.

"예, 복학하기 전에 학과 사무실에도 들를 일이 있고요. 담당 교수님도 찾아뵙고 친구들 강의 끝나는 거 기다렸다가 같이 저녁 먹고 들어오려고요."

"으음…… 그럼 나 혼자 저녁 먹어야 되겠네?"

서원이 끄응, 소리를 내며 짐짓 시무룩한 표정을 지었다. 이영은 미안한 얼굴로 어쩔 수 없다는 듯 웃었다. 그러자 그가 피식 웃더니 그녀의 머리를 헝클어뜨렸다.

"오늘은 나도 아마 늦게 들어올 것 같아."

"늦어요?"

"응. 내가 요즘 새신랑이랍시고 칼퇴근을 했더니 팀원들이 덩달아 군기가 빠져서, 오늘쯤 한번 바짝 조여 볼까 생각하던 중이거든."

물론 그럴 생각은 방금 전까지는 없었지만 말이다. 서원은 속으로 중얼거리면서도 겉으로는 천연덕스럽게 대꾸했다. 그의 대답을 듣고는 한결 마음이 놓였다는 듯 이영이 안도한 표정으로 생긋 웃었다.

남편의 쓰라린 속은 알지도 못하고 말이야.

그는 속으로 구시렁거리며 콧등을 긁었다. 할 수만 있다면 그녀를 어디에도 내보내고 싶지 않은 게 솔직한 심정이었다. 그러나 그런 제 속내를 전부 드러냈다가는 이 여자가 기겁하여 도망칠 테니 적당한 선에서 배려하는 남편의 모습을 보여야 했다. 이를테면 지금처럼.

"그럼 잘 놀다 와. 이따가 끝나면 내가 데리러 갈까?"

"아니요, 괜찮아요. 지하철 타면 금방 오는걸요."

이영이 손사래까지 치며 고개를 설레설레 저었다. 그 모습에 서원의 미간이 좁아졌다.

"왜? 나이 든 남편이 눈치 없이 어린 아내 노는 자리에 끼어들기라도 할까 봐? 방해 안 해. 그냥 네가 어디서 노는지 연락해 주면 내가 근처에 가서 기다리고 있을 테니까……."

"아니요! 그런 게 아니라…… 하루 종일 일한 사람더러 데리러 오라고 하는 건 좀 아닌 것 같아서요."

이러다 출근 늦겠어요. 이영은 덧붙이듯 말하며 까치발을 하더니 서원의 양복 어깨 부분을 손으로 가볍게 털어 주었다. 그는 어쩔 수 없다는 듯 어깨를 으쓱거리고는 현관문을 열었다. 이영이 그를 배웅하기 위해 뒤를 따랐다. 그 순간, 그가 현관을 나가려다 말고 휙 돌아서더니 그녀에게 가볍게 입을 맞췄다.

"아침 인사."

마치 붕어라도 된 것처럼 입을 뻐끔대는 그녀를 향해 서원이 씩 웃고는 몸을 돌렸다. 그리고 그가 나간 뒤에도 한참 동안 입만 뻐끔거리던 이영은 뒤늦게 제 뺨을 감싸고 말았다.

"후아, 후아아······."

그녀는 손으로 부채질을 하며 달아오른 뺨을 식혔다. 침실로 돌아온 이영이 침대 정리를 하려는데 휴대 전화가 요란하게 울렸다. 발신인의 번호를 확인한 그녀의 얼굴이 금세 새파래졌다.

제 이복 오빠의 전화였다. 전화를 받을 때까지 기다리겠다는 듯 벨소리는 집요하게 이어졌다. 그러나 그녀는 그의 전화를 받을 엄두를 내지 못했다. 전화를 받았다가는 지금 자신이 느끼는 모든 행복이 송두리째 사라질 것만 같아서 겁이 났다.

어느 순간, 벨소리가 끊겼다. 필성이 전화를 걸다가 지친 것 같았다. 이영은 가슴을 쓸어내리며 쥐고 있던 휴대 전화를 다시 협탁 위에 내려놓았다. 그 순간, 메시지가 도착했음을 알리는 알람이 울렸다. 필성이 보낸 메시지였다.

차마 제 입으로 꺼낼 수조차 없는 온갖 험한 말과 욕설이 난무했다. 서원이 출근했을 시간을 노려 일부러 보낸 듯싶었다.

이영은 바르르 떨리는 손을 오므렸다 쥐기를 몇 번 반복하다가 필성의 메시지를 삭제했다. 그럴 일은 없겠지만, 서원이 혹시 제 휴대 전화를 봤다가 이 메시지를 보게 되는 게 싫었다. 지금도 부족하기만 한 제 모습에 더한 모습을 추가하고 싶지 않았다. 그녀는 출근 전, 현관 앞에서 제게 다정히 웃으며 말을 걸던 서원을 떠올렸다.

시간이 얼마 지나지 않았음에도 불구하고 어쩐지 그가 그리웠다.

"학교에서 보니까 더 반가운 것 같아. 그렇지?"

혜선이 냉큼 이영의 팔에 팔짱을 끼며 말을 걸었다. 이영은 친구의 말에 동의하듯 고개를 끄덕였다. 대학에 입학한 뒤에 휴학하기 전까지 소라와 혜선, 이영은 언제나 함께였다. 그녀는 친구들과 함께 건물 밖으로 나오다 말고 화단 옆의 벤치를 보았다.

"아직 저녁 먹으러 가기는 이른데, 우리 저기 앉았다가 갈까?"

소라가 이영의 시선이 의미한 바를 눈치챈 듯 곧바로 입을 열었다. 그리고 누가 먼저라고 할 것 없이 세 사람 모두 벤치를 향해 걸음을 옮겼다.

"생각나? 우리 강의 끝나고 저녁 먹은 다음에 맥주 한 봉지 가득 사 들고 돌아와서 여기 앉아 나눠 마셨던 거."

혜선이 제 몸집보다 큰 가방을 앞으로 돌려 끌어안고는 웃으며 말했다. 그러자 소라가 키득거리더니 고개를 힘차게 끄덕였다.

"우리 중에 제일 쪼그만 꼬맹이 유혜선 양이 소문 '안 난' 주당이라는 걸 그때 처음 알았지, 아마?"

"뭐어어?"

이영은 혜선과 소라가 금세 장난스럽게 말씨름을 하는 걸 듣다가 희미하게 미소를 지었다. 그리웠던 시절이 바로 제 옆에서 생생히 되살아난 것만 같았다.

제 마음대로 할 수 있었더라면 어학연수는 가지 않았을 것이다. 친구들과 함께 강의를 듣고 공부를 하고 이렇듯 수다를 떨며 같은 시간을 공유하고 싶었다. 하지만 제 생활은 모친인 정숙이 명령하는 대로 이루어져야 했다. 어느 날 갑자기 휴학을 하고 캐나다로 어학연수를 다녀오라던 정숙의 말에 아무런 반항도 하지 못하고 얌전히 따랐다. 속상한 마음조차 내색할 수 없는 게 제 처지였다.

그러고 보면 이 결혼이 최초의 반항이었는지도 모르겠다. 적어도 정숙이 명령하는 대로 살던 제 삶 속에서 스스로 내린 유일한 결정이었으니 말이다.

그 다정한 남자는 알고 있을까. 본인이 한 사람을 구해 주었다는 걸.

이영이 멍하니 생각에 잠겨 있는데, 소라와 혜선이 동시에 그녀를 보고 짓궂은 표정을 지었다. 그러고는 서로 눈짓을 주고받더니 소라가 이영의 팔을 손으로 쿡 찌르며 물었다.

"공이영, 너 지금 신랑 생각하지?"

"응? 아, 아니!"

이영은 펄쩍 뛰며 목소리를 높였다.

"너는 왜 그런 걸 물어봐?"

"내가 뭘? 신랑 생각하느냐고 물어본 게, 뭐 그렇게 문제 될 질문이야? 얼굴이 빨개졌는데? 너, 야한 생각 했구나! 신랑이랑 응응하던 거 생각한 거 아니야?"

"으, 응응은 또 뭐야……."

노골적인 단어보다 '응응'이란 말이 더 야릇한 느낌을 주었다. 이영은 친구들이 일부러 저를 놀리려고 한다는 걸 알면서도 천연덕스럽게 받아치지 못하고 허둥지둥 자리에서 일어났다.

"우, 우리 밥이나 먹으러 가자."

"아직 밥 먹기에는 이른데? 야아, 그러지 말고 신랑 얘기 좀 해 봐."

소라가 장난스럽게 눈꼬리를 흰 채 이영의 옷자락을 잡아당겼다. 혜선 역시 못 말린다는 듯 고개를 저으면서도 내심 재미있는지 눈을 반짝거렸다.

"아니, 그게……."

그 순간 고개를 휘휘 돌리던 혜선이 눈을 동그랗게 뜨더니 입을 벌렸다.

"어?"

"갑자기 왜 그러는데? 어억!"

소라가 혜선의 반응에 의아한 표정을 지으며 그녀가 바라보는 쪽으로 고개를 돌리더니 곧바로 괴상한 소리를 냈다. 이영은 제 친구들의 반응에 덩달아 고개를 돌렸다. 그리고 그녀의 눈 역시 동그래졌다. 건물 아래쪽 주차장에 차를 세워 놓은 채 서 있는 남자 때문이었다.

"어, 어떻게······."

바쁘다고 했는데. 야근한다고 했는데. 그녀는 당혹스러운 시선으로 차에 기대어 서 있는 서원을 보며 속으로 중얼거렸다.

"와, 이 정도로 거리가 떨어졌는데도 저 외모는 자체 발광하는구나."

소라가 감탄하며 중얼대는 소리가 들렸다. 그러더니 두 손을 입 주변에 대고 큰 소리로 외쳤다.

"이영이 신랑니이이임! 거기서 뭐 하세요?"

"소라야!"

이영은 당황하여 서둘러 그녀의 입을 막으려 했지만, 이미 소용없는 행동이었다. 서원이 곧바로 그 목소리에 반응을 보였기 때문이다. 그가 이영과 그녀의 친구들이 있는 방향으로 고개를 돌리더니 가볍게 손을 들었다. 그 손동작이 어딘지 모르게 멋쩍어하는 느낌을 주었다.

"얼른 가 보자!"

소라가 신이 나서 이영을 잡아끌었다. 혜선 역시 고개를 끄덕이고는 이영의 등을 떠밀다시피 했다. 이영은 친구들의 등쌀에 밀려 얼떨결에 서원이 있는 주차 구역 쪽으로 걸음을 옮길 수밖에 없었다. 단과대 건물 바로 아래쪽에 서 있던 서원이 이영과 눈이 마주치자 어색하게 웃었다.

"여기는 무슨 일로 온 거예요? 오늘 바쁘다고 했잖아요."

"아, 뭐…… 바쁘기는 바빴는데. 예상보다 일이 빨리 끝나서."

이영이 묻는 말에 서원이 머뭇거리다가 다시 한번 어색하게 웃고는 대답했다. 그러고는 이영의 옆에 서 있는 소라와 혜선을 향해 가볍게 인사를 건넸다. 그러자 혜선이 냉큼 고개를 숙여 서원에게 인사하더니 소라의 옆구리를 찌르며 입을 열었다.

"참! 우리 도서관 가야 하잖아."

"응? 도서관? 웬 도서관?"

소라가 혜선의 말에 어리둥절한 표정을 지었다. 혜선이 눈을 찡긋거리며 소라의 옆구리를 거듭 찔렀다. 뒤늦게 혜선의 의도를 알아차린 소라가 고개를 끄덕였다.

"맞다! 그랬지? 어떡하니, 이영아? 모처럼 만났는데, 아무래도 우리 여기서 헤어져야 할 것 같아."

"어? 갑자기 왜?"

이영은 서원을 쳐다보다 말고 제 친구들을 돌아보았다. 소라가 이영을 쳐다보다가 서원을 힐끔 보고는 생글생글 웃으며 말을 이었다.

"리포트 쓸 게 있어서 도서관 가기로 했는데, 그걸 깜빡 잊고 있었지 뭐야."

"오늘 꼭 가야 돼?"

소라의 말을 듣던 이영이 아쉬운 얼굴로 물었다. 모처럼 만난 친구들인데 대화 조금 나누고 헤어져야 한다니 아쉬운 마음이 들었다. 그 마음을 안다는 듯 혜선이 부드럽게 미소 짓고는 입을 열었다.

"미안해. 우리, 다음에 만나자."

"그래. 그때는 네 신랑 모르게…… 으읍!"

소라가 냉큼 끼어들었지만 이내 혜선의 손에 입이 막힌 채 끌려갔다. 키가 큰 소라가 그녀보다 훨씬 작은 혜선에게 끌려가는 모습이 다소 우스꽝스럽기도 했던 터라 이영은 저도 모르게 웃음을 터뜨렸다. 그와 동시에 서원이 혼잣말을 중얼거리는 게 들렸다.

"이거, 빚을 제대로 졌네."

"예?"

"아니야, 아무것도."

그가 싱긋 웃으며 대꾸하고는 주위를 둘러보았다. 이영 역시 서원을 따라서 주변을 새삼 돌아보았다. 일 년을 휴학했다고 해도 여전히 익숙한 풍경이었다.

"학교 안내 좀 부탁해도 될까?"

"학교 안내요?"

"응. 이왕 온 김에 구경하고 싶어서. 안 돼?"

"안 될 건 없지만……."

이영은 얼떨결에 대답하다가 눈을 살짝 찡그렸다. 그러고는 다시 고개를 돌려 서원을 쳐다보았다.

"그건 그렇고 여기는 정말, 왜 온 거예요? 혹시 무슨 약속 같은 거라도 있었어요?"

"아니, 그냥……."

갑작스러운 이영의 물음에 당황한 듯 그가 코끝을 만지작거리며 슬쩍 난감한 표정으로 웃더니 말을 이었다.

"너, 친구들이랑 놀다가 헤어지면 데리고 가려고."

"예?"

서원의 말에 이영의 눈이 동그래졌다. 그가 멋쩍은 얼굴로 헛기침을 하며 그녀의 시선을 피해 허공 어딘가를 응시했다. 이영은 그의 목덜미가 붉게 달아오르는 걸 보고는 덩달아 얼굴이 달아올라 손부채질을 하며 허둥지둥 말을 꺼냈다.

"어, 으음, 일단 저기, 강당 뒤편으로 가 볼래요? 언덕 위에 올라가서 보는 풍경이 꽤 멋지거든요."

"그럴까?"

서원 역시 홍조를 지우지 못한 채 대꾸했다. 사실, 이런 식으로 이영이 제 친구들과 만나는 걸 방해하려던 건 아니었다. 그녀에게 이미 말한 대로 이영이 친구들과 헤어지고 나면 '우연히' 만난 것처럼 가장하여 차에 태워 집으로 가려던 것뿐이었다. 어두운 밤길에 혼자 돌아다니게 놔둘 수는 없다는 게 그의 확고한 생각이었기 때문이다.

'얼씨구? 아예 통금 시간까지 정해 놓지 그러냐?'

술 한잔하자며 퇴근길에 연락을 한 도준이 이런 저를 보고 기가 막힌다는 듯 놀려 댄 게 떠올랐다. 그는 다시 한번 머쓱한 마음에 제 목덜미를 쓱쓱 문지르다가 옆을 힐끔 돌아보았다. 제 옆에서 나란히 걷고 있는 이영의 옆얼굴이 눈에 들어왔다. 빨갛게 달아오른 뺨이 복숭아를 닮아 있었다. 서원은 그 뺨을 만지고 싶은 충동에 저도 모르게 손을 오므렸다가 펴기를 반복했다.

그 순간, 그의 손과 이영의 손이 서로 스치듯 부딪쳤다. 두 사람 모두 흠칫거리며 그 자리에 멈춰 섰다. 손등과 손등이 살짝 스쳤던 것뿐이지만, 그 살갗이 전한 감촉은 너무나 생생했다.

잡을까? 잡아도 되겠지?

서원은 힐끔거리며 그녀의 손을 쳐다보다가 이내 그런 제 모습을 깨닫고 피식 웃어 버렸다. 겨우 손잡는 걸 가지고 이렇듯 고민하는 제 모습이 웃기면서도 어색했다. 그는 괜히 헛기침을 하다가 덥석 이영의 손을 잡았다. 이영이 순간적으로 놀란 듯 움찔거렸지만 그를 거부하지는 않았다. 다행이다. 그는 가슴을 쓸어내리면서도 겉으로는 덤덤한 척 가장했다.

"가을에 이 언덕길 옆으로 단풍이 빨갛게 물들면 얼마나 예쁜지 몰라요. 대학 입학 하고 그해 가을에는 친구들이랑 단풍나무 배경으로 사진을 참 많이 찍었어요."

이영의 목소리가 가늘게 떨려 나왔다. 제 손안에 잡혀 있는 손의 떨림과 흡사 닮은꼴처럼 느껴졌다. 그러면서도 애써 아무렇지 않은 척하는 모습이 저와 비슷한 듯싶어 서원은 웃음을 터뜨리고는 그녀를 마주 보았다. 이영의 새까만 눈동자가 저를 온전히 담아내고 있는 게 새삼 가슴을 술렁이게 했다.

그는 그녀의 손을 잡고 있던 제 손을 가만히 들었다. 그러자 그에게 잡힌 이영의 손이 덩달아 딸려 올라갔다. 서원은 그 손등에 가만히 제 입술을 내리눌렀다. 손등의 얇은 살갗 아래에서 느껴지는 수줍은 떨림이 입술을 통해 전해졌다.

"우리도 가을에 여기 와서 사진 찍자."

다시 입술을 뗀 서원이 고개를 들어 이영을 쳐다보며 말했다. 이영은 손등에 화인이라도 찍힌 듯 뜨거운 느낌에도 불구하고 미동조차 하지 못한 채 그를 바라보았다. 그가 그녀의 손을 잡고는 주위를 둘러보다가 다른 손으로 뒤편 어딘가를 가리켰다.

"저 나무 괜찮아 보이는데. 그 아래에 서서 사진 찍으면 좋겠어. 아, 그때쯤이면 너 복학해서 학교 다니고 있을 테니 아까 그 친구들도 불러서 같이 사진 찍으면 되겠네."

"……정말요?"

"응?"

"정말, 가을에 여기 와서 저랑 사진 찍을 거예요?"

이영은 저도 모르게 목이 메는 걸 느꼈다. 그는 별반 대수롭지 않은 투로 한 얘기였지만, 제게는 그렇지 않았다. 이 남자가 자신과의 미래를 당연히 받아들이고 있다는 걸 새삼 자각했다고 해야 할까.

이 남자와 자신의 미래.

한 단어로 표현할 길 없는 감정이 북받쳐 올라왔다. 그녀는 눈물이 핑 도는 걸 느끼며 고개를 숙였다. 눈물이 고여 희부예진 시야에 들어온 건 제 손을 단단히 쥐고 있는 그의 손이었다. 처음에는 두렵기만 했던 존재가 언제 이렇듯 제 가슴속 깊숙이 자리하게 된 것일까. 이영은 입술을 달싹이다가 어렵게 소리 내어 말을 꺼냈다.

"같이 찍고 싶어요. 사진."

"……."

"매년 가을마다 사진 찍어요, 우리."

"그래. 그러자."

좋아한단 말 대신, 그녀는 같이 사진을 찍자고 했다. 서원 역시 그러자는 말로 제 감정을 대신 표현했다. 그리고 동시에 발을 옮기기 시작했다. 언덕을 오르는 두 사람의 손은 굳건히 서로를 맞잡고 있었다.

제10장 - 드러난 진실

"알아봤어?"

서원은 도준의 전화를 받자마자 다그치듯 물었다. 그러자 혀를 차는 소리에 이어 도준이 투덜대는 목소리가 휴대 전화를 통해 흘러나왔다.

— 작작 좀 부려 먹어라, 인마. 내가 너 때문에 요 며칠 공필성 주변 훑고 다니느라고 오해까지 받았단 거 아니냐? 장도준 성적 취향이 알고 보니 그쪽이었냐, 하고…….

"싱거운 소리 말고. 뭔가 알아낸 게 있으니까 전화한 거잖아. 그게 뭐야?"

서원이 몸을 돌려 책장에 등을 기댄 채 조금은 날카로운 투로 재차 물었다. 순식간에 신경이 곤두섰다. 도준 역시 그런 서원의 기분을 알아차린 듯 금세 웃음기 걷힌 목소리로 대구했다.

— 어릴 때, 공이영, 아니, 네 아내를 건드리려고 한 적이 있었

다더라.

서원의 이마에 핏대가 섰다. 지난번에 필성이 전화를 해서 저를 이영인 줄 알고 온갖 더러운 말을 지껄였을 때 이미 예상했던 일인데도 본능적으로 분노가 치밀었다. 그는 좁아진 미간을 손가락으로 꾹꾹 누르며 도준의 말이 계속 이어지기를 기다렸다.

— 그때가 아마 팔 년 전이었나 봐. 네 아내가 중학생이었을 적의 일인데. 다행히 미수로 그쳤고…… 물론 공필성 그 새끼한테 여기저기 얻어맞아서 한동안 밖에 나가지는 못했다더라. 공 회장 부부가 아마 못 나가게 했겠지. 그 양반, 본인 이미지 하나만큼은 아주 철저히 관리했으니 말이야.

도준의 말을 듣던 서원의 눈이 붉게 물들었다. 가슴속에서 들끓는 분노와 고통이 똑같은 크기로 서로를 휘감으며 맹렬히 솟구쳤다. 그는 잇새로 새어 나오는 신음을 막지 못했다. 그걸 들은 도준이 굳은 어조로 경고했다.

— 경솔하게 행동하지 마, 채서원.

"……알아."

알고 있다. 알고 있기에 지금 이렇게 간신히 참고 있는 것이다. 서원은 숨을 고르며 눈을 감고는 서재 밖의 소리에 귀를 기울였다. 일요일 한낮의 여유로운 시간 속에서 이영이 종종걸음으로 바쁘게 주방을 오가는 소리가 들렸다.

"나도 경솔하게 행동할 생각은 없어. 충동적으로 단번에 죽여 버리면 너무 아깝잖아? 이영이가 겪은 걸 백분의 일도 되돌려 주지 못하는 셈이 될 텐데."

그의 시선 깊숙한 곳에서 잔혹한 빛이 번득였다. 죽는 것보다 사는 게 더한 고통이 된다는 말도 있다. 앞으로 필성과 그의 가족에게 그 말이 어떤 뜻인지 두고두고 알려 줄 생각이다. 서원이 도준과의 통화를 막 끝낸 것과 동시에 서재 문을 조심스럽게 두드리는 소리가 났다. 그리고 문이 열리더니 자그마한 머리통이 쏙 나타났다.

"점심 다 됐는데요."

"응? 벌써? 그러고 보니 맛있는 냄새가 여기까지 솔솔 나네."

서원은 언제 살벌한 기세를 풍겼던가 싶게 부드러운 표정으로 말했다. 앞치마를 맨 채 문고리를 잡고 서 있던 이영이 겸연쩍은 얼굴로 입을 열었다.

"냄새만 그럴 거예요. 맛은 보장 못 해요."

"맛도 끝내줄 것 같은데?"

서원이 이영의 어깨를 살짝 끌어안고는 장난스럽게 대꾸하며 주방으로 향했다. 그녀는 제 어깨를 감싼 그의 손을 보다가 얼굴을 붉혔다. 그의 스킨십이 어쩐지 점점 더 늘어 가는 느낌이다. 그의 손길이 닿을 때마다 열이 오르는 제 모습이 낯 뜨거워서 이영은 멋쩍은 표정을 지었다.

"스테이크랑 매시드 포테이토잖아?"

그가 식탁 위를 보고는 감탄하듯 말했다. 마치 엄청난 요리라도 본 것처럼 반응하는 그의 태도에 이영이 더욱 쑥스러워져 괜히 죄 없는 코끝을 문질렀다. 서원은 식탁 위에 차려져 있는 음식을 보다가 미안한 얼굴로 그녀를 돌아보았다.

"요리할 때 도와줬어야 하는 건데."

"아니에요. 제가 혼자 하겠다고 했잖아요."

"하지만……."

"맛없어도 그냥 맛있는 척 먹어 주면 그걸로 충분해요."

이영이 멋쩍게 웃으며 그의 말을 끊었다. 그러자 서원이 이영을 처다보다가 피식 웃더니 이내 그녀의 이마를 가볍게 튕기듯 건드렸다.

"그런 게 어디 있어? 난 거짓말은 못 해. 맛없으면 맛없다고 솔직히 말할 거야."

"그, 그래도……."

서원의 말에 이영이 눈을 살짝 찡그리며 항의하려다가 입을 꾹 다물었다. 하기야 맛없는 걸 무조건 맛있다고 해 달라는 건 억지였다. 그녀는 자신이 차려 놓은 음식을 보았다. 조금 전만 해도 이 정도면 괜찮지 않을까 싶었던 음식이 왜 이렇게 못나고 초라해 보이는 건지 모를 일이었다.

나가서 먹자던 말을 괜히 거절했나 봐.

가볍게 아침을 먹은 뒤에 점심은 외식을 하자던 서원에게 집에서 먹자고 한 건 저였다. 또한 도와주겠다던 그의 제안조차 뿌리친 채 의기양양하게 홀로 요리를 한 것도 저였다. 스테이크와 매시드 포테이토 정도라면 혼자서도 잘할 수 있지 않을까 자만했던 것이다. 이영은 제 눈꼬리가 처진 줄도 모른 채 시무룩해졌다. 서원이 그 모습을 쳐다보고는 짓궂은 미소를 지었다.

"공이영 셰프의 스테이크부터 맛 좀 볼까?"

장난스러운 말과 함께 서원은 자리에 앉자마자 접시 위의 스테이크를 한입 썰어 입에 넣었다. 이영은 제 것에 손도 대지 못한 채 맞은편에 앉아 그의 입이 움직이는 걸 쳐다보기만 했다. 서원이 그녀와 눈을 맞추고는 엄지를 들어 보였다.

"내가 지금껏 먹은 스테이크 중에 최고로 맛있어."

그의 눈이 부드럽게 호를 그리며 휘어졌다. 그녀는 금세 얼굴이 새빨개진 채 고개를 절레절레 흔들었다.

"거짓말 못 한다더니."

"응, 맞아. 나 거짓말 못 해."

"그런데 방금 거짓말했잖아요."

"내가 무슨 거짓말을 했다고?"

서원이 억울하다는 듯한 어조로 물었다. 이영은 접시 위의 스테이크를 눈짓으로 가리키며 웅얼거렸다.

"지금껏 먹은 것 중에 최고로 맛있다고……."

"그거 거짓말 아닌데?"

"거짓말이잖아요."

그게 어떻게 거짓말이 아닐 수 있을까. 서원이 지금껏 먹어 본 스테이크 중에 가장 어설프고 맛없다면 모를까. 이영은 민망함에 뺨이 화끈거려 손으로 부채질을 하며 열기를 식혔다. 그 모습을 물끄러미 응시하던 서원이 씩 웃더니 재차 입을 열었다.

"거짓말 아니야. 정말, '내 입맛'에는 이게 최고로 맛있어."

"그게 말이 돼요? 그냥 적당히 먹을 만하다고 했으면 차라리 믿겠지만."

"내 아내가 해 준 요리가 세상에서 가장 맛있지 않으면, 누가 해 준 게 가장 맛있단 건데?"

"……!"

이영의 눈이 동그래졌다. 그는 식탁 위에 차려진 음식을 다시 한번 눈짓으로 가리키고는 말했다.

"나한테는 가장 최고의 요리야. 편하게 나가서 먹자던 것도 마다하고, 나를 위해서 내 아내가 차려 준 거잖아."

"……."

"나도 내가 이렇게 구식일 줄은 몰랐는데 말이지."

서원이 익살스럽게 웃으며 어깨를 으쓱였다. 아내가 해 준 밥에 큰 의미를 부여하는 회사 직원들을 보며 우습단 생각을 했었는데, 자신이 그렇게 변할 줄이야. 그는 다시 제 앞에 놓인 접시를 보았다.

솔직히 말하자면 스테이크는 조금 바짝 익힌 탓에 뻑뻑한 느낌이 났다. 제 취향은 이것보다는 덜 익혀서 핏물이 살짝 배어 나오는 것이니 말이다. 그리고 그 옆에 있는 구운 마늘 역시 너무 강한 불에서 익힌 것인지 겉면이 노릇노릇하다기보다는 짙은 갈색을 띠고 있었다.

"너도 어서 먹어 봐. 마늘 으깨서 같이 먹으니까 더 맛있어."

서원은 아직 손도 대지 않은 이영의 접시를 보고는 말했다. 그제야 이영이 수줍은 표정으로 포크와 나이프를 각각 쥐었다. 스테이크를 써는 모습을 가만히 지켜보던 서원이 아, 하고 외마디 소리를 내뱉고는 자리에서 일어섰다. 그러자 이영이 스테이크를 한 점 먹으려다 말고 그를 올려다보았다.

"와인 한잔해야지."

그가 미소를 머금은 채 말하자마자 그녀가 깜빡 잊었다는 듯 입을 벙긋거렸다. 그 어설픈 모습이 사랑스러웠다. 서원은 자꾸만 웃음이 나오려는 걸 간신히 참으며 와인 냉장고에서 와인을 한 병 꺼내고 잔을 챙겨 다시 돌아왔다. 이영의 입맛에 맞춰 단맛이 약한 드라이 타입을 미리 구비해 놓은 게 다행이었다.

"……어?"

이영이 서원이 건넨 와인을 한 모금 마시다 말고 눈을 휘둥그렇게 떴다. 와인에서 단맛이 거의 느껴지지 않았기 때문이다. 그가 뿌듯한 표정으로 웃는 걸 보고 나서야 방금 자신이 마신 게 드라이 와인이라는 걸 깨달았다.

"이거 원래 냉장고에 없었던 거 아니에요?"

"응. 저번에 사다가 넣어 놨어."

"아……."

와인이 부족한 건 아니었을 것이다. 와인 냉장고 안이 가득 채워져 있었던 걸 본 게 불과 얼마 전이었으니 말이다. 어차피 술을 즐겨 마시는 것도 아니고, 더구나 와인 같은 경우에는 단맛이 나는 터라 별로 즐기지도 않았다. 물론 독한 양주 같은 것보다는 와인이 먹기에 나은 점이 있기는 했지만.

방금 자신이 마신 와인은 떫은맛이 강했다. 달콤한 걸 좋아하는 그의 취향과는 완전히 반대되는 맛이었을 것이다. 그럼에도 불구하고 서원은 직접 따른 와인을 한 바퀴 느릿하게 돌려 향을 맡더니 한 모금을 입에 머금고 한참 동안 그 맛을 음미했다.

"억지로 제 입맛에 맞추지 않아도 돼요."

함께 사는 부부라 해서 모든 걸 똑같이 맞춰야 하는 건 아니다. 이영은 그에게 제 입맛을 강요한 건 아니었음에도 불구하고 괜히 미안해져서 입을 열었다. 그러자 서원이 와인을 한 모금 더 마시고는 잔을 내려놓으며 대꾸했다.

"억지로 맞추는 거 아니야."

"입맛에 맞지 않잖아요."

"내 욕심일 뿐이야. 억지로 맞추려는 게 아니라. 좋아하니까, 아니, 사랑하니까. 사랑하는 여자와 모든 걸 공유하고 싶어서."

순간적으로 들고 있던 와인 잔을 놓칠 뻔했다. 그녀는 가까스로 잔을 내려놓은 뒤, 휘둥그렇게 뜬 눈으로 그를 쳐다보았다.

자신이 무슨 말을 들은 건가 싶어 제 귀를 의심했다. 방금 무슨 말을 한 건지 되묻고 싶었지만 입이 쉽게 열리지 않았다. 그런 그녀의 황망한 표정을 본 서원이 쓴웃음을 짓더니 입을 열었다.

"이런 식으로 고백하려던 건 아닌데."

"……그, 그게 무슨."

"사랑한다, 이영아."

아주 어릴 적 그런 꿈을 꾸었던 날도 있었다. 누군가가 저를 절실히 사랑한다고 고백하는 꿈. 가져 보지 못한 애정을 갖게 되는 순간을 그려 낸 꿈. 그 모든 게 시간이 흐르면서 흐릿해져 켜켜이 쌓인 기억들 저 밑으로 숨어 버렸다고 생각했는데, 그게 아니었던가 보다.

이영은 덤덤하기까지 한 서원의 고백에 말문이 막혀 아무런 대답도 하지 못했다. 어릴 적 자신이 꿈꿨던 순간과는 거리가 먼 상황이었다.

고급스러운 레스토랑도 아니었고, 로맨틱한 음악이 흐르지도 않았다. 화사하고 커다란 꽃다발도 없었고, 반짝이는 반지나 목걸이가 있는 것도 아니었다. 사랑한다는 말 이외에 달콤한 속삭임이 덧붙여 있지도 않았다. 그저 자신이 만든 어설픈 스테이크를 앞에 둔 상태에서 대화를 나누던 도중에 받은 고백일 뿐이었다.

그런데 어째서일까.

그녀는 저도 모르게 뺨이 젖어 드는 걸 깨닫고는 황급히 손으로 뺨을 닦았다. 눈물이 왈칵 쏟아진 탓에 얼굴은 금세 엉망이 되었다. 게다가 코끝이 찡해지면서 콧물까지 나왔다. 이영은 코를 훌쩍이다가 두 손으로 제 얼굴을 감싸 버렸다.

모든 게 막연히 상상했던 것과 달랐다. 고백을 받고 환하게 웃을 거라고 생각했던 것과 달리 막상 그에게서 고백을 받은 자신은 보기 흉하게 훌쩍이고 있으니 말이다. 그러나 단 한 가지만큼은 상상한 그대로였다.

주체할 수 없을 만큼 가슴이 벅차오르는, 지금 이 느낌 말이다.

"이영아."

"어, 어떻게……."

그의 다정함에 가슴이 떨렸던 건 사실이다. 이 결혼을 하게 되었던 이유가 무색할 정도로 서원은 제게 완벽한 남편의 모습을 보여 주었다. 때때로 엿보이던 그의 호감을 마주하고 있노라면 정말 그의 사랑하는 아내가 된 듯한 기분을 느낄 때도 있었다.

하지만 그럴 때마다 착각하지 말자고 제 마음을 다잡았다. 이 남자는 그저 친절을 베푸는 것뿐이라고, 부부가 되었으니 그에 충실하고자 하는 것뿐이라고, 그렇게 되뇌어야 했다. 그렇게 하지 않으면 서원에게 제 마음을 송두리째 빼앗길 것만 같았다. 그의 다정한 시선과 따스한 손길에 흔들리는 제 자신을 알고 있었기에.

"아니었잖아요. 그런 거 아니었……."

"나는 처음부터 그랬어."

두 손으로 얼굴을 감싼 채 고개를 젓는 이영의 귀에 서원의 나직한 음성이 들렸다. 그리고 그가 손을 내밀어 그녀의 손을 겹쳐 잡고는 아래로 끌어 내렸다. 뒤이어 그의 손이 그녀의 턱을 부드럽게 감싸 고개를 들게끔 했다.

깊게 가라앉은 남자의 시선과 마주했다. 그 깊이를 가늠조차 할 수 없을 것만 같은 눈빛이었다. 그 눈이 오롯이 저를 담고 있는 걸 확인할 수 있었다. 이영은 숨조차 쉬지 못한 채 그 시선을 마주했다.

"사실은 너를 속였어."

"……?"

"네가 내 정체를 알게 됐기 때문에 결혼하자고 한 게 아니었어."

"그, 그럼……."

"이미 한 번 놓쳐 버린 기회가 다시 찾아왔는데, 그걸 가만히 날려 버릴 수는 없잖아?"

서원이 턱을 감싸 쥐고 있던 손으로 이영의 뺨을 쓰다듬었다. 이영이 그의 말을 이해하지 못하고 눈을 깜빡이다가 파르르 입술을 떨었다.

그러니까 지금 이 남자가 하는 말은…….

그녀의 눈이 더욱 크게 뜨였다.

✱ ❊ ✱

"그나저나 고모, 아직 출국 일정이 안 잡혔어요? 이번에는 꽤 오래 머무르네요?"

정숙이 수저를 내려놓다가 문득 생각났다는 듯 입을 열었다. 그러자 현희가 물컵을 들다 말고 제 올케를 보더니 사르르 눈웃음을 지었다.

"예, 조금 더 있다가 가려고요. 아니, 굳이 가야 하나 싶기도 하고."

"그게 무슨 말이냐? 다시 프랑스로 돌아가지 않겠단 게야?"

현익이 본인도 모르게 미간을 좁히며 자신의 여동생을 쳐다보았다. 현희가 살며시 입꼬리를 올리고는 고개를 끄덕였다.

"아직 확실하게 결정한 건 아니에요, 오빠. 그냥…… 나도 이제 나이가 들었나 봐요. 젊었을 적에는 어느 한 곳에 정착하는 게 죽기보다 싫었는데, 이제는 반대로 여기저기 떠돌아다니는 삶이 피곤하기도 하고 그러네."

웃음기 섞인 현희의 말을 듣던 현익과 정숙의 표정이 동시에 굳었다. 현희가 무슨 꿍꿍이로 이러는 건지 알 수 없기에 그들의 경계심은 짙어질 수밖에 없었다.

그 순간, 작은 기침 소리가 적막을 깼다. 그 자리에 함께 앉아 식사를 하던 수연이 낸 소리였다. 수연은 제 부모와 고모의 시선을 한꺼번에 받자마자 민망한 표정을 지었다. 필성 역시 딱히 편하지는 않았던 듯 슬그머니 자리에서 일어나려 했다. 현희가 필성에게로 힐끔 시선을 던지더니 싱긋 웃으며 다시금 말을 이었다.

"내 딸을 되찾고 싶기도 하고."

"꺄악! 어떡해! 다 젖었어!"

현희의 말이 끝나기가 무섭게 정숙의 앞에 놓여 있던 물컵이 엎어졌다. 그 바람에 정숙의 옆에 앉아 있던 수연에게로 컵에 담겼던 물이 쏟아지고 말았다. 하지만 현익이나 정숙 둘 다 수연이 난리를 치는 것에 아랑곳하지 않고 현희를 쳐다보았다. 새파랗게 질린 정숙이 입을 열기 전, 현익이 먼저 쉰 목소리로 말을 꺼냈다.

"딸, 이라니?"

"내 딸 말이에요, 오빠. 내 배로 열 달 품어 낳은 이영이. 그 애한테 이제라도 엄마 노릇을 해 볼까 해서 말이죠."

현희가 현익을 쳐다보며 미소를 지었다. 그 웃음 너머에 묻어나는 탐욕을, 현익과 정숙이 알아차리지 못할 리 없었다. 정숙은 입만 벙긋거리다가 갑자기 발작하기라도 한 듯 자리에서 벌떡 일어섰다.

"이제 와서 엄마 노릇을 하겠다고요, 고모? 지금껏 그 애를 키운 게 누군데? 도경에서 콩고물이라도 떨어지나 싶어 마음이 바뀌었나 보죠?"

"어머, 생색도 적당히 내야죠. 새언니가 이런 식으로 '키웠다고' 생색낼 자격은 없지 않아요? 오빠랑 올케가 지금껏 걔한테 어떻게 했는지 내가 모르는 줄 아나 봐요?"

"지금 무슨 소리를 하는 거야! 애들도 있는 자리에서!"

현익이 현희의 말에 버럭 언성을 높였다. 그제야 정숙은 제 자식들이 함께 있었다는 걸 깨닫고 황망한 눈으로 수연과 필성을 돌아보았다. 수연과 필성은 방금 제 부모와 고모 사이에 오간 대화가 무슨 뜻인지 이해하지 못해 어리둥절한 표정을 짓고 있었다. 그러나 뒤늦게 대화 내용을 되새기더니 그 의미를 알아차리고는 경악한 얼굴로 눈을 크게 떴다.

"어, 엄마! 지금 고모가 한 말이, 그러니까 이영이 그 계집애가 아버지 딸이 아니라……."

"내 딸이라는 거지. 수연이 너와는 이복자매가 아니라 사촌이라는 것이고."

현희가 수연의 말을 끊고는 냉큼 끼어들었다. 그녀를 제외한 모두가 할 말을 잃고 넋이 나간 듯한 표정을 지었다. 현익이 그나마 붉으락푸르락한 얼굴로 제 여동생, 현희를 노려보고 있었을 뿐.

"너 대체 무슨 속셈이야? 낳자마자 필요 없다고 버린 애한테 이제 와서 어미 노릇이라도 하겠다고?"

"못 할 것 없잖아요? 오히려 이제라도 엄마 노릇 하겠다고 나선 걸 칭찬해 줘야 하는 거 아닌가?"

현희가 싱글싱글 웃으며 현익을 향해 되물었다. 그들 남매 사이의 대화를 듣던 정숙의 입가에 경련이 일었다.

이영이 도경그룹의 외며느리가 되었다는 걸 알고 마음이 바뀐 게 분명했다. 정숙은 제 시누이를 쳐다보다가 이를 악물었다. 지금까지 키우느라고 고생한 사람이 누군데, 이제 와서 뻔뻔하게 그 열매만 쏙 빼먹겠다고? 어림없는 소리. 그녀의 눈에 독기가 서렸다.

"칭찬할 일은 아니죠, 고모. 이영이 생각은 조금도 안 하나 봐요?"

"그게 무슨 말이에요, 언니?"

현희는 제게 말을 건 정숙에게로 시선을 돌렸다. 그러자 정숙이 가만히 웃음 짓고는 말을 이어 나갔다.

"고모가 자기 생모라는데, 어느 누가 충격을 받지 않겠냐는 거예요. 차라리 아예 모르던 여자가 생모랍시고 나타나는 게 낫지."

"뭐라고요?"

"그렇잖아요. 여태껏 조카는 고사하고 사람 취급도 안 하고 무관심으로 일관해 왔던 고모가 갑자기 자기를 낳아 준 엄마라고 하면, 걔가 제정신일 수 있겠어요? 이제 한창 신혼 생활에 빠져 행복해할 애한테 그건 너무 잔인하지 않아요?"

"그건 내가 알아서 해요. 어차피 한 번은 겪어야 할 일이고."

"겪어야 할 일이라……. 재미있네요, 고모. 마치 언젠가는 '엄마'로서 이영이 앞에 설 작정이었던 사람처럼 말이죠."

살짝 올라간 입술 끝과 달리 정숙의 시선은 날카롭기 그지없었다. 현희 역시 그에 굴하지 않겠다는 듯 표독스러운 눈으로 제 올케를 쏘아보았다. 그러다가 정숙이 다시 시선을 거두고는 뒤쪽을 향해 입을 열었다.

"아줌마."

"예, 예에? 사모님!"

그제야 나머지 사람들은 그 자리에 있었던 다른 이를 깨달았다. 바로 가사 도우미인 익산댁이 그곳에 함께 있었던 것이다. 현익은 혀를 차며 고갯짓을 했고 수연과 필성 역시 당혹스러운 얼굴로 서로 눈짓을 교환하기 바빴다. 현희도 미처 익산댁의 존재를 생각하지 못했던 듯 미간을 살짝 찌푸리며 입술을 깨물었다. 정숙이 그런 현희에게 시선을 고정한 채 익산댁에게 경고 조로 말을 이었다.

"이 집 안에서 나온 얘기는 절대 외부로 새어 나가서는 안 된다는 거 알죠?"

"무, 물론입니다, 사모님!"

익산댁은 허옇게 질린 얼굴로 고개를 마구 끄덕였다. 지금까지 이 집에서 일을 하며 알게 된 사실들이 오죽 많았던가. 대표적인 게 바로 이 집 막내딸과 관련된 일들이었다.

이영 학생 팔자도 참······.

그녀는 속으로 혀를 끌끌 찼다. 그저 첩에게서 낳은 자식인 줄로만 알았는데, 생각보다 이영을 둘러싼 관계가 복잡한 듯싶었다.

"저는 아무 얘기도 듣지 못했는걸요, 사모님. 지금까지처럼, 쭉 그럴 겁니다."

오래전에 필성이 이영을 강제로 안으려 했던 걸 눈치채고도 익산댁은 침묵을 택했다. 열다섯 살의 어린 이영이 상처투성이의 몸으로 여러 날을 홀로 앓는 걸 보면서도 애써 외면했다. 장을 보러 나갔다가 경찰서 앞을 지나치며 느꼈던 죄책감은 돈 앞에서 그 무게가 한없이 가벼워졌다. 그렇기에 익산댁은 이번에도 입을 다물 터였다.

익산댁을 무심히 일별한 정숙이 시선을 돌려 현희를 쳐다보았다. 현희가 당황했던 기색을 어느새 지우고는 아무렇지 않은 척 정숙의 시선을 받아쳤다.

"고모가 뭘 노리는 건지 모르지만, 괜히 이름에 먹칠만 하게 되는 건 아닌지 걱정이네요."

"이름에 먹칠할 일이 있을까요? 세상 여기저기에 나랑 걔 관계를 떠벌리고 다닐 것도 아닌데. 그저, 이영이와 그쪽 식구들에게만 알리는 거죠."

"그쪽, 식구들이라니요? 설마 사돈 내외를 말하는 거예요?"

"당연하죠. 물론 채 서방에게도 알릴 거고요. 명색이 내가 '진짜' 장모인데 사위한테 제대로 대접도 받아 봐야 하지 않겠어요?"

현희의 뻔뻔한 대꾸에 정숙이 기가 막혀서 헛웃음을 지었다. 그리고 현익 역시 잔뜩 붉어진 얼굴을 실룩거리다가 참지 못하고 재차 언성을 높였다.

"오빠, 지금 이 얘기가 다 뭐야?"

제 부모와 고모 사이에 목소리가 높아지는 걸 듣고만 있던 수연이 필성의 옆구리를 슬쩍 찌르며 물었다. 그러자 필성이 어깨를 으쓱이며 인상을 썼다.

"고모가 말한 게 사실이라면…… 공이영, 그 계집애랑 우리가 사촌지간이라는 거지. 배다른 형제가 아니라."

"말도 안 돼! 고모가 애를 낳았다고? 그리고 그게 공이영이란 말이야?"

수연은 믿기지 않는다는 표정을 지었다. 필성 역시 고개를 주억거리며 제 턱을 문지르더니 뒤이어 그녀에게 나가자는 눈짓을 보냈다. 수연은 제 오빠의 눈짓이 의미하는 바를 곧바로 알아차리고는 자리에서 일어섰다. 필성과 수연이 자리에서 일어났지만 현익과 정숙, 그리고 현희는 그들에게 신경 쓸 여력이 없다는 듯 계속 말씨름을 했다.

"기가 막힌다, 진짜……. 고모가 애를 낳았다니."

"낳을 수도 있지, 뭐. 설마 고모가 저 나이까지 처녀였겠냐?"

필성은 거실로 나오자마자 수연의 말에 킬킬대며 대꾸했다. 수연이 그런 오빠를 한심하다는 듯 쳐다보다가 눈을 찌푸렸다. 그러다가 문득 생각났다는 듯 다시 필성을 쳐다보며 물었다.

"그런데 고모가 왜 갑자기 이영이 그 계집애를 딸이라고 인정하는 거야? 듣자 하니 지금껏 우리 집에 버려 놓다시피 했으면서 말이야."

"상황이 바뀌었잖아. 공이영이 도경 며느리가 되었으니."

필성이 언제 킬킬댔던가 싶게 웃음기 걷힌 얼굴로 대답했다. 수연은 초조한 듯 입술을 깨물다가 뒤를 힐끔 돌아보았다. 여전히 제 부모와 고모의 목소리가 서로 엉킨 채 새어 나오고 있었다.

"고모가 아빠 회사를 넘보려는 건 아니겠지?"

"그럴 가능성이 있으니까 두 분이 지금 저렇게 예민해진 거 아니겠어?"

"말도 안 돼! 고모가 해 왔던 일과는 완전히 다른 분야잖아!"

"신문 찍어 내는 일이나 가이드북 찍어 내는 일이나 거기서 거기라고 하면 어쩌겠어?"

필성이 빈정거리듯 대꾸했다. 그러면서도 그의 표정은 서늘하게 굳은 상태였다. 졸지에 고모에게 부친의 언론사를 빼앗길지도 모른다고 생각하니 저절로 신경이 곤두섰다. 당연히 한영일보는 제 것이라 여기며 살았는데 생각도 못 한 경쟁자가 나타난 것이다.

젠장, 평생 외국을 떠돌며 살 줄 알았더니.

그는 제 여동생을 뒤로한 채 신경질적으로 머리를 쓸어 넘기고는 테라스로 걸음을 옮겼다.

공현희. 그리고 공이영.

필성의 입술 끝이 비틀렸다. 그러고 보니 얼마 전 이영의 남편과 했던 통화가 떠올랐다. 그때 느꼈던 굴욕감이 다시 한번 밀려들었다. 그날 제 부름을 받고도 오지 않은 이영으로 인해 망신을 당한 일도 함께 떠올랐다.

"가만히 안 둬. 내가 그냥 당하고만 있을 것 같아?"

그의 어금니가 맞물리면서 뿌드득, 소리가 났다. 제 자리를 위협할지도 모르는 고모와 저를 망신시켰던 이영, 그리고 굴욕감을 느끼게 한 서원까지 모조리 시궁창으로 처박아 버리지 않고서는 지금 이 화가 풀리지 않을 듯싶었다.

"그래……. 오히려 이게 기회일지도 모르지."

필성은 테라스 난간에 몸을 기대고 있다가 눈을 번득였다.

＊ ※ ＊

― 오늘 또 만난다고?

"예."

이영은 도서관에서 막 나가려다 말고 그 자리에 멈춰 섰다. 잿빛 하늘이 금방이라도 비를 쏟아 낼 것만 같았다. 오늘 비가 내린다고 했던가. 그녀는 저도 모르게 고개를 갸웃거리다가 살짝 눈을 찡그렸다.

그러고 보니 일기 예보를 제대로 보지 않은 기억이 났다. 어젯밤 뉴스 말미에 기상 캐스터가 막 나오려던 참에 서원이 목욕 수건 하나만을 두른 채 욕실에서 나와 침실로 가다 말고 제게 다가와 느닷없이 입을 맞추는 바람에 일기 예보를 확인하지 못한 것이다. 그녀는 순식간에 달아오른 뺨을 식히기 위해 손부채질을 열심히 하기 시작했다.

— 그럼 너 혼자 나갈 게 아니라 아예 나랑 같이 갈래? 어차피 고모님이랑 식사 한 번은 해야 하니까.

"다음에요. 오늘 중요한 회의 있다면서요."

이영이 간신히 뺨의 열기를 가라앉힌 뒤, 다시 대답했다. 그 순간, 휴대 전화 너머에서 '팀장님!' 하며 서원을 부르는 듯한 낯선 목소리가 들렸다.

"누가 부르는 거 아니에요?"

— 응? 아니야. 다른 사람 부르는……

'채 차장님!' 하고 우렁차게 부르는 목소리가 다시 한번 휴대 전화를 통해 들렸다. 뱀파이어가 아닌 제 귀에도 또렷하게 들릴 정도라면 대체 얼마나 큰 목소리로 그를 불러 댄 것일까 싶어 놀라웠다.

— 알았습니다! 알았다고요! 별것 아닌 걸로 부른 거라면 각오 단단히 해야 할 겁니다, 박 대리! ……어쩌지? 전화 끊어야겠는데.

서원이 박 대리라는 사람에게 거의 으르렁거리듯 외치더니 이내 순한 목소리로 이영에게 양해를 구했다. 그녀는 살포시 웃으며 도서관 밖으로 발을 내디뎠다.

"괜찮아요. 저도 이제 도서관에서 나가려던 중이에요."

— 고모님과는 어디서 만나기로 했는데?

"광화문 쪽에서요."

— 그런데 날씨가 안 좋은데? 비 올 것 같지 않아? 박 대리, 오늘 비 온다고 했습니까?

서원 역시 바깥 하늘을 본 것인지 이영에게 말을 걸다 말고 박 대리라던 목소리 큰 부하 직원에게 묻는 소리가 이어졌다. 이영은 가슴이 두근거려 입술을 앙다문 채 손으로 볼을 문질렀다. 생각해 보면 특별한 일은 아니다. 그저 잔뜩 흐린 하늘을 보고 비가 오려나 싶어 본인의 팀원에게 물어본 것에 지나지 않으니.

— 오후에 곳곳에 소나기가 온다고 했대. 우산 챙겨서 나왔어?

걱정 가득한 목소리에 이영은 저도 모르게 웃고 말았다. 평범한 일상이 이토록 반짝거리고 소중하다는 걸, 사람들은 알고 있을까. 이렇듯 비가 오면 어떡하나 걱정하고 우산을 챙겼는지 궁금해하는 사람이 제 곁에 있다는 사실만으로도 행복할 수 있다는 걸, 사람들은 상상이나 할 수 있을까.

"비 오면 데리러 와 줄 수 있어요?"

이영은 충동적으로 입을 열었다. 그러고는 곧바로 그런 제 모습에 놀라 말을 번복하려 했다.

"아, 아니, 방금 한 말은 그냥 잊……."

— 당연하지. 네가 있는 곳이라면 어디든 데리러 못 갈까.

서원의 목소리에서 웃음기가 묻어났다. 장난스럽게 한 말인 동시에 진심이 느껴지는 말이기도 했다.

— 설령 비가 내리지 않아도, 햇빛이 좋은 날에도 언제든지 데리러 갈게. 그러니까 불러 줘. 네가 어디에 있든, 그게 어느 때든 상관없이 데리러 갈 테니까.

이영은 그가 덧붙인 말에 파르르 입술을 떨다가 예, 하고 짧게 대답했다. 그리고 다시 하늘을 올려다보았다. 조금 전보다 먹구름이 더 많이 낀 하늘은 비를 쏟아 내기 직전의 상태로 보였다. 그래도 이제는 별반 걱정이 되지 않았다. 비가 퍼붓는다고 하더라도 신경 쓸 필요가 없었다.

그가 데리러 오겠다고 했으니까.

언제든, 어디든.

물론 서원이 한 말을 모두 믿는 건 아니다. 아니, 그의 말은 믿는다 하더라도 그가 한 말처럼 언제든, 어디든 데리러 올 수 있을 거라고 생각하지는 않는다. 상황에 따라서 올 수 없는 경우라는 게 얼마든지 생길 수 있는 법이니까. 그럼에도 불구하고 든든한 마음이 드는 건 어쩔 수 없나 보다.

"그럼 전화 끊을게요."

— 그래, 이따가 다시 연락해. 괜히 비 맞으면서 돌아다니지 말고.

서원의 말에 이영이 작게 웃은 뒤 알았다고 대답하고는 전화를 끊었다. 그리고 현희와의 약속 장소로 가기 위해 버스 정류장으로 걸음을 옮겼다.

"왔니?"

이영이 다가가자마자 현희가 반가운 얼굴로 그녀를 맞이했다. 이영은 현희를 향해 인사를 한 뒤, 맞은편 자리에 앉았다. 가방을 옆에 내려놓는 사이에 서버가 주문을 받기 위하여 다가왔다. 그녀는 녹차 한 잔을 주문하고는 옷매무새를 가다듬다가 문득 속이 메슥거려 입술을 꾹 깨물었다. 현희의 앞에 놓인 디저트 접시에서 폴폴 풍기는 지독한 단내 때문이었다.

다른 때도 단것에 대한 거부감을 느끼지만, 유난히 현희와 만난 자리에서는 더욱 그 느낌이 심해졌다. 아무래도 마주하고 있는 상대방이 불편한 사람이라 그런 건지……. 이영은 현희에게 들키지 않게 속으로 한숨을 내쉬었다.

딱히 만나야 할 용건이 있는 것도 아니면서 왜 자꾸만 보자고 하는 걸까. 그녀는 제 고모의 의도를 이해할 수 없어서 거듭 한숨을 삼키고는 메슥거리는 속을 진정시키기 위해 쇄골 아래쪽을 문질렀다. 그 모습을 본 현희의 눈이 가늘어졌다.

"속이 안 좋아?"

"예…… 조금."

"왜? 아, 설마 이것 때문에?"

현희는 제 앞에 놓인 조각 케이크와 타르트 접시를 가리키며 물었다. 이영이 불편한 표정으로 고개를 끄덕였다. 현희의 입가에 묘한 미소가 번지는 듯싶더니 뒤이어 그녀가 말을 이었다.

"정말 의외라니까. 이렇게 닮지 않았다니."

'의외네. 안 닮았나 봐.'

이영은 자신도 모르게 흠칫거리며 현희를 쳐다보았다. 방금 그녀가 한 말이 지난번에 했던 말과 겹친 까닭이다. 이영이 찝찝한 마음에 입을 열려는 순간, 서버가 녹차를 가지고 왔다. 은은한 녹차 향이 날카로워졌던 감각을 조금 누그러뜨렸다.

"저번에도 비슷한 말씀을 하셨죠, 고모. 제가 누구와 닮지 않았단 건지 다시 여쭈어봐도 될까요?"

이영이 침착하게 현희를 향해 질문했다. 그러자 현희가 커피 잔에 입술을 대려다가 그대로 내려놓더니 가만히 이영을 응시했다. 저를 관찰하는 듯한 시선이 묘하게 불쾌했다. 이영의 눈이 살짝 일그러지려는 찰나, 현희가 한쪽 입꼬리를 비틀어 올리더니 느릿하게 입을 열었다.

"네 아빠."

"……예? 아, 아버지요?"

지난번에도 비슷한 대화가 오갔었다. 그리고 그때, 제 고모가 아버지를 말한 게 아니라고 했던 말도 또렷하게 기억한다. 그런데

'네 아빠'라니? 이영이 혼란스러운 눈으로 현희를 보았다. 현희가 이영의 얼굴을 샅샅이 살피듯 쳐다보다가 재차 말을 이었다.

"지금 네 아버지 말고, 네 친부를 말하는 거야."

"그, 그게, 무슨……."

이영의 눈이 크게 뜨였다. 순식간에 그녀의 얼굴이 창백해지면서 입술마저 새파랗게 변해 버렸다. 그녀는 손끝을 파르르 떨며 더듬 더듬 찻잔을 잡으려 했다. 그러나 그녀의 손은 뜻대로 움직이지 않 았다. 되레 어설픈 손놀림에 찻잔이 테이블 위로 엎어지고 말았다.

"앗!"

찻물이 손등과 치마 위로 쏟아졌다. 그녀는 델 정도는 아니지만 뜨거운 찻물에 화들짝 놀라 의자에 앉은 채 몸을 뒤로 물렸다. 직 원이 소란을 알아차린 듯 서둘러 다가왔다. 이영은 직원에게서 건 네받은 냅킨으로 손과 젖은 치마를 닦고는 고맙단 말을 전했다. 그 리고 직원이 엉망이 되었던 테이블 정리를 끝내고 다시 간 뒤, 현 희의 입이 열렸다.

"많이 놀랐나 보구나."

"고, 고모. 좀 전에 하신 말씀대로라면…… 제 아버지가, 친아 버지가 아니란 말씀이세요?"

그녀의 얼굴에서 핏기를 찾아보기 힘들었다. 현희가 한 말이 사 실이라면 자신은 아버지와도 아무런 혈연관계가 없다는 뜻이었다. 지금껏, 이십여 년을 가족이라 여기며 살았던 그들과 그 어떤 관계 도 없다는 의미였다.

"응."

현희는 이영의 파리한 얼굴을 똑바로 쳐다보며 간단히 대답했다. 이영이 받을 충격 따위는 애당초 신경 쓰지 않는 듯 무심한 대답이었다. 이영은 머릿속이 새하얘지면서 현기증이 일어 황급히 테이블을 붙잡았다. 의자에 앉은 채 빙글빙글 도는 것처럼 어지러웠다.

지금 내가 무슨 말을 들은 거지?

고모가 나한테 무슨 얘기를 한 거야?

우르릉. 그 순간 멀리서 천둥소리가 들렸다. 그녀는 테이블을 꽉 붙잡고 있다가 고개를 모로 돌렸다. 통유리 너머 거리의 풍경이 어둑해진 게 눈에 들어왔다. 그리고 야외 테라스의 나무 바닥에 물방울이 하나, 둘, 늘어 가는 것도 뒤이어 보였다. 테라스에 느긋하게 앉아 차를 마시던 이들이 황급히 자리를 뜨는 걸 멍하니 쳐다보던 이영의 귓가에 다시 한번 현희의 목소리가 들렸다.

"그리고 하나 더, 말할 게 있어."

이영은 밖을 향해 있던 시선을 억지로 떼어 현희에게로 고정했다. 고모의 입에서 무슨 말이 더 나올지 덜컥 겁이 났다. 그녀는 두려움에 파르르 떨다가 그대로 실소했다. 이보다 더한 얘기가 남아 있기나 할까 싶어서였다.

아버지가, 제 아버지가 아니었다는데.

세상에 홀로 남겨진 기분에 아득함마저 드는 순간, 현희가 차분한 목소리로 말을 이었다.

"너, 내가 낳았어."

이영으로서는 상상도 못 한, 참혹한 진실이 남아 있었다. 그와 동시에 비가 쏟아지기 시작했다.

제11장 — 내게 남은 단 하나, 당신

바람이 불면서 거센 빗줄기가 유리창을 마구 두드렸다. 서원은 제 휴대 전화를 귀에 댄 채 하염없이 이어지는 신호음만을 듣고 있다가 미간을 찌푸렸다.

"전화 좀 받아라……. 비 오잖아. 비 오면 데리러 와 줄 수 있냐며."

그는 초조한 얼굴로 혼잣말을 중얼거리다가 헝클어진 머리를 쓸어 넘겼다. 퇴근해서 집에 돌아온 지 이미 한 시간을 훌쩍 넘긴 상황이지만, 서원은 여전히 옷조차 갈아입지 못한 상태였다. 바로 연락이 닿지 않는 이영 때문이었다. 그는 목을 옥죄고 있던 넥타이 매듭에 손을 걸어 잡아당기고는 다시 그녀에게 전화를 걸었다. 조금 전과 마찬가지로 무심한 신호음만이 또다시 이어질 뿐이었다.

[비 많이 오는데 어디야? 내가 데리러 갈게. 문자 확인하면 연락 줘.]

그는 이영에게 메시지를 전송한 뒤, 소파에 털썩 앉았다. 신경을 곤두세운 탓인지 뒷머리에서부터 어깨까지 이어진 곳이 뻐근하게 뭉친 듯 통증을 호소했다. 서원은 휴대 전화를 한 손에 쥔 채 다른 손으로 목덜미와 어깨를 꾹꾹 주물렀다. 그러다가 문득 거실 벽에 걸려 있는 시계를 보았다.

아직 밤 아홉 시도 되지 않은 시간이었다. 따지고 보면 이렇게 안절부절못하며 수십 통의 전화를 걸어 대는 제 모습이 비정상적인 것인지도 모를 일이었다. 흡사 의처증에 걸린 남편처럼 굴고 있으니 말이다.

"후우……. 차라리 진짜 의처증 걸린 미친놈 행세라도 해 봐? 어디도 못 나가게 가둬 놓으면 좋겠네."

서원은 말도 안 되는 욕심이라는 걸 알면서도 진심으로 아쉽다는 얼굴로 중얼거렸다. 그러다가 다시 고개를 들어 베란다 쪽을 응시했다. 비가 거의 퍼붓는 수준으로 내리고 있는 게 보였다.

비가 너무 많이 오는데.

그는 속으로 중얼거리다가 다시 벌떡 일어섰다. 그 고모라는 여자의 연락처 정도는 알고 있었어야 했다는 후회가 들었다. 아니, 처가 쪽 누구 하나라도 연락처를 알아 놓았더라면 지금처럼 이렇게 답답하지는 않을 터였다. 그쪽을 통해서라도 고모라는 이의 연락처를 알아낼 수 있었을 테니까.

"아니지. 자칫 시끄러운 일만 만들 수도 있어."

지금껏 왕래를 거의 한 적 없던 사람이 갑자기 특별한 용건도 없으면서 몇 번이고 만나자고 하는 걸 어느 누가 순수하게 받아들일 수 있을까. 이면에 숨겨진 의도 따위를 깊이 알아보려 하지 않아도 그 속셈 정도는 대강 눈치챌 수 있을 것이다.

아마도 이영과 결혼한 자신의 '배경'이 그 이유일 터. 더 정확히 말하자면 '도경'이 주는 이름값 때문일 것이고. 그런 상황에서 자신이 처가의 누군가에게 전화를 걸어 고모란 사람의 연락처를 물어본다면 어떤 일이 벌어지겠는가.

"일단 나가 보자. 광화문 쪽에서 만난다고 했으니 그 근처를 죄다 뒤져 보자고."

서원이 재차 중얼거리고는 차 키를 챙겨 현관 쪽으로 몸을 돌렸다. 이렇게 집에서 전화만 붙들고 있으니 차라리 나가서 직접 찾아보는 게 나을 것 같단 생각이었다.

그는 서둘러 신발을 신고 현관으로 나갔다. 그리고 엘리베이터 앞으로 향하려는 순간, 도착음과 함께 엘리베이터 문이 열렸다.

"……이영아?"

엘리베이터에서 내린 사람은 지금껏 그가 걱정하던 이영이었다. 서원은 다행이다 싶어 표정을 풀었다가 이내 그녀의 모습을 보고는 굳은 얼굴로 성큼성큼 다가갔다.

"너, 이게 뭐야? 비를 다 맞고 돌아다닌 거야?"

"어…… 이제, 퇴근했어요?"

이영은 제 앞을 가로막은 서원을 보고는 아무렇지 않게 입을 열었다. 그러나 그건 본인의 착각일 뿐이었다. 그는 물에 빠진 생쥐 꼴이 된 그녀를 보다가 시선을 옮겼다. 이영의 손에 들려 있는 마트 비닐봉지가 눈에 들어왔다. 그리고 그 봉지 밖으로 삐죽 나와 있는 대파 한 단도. 서원은 기가 막혀서 말문을 쉽게 열지 못하다가 간신히 입을 열었다.

"대체 뭘 하고 다닌 거야? 이건 또 뭐고?"

"아, 이거요? 밑반찬 할 거 몇 가지 샀어요. 멸치랑 꽈리고추랑,

미역줄기, 소시지……."

이영은 말을 잇다 말고 갑자기 제 눈앞이 어두워져 입을 다물었다. 서원이 입고 있던 재킷을 벗어 그녀의 머리 위에 뒤집어씌운 것이다. 시야가 차단되고 나니 뒤늦게 시각을 제외한 나머지 감각이 예민해졌다.

가장 먼저 느낀 건 비에 흠뻑 젖은 몸이 고통스럽게 호소하는 한기였다. 극심한 오한이 통증을 동반할 수도 있다는 걸 처음 알았다. 그녀는 입술을 달싹이다가 들고 있던 비닐봉지를 바닥에 떨어뜨리고 말았다.

곧바로 다가온 서원이 재킷에 감싸인 그녀를 꽉 끌어당겼다. 이영은 흡, 하는 소리와 함께 그의 가슴팍에 이마를 대고 안겼다. 재킷에 감싸인 머리를 단단히 안고 있는 팔이 느껴졌다. 그 덕분일까. 온몸을 얇게 저미는 것만 같던 통증이 조금씩 수그러들었다.

그녀는 울음이 터져 나오려는 걸 이를 악물고 참았다. 그 대신 그의 허리에 팔을 두르고 가슴팍에 제 얼굴을 묻어 버렸다. 재킷을 뒤집어써서 얼굴이 보이지 않는다는 걸 핑계 삼은 행동이었다.

이제 나는 어떻게 해야 할까.

제 모든 게 송두리째 부정당한 것만 같았다. 자신의 귀로 듣고도 차마 받아들이기 힘든 사실 앞에서 그녀는 무너질 수밖에 없었다. 이영은 서원의 허리에 두르고 있던 팔에 힘을 주었다. 그러자 그가 마치 제 심정을 안다는 듯 등을 토닥여 주었다.

'채 서방에게도 말해야 하지 않겠니? 내가 할까? 아니면 네가 할래? 명색이 친엄마가 이렇게 버젓이 있는데 다른 사람더러 장모님이라 하는 건 좀 우습지 않아? 게다가 따지고 보면 채 서방이 장모님인 줄 아는 사람이 아예 남도 아니고, 처 외숙모인데.

이제 한 가족이 되어 평생 보고 살 테니 지금이라도 제대로 관
계를 고쳐야지.'

현희가 했던 말이 다시금 되살아났다. 어떻게 그렇듯 쉬울 수
있을까. 그녀의 눈에는 본인이 한 말에 충격을 받고 상처 입은 '자
식'의 모습은 아예 보이지도 않는 걸까. 이제 와서 갑자기 모정(母
情)이 생겨났을 리 없다는 건 현희와 이영, 둘 다 잘 아는 점이었
다. 그리고 바로 그 점이 이영의 가슴을 더욱 아프게 했다.

제 고모가, 아니, 제 생모가 무엇을 노리는지 알 것 같아서.

"감기 걸리겠다. 일단 들어가자."

그 순간, 서원이 이영의 어깨를 감싸 안은 채 현관 쪽으로 걸음
을 옮겼다. 그녀는 비틀거리며 발을 뗐다. 그가 현관문 비밀번호를
누르는 소리를 고개 숙인 채 가만히 듣던 이영의 눈에서 눈물이
후두둑 떨어졌다. 복도 바닥에 금세 눈물방울이 떨어져 얼룩을 남
겼지만 빗물과 섞여 떨어진 터라 들키지는 않을 듯싶었다.

"일단 따뜻한 물에 샤워부터 하고 나와."

그가 이영을 현관 안쪽으로 들여보내며 말했다. 그녀는 서원이
하라는 대로 순순히 안으로 들어갔다. 집 안으로 들어가자마자 훈
훈한 온기가 느껴졌다. 그 덕분인지 몸의 떨림도 조금은 잦아들었
다. 이영이 그의 재킷을 벗어 손에 든 채 멍하니 거실을 둘러보다
가 소파에 시선을 고정했다. 소파 위에 내동댕이쳐지다시피 한 서
류 가방이 눈에 들어왔다.

서원이 출근할 때 가지고 나간 서류 가방이었다. 그는 평소 본
인의 물건을 이렇듯 함부로 아무 데나 놓아두는 성격이 아니었다.
그래서 소파 위에 나뒹구는 가방이 유난히 낯설었다.

"아직 욕실로 안 들어갔어? 너 이러다가 진짜 감기 걸려."

280

현관문이 잠기는 소리와 함께 서원의 목소리가 들렸다. 그와 동시에 비닐봉지가 부스럭거리는 소리도 이어졌다. 이영은 뒤늦게 자신이 떨어뜨린 마트 비닐봉지를 기억해 내고 뒤를 돌아보았다. 그가 비닐봉지를 들고 주방으로 향하다가 그녀를 보고는 재촉하는 시선으로 욕실을 가리켰다.

"말 안 들으면 직접 씻겨 준다? 뭐, 그럼 나야 좋지만."

"……씨, 씻을 거예요."

이영이 서원의 짓궂은 말에 정신이 번쩍 들었는지 들고 있던 그의 재킷을 식탁 의자에 걸쳐 놓은 뒤, 서둘러 욕실 쪽으로 향했다.

그 뒷모습을 말없이 쳐다보던 서원의 시선이 서서히 가라앉았다. 무슨 일이 생긴 건 틀림없다. 그는 이영의 붉어진 눈가를 떠올리다가 미간을 찌푸렸다.

비에 젖은 상태로 장을 봐 가지고 온 것 자체가 정상적이지는 않았다. 서원은 얼굴을 일그러뜨리고는 자신이 가지고 온 비닐봉지를 보았다. 빗물이 뚝뚝 떨어지는 모습으로 마트를 돌아다녔을 그녀의 모습이 눈앞에 그려졌다. 초점조차 맞지 않는 눈으로 뭘 보고, 어디를 얼마나 헤매고 돌아다녔던 걸까.

그는 그녀가 장을 봐 온 것들을 대충 냉장고에 넣어 정리한 뒤, 욕실 쪽으로 몸을 돌렸다. 물소리에 섞인 울음이 들렸다. 혹시 밖으로 새어 나갈까 싶어 끅끅대며 참는 그 울음소리가 너무나 선명했다. 서원은 욕실 문에 기대어 서 있다가 이를 악물었다. 이대로 모르는 척해야 하는 걸까. 이영이 스스로 내보이려 하지 않는데, 자신이 억지로 그녀의 상처를 헤집을 수는 없으니 말이다.

하지만.

"젠장. 그렇다고 저대로 혼자 울게 놔둘 수는 없잖아."

서원이 혼잣말을 중얼거리며 제 머리를 마구 헝클어뜨리고는 그대로 욕실 문을 열었다. 아니, 잠겨 있는 문을 부수다시피 하여 열었다. 문이 부서지면서 난 소음에 놀란 듯 뿌옇게 흐려진 샤워 부스 안에서 이영이 다급히 숨을 들이쉬는 소리가 들렸다.

그는 욕실 안으로 성큼성큼 들어갔다. 그녀가 알몸으로 샤워기 아래에 쪼그려 앉아 있다가 당황하여 어쩔 줄 몰라 하는 게 보였다. 희뿌연 유리 사이로 보이는 그 가냘픈 몸의 윤곽에 성욕이 치밀기보다는 안쓰러움이 밀려왔다. 홀로 아픔을 감내하며 울었을, 그녀의 지난 시간이 그 여린 몸에 새겨져 있는 것만 같았다. 그는 샤워 부스 문을 열고 넓지 않은 공간으로 발을 들여놓았다. 슬리퍼를 신지 않은 터라 금세 양말이 젖어 들었다.

"저, 지금 씨, 씻어야 하는데요."

"……."

"오빠. 저기, 나가 줬으면……."

바로 앞에 서원이 버티고 서 있으니 이영은 일어설 엄두도 내지 못하는 듯했다. 그녀가 그의 시선에 제 몸을 감추기라도 하려는지 몸을 움츠렸다.

샤워기에서 쏟아지는 물줄기를 맞고 있는 그녀의 몸은 앙상하기까지 했다. 조금 전 뿌연 유리를 사이에 두고 보았을 때보다 더 마르고 연약해 보였다. 그는 목덜미에서부터 등을 따라서 쭉 이어진 척추의 돌기를 내려다보다가 둥그스름한 선을 그리는 둔부를 보았다. 그 시선을 느꼈는지 쪼그려 앉아 있던 이영의 몸이 바르르 떨렸다.

서원은 그녀를 내려다보다가 조금 더 가까이 다가갔다. 그리고 샤워기를 잠근 뒤, 샤워볼에 클렌저를 묻혀 거품을 내고 이영의 등을 닦기 시작했다. 이영이 갑작스러운 손길에 놀라서 몸을 피하려 했지만, 비좁은 샤워 부스 안에서 그를 피하는 건 어려웠다. 아니, 그녀의 어깨를 잡고 있는 그로 인하여 애당초 피한다는 것 자체가 불가능하기도 했다.

이영은 그의 손길에 어쩔 줄 몰라 하다가 두 눈을 질끈 감고는 무릎 사이에 얼굴을 묻었다. 스스로 하겠단 말이 목구멍 위까지 올라왔지만 꺼내지 못했다. 그 대신 그녀는 고개를 숙인 채 웅얼거렸다.

"옷 다 젖을 텐데……."

"나도 씻을 거니까 상관없어. 아니면, 지금 여기서 나도 같이 벗고 씻을까?"

짓궂게 묻는 그의 말에 고개 숙인 이영의 귓바퀴가 빨갛게 물들었다. 그녀는 코끝이 시큰거리는 걸 느끼며 고개를 절레절레 흔들었다. 눈시울이 재차 뜨거워졌지만 조금 전처럼 아득하고 절망적인 기분은 아니었다.

혼자가 아니라는 생각이 들어서일까.

그의 손길에 몸이 앞뒤로 흔들리는 느낌이 민망하면서도 나쁘지 않았다. 클렌저 거품이 목덜미를 타고 흘러내리는 것 역시 괜히 야릇한 느낌을 주었다. 이영은 제 어깨를 잡고 있던 서원의 손을 힐 끗 돌아보았다. 기다란 손가락이 제 어깨를 감싸고 있는 걸 보고 있으려니 열기가 치밀고 올라왔다.

그 와중에 그녀의 등을 문지르던 서원의 손이 허리 근처까지 내려갔다. 잘록한 허리 옆쪽으로 샤워볼이 문질러지자마자 이영이 간지럼을 타듯 몸을 움찔거렸다. 그 반응에 서원 역시 당황한 것인지 순간적으로 멈칫했다.

"아, 아니, 저기……."

이영이 당황하여 고개만 돌려 그를 보려는 순간, 서원이 그녀를 향해 고개를 숙였다. 부드러운 입술이 그녀의 젖은 얼굴 위로 내려앉았다. 이영은 저도 모르게 입을 벌리고 그의 팔을 붙들었다.

와이셔츠가 물에 젖어 살갗에 달라붙어 있는 게 느껴졌다. 그 아래에 감도는 열기도 생생하게 전해졌다. 샤워 부스 안을 채우고 있던 뜨거운 수증기 때문일까. 문득 바보 같은 생각이 머릿속을 스쳤지만, 제 입술을 벌리고 파고든 살덩이로 인해 더 이상 그 어떤 생각도 이어 나가지 못했다.

서원은 이영의 뒷머리를 붙잡아 고정시키고 그녀에게 깊숙이 키스했다. 그 바람에 쪼그리고 앉아 있던 이영이 그의 무게를 견디지 못하고 욕실 바닥에 주저앉고 말았다. 서원 역시 이영과 거의 밀착하다시피 한 채 양 무릎을 꿇고 그녀의 앞에 앉았다.

그녀를 씻기느라 거품투성이가 된 손이 허겁지겁 이영의 목덜미와 어깨를 쓸어내렸다. 그녀의 뒷머리를 감싸고 있던 다른 손 역시 등을 따라 더듬어 내려갔다. 클렌저 거품으로 미끄러워진 손은 곧바로 그녀의 엉덩이를 움켜쥐었다.

"아, 아앗!"

그가 그녀의 엉덩이를 받쳐 안고는 자리에서 일어섰다. 이영은 갑작스럽게 몸이 붕 뜨는 바람에 놀라서 반사적으로 그의 목을 끌어안았다. 봉긋한 가슴이 그의 가슴팍에 짓눌렸다. 그 순간, 맞닿아 있던 입술 사이로 나직한 웃음소리가 새어 나왔다.

"야하네, 공이영."

"예, 예에?"

달뜬 숨을 토해 낸 이영이 서원의 말뜻을 이해하지 못한 채 눈만 깜빡였다. 그러다가 뒤늦게 자신이 알몸으로 그에게 안겨 있다는 사실을 자각했다.

"어, 어어……."

그녀가 입을 달싹이며 의미 없는 말만을 더듬더듬 뱉었다. 그의 목을 안고 있는 팔을 풀어야 한다고 머릿속으로 생각하면서도 실제로는 손가락 하나 움직일 수 없었다.

서원은 이영을 가볍게 안아 든 채 장난스럽게 웃었다. 그러나 그녀는 그 웃음에 함께 웃어 줄 수 없었다. 장난스러운 미소와 달리 그의 시선은 더없이 위험한 빛을 머금은 채 가라앉아 있었기에.

그녀는 입이 마르는 듯한 느낌에 침을 삼켰다. 금방이라도 저를 잡아먹을 것 같은 맹수를 마주한 느낌이었다. 하기야 맹수라고 할 수도 있겠다. 그가 마음만 먹는다면 제 목덜미를 물어뜯고 피를 마실 수도 있을 테니 말이다.

그러나 그런 가능성을 머릿속에 떠올리면서도 이영은 서원이 두렵지 않았다. 처음 그의 정체를 알게 되었던 날에 느꼈던 공포가 제 착각이었던 양, 그녀는 저를 안고 있는 이 남자가 조금도 무섭지 않았다. 아니, 무섭기는커녕 그를 간절히 바라고 있었다.

제 모든 게 거짓이었다는 걸 알게 된 오늘, 자신에게 남아 있는 건 지금 저를 집어삼킬 듯 쳐다보고 있는 이 남자뿐이니.

이영은 그의 목을 안고 있던 팔에 힘을 주었다. 그리고 그의 얼굴을 제게 끌어당기고는 무작정 입을 맞췄다. 젖은 와이셔츠에 맞닿은 가슴이 자극을 받아 그 정점이 단단해지는 게 느껴졌다. 아마도 서원 역시 그런 제 상태를 알아차렸을 거란 생각이 들었다. 그녀는 얼굴이 화끈거리며 달아오르는 걸 느끼면서도 간절히 그의 입술을 탐했다.

"너, 진짜 겁도 없이!"

서원은 제 입술을 깨물고 그 안으로 혀를 밀어 넣으려는 이영에게서 입술을 떼고 거칠게 숨을 몰아쉬었다. 그러고는 그녀를 받쳐 안은 채 다른 손으로 이영의 머리를 붙잡고 으르렁거리듯 말을 이었다.

"결정해. 여기서 멈출 건지, 아니면 끝까지 갈 건지. 지금이라면 멈출 수 있으니까, 함부로 겁도 없이 자극하지 말고……."

"멈추지 말아요. 끝까지 갈래."

이영이 속삭이듯 작은 소리로 대답했다. 그의 목을 끌어안고 있던 팔을 풀고는 바들바들 떨리는 손끝으로 서원의 뺨을 더듬었다.

눈에 보일 정도로 수염이 자란 건 아니지만 그래도 손가락 끝에 따가운 감촉이 느껴졌다. 그 느낌을 제 가슴속에 깊숙이 새기기라도 할 것처럼 느릿느릿 서원의 뺨을 어루만지던 이영의 손끝이 그의 입술에 닿았다. 그녀의 손이 닿자마자 그의 입가에 경련이 일었다. 그리고 서원의 숨이 한층 더 거칠어졌다. 이영은 조심스럽게 그의 입술을 어루만지다가 다시 한번 제 입술을 댔다.

"……부부, 잖아요."

'부부'란 단어를 내뱉는 그녀의 입이 일그러졌다. 이제 자신에게 남은 하나가 바로 이 남자, 제 남편이다. 이영은 눈물이 떨어지는 걸 닦지도 못한 채 한 번 더 그의 입술에 제 입술을 꾹 눌렀다.

"안아 줘요."

입술을 댄 채 그녀가 작게 달싹였다. 그와 동시에 서원이 다시금 그녀를 꽉 끌어안고 입술 사이를 파고들었다.

이영을 침대에 눕혀 놓은 뒤, 서원은 서둘러 제 옷을 벗기 시작했다. 그러나 샤워 부스에서 물을 맞아 젖어 버린 옷은 생각처럼 쉽게 벗겨지지 않았다. 그는 피부에 달라붙다시피 한 와이셔츠를 벗으려고 안간힘을 쓰다가 이내 얼굴을 구기고는 그대로 옷을 찢어 버렸다. 단정하게 채워져 있던 단추가 사방으로 튕겨져 날아가는 걸 보던 이영이 저도 모르게 눈을 크게 떴다.

"그 와이셔츠, 어머님이 선물해 주신 건데……."

"괜찮아. 외려 당신이 사 준 옷 때문에 우리가 지금 해야 할 걸 못 한다고 하면 아마 직접 가위 들고 찾아오실걸? 옷이든 뭐든 방해되는 건 대신 다 찢어 주마, 하시면서."

서원이 장난꾸러기처럼 키득거린 뒤, 이번에는 제 바지 버클을 풀었다. 이영은 멍하니 서원을 쳐다보다가 그가 바지 지퍼를 내리는 걸 보고서야 화들짝 놀라 시선을 다른 데로 돌렸다. 뺨과 귓불이 모조리 빨갛게 물든 걸 숨기지 못한 채 눈만 옆으로 돌린 그녀를 보던 서원이 재차 웃음을 터뜨리고는 침대 위로 올라갔다. 그의 움직임에 따라 매트리스가 출렁이자 누워 있던 그녀의 몸도 덩달아 흔들렸다.

이영의 양옆으로 팔을 짚고 엎드린 서원이 그녀를 내려다보았다. 조금 전 장난스럽게 웃던 남자는 온데간데없이 사라지고 그저 진지한 표정으로 저를 보는 남자만이 남았다. 그녀는 모로 돌렸던 눈을 움직여 저를 내려다보는 서원을 잠시 쳐다봤다가 어색한 마음에 또다시 눈을 좌우로 바쁘게 굴렸다.

"이영아."

"……아, 저기, 참! 욕실 문, 그건 어떡하죠? 문이 다 부서졌던데."

이영은 어쩔 줄 몰라 하다가 부서진 욕실 문을 떠올리고는 입을 열었다. 그러자 서원이 순간적으로 멍한 표정을 짓더니 눈을 찡그렸다.

"지금 욕실 문 같은 걸 떠올릴 여유가 있단 말이지?"

"아니, 그게……."

"이거 은근히 자존심 상하네. 다른 것도 아니고 욕실 문 따위에 밀리다니."

"그게 아니고요……."

그녀가 서원의 말에 난처한 얼굴로 대꾸하다가 그대로 말끝을 흐렸다. 그러고는 잠시 주저하다가 솔직히 털어놓았다.

"민망해서 그래요."

"민망해서?"

"……창피하기도 하고."

민망한 것과 창피한 게 대체 뭐가 다르냐고 물으면 할 말이 없지만 말이다. 어쨌든 그녀는 지금 이 상황이 민망하고 또한 창피했다. 빨갛게 익은 그녀의 볼을 부드럽게 쓰다듬던 서원이 고개를 기울이고는 입을 열었다.

"우리, 부부잖아."

"……예."

"서로 민망할 것도, 창피할 것도 없는 사이가 부부 아니야? 난 그렇다고 생각하는데."

보통의 부부였다면 그랬을까. 이영은 그와 결혼하게 되었던 계기를 떠올리다가 고개를 흔들었다. 그는 처음부터 저를 원했다고 했다. 자신의 비밀을 지키기 위해서, 라는 이유는 그저 허울 좋게 가져다 붙인 핑계였다고도 했다. 그러니까 이 남자는 애당초 진지한 마음으로 이 결혼을 받아들였던 것이다. 그녀는 수줍음을 무릅 쓰고 진지한 눈으로 그를 바라보았다.

부부.

그녀의 입 안에서 그 두 음절로 이루어진 단어가 몇 번이고 되뇌어졌다. 그녀가 속으로 뭘 중얼거리는지 알아차리기라도 한 듯 그의 눈이 호를 그리며 휘어졌다. 서원은 제 다리 사이에 그녀를 가둔 채 이영의 양쪽 뺨을 감싸고는 고개를 숙였다.

처음에는 윗입술을 가볍게 빨고, 뒤이어 아랫입술을 살짝 깨물었다. 그녀의 벌어진 입술 사이로 달뜬 숨이 터져 나왔다.

서원은 기다렸다는 듯 그 숨을 삼키며 이영의 입 안으로 미끄러지듯 유영하여 들어갔다. 열기를 품은 혀가 입 안쪽의 여린 점막을 문질렀다. 이영이 가쁜 숨을 몰아쉬며 반사적으로 손을 뻗어 그의 팔을 붙들었다.

그러자 서원이 그녀의 손에 제 손을 깍지 끼워 잡고는 더욱 거세게 이영의 입 안을 탐했다. 당황하여 달아나려는 혀를 제 혀로 옭아매어 붙들고, 벌어진 입술 사이로 흘러내린 타액을 감로수라도 되는 양 탐욕스럽게 삼켰다. 턱을 핥는 혀의 오톨도톨한 감촉에 이영이 부르르 떨며 입을 다물려는 순간, 서원이 재빨리 그녀의 턱을 붙잡아 고정시켰다.

"다물지 마. 벌리고 있어."

그의 낮게 가라앉은 목소리에서 정염이 짙게 묻어났다. 부드럽고 다정하던, 가끔은 장난스럽기만 하던 남자와 사뭇 다른 모습이었다. 그가 뱀파이어라는 걸 알게 됐던 날과 비슷하다고 할 수도 있었다. 이영은 달뜬 숨을 내쉬며 저를 내려다보고 있는 서원을 쳐다보았다.

느낌 탓일까. 서원의 눈동자가 평소보다 붉어 보였다. 흐트러진 머리가 아래로 흘러내려 하얀 편인 피부를 더욱 창백하게 보이게 끔 했다. 제목은 기억나지 않는 영화 속의 뱀파이어가 연상됐다. 언젠가 그가 제게서 달콤한 피 냄새가 난다고 했던 게 문득 기억 났다.

지금도 나한테서 그런 달콤한 냄새가 날까?

이영은 갑자기 그게 궁금해졌다. 그러다 보니 자연스럽게 시선 이 서원의 코로 향했다. 그가 제 냄새를 맡는다고 생각하니 묘한 기분이 들었다. 그녀는 아랫배 쪽이 뭉치는 듯한 느낌에 저도 모르 게 다리를 오므렸다. 아니, 오므리려 했으나 제 다리 사이에 어느 새 들어와 있던 서원에게 가로막혀 뜻대로 하지 못했다.

"……여기도 마찬가지야. 벌려야지."

그가 웃음기 섞인 목소리로 말하며 턱을 잡았던 손을 내려 그녀 의 허벅지 안쪽을 쥐고는 다리를 더욱 벌리게 했다. 그 바람에 서 원의 눈앞에 은밀한 부분까지 거의 드러나다시피 했다. 이영이 새 빨개진 얼굴로 당황하여 제 몸을 가리고자 했지만, 한 손이 그의 손에 잡혀 있는 상태였기에 생각처럼 쉽지 않았다.

그 와중에 이영의 허벅지를 붙잡아 벌렸던 손이 느릿하게 안쪽 으로 움직이기 시작했다. 은밀한 부위를 감추고 있는 거웃이 손가 락 끝에 닿았다. 서원은 검은 수풀을 부드럽게 쓰다듬었다. 이영이 흐읍, 하며 숨을 들이쉬고는 그와 깍지를 끼고 있던 손에 힘을 주 었다. 순식간에 손바닥에 땀이 차면서 손이 덜덜 떨렸다.

갑자기 오래전의 일이 떠올랐다. 필성이 제 방에 침입했던 날의 기억이었다. 서원과 결혼하여 그 집을 나온 이후 한동안 잊고 살았 다고 여겼는데 그 악몽 같던 기억이 지금 이 순간 느닷없이 찾아 들었다. 어쩌면 얼마 전 한밤중에 걸려 왔던 필성의 전화 때문인지도 모르겠다. 그녀가 숨을 몰아쉬고는 바르르 떨다가 눈을 질끈 감았다. 그 순간 서원의 목소리가 악몽을 비집고 귓가에 들렸다.

"괜찮아. 두려워하지 않아도 돼. 내가 너를 아프게 할 리 없잖아."

이영이 바들바들 떠는 걸 본 서원이 자신 때문에 그러는 거라고 여긴 듯 그녀를 조심스럽게 달랬다. 깍지를 끼고 있던 손으로 그녀의 뺨과 목덜미를 쓰다듬고, 아래쪽을 더듬던 손으로 허리와 살집 없는 배를 어루만졌다.

이영은 저를 소중한 보물 대하듯 만지는 서원의 손길에 간신히 마음을 진정시키고 눈을 떴다. 금방이라도 저를 안을 것처럼 정염이 묻어나는 시선은 여전했다. 하지만 그게 전부는 아니었다.

더없이 소중한 이를 보는, 그 애정 어린 시선과 손길이 제 과거 속의 악몽과는 달랐다. 그것을 깨달은 이영이 숨을 크게 들이쉬고는 머뭇머뭇 손을 내밀었다. 저를 내려다보는 서원의 뺨에 손끝이 살짝 닿았다가 떨어졌다. 온기와 더불어 표현하기 힘든 감촉이 손가락에 남았다. 그녀는 제 손을 오므렸다가 다시 편 뒤, 한 번 더 그를 향해 뻗었다.

그 손을 서원이 덥석 쥐더니 손끝과 손가락 마디마디에 전부 입을 맞췄다. 이영은 그의 입술이 손 여기저기에 닿을 때마다 저릿한 느낌을 받다가 이내 발가락을 오므렸다. 그와 동시에 그가 다시금 몸을 숙였다.

서원은 이영의 둥그스름한 코끝에 입을 맞추더니 그다음에는 콧등에 입을 맞췄다. 그리고 눈을 깜빡이며 자신을 올려다보는 이영을 쳐다보다가 싱긋 웃은 뒤, 그녀의 눈꺼풀 위에 번갈아 가며 입술을 꾹 눌렀다가 뗐다. 그녀의 얼굴이 꽃물이라도 든 것처럼 빨갛

게 변했다. 그 모습을 확인한 서원이 재차 미소 짓고는 제 입술을
내렸다.

"아, 아앗! 거기는!"

이영은 제 가슴 위로 내려앉은 그의 머리를 밀쳐 낼 엄두도 내
지 못하고 바르르 몸을 떨었다. 서원이 머금었던 유두가 타액에 젖
은 채 입술 밖으로 모습을 드러냈다. 그는 흡족하다는 듯 목을 울
려 웃고는 유두를 엄지와 검지 사이에 끼운 뒤 가만히 만지작거렸
다. 그러자 그의 손길에 금세 반응을 보이며 유두가 꼿꼿해졌다.

"귀엽네……."

서원이 혼잣말처럼 중얼거리며 유두를 손가락으로 꾹 눌렀다.
이영은 제 가슴의 정점에서 느껴지는 자극을 견디지 못하고 몸을
달싹였다. 그가 그 모습을 보고 웃음을 터뜨렸다.

"진짜 귀엽다니까."

"……그런 말 안 믿어요."

이영은 민망함에 새빨개진 얼굴을 옆으로 돌린 채 작은 소리로
대꾸했다. 귀엽다니. 아무리 자신과 그가 일곱 살의 나이 차이가
난다고는 하지만, 그래도 스무 살을 훌쩍 넘겼는데 귀엽단 말이 제
게 어울리기나 할까 싶었다.

"안 믿어도 어쩔 수 없어. 그렇다고 귀여운 걸 귀엽지 않다고
거짓말할 수는 없잖아?"

그가 다시 그녀의 고개를 정면으로 돌리게 한 뒤, 입을 맞췄다.
또다시 파고든 혀를 맞이하며 이영이 그의 어깨를 끌어안았다. 서
원 역시 더 이상 시간을 끌 여유가 없다는 듯 그녀에게 깊숙이 입
맞춤을 하며 한 손으로 조금 전까지 탐했던 가슴을 애무하고, 다른
손으로는 그보다 훨씬 아래쪽을 더듬었다.

292

검은 수풀을 헤치고 깊숙한 곳으로 파고들자 수줍게 다물려 있던 여성이 미끈거리는 애액을 토해 냈다. 서원은 거웃이 무성한 치구를 손바닥으로 쓰다듬다가 그 밑에 숨어 있는 돌기를 엄지로 문질렀다. 그러자 이영이 키스를 하다 말고 허리를 비틀었다. 하지만 그는 이영의 가슴을 주무르던 손으로 등을 감싸 안아 그녀가 몸을 피할 틈을 주지 않았다.

그의 엄지에 문질러진 돌기가 붉게 물들어 팽창했다. 그 아래쪽의 질 입구는 흘러나온 애액으로 인해 흥건해진 상태였다. 쩌걱거리는 소리와 함께 이영이 몰아쉬는 가쁜 숨소리가 섞여 들렸다. 그리고 그 숨소리 사이에 고양이의 가느다란 울음소리를 닮은 신음이 새어 나왔다.

"하, 하아…… 으읏."

이영의 종아리가 팽팽하게 당겨지다가 이내 경련을 일으키듯 떨렸다. 서원은 그녀의 양다리를 제 허리에 감게 한 뒤, 몸을 세웠다. 타액으로 범벅이 된 입술과 입술을 잇던 은빛 줄기가 중간에서 끊어졌다. 그는 혀를 내밀어 제 입술을 핥고는 다시 고개를 숙여 그녀의 입술을 핥았다. 말캉한 입술이 혀에 쓸려 슬쩍 벌어졌다가 다시 다물어졌다.

"내가 먹어 본 그 어떤 디저트보다도 달콤해."

서원이 거듭 이영의 입술을 핥고 깨물다가 그녀의 귀에 대고 속삭였다. 이영은 집요하게 저를 탐하는 그의 행동에 오싹한 느낌마저 받으며 그저 숨을 헐떡이는 것으로 대답을 대신했다.

머릿속이 새하얘진 탓에 아무런 말도 할 수 없었다. 그저 할 수 있는 것이라고는 가쁜 숨을 들이쉬고 내쉬는 그 본능적인 움직임뿐이었다.

이영의 가슴이 위아래로 혈떡이며 오르내리는 걸 지켜보던 서원이 또다시 손을 뻗었다. 그의 손에 딱 들어간 젖가슴이 이리저리 이지러지며 흔들렸다. 서원은 손가락 사이로 툭 튀어나와 단단해진 유두를 입에 쏙 집어넣고 굴렸다. 제 손가락 한 마디의 절반도 되지 않는 크기의 돌기가 이토록 입맛을 자극할 거라고는 상상도 하지 못했다.

그는 세상에서 가장 달콤한 걸 먹는 사람처럼 양쪽 가슴의 분홍빛 꼭지를 번갈아 가며 머금고 잘근잘근 깨물었다. 이영이 그 쾌감을 감당하지 못해 몸을 바들바들 떨다가 허리를 튕겼다.

"하앗! 아으읏. 오, 오빠…… 그만."

그녀로서는 더 이상 견디기 힘든 쾌감이 머리끝까지 치고 올라왔다. 기석과 사귀면서도 키스까지만 해 봤지 그 이상의 관계로 나아가지 않았던 터라 이영은 이 모든 게 처음이었다. 누구나 이렇듯 아찔한 쾌감을 느끼는 걸까. 그녀는 두려움마저 느끼며 두 손을 허우적거리다가 서원의 팔을 붙들었다. 땀이 찬 손바닥이 자꾸 미끄러져 그의 팔을 붙잡는 것도 쉽지 않았다.

바닥이 보이지 않는 낭떠러지 아래로 추락하는 듯한 아찔함에 그녀가 두 눈을 질끈 감았다. 그 순간, 서원이 다시금 이영의 손을 붙잡았다. 그녀는 한없이 추락할 것만 같던 상태에서 벗어나 파르르 떨며 눈꺼풀을 밀어 올렸다. 저를 응시하는 남자의 시선과 똑바로 마주했다.

"너를 허락해 줘."

서원이 그녀의 손을 꽉 움켜쥔 채 입을 열었다. 이영은 순간적으로 어리둥절한 표정을 지으며 그를 쳐다보았다.

"그만, 이라며."

"……예?"

이게 무슨 말인가 싶어 그녀가 눈을 깜빡였다. 그러다가 자신이 좀 전에 무심코 뱉어 낸 말을 떠올렸다. 분명 제 입으로 '그만'이라 말하기는 했다. 하지만 그게 꼭 진심이었던 건 아니다. 너무나 버거울 정도로 심한 쾌감에 저도 모르게 나온 말이었을 뿐…….
계속 이어지던 쾌감이 뚝 끊긴 지금, 되레 아쉬움마저 들었다. 그녀는 민망함에 얼굴을 붉혔다.

내가 이런 여자였나.

이영은 스스로도 알지 못했던 제 모습이 쑥스럽고 창피했다. 더구나 지금 자신은 멀쩡한 정신으로는 감당하기 힘든 모습을 하고 있었다. 벌거벗은 상태로 누워 있는 것으로도 모자라 그의 허리에 제 다리를 감고 있는 상태였으니 말이다. 그 바람에 가장 은밀한 부분까지 그의 눈앞에 노출시키고 있었고…….

"헉!"

그녀가 뒤늦게 몸을 버둥거리며 다리를 오므리려 했다. 그렇지만 서원이 자신의 허리에 감겨 있는 이영의 다리를 꼭 붙잡고는 장난스럽게 웃었다. 그녀가 무슨 생각을 하고 버둥댔는지 아는 듯한 태도였다.

"저, 저기, 오빠……."

"마음에도 없는 '그만' 소리는 하지 말고."

"……그, 그렇지만."

"허락해 줘."

장난꾸러기처럼 웃던 남자가 언제 그랬나 싶게 진지한 얼굴로 제게 허락을 구했다. 이영은 그를 물끄러미 올려다보았다. 당장이라도 저를 안을 듯 욕망이 일렁이는 시선을, 그는 굳이 숨기려 하지 않았다.

그러나 제 허락이 없는 한, 이 남자는 저를 억지로 안지 않으리라는 믿음이 들었다. 그가 온갖 감언이설로 저를 꾀지 않아도 그냥 믿을 수 있을 듯싶었다. 그녀는 숨을 크게 들이쉰 뒤, 달아오른 뺨의 열기를 애써 모른 척하며 고개를 끄덕였다.

무언의 허락이었다.

"뭐, 뭘 하는 거, 으읏!"

이영은 제 아래쪽에 얼굴을 묻는 서원의 행동에 기겁하여 그의 어깨를 떠밀었다. 그러나 그녀의 힘으로는 남자를 조금도 밀어 낼 수 없었다. 그는 양손으로 이영의 가느다란 허벅지를 벌려 잡은 채 그녀의 여성 위쪽에 숨겨진 돌기를 입에 머금었다.

그녀는 바들바들 떨며 그를 떠밀던 손으로 되레 그의 어깨를 꽉 움켜잡았다. 손톱이 파고들어 상처가 났을 텐데도 서원은 조금의 반응도 보이지 않고 계속 그녀의 음부만을 탐했다. 볼록한 음핵을 입으로 빨고 혀로 덧그리듯 건드리자 이영이 숨을 헐떡이다가 신음을 내뱉었다.

"아아, 제발, 제발……."

이영의 애원을 들던 서원이 집요하게 애무하던 걸 멈추고 잔뜩 충혈된 살점을 놓아주었다. 음모 속에 숨겨져 있던 도톰한 살점은 그의 타액에 흠뻑 젖어 부풀어 있었다.

그는 방금 전까지 자신의 입에 머금었던 돌기를 아쉽다는 듯 쳐다보다가 입맛을 다신 뒤, 그녀의 허벅지를 잡고 있던 손으로 이영의 엉덩이를 움켜잡았다. 그리고 다른 손으로 그녀의 질 입구를 건드리다가 조심스럽게 그 안으로 손가락을 하나 밀어 넣었다. 낯선 이물감을 느낀 좁은 질구가 순간적으로 수축하며 서원의 손가락을 바짝 조였다.

"내 걸 그냥 넣었으면 잘라 먹었겠는데."

그가 나직한 웃음소리와 함께 농담을 던졌다. 그러나 이영은 제 이성을 전부 날려 버린 듯한 쾌감에 정신을 차릴 수 없는 터라 그가 건넨 음탕한 농담을 알아듣지 못했다. 서원이 그런 이영의 상태를 알아차리고는 웃음을 터뜨리더니 고개를 숙여 그녀의 수풀 위에 입술을 묻었다.

치구 위에서 오르내리는 입술의 움직임에 맞추어 질 안쪽을 더듬어 들어오는 손가락의 감촉에 이영이 본능적으로 제 몸에 힘을 주었다. 충분히 젖어 든 터라 그의 손가락 하나 정도는 버겁지 않게 들어왔지만, 그래도 처음으로 타인의 몸을 제 안으로 받아들였다는 데서 오는 생소한 감각과 그에 기인한 두려움까지 막을 수는 없었다.

"괜찮아, 이영아."

놀란 어린아이를 달래듯 서원이 그녀를 다른 손으로 끌어안은 채 귓가에 속삭였다. 그러면서도 이영의 몸 안에 넣은 손가락으로는 내벽 깊숙한 곳 어딘가를 꾹꾹 눌렀다. 마치 뭔가를 찾는 듯한 손길이었다. 그녀는 그가 제 몸 안쪽을 누를 때마다 파르르 입술을 떨며 끙끙거리다가 어느 순간 허리를 튕겼다.

"하, 아앗!"

눈앞에서 플래시라도 터진 것 같았다. 이영은 머리끝까지 치달은 쾌감에 몸을 비틀었다. 온몸이 덜덜 떨리고 말문이 막혀 버렸다.

"아훗, 흐…… 오, 오빠."

"깊숙한 곳에 자리 잡고 있네."

서원이 혼잣말을 중얼거리는 게 들렸다. 하지만 그녀는 그의 말을 정확히 알아듣지는 못했다. 그저 자신이 느낀 쾌감에 어떻게 해야 할지 알 수 없어 버둥거리며 그를 붙잡으려 했을 뿐. 손끝에 닿은 남자의 어깨와 등에 제 손톱을 박아 넣었다. 그와 동시에 서원역시 제 몸 안에 손가락을 하나 더 밀어 넣었다.

질 내부를 빠듯하게 채운 압박감에 숨이 막혔다. 이영은 그의어깨를 더욱 힘주어 끌어안았다가 등을 두들겼다. 그러나 그는 그녀의 몸 안쪽 통로를 넓히기에 여념이 없다는 듯 계속해서 내벽을누르고 긴장을 풀어 주기 바빴다.

그 덕분일까. 배 속을 가득 채웠던 압박감이 조금 수그러들었다. 이영은 뒤늦게 정신을 차리고는 그의 등을 때리던 손을 아래로 내렸다. 그러자 기다렸다는 듯 서원이 몸 안쪽에서 손가락을 빼내더니 그녀의 팔을 자신의 목에 걸쳤다.

"내 목 끌어안아."

그의 목소리가 잔뜩 쉬어 나왔다. 평소는 물론, 조금 전과도 확연히 달라진 목소리에 이영이 저도 모르게 흠칫거렸다. 그에게서는 더 이상 짓궂은 장난기나 여유, 그 어느 것 하나 보이지 않았다. 그저 저를 향한 사내로서의 욕구와 깊은 갈망이 전부였다.

만약 지금, 자신이 싫다고 하면 이 남자는 제 뜻에 따라 멈출수 있을까.

이영은 문득 궁금해졌다. 하지만 굳이 그 궁금증을 해소하겠다고 마음에도 없는 말을 하고 싶지는 않았다. 그녀는 눈을 살짝 내리깐 채 그의 말에 순순히 따랐다.

서원의 목에 가느다란 팔이 감기자마자 그가 사납게 그녀의 목덜미에 제 입술을 찍어 눌렀다. 그러고는 그녀의 허벅지를 한껏 벌린 채 제 성기를 질 입구 근처에 대고 문질렀다. 귀두에 맺힌 쿠퍼액이 이영의 회음부에 묻어 번들거렸다. 이영이 그 감촉에 몸을 떨며 엉덩이를 들썩였다. 서원은 그걸 놓치지 않고 그녀의 몸 안으로 저를 밀어 넣었다.

"웃, 으웃!"

그녀에게서 신음이 터져 나왔다. 묵직한 살덩이가 밀고 들어오면서 배 속의 장기가 송두리째 뒤집히는 느낌이 들었다. 손가락으로 어느 정도 풀어 놓았다고 하지만, 이영으로서는 그의 성기를 받아들이는 게 버거웠다. 그럼에도 불구하고 그녀는 그를 밀어 내는 대신 끌어안는 걸 선택했다. 서원의 목을 끌어안은 팔이 덜덜 떨리면서도 그를 놓으려 하지 않았다.

그게 자극이 된 것일까. 서원이 몸을 뒤로 뺐다가 다시금 거세게 박아 넣었다. 그 움직임에 봉긋 솟아난 가슴이 덩달아 출렁였다. 한 손으로 그녀의 허벅지를 잡아 벌린 채 허리짓을 하던 그가 다른 손으로 이영의 가슴을 꽉 움켜쥐었다. 그녀는 온몸이 성감대가 되기라도 한 듯 위아래를 가리지 않고 밀려드는 쾌감에 교성을 흘렸다.

겁이 많아서 번지 점프조차 뛰어 본 적 없던 그녀에게 지금 이 쾌감은 줄 하나 없이 뛰어내리는 듯한 낙하감을 주었다. 이영은 아찔함에 눈앞이 거듭 새하얘지는 걸 느끼며 그를 제게로 끌어당겼다.

그가 쳐올리는 대로 흔들리던 이영의 몸이 어느새 침대 위쪽까지 밀려 올라갔다. 그녀는 제 머리가 침대 헤드에 닿는 걸 느끼고는 간신히 정신을 차렸다. 서원 역시 그녀의 아래에서 거세게 제 몸을 찍어 올리다가 그걸 알아차렸는지 잠시 움직임을 멈췄다. 그러자 그녀의 몸 안을 가득 채우고 있던 성기가 마치 살아 있는 생명체처럼 불만을 표하며 꿈틀거렸다.

"윽."

"아웃."

서원과 이영은 누가 먼저라고 할 것 없이 그에 반응을 보였다. 그리고 동시에 웃음을 터뜨리고 말았다. 그는 부피가 조금도 줄어들지 않은 성기를 그녀의 몸 안에 넣은 채 가만히 손을 뻗어 이영의 흐트러진 머리를 쓰다듬었다. 땀에 젖은 머리칼이 이마에 달라붙어 쉽게 떨어지지 않았다.

"정말 좋다."

그는 몇 번이고 그녀의 머리를 매만져 이마에 달라붙어 있던 머리칼을 전부 쓸어 넘긴 뒤, 이마 위에 제 입술을 꾹 내리눌렀다. 이영의 이마가 땀에 젖었던 탓인지 차갑게 느껴졌다. 그러나 그와 별개로 그녀가 내쉬는 숨은 열기를 잔뜩 품고 있었다. 서원은 저 역시 다르지 않으리란 생각을 하며 이영의 이마에 입술을 댄 채 두 손으로 그녀의 머리를 꼭 끌어안았다.

"사랑해."

사랑한다, 공이영. 그는 그녀의 이마에서 입술을 떼고는 속삭이듯 말을 건넸다. 이영은 그에게 안겨 있다가 조심스럽게 입을 달싹였다.

나도요.

그녀가 거의 들리지 않을 정도로 작게 달싹인 속삭임을 들은 것인지, 서원이 웃음을 터뜨리며 이영을 놓아주고는 입을 열었다.

"이제 '저' 라고 안 하네?"

"예?"

"방금 말이야. '나' 라고 했잖아."

"아아……."

이영은 멍한 표정으로 눈만 깜빡였다. 그러고 보니 그렇게 말한 것 같기도 했다. 솔직히 자신이 어떻게 말했는지 기억나는 건 아니지만 말이다. 그게 그다지 중요한 것도 아니었다. 그런데 서원은 그녀와 생각이 다른 모양이었다. 이처럼 환하게 웃으며 기뻐하는 걸 보면.

"네가 나를 '동등하게' 봐 주기 시작한 것 같아서."

"동등하게 보다니요?"

"우리 결혼의 시작이 살짝 어긋났던 건 사실이잖아. 내가 욕심 부려서 성급히 결혼을 강요했던 거고. 그래서 우리 관계가 평범한 부부와 다르다는 게 늘 걸렸어."

이 남자도 고민했구나. 그 사실을 깨닫게 된 그녀가 서원을 물끄러미 쳐다보았다. 저 혼자만 이 결혼에 대해 고민했던 게 아니라는 사실에 가슴이 뭉클해졌다.

비록 시작은 거짓이었을지언정, 그 이후의 결혼 생활까지 거짓은 아니었다는 것이다. 구태여 의미를 부여할 가치가 없는 것이었다면 고민할 필요도 없었을 터였다. 그러니까…… 자신과 그는 이미 부부였던 게 아닐까. 이 결혼에 대해 그 무엇도 확신할 수 없어 고민하던 때부터 이미, 말이다.

이영은 가슴속에서 울컥 치미는 감정에 눈시울을 붉히며 그를 끌어안았다. 그와 더불어 그의 성기를 품고 있던 아래를 꽉 조였다. 서원이 본인도 모르게 신음을 내뱉고는 그녀를 내려다보았다. 이영이 민망함에 눈가를 붉힌 채 웃었다. 일부러 한 행동이라는 걸 굳이 숨기지 않겠다는 듯한 미소였다.

"이영이, 너!"

"안아 줘요, 오빠. 아니, 서원 씨."

"……!"

"그렇지 않아도 어머님이 언제까지 '오빠'라고 부를 거냐고 하셨는데 이참에 바꿔 보려고요. 마음에 안 들어요?"

"그럴 리가."

서원은 눈을 크게 떴다가 이내 미소 짓고는 그녀를 향해 고개를 숙여 키스했다. 솔직히 오빠든 뭐든 호칭이 무슨 상관일까 싶었다. 그러나 그녀의 입에서 나온 '서원 씨'라는 호칭은 의외로 그에게 자극을 주었다. 그녀의 앞에 '채서원'이라는 남자로 마주하고 있는 기분이라고 해야 할까. 그는 더욱 부피를 늘려 가는 성기를 재차 박아 넣으며 허리를 움직였다.

"하아앗. 흐웃."

성기가 빠져나갔다가 다시 뿌리 끝까지 삽입됐다. 이영은 그가 전하는 쾌감에 정신을 차리지 못하고 고개를 흔들었다. 그가 허리를 움직일 때마다 젖은 살갗이 달라붙었다가 떨어지는 소리가 이어졌다. 그녀가 달뜬 신음을 내뱉다가 무심코 제 입술을 혀로 핥았다.

그와 동시에 이영의 몸 안을 채우고 있던 성기가 그 한계를 넘어설 듯 거듭 팽창했다. 서원은 제 몸을 한껏 밀어 넣으며 몸을 숙이고는 그녀의 양쪽 뺨을 감싼 채 허겁지겁 입술을 겹쳤다. 금방이라도 한입에 집어삼킬 수 있을 듯한 탐욕스러운 키스였다.

그렇게 잠시 키스를 나누던 그가 입술을 떼고 그녀의 허리를 꽉 붙잡았다. 그리고 절정으로 치닫기라도 하듯 그의 움직임이 더욱 거칠어졌다. 이영은 붉게 부푼 입술을 다물지도 못한 채 헐떡이며 그를 받아 냈다.

"으으음……."

서원이 나직한 신음과 함께 제 욕망을 그녀의 안에 모조리 쏟아 부었다. 한껏 부풀었던 성기가 정액을 토해 내며 수그러드는 게 느껴졌다. 이영은 제 배 속을 채운 남자의 잔재에 표현하기 힘든 충만감을 느끼고는 숨을 내쉬었다. 그가 다시 한번 그녀의 입술과 콧등, 양쪽 눈가와 볼 여기저기에 입을 맞춘 뒤, 제 몸을 조심스럽게 빼냈다.

주르륵. 그가 사정한 체액과 그녀에게서 나온 애액이 뒤섞여 회음부 아래로 흘러내렸다. 그 생소한 감각에 이영이 부르르 몸을 떨었다. 서원은 그런 이영의 모습이 사랑스럽다는 듯 웃으며 쳐다보다가 그대로 그녀를 끌어안았다. 그녀가 저도 모르게 깜빡 정신을 놓을 뻔하다가 그의 묵직한 무게에 정신을 다시 차리고는 서원의 등을 감싸 안았다.

사랑해.

그의 목소리가 들린 듯싶었다. 그것이 실제로 그가 소리 내어 한 말인지, 아니면 그저 그녀가 환청을 들은 것인지 구분이 되지 않았지만, 그게 중요한 건 아니었다. 저를 끌어안고 있는 남자의 심장 박동이 그 모든 말을 대신하고 있었기에.

그게 전부였다.

이영은 어쩐지 눈물이 날 것만 같아서 눈을 질끈 감았다.

＊ ＊ ＊

머릿속이 전부 녹아내릴 것만 같았다. 이영은 귓가에서 웅웅 대는 누군가의 목소리를 들었지만, 아무런 대꾸도 할 수 없었다. 그저 나오는 것이라고는 가쁜 숨이 전부였다.

아파.

그녀는 속으로 외쳤다. 그러나 아무도 그런 제 목소리를 들어 줄 리 없다는 걸 알았다. 아주 어릴 적부터 언제나 그래 왔으니까. 아무리 열이 나고 아파도 어느 누구도 그런 저를 돌봐 준 적 없었다.

그나마 가사를 보던 익산댁 아주머니가 저를 위해 죽을 쑤어 주거나 약국에서 사 온 해열제를 몰래 쥐여 주었던 일이 몇 번 있기는 했지만 말이다. 그것이 전부였다. 가족도 아닌 이에게 그 이상을 바라는 것 자체가 욕심이었다. 더구나 고용주인 정숙의 눈치를 볼 수밖에 없는 익산댁으로서도 이영에게 뭔가를 더 해 줄 수 없는 노릇이었을 터다.

그래서 이영은 언제나 외로웠지만, 아플 때는 유난히 더 외로웠다. 아플 때 저를 토닥여 줄 따스한 품을 늘 그리워했지만, 단 한 번도 이룰 수 없었던 꿈이었다.

"이영아, 약 먹자. 응? 내 말 들려?"

다정한 남자의 목소리가 들렸다. 그와 더불어 저를 일으켜 앉히는 다정한 품이 느껴졌다. 이영은 까무룩 정신을 놓으려다가 가까스로 눈꺼풀을 밀어 올렸다. 흐릿한 시야에 남자의 모습이 들어왔다. 헝클어진 머리와 벌거벗은 상반신이 제일 먼저 보였다.

어어…….

그녀가 멍하니 그를 쳐다보고 있는데, 입술에 물컵이 닿았다.

"약 먹자. 일단 해열제 먹어서 열을 떨어뜨려야 할 것 같아. 너 지금 열 많이 나."

"……열 많이 나요?"

이영이 더듬거리며 그의 말을 따라 했다. 마치 남 얘기 하듯 묻는 이영의 행동에 서원이 얼굴을 찡그리더니 이내 고개를 끄덕이며 그녀의 입가에 다시금 컵을 대 주었다.

"그래. 그러니까 약부터 먹자. 입 좀 축이고……."

그녀는 얼떨결에 서원이 권하는 대로 물을 한 모금 마신 뒤, 그가 쥐여 준 알약을 입에 넣고 재차 물을 마셨다. 알약과 함께 미지근한 물이 식도를 타고 내려가고 나니 뒤늦게 정신이 조금 들었다.

"열이 내려야 할 텐데."

서원이 이영을 품에 안은 채 손을 들어 그녀의 이마를 짚었다. 열 때문인지 그의 손이 서늘했다. 하지만 그 서늘한 느낌이 싫은 건 아니었다. 되레 그 덕분에 저를 괴롭히던 두통이 다소 가라앉는 것 같기도 했다. 이영은 저도 모르게 조금 더 서늘한 곳을 찾아가 듯 서원의 손에 제 이마를 비벼 댔다.

"이 와중에 나도 참…… 못 말리겠네. 짐승도 아니고."

문득 서원이 헛웃음과 함께 혼잣말을 중얼거리는 게 들렸다. 그러나 그가 중얼거린 말이 무슨 의미인지 이영은 알 수 없었다. 그녀는 그저 제 본능이 이끄는 대로 그의 손에 거듭 제 얼굴을 문지르기만 했을 뿐.

이영은 저도 모르게 앓는 소리를 냈다. 그러자 혼잣말을 중얼거리던 서원이 다시금 그녀를 토닥이며 뺨과 목덜미를 문질러 주었다. 서늘한 손길이 살갗을 쓸고 지나갈 때마다 한결 나아지는 것만 같았다. 그녀는 그의 품에 거의 축 늘어지다시피 안긴 채 숨을 몰아쉬었다.

"권 교수님께 전화라도 해 봐야 하나."

저를 걱정하는 서원의 목소리가 귓가에 들렸다. 이영은 코끝이 시큰거리는 동시에 눈시울이 뜨거워지는 걸 느꼈다. 단 한 번도 기대한 적 없었던 일이 제게 일어난 것이다. 아무리 아파도 기댈 사람 하나 없던 제 곁에, 이렇듯 저만을 걱정하는 이가 생긴 것이다.

그래서일까.

"아파……."

이영은 태어나서 처음으로, 누군가에게 칭얼대며 투정을 부려 보았다.

"나 아파요. 너무 아파."

너무 아프다고, 그렇게 중얼거리며 엄살을 부리기도 했다. 아니, 사실 엄살이라고 할 만큼 가벼운 증세는 아니었다. 실제로 이영의 몸은 불덩이처럼 들끓는 상태였으니 말이다.

"안 되겠다. 응급실 가자."

서원은 단 한 번도 본 적 없던 이영의 행동에 당황하여 어쩔 줄 몰라 하다가 황급히 그녀를 안아 들고 일어섰다. 이렇게 아픈 것도 모르고 잠을 자고 있었던 제 자신에게 화가 치밀었다.

멍청한 놈, 제 욕심 다 채웠다고 잠이나 자다니.

남자와의 관계가 처음이었던 이영에게 저와의 섹스가 신체적으로 무리가 되었을 거란 걸 생각했어야 했다. 그런데 그런 건 생각도 못 한 채 그저 들떠서 제 욕심 채우자고 그녀를 붙잡고 두 번, 세 번, 안아 버렸으니 그녀가 몸살이 나는 게 당연했다. 그는 혀를 차며 그녀를 안고 방 밖으로 나갔다. 그러고는 소파에 걸쳐 놓았던 제 겉옷을 이영의 몸 위에 덮어 주고는 서둘러 현관으로 걸음을 옮겼다.

"으응? 우리 어디 가요?"

그가 막 신발을 신으려는데, 그녀가 서원의 품에 안겨 있다가 고개를 들더니 현관을 둘러보며 물었다. 서원은 이영이 정신을 조금 차렸다는 것에 기뻐서 냉큼 대답했다.

"응급실."

"……응급실이요? 왜요?"

"너 아프니까. 가서 열 떨어뜨리게 주사라도 맞고 와야지. 아니, 간 김에 이것저것 검사도 좀 해 보고……."

"그, 그게 무슨 말이에요!"

서원을 쳐다보던 이영의 눈이 서서히 휘둥그렇게 커지는 듯싶더니 그녀가 기겁해서 몸을 버둥거렸다. 열 때문에 정신을 못 차리던 조금 전과는 완전히 달라진 모습이었다.

"내려 줘요! 응급실 안 가요."

"이영아, 너 지금 열이 많이 나서……."

"괜찮아요. 좀 전에 약 먹었잖아요."

이영이 내려 달라며 계속 몸을 바르작거리자 서원이 어쩔 수 없다는 듯 그녀를 품에 안고 있다가 현관 앞에 내려 주었다. 그녀는 바닥에 발을 딛자마자 거실 쪽으로 쪼르르 도망치다시피 가 버렸다. 아파서 정신 못 차리던 사람답지 않은 모습이었다.

이걸 다행이라고 해야 하나.

그가 황당한 마음에 제 뒷머리를 긁적이고는 그녀의 뒤를 따라 거실로 돌아갔다. 이영이 거실 한복판에 서 있다가 서원을 돌아보고는 빨개진 얼굴로 항의하듯 말했다.

"이 모습으로 응급실에 가려고 하다니요! 사람들 구경거리 될 일 있어요?"

"그게 뭐가 어때서? 아니, 더구나 응급실에 가는데 옷 제대로 차려입고 가는 게 오히려 이상한 거지."

"그래도 이건 아니잖아요. 옷은 고사하고 이, 이 겉옷 하나만 입었는데."

그녀가 말을 더듬으며 자신이 걸치고 있는 겉옷을 더욱 여몄다. 서원은 그제야 이영의 차림새를 깨닫고는 아, 하고 짧은 소리를 내뱉었다. 그러고 보니 급한 마음에 그녀가 알몸 상태라는 걸 까맣게 잊고 있었다.

섹스를 하고 난 뒤에 샤워를 하고 잠옷을 입으려던 그녀를 그대로 품에 끌어안고 잠들었던 게 바로 자신이었다. 당황하여 버둥거리며 속옷이라도 입게 해 달라던 그녀를 옴짝달싹 못 하게 안고 잔 사람 역시 저였다. 그리고 그렇게 잠들었다가 열이 오른 이영의 상태를 뒤늦게 깨닫고는 해열제를 먹인답시고 허둥대느라 미처 그녀에게 옷을 입히지 못한 상황이었다.

맙소사.

그는 시뻘겋게 변한 얼굴을 손으로 쓸어내리며 혀를 찼다. 졸지에 제 여자의 벌거벗은 몸을 다른 이들 앞에 내보일 뻔했다고 생각하니 아찔했다. 물론 급박한 상황에 익숙한 응급실 의사들이 그런 걸 따지기야 하겠느냐마는……

"……내가 큰 실수를 할 뻔했어."

서원이 두 손으로 거듭 마른세수를 하고는 다시 그녀를 쳐다보았다. 제 겉옷을 꼭 여민 채 눈만 동그랗게 뜨고 있는 이영을 보고 있으려니 피식 웃음이 나왔다. 열이 올라 도통 정신을 못 차리는 것 같았지만, 그래도 저보다는 나았다. 그는 이영을 향해 다가가 그녀의 이마를 손으로 짚었다. 미열이 남아 있기는 해도 아까보다는 열이 내린 듯싶었다.

"해열제가 효과가 있기는 했나 보네. 그새 열이 좀 내린 걸 보니."

서원은 이영의 이마에 제 손바닥을 댄 채 혼잣말을 중얼거렸다. 그 목소리를 들으며 이영은 가만히 서 있다가 발가락을 꼼지락거렸다. 몸을 섞은 지 몇 시간이 채 지나지도 않은 상태에서 이렇듯 서로 마주 보고 있다는 걸 깨달은 것이다.

그의 품에 안겨 잠들었을 때는 지쳐서 거의 정신을 놓다시피 했던 터라 제대로 의식하지 못했고, 그 뒤에는 열이 오르는 바람에 역시 머릿속이 혼미했던 탓에 뭔가를 생각할 새가 없었다. 그녀는 내렸던 열이 다시 오르기라도 하듯 뺨이 달아오르는 걸 느끼며 슬그머니 눈을 내리깔았다.

열을 재기 위해 제 이마에 손을 대고 있는 남자의 체온이 고스란히 전해졌다. 열이 올랐을 때는 서늘하다고 느낀 손이 이제는 어느 정도 따끈하게 느껴졌다. 저를 끌어안고 만졌던, 그 체온이었다. 그게 겨우 몇 시간 전의 일이다. 아니, 몇 시간이라고 할 것도 없을지 모른다. 자신이 까무룩 정신을 놓고 잠들었던 시간 속에서도 그는 저를 끌어안고 있었을 테니까.

열이 올라 뒤척이던 와중에도 저를 안고 있던 손길이 기억났다. 그리고 그 손길이 바로 이 남자의 것이었다는 것도.

"이영아, 제발 나를 여기서 더 나쁜 놈으로 만들지는 마라."

그 순간, 서원이 웃음기 섞인 투로 말하며 그녀의 이마를 짚고 있던 손을 거두었다. 이영은 내리깔고 있던 시선을 들어 그를 쳐다보았다. 농담하듯 가볍게 꺼낸 말과 달리 그의 시선은 깊이 가라앉아 있었다. 그 시선이 뭘 의미하는지 굳이 물어볼 필요도 없었다.

바로 몇 시간 전 저를 안았던 그의 시선과 똑같으니 말이다.

누가 먼저 손을 뻗었는지 알지 못한다. 이영과 서원은 서로를 끌어당겨 안았다. 그녀의 몸에 걸치고 있던 큼직한 겉옷이 거실 바닥으로 흘러내리며 이영의 나신이 드러났다. 그는 이영의 젖가슴을 한 손으로 감싸 쥐며 다른 손으로 그녀의 뺨을 감싸고 입을 맞췄다.

아직 밤은 깊었다.

제12장 – 폭로

햇살이 커튼을 투과해 은은하게 침대 위에 드리웠다. 이영은 나른한 몸을 모로 누인 채 가만히 그 햇살의 움직임을 응시하다가 창밖의 하늘을 보았다. 지난밤 그토록 몰아치던 비바람이 마치 꿈이었다는 듯 하늘은 새파랗기만 했다.

꿈처럼…….

그래. 모든 게 꿈만 같았다. 간밤에 있었던 일들이 전부 다 꿈이었던 듯 믿기지 않을 정도로 말이다. 그녀는 돌아누우려다가 저도 모르게 앓는 소리를 내며 몸을 웅크렸다. 밤새 서원에게 안겼던 몸이 그 모든 게 꿈이 아니었다는 걸 증명이라도 하듯 아릿한 통증과 채 지워지지 않은 쾌감을 동시에 전해 왔다.

이영은 겸연쩍은 웃음을 지으며 몸을 일으켰다. 흘러내린 이불 위로 그녀의 벌거벗은 몸이 드러났다. 봉긋 솟은 가슴 위에 다른 이의 잇자국과 순흔이 불그스름하게 남아 있었다. 그녀는 이불이 흘러내리며 스친 유두가 쓰라려 무심코 미간을 찌푸리고는 손을 들어 제 가슴을 감쌌다.

밤새 서원이 주무르고 물고 빨았던 탓에 가슴에 손끝만 슬쩍 닿았는데도 불구하고 얼얼한 느낌이 들었다. 이영은 얼굴을 붉히며 가슴을 감쌌던 손을 아래로 내리고는 다시 이불을 끌어당겼다.

부드러운 이불의 느낌이 좋았다. 그녀는 이불 속에서 꼼지락거리다가 고개를 돌려 반대편을 보았다. 침대 아래쪽에 이불과 시트가 돌돌 뭉쳐 있는 게 보였다.

……어?

그러고 보니 살갗에 닿는 시트와 이불의 감촉이 너무나 보송보송해서 기분마저 쾌적하게 했다. 잠들 때만 하더라도 체액으로 흠뻑 젖은 터라 끈적거리고 축축했던 것 같은데…….

"아!"

그녀는 제 몸 역시 상쾌한 상태라는 걸 깨닫고는 슬그머니 이불을 벌려 안쪽을 살펴보았다. 그의 입술 자국이 남아 있기는 했지만 가슴이나 배 어디에도 체액의 흔적은 없었다. 그리고 그건 아래쪽도 마찬가지인 듯싶었다.

"설마……."

아니겠지? 이영은 제 손톱 끝을 깨물며 얼굴을 붉혔다. 열이 올라 응급실에 가느니 하며 한바탕 소란을 피운 뒤, 그와 또다시 관계를 가졌다. 해열제 덕분에 열이 내리기는 했지만 그 전부터 몸이 축난 상태였기에 서원과의 섹스가 끝나자마자 손가락 하나 까딱하지 못하고 그대로 곯아떨어졌다. 그러니 몸을 씻을 시간은 아예 없었던 것이다. 그런데 이렇듯 깨끗하게 닦인 듯한 몸이라니.

정답은 하나뿐이었다.

바로 그가 저를 씻기거나 최소한 물수건 등으로 닦아 주었다는 것. 그녀는 민망함에 두 눈을 질끈 감았다. 이미 몸까지 섞은 마당에 뭘 그렇게 민망해하냐고 할지도 모르지만, 그래도 민망함을 부정할 수는 없었다.

다 봤다는 거잖아. 전부 다.

스스로도 민망하여 굳이 볼 일 없던 은밀한 부위까지 그가 샅샅이 보았을 거라는 생각에 뺨은 물론이고 귀와 목덜미까지 홧홧하게 달아올랐다. 그녀는 손으로 부채질을 하다가 뒤늦게 시계를 확인했다. 오전 10시를 훌쩍 넘긴 시간이었다.

맙소사!

이영이 허둥지둥 침대 아래로 내려섰다. 서원이 출근하고도 남았을 시간이었다. 그녀는 부랴부랴 옷을 입기 위해 드레스룸 쪽으로 몸을 틀었다. 그러나 그녀가 드레스룸으로 막 들어가려던 찰나, 방문이 열리더니 지금 이 시간에 결코 들려서는 안 될 남자의 목소리가 들렸다.

"일어났어?"

"꺄악!"

이영은 두 손으로 제 몸을 가리며 냉큼 주저앉았다. 서원이 다가오는 발소리를 듣고도 그녀는 미동조차 하지 않았다. 아니, 할 수 없었다고 하는 편이 정확할 터였다. 속옷조차 입지 않은 몸을 어떻게든 그의 시선에서 숨겨야 하는 상황이니 말이다.

"어디 봐. 열은 다 내렸네. 다행이다."

서원은 이영의 뒤쪽으로 다가오자마자 무릎을 접고 앉더니 팔을 뻗어 그녀의 이마에 손을 가져갔다. 뜨끈한 열기가 느껴졌다. 제 열기인 것도 같고 그의 것인 듯도 싶었지만, 열이 다 내렸다고 했으니 아무래도 그에게서 나는 열기인 게 분명했다. 이영은 저를 뒤에서 끌어안은 채 이마를 짚고 있는 서원에게 기대어 있다가 이내 빨개진 얼굴로 버둥거렸다.

"저기, 팔을 좀 풀어 줬으면……."

저를 안고 있는 팔에 가로막혀 옷조차 입지 못한 상황이다. 서원의 단정한 옷소매를 보아하니 뒤에서 저를 끌어안고 있는 그가 완벽한 차림새일 거란 걸 추측할 수 있었다.

단정하게 옷을 갖춰 입은 남자와 벌거벗은 여자라니.

그보다 민망한 장면이 또 어디에 있을까. 이영이 거듭 얼굴을 붉히며 몸을 바르작거렸다. 그러자 서원이 작게 웃더니 순순히 그녀를 놓아주었다. 이영은 뒤를 돌아볼 엄두도 내지 못한 채 허둥지둥 일어나 드레스룸으로 쏙 들어가 버렸다.

"하하……."

그리고 그 자리에 남은 서원이 괜히 아쉬운 마음에 빈손을 오므렸다 펴기를 반복하며 방금 이영이 들어간 드레스룸 쪽을 바라보았다. 작고 동그스름한 엉덩이가 눈앞에 어른거렸다. 그는 그런 제 모습이 우스워서 머리를 헝클어뜨린 뒤, 무릎을 펴고 일어섰다.

드레스룸 안쪽에서 이영이 허둥대며 옷을 입다가 행거 어딘가에 부딪치기라도 했는지 작은 소리가 들렸다. 본인이야 곧바로 입을 꾹 다물어 소리가 밖으로 새어 나가지 않았을 거라고 믿는 것 같기는 하지만……. 서원은 드레스룸 옆쪽의 벽에 기대어 서서 팔짱을 낀 채 입꼬리를 올렸다.

이영이 옷을 갈아입는 소리가 그의 귀에 또렷하게 들렸다. 그는 벽에 기대어 선 상태로 눈을 감았다. 얇은 천이 살갗에 마찰되어 나는 소리가 어쩐지 야릇한 느낌을 주었다. 새벽녘 제 손으로 직접 씻기고 닦은 몸이 고스란히 떠올랐기 때문일까. 자신이 남긴 흔적을 가지고 있는 새하얀 피부를 덮었을 옷에 엉뚱한 질투심마저 들었다. 할 수만 있다면 아무것도 입히지 않고, 그냥 조금 전처럼 그렇게 벌거벗은 채 있게 하고 싶은데.

이게 무슨 변태적인 바람일까.

서원이 드레스룸 문이 열리는 소리에 맞추어 눈을 떴다. 이영이 얇은 원피스 차림으로 쭈뼛거리며 나오다가 그와 눈이 마주치자 얼굴을 붉히더니 고개를 살짝 숙였다. 그녀가 고개를 숙인 채 입술을 달싹이는 걸 보던 서원이 눈을 휘며 웃고는 이영에게로 다가갔다.

"좋은 아침."

"……아, 예에. 조, 좋은, 아침이에요."

이영은 제 어깨를 감싸 쥐고는 이마에 입술을 내리누르며 아침 인사를 건넨 서원에게 똑같이 아침 인사를 하기 위해 더듬더듬 입을 열었다. 그러나 마치 말을 처음 배운 어린아이라도 된 듯 입이 쉽게 떨어지지 않았다.

"서, 원, 씨."

"……예?"

간신히 아침 인사를 하고 입을 다물려는데, 그녀의 귓가에 서원의 말이 재차 들렸다. 본인의 이름을 한 음절씩 또박또박 내뱉은 것이었다. 이영은 저도 모르게 어리둥절한 표정으로 고개를 들어 그를 쳐다보았다. 그러자 서원이 장난스럽게 웃고는 본인을 가리키며 거듭 말했다.

"서, 원, 씨. 간밤에 호칭 바뀌었잖아. 설마 기억 안 나는 건 아니지?"

"아아……."

지난밤에 자신이 했던 대담한 행동을 떠올린 이영이 빨개진 얼굴로 입만 벙긋거렸다.

'안아 줘요, 오빠. 아니, 서원 씨.'

미쳤구나, 공이영. 그녀는 자신이 했던 말을 되새기며 어쩔 줄 몰라 했다. 서원의 성기를 몸 안에 품은 채 그렇게 말하다니, 어떻게 그럴 수 있었을까 싶었다.

"하하!"

당황한 이영을 지켜보던 서원이 입을 실룩이다가 이내 웃음을 터뜨렸다. 그러고는 그녀의 허리를 끌어안은 뒤, 단숨에 입술을 삼켰다. 이영이 갑작스러운 입맞춤에 당황하여 몸을 떨다가 이내 그에게 응하듯 입을 벌렸다.

"출근, 정말 안 해도 돼요?"

"응. 연차 냈어."

"당일 아침에 이렇게 갑자기 내도 되는 거예요?"

"당연하지. 솔직히 신혼여행도 못 가고 바로 출근했던 새신랑한테 이 정도는 허락해야 하는 거 아니겠어?"

서원은 이영의 무릎을 베고 느긋하게 누워서 소파 팔걸이에 다리를 늘어뜨린 채 씩 웃었다. 그 미소 짓는 얼굴을 보던 이영이 뺨에 홧홧한 열기가 도는 걸 느끼고는 고개를 돌렸다. 베란다 쪽에서 햇볕에 달궈진 따스한 바람이 불어 들어왔다. 느지막이 아침을 먹고 난 뒤, 이렇듯 아무것도 하지 않고 보내는 시간이 어쩐지 낯설었다. 그녀는 어색한 마음을 감출 겸 두서없이 나오는 대로 말을 이었다.

"못 간 건 아니었잖아요. 안 간 거지."

"흐음, 신혼여행 가고 싶었구나?"

그는 그녀의 다리를 베고 있던 머리를 비비적거리다가 장난스럽게 물었다. 그러고는 벌떡 일어나 앉으며 말을 이었다.

"말 나온 김에 우리 신혼여행이나 계획해 볼까?"

"무슨 신혼여행을 계획해요? 새삼스럽게."

이영이 헛웃음과 함께 고개를 흔들었다. 그러자 서원이 불퉁한 표정을 지으며 그녀에게 더 가까이 다가가 앉았다.

"새삼스럽긴? 이제라도 신혼여행 가는 게 어때서. 너 복학하고 나면 시간 없을 텐데 당장 날짜 잡고 비행기 예약 할까? 어디가 좋겠어? 세이셸은 어때? 중간에 두바이도 잠깐 들르고. 아! 그러고 보니 버즈 알 아랍에서 무슨 론칭 파티 초대장이 들어왔었는데……."

"자, 잠깐만요."

이러다가 당장 내일이라도 떠나자고 할 것만 같아서 이영은 서둘러 그의 말을 끊었다. 서원이 왜 그러냐는 듯 의아한 눈으로 그녀를 보았다. 그 얼굴에 대고 '신혼여행은 무슨 신혼여행이냐'는 식의 말을 차마 할 수 없었다. 그가 실망하는 걸 보고 싶지 않았기 때문이다.

"우리, 저기, 시간을 두고 조금 느긋하게 생각해 보면 안 돼요? 급하게 여행을 갈 이유가 있는 건 아니잖아요."

"이유가 왜 없어? 조금 있으면 너 복학하잖아. 그러니까 그 전에 다녀와야지."

그는 이영의 말에 동의할 수 없다는 표정으로 대꾸했다. 그녀는 딱히 반박할 말을 찾지 못하고 입만 달싹였다. 흔쾌히 그러자고 대답하고 싶은 마음이 들면서도, 다른 한편으로는 그러지 못하고 주저하게 되었다. 이영은 그런 제 마음이 무엇으로부터 연유한 것인지 어렴풋이 짐작하고는 쓴웃음을 지었다.

"……생각 좀, 해 보고요."

그녀가 떨어지지 않는 입을 억지로 열어 대꾸하고는 고개를 숙였다. 무릎 위의 손이 바들바들 떨리는 게 눈에 들어왔다. 서원의 눈에 들킬까 싶어 이영은 황급히 두 손을 깍지 끼어 모아 잡았다.

그나마 제 최악의 날이 될 뻔했던 어제를 무사히 보내게 된 건 전적으로 서원 덕분이다. 현희가 제게 털어놓은 끔찍한 진실을 곱씹을 새 없이 밤새도록 서원에게 안겼으니 말이다. 하지만 그렇다고 해서 현희가 말해 준, 자신의 태생에 대한 이야기를 깨끗이 잊을 수는 없었다. 지금처럼 이렇게, 시시각각 제멋대로 머릿속을 파고드니까.

"생각해 봐. 인심 써서 1분 줄게. 1, 2, 3, 4……."

그 순간 서원이 팔을 뻗어 이영의 어깨를 감싸 안더니 그녀의 고개를 자신에게 기대게 했다. 이영은 저도 모르게 흠칫거렸지만 이내 몸의 힘을 빼며 그가 하는 대로 몸을 맡겼다.

아무것도 얘기하지 않았는데 이 남자는 마치 제 속내를 알고 있는 사람처럼 행동한다. 너무나 적절한 타이밍에 적당한 위로를 겸하여. 그것이 고마워서 눈시울이 뜨거워졌다. 알고 하는 게 아니기에 더욱 고마운지도 몰랐다. 그만큼 제 기분을 섬세하게 알아차려 주는 것만 같아서. 그녀의 입술이 파르르 떨리며 벌어졌다가 곧바로 닫혔다.

하고 싶은 대로 할 수만 있다면 그에게 모조리 털어놓고 한바탕 울고 싶었다. 그러면 지금보다는 덜 아프고, 덜 답답할 것 같았다.

그러나 이영은 서원에게 그 어떤 얘기도 차마 꺼낼 수 없었다.

뭐라고 말할 수 있겠는가.

사실은 제 고모가, 고모가 아니라 생모였다고.

아버지인 줄 알았던 이는 외삼촌이었을 뿐이라고.

그런 기막힌 일이 제 현실이라는 게 참담하고, 한편으로는 부끄러웠다.

"23, 24, 25······."

시간을 재는 서원의 목소리에 눈물이 고였다. 이영은 그의 어깨에 기댄 채 입술을 꾹 깨물었다. 미처 참지 못한 눈물이 툭 떨어지려는 찰나, 그의 손이 이영의 손을 감싸 쥐었다.

"57, 58, 59, 60. 1분 끝."

그의 음성은 부드럽고 따스했다. 그리고 제 고개를 들게 한 서원의 손길은 더욱 부드럽고 따스했다. 그는 이영의 뺨을 타고 흘러내린 눈물을 보고도 말없이 손으로 쓱, 문질러 닦아 준 뒤에 말을 이었다.

"신혼여행 가기로 결정한 거야. 알았지?"

"그, 그렇지만······."

서원의 시선을 마주한 이영의 눈빛이 흔들렸다. 그는 그녀가 뭔가를 망설이고 있다는 걸 직감적으로 알 수 있었다. 하지만 그녀에게 말하라고 다그치는 대신, 이영의 젖은 뺨을 닦아 주고 그 위에 입을 맞추었다.

어제, 무슨 일인가 있었다.

그는 미친 듯 쏟아졌던 비를 고스란히 다 맞고 돌아온 이영의 모습을 떠올렸다. 네게 무슨 일이 있었던 걸까. 네가 지금, 내게 말하지 못하고 주저하는 게 대체 무엇일까. 서원은 답답해지려는 속을 애써 감추며 다시금 너스레를 떨었다. 괌, 발리, 하와이, 몰디브, 세이셸. 사실 그 어디라도 서원은 상관없었다. 이영과 함께 있는 곳이라면 그 어디든 제게는 낙원이나 마찬가지일 테니 말이다.

너에게도 내가, 그런 낙원 같은 존재였으면 좋겠는데.

서원은 이영을 향해 속으로 중얼거렸다.

✱ ✻ ✱

[채 서방한테 말했니? 네가 얘기하기 힘들면 내가 해도 되는데. 어떻게 할래?]

이영은 문자 메시지를 확인하다가 그대로 휴대 전화를 떨어뜨렸다. 고요한 종합자료실 안에 둔탁한 소음이 일었다. 그녀는 서가에 서서 책을 읽다가 저를 힐끔 쳐다본 이에게 작은 소리로 죄송하다고 사과한 뒤, 떨어뜨린 휴대 전화를 줍기 위해 몸을 구부렸다. 휴대 전화를 줍는 손끝이 새하얗게 질려 바르르 경련을 일으켰다.

"괜찮으세요?"

조금 전 그녀에게서 사과를 받았던 여자가 걱정스럽게 물었다. 이영은 여자를 향해 괜찮다고 작게 대답하고는 휴대 전화를 움켜쥔 채 황급히 서가 밖으로 빠져나갔다.

그녀는 휴대 전화를 쥐고 있던 손에 땀이 찬 것을 느끼고는 제 옷에 손바닥을 두어 번 문지른 뒤, 현희에게 전화를 걸었다. 신호음이 몇 차례 이어지기도 전에 기다렸다는 듯 현희가 전화를 받았다.

— 그래, 이영아.

친근하게 저를 부르는 목소리에 순간적으로 소름이 돋았다. 자신을 낳은 생모의 목소리에 포근함이나 반가움을 느끼는 게 아니라 오싹함을 느끼다니. 그런 제 신세가 참 우스꽝스럽단 생각이 스쳤다. 그녀는 입술을 잘근잘근 씹다가 고개를 세차게 흔든 뒤, 입을 열었다.

"그 사람한테 아무 말씀도 하지 마세요."

인사 같은 건 필요하지 않았다. 평소의 이영이였더라면 하지 못했을 행동이겠지만, 그녀는 지금 이 순간 현희에게 마음에도 없는 예의 따위를 갖추고 싶지는 않았다.

"고모가, 제게 이럴 권리 없어요."

고모라고 말하는 입 안에 가시가 돋은 것만 같았다. 현희의 날카로운 목소리가 재차 들렸다.

— 고모? 너 지금, 나더러 '고모'라고 불렀니?

"예, 고모."

몇 날 며칠에 거쳐 고민하고 또 고민했다. 저를 걱정스럽게 보는 서원의 시선에도 불구하고 그녀는 그에게 털어놓지 못한 채 홀로 고민해야 했다. 그리고 내린 결론이 이것이었다.

현희는 제 '고모'일 뿐이라는 것.

저를 낳았다고 하여 그녀를 자신의 친어머니로 받아들일 수는 없다는 것.

물론 그렇다고 해서 지금껏 제 부친인 줄 알았던 '외삼촌'을 진심으로 아버지라 여긴다는 건 아니다. 배다른 언니, 오빠인 줄 알았던 외사촌들에게 없던 형제의 정을 느끼는 것도 아니다. 다만 저를 낳은 생모를, 단지 그 이유만으로 인정할 수 없다는 의미일 뿐이었다.

"저를 부정하고 버리셨잖아요. 이제 와서 그걸 되돌릴 수 있을 거라 여기셨어요? 고모는 그러셨을지 몰라도 저는 아니에요. 저는 그러고 싶지 않아요."

늘 움츠러들어 있던 그녀가 이렇듯 말을 하는 것만으로도 큰 용기가 필요했다. 그만큼 그녀는 절박한 심정이었다.

서원과의 삶을 뒤흔드는 그 무엇도 용납할 수 없었다. 태어나서 처음으로 갖게 된 행복을 어떻게든 붙들고 싶었다. 이영은 아침에 출근하며 제게 다정히 키스했던 남자를 떠올렸다. 요 며칠 신혼여행을 가자고 끈질기게 졸라 대던 서원은 오늘도 어김없이 입을 맞춘 뒤, 오늘 정오까지 신혼여행지를 결정하지 않으면 자신이 알아서 예약하겠노라 허세 섞인 엄포를 놓았다. 어제도, 그저께도 비슷한 말을 했던 걸 까맣게 잊은 사람처럼.

― 뭐? 그러고 싶지 않아? 지금 네까짓 게 감히 나한테 대들기라도 하겠단 거야?

날카로운 현희의 목소리가 그 다정한 아침나절의 기억을 찢으며 파고들었다. 이영은 순식간에 찬물을 뒤집어쓴 기분이 되어 어금니를 악물었다.

"예. 그래요, 고모."

잠깐 침묵하고 있던 현희의 목소리가 재차 들렸다.

― 대들 줄도 알고 많이 컸구나? 결혼하고 나니까 꽤 든든한가 보네. 이제 남편이 있으니 네 마음대로 행동해도 될 것 같니? 항상 옆에서 네 편을 들어 줄 남자라도 생긴 것 같아?

이영은 현희의 빈정거리는 말에 아무런 대답을 하지 않았다. 현희 역시 이영에게서 어떤 대답을 들을 생각은 아니었던 듯 일방적으로 계속 말을 이어 나갔다.

― 하기야 네가 첩 자식이라는 소문을 듣고도 결혼을 했으니 자신할 만하기는 하다만⋯⋯. 설령 그렇다 해도 그게 얼마나 갈까?

현희는 조소하며 이영에게 물었다. 입을 꾹 다물고 있던 이영의 눈빛이 순간적으로 흔들렸다. 전화상으로 그 모습을 볼 리 없는 현희가 마치 이영이 어떤 표정을 지었는지 알고 있다는 듯 코웃음을 쳤다.

― 설마 영원히 변하지 않는 사랑, 뭐 그런 걸 믿을 만큼 순진하지는 않을 테고.

이영의 가슴속에서 순간 뭔가가 덜컹 내려앉았다. 현희의 말은 대수로울 것 없었다. 그저 똑같이 코웃음 치며 흘려버려도 되는 얘기였다. 하지만 그녀의 말 속에서 잡아낸 '영원'이란 두 음절의 말이 불안감이 되어 그녀의 속을 파고들었다.

그는 뱀파이어다.

이영은 그 점을 새삼 상기했다. 그와 동시에 서원과 마찬가지로 뱀파이어이라던 남자, 장도준이 떠올랐다. 팔백 살이 넘었다던 얘기를 듣고 놀라워했던 기억도 덩달아 고개를 들이밀었다. 그녀는 저도 모르게 옷 앞섶을 꽉 움켜쥐었다.

그 사람 역시 그렇듯 긴 시간을 살아가겠구나 하는 생각이 들었다. 몰랐던 사실도 아닌데 새삼 가슴속이 욱신거렸다. 그리고 두려움이 함께 밀려들었다.

같은 시간을 살아가고 있다고 생각했는데, 그게 아니라는 점에서 기인한 두려움이었다. 이영은 실제로는 팔백 살이 넘었음에도 불구하고 서른한 살이라는 거짓 나이에 어울리는 젊음을 유지하고 있는 도준을 떠올리고는 그 위에 서원을 겹쳐 보았다. 그리고 그 곁에서 홀로 늙어 갈 제 모습도.

현희가 제게 하는 말이 더 이상 귀에 들어오지 않았다. 이영의 머릿속을 가득 채운 건 스스로 만들어 낸 불안감이었지, 현희의 악담 따위가 아니었다. 그 와중에 현희의 협박 비슷한 말이 이어졌다.

— 어쨌든 네가 이런 식으로 나오면 내가 직접 채 서방 만나러 갈 수밖에 없어. 아니면 네 시부모를 찾아가든가.

"고모!"

이영은 현희의 말에 언성을 높였다. 그러자 현희가 냉랭한 목소리로 다시금 말했다.

— 그 호칭부터 바꿔. 난 엄연히 너를 낳은, 네 엄마야.

"고모가 언제부터 저를 '딸' 로 인정하셨다고 이러세요?"

이영의 잇새로 울음이 나오려 했다. 하지만 그녀는 손을 꽉 오므려 쥔 채 눈물이 나오려는 걸 참았다.

"딸은 고사하고, 조카로도 인정하신 적 없잖아요. 고모가 언제 저를 사람 취급이나 하셨어요?"

이영은 지금껏 눌러 참아 왔던 감정을 터뜨렸다. 누군가가 무단으로 버리고 간 쓰레기를 보듯 쳐다보던 그 시선을 생생히 기억한다. 현희가 저를 바라보던 눈빛은 딱 그게 전부였다.

제 태생 때문인가 보다, 그렇게 체념하며 살았다. 자신의 생모가 따로 있다는 걸 아는 사람은 누구나 그랬으니까. 그런데 그게 아니었다. 다른 사람들은 몰라도, 현희는 그래서는 안 되는 것이었다. 그녀의 말대로라면 본인이 낳은 자식이었으니까.

"전화 먼저 끊을게요."

이영은 현희가 신경질적으로 뭐라 외치는 것에 아랑곳하지 않고 전화를 끊은 뒤, 몸을 웅크리며 제 머리를 감쌌다. 누군가가 머리를 양쪽에서 꽉 조이는 것처럼 압박감이 밀려왔다. 뒤이어 속이 뒤집힐 것만 같은 메스꺼움과 더불어 구역질이 치밀었다. 그녀는 금방이라도 속을 게워 낼 것만 같아 황급히 입을 틀어막고 자리에서 일어섰다. 그 바람에 휴대 전화를 떨어뜨렸지만, 미처 그걸 알아차리지는 못했다.

* ❊ *

"자, 여기. 네가 말했던 거."

도준이 서원의 앞에 묵직한 서류 봉투를 던졌다. 서원은 테이블 위에 놓인 서류 봉투를 내려다보다가 고개를 들어 회의실 밖으로 지나가는 팀원을 무심히 쳐다보았다. 도준 역시 서원이 보는 방향으로 시선을 돌렸다가 이내 미간을 찡그리고는 걸음을 옮겼다.

"하여간 어린 녀석이 노인 공경할 줄도 몰라요. 여기는 엄연히 네 공간인데, 왜 내가 창문 블라인드까지 내려 줘야 하는 거야?"

"내가 언제 블라인드 내리라고 했어?"

"방금 눈으로 말했잖아, 인마!"

도준은 서원의 말에 버럭 성을 냈다. 서원이 도준을 쳐다보다가 피식 웃고는 다시 사무실과 회의실 사이의 유리창 쪽으로 시선을 던졌다. 투덜대면서도 완벽하게 블라인드를 내린 도준 덕분에 바깥 시선은 모두 차단된 상태였다. 그는 그걸 한 번 더 확인한 뒤, 제 앞에 있는 서류 봉투를 열었다. 두툼한 서류철을 꺼내 든 서원의 눈이 바쁘게 움직였다.

"아주 골고루 잡수셨던데? LSD부터 시작해서 필로폰, 디아제팜, GHB, 러미나까지, 입맛 한번 다양하기도 하더라. 아, 물론 그

중에 GHB는 직접 먹은 건 아니고 여자들한테 먹이느라고 열심히
사들였던 것뿐이기는 하다만."

"인간 망종이로군."

서원이 서류를 넘기다가 혐오스럽다는 듯 인상을 썼다. 속칭 물
뽕이라 불리는 GHB가 데이트 강간 약물로 널리 사용되고 있다는
걸 모르지 않는다. 그러니 공필성이 GHB를 왜 그렇게 열심히 구
입해서 여자들에게 먹였는지도 충분히 짐작할 수 있는 일이었다.

서류를 쥔 손에 힘이 들어갔다. 그 바람에 뻣뻣하던 종이가 그
의 손안에서 엉망으로 구겨졌다. 도준은 비스듬히 기대어 앉아 서
원을 쳐다보다가 어깨를 으쓱이고는 다시 입을 열었다.

"공현익 회장이 태평건설로부터 받은 로비도 거기에 적혀 있어.
그리고 공 회장 부인의 미술품 거래 내역도 그 뒷장에 있을 거야.
여사님 솜씨가 꽤 좋던데? 감정가의 삼분의 일 정도의 가격에 구
입해서 대여섯 배는 더 넘게 받고 팔아 치운 전적이 여러 번이야.
그것도 항상 같은 갤러리를 통해서 말이지. 그런데 그 갤러리 주인
이 태평건설 사장의 첩실이라는 소문이 돌더라. 세상 참 좁지 않
아? 남편은 건설사 사장에게서 로비 받고, 부인은 그 첩실이 운영
하는 갤러리 통해서 용돈벌이 쏠쏠하게 하고."

도준이 싱글거리며 하는 말을 듣던 서원이 냉소를 지으며 제 손
에 들려 있는 서류를 다시금 훑어보고는 봉투에 집어넣었다.

"수고했어, 형. 고마워."

"맨입으로 인사만 하고 끝내려고? 업무 외 수당이라도 별도로
쳐줘야 하는 거 아니냐? 그렇지 않아도 엔터프라이즈 소속이 왜
자꾸 물산 쪽에 기웃거리나 하고 다들 의아하게 쳐다봐서 내가 얼
마나 눈치가 보이는 줄 알아? 더구나 하라는 감사 일은 안 하고

여기 와서 이러고 있는 거, 우리 사장한테 들키면 나 완전히 해고감이야. 이 나이에 실직자 되기는 싫다, 인마."

아무리 다 같은 '도경' 식구라고 해도 엄연히 서원과 저는 다른 소속이니 말이다. 서원은 도경물산, 자신은 도경 엔터프라이즈. 도준은 짐짓 너스레를 떨다가 당부하듯 말했다.

"늘 말하는 거지만 '선'을 넘지만 마라. 네 마음이 어떨지 짐작이 안 되는 건 아닌데, 그래도 과거 때문에 현재를 망치는 짓은 하지 마."

서원은 도준의 말에 그저 어깨만 으쓱였다. 그러면서도 그의 시선은 차갑게 가라앉았다. 도준의 말대로 모든 건 이미 과거일 뿐인지도 모른다. 누구보다 이영이 그걸 바라고 있을 수도 있다. 고통스러웠던 과거를 굳이 되새기고 싶은 사람은 없으니 말이다.

적어도 너에게는 과거가 되어야지. 두 번 다시 떠올릴 필요도 없는, 그런 하찮은 과거.

그러나 자신에게는 반드시 짚고 넘어가야 할 현실이 되었다. 그리고 그것을 되갚아 주는 건 전적으로 제 몫이다. 서원은 속으로 중얼거리며 봉투를 챙겨 들고 자리에서 일어섰다. 도준이 그의 뒤를 따랐다.

서원이 회의실 문을 막 열고 나가려던 순간, 사무실 안에서 웅성대는 소리가 들렸다. 도준이 피식 웃으며 서원의 뒤통수에 대고 입을 열었다.

"채서원도 별 볼 일 없네? 잠깐 자리 비웠다고 이렇게 다들 긴장 풀려서 소란스럽게······."

말을 이어 가려던 도준의 표정이 순간 굳어 버렸다. 그와 동시에 서원의 표정 역시 서늘하게 얼어붙었다. 도준이 당혹스러운 얼굴로 재차 입을 열었다.

"야, 서원아. 방금 밖에서 들린 얘기, 네 아내에 대한 거 아니냐?"

분명히 '한영일보' 운운하는 말이 들렸다. 아니, 그보다 더한 얘기가 그들의 귀에 또렷하게 들렸다. 본인들은 회의실 안까지 들리지 않을 거라 여기고 속닥거린 수준이었겠지만 말이다. 서원은 도준에게 아무런 대꾸도 하지 않고 차갑게 굳은 얼굴로 문을 벌컥 열었다. 그러자 모여서 수군대던 직원들이 깜짝 놀라 허둥지둥 각자의 자리로 돌아가려 했다. 하지만 그보다 먼저 서원이 그들에게 다가갔다.

"방금 무슨 얘기를 하고 있었습니까?"

"티, 팀장님. 저기, 그게……."

인터넷 창을 황급히 닫으려던 남자 직원이 당혹스러운 표정을 숨기지 못하고 말을 더듬었다. 그 모습을 보고 도준이 혀를 차는 소리가 들렸다. 그러나 서원은 그에 아랑곳하지 않고 제 팀원들이 보고 있던 모니터로 시선을 돌렸다. 싸구려 황색 언론 사이트의 기사를 읽어 내리던 그의 표정이 더욱 싸늘해졌다.

도준은 서원의 표정이 심상치 않게 변하는 걸 알아차리고는 불길한 예감에 장난기를 모두 지우고 그의 뒤쪽으로 다가왔다. 제 팀장과 도준이 가까운 사이라는 걸 아는 서원의 팀원들이 슬그머니 자리를 비켜 주었다.

"이게 대체 무슨 소리야? 고모가 생모였다니, 그게……."

도준이 말을 채 잇지 못하고 입을 다물었다. 날카롭게 저를 쏘아보는 서원의 시선 때문이었다. 그는 지금 이 자리에서 할 말은 아니란 생각에 서원을 향해 나가자는 눈짓을 보냈다. 그러자 서원이 미간을 찌푸리더니 자신의 휴대 전화를 꺼내 어딘가로 전화를 걸었다. 그가 누구에게 전화를 걸었을지는 뻔했다.

상대방이 전화를 받지 않는 것인지 서원이 한참 동안 휴대 전화를 귀에 대고 있다가 재차 인상을 썼다. 그러고는 일단 전화를 끊은 뒤, 자신의 자리로 돌아가 겉옷을 챙겨 들고 팀원들을 향해 입을 열었다.

"먼저 퇴근하겠습니다. 권 대리는 보고서 검수 마치는 대로 나한테 메일로 보내요. 그러고 나면 퇴근해도 좋습니다. 다른 사람들도 마찬가지로……."

서원의 시선이 제 팀원들을 훑고 지나갔다. 평소와 다를 바 없는 시선이었음에도 불구하고 팀원들은 동시에 몸을 떨었다. 그는 말끝을 길게 늘였다가 다시 입을 열었다.

"업무 스케줄 표에 맞춰 일정 늦춰지는 일 없이 오늘 할 일은 오늘 끝내고 갑시다. 지금처럼 웅성대며 모여서 쓸데없는 얘기하지 말고."

"……헉!"

팀원들 중 하나가 숨을 크게 들이쉬었다. 그들은 서로 눈치를 살피며 민망한 표정을 지었다. 서원은 저마다 얼굴이 붉어져 제 시선을 피하는 팀원들을 쳐다보다가 그대로 사무실을 나섰다. 급히 뒤따라 나온 도준이 좌우를 살피고는 그에게 물었다.

"어떻게 된 거야? 공이영, 네 아내 부친이 공 회장 아니었어? 공 회장이 본처가 아닌 다른 여자에게서 본 자식이라며. 공 회장 큰딸이 제 입으로 떠들어서 소문까지 쫙 퍼졌던 거잖아."

"나도 모르는 얘기야. 그 애한테 들은 것도 없고."

서원은 엘리베이터 버튼을 누르고는 위쪽의 전광판을 쳐다보며 이를 악물었다. 그러다가 다시금 그녀에게 전화를 걸었다. 조금 전처럼 신호음만이 이어질 뿐이었다.

이영아, 제발…… 전화 좀 받아!

그는 크게 소리치고 싶은 걸 억누르며 숨을 내쉰 뒤, 막 도착한 엘리베이터 안에 몸을 실었다. 도준이 서원의 눈치를 살피다가 쯧, 하고 혀를 찼다. 뭐가 어떻게 된 일인지 정확히 알지는 못하지만, 서원이 골치 아픈 일에 엮이게 되었다는 건 알 수 있었다.

고모가 아니라 생모였다니.

무슨 이런 말도 안 되는 일이 있을까. 도준은 제 머리로는 믿기지 않아서 고개를 절레절레 흔들었다. 흥미 위주의 가십성 기사가 주로 올라오던 소규모 인터넷 언론사의 보도 내용이니 허황된 얘기일지도 모른단 생각이 들었다. 그럼에도 불구하고 '만약 그게 진실이라면?' 하는 불안감에 가슴이 선득해졌다.

젠장. 내 속이 이 지경인데, 이 녀석 속은 오죽할까.

도준이 속으로 투덜대며 걱정스러운 눈으로 서원을 쳐다보았다. 서원은 겉으로 드러난 표정만으로는 어떤 동요도 하지 않은 것처럼 보였다. 하지만 그의 눈이 조금 붉게 변한 걸 엿본 도준은 서원이 극도로 흥분한 상태라는 걸 알 수 있었다.

"서원아, 일단 진정해. 아직 사실 관계 파악도 제대로 안 된 상태잖아. 아까 본 기사 내용이 정말 맞는 건지, 그것부터 확인을 해보고……."

"상관없어, 그런 것 따위."

서원은 도준의 말을 곧바로 끊어 버린 뒤, 잇새로 뱉어 내듯 대꾸했다. 마침 엘리베이터가 지하 주차장에 도착하여 문이 열렸다. 그는 엘리베이터에서 내리자마자 주차해 놓은 곳으로 걸음을 옮기려다가 도준이 따라오려는 것을 알아차리고는 그를 막아 세웠다.

"형은 그만 돌아가."

"야, 서원아."

"그렇지 않아도 내 부탁 때문에 근무 시간에 나온 거잖아."

서원이 거듭 재촉하듯 말했다. 도준은 잠시 그를 응시하다가 이내 어깨를 으쓱였다.

"알았다. 내가 따라가겠다고 고집부려 봤자 시간만 허비하는 셈이 될 테고…… 네 마음만 더 급해지겠지."

지금도 이영과 연락이 닿지 않아 조급해하고 있는 게 제 눈에는 고스란히 보이는데 말이다. 명색이 대부가 되어서 대자를 괴롭혀서야 되겠나. 도준은 서원을 향해 입을 열었다.

"혹시 내 도움이 필요하면 언제든 연락해."

"그럴게."

서원은 도준과 인사를 주고받은 뒤에 곧바로 몸을 돌렸다. 뒤에서 도준이 걱정스럽게 쳐다보는 게 느껴졌지만 더 이상 시간을 낭비하고 있을 수는 없었다. 그는 주차된 차로 다가가며 다시금 이영에게 전화를 걸었다. 하지만 이번에도 역시 신호음만 무심히 이어질 뿐이었다.

그가 전화를 끊고 차에 올라타 시동을 막 걸려는 순간, 전화벨이 울렸다. 서원은 발신인이 누구인지도 확인하지 않고 서둘러 전화를 받았다.

"이영아, 너 지금 어디야?"

당연히 이영일 거라고 생각한 서원이 다급히 물었다. 그러나 그의 예상과는 달리 휴대 전화 너머에서 들려온 목소리는 부친의 것이었다.

— 어떻게 된 일이냐, 서원아? 강 실장이 말도 안 되는 해괴한 일을 보고했는데.

서원은 미간을 찌푸리며 혀를 찼다. 부친의 측근인 강인태 비서 실장이 곧바로 그 기사 내용을 보고한 모양이다. 이럴 때는 적당히 본인 선에서 차단했으면 좋으련만. 그는 고지식하기 그지없는 강 실장을 탓하다가 이내 한숨을 내쉬었다. 솔직히 이런 제 바람이 현 실성 없다는 건 안다. 부친의 눈과 귀를 막아 봤자 하루도 채 지나 지 않고 들통 날 테니 말이다.

"저도 이제야 알게 된 일입니다. 그리고 만약 그게 사실이라고 하더라도 저한테는 문제 될 것 없고요. 그러니까 아버지도 괜히 이 영이 붙들고 뭐라고 다그치려고 하지 마시고……."

— 이 녀석아, 너는 네 아비가 그 정도로 막돼먹은 줄 알아? 어 차피 우리 식구가 된 애야. 고작 그런 걸 트집 삼아서 뭐라고 할 생각 없다. 더구나 그게 사실이라고 한다면 이영이, 그 애가 더 걱 정이지. 걔가 얼마나 충격을 받고 상처를 입었겠어? 그리고 보니 너 지금 이영이랑 연락이 안 되는 거냐?

필봉이 혀를 차며 근심 가득한 어조로 말을 잇다가 서원을 다그 쳤다. 서원은 관자놀이를 검지로 꾹 누르고 있다가 대꾸했다.

"이따가 이영이 찾으면 다시 연락드릴게요, 아버지."

— 뭐? 그게 무슨 소리냐? 이영이가 어디 있는지도 모른다는 게 야?

부친이 놀라서 묻는 말에 대답하지 않고 서원은 전화를 끊어 버 렸다. 아버지에게 할 법한 예의는 결코 아니었다. 그러나 지금은 그런 예의를 차릴 심적 여유가 조금도 남아 있지 않았다.

✻ ❋ ✻

"……아."

이영은 멍하니 테이블 위의 조각 케이크를 쳐다보다가 뒤늦게 생각났다는 듯 제 가방과 겉옷 주머니를 뒤졌다. 하지만 휴대 전화는 그 어디에서도 찾을 수 없었다.

"어디서 잃어버렸지?"

그녀가 혼잣말을 중얼거리며 난감한 표정을 지었다. 틈날 때마다 수시로 메시지를 보내거나 전화를 거는 서원 때문에라도 휴대 전화를 당장 찾아야 했다. 휴대 전화를 언제 잃어버렸는지 몰라도 그가 벌써 몇 번은 연락을 했을 거란 생각에 이영의 마음이 조급해졌다.

그가 걱정할 텐데.

이영은 자신이 휴대 전화를 어디에 두고 온 건지 기억을 되돌려 보았다. 커피숍에 들어오기 전 길거리를 꽤 오랫동안 헤맸던 게 생각났다. 그녀는 쓴웃음이 나오려는 걸 꾹 눌러 삼킨 뒤, 두 손으로 얼굴을 감싸고는 한숨을 깊이 내쉬었다.

아무래도 도서관 휴게실에 두고 온 듯싶다. 현희와의 통화 이후 딱히 휴대 전화를 쓴 기억이 없는 걸 보면 말이다. 감정이 격해진 탓에 급히 나오느라 휴대 전화를 두고 온 줄도 몰랐던 것 같다.

"어떡하지?"

그녀는 커피숍 한쪽 벽에 걸려 있는 시계를 보았다. 7시가 조금 넘은 시간이었다. 그리고 시간을 확인하자마자 마치 기다리고 있었다는 듯 배에서 꼬르륵 소리가 났다. 이 와중에도 저녁밥을 먹자고 소리를 내다니. 이영은 가라앉았던 기분이 다소 풀어지는 걸 느끼며 피식 웃고 말았다.

Life is a tragedy when seen in close-up, but a comedy in long-shot.

너무나 유명해서 식상하게 느껴지기까지 하는 찰리 채플린의 말이 문득 떠올랐다. 인생은 가까이에서 보면 비극이지만 멀리서 보면 희극이라고 했던가. 그럼 제 삶 역시 멀리서 다른 누군가가 볼때는 한 편의 코미디처럼 여겨질까. 하기야 그럴 수도 있겠단 생각에 쓴웃음이 나왔다. 이렇듯 참담한 상황 속에서도 허기를 느끼는 것 자체가 우스운 모습일 테니 말이다.

이영은 제 앞에 놓인 조각 케이크를 다시 쳐다보았다. 자신이 주문했던 건 녹차 한 잔이 전부였다. 그러나 주문을 받은 직원은 녹차와 더불어 고구마 케이크 한 조각을 건넸다. 오픈 일주년 기념 서비스라는 설명까지 덧붙이면서 말이다.

그래서 얼떨결에 케이크를 받아 가지고 자리로 오기는 했는데, 아직까지 손도 대지 못한 상태였다. 그녀는 잠시 주저하다가 포크를 들었다. 그리고 폭신폭신한 케이크를 한입 크기로 잘랐다. 하지만 곧바로 입에 넣지 못하고 또다시 망설여야 했다.

그 순간, 저를 따라 종종 녹차를 마시던 서원의 모습이 떠올랐다. 얼마 전, 저를 위해 보온병 가득 녹차를 담아 가지고 왔던 그의 모습도 생각났다. 현희를 만났던 날의 일이었다. 헛헛해진 가슴속이 그 보온병에 담긴 녹차 한 모금에 따뜻하게 채워졌던 것으로 기억한다. 아니, 녹차가 아니라 그걸 가지고 온 서원의 마음이 제 비어 버린 마음을 채워 주었던 것일 터.

그걸 떠올리니 케이크를 입에 넣을 용기가 조금 생겼다. 이영은 숨을 크게 들이쉰 뒤, 방금 자른 케이크를 입에 넣었다. 폭신한 감촉과 함께 달콤한 맛이 입 안에 가득 번졌다. 반사적으로 치미는 거부감에 속이 울렁거렸다. 그녀는 자칫 다른 사람들이 보는 앞에서 흉한 꼴을 보일지도 모른다는 생각에 서둘러 자리에서 일어나려 했다. 역시 용기만으로는 될 일이 아니란 생각에 씁쓸한 조소가 나오려는데, 귓가에 서원의 목소리가 환청처럼 들렸다.

'내 욕심일 뿐이야. 억지로 맞추려는 게 아니라. 좋아하니까, 아니, 사랑하니까. 사랑하는 여자와 모든 걸 공유하고 싶어서.'

언제였더라? 이영은 자리에서 일어나려다 말고 다시 앉으며 입술을 파르르 떨었다. 달콤한 걸 좋아하는 남자가 저를 위하여 와인마저도 드라이 타입으로 준비해 두었더랬다. 어떻게 보면 사소한 일이라 할 수 있지만, 그렇기 때문에 미처 생각하지 못하고 지나칠 수 있는 부분이기도 했다. 그런 사소한 부분까지도 그는 제게 맞춰 주려고 한 것이다.

그녀는 입 안의 것을 꼭꼭 씹어 삼켰다. 사실, 부드러운 케이크는 별로 씹을 필요도 없었다. 그러나 이영은 목구멍 아래로 넘어가지 않으려는 케이크를 넘기기 위해서 남들보다 훨씬 많이 씹어야 했다. 그래도 그 노력 덕분인지 구역질을 한다거나 하는 볼썽사나운 모습은 보이지 않을 수 있었다.

인생은 가까이에서 보면 비극, 멀리서 보면 희극.

녹차처럼 떫고 씁쓸하면서도 이 케이크처럼 달콤한 것.

이영은 케이크를 한 번 더 잘라 먹은 뒤, 자리에서 일어섰다. 폐문 시간 전에 가서 휴대 전화를 찾아와야 할 듯싶었다. 하지만 그녀는 출입문이 아닌 진열대 쪽으로 향했다. 아기자기한 디저트가 진열대 유리 안쪽에 가지런히 놓여 있었다.

알록달록 다양한 색깔을 뽐내고 있는 마카롱이 제일 먼저 눈에 띄었다. 이영은 충동적으로 직원에게 마카롱 한 세트를 포장해 달라고 말했다. 그리고 직원이 마카롱을 포장하는 사이에 다시 진열대를 멍하니 쳐다보고 있는데, 뒤쪽에 앉아 있던 여자들이 떠드는 소리가 들렸다.

"어머! 너, 이거 봤니? 한영일보 기사 말이야."

"한영일보 기사? 무슨 기사?"

"실시간 검색어에 뜨고 난리도 아니야."

여자들의 입에서 나온 '한영일보'란 말만으로도 가슴속이 선득해졌다. 이영은 저도 모르게 흠칫거리며 숨을 멈췄다. 그런 이영의 반응을 알 리 없는 여자들은 마주 보고 앉은 채 휴대 전화를 들여다보며 수다를 떨기 바빴다.

"한영일보 회장 딸이 알고 보니 회장 딸이 아니래."

"그게 무슨 소리야? 회장 딸이 회장 딸이 아니라니."

"회장 여동생이 낳은 딸인데 회장이 동생 미혼모 안 만들려고 거둬 키웠대. 자기가 불륜 저질러서 낳은 자식인 척하고. 와아, 게다가 이 딸이 저번에 도경 후계자랑 결혼한 여자라는데? 완전 대박이다. 도경은 아무것도 몰랐던 건가? 그럼 완전히 뒤통수 맞은 거잖아."

"당연히 몰랐겠지. 도경 후계자씩이나 되는 남자가 뭐가 아쉬워서 그런 여자랑 결혼했겠어?"

여자들이 시시덕거리며 하는 얘기를 듣던 이영의 얼굴에서 핏기가 싹 빠져나갔다. 제 귀로 듣고도 믿기지 않는 상황이었다. 생전처음 본 사람들이 저에 대해 이야기하고 있었다. 더구나 저조차 알게 된 지 얼마 되지 않은, 제 태생에 대한 비밀에 대해서 말이다.

그렇다면 그 남자도 알게 되지 않았을까.

가슴속에서 무거운 추가 쿵, 하며 내려앉았다.

"손님, 괜찮으세요?"

그 순간 직원이 마카롱을 담은 종이 가방을 건네려다가 이영의 창백한 안색을 보고는 걱정스럽게 물었다. 이영은 현기증이 이는 걸 간신히 참은 뒤, 괜찮다는 대답과 함께 지갑을 꺼내 계산을 했다. 돌아서서 나가는 그녀의 귀에 다시금 여자들의 목소리가 들렸다. 어느새 대화 주제가 바뀌었는지, 그들은 다른 사소한 이야기를 주고받으며 까르르 웃고 있었다.

딱 몇 분의 잡담거리였다. 자신에게는 끔찍하기까지 한 그 비밀이 다른 이들에게는 아주 짧은 순간의 흥미를 위한 소재에 불과한 것이다. 그게 다행이라는 생각을 하면서도 유리문을 열고 나가는 이영의 입에서 희미한 신음이 새어 나왔다.

비명을 지르고 싶었다. 마카롱이 담겨 있는 작은 종이 가방을 쥔 손끝이 자꾸만 바들바들 떨렸다. 대체 뭐가 어떻게 된 건지 제 머리로는 이해가 되지 않았다. 그녀는 다시 버릇처럼 제 휴대 전화를 찾다가 금세 힘없이 실소를 내뱉고는 그대로 쪼그려 앉고 말았다.

어떻게 해야 할까.

숨이 막히며 공포가 밀려들었다. 뭘 어떻게 해야 할지도 판단이 서지 않았다. 문득 제 손끝에 아슬아슬하게 걸려 있는 작은 종이 가방을 보았다. 조금 전에 산 마카롱이었다.

툭.

눈물이 막을 새 없이 떨어졌다. 알록달록 포근한 색감의 마카롱이 투명 케이스 안에서 옹기종기 모여 있는 게 너무나 사랑스러웠다. 그러나 제 것은 아니었다. 자신에게 허락된 건 결코 아니었다.

그저 잠시 달콤한 꿈을 꾸었던 것뿐이다. 어차피 단걸 입에 대지도 못하던 처지에 그 이상 무엇을 더 욕심낼까.

이영은 몇 번이나 종이 가방 안으로 손을 넣으려다가 결국 포기한 뒤, 피식거리며 자조했다. 그러고는 턱 아래로 흘러내린 눈물을 닦고는 무릎에 힘을 주고 일어섰다.

어디로 가야 할까.

휴대 전화를 찾으러 도서관에 가야겠다던 생각은 이미 사라졌다. 그렇다고 집으로 갈 마음이 든 것도 아니다. 이영은 재차 찾아들던 현기증에 순간적으로 비틀거리다가 들고 있던 종이 가방을 떨어뜨렸다. 그 바람에 가방 안에 들어 있던 케이스가 열리면서 마카롱이 길거리에 쏟아졌다. 파스텔 톤의 다양한 색을 입고 있던 동글동글한 마카롱이 무심히 지나가던 누군가의 구둣발에 밟혀 으깨졌다.

"젠장, 뭐야!"

양복 차림의 남자가 제 구두 바닥에 들러붙은 마카롱 찌꺼기를 길 위에 문질러 닦으며 짜증 섞인 불평을 늘어놓았다. 이영은 남자의 사나운 시선에 몸을 움츠리고는 제 가방 안에서 화장지를 꺼내 더러워진 길바닥을 닦아 냈다. 그리고 여기저기 떨어진 마카롱을 종이 가방 안에 전부 모아 담았다.

눈물이 또다시 제멋대로 떨어졌다. 이영은 손등에 떨어진 눈물을 닦지도 못한 채 종이 가방을 안아 들고 무작정 걸음을 옮기기 시작했다. 어디로 가야 할지 막막해하던 그녀는 갈피를 잡지 못한 채 이리저리 헤매다가 어느 순간 인파 속으로 사라졌다.

제13장 ― 데리러 왔어

"이영이에게서 연락 오면 곧바로 나한테 연락 줘요. 시간이 이르든 늦든 상관없으니까. 부탁할게요."

― 예, 그럴게요. 그나저나 이영이, 무사히 돌아오겠죠?

"그럴 겁니다. 그래야죠."

서원은 이영의 친구인 소라와의 통화를 끝낸 뒤, 지친 얼굴로 머리를 쓸어 넘겼다. 어느새 자정을 넘긴 시간이었다. 그는 거듭 제 머리를 쓸어 넘기고는 테이블 위에 잠시 놔두었던 이영의 휴대 전화를 다시금 집어 들었다.

"대체 어디 간 거야."

회사에서 나온 직후부터 이영을 찾아 헤매다가 간신히 찾아낸 게 바로 그녀의 휴대 전화였다. 계속 연결이 되지 않던 전화를 누군가가 받기에 당연히 이영인 줄 알았는데, 도서관 폐문 시간을 앞두고 휴게실을 정리하던 관리인이 그녀의 전화를 대신 받은 것이다.

휴대 전화 벨소리가 무음으로 설정되어 있었던 터라 그 전까지는 아무도 전화가 걸려 온 줄 몰랐던 듯싶었다. 어쨌든 관리인과 통화를 한 뒤에 서둘러 도서관으로 가서 이영의 휴대 전화를 찾아왔다. 그곳에서도 그녀를 찾을 수는 없었지만 말이다.

그는 분홍색 케이스에 감싸여 있는 이영의 휴대 전화 화면을 켰다. 잠금 설정이 되어 있지 않았던 게 그나마 다행이었다. 그렇지 않았더라면 이영의 친구들 연락처조차 알 수 없었을 터였다. 며칠 전에도 이와 비슷한 경험을 했으면서도 친구들 전화번호를 별도로 제 휴대 전화에 저장해 놓지 않았던 자신의 방심을 탓하며, 그는 한숨을 내쉬었다.

그래서 너는 내게 연락도 없이 숨어 버린 걸까.

내가 기대고 의지할 만하다는 믿음을 너에게 주지 못했기에.

서원은 이영의 휴대 전화를 확인하기 시작했다. 조금 전에는 그녀의 지인들 연락처를 찾느라 잠깐 살폈을 뿐, 다른 걸 건드리지는 않았다. 그러나 이제는 뭔가 단서가 될 만한 게 있을지 모르니 휴대 전화에 저장된 것을 샅샅이 뒤져야 할 터였다.

그는 굳은 표정으로 이영의 휴대 전화에 남아 있던 부재중 전화와 확인하지 않은 문자 메시지를 보았다. 그것들 중 대부분은 제 것이었다. 스팸 메시지 두어 통과 부재중 전화 한 통을 제외하면 말이다.

서원은 부재중 전화 목록을 살피다가 유일하게 자신이 건 전화가 아닌 것을 찾았다. '고모'라고 저장되어 있는 번호로부터 걸려 온 전화였다. 그의 턱에 힘이 들어가고 맞물린 입매가 단단하게 굳었다.

부재중 전화 외에도 그 직전에 통화한 기록 역시 눈에 띄었다. 통화를 끝낸 뒤에 곧바로 다시 걸려 왔던 전화라……. 그는 서늘한 표정으로 통화 기록을 쳐다보다가 문자 메시지를 확인했다. 메시지 기록 중에도 어김없이 '고모'가 보낸 메시지가 남아 있었다. 바로 오늘 오후에 보낸 것이었다. 통화하기 전, 그보다 앞선 시간에.

[채 서방한테 말했니? 네가 얘기하기 힘들면 내가 해도 되는데. 어떻게 할래?]

현희가 보낸 메시지를 보던 서원의 얼굴이 차갑게 얼어붙었다.

알고 있었구나. 단순히 인터넷에 퍼진 소문을 알게 되어 연락이 두절된 게 아니라, 이미 알고 있었던 거였어.

서원은 눈을 꽉 감았다가 뜨고는 휴대 전화를 들고 있지 않은 다른 손으로 입을 틀어막았다. 고함을 지르고 싶었다. 누구에게든 분노를 쏟아 내고 싶었다. 한편으로는 두려움에 몸서리를 치며 소리를 지르고 싶기도 했다.

감당할 수 없는 현실에 도망쳐 버린 그녀가 걱정되어서, 얼마나 상처 입고 아파하고 있을지 상상조차 하기 무서워서.

그래도 혹시나 하며 좋은 쪽으로 생각하려 했다. 휴대 전화를 잃어버렸으니 되레 온라인상에 퍼진 소문을 접하지 못했을 수도 있지 않겠나, 위안을 삼아 보려고 했다. 그저 휴대 전화를 잃어버린 줄도 모르고 어디선가 시간을 보내고 있는 건가 보다, 그렇게 믿고 싶었다. 그게 제 헛된 바람이라는 걸 알면서도 말이다. 그는 자신이 품었던 바람이 모조리 부서지는 걸 느끼며 참담한 표정으로 마른세수를 했다.

대체 언제부터 알았던 걸까. 또한 그 사실을 알고 얼마나 충격을 받았을까.

서원은 며칠 전의 일을 다시금 떠올렸다. 그날도 지금과 비슷한 상황이었다. 이영과 연락이 되지 않았던 그날, 장대비가 요란하게 쏟아졌다. 그리고 집에 돌아온 이영은 그 비를 고스란히 다 맞아 흠뻑 젖어 있었던 상태였다.

그날, 고모와 약속이 있었다고 했지.

그날이었던 걸까. 이영이 제 생모에 대해 알게 되었던 건. 서원은 한숨을 내뱉으며 제 뒷머리를 마구 헝클어뜨렸다. 이제야 모든 게 딱딱 맞춰지는 느낌이다. 그날, 이영이 왜 그토록 울었던 건지. 어째서 모든 걸 잃어버린 듯 아득한 표정을 짓고 있었던 건지. 자신의 모든 게 송두리째 뽑혀 나가고 무너진 기분이었을 것이다.

얼마나 아팠을까.

"나는 멍청하게, 그것도 모르고……."

안아 달라며 절박하게 매달렸던 이영의 마음을 눈치채지도 못한 채 그저 그녀를 처음 안았다는 사실에 홀로 들떠 있었던 셈이다.

한심한 새끼. 머저리 같은 놈. 서원은 스스로를 향해 욕설을 내뱉다가 제 뺨을 매섭게 후려쳤다. 한 번, 두 번, 세 번……. 뺨이 붉게 변하다 못해 부어오를 때까지 몇 번이고 뺨을 때리던 그의 손이 갑자기 누군가에게 붙들렸다.

"이건 뭐, 내 예상보다 더 등신처럼 굴고 있었잖아. 정신 안 차 릴래, 채서원?"

서원의 팔을 붙잡은 자는 도준이었다. 서원은 제 팔을 붙든 도 준을 힐끔 쳐다보고는 차가운 어조로 입을 열었다.

"놔."

"이런 우스운 자학을 그만두겠다고 하면."

"놓으라고 했어."

"숨겨져 있던 마조히스트 성향에 눈이라도 떴냐? 아니면 너무 잘생긴 얼굴에 불만이라도 생겼어? 그럼 그 얼굴 나한테나 주지 그래?"

도준은 서원의 살벌한 기세에도 아랑곳하지 않고 천연덕스럽게 대꾸했다. 서원이 그런 도준을 노려보며 붙잡힌 팔에 힘을 주었다. 손목에 핏대가 서고 팔의 근육이 수축했다. 그러자 느긋하게 웃던 도준의 이마에 땀방울이 맺히는 듯싶더니 이내 서원의 팔을 잡고 있던 그의 손끝이 하얗게 질려 가기 시작했다. 그러고는 얼마 지나지 않아 그가 서원의 팔을 잡고 있던 손을 놓은 뒤, 헉헉거리며 몸을 한껏 구부렸다.

"아이고야, 이놈이 이제는 노인 공경할 줄도 모르고……."

"나 지금 장난할 기분 아니야."

서원은 도준에게 잡혔던 팔을 주무르며 그의 말을 끊었다. 어떻게든 이영을 찾아야 하는데 찾을 길이 없으니 막막하고 답답한 심정이었다. 그런데 그런 제 속을 더 뒤집어 놓을 셈인지 도준이 찾아온 것이다. 그는 아무 잘못도 없는 이에게 화풀이를 해서는 안 된다는 생각을 곱씹으며 간신히 마음을 진정시키고는 말을 이었다.

"그러니까 오늘은 이쯤에서 그만하자. 장난도 때와 장소 정도는 가려서 하자고."

"나 장난하러 온 거 아닌데? 내 나이가 몇인데 머리에 피도 안 마른 어린애랑 장난이나 치려고 오겠냐? 안 그래?"

도준은 가벼운 말투와는 달리 안쓰러워하는 눈으로 서원을 바라보았다. 늘 제 감정을 절제할 줄 알던 녀석이 이토록 엉망으로 흔들리는 걸 보는 게 유쾌한 일은 아니었다. 비록 혈연으로 엮여 있는 관계는 아닐지라도 서원은 제게 하나뿐인 가족이나 다를 바 없으니 말이다.

"그리고 너야말로 지금 여기서 뭘 하고 있는 거야? 뺨이나 때리며 자학하고 있으면 네 아내가 마음 바꿔 돌아오기라도 해? 당장 나가서 네 여자, 네가 직접 찾아와야지."

"할 수만 있다면 당연히 그랬겠지! 그런데 지금으로서는 이영이를 찾을 방법이 없잖아. 찾을 길이 없는데 내가 어떻게 뭘 할 수 있겠어?"

서원이 도준의 타박에 울컥하며 목소리를 높였다. 그러자 도준이 미간을 찡그리더니 손으로 눈썹 사이를 꾹꾹 누르며 고개를 흔들었다.

"내가 설마, 했는데 말이지. 너 말이야. 우리를 뭐라고 생각하고 있었던 거냐?"

기가 막힌다는 듯 헛웃음을 지으며 고개를 좌우로 젓던 도준의 눈이 다소 날카로워졌다. 그러나 서원은 대체 무슨 헛소리를 하느냐는 표정으로 인상만 썼다. 그 표정으로 대답을 갈음했다는 듯 도준이 피식 웃더니 날카로운 송곳니를 드러냈다.

"모기처럼 남의 피만 몰래 쪽쪽 빨아 먹으며 연명하는 해충? 겨우 그렇게 여긴 거야?"

"또 뱀파이어로서의 정체성 운운하려고? 됐어, 그만둬. 지금 형이랑 그런 얘기 나눌 만큼 한가하지 않……."

"넌 내가 여기에 어떻게 들어왔다고 생각해?"

도준이 서원의 말을 끊은 뒤, 냉랭한 투로 물었다. 그제야 서원은 도준이 제멋대로 자신의 집에 침입한 상태라는 걸 깨달았다. 자신이 직접 현관문을 열어 주지도 않았고, 그가 자신의 집 현관 비밀번호를 알고 있는 것도 아니었다. 그 순간, 거실 창이 깨져 있는 게 서원의 눈에 들어왔다. 그것을 본 서원의 눈이 흔들렸다.

말도 안 되는 상상이다.

그는 도무지 믿을 수 없는 상상을 한 제 자신을 탓했다. 하지만 깨져 버린 거실 창과 이해 불가능한 방법으로 제집에 들어와 있는 도준을 엮어서 상상할 수 있는 폭은 그다지 넓은 편이 아니었다.

고층 아파트, 결코 가능할 리 없는 높이였다. 판타지 소설이나 영화라면 모를까. 그러나 지금 도준이 이곳에 있는 걸 설명하려면 그 말도 안 되는 상상이 필요했다.

"네 여자를 찾을 방법이 없다고?"

도준의 눈이 붉게 변하고 송곳니가 더욱 길어졌다. 그다지 낯선 모습은 아니다. 도준이 흡혈을 할 때마다 숱하게 봐 왔던 모습이기도 하고, 저 역시 과하게 흥분하거나 화를 낼 때면 그렇게 변하고는 했으니 말이다. 그럼에도 불구하고 온몸의 감각이 날카로운 비수처럼 일어나 마주 보고 있는 도준을 향했다. 그 모습을 흡족하게 쳐다보던 도준이 입을 열었다.

"충분히 찾을 수 있어."

"뭐?"

도준의 말에 서원이 눈을 크게 떴다.

"지금처럼 네 본능을 깨워. 각성하라고. 네 본능이 이끄는 대로 가면 돼. 인간으로 살아가기 위해 억눌렀던 그 본능을 일깨우기만 하면 된다는 말이야."

도준은 그런 서원을 보며 자신의 코끝과 눈, 귀 언저리를 손가락으로 톡톡 건드렸다.

"인간보다 훨씬 월등한 네 감각이라면 충분히 찾을 수 있어. 아까도 말했지만 우리 뱀파이어가 단순히 피만 빨아 먹고 기생하는 종족은 아니거든? 그 어떤 생명체보다도 뛰어난 신체적 능력을 갖고 있는 게 바로 우리라고."

"딱 둘 남은 희귀종이 할 말은 아닌 것 같은데."

"그거야 자연도태된 놈들 때문에 어쩔 수 없었던 거잖아!"

도준이 서원의 말에 발끈해서 버럭 언성을 높였다. 서원은 도준을 힐끔 쳐다보고는 이내 피식거리다가 다시금 깊이 가라앉은 눈으로 깨진 거실 창을 보았다.

찾을 수 있다고?

보통 인간들보다 자신이 신체적인 면에서 전적으로 뛰어나다는 건 평소에도 잘 알고 있었다. 그러나 도준이 말한 의미는 그런 수준을 넘어선 것이었다. 그것을 자각한 순간, 서원의 온몸에 알 수 없는 힘이 휘몰아쳤다. 그에게서 변화가 시작되었다는 걸 알아차린 도준이 입을 꾹 다문 채 기다렸다.

얼마 지나지 않아 서원의 외모에 변화가 생겼다. 조금 전 도준이 그러했듯 서원의 눈이 붉어지고 감춰져 있던 송곳니가 입술 사이로 튀어나온 것이다. 그는 붉게 변한 눈으로 거실을 둘러보고는 도준을 쳐다보았다.

"고마워, 대부님."

서원은 입꼬리를 슬쩍 올리고는 도준에게 인사했다. 그러고는 곧바로 한달음에 거실 창밖으로 몸을 날렸다. 그 모습을 태연하게 보던 도준이 뒤늦게 휘파람을 불었다.

"배짱 좋네. 각성하자마자 십몇 층 높이를 조금도 주저하지 않고 뛰어내리다니. 역시 인간으로 살기에는 아까운 놈인데 말이지.

이참에 살살 꾀어 볼까?"

가볍게 혼잣말을 중얼거리는 도준의 눈매가 부드럽게 휘어졌다.

✳ ✳ ✳

호텔 객실 안에 들어온 이영은 잠시 멍하니 서 있다가 간신히 침대로 향했다. 구김 하나 없이 새하얀 시트를 가만히 내려다보던 이영이 갑자기 그 앞에 주저앉고 말았다. 그 바람에 무릎을 바닥에 부딪치고 말았지만 카펫이 깔려 있는 터라 그다지 통증은 느껴지지 않았다.

아니, 설령 단단한 대리석 바닥이었다 하더라도 통증 따위는 느끼지 못했을 터였다. 그런 걸 느끼기에는 그녀의 머릿속이 엉망진창이 되어 있으니 말이다. 실 끊어진 인형처럼 주저앉아 있던 그녀가 무심코 고개를 돌리다가 흠칫거리며 시선을 멈췄다. 바로 제 옆에 나뒹구는 종이 가방을 발견한 탓이다.

그래도 이걸 여기까지 가지고 왔네.

이영이 쓴웃음을 지으며 구겨진 종이 가방을 끌어다가 품에 안았다. 길에서 떨어뜨려 엉망이 되어 먹을 수도 없는 것을 굳이 여기까지 가지고 온 제 모습이 어리석게 느껴졌다. 아니, 그 이유가 아니더라도 애당초 단걸 먹지 못하니 괜히 쓸데없는 짓을 한 것이나 다름없었다.

"그래도……."

그래도 버릴 수 없었던 건 제 미련일까. 그녀는 가방 안에서 마카롱을 꺼냈다. 깨지고 부서진 마카롱을 가만히 만져 보던 이영의 눈은 어느새 지나간 시간을 더듬어 가고 있었다.

저를 안아 주던 남자의 단단한 팔과 널찍한 품이 그립다. 언제부터 그 사람에게 의지하며 살았다고 이렇듯 나약한 마음이 드는 건가 싶어 우습기도 했지만, 그럼에도 불구하고 지금 그녀의 머릿속을 가득 채우고 있는 이는 채서원, 그 남자 하나뿐이었다.

제 출생에 대한 비밀이 세상 사람들에게 모두 알려졌다는 건 부수적인 문제였다. 그보다 더 이영을 두렵게 만든 건 제 비밀을 서원이 알았으리란 점이었다. 어쩌면 그 사실 때문에 그녀가 집으로도 돌아가지 못하고 이렇듯 호텔의 싱글룸 안에 틀어박혀 있는 것인지도 모른다. 그녀는 손에 들고 있던 마카롱을 만지작거리다가 입술을 깨물었다.

잠시 제게 주어진 것 같았던 행복은 바로 이 작은 마카롱을 닮아 있었다. 결코 제 것이 될 수 없는 달콤함. 그래서일까. 이렇듯 쉽게 부서지고 더럽혀진 것은, 말이다. 자신에게는 허락되지 않은 것이기에. 그나마 제 손에 쥘 수 있는 건 고작 이렇게 부서진 행복의 잔재뿐인지도 모르겠다.

그녀의 얼굴에 체념 섞인 쓴웃음이 번지려는 찰나, 갑자기 유리문을 두드리는 소리가 들렸다. 밖에서 난 소리인가 하고 무심코 넘어갈 수도 있을 만큼 작은 소리였다. 그렇지만 어째서인지 그 작은 소리가 이영의 귓속에 깊숙이 파고들었다. 그녀는 그 소리가 들리는 방향으로 저도 모르게 고개를 돌렸다.

"……어?"

이영의 입에서 외마디 소리가 비명처럼 새어 나온 것과 동시에 그녀가 주저앉아 있다가 벌떡 일어섰다. 하지만 그녀는 그 자리에 붙박이기라도 한 것처럼 더 이상 움직이지 못했다. 테라스 문을 향해 시선을 간신히 고정한 채.

어, 어떻게 저 남자가······.

그녀는 제 눈을 의심하며 입술을 달싹였다. 커다란 유리문 밖에서 씩 웃고 있는 남자를 보니 아찔한 기분마저 들었다.

17층.

지금 이영이 머무는 객실은 무려 17층에 위치한 곳이었다. 그런데 17층 테라스 밖에서 남자가 저를 향해 웃고 있으니, 아무래도 헛것을 보는 게 틀림없었다. 하지만 이영은 헛것이라 생각하면서도 창밖에 있는 서원을 무시할 수 없었다. 그녀는 창백해진 얼굴로 간신히 발걸음을 옮겼다.

헛것일 텐데.

그리움이 만들어 낸 환상일 텐데.

그런데 어째서 이렇듯 점점 더 선명하고 생생하기만 한 걸까. 이영은 테라스 문 바로 앞까지 다가가고 나서야 자신이 본 게 헛것이나 환상이 아니라는 걸 깨달았다. '진짜 채서원'이 그 너머에 있는 것이다. 그녀는 너무 놀란 나머지 균형을 잃고 비틀거리다가 간신히 몸을 지탱한 뒤, 다급히 유리문을 열었다.

"어떻게 된 거예요? 여, 여기는 대체 어떻게······."

"내가 그랬잖아. 네가 있는 곳이라면 어디든 데리러 못 갈까. 언제든지 데리러 가겠다고 했던 거, 그새 잊었어?"

잊지 않았다. 불과 며칠 전의 일이었으니까. 더구나 그날, 자신은 많은 걸 겪기도 했고. 이영은 문득 그날로 되돌아간 것만 같았다.

"데리러 왔어, 이영아."

헝클어진 머리를 매만지지도 못한 채 저를 마주 보고 서 있는 남자를 가만히 올려다보았다. 자신을 찾기 위해 헤매기라도 했던 것인지 그의 차림새는 많이 흐트러져 있었다. 이영은 서원을 멍하니 쳐다보다가 서늘한 밤공기에 몸을 떨고는 그제야 잊고 있었던 사실을 떠올렸다.

"그, 그나저나 어떻게 된 거예요? 어떻게, 저 유리문 밖에……"

다시 생각하니 새삼 아찔해져서 입이 말랐다. 이영은 저도 모르게 침을 꼴깍 삼키고는 서원의 뒤쪽으로 보이는 어두운 밤하늘을 응시했다.

기겁할 상황이었다.

한밤중에 17층 테라스 밖에 나타난 남자라니.

순간 비명을 질러 난감한 상황을 만들 수도 있었단 생각이 들었다. 그녀는 다시금 시선을 거두고는 그를 쳐다보았다. 서원이 순간적으로 겸연쩍은 표정을 짓다가 어깨를 으쓱였다.

"그게, 나도 몰랐는데 가능하더라고."

"예?"

"너를 찾는 것도. 높이 뛰어오르는 것도."

이영의 체취를 감지하는 일이 정말 가능할 거라고는 생각도 못했다. 더구나 이런 도심 한복판에서 말이다. 도로를 가득 채운 차량에서 나오는 매연과 사람들의 다양한 체취 속에서도 그녀의 향을 찾아낸 게 스스로 생각해도 신기했다.

거기에 비하면 몇 번 뛰어올라 그녀가 있는 객실까지 오게 된건 별일 아니란 생각이 들었다. 물론 진짜 별일 아니라고 할 수는 없겠지만 말이다. 세상 어느 누가 17층 높이에 달하는 곳까지 서너 번 만에 뛰어올라 갈 수 있겠는가.

"피만 빠는 족속은 아니었던 모양이야."

"……?"

이영은 서원의 중얼거림을 듣고 의아한 표정을 지었다. 그러나 그는 굳이 자세한 말을 할 생각은 없는지 싱긋 웃더니 그녀에게 성큼 다가갔다. 그러고는 그녀가 미처 피할 새도 없이 손목을 잡고는 그대로 이영을 끌어안았다. 두 팔로 그녀를 안은 채 정수리 위에 입술을 묻은 남자에게서 안도의 한숨이 새어 나왔다.

이제야 겨우 안심했다는 듯.

마치 어미의 품을 찾아 파고드는 어린 새끼처럼 제게 매달리다시피 하는 커다란 남자의 무게에 이영이 살짝 비틀거리며 뒤로 물러섰지만, 그렇다고 해서 그를 밀어 내지는 않았다. 되레 그의 등에 제 팔을 두르고는 힘을 꽉 주었다.

저 역시 마찬가지였다. 서원의 품에 안기고 나서야 겨우 마음이 놓였으니까. 차마 그를 마주할 용기가 나지 않아 도망친 것이면서, 막상 그를 보게 되니 저절로 마음이 움직였다. 이영은 두 눈을 질끈 감으며 그의 가슴팍에 얼굴을 묻었다. 그녀의 그런 심정을 아는 듯 서원이 이영의 머리와 어깨를 쓰다듬다가 입을 열었다.

"이번만 봐주는 거야."

"예?"

이영이 그의 가슴팍에 뺨을 대고 있다가 어리둥절한 표정으로 고개를 들었다. 그러자 서원이 그녀의 뺨을 아프지 않게 살짝 꼬집는 시늉을 하며 말을 이었다.

"가출 말이야. 이번만 용서해 줄 거라고. 다음부터는 어림도 없어."

"……가, 가출이라니."

이영은 생각하지도 못한 단어에 당황하여 말을 더듬었다. 마치 불량 청소년이라도 된 것만 같은 기분에 얼굴까지 화끈거렸다. 당황한 그녀의 뺨이 붉게 물드는 걸 보던 서원이 피식 웃더니 다시 한번 이영을 품 안에 당겨 안았다.

"그래, 가출. 집 놔두고 이런 데 나와 있는 게 가출이지. 그게 아니면 뭔데."

정수리 위에서 턱이 움직이는 게 느껴졌다. 약간의 묵직함이 더해진 그 움직임이 좋았다. 그녀는 눈물이 핑 도는 걸 느끼며 입술을 꾹 깨물었다. 어쩌면 도망친 순간에도 이렇게 이 남자가 저를 찾아와 주기를 바란 건지도 모르겠다는 생각이 들었다. 스스로 다시 돌아가지 않는 이상 숨어 버린 저를 그가 찾기 힘들 거라는 걸 알면서도 말이다.

처음부터 그는 자신에게 '기적' 같은 남자였으니까.

그녀는 뒤늦게 그의 눈이 붉게 변해 있는 걸 알아차렸다. 그리고 그의 날카로운 송곳니가 길게 자라 나와 있는 것도 보았다. 서원의 정체를 처음 알게 되었던 날처럼, 결혼의 계기가 되었던 그날처럼. 그때는 많이 놀라고 두려웠는데…….

이영은 가만히 손을 뻗어 그의 입가를 만졌다. 날카로운 송곳니가 언제든 제 목을 뚫을지도 모른다고 생각해 보려 했지만, 아무리 노력해도 그런 위협을 느낄 수 없었다. 되레 송곳니가 비어져 나온 모습이 새끼 맹수를 연상시켜서 귀여운 느낌마저 들었다. 그녀는 저도 모르게 웃음을 터뜨렸다.

그러자 서원이 자신을 보며 그녀가 무슨 생각을 했는지 어렴풋이 눈치챈 듯 살짝 심통 난 표정을 지었지만 이내 피식 웃고는 이영의 머리를 헝클어뜨렸다. 그리고 그녀의 어깨를 감싸 안은 채 객실 안을 둘러보다가 뭔가를 발견했는지 시선을 고정했다. 이영이 덩달아 그가 바라보는 방향으로 시선을 돌리고는 얼굴을 붉혔다.

"아, 저건……."

"마카롱이네?"

서원이 싱글벙글 웃으며 그녀를 데리고 침대 앞으로 걸음을 옮겼다. 그러고는 바닥에 떨어진 마카롱과 종이 가방을 모두 챙겨 들었다. 이영이 당황하여 그를 말리려고 했지만 그보다 먼저 서원이 주워 든 마카롱 하나를 냉큼 입에 넣는 바람에 허사가 되고 말았다.

"지저분할 텐데!"

"아아…… 좋다."

방금 자신이 먹은 게 바닥에 떨어져 있던 것이라는 걸 마치 모르는 사람처럼, 그는 천연덕스럽게 눈까지 살짝 감으며 진심으로 맛있다는 듯 입꼬리를 올렸다. 그 넉살 좋은 모습에 이영이 서원을 말리려던 걸 포기하고 가만히 그를 쳐다보았다.

가슴속을 누군가가 간질이기라도 하는 것만 같았다. 제멋대로 뛰는 가슴을 주체하지 못한 채 그의 손에 들려 있는 작은 마카롱을 쳐다보았다. 부서지고 으깨져 온전한 모양도 아닌 그것을 본 순간, 저도 모르게 입 안에 침이 고였다. 어린 시절, 달콤한 걸 좋아하던 그 시절로 돌아가기라도 한 것처럼 말이다.

"참, 이렇게 서 있을 게 아니라 앉아야…… 침대에 앉아도 괜찮지?"

그 순간 서원이 주변을 두리번거리다가 머쓱한 투로 입을 열었다. 이영은 그제야 자신과 그가 단둘이 호텔 객실 안에 있다는 걸 깨닫고는 입을 벙긋거렸다. 조금 전 그가 들어온 문이 열려 있다고는 하지만, 17층 객실의 테라스 문을 넘어 다른 누군가가 들어올리 없으니 거의 완벽한 밀실이라고 해도 과언이 아니었다. 그 점을 자각한 이영의 볼이 빨갛게 물들었다.

이미 결혼한 부부라고는 하지만, 몸과 마음을 모두 나눈 지 얼마 되지 않은 사이인 터였다. 그렇기에 이영이 인식하는 서원과의 관계는 부부라기보다는 차라리 연인에 가까웠다. 그녀가 어색한 얼굴로 고개를 끄덕이자마자 서원이 기다렸다는 듯 이영을 잡아끌고는 침대에 앉았다.

그리고 잠시 두 사람 모두 아무런 말도 잇지 않았다. 이영은 서원의 옆에 앉아 멋쩍은 얼굴로 제 손끝만 내려다볼 뿐이었다. 서원 역시 어색한 표정으로 멀뚱멀뚱 정면을 응시하더니 문득 생각났다는 듯 제 손에 들려 있던 마카롱을 하나 더 입에 넣었다. 달콤한 냄새가 진동했다. 이영이 그 냄새에 조금 전처럼 입에 침이 고이는 걸 느끼고는 당황하여 헛기침을 했다.

"아! 미안."

그녀의 반응을 곡해한 서원이 허둥대며 마카롱과 종이 가방을 멀찌감치 밀어 두려 했다. 그 순간, 이영이 고개를 절레절레 흔들고는 그의 손목을 잡았다.

"아니에요, 그런 거."

"응?"

"……나도 하나만, 먹어 볼래요."

저를 쳐다보는 서원의 시선을 슬쩍 피하며 이영이 머뭇머뭇 말을 꺼냈다. 저절로 긴장이 되면서 온몸에 힘이 들어갔다.

"먹어 보겠다고? 이걸?"

끄덕끄덕. 그녀는 서원의 물음에 소리 내어 대답하는 대신, 고개를 주억거렸다. 서원이 다소 놀란 듯 눈을 크게 떴다가 이내 제 손에 있는 마카롱 상자를 보았다. 그러고는 고개를 절레절레 좌우로 흔들었다.

"안 돼."

"먹어 볼래요."

"너 단거 못 먹잖아. 게다가 이건 상태도 안 좋고. 내가 내일이라도 디저트 전문점에서 제대로 된 거 사 줄 테니까……."

"먹고 싶어요, 지금 이거. 어릴 때 이후로 처음이에요. 단 음식을 먹고 싶다고 느낀 건."

이영은 거듭 말하며 서원의 손을 붙잡았다. 그가 제 손을 잡은 이영의 작은 손을 힐끔 내려다보고는 다시 그녀를 응시했다.

"이 마카롱을 보면서 내가 가질 수 없는 행복을 닮았다고 생각했어요. 이렇게 엉망이 되고 부서진 조각만이 내게 허락된 건가 싶었고. 그게 비참하고 서러웠어요."

"……."

"그런데 그런 생각을 하는 와중에 오빠, 서원 씨가 와 줬잖아요. 무슨 판타지 영화 주인공도 아닌데 17층까지 날아와서 짜잔, 하고 테라스 문을 두드렸죠."

"날아온 건 아니거든? 뛰어올라 왔지."

서원이 가만히 이영의 얘기를 듣다 말고 쑥스러운 투로 대꾸했다. 그녀가 살포시 미소 지은 뒤, 어깨를 으쓱였다.

"어쨌거나요. 그게 중요한 건 아니니까."

이영은 서원의 얼굴을 가만히 마주하고 있다가 조심스럽게 손을 뻗었다. 자신을 찾느라 많이 헤매고 다녔던 것인지 그새 그의 얼굴이 초췌해져 있었다. 아침나절에만 하더라도 흐트러짐 없이 단정했던 남자의 뺨과 턱 주변에 푸르스름한 수염 자국도 언뜻 엿보였다. 손가락 끝에 거칠거칠한 수염 자국이 느껴진 것과 동시에 가슴이 먹먹해졌다.

"나는 혼자가 아니었구나."

그녀는 혼잣말을 하듯 중얼거리며 그의 뺨을 양손으로 감쌌다. 그러자 서원이 제 뺨을 감싼 그녀의 손등 위에 자신의 손을 겹쳤다. 그 든든한 온기에 이영이 미소를 머금고는 한 번 더 말을 이었다.

"불완전하고 어설퍼 보이는 행복이더라도 잡고 싶다. 바닥에 떨어져 엉망이 된 마카롱조차 맛있다고 먹어 주는 남자가 곁에 있는데 이 정도 배짱은 부려 봐도 되지 않을까……. 뭐, 그런 생각이 들더라고요. 그런 생각, 해도 되는 거죠?"

"……그래. 당연히."

서원은 아주 잠깐 침묵했다가 이내 웃으며 대꾸했다. 그러고는 제 뺨을 감싸고 있는 이영의 손을 깍지 끼워 잡은 뒤, 그녀에게 입을 맞추고는 덧붙여 말했다.

"그런데 이왕 부리는 배짱, 조금 더 두둑하게 부려 보지 그래? 고작 이 마카롱만큼의 행복에 만족하지 말고."

"얼마나 더요?"

"글쎄? 나도 그 한계가 어디쯤 될지 모르겠는데?"

그가 장난스럽게 대꾸하면서 다시 그녀의 뺨과 머리를 쓰다듬다가 쪽쪽, 입을 맞췄다. 성적인 욕구보다는 친밀한 애정이 묻어나는 입맞춤이었다. 이영이 그 입맞춤을 얌전히 받다가 눈을 살짝 내리깐 순간, 그의 짓궂은 웃음소리가 귓가를 건드렸다. 그리고 그녀가 다시 시선을 들어 그를 보기 직전에 뭔가가 윗입술과 아랫입술 사이로 파고들어 입술을 벌렸다.

"……!"

입술 사이로 파고든 것이 서원의 손가락이라는 걸 알아차린 건 그 직후였다. 동그래진 이영의 눈을 마주한 서원의 눈매가 장난스럽게 휘어지는 듯싶더니 뒤이어 그가 노란색 마카롱 하나를 입에 물고 그대로 그녀를 향해 고개를 숙였다.

쫀득한 꼬끄가 살짝 으깨져 입 안으로 들어오면서 상큼한 유자 향이 입 안을 가득 채웠다. 마음과는 달리 달콤한 맛이 느껴지자마자 몸에서 거부감이 치밀며 순간적으로 속이 메슥거렸다. 하지만 그와 동시에 입 안으로 파고든 서원의 혀가 전한 감촉에 그 거부감은 쏜살같이 사라져 버렸다.

이영의 벌어진 입술 사이로 밀고 들어온 서원의 혀가 부드럽게 그녀의 혀 안쪽을 문질렀다. 이영은 갑작스러운 키스에 잠시 당황했다가 곧바로 그의 어깨를 꽉 붙잡으며 매달렸다. 그가 더욱 깊숙이 키스하며 한 손으로 이영의 뒷머리를 받친 채 다른 손으로는 그녀의 허리를 감아 안았다. 침대 가장자리에 나란히 앉아 있던 터라 두 사람 모두 자세가 살짝 비틀린 상태였지만 불편함 따위는 느끼지도 못할 만큼 서로에게 열중했다.

혀와 혀가 서로 감기고 맞비벼지는 와중에 노란색 마카롱은 이미 이영의 목구멍 아래로 내려간 뒤였다. 남은 것은 그저 달콤한 향이 전부였다. 단것을 먹지 못하게 된 이후 결코 제 것이 될 거라 기대조차 할 수 없었던 행복의 향기였다. 이영의 속눈썹이 파르르 떨리며 젖어 드는 듯싶더니 이내 그녀의 뺨을 타고 눈물이 또르르 흘러내렸다.

"너, 우는 게 예쁘기는 한데 이런 식으로는 울지 마."

서원이 입술을 떼고는 이영의 이마에 제 이마를 댄 채 나직한 음성으로 말했다. 그러고는 그녀의 젖은 뺨을 손으로 어루만지다가 느릿하게 입술을 옮겼다. 뺨 위에 입술을 꾹 누르는 감촉에 가슴이 떨려 왔다. 이영이 저도 모르게 가쁜 숨을 들이쉰 순간, 서원이 부드럽게 미소 지으며 그녀의 눈을 똑바로 응시했다.

"침대에서만 예쁘게 울어 줘."

아, 아니다. 침대 말고도 여기저기 많은데 말이야. 침대만으로 딱 정해 놓으면 안 되겠다. 그렇지? 거실 소파라든가 식탁이라든가, 그것도 아니면 욕실도 있고. 서원이 일부러 눈까지 찡긋거리며 장난스럽게 덧붙인 말에 그녀가 눈물을 글썽이면서도 웃음을 터뜨릴 수밖에 없었다.

"나, 이대로 계속 서원 씨 옆에 있어도 돼요?"

이영은 웃다 말고 충동적으로 불쑥 질문했다. 아무렇지 않은 척 꺼낸 물음이지만, 목소리에서 묻어 나오는 떨림까지 숨기는 건 불가능했다. 그걸 알아차린 서원이 가만히 미소 지으며 이영을 쳐다보았다. 불안한 마음을 애써 감추고 있는 그녀의 시선을 마주하고 있던 서원이 느릿느릿 고개를 끄덕였다.

"당연하지. 결혼까지 해 놓고 어디를 도망가려고? 좀 전에 말했다시피 이번 한 번만 봐주는 거야. 난 고리타분한 남자라 내 마누라가 하루만 외박해도 못 봐주거든? 어떻게 하냐, 공이영? 복학해도 친구들이랑 엠티든 여행이든, 그런 건 못 갈 텐데."

"뭐예요, 그게⋯⋯. 게다가 엠티도 못 가게 한다고요? 과에서 단체로 가는 것도요?"

이영은 쑥스러운 마음에 얼굴을 붉히면서도 애써 아무렇지 않은 척 물었다. 서원이 그 모습을 귀엽다는 듯 보다가 그녀의 콧등을 가볍게 튕기고는 대꾸했다.

"나 데리고 가지 않는 한, 절대 안 돼."

"예에?"

"아니면 내가 몰래 따라가도 화내지 않는다고 약속하든가."

장난스럽게 웃는 남자의 얼굴을 마주하고 있던 이영이 뒤늦게 덩달아 웃어 버렸다. 그러고는 다시 그에게 몸을 기댄 채 진지한 목소리로 말을 이었다.

"놀라지 않았어요?"

"그러는 너야말로 괜찮아?"

서원이 이영을 품에 안은 채 되물었다. 이영은 그의 품에 기대어 있다가 고개를 주억거렸다.

"처음에는 놀랐는데, 지금은 괜찮아요."

아마도 이 남자 덕분일 것이다. 숨어 버린 저를 포기하지 않고 찾아낸 서원이 제 곁에 있다는 사실에 저 역시 용기를 낼 수 있게 되었을 터였다. 그녀는 그의 손안에 제 손을 밀어 넣었다. 그러자 그가 냉큼 그녀의 손을 꽉 잡았다. 제 손을 모두 덮고도 남을 만큼 커다란 손이 전하는 온기와 든든함이 그녀로 하여금 미소 지을 수 있게 했다.

그것으로 충분할 듯싶었다. 아니, 충분했다.

✻ ✻ ✻

"어서 오렴."

이영이 머뭇거리며 들어서자마자 현관 앞에 서 있던 채 회장 내외가 그녀를 반겼다. 이영은 저를 반기는 시부모님의 모습에 잠시 머뭇거리다가 고개를 꾸벅 숙였다.

"······심려 끼쳐 죄송합니다. 아버님, 어머님."

저로 인하여 서원뿐만 아니라 시부모님과 도경그룹까지 구설에 올랐을 게 분명했다. 커피숍에서 처음 사람들이 수군대는 소리를 들었을 때도 도경 운운하는 말이 나왔으니 말이다.

자신이 저지른 잘못은 아니지만, 그래도 저 때문에 벌어진 일이니 시부모님 앞에서는 죄인일 수밖에 없었다. 그녀가 고개를 들지 못하는 걸 본 모연이 안쓰러운 표정을 짓더니 곧바로 이영을 부둥켜안고는 그녀의 등을 쓸어내리며 입을 열었다.

"죄송하긴 뭐가 죄송해. 이영이 네가 뭘 잘못했다고. 누가 뭐라고 하든 말든, 그런 건 신경 쓸 것 없어. 고개 똑바로 들고 어깨도 쫙 펴고, 응? 너는 내 며느리야. 하나뿐인 내 며느리. 이 맹모연의 며느리라고."

"어머님······."

"또, 또 어머님이라고 그러지! 엄마라고 부르라니까. 그게 정 불편하면 어머니라고 부르든가."

모연은 짐짓 샐쭉한 표정을 지어 보이고는 난처해하는 이영을 쳐다보다가 다시금 말을 이었다.

"흔히 그러더라. 며느리를 딸처럼 여긴다고 하는 거 죄다 거짓말이라고. 우스갯소리 삼아 친구들이 그런 얘기를 할 때, 나도 맞장구를 친 적 있었어. 그러면서도 내심 궁금하기는 했지. 정말 그럴까? 며느리는 그저 며느리일 뿐일까? 그렇게 의구심이 들기는 했는데, 이영이 너를 보고 친구들의 말이 틀렸다는 걸 알았단다."

모연이 두 손으로 이영의 손을 붙잡고는 토닥였다. 그 다정한 온기에 이영의 가슴이 떨렸다.

"네가 우리 부부에게 찾아온 둘째로구나, 그런 생각이 저절로 들었어."

"어, 어머……."

어머님, 이라고 말을 채 잇지도 못한 채 이영은 입을 꾹 다물었다. 그녀의 입술이 뱉어 내지 못한 말을 다시 삼키고는 파르르 떨렸다. 방금 모연이 한 말이 무슨 의미인지 모를 수가 없었다.

모연이 간혹 농담처럼 가볍게 호칭을 편하게 바꿔 부르라고는 했었다. 그럼에도 불구하고 이영은 쉽게 입이 떨어지지 않아 제 시어머니의 말을 따르지 못했지만 말이다. 어쨌든 그 말 속에 담긴 마음만큼은 잘 알고 있다고 생각했다.

그런데 어째서인지 지금 이 순간, 모연의 마음을 새삼 깨닫게 된 사람처럼 가슴이 두근거렸다. 그녀가 벅찬 가슴을 주체할 수 없어 아무런 말도 잇지 못하자 그걸 달리 받아들인 것인지 필봉의 목소리가 들렸다.

"일단 이영이 좀 쉬게 합시다, 맹 여사. 현관 앞에 벌세우는 것도 아니고."

"어머! 그러네요. 시간도 늦었는데……."

모연이 필봉의 말에 머쓱한 표정을 짓고는 서둘러 이영의 등을 감싸 안은 채 거실 쪽으로 몸을 돌렸다.

"일단 서원이가 쓰던 방을 대충 정리해 놨어. 아침에 깨우지 않을 테니까 그냥 마음 놓고 푹 자렴. 물론 배고프면 일어나서 언제든 얘기하고."

"늦은 시간인데 번거롭게 해 드려서 죄송해요. 그리고 정말 감사합니다."

이영은 필봉과 모연을 향해 고개 숙여 인사했다. 서원이 그런 이영의 어깨에 팔을 두르고는 입을 열었다.

"괜찮아. 우리 부모님 밤잠 없으신 분들이라 이 시간에도 종종 깨어 있으신걸. 그렇죠?"

"응? 아! 그, 그럼! 그렇고말고."

"그래, 이영아. 괜히 우리한테 미안해하고 그러지 않아도 돼. 이 양반도 그렇고 나도 잠이 없는 편이거든."

필봉이 어색하게 대꾸하자마자 모연이 냉큼 그의 옆구리를 팔꿈치로 찌르며 끼어들었다. 가뜩이나 죄송스러워 어쩔 줄 몰라 하는 며느리의 마음을 불편하게 할 작정이냐고 은근히 타박하는 모양새였다.

서원은 부친의 어색한 연기를 이영에게 들킬까 싶어 서둘러 그녀를 데리고 자신의 방, 아니, 자신의 방이었던 곳이 있는 2층으로 걸음을 옮겼다. 이영이 머뭇거리며 그를 따라 계단을 올라가다가 힐끔 뒤를 돌아보았다. 어느새 채 회장 내외가 안방으로 들어간 것인지 아무런 소리도 들리지 않았다.

"날 밝은 뒤에 올 걸 그랬어요. 괜히 두 분 주무시는데 깨운 것 같아서."

"괜찮다니까 그러네. 나이 드셔서 그런지 잠이 없어졌어, 두 분 모두."

"거짓말."

이영은 서원의 말에 조금은 퉁한 목소리로 대꾸했다. 그러고는 다시 그를 따라 계단을 올라가며 작은 소리로 말했다.

"두 분 다 피곤한 기색이 역력했어요. 게다가 머리도 막 비어져 나왔고요. 누가 봐도 주무시다가 급히 일어나신 모습이었는데……."

아무리 둔해도 그 정도 눈치가 없는 건 아니었다. 이영이 민망하다는 듯 볼을 문질렀다. 서원 역시 어색하게 웃으며 겸연쩍은 표정을 짓다가 이내 어깨를 으쓱였다. 그러고는 변명하듯 말을 덧붙였다.

"하지만 조금이라도 늦게 움직였다가 기자들한테 걸리면 그게 더 골치 아프잖아. 물론 기사화되지 못하게 막기는 하겠지만 말이지. 어쨌든 그거야 위쪽에서 하는 일이고, 현장에서 뛰는 기자들은 한 건이라도 기삿거리를 잡으려고 눈에 불을 켜고 달려드니까. 아마 조금만 지나면 날 밝기도 전에 기자들이 집 주변을 겹겹이 둘러쌀걸?"

이영은 서원의 말에 반박하지 못한 채 그의 방에 발을 들여놓았다. 시댁에 들를 때마다 종종 들어와 봤던 공간임에도 불구하고 어쩐지 어색한 느낌이 들었다. 머뭇거리는 그녀의 어깨를 살짝 떠밀다시피 하여 침대로 이끈 서원이 이영을 침대 위에 앉힌 뒤, 입을 열었다.

"일단 어머니 말씀대로 푹 자고 일어나. 늦잠 자도 뭐라고 하실 분들 아니니까 괜히 아침에 일어나겠다고 잠 설치지 말고."

어느새 새벽 4시가 가까워진 상태였다. 이영은 침대에 앉은 채 제 앞에 서 있는 서원을 올려다보다가 물었다.

"서원 씨는요? 출근해야 할 텐데 피곤해서 어떡해요?"

"피곤하기는……, 회사에서도 툭하면 몇 날 며칠씩 밤샘은 기본이었거든?"

서원이 장난스럽게 웃으며 이영의 코끝을 살짝 잡아 흔드는 시늉을 했다. 이영은 그의 장난에 얼굴을 붉히고는 다시금 말을 꺼냈다.

"하지만 밤샘하는 거 못 봤는데요? 퇴근 시간만큼은 철저히 지켰으면서."

"그거야 당연하지. 집에 이렇게 예쁜 마누라가 있는데 퇴근을 안 하고 어떻게 배겨? 결혼 전에 그랬다는 거지. 아! 물론 앞으로는 종종 밤을 새우기는 해야겠다."

"……?"

서원의 말에 이영이 저도 모르게 의아한 표정을 지었다. 그 모습을 본 서원이 씩 웃더니 몸을 숙이고는 그녀의 귓가에 입술을 가까이 댔다.

"너도 밤새울 각오는 앞으로 해야 될 거야."

"예?"

그게 무슨 말인가 싶어 이영이 눈을 깜빡이다가 뒤늦게 서원의 입가에 매달린 야릇한 미소를 보고는 입을 벌렸다.

마, 맙, 맙소사.

그녀가 소리 내어 말을 잇지 못하고 입만 벙긋거리고 있는 사이에 서원이 다시 몸을 세우더니 천연덕스럽게 말을 이었다.

"그럼 먼저 자. 나는 잠깐 할 일이 있어서."

당황한 이영을 향해 한 번 더 눈을 찡긋거리며 웃은 서원이 방 밖으로 나갔다. 침실 문을 닫고 돌아선 그의 입가에 매달려 있던 미소가 서서히 걷혀 나갔다. 침실 안쪽의 욕실에서 물소리가 들리기 시작했다. 그 소리를 가만히 듣고 있던 서원이 부친과 나누었던 대화를 떠올렸다.

'공필성이 퍼뜨린 거라고요?'

'강 실장이 알아본 바로는 그렇다고 하더구나.'

부친의 오랜 수족이라 할 수 있는 강인태 비서실장이 그렇게 보고했다면 틀림없는 사실일 터였다.

"공필성······."

서원은 제 턱을 쓰다듬으며 필성의 이름을 곱씹었다. 굳이 자신이 나서지 않아도 부친의 손에 의해 필성은 파멸할 게 분명했다. 너그럽고 유쾌한 성정이지만 당신의 가족이나 울타리 안에 든 이에게 위해를 가하려 하는 자에게까지 자비를 베풀 정도로 제 부친은 속없는 사람이 아니기 때문이다.

'제가 알아서 하겠습니다, 아버지.'

'뭐?'

'제게 맡겨 주십시오. 공필성이든 공 회장 일가든, 제가 제 손으로 전부 처리하고 싶습니다. 아니, 처리해야겠습니다.'

그러나 이 일만큼은 부친에게 맡길 수 없었다. 제 여자와 관련된 일이었다. 제 아내를 지금껏 학대하고 상처 준 것으로 모자라 이런 식으로 또다시 그녀를 아프게 한 자들을 결코 내버려 둘 수 없었다.

아니, 진작 어떤 식으로든 처리했어야 했다. 그랬더라면 그녀가 이런 일을 겪지 않아도 되었을 테니 말이다. 차근차근 공필성과 공회장 집안을 옭아매려 했던 게 잘못이었다.

"그들이 했던 방식 그대로 돌려줘야 공평하잖아?"

서원이 차갑게 웃으며 중얼거렸다. 그와 동시에 이영이 샤워를 끝냈는지 물소리가 뚝 끊겼다. 그는 언제 그랬던가 싶게 다시금 부드럽게 미소 지으며 침실 쪽을 바라보았다. 그녀에게는 이런 제 모습을 보이고 싶지 않았다. 아니, 보일 이유 자체가 없었다.

제14장 — 파국으로 치닫다

"……사망한 여자가 있었다고요?"

"그렇습니다, 도련님. 사망 원인은 호흡 장애였는데, 장도준 씨가 건네줬던 자료를 보니 아무래도 GHB 과다 사용으로 인한 부작용이었던 것 같습니다. 당시 소변이나 혈액을 채취하지 못했기에 직접적인 증거는 남아 있지 않지만요."

강인태 비서실장은 서원에게 서류를 건네며 말했다. 서원은 비서실장이 제게 건넨 서류를 훑어보다가 눈을 가늘게 떴다.

그의 말대로 직접적인 증거가 있는 건 아니었다. 여자의 죽음과 공필성을 연결 지을 만한 그 어떤 것도 없었다. 그렇기 때문에 여자의 가족조차 공필성의 존재를 아예 모르고 있었던 듯싶었다. 하기야 클럽에서 우연히 만났던 사이인 것 같으니 그들 사이에 어떤 접점도 찾지 못한 게 당연했을 것이다. 그는 쓴웃음을 지으며 서류를 더 읽어 내려가다가 미간을 찌푸렸다.

"약혼자가 있었네요."

"예, 그날 클럽에 가게 된 것도 친구들이 결혼 앞두고 축하 파티를 해 준다고 해서 가게 된 거라고 합니다."

강 실장이 씁쓸한 투로 서원의 말에 대답했다. 서원은 그의 말을 들으며 서류를 노려보다시피 하다가 입술을 짓씹었다. 이 죽은 여자에 대해 아는 거라고는 서류에 적힌 게 전부였다. 결혼을 불과 보름 앞두고 있었던 이십 대 후반의 여자. 그저 평범하게 결혼을 준비하고 있었을 예비 신부. 그랬던 여자의 삶이 누군가의 잔혹한 성욕으로 인해 아예 박탈되어 버린 것이다.

……이영 또한, 그렇게 되었을 수도 있었다.

그 점을 상기하니 걷잡을 수 없이 화가 치밀었다. 죽은 여자와 이영은 엄연히 별개의 존재임에도 불구하고 겹쳐 보이기까지 했다. 그리고 서류에 적힌 약혼자라는 남자는 저와 동일시되었다.

남자는 얼마나 고통스러웠을까. 갑작스러운 약혼녀의 죽음 앞에서 얼마나 황망했을까. 사인 자체가 불명확한 것은 아니었지만, 그 이면에 숨겨진 의혹을 본능적으로 느꼈을지도 모른다. 그럼에도 불구하고 아무것도 하지 못한 본인을 얼마나 탓하고 또 탓했을까.

서원은 서류를 내려놓은 뒤, 두 손으로 제 머리를 감싸고는 고개를 숙였다. 타인의 감정에 공감하는 일은 거의 없는 편인데, 이 남자에게는 과하게 공감했다. 아마도 사랑을 하고 있기 때문일 것이다. 그는 숨을 깊이 들이쉬었다가 내뱉고는 다시 고개를 들었다. 비서실장이 차분한 시선으로 서원을 바라보고 있었다.

"일단 공필성의 약물 남용 건과 함께 피해자들에 관련된 자료를 각 언론사에 모두 넘기십시오. 한영일보도 포함해서요."

"한영일보에도 넘기라는 말씀이십니까."

"물론입니다."

"그랬다가 자칫 한영일보 쪽에서 방해라도 하려고 들면……."

비서실장이 우려 섞인 투로 말끝을 흐렸다. 서원은 그를 쳐다보며 가만히 미소 지은 뒤, 재차 말을 이었다.

"방해할 정신도 없을 겁니다. 검찰 쪽에도 공 회장 일가와 연관된 비리 제보가 들어갈 예정이거든요. 그걸 수습하기도 버거울 텐데 아무리 자식 일이라 해도 신경 쓸 여력이 있겠습니까?"

서원이 차갑게 조소하고는 다시 싸늘한 눈으로 서류를 보았다. 도준에게서 먼저 넘겨받았던 것 외에도 새로운 것들을 추가했다. 제 모든 인맥을 동원하여 며칠 동안 입수한 자료들이다.

그 자료들을 바탕으로 한영일보에 대한 검찰 조사와 세무 조사가 한꺼번에 시작될 터였다. 자신이 파악한 공 회장의 차명 계좌만 해도 수십 개에 달했다. 게다가 지난 세월, 회계 장부를 조작하고 허위 세금 계산서를 통해 탈루한 금액도 천억 원을 훌쩍 넘겼으니 쉽게 빠져나오기는 힘들 것이다. 만약 빠져나오려고 해도 그 뜻대로 되게 할 생각은 없지만 말이다.

"그럼 우선 방금 말씀드린 대로 처리 부탁합니다, 강 실장님."

"염려 마십시오, 도련님."

비서실장은 가볍게 고개를 숙여 보이며 대답했다. 서원은 비서실장과 악수를 하고 몇 마디의 당부를 더 건넨 뒤, 사무실 밖으로 나갔다. 비서실의 여직원이 곧바로 자리에서 일어서서 인사하는 걸 살짝 고개를 끄덕여 받았다.

목을 꽉 조여 오는 넥타이가 문득 답답하게 느껴졌다. 서원은 복도를 걸으며 한쪽 팔에 재킷을 걸치고 다른 손으로 넥타이의 매듭을 잡아당겼다. 그러고는 휴대 전화를 꺼내 제 통화 기록의 대부분을 차지하는 이영의 번호로 전화를 걸었다.

— 예, 서원 씨.

"뭐 하고 있어?"

— 그냥 책 읽고 있었어요.

"심심하지? 밖에 못 나가서 답답하지 않아?"

— 아니요, 괜찮아요. 읽을 책도 많고, 어머님이랑 같이 있으니까 심심하지도 않고요.

부드럽고 온화한 이영의 목소리를 듣고 있으려니 신경이 날카롭게 곤두섰던 게 한층 누그러들었다. 서원은 걸음을 멈추고 복도 한쪽에 기대어 섰다. 벌써 며칠째 집 안에만 갇혀 있음에도 불구하고 그녀는 가벼운 투정조차 하지 않았다. 되레 자신이 걱정할까 염려한 것인지 평소보다도 더 밝은 모습을 보여 주기까지 했다.

많이 불안하고 걱정스러울 텐데도 아무런 내색을 하지 않는 그녀의 모습에, 필봉과 모연은 스물셋이라는 나이답지 않게 어른스럽다며 이영을 기특하게 여겼다. 그러면서도 한편으로는 더욱 안쓰러워하기도 했다. 어릴 적부터 부모에게조차 기대어 본 적 없으니 저러는 것 아니냐고 말이다.

"아버지랑 어머니한테 너를 빼앗긴 기분이야."

그는 창밖을 내다보며 짐짓 투덜거렸다. 그러자 이영에게서 작게 웃는 소리가 들렸다.

— 정말 좋은 분들이세요. 너무나 과분할 만큼.

"부모와 자식 사이에 과분하고 말고 할 게 뭐 있어? 너, 부모님 앞에서 그런 얘기를 했다가는 야단맞을 거야."

— 하지만 정말 과분한걸요. 이런 건 꿈조차 꾸지 못했는데 현실이 됐으니까.

이영은 조금 감정이 북받치기라도 한 듯 떨리는 목소리로 대답했다. 그녀가 꿈조차 꾸지 못했던 일상의 모습은 어떤 것이었을까. 서원은 너무나 평범한 저와 제 가족의 일상을 새삼 되새기다가 아픈 미소를 머금었다. 자신에게는 대수롭지 않은 하루하루가 누군가에게는 꿈꿀 수도 없을 만큼 귀한 날이었다는 생각에 가슴이 먹먹해졌다. 그러나 그는 곧 감정을 추스른 뒤에 유쾌한 어조로 말을 이었다.

"앞으로도 꿈은 꾸지 마세요, 아가씨. 이미 아가씨의 현실이니까."

과분하다고 여길 필요가 없는, 그저 평범한 현실이 되게끔 해줄 테니까. 서원은 그녀에게 자신의 마음을 전했다. 가벼운 웃음 섞인 농담이라 하더라도 제 마음은 온전히 이영에게 전해졌을 것이다. 그는 창틀을 짚은 채 웃으며 말을 이어 나갔다.

✱ ❋ ✱

여자의 발목이 옆으로 꺾였다. 그와 동시에 여자를 끌어안다시피 하고 걸음을 옮기던 남자가 휘파람을 불더니 그녀를 부축했다.

"야, 정신 좀 차려. 이 계집애 완전히 맛이 갔네. 물뽕을 너무 많이 먹였나?"

이러면 곤란한데. 남자, 필성이 미간을 살짝 찌푸리며 혼잣말을 중얼거리고는 제 품에 흐느적거리며 안겨 있다가 그대로 주저앉으려는 여자를 몇 번이고 끌어 올린 뒤, 일말의 망설임도 없이 그녀의 뺨을 때렸다.

찰싹. 살과 살이 부딪치며 내는 마찰음이 요란한 음악 소리에 금세 묻혀 버렸다. 여자는 꽤 매섭게 따귀를 맞았음에도 불구하고 도통 정신을 차리지 못했다. 필성은 여자의 뺨을 한 번 더 때리고는 그녀를 거의 질질 끌다시피 하고 좁은 골목으로 향했다. 익숙한 걸음으로 어느 가게의 뒷문을 막 열려는 순간, 필성의 등 뒤에서 싸늘한 목소리가 들렸다.

"제 버릇 개 못 준다는 말이 정말 딱 들어맞는 상황이네."

"헉! 누, 누구…… 뭐야, 넌?"

필성은 자신도 모르게 덜컥 겁을 먹었다가 곧바로 그런 제 모습에 자존심이 상했는지 발끈해서 뒤를 돌아보았다. 비좁은 골목길은 유흥업소의 네온사인 불빛조차 들어오지 않는 터라 어둡기 그지없었다.

그래서 벽에 기대어 서 있는 남자의 윤곽만이 흐릿하게 눈에 들어왔다. 저보다는 키가 컸지만 몸 자체가 우락부락하기보다는 늘씬해 보였다. 필성은 안고 있던 여자를 뒷문 앞에 내팽개치다시피 한 뒤, 위협이라도 하듯 고개를 좌우로 꺾으며 남자를 향해 다가갔다.

"뭐냐고, 너 이 새끼야."

"내가 누구인지, 그게 중요한 일인가?"

남자는 이해할 수 없다는 듯 피식거리며 되물었다. 그와 동시에 남자에게서 풍기는 기세가 순식간에 뒤바뀌었다. 그저 평범해 보이던 남자에게서 표현하기 힘든 위압감이 느껴지기 시작한 것이다.

"어, 어어……."

필성은 당황하여 본능적으로 뒷걸음질을 쳤다. 그러나 몇 걸음 옮기기도 전에 발바닥이 땅에 들러붙기라도 한 것처럼 더 이상 꼼짝도 할 수 없었다. 남자는 그런 필성을 쳐다보며 천천히 다가왔다. 어둠에 가려졌던 얼굴이 한 뼘 정도의 거리로 좁혀지고 나서야 필성은 남자가 누구인지 알 수 있었다.

"매, 매제?"

남자는 바로 이영의 남편인 채서원이었다. 필성이 새파랗게 질렸던 얼굴을 한 손으로 문지르고는 어색하게 입꼬리를 당겨 웃으며 다시금 말을 이었다.

"나는 또 누군가 했잖아. 아, 그, 그런데 여기는 무슨 일로······ 아하! 매제도 남자는 남자였나 보네?"

서원을 보며 더듬더듬 말을 잇다가 뒤늦게 주변을 둘러본 필성의 얼굴에 화색이 돌았다. 지금 자신이 있는 곳이 어디인지 새삼 깨달은 덕분이었다. 유흥업소가 즐비한 거리 내에서도 가장 은밀하고 난잡한 곳이 바로 이 골목 안의 업소들이다. 이 업소들 안에서는 그 어떤 비정상적인 성적 취향을 드러내도 문제가 생기지 않았다. 또한 범죄 수준의 일을 저지른다 해도 깔끔하게 뒤처리까지 해 주는 터라 즐겨 찾지 않을 수 없었다.

그런 곳에서 서원과 맞닥뜨렸으니 충분히 추측 가능한 상황이었다. 필성은 언제 당황했던가 싶게 태연한 얼굴로 비릿하게 웃었다. 지난번에 통화하면서 당했던 모욕이 새삼 떠올랐다. 그는 서원을 향해 비아냥거렸다.

"꽤나 애처가인 것처럼 굴더니 말이야. 뭐, 같은 남자끼리 이해 못 할 것도 아니니까 오늘 일은 입 다물고 있을게. 내가 입이 꽤 무거운 편이거든."

"입이 무겁다······. 그래서 내 아내에 대해서 그렇게 가볍게 입을 놀렸나?"

서원이 피식거리며 혼잣말처럼 중얼거리다가 이내 날카롭게 필성을 향해 물었다. 비록 필성이 서원보다 나이가 어리기는 하지만, 그래도 손위 처남이기 때문에 형식적으로나마 꼬박꼬박 존대를 하던 것과는 사뭇 달라진 태도였다. 아예 그 형식마저도 걷어치우겠단 뜻이 역력했다.

"매제, 지금 뭐라고 한 거야? 아니, 그보다 지금 나한테 반말을 했어?"

"우습군. 이제 와서 손위 처남 행세를 하고 싶은가 보지? 본인이 직접 남매 관계를 부정한 게 아니었던가."

"뭐, 뭐라고?"

필성의 얼굴이 희게 질렸다. 서원이 무슨 말을 하는 것인지 직감적으로 알 수 있었다. 자신이 모 인터넷 언론사에 이영과 현희의 관계에 대한 정보를 제공한 걸 서원에게 들킨 게 분명했다.

어떻게 알아차린 거지?

그 기자 새끼가 입을 나불거린 건가?

그가 입술을 짓씹다가 다시금 서원을 쳐다보았다. 저를 보는 서원의 시선에 순간적으로 소름이 돋았다. 금방이라도 갈기갈기 찢겨 나갈 것만 같은 공포가 함께 밀려들었다.

"허억, 허억……."

그 공포가 말도 안 된다는 걸 머리로는 인식하면서도 몸의 반응은 그렇지 않았다. 필성은 덜덜 떨다가 땅바닥에 털썩 주저앉았다. 그 모습을 가만히 내려다보던 서원이 성큼성큼 다가왔다.

"오, 오지 마!"

필성이 자신도 모르게 목소리를 높이며 두 팔을 벌려 허우적거렸다. 그런 그의 행동을 비웃기라도 하듯 서원이 피식거리고는 필성이 아닌, 필성이 데리고 왔던 여자에게로 몸을 숙였다. 여자는 바로 옆에서 이렇듯 소란이 벌어졌음에도 불구하고 정신을 차리지 못한 상태였다. 서원은 그녀의 목 경동맥을 짚고는 맥박이 안정적으로 뛰는 걸 확인한 뒤에 허리를 폈다.

"이 아가씨는 그나마 운이 좋은 편이네. 적어도 약물 과다로 죽는 일은 없을 것 같으니. 그렇게 생각하지 않아?"

서원의 냉담한 시선이 다시 필성에게로 향했다. 그 시선이 섬뜩한 느낌을 자아냈다. 필성의 이가 맞부딪치면서 딱딱, 소리를 냈다.

"내가 뭘 어쨌다고 벌써 떠는 거야?"

서원이 조소하며 주저앉아 있는 필성의 무릎 위에 자신의 발을 올렸다. 먼지 하나 없는 구두가 묵직한 무게로 무릎을 눌러 왔다.

"으윽……."

필성의 눈이 튀어나올 것처럼 커지더니 이내 핏줄이 도드라지기 시작했다. 뭔가 눈에 띄게 구타를 당한 건 아니었다. 오히려 서원의 움직임은 느릿하고 차분하기만 했다. 그저 앉아 있는 필성의 무릎을 지그시 밟기만 했을 뿐. 골목 바깥쪽에서 혹여 이 광경을 본다고 하더라도 무심코 지나쳐 버릴 수 있을 정도로 정적인 모습에 불과했다.

"으아악! 아악!"

그러나 필성은 숨이 넘어갈 듯 비명을 지르며 몸부림을 쳤다. 서원이 차가운 시선으로 그 모습을 쳐다보다가 조금 더 다리에 힘을 주었다. 그 순간, 서원에게 짓밟혀 있던 필성의 무릎이 부서졌다. 만약 누군가가 이 광경을 보았더라도 쉽게 믿지 못했을 터였다. 사람의 단단한 뼈가 이토록 쉽게 부서질 거라고는 예상하기 힘들 테니 말이다.

"꺼어억······."

필성이 눈을 허옇게 뒤집은 채 몸을 떨었다. 도, 도와줘······. 도움을 청하는 그의 목소리가 입 밖으로 나오지 못한 채 흩어져 버렸다. 무릎뼈가 으스러지면서 극심한 통증이 일어난 탓에 다른 어떤 행동도 이어 갈 수 없었던 것이다.

그렇기 때문에 그는 주변이 기묘하다 싶을 정도로 적막하다는 사실조차 인식하지 못했다. 아무리 이곳이 으슥한 골목 안쪽이라 하더라도 이 정도의 소란이 일었다면 누군가의 관심을 끌었어야 했다. 하다못해 근처 가게에서 나와 보기라도 했어야 했다. 그런데 그 누구도 그들에게 관심을 보이지 않았다. 마치 그들이 있는 공간이 홀로 떨어져 있기라도 한 것처럼.

"엄살이 심하네. 겨우 이 정도로 말이야."

서원은 한쪽 무릎을 꿇고 앉아 경련을 일으키는 필성의 멱살을 잡았다. 그러고는 그의 입에서 거품 같은 침이 흘러나오는 걸 보다가 피식 웃었다.

"어억, 억, 사, 살려 줘······ 내가, 잘못했······."

"잘못했다고? 본인이 뭘 잘못했는지 알고 하는 얘기야?"

필성이 덜덜 떨며 자신의 팔을 잡으려는 걸 가볍게 피한 뒤, 서원이 그의 멱살을 잡은 채 다른 손으로 그의 뺨을 툭툭 건드렸다. 그러다가 그의 머리를 꽉 움켜쥐고는 입을 열었다.

"그리고 당신에게서 사과를 받아야 할 사람은 내가 아니잖아?"

"하, 할게, 할게요. 사과, 할 테니까. 이, 이영이한테 사과할······."

필성은 서원의 말에 허겁지겁 말을 이으려 했다. 저보다 나이는

375

많지만 여동생의 남편이라는 이유로 서원에게 당연히 말을 놓았던 때가 언제였던가 싶게 저절로 존대가 튀어나왔다. 그러나 곧바로 서원이 그의 머리를 움켜쥔 채 뒤로 젖히는 바람에 숨이 막혀 말문마저 닫혀 버렸다. 서원은 그 상태로 고개를 가까이 숙여 필성과 눈을 맞추고는 나직하게 말했다.

"아니, 하지 마."

"끄윽, 끅."

"두 번 다시 이영이 앞에 나타날 생각은 하지도 마. 물론 그럴 여유도 없겠지만. 만약 나중에라도 그 여자 주변에 기웃거리기라도 하면 남은 다리 하나도 못 쓰게 될 거야. 그래도 내 말을 못 알아듣는다면 팔 하나, 그리고 또 남은 팔 하나도 같은 신세가 될 테고. 본인 손으로 수저는 들어야 하지 않겠어?"

서원이 조금 전 발로 밟아 으스러뜨린 필성의 무릎은 원래대로 회복되기 힘들 것이다. 자신이 의사가 아닌 이상 확신할 수는 없지만, 뼈가 모조리 부서져 무릎 부분이 흐물흐물해진 게 본래 상태로 되돌아가는 건 어렵다고 보는 게 옳을 듯싶었다.

'선'을 넘지만 말라고 신신당부하던 도준의 말이 문득 떠올랐다. 서원은 소리 없이 웃었다. 지금 제 모습을 보면 도준이 화를 내며 뭐라고 잔소리를 할지도 모르겠단 생각이 든 탓이다.

그래도 어쩔 수 없었다. 제 여자에게 위해를 가하려는 자를 그냥 내버려 둘 만큼 멍청하지는 않으니까. 물론 그렇다고 해서 도준이 우려했던 것처럼 범법자가 될 마음은 없었다. 이미 하려던 복수에 그저 살짝, 제 개인적인 분풀이를 얹었을 뿐이다. 서원은 고개를 들어 주변을 둘러보았다.

CCTV조차 없는 골목 안쪽. 필성이 스스로 본인을 위해 택한 자리라고 하기에는 너무나 최적의 공간이었다. 서원은 필성의 머리를 젖히고 있던 손을 놓은 뒤, 멱살을 잡고 있던 손으로 그의 목젖을 꾹 눌렀다. 그 손길에서 묻어난 살의를 본능적으로 느낀 것일까. 필성이 소스라치게 놀라는 듯싶더니 뒤이어 바지의 샅 부분이 축축하게 젖어 들었다.

"기가 막히는군. 내가 뭘 했다고 벌써 소변까지 지리는 거야?"

서원이 기가 막힌다는 듯 헛웃음과 함께 입을 열었다. 필성을 쳐다보는 그의 시선에 격한 분노 외에도 혐오와 경멸이 깃들었다. 더 어릴 적부터 고통을 겪어야 했던 이영이 떠올라 분통이 터질 지경이었다. 그녀가 겪은 일들은 지금 이것과 비교도 되지 않았을 것이다.

고작 이런 놈 때문에.

"칠칠치 못하게 소변이나 흘리는 걸 보면 제대로 기능도 못 하는 것 같은데…… 그냥 이참에 없애 버리지 그래? 달고 있어 봤자 저따위 짓이나 하려고 하는데 말이지."

서원은 조소하며 턱짓으로 여자를 가리켰다. 필성이 약을 먹였던 여자는 약에 취했다가 그대로 잠에 깊이 빠져든 것인지 시끄러운 와중에도 곤히 자고 있었다. 어쩌면 다른 사람들처럼 그들의 소란 자체를 인식하지 못하는 것인지도 몰랐다.

"사, 살려 줘요……. 잘못, 했어. 잘못했으니까. 제발……."

필성의 얼굴은 잔뜩 일그러진 채 눈물과 콧물로 범벅이 된 상태였다. 그는 무릎 밑으로 덜렁거리는 다리를 질질 끌며 가까이 다가가 서원의 바짓가랑이를 움켜쥐었다.

뭐가 어떻게 된 건지 이해가 되지 않는 상황이었다. 무릎이 으스러진 고통 때문에 생각할 여력이 없기도 했지만, 이런저런 약에 취해 있었던 터라 정확한 상황 판단을 하는 게 어렵기도 했다. 그나마 서원을 붙들고 애원한 건 살기 위한 본능이었을 것이다.

"당신한테 사과받을 일 없다고 했을 텐데."

"이, 이영이……."

"정신 못 차리네, 공필성 씨. 그 입까지 뭉개 버려야 이영이 이름을 말하지 못하려나? 응?"

서원은 차분한 어조로 말하고는 필성에게 잡혔던 바지를 털어낸 뒤, 구부리고 있던 무릎을 펴고 일어섰다. 한쪽 무릎을 망가뜨린 것만으로는 화가 풀리지 않았다. 아니, 되레 분노가 더욱 들끓었다. 마음대로 할 수만 있다면 죽여 버리고 싶었다. 단번에 죽이는 게 아니라 오랫동안 고통에 몸부림치다가 죽게 만들고도 싶었다. 그는 주먹을 꽉 움켜쥐며 치밀어 올라오는 살의를 억눌렀다.

집에서 저를 기다리고 있을 이영을 떠올렸다. 남들은 피할 수만 있다면 피하고 싶어 하는 어려운 존재인 시부모와 같은 집에 있으면서도 외려 기뻐하고 즐거워하는 그 순진한 여자를 생각했다. 가족의 애정을 전혀 알지 못한 채 자란 여자였다. 그럼에도 불구하고 다른 사람에게 사랑을 전할 줄 아는 여자이기도 했다.

그런 그녀를……

서원의 눈이 다시금 날카로워졌다. 간신히 억눌렀던 살의가 주체할 수 없이 뿜어져 나오려는 순간, 골목 입구 쪽에서 다른 이의 목소리가 들렸다.

"그 정도에서 멈춰."

"……끼어들 셈이야?"

도준의 목소리가 들리자마자 서원의 살벌한 기세가 그를 향해 나뉘었다. 도준은 서원의 물음에 대답 대신 어깨를 으쓱이고는 터벅터벅 골목 안으로 걸어 들어왔다. 그러고는 벌벌 떨고 있는 필성의 곁을 무심히 지나쳐 여전히 잠들어 있는 여자에게로 다가갔다.

"이 아가씨, 겁도 없이 잘 자네."

"마침 잘 왔어. 그 여자, 병원 응급실이든 경찰서든 데리고 가."

서원은 도준에게 말하면서도 시선만큼은 필성에게 고정했다. 도준이 그런 서원을 보다가 인상을 쓰고는 재차 입을 열었다.

"너 지금도 살짝 과한 상태야. 선을 넘었다고. 그건 알지?"

"글쎄, 난 아직 시작도 안 했는데?"

"서원아."

"걸리지만 않으면 되잖아. 이런 놈에게까지 법인지 뭔지, 그런 걸 따지고 보호해 줘야 해?"

서원은 필성을 쳐다보던 시선을 거두어 도준을 쳐다보았다. 제 뜻을 결코 꺾을 생각이 없다는 듯 고집스러운 눈빛을 마주하고 있던 도준이 혀를 차며 한 걸음 물러서고는 이내 여자를 부축해 일으켰다. 더는 간섭하지 않겠다는 무언의 말이나 다름없었다. 그러나 그는 여자를 데리고 골목을 나가려다 말고 도저히 안 되겠는지 다시금 한마디의 말을 덧붙였다.

"네 아내를 생각해. 옥바라지시켜서야 되겠어? 그러니 수습할 수 있는 선까지만 행동해."

"나도 알아. 걱정하지 마. 더구나 대부님께 배운 대로 결계까지 확실히 쳐 놓았는걸."

서원이 우스갯소리를 하듯 피식거리며 대꾸했다. 도준이 그런 서원을 쳐다보며 인상을 쓰고는 투덜댔다.

"그래. 결계 하나는 꼼꼼하게 쳤더라. 누가 가르쳤는지 아주 잘 가르쳤어. 이러라고 가르친 건 아닌데 말이지."

걱정이 가시지 않은 눈으로 서원을 보던 도준이 한숨을 내쉬며 고개를 절레절레 흔들고는 여자를 데리고 골목을 빠져나갔다. 서원은 그의 모습이 보이지 않을 때까지 잠시 그쪽을 응시하다가 다시 눈을 돌렸다. 그러고는 필성을 향해 차갑게 웃으며 입을 열었다.

"자, 그럼 이제…… 일단 좀 맞고 시작하자."

"그, 그게 무슨!"

필성이 눈을 부릅뜨고 입을 벌렸다. 그와 동시에 서원의 구둣발이 필성의 젖은 바지를 향해 내리꽂혔다.

＊ ＊ ＊

─ 한영일보 공현익 회장이 세금 탈루 혐의로 어제 오전 출두하여 열네 시간 동안 소환 조사를 받았습니다. 검찰은 공 회장의 차명계좌를 추적하여 정치권으로 흘러들어 갔을 비자금의 행방을 쫓을 예정입니다. 또한 횡령 및 배임 수재 혐의로도 추가 조사가 거의 확실시되며…….

─ 경찰은 모 언론사 사주의 아들인 공 모 씨에게 향정신성 의약품 관리법 위반 혐의뿐만 아니라 준강간 혐의도 적용하는 걸 검토하고 있습니다. 한편, 이에 대하여 여성단체들은 공 모 씨에게 살인죄를 추가로 적용시켜야 한다고 주장하고, 필요하다면 서명운동이나 그 외의 단체 행동까지도 할 수 있다고 공언하였습니다.

텔레비전 뉴스를 보던 모연이 혀를 차며 미간을 찌푸렸다. 소파 앞의 테이블에는 오늘 날짜의 신문이 놓여 있었다. 신문 1면에는 한영일보의 부정과 비리에 대한 기사가 큼직하게 실려 있었다. 그리고 몇 장 더 넘기다 보니 자극적인 제목을 단 기사가 역시 눈에 들어왔다.

〈증거 없는 살인. 결혼을 보름 앞두었던 예비 신부의 억울한 죽음.〉

"쯧……."

신문을 넘기던 모연의 표정이 흐려졌다. 한 남자의 그릇된 성욕으로 인하여 애꿎은 여자가 희생되었다는 사실에 같은 여자로서 화가 나고 가슴이 답답해졌다. 더구나 그 범인으로 지목된 자가 제 며느리의 '이복 오빠'였으니 더욱 그랬다. 아니, 이제는 이복 오빠가 아닌, 사촌 오빠라고 해야 할까.

"사촌 오빠는 무슨, 사촌 오빠. 그 집안이랑 아예 연을 끊어 버리라고 해야지……."

이번 일만 하더라도 이 작자가 저지른 짓이라고 하지 않았던가. 모연은 남편에게서 들은 얘기를 되새기고는 투덜대며 신문을 몇 장 더 넘기다가 뒤에서 들려온 발소리에 고개를 돌렸다. 이영이 가방을 메고 계단을 막 내려온 참이었다.

"어디 나가려고?"

"친구들이 근처에 왔다고 해서 잠깐 만나려고요."

"괜찮을까? 하기야 한영일보 쪽에서 워낙 여러 건이 펑펑 터지는 바람에 기자들 관심이 죄다 거기로 쏠리기는 했다던데……."

모연은 무심코 말을 잇다가 제풀에 놀라 입을 다물었다. 이영의 앞에서 꺼낼 얘기는 아니란 생각이 뒤늦게 든 탓이었다. 이영 역시 그런 시어머니의 마음을 알아차린 듯 어색하게 웃다가 이내 작은 소리로 입을 열었다.

"여러모로 걱정 끼쳐서 죄송해요, 어머님."

"네가 죄송할 게 뭐가 있니?"

"……저희 집안일 때문에 괜히 남들 입에 오르내리잖아요."

한영일보의 온갖 치부가 드러나면서 사돈지간인 도경그룹 역시 구설을 피할 수 없었다. 워낙 여러 사건들이 한꺼번에 보도되다 보니 그에 경악한 많은 사람들이 분노했고, 그 분노를 한영일보뿐만 아니라 도경그룹에까지 쏟아부었다.

그 바람에 아무런 죄 없는 도경그룹과 제 시부모님, 그리고 서원까지 온라인상에서 온갖 악플에 내던져진 상태였다. 서원은 이영에게 굳이 그런 걸 찾아보고 신경 쓸 필요 없다고 했지만, 그렇다고 해서 마음 편하게 외면할 수는 없었다. 그녀가 고개를 똑바로 들지 못하는 걸 보던 모연이 한숨을 삼킨 뒤, 이영을 향해 손짓했다.

"바로 나가지 않아도 되는 거면 잠깐만 이리 와 앉을래? 얘기 좀 하자."

"예, 어머님."

이영은 모연의 말에 순순히 다가와 소파에 앉았다. 이영이 메고 있던 가방을 허벅지 위에 올려놓고 두 손을 가지런히 모으는 걸 가만히 쳐다보던 모연이 다시 말을 이었다.

"이영이 너는 가족이 뭐라고 생각하니?"

"예? 가족요?"

뜬금없이 제게 던져진 질문에 이영이 순간적으로 어리둥절한 표정을 지었다. 모연은 그런 이영을 쳐다보며 한 번 더 말했다.

"네게 가족은 어떤 의미니?"

"……."

당황해 하던 이영의 얼굴에서 핏기가 서서히 사라졌다. 그녀는 흔들리는 시선을 감추지 못한 채 시어머니를 마주 바라보다가 입술을 파르르 떨었다. 모연은 간단한 제 물음에 쉽게 답하지 못하는 이영의 파리한 얼굴을 안쓰럽게 보다가 그녀의 손을 덥석 잡았다.

"내가, 네 아버지가, 그리고 네 남편이 가족이잖니."

"……어머님."

"엄마라고 부르라니까 고집은."

모연이 이영의 코끝을 아프지 않게 잡아 흔드는 시늉을 했다. 서원이 가끔 장난삼아 하는 행동과 흡사했다. 이영은 괜히 눈시울이 뜨거워지려는 걸 느끼며 슬그머니 고개를 숙였다. 그러자 모연이 다시 한번 이영의 손을 토닥이다가 입을 열었다.

"피가 섞여야만 가족인 건 아니야. 너도 알다시피 서원이와 우리 부부 사이에는 피 한 방울도 섞이지 않았어. 그래도 우리는 서원이를 단 한 번도 우리 자식이 아니라고 생각한 적 없었어. 가족이 아니라고 여긴 적도 없었고."

"……."

"이영이 너도 우리에게는 그래. 피 한 방울 섞이지 않았어도 너는 내 자식이야. 네 아버지에게도 새로 생긴 딸이야. 그거 아니? 요즘 네 아버지, 딸바보 소리 들어도 할 말 없을 정도로 밖에 나가서도 매번 네 자랑하느라 정신 못 차리는 거."

몰랐다. 시아버지가 제게 늘 다정하고 살가운 건 알고 있었지만, 밖에 나가서 제 자랑을 할 거라고는 상상도 하지 못했다. 애당초 자랑할 만한 게 있지도 않았다. 오히려 남들에게 알리고 싶지 않은 치부에 속한 게 바로 저였다.

첩에게서 낳은 자식이었고, 이제는 그것으로도 부족해 막장이라 부를 법한 출생의 비밀까지 드러난 상태였다. 아버지인 줄 알았던 이가 외삼촌이 되었고, 고모라 불렀던 이는 생모라 했다. 그 사실을 비웃는 사람들이 있었다. 덩달아 도경의 이름마저 조롱거리가 되기도 했다.

그런데 대체 무엇을 자랑할 수 있을까.

그 의문을 눈치채기라도 한 듯 모연이 이영의 손을 거듭 쓰다듬으며 말을 덧붙였다.

"부모에게 자식은, 그냥 그 존재만으로도 자랑거리가 되는 거야. 어디에 내놓아도 우리 아들이, 우리 딸이 세상에서 제일 귀하고 잘났으니까."

"……."

"그리고 서원이에게도 너는 세상에서 가장 예쁘고 소중한 존재야."

모연의 말이 끝나기가 무섭게 그녀의 손에 잡혀 있던 이영의 손이 움찔거렸다. 모연이 그 손을 다독이다가 꽉 잡았다.

"그래서 나는 이영이 네가 조금만 더 스스로를 아끼고 귀하게 여겨 줬으면 좋겠어. 네가 우리를 진정 가족으로 인정한다면 말이야. 물론 지금의 너를 나무라는 건 아니야. 이영이 네가 어떤 모습이든지 너는 새로 얻은 내 예쁜 딸이니까. 다만, 네가 괜한 죄책감에 움츠러들고 미안해하지 않았으면 하는 것뿐이야. 그들이 저지른 잘못이 네 탓도 아니잖니."

"……."

이영은 입술을 달싹였지만 아무런 대답도 하지 못했다. 대답 못할 이유 같은 건 없었다. 시어머니의 말에 틀린 점이 있는 것도 아니었다. 다만, 가슴이 울컥거리며 말문이 막혔을 뿐. 모연은 이영에게서 굳이 대답을 들으려 한 건 아니었다는 듯 그녀의 손을 토닥인 뒤에 몸을 일으켰다.

"내가 나가려던 애를 붙잡고 말을 너무 많이 했구나. 친구들이 기다리겠어."

"아니요. 아직 괜찮아요. 제가 약속 시간보다 조금 일찍 나가려던 거라서요."

"그래? 그럼 다행이고."

이영이 자리에서 일어나며 어색한 표정을 짓는 걸 쳐다보던 모연이 웃음을 터뜨리더니 이내 그녀의 등을 두들겼다.

"등 좀 펴! 서원이 녀석이 보면 내가 너 야단친 줄 알겠다, 얘."

"아, 아니에요. 그런 게 아니라⋯⋯."

"하긴 야단을 쳐도 되기는 하지. 엄마가 자식 야단도 못 칠까. 그렇지 않니?"

모연은 다시금 말을 이으며 짓궂게 웃었다. 그러고는 이영의 옷매무새를 만져 주며 말했다.

"잘 놀다가 와. 친구들이 이 근처에 온 거라고?"

"예. 잠깐 얼굴만 보고 올게요."

집 주변에 기자들이 없다고는 하지만, 그래도 방심할 수는 없었다. 이영은 모연에게 인사를 한 뒤에 집을 나섰다. 돌계단을 내려와 대문 앞에 선 순간, 저도 모르게 몸에 힘이 들어갔다. 자신에 대한 기사가 나가고 서원과 함께 시부모님의 집에 들어온 이후, 그와 함께 집 근처에 산책을 나간 적은 있지만 이렇듯 혼자 나간 적은 없었다.

그래서일까. 이토록 입이 마르고 바짝 긴장이 되는 건.

이영은 심호흡을 하며 굳게 마음을 다잡고는 대문을 열었다. 어차피 얼마 뒤에 복학도 할 텐데 이런 식으로 언제까지 다른 사람의 보호에 기댄 채 숨어 있을 수만은 없는 노릇이었다. 그걸 짐작한 친구들이 집 근처까지 오겠다고 연락을 해 온 것일 터였다. 이렇게 조금씩, 다시 밖으로 나가면 된다고 말이다.

집 안에 틀어박혀 있었던 게 고작 며칠인데 그새 그 생활에 적응을 했던 걸까. 그저 밖에 잠시 나가는 것뿐인데도 꽤나 거창한 다짐이 필요하구나 하는 생각에 실소가 새어 나왔다. 이영이 피식거리며 대문 밖으로 발을 내딛는 순간, 가방 안의 휴대 전화가 울렸다. 소라가 건 전화였다.

"응, 소라야. 나 지금 집에서 나왔……."

— 미안해!

말을 채 끝내기도 전에 소라의 목소리가 휴대 전화 밖으로 쩌렁쩌렁 울려 퍼졌다. 이영은 저도 모르게 휴대 전화를 멀찍이 떨어뜨렸다가 다시 귀에 댔다.

— 변비 때문에 화장실에 오래 있다가 늦게 나왔어. 게다가 버스 탔는데 이번에는 도로가 꽉 막혔어. 내 대장도 막히고 도로도 막히고. 내가 진짜 이놈의 변비 때문에!

혼잡한 도심의 교통 상황을 탓하던 것 같더니 이내 본인의 변비를 한탄하는 말이 이어졌다. 이영은 소라의 엉뚱한 말에 작게 웃음을 터뜨리고는 입을 열었다.

"괜찮아. 괜히 조급해하지 말고 천천히 와."

— 혜선이는 방금 내 전화 받더니 나더러 변기에 엉덩이 박고 죽으래. 그게 변비 있는 친구한테 할 악담이니?

소라가 징징대며 하소연을 했다. 이영은 친구들과 만나기로 약속한 커피숍으로 가기 위해 발걸음을 옮기며 다시 한번 웃었다.

"혜선이는 어디쯤 왔대?"

— 걔는 지하철역에 막 내렸다더라. 역 앞의 정류장에서 버스 타고 조금 더 가야 한다며?

"응. 그래도 곧 도착하겠네. 혜선이랑 먼저 만나서 기다리고 있을 테니까 서두르지 말고 잘 와."

이영은 혜선이 거의 다 도착했다는 사실에 마음이 급해져서 발길을 재촉했다. 그러면서도 소라를 다독여 진정시키는 걸 잊지 않았다. 그녀는 소라와의 통화를 끝내고 더욱 걸음을 빨리했다.

주택가 길을 걸어 내려가는 사람은 그녀 외에 찾아보기 힘들었다. 높은 담이 양쪽으로 에워싸고 있는 길을 지나다니는 건 짙게 선팅된 외제 차가 대부분이었기 때문이다. 이영은 길을 걷다가 몇 번이고 지나가는 차를 피해 길 가장자리에 비켜서야 했다. 그리고 약속 장소인 커피숍이 위치한 큰길이 멀찌감치 보인 순간, 제 옆을 막 지나갈 것처럼 속도를 내던 차 한 대가 급히 멈춰 섰다.

"야! 너!"

느닷없이 저를 부르는 목소리에 이영이 발걸음을 멈추고 고개를 돌렸다. 급정거를 한 차에서 나온 이를 확인한 이영의 시선이 순간적으로 흔들렸다.

"잘됐네. 그렇지 않아도 너 보려고 온 건데."

차를 급히 세우고 나와서 이영을 부른 여자는 바로 수연이었다. 공수연. 지금껏 제 이복 언니인 줄 알았던, 자신의 사촌 언니. 이영은 수연이 제게 다가오는 걸 쳐다보다가 메고 있던 가방을 꽉 움켜쥐었다. 그와 동시에 그녀의 앞까지 다가온 수연이 곧바로 손을 휘둘렀다.

짜악. 이영이 수연에게서 따귀를 맞자마자 비틀거리며 두어 걸음 물러섰다. 금세 그녀의 뺨에 불그스름한 손자국이 번졌다. 하얀 피부에 붉게 남은 자국이라 쉽게 눈에 띄었을 텐데도 수연은 따귀 한 대로는 화가 풀리지 않는다는 듯 재차 그녀의 뺨을 후려쳤다.

수연에게 뺨을 맞으면서 손톱이나 반지에 긁히기라도 한 것인지 이영의 뺨 위에 제법 길게 상처가 생겼다. 그 상처 위로 핏방울이 맺히기 시작했다. 하지만 이영은 그런 걸 신경 쓸 새도 없이 수연에게 머리채를 붙잡히고 말았다.

"너 때문에 우리 집이 어떻게 된 줄 알아? 다 엉망이 됐다고! 네 남편, 채서원이 한 짓이라더라? 아빠가 비서랑 얘기하는 거 들었어. 설마 몰랐다고 하는 건 아니지?"

"뭐?"

이영은 수연에게 머리채를 붙들린 채 멍한 표정으로 그녀를 쳐다보았다. 지금 수연이 무슨 말을 한 것인지 바로 이해하지 못한 탓이다. 그러던 중에 이영의 눈이 서서히 커지기 시작했다.

"서원 씨가 뭘 했다는 거야? 그 남자 얘기가 왜 나오는 건데?"

"아무것도 모르는 척하겠다는 거야? 왜? 이제 와서 죄책감이라도 드니? 키워 준 은혜도 모른단 소리는 듣기 싫은가 보지? 어떻게 네가 키워 준 가족의 등에 비수를 꽂을 수가 있어? 뒤통수를 쳐도 유분수지."

"……가족?"

이영의 눈가에 경련이 일었다. 그녀는 머릿속에서 어떤 생각이 들기도 전에 피식 조소가 새어 나오는 걸 느꼈다. 그러자 수연이 얼굴을 일그러뜨리고는 날카롭게 외쳤다.

"너, 지금 비웃었어? 응? 네까짓 게 지금 내 말을……."

"우리가 가족이었다고?"

이영은 제 머리채를 잡고 있는 수연의 손을 밀쳐 내고는 그녀의 말을 일방적으로 끊었다. 이제야 겨우 '가족'이 무엇인지 알 것만 같았다. 그리고 지금껏 '가족'이라는 의미를 미련스럽게 붙들고 있었던 제 집착에서 벗어날 수 있을 듯싶었다.

"우리가 진짜 가족이었어? 언니는 나를 가족으로 여겼어?"

헝클어진 머리를 매만지지도 못한 채 이영이 수연을 향해 거듭 물었다. 조금 전, 모연이 제 손을 붙잡고 했던 말이 생각났다. 그리고 저를 바라보던 그 다정한 시선도 함께 떠올랐다. 그런 게 가족이었다. 단순히 피부 아래에 같은 피가 흐르고 있다는 것만으로 가족이 되는 건 아니었다. 그걸 인정하지 못한 채 어떻게든 그들 속에 섞이고 싶어서 아등바등 몸부림을 쳤던 것이다.

바보처럼.

'부모에게 자식은, 그냥 그 존재만으로도 자랑거리가 되는 거야. 어디에 내놓아도 우리 아들이, 우리 딸이 세상에서 제일 귀하고 잘났으니까.'

'그리고 서원이에게도 너는 세상에서 가장 예쁘고 소중한 존재야.'

시어머니의 당부가 새삼 귓가를 울렸다. 이영은 저도 모르게 언제나 움츠리고 있었던 어깨를 편 뒤, 심호흡을 했다. 가슴속 깊숙한 곳에 있었을지도 모르는 미련까지 전부 털어 내려는 행동이었다.

"서원 씨가 무슨 일을 했는지 나는 몰라."

"야! 너, 그 말을 내가 믿을 거라고 생각해?"

"언니가 믿든 믿지 않든, 그건 나와 상관없는 일이야. 게다가 만약 그 사람이 뭔가를 했어도 그럴 만한 이유가 있었을 테고, 내가 그걸 언니한테 사과해야 할 이유 없어."

수연이 흥분한 것과 달리 이영의 태도는 침착하기 그지없었다. 이영은 수연을 쳐다보던 시선을 거두어 휴대 전화를 꺼내 시간을 확인했다. 혜선이 도착했을 시간이었다. 그녀는 그대로 수연의 곁을 지나쳐 대로변을 향해 다시금 걸음을 옮겼다. 등 뒤에서 수연이 악을 쓰는 소리가 들렸지만 돌아보지 않았다.

후련하면서도 씁쓸했다. 그들에 대한 미련을 털어 냈다고 하지만, 지금껏 스무 해 넘게 홀로 품었던 감정의 잔재가 완벽하게 사라질 수는 없었기 때문이다. 이영은 쓴웃음을 지으며 걸음을 재촉했다. 아니, 재촉하려 했다.

그 순간, 뒤에서 굉음이 들렸다. 가속 페달을 한껏 밟아 자동차 엔진이 미친 듯 회전하는 소음이었다. 이영이 본능적으로 위협을 느끼며 뒤를 돌아보았다. 그리고 그녀는 조금 전 수연이 타고 왔던 자동차가 저를 향해 빠르게 다가오는 걸 보았다.

"이영아!"

찢어질 듯한 목소리가 들린 것 같기도 했다. 혜선의 목소리였을까. 저를 향해 달려오는 자동차를 보던 이영이 멍하니 생각을 잇다가 불쑥 다른 이를 떠올렸다.

어째서일까.

만나기로 한 친구들이 아닌, 지금 한창 일하고 있을 서원이 보고 싶어진 것은.

그와 동시에 자동차 범퍼에 부딪친 이영의 몸이 마치 가벼운 인형이라도 된 듯 허공으로 붕 떴다가 그대로 보닛 위로 떨어졌다. 그러고는 다시금 굴러서 길바닥 위로 떨어지고 말았다.

길 위로 붉은 피가 서서히 퍼져 나갔다.

이영은 한쪽 뺨을 바닥에 댄 채 기형적으로 꺾인 몸을 움직이지도 못하고 가만히 눈을 깜빡였다. 커피숍에서 만나기로 한 혜선이 일그러진 얼굴로 뛰어오는 게 보인 듯도 싶었다. 그리고 등 뒤에서 자동차 굉음이 다시 한번 이어지더니 땅이 울렸다. 혜선이 달려오다 말고 쏜살같이 지나가는 차를 피해 황급히 옆으로 비켜서는 걸마지막으로 본 뒤, 이영의 눈이 감겼다.

그리고 모든 게, 뚝 끊겼다.

제15장 – 모든 걸 걸고서라도

응급실 안으로 다급히 들어온 서원이 주위를 두리번거렸다. 그러다가 바로 앞에 지나가는 간호사를 붙들고 입을 열었다.

"여기, 응급실로 실려 왔다고 들었는데…… 여자입니다. 이십 대 초반 여자. 이름은 공이영이고, 교통사고……."

"아! 공이영 환자분 가족 되시나요?"

서원이 더듬거리며 말을 이어 가던 순간, 그가 붙잡고 있던 간호사가 아닌 다른 이의 목소리가 등 뒤에서 들렸다. 그는 황급히 뒤를 돌아보았다. 젊은 의사가 피곤한 기색이 역력한 얼굴로 그를 쳐다보더니 재차 물었다.

"공이영 환자분 가족 맞으세요?"

"예! 예, 남편입니다. 이영이는, 제 아내는 지금 어디 있습니까? 괜찮은가요? 많이 다쳤습니까?"

"진정하세요, 남편분. 공이영 환자는 조금 전에 수술실로 들어갔습니다."

"수술요? 수술을 하고 있단 겁니까?"

서원은 의사의 말을 듣다가 핏기가 사라진 얼굴로 주먹을 꽉 쥐었다. 의사가 착잡한 표정으로 그를 쳐다보다가 고개를 끄덕였다.

"워낙 응급 상황이라 가족 동의 없이 바로 수술을 시작하게 됐습니다. 외과에 가서 자세한 설명을 듣게 되시겠지만, 우선 간단히 말씀드리자면 환자분이 응급실에 실려 왔을 때 이미 상태가 너무 안 좋았습니다. 다발성 갈비뼈 골절로 인해 오른쪽 폐를 다쳤는데 폐동맥이 뼛조각에 찢겨서 출혈이 심했고요. 골반뼈 역시 골절이 심해서 방광과 자궁 쪽에도 손상이 있었습니다. 그리고 무엇보다도 머리를 다치면서 경막하 출혈이 생겼을 가능성이 있습니다. 의식이 없는 상태로 호흡 곤란 증세까지 온 걸 보면……."

"……그, 그게 무슨."

서원의 이마에 핏대가 섰다. 그는 쉽게 말을 잇지 못하고 입을 달싹이다가 이를 악물더니 제 뺨을 매섭게 내리쳤다. 찰싹. 느닷없이 뺨을 때리는 소리가 허공을 가르자 소란스럽던 응급실 안이 순간적으로 조용해졌다. 물론 곧바로 다시 소란스러워지기는 했지만 말이다. 그래도 그 덕분에 최소한 서원, 본인이 정신을 차릴 수는 있었다.

"수술실이 어디입니까."

그는 침착하다 못해 서늘한 목소리로 의사를 향해 질문했다. 하지만 움켜쥐고 있는 그의 손이 새하얗게 질려 움찔움찔 떨리는 것까지 숨길 수는 없었다.

친구들이 집 근처로 온다고 했다며 조금은 들뜬 목소리로 통화했던 이영이 왜 지금 이런 곳에 있는 건지 이해할 수 없었다. 더구나 의사가 한 말은 무슨 뜻인지 머릿속으로 입력이 되지 않았다.

대체 무슨 일이야. 왜 네가…….

서원은 엘리베이터 버튼을 누르고는 숨이 막혀서 벽을 짚고 주먹을 쥔 손으로 가슴팍을 두드렸다. 누군가가 그런 그에게 괜찮으냐고 물은 것 같기도 했지만 대꾸할 힘이 없었다. 그는 엘리베이터에 몸을 실은 뒤, 수술실이 위치한 4층으로 올라갔다.

차가운 은색 출입문 앞에 두 여자가 주저앉아 있는 게 보였다. 이영의 친구들이었다. 서원은 가슴속이 얼어붙는 느낌에 숨을 쉬지 못했다. 그녀의 친구들이 수술실 앞에 있는 것을 보니 믿기지 않았던 현실이 바로 눈앞에 닥친 것만 같았다.

아무리 부정하려 해도 지금 이영이 저 차디찬 은색 문 너머에서 수술을 받고 있다는 건 사실일 터였다. 그것을 새삼 자각한 서원이 억지로 발걸음을 옮겨 그들에게 다가갔다. 훌쩍이며 눈가를 몇 번이고 문지르던 소라가 발소리에 무심코 고개를 돌렸다가 서원을 보고는 황급히 몸을 일으켰다. 그러자 혜선 역시 소라를 다독이다 말고 일어섰다.

"오셨어요?"

"어떻게…… 된 겁니까?"

그는 소라와 혜선을 보며 힘겹게 입을 열었다. 두 사람 모두 많이 울었던 것인지 눈이 퉁퉁 붓고 코끝이 빨개져 있는 상태였다. 그중에서도 소라는 끅끅거리며 울음을 간신히 참고 있는 터라 서원의 물음에 대답할 여력이 없어 보였다. 혜선이 소라를 힐끔 돌아보았다가 다시 서원을 향해 시선을 돌린 뒤, 잔뜩 가라앉은 목소리로 대답했다.

"차 사고가 났어요. 이영이랑 만나기로 한 커피숍에 갔다가 아직 안 왔기에 밖에 나와서 마중이라도 갈까 하고 슬슬 걷던 중이었는데…… 이영이한테 달려드는 차를 봤어요."

혜선은 눈물이 잔뜩 고인 채 말을 잇다가 서원을 쳐다보고는 파르르 떨었다.

"고의였어요. 일부러 작정하고 이영이한테 돌진한 거라고요. 만약 급발진 같은 거였다면 최소한 앞에 있는 사람을 피하기 위해 시도라도 해 봤어야 하는데 그런 게 아니었어요. 일말의 주저도 보이지 않고 더욱 급가속을 해서……."

"잠깐만요, 혜선 씨. 제가 아무런 얘기도 못 듣고 온 상황이라 지금 무슨 말을 하는 건지 도통 이해를 할 수가 없는데, 그게 무슨 소리입니까? 고의라니요? 설마 사고를 낸 운전자가 이영이를 일부러 해치려고 했다는 겁니까?"

대체 왜? 서원은 혜선의 말을 가로막은 뒤, 굳은 표정으로 물었다. 그러자 소라가 턱을 타고 흘러내린 눈물을 닦아 내더니 냉큼 그들의 대화에 끼어들었다.

"이영이 언니가, 아니, 그년은 이영이 언니 자격도 없지만, 어쨌든 언니라는 여자가 그랬어요!"

"예?"

"혜선이가 봤대요. 그 차가 옆으로 지나갈 때 그 여자 얼굴을 확인했대요. 이영이 언니라는 여자가 틀림없다고. 그렇지, 혜선아?"

"응. 분명히 이영이 언니라는 여자였어. 본 적 있어요. 이영이한테서 프린트물을 빌리느라고 그 애 집에 갔다가 마주쳤어요. 확실히 그 여자였어요. 차창에 선팅이 되어 있기는 했지만, 알아보지 못할 정도는 아니었어요. 겨우 이 정도 거리를 두고 지나갔는걸요."

혜선은 소라의 말에 고개를 끄덕이고는 손짓으로 대충 거리를 가늠해 보였다. 서원은 머릿속이 텅 비어 버린 것만 같은 충격에 잠시 말을 잇지 못했다.

공수연이었던가.

그 여자가 왜 이영에게 이런 짓을 저질렀는지 굳이 알아볼 필요도 없었다. 아마 본인의 집안을 쑥대밭으로 만들어 버린 자신에게 복수하기 위해서였을 터. 아니, 제게 직접 복수할 용기는 나지 않으니 만만한 이영을 선택했던 것이리라.

명백한 제 실책이었다. 그쪽에서 이렇게 나올 수도 있다는 걸 미리 예상했어야 했다. 결국 이영을 이렇게 만든 사람이 바로 자신이었다. 서원은 입술이 찢겨져 피가 흐르는 줄도 모른 채 입술을 짓씹다가 다시 고개를 들었다. 수술 진행 현황을 알려 주는 모니터에 뒤늦게 시선이 갔다.

공이*. F. 22세.

그녀의 이름과 성별을 나타내는 알파벳 철자, 그리고 만으로 계산된 나이. 모니터에 떠 있는 이영의 개인 정보를 보던 서원의 얼굴이 일그러졌다.

공이영.

그 이름의 끝 자가 별표 표시로 생략되어 있는 걸 보고 있으려니 가슴이 먹먹해졌다. 차디찬 수술대에 누워 있을 '공이*'과 제가 사랑하는 '공이영' 사이의 아득한 괴리감이 가슴을 쳤다.

겨우 이렇게 몇 글자로 표현될 여자가 아니었다. 제 앞에서 생생한 모습으로 수줍게 웃어야 하는 이가 이영이었다. 외롭고 힘들게 살아온 시절을 이제라도 보상받아야 하는, 충분히 그럴 자격이 있는 소중한 이였다. 그런데 그런 그녀가 저 수술실 어딘가에서 홀로 사투를 벌이고 있는 것이다.

제 방심으로 인하여.

"이영이…… 괜찮겠죠?"

그 순간, 혜선의 목소리가 들렸다. 그는 혜선과 소라를 다시금 돌아보았다. 이영과 동갑인, 스물세 살의 어린 아가씨들이 감당하기에는 버겁고 무서운 일일 터. 이들보다 더 나이 먹은 자신도 이토록 두려우니 말이다.

"괜찮을 겁니다. 이영이를 믿어요. 잘 버텨 줄 거라고, 그렇게 믿어요."

꼭 버텨 줘야 돼. 서원은 간절한 바람을 속으로 중얼거렸다. 소라가 다리에 힘이 풀렸는지 비틀거리다가 혜선과 서원을 번갈아 쳐다보며 입을 열었다.

"예, 맞아요. 이영이를 믿는 만큼 우리도 정신 좀 차려야죠. 그러고 보니 복도 바닥을 저희가 다 차지하고 있었네요."

소라의 입가에 힘없이 미소가 스쳤다. 억지로 짓는 웃음이란 게 역력히 느껴졌다. 그러나 서원은 아무런 내색도 하지 않은 채 고개를 끄덕였다.

"저희는 대기실로 가서 기다릴 건데, 서원 씨는요?"

혜선이 한결 침착해진 표정으로 서원에게 물었다. 그는 조금 전까지 혜선과 소라가 주저앉아 있던 수술실 출입문 앞을 눈짓으로 가리키며 대답했다.

"저는 여기서 기다리겠습니다."

혜선은 함께 대기실에 가서 기다리자는 말 대신, 소라를 데리고 복도 저편에 위치한 보호자 대기실로 향했다. 그들의 모습이 사라진 뒤에야 서원은 터벅터벅 수술실 출입문 가까이 다가갔다.

차디찬 은색 문에 손바닥을 댔다. 수술실 안의 온도가 꽤 낮다는 얘기를 누군가에게서 들은 기억이 났다. 가뜩이나 수술을 앞두고 긴장되어 죽겠는데 추워서 몸은 덜덜 떨리고 이는 딱딱거리며 맞부딪쳤다고 했던가…….

그는 문에 대고 있던 손을 꽉 움켜쥐고는 그대로 옆으로 몸을 돌렸다. 그러고는 벽에 몸을 기대고 있다가 허물어지듯 바닥에 주저앉고 말았다. 조금 전 이영의 친구들이 그러했듯이.

"이영아…….'

두 손으로 제 머리를 감싼 채 서원은 가만히 그녀의 이름을 불러 보았다. 오늘 아침 출근하는 제 뒤를 강아지처럼 따라와 배웅하던 이영의 얼굴이 선명하게 그려졌다. 그리고 지난밤, 제게 안겨 왔던 그 보드랍고 가냘픈 몸도 생생하게 기억났다. 이토록 기억은 선명하고 생생하기만 한데, 불과 몇 시간 만에 그녀가 저 홀로 차디찬 수술실 안에 있다는 게 믿기지 않았다. 차라리 악몽이었으면 하는 바람이 헛되이 울컥거리며 올라왔다.

그때, 다급히 다가오는 발소리가 들렸다. 서원은 굳이 그 발소리가 누구의 것인지 확인하지 않았다. 확인할 필요도 없었다.

"얘, 서원아! 이게 대체 무슨 일이니. 응? 이영이는? 이영이는 어디 있어?"

새하얗게 질린 얼굴로 모연이 다급히 그의 앞에 쓰러지듯 무릎을 꿇고 앉았다. 뒤이어 다가온 그의 부친, 필봉 역시 황망한 기색을 숨기지 못한 채 주위를 두리번거리다가 모니터에 뜬 이영의 이름을 발견하고는 한탄 섞인 신음을 내뱉었다.

"어디를 얼마나 다친 거라니? 얼마나 다쳤기에 애가 수술까지 해?"

모연은 바르르 떨며 아들의 팔을 붙잡았다. 서원은 금방이라도 혼절할 듯한 모친을 이대로 내버려 둘 수 없어 모연을 부축해 일어섰다. 때마침 강 실장이 나타나 냉큼 모연을 부축했다.

"제가 모시겠습니다."

"부탁드립니다, 실장님."

그는 강 실장에게 고맙단 눈인사를 건넨 뒤, 모연을 강인태에게 맡기고는 필봉을 돌아보았다. 필봉은 잠시 놀라서 심하게 동요한 모습을 보였으나 이내 마음을 진정시켰는지 한결 차분해진 눈으로 서원을 보고는 물었다.

"병원장은 만나 봤냐? 김 박사는?"

"아니요. 응급실 닥터에게서 대략 얘기 듣고 곧바로 수술실로 올라온 참이었습니다."

서원은 응급실에서 들었던 이영의 상태에 대해 간략히 필봉에게 말했다. 애써 덤덤하게 말하려 했지만 본인도 모르게 떨려 나오는 목소리를 막을 수는 없었다.

비서실장의 부축을 받은 채 그 모습을 지켜보던 모연이 입술을 깨물었다. 지금 저 속이 오죽할까 싶어 억장이 무너졌다. 그러나 그보다 더 제 억장을 무너지게 한 건 수술을 받고 있는 이영이였다. 그 여린 아이의 몸이 그토록 부서졌다니 제 가슴을 난도질하는 것보다 더 아팠다.

"수술 금방 끝나지 않을 텐데 일단 두 분 모두 다른 데 가서 쉬시는 게 좋겠습니다. 여기는 제가 있을 테니까요."

"아니야. 이영이도 저 안에서 힘겹게 버티고 있을 텐데……."

"어머니께서 이러고 계시는 거, 이영이가 알면 더 죄스러워할 거예요."

서원이 모연의 말을 끊은 뒤, 그녀를 부축하고 있는 강 실장에게로 시선을 던졌다.

"두 분 좀 부탁드립니다, 실장님."

"염려 마십시오, 도련님."

비서실장은 안타까운 눈으로 서원을 보다가 채 회장 내외와 함께 몸을 돌렸다. 모연이 떨어지지 않는 발걸음을 억지로 옮기다가 휘청거렸다. 서원은 제 부모가 비척거리며 가는 걸 지켜보다가 다시금 제 머리를 쓸어 넘겼다. 그리고 잠시 멍하니 회백색 벽을 응시하다가 제 따귀를 때렸다.

"정신 차려, 채서원."

그녀가 수술을 받고 있는 상황 자체를 없던 일로 돌리는 건 불가능하다. 그렇다고 이렇게 막연히 이영이 수술을 마치고 나올 때까지 멍청하게 기다리고만 있을 수는 없다. 뭔가를 해야 한다. 그는 눈을 한 번 감았다가 뜬 뒤, 서늘하게 가라앉은 눈으로 복도 바닥을 내려다보다가 휴대 전화를 꺼냈다. 몇 번의 신호음이 이어진 뒤, 상대방이 전화를 받자마자 서원이 입을 열었다.

— 부탁 좀 하자, 도준 형.

자신이 지금 겪는 이 지옥에, 아니, 이보다 더한 지옥에 그들을 처넣지 않고서는 견딜 수 없을 것만 같았다.

수술은 열 시간 넘게 이어졌다. 그사이에 채 회장 내외가 다시 돌아와서 대기실 안에 머무르며 수술이 끝나기를 함께 기다렸다. 이영의 친구들 역시 대기실과 수술실 앞을 초조한 얼굴로 몇 번이나 오갔다. 그리고 서원은 수술실 출입문 앞에 서서 그녀가 나오기만을 기다리고 있었다. 가끔 도준과 통화를 나눈 걸 제외하고는 마치 붙박이기라도 한 것처럼 미동조차 하지 않았다.

그렇게 수술이 시작된 지 열한 시간이 되어 갈 무렵, 수술 현황을 알리는 모니터에 이영의 수술이 종료되어 회복실로 이동했음을 알리는 문구가 떴다. 그걸 본 채 회장 내외와 소라, 혜선이 모두 대기실에 있다가 서둘러 수술실 앞에 온 건 당연했다.

삼십 분가량의 시간을 더 보낸 끝에 수술실 안쪽에서 이동식 침대가 나오는 것인지 바퀴가 구르는 소리가 들렸다. 서원을 비롯해 모두들 바짝 긴장한 표정으로 수술실 문이 열리기만을 기다렸다. 바퀴 소리가 점차 커지는 듯싶더니 출입문이 열리고 이영이 누워 있는 이동식 침대가 밖으로 나왔다.

"이영아!"

"이영아, 얘……."

여기저기서 동시에 이영의 이름을 부르는 목소리가 터져 나왔다. 그러나 이동식 침대를 밀고 나온 남자 간호사들은 곧바로 환자 전용 엘리베이터가 있는 곳으로 이동했다. 서원은 다급히 그들을 따라 걸음을 옮겼다. 이동식 침대에 누워 있는 이영의 모습은 가슴을 철렁 내려앉게 했다. 인공호흡기와 심장 모니터 등이 연결된 상태인 이영은 깊이 잠들어 깨어날 것 같지 않았기 때문이다.

"이, 이영아."

많은 튜브가 그녀의 몸에 연결되어 있었다. 하다못해 목에도 튜브가 연결되어 있는 걸 본 서원은 눈을 부릅뜰 수밖에 없었다.

"수술은 잘된 겁니까."

서원은 이동식 침대를 밀던 남자 간호사들 중 한 사람의 팔을 붙들고 물었다. 간호사가 난감한 표정을 짓더니 입을 열었다.

"집도의 선생님께서 말씀해 주실 겁니다."

"병실로 가는 겁니까?"

서원이 대답을 듣지 못한 질문 대신 다른 걸 묻자 간호사가 고개를 젓고는 대답했다.

"중환자실로 갑니다."

"중환자실……."

남자 간호사의 말을 똑같이 흉내 내기라도 하듯 중얼거리던 서원의 귀에 엘리베이터가 도착했음을 알리는 소리가 들렸다. 그리고 문이 열리자마자 이영이 누워 있는 침대를 끌고 남자 간호사들이 곧바로 엘리베이터 안에 탔다. 서서히 닫히는 엘리베이터 문을 보던 서원이 주먹을 꽉 쥐었다.

별일 아닐 것이다. 중환자실에 들어갔다고 다 위급한 상태인 건 아니니까. 그는 그렇게 속으로 중얼거리다가 숨을 몰아쉬었다. 그런 서원의 귀에 한 무리의 사람들이 수술실 밖으로 걸어 나오는 소리가 들렸다. 다른 이들의 귀에는 들릴 리 없는 소리였다. 그는 황급히 수술실 앞으로 돌아갔다. 그때까지 어쩔 줄 몰라 하던 그의 부모와 이영의 친구들이 한꺼번에 서원을 돌아보았다.

"이영이는 괜찮대?"

"서원 씨, 이영이 수술 잘됐대요?"

"병실로 옮기는 거라고 하지? 병실이 어디라고 하든?"

서원을 보자마자 다들 질문하느라 바빴다. 하지만 그는 대답 대신 수술실 출입문을 쳐다보았다. 그러자 서원의 부모는 물론, 소라와 혜선도 덩달아 굳게 닫힌 은색 문을 바라보았다. 그리고 얼마 지나지 않아 문이 열리더니 수술복 차림의 중년 의사가 나왔다. 직감적으로 이영의 수술을 집도한 의사라는 걸 알 수 있었다.

"공이영 환자 가족분들 되십니까."

머리가 희끗한 중년 의사가 서원과 그의 부모를 보고는 입을 열었다. 서원이 바짝 마른 입을 축일 엄두도 내지 못한 채 한 걸음 앞으로 나섰다.

"남편입니다. 이영이는 어떻습니까. 중환자실로 옮긴다는데, 설마 상태가 나쁜 건 아니겠죠?"

중환자실이라니? 모연이 옆에서 경악하여 물었지만 서원은 제 모친을 돌아볼 새 없이 의사의 입을 주시했다. 의사는 착잡한 표정으로 서원을 쳐다보다가 천천히 말을 이었다.

"할 수 있는 최선을 다했습니다만, 환자 상태는 지켜봐야겠습니다."

"그게 무슨 말씀이세요, 선생님!"

모연이 서원을 밀치며 의사와의 대화에 끼어들었다. 그녀는 의사의 옷자락을 잡고는 애원했다.

"이영이, 그 애 좀 살려 주세요. 제발요. 선생님, 지금 그냥 해본 말씀이시죠? 이영이 수술 잘 끝낸 거죠? 그렇죠?"

"맹 여사, 진정해요. 여보!"

필봉이 그런 모연을 붙잡아 뒤로 잡아당겼다. 모연은 남편에게 안겨 흐느끼기 시작했다. 혜선과 소라 역시 아무 말도 잇지 못하다가 훌쩍였다. 그렇지만 서원만큼은 조금도 동요하지 않은 채 의사를 쳐다보다가 다시 차분하게 입을 열었다.

"조금만 더 구체적으로 말씀해 주실 수 있겠습니까."

"휴우……. 일단 골절된 부위와 그로 인해 손상되었던 폐, 방광, 자궁 등은 수술 결과가 나쁘지는 않을 것 같습니다. 하지만 문제는 경막하 출혈입니다. 병원에 도착했을 때 환자의 의식이 저하된 정도가 심각한 상태였고, 그 출혈량도 상당하여 뇌가 받은 압박이 심했습니다. 혈종과 ˚혈괴를 제거하였다고는 하지만 뇌부종 상태가 지속되어 뇌압이 계속 올라가게 된다면 최악의 경우…… 사망할 수도 있습니다."

서원의 얼굴에서 핏기가 싹 빠져나갔다. 그는 순간적으로 눈앞이 어두워진 것을 느끼고는 입 안쪽 살을 짓씹었다. 통증과 함께 비릿한 피가 입 안에 고였다. 그 덕분에 가까스로 정신을 붙들 수 있었다. 물론 그렇다고 해서 정신이 멀쩡하다는 건 아니었다.

어떻게 제정신일 수 있을까.

새하얗게 질린 서원의 얼굴을 안쓰럽게 보던 의사가 묵례를 하고는 자리를 비켰다. 서원은 의사가 가 버린 뒤에도 한동안 아무 말도 못 한 채 앞만 바라보았다.

✳ ✳ ✳

면회를 위하여 중환자실에 함께 들어온 모연이 침대 위에 누워 있는 이영을 보고는 그대로 주저앉을 뻔했다. 서원은 그런 모친을 부축한 채 천천히 이영에게로 걸음을 옮겼다. 그녀의 모습은 수술실에서 막 나왔을 때와 별반 달라진 게 없었다. 그는 손끝이 떨리는 걸 느끼며 침대 바로 옆에 다가가 섰다.

머리를 감싸고 있는 붕대 때문일까. 이영의 얼굴이 다른 때보다도 더욱 작아 보였다. 서원은 숨을 들이쉬고는 눈을 질끈 감았다가 떴다. 모연이 어느 정도 진정했는지 그런 서원을 걱정스러운 눈으로 보았다. 그는 모친에게 괜찮다는 눈짓을 보낸 뒤, 다시 이영을 쳐다보았다.

"이영아."

마스크를 쓴 채 이영을 불러 보았다. 깊이 잠든 듯 그녀에게서는 아무런 반응도 보이지 않았다. 그러나 그는 포기하지 않고 한 번 더, 또 한 번 더, 그렇게 여러 번 그녀의 이름을 불렀다.

듣고 있는 거지? 지금 내 목소리 듣고 있는 거 맞지?

서원은 머뭇거리다가 이영의 손끝을 살짝 잡았다. 손조차 마음대로 잡을 수 없을 정도로 두려운 마음이 앞섰다. 면회를 들어오기 전에 간호사의 안내에 따라 위생복으로 갈아입고 손을 세정제로 몇 번이나 씻었지만, 그럼에도 불구하고 혹시 제게서 오염된 뭔가가 옮겨 갈까 싶어 겁이 난 탓이다. 살면서 지금처럼 이렇듯 두려웠던 적이 있었나 싶을 정도였다.

이영의 손끝이 차가웠다. 그는 속이 미어지는 걸 느끼며 이를 악물었다. 그녀가 제게 전하던 온기가 생생한데, 누워 있는 이영에게서는 그 온기가 약해진 것만 같았다. 서원은 핏기 없이 창백한 이영의 얼굴을 다시금 쳐다보았다. 제 피를 뽑아서라도 그녀에게 혈색을 되찾아 주고 싶었다.

그 순간, 이영의 손끝을 쥐고 있던 서원의 손이 움찔거렸다. 옆에 있던 모연조차 알아차리지 못했을 만큼 미약한 움직임이었다. 그러나 정작 본인의 가슴속은 그 움찔거림의 수천, 수만 배는 더 요동쳤다.

뱀파이어의 피.

그는 언젠가 도준에게서 들었던 이야기를 떠올렸다. 뱀파이어의 피를 먹으면 사람이든 짐승이든 상처가 깨끗하게 아문다고 했다. 직접 시도해 본 적은 없지만 그게 거짓이라고는 생각하지 않았다. 그건 본능적인 감각이나 마찬가지였다.

결혼 전에 이영에게 자신의 피를 먹으면 흉터 하나 남지 않을 거라고 했던 적이 있었다. 그건 그녀의 긴장을 풀어 주기 위해 했던 농담이었지만, 사실은 제 진심이 담긴 말이기도 했다. 고복근에게 따귀를 맞아 엉망이 되었던 그녀의 얼굴에 그 흔적이 남는 걸 참을 수 없었으니 말이다.

그러나 이영에게 제 피를 먹이지는 못했다. 그녀와 다른 종족이라는 걸 다시금 자각하게 만들고 싶지 않았기 때문이다. 피를 먹는다는 것에 대해 거부감을 느낄 거라는 생각도 했고.

하지만 지금은…….

과연 가능할까. 서원은 잠시 생각하다가 이내 미간을 찡그렸다. 중환자실 안에서 의료진들이 상시 지켜보고 있는 와중에 그런 일을 벌이는 것 자체가 어려울 터였다. 게다가 의식이 없는 사람에게 피를 먹이는 건 식도를 막을 위험이 있어 조심해야 했다.

그래도 시도는 해 봐야 하는 게 아닐까.

서원이 체념하듯 한숨을 삼키려다가 다시 이영을 쳐다보았다. 해 보지도 않고 가능 여부를 따지다니, 그런 것 자체가 사치였다. 그녀를 바라보는 그의 시선이 한층 더 가라앉았다.

— 면회했어?

"응. 방금…….."

도준은 전화를 받자마자 인사도 없이 서원에게 질문부터 던졌다. 나름대로 그 역시 걱정하고 있는 게 역력한 태도였다. 서원은 다른 손으로 얼굴을 쓸어내리며 휴대 전화를 고쳐 잡고는 입을 열었다.

"그보다 내가 부탁한 건 어떻게 됐어? 증거 확보했어?"

— 솔직히 말하자면 증거가 없어. 하필이면 CCTV에 찍히지 않는 구역이었고. 그나마 대로변 쪽에서 올라오던 차의 블랙박스 영

상은 확보했는데 화질이 별로 좋은 편이 아니라 얼마나 쓸모가 있을지는 미지수야. 그리고 공수연이 몰았던 차 말이야. 벌써 폐차 처리 끝났더라.

"폐차?"

서원이 기가 막힌다는 듯 헛웃음과 함께 물었다. 그러자 도준 역시 한숨 섞인 헛웃음을 내뱉고는 말을 이었다.

― 그 영악한 계집애가 바로 폐차했더라고. 돈 좀 찔러 넣어 줬는지 일 처리 한번 빨랐더라. 어쨌든 미안하다. 도움이 안 돼서. 내가 더 빨리 움직였어야 했는데.

"아니야, 괜찮아. 작정하고 바로 폐차까지 해 버린 걸 무슨 수로 막을 수 있었겠어? 수고했어, 형. 그리고…… 차라리 이게 잘된 건지도 몰라."

그는 비틀리는 입매를 굳이 숨기지 않은 채 말했다. 그 목소리에서 뭔가를 감지한 것일까. 도준이 갑자기 심각해진 어조로 그에게 물었다.

― 잘되다니? 그게 무슨 뜻이야?

"말 그대로야. 잘됐다고."

― 뭐?

"그렇지 않아도 마음에 안 들었거든. 법적으로 처리하는 거. 기껏해야 징역 몇 년 살고 나올 텐데, 아니, 어쩌면 초범에 반성하고 있다는 둥 고의가 아니었다는 둥 그렇게 둘러대면 집행유예 받고 바로 나올지도 모르는데, 고작 그런 정도로 죗값 치르는 건 말이 안 되잖아?"

제 여자는 지금, 삶과 죽음 사이에서 홀로 사투를 벌이고 있는데. 온몸이 부서지고 망가진 채 힘겹게 버티고 있는데. 정작 가해자가 겨우 그런 처벌을 받는다면 너무나 불공평한 일이었다.

— 서원이 너 지금, 그게…….

"지금부터는 내가 알아서 할 테니 걱정 마. 다시 연락할게."

— 야! 서원아!

경악한 도준이 다급히 서원을 불렀다. 하지만 서원은 그대로 전화를 끊은 뒤, 잠시 계단 아래쪽을 바라보다가 굳은 표정으로 일어섰다. 그러고는 마침 열려 있던 바로 옆의 큰 창문으로 몸을 던졌다. 누가 보았더라면 비명을 질렀을 상황이었다. 그가 있던 곳이 5층이라는 걸 감안한다면 말이다. 그러나 아무도 본 사람은 없었고, 열린 창문을 통해서 그저 바람만이 불어 들어왔을 뿐이다.

마치 아무런 일도 없었다는 듯.

✳ ❊ ✳

수연은 창문의 커튼을 모조리 닫아 두고도 불안한 얼굴로 방 안을 두리번거리다가 침대 위에 올라가 앉았다. 무릎을 끌어안은 채 앉은 그녀가 손톱 끝을 씹다가 혼잣말을 중얼거렸다.

"괜찮아. 아무 일 없을 거야. 그 어디에서도 연락 온 거 없잖아?"

꼬박 밤을 새웠다. 당장에라도 경찰이 들이닥칠 것만 같아서 도저히 잠을 잘 수가 없었다. 차체에 부딪혔다가 붕 떠서 바닥에 나동그라지던 이영이 생생히 떠올랐다.

모든 건 전적으로 이영의 탓이었다. 그녀로 인하여 제집이 풍비박산되었다. 검찰 조사와 세무 조사가 이어졌고, 오빠란 작자는 추잡한 혐의를 받고 있는 것으로도 모자라 불구가 될 지경에 이르렀

408

다. 한쪽 무릎이 으스러져 인공 관절을 넣는 것만으로는 완전한 회복이 될 수 없다는 판정을 받았으니 말이다.

물론 오빠의 상태 자체를 걱정하는 건 아니었다. 그 정도로 가족에 대한 애정이 남달랐던 건 아니다. 다만, 제 오빠를 그렇게 만든 자가 저 또한 그렇게 만들지 말라는 법이 없기에 두려웠다. 그리고 지금껏 자신이 누리던 모든 걸 한순간 잃어버릴지도 모른다는 위기감 역시 수연을 한계로 몰아넣었다.

그래서 무작정 이영을 찾아갔다. 뭘 어떻게 해야겠단 생각도 없었다. 그저, 대갚음해 주고 싶었다. 벌레만도 못하게 여겼던 계집애 때문에 자신과 자신의 가족이 이런 일을 겪어야 한다는 걸 인정할 수 없었다.

"어떻게 하지? 차는 폐차시켰으니까 괜찮을 테고. 아! 그러고 보니 이영이 그 계집애 친구가 있었던 것 같은데."

수연이 손톱을 깨물다가 눈을 번득였다. 이영을 다급히 부르던 목소리를 들었던 게 뒤늦게 생각난 것이다. 그녀는 얼굴을 일그러뜨렸다.

설마 봤을까?

차 번호판이든 제 얼굴이든 본 게 아닐까 싶어 그녀는 초조한 표정으로 입술을 짓씹었다. 그렇지만 수연은 곧 제 자신을 다독이듯 중얼거렸다.

"못 봤을 거야. 만약 봤다면 가만히 있었겠어? 벌써 경찰에 신고했겠지."

그러나 경찰은 오지 않았다. 꼬박 밤을 새우고 날이 밝은 터였다. 그러니까 목격자는 없다는 뜻이었다. 수연이 바짝 마른 입술을 축이다가 독기를 품은 채 눈을 가늘게 떴다.

유일한 목격자라면, 바로 당사자인 이영뿐일 터.

"이럴 줄 알았으면 확실하게 밀어 버리는 건데 그랬어."

이영이 깨어나서 쓸데없는 얘기를 지껄이면 곤란해진다. 그러니 어제, 이왕 차로 친 김에 한 번 더 깔아뭉개서라도 확실히 끝냈어야 했다. 당황하여 그 자리를 떠나기에 급급해할 게 아니었다. 수연은 자신이 얼마나 끔찍한 생각을 하고 있는 것인지 스스로 깨닫지 못한 듯 거듭 중얼거렸다.

"설마 살아나는 건 아니겠지? 피가 많이 났는데……."

"기가 막히는군. 그래도 양심이란 게 조금이나마 남아 있지 않을까 했는데."

그 순간, 창문 쪽에서 남자의 목소리가 들렸다. 수연이 기겁하여 목소리가 들린 방향으로 고개를 돌렸다. 그러고는 그녀가 눈을 휘둥그렇게 뜬 채 입술을 달싹였다.

"어, 어떻, 여기는 어떻게……."

"어떻게 들어왔냐고? 보면 알잖아. 창문으로 들어온 거."

서원이 피식거리며 한쪽 벽을 차지하고 있는 커다란 창문을 향해 턱짓을 했다. 하지만 그것으로 대답이 충분하지는 않았다. 창문을 통해 들어왔다는 것 자체가 말이 되지 않았다. 집을 둘러싼 담은 물론이고 외벽에도 침입 감지 시스템이 작동되고 있는 상태였다. 그런데 집 안은 고요하기만 했다. 만약 서원이 본인 말대로 창문을 넘어 들어왔다면 당연히 경고음이 울렸어야 했다.

이해되지 않는 적막함에 소름이 돋았다. 그녀는 본능적으로 몸을 뒤로 물리려 했다. 그러나 그럴 새도 없이 서원이 다가와 그녀의 머리채를 잡아 침대 아래로 끌어 내렸다.

"아악!"

수연은 반항조차 하지 못하고 방바닥에 내동댕이쳐졌다. 그녀의 몸이 부들부들 떨렸다. 그 누구도 저를 이렇듯 함부로 대한 적 없었기에 공포는 더욱 극심할 수밖에 없었다.

"도, 도와줘요! 엄마! 아줌마!"

그녀는 허둥지둥 방 밖으로 달아나기 위해 몸을 일으키며 소리를 질렀다. 그러나 그 어떤 반응도 돌아오지 않았다. 수연은 그것을 이상하게 여길 새도 없이 다급히 문고리를 잡았다.

철컥철컥.

"이, 이게 왜……."

수연이 잠긴 듯 열리지 않는 문을 억지로 열려고 하다가 등 뒤에서 다가오는 발소리를 듣고는 그대로 얼어붙고 말았다.

"소용없는 짓이야, 공수연."

"히익!"

그녀는 서원이 바로 뒤에 다가온 것을 느끼고는 뒤늦게 비명과 함께 주저앉았다. 그런 수연을 돌려 앉힌 뒤, 서원이 그녀와 눈높이를 맞추며 한쪽 무릎을 꿇고 앉았다. 한기가 느껴지는 시선에 수연이 경련이라도 일으키듯 몸을 재차 떨었다.

"지금 이곳에서 무슨 일이 벌어지든, 아무도 그걸 알 수 없을 테니까."

"어, 어떻게……."

"그런 게 있어. 결계라고나 해야 할까."

그런데 내가 왜 너한테 이따위 설명을 친절하게 해 줘야 하는 건데. 서원이 덧붙이듯 중얼거리고는 다시 차디찬 눈으로 수연을 쳐다보다가 입을 열었다.

"일말의 죄책감도 느끼지 못하는 건가? 그래도 네 여동생으로 스무 해 넘게 살았는데, 이영이에 대해 고작 한다는 소리가 그따위 말뿐이야?"

"무, 무슨 말을."

"네가 좀 전에 그랬잖아. 이럴 줄 알았으면 확실하게 밀어 버리는 건데 그랬다는 둥……."

"……!"

서원의 말을 듣던 수연의 눈이 커졌다. 그 모습을 보던 서원의 표정이 더욱 싸늘해졌다.

"너는 네 스스로 마지막 기회를 차 버린 거야, 공수연."

"……뭐?"

"인간 같지도 않은 것에게, 그래도 한 번 더 기회를 줄까 하기도 했지. 물론 너를 동정한다거나 네 가족이 불쌍해서 그런 건 아니야. 마음 여린 이영이가 깨어나서 혹시라도 제 탓으로 돌리고 아파할까 봐 그런 것뿐이야. 그런데 네 스스로 그 기회를 걷어찼으니 나로서는 고맙단 말을 해야겠어."

서원이 조소하며 수연을 쳐다보았다. 동등한 인간을 보는 게 아닌, 저보다 열등한 존재를 보는 시선이었다. 마치 자신이 이영을 경멸하며 바라보던 것처럼. 수연은 그 시선에 몸서리를 치다가 뒤늦게 그의 눈이 붉다는 걸 깨달았다.

"눈이 왜?"

"내 눈? 아하, 그거야 네가 알 것 없고."

서원은 붉게 변한 눈을 굳이 숨길 마음이 없다는 듯 태연하게 그녀를 마주하고 있다가 천천히 수연의 팔을 잡았다.

"이영이가 느낀 고통만큼 너도 느껴 봐야 하지 않겠어?"

* ❋ *

정숙은 지끈거리는 관자놀이를 손으로 누르며 2층으로 올라갔다. 점심때도 내려오지 않더니 저녁이 다 되어 가도록 제 방에 틀어박혀 있는 딸에게 잔소리를 하기 위해서였다. 가뜩이나 이런저런 일 때문에 골치가 아파 죽겠는데, 딸이라는 게 제 엄마 속을 달래 주기는커녕 되레 속을 썩이니 한숨이 저절로 나왔다.

"얘, 수연아. 문 좀 열어 봐."

그녀는 수연의 방문을 두드리며 날카로운 어조로 입을 열었다. 그러나 방 안에서는 어떤 대답도 들리지 않았다. 아니, 대답은 고사하고 아무런 기척도 느껴지지 않았다.

"얘가 진짜…… 설마 이 와중에 밖에 놀러 나가기라도 한 거야?"

정숙이 기가 막힌다는 듯 미간을 찌푸리고는 그대로 문을 열었다. 비어 있는 방 안 풍경을 예상한 그녀의 눈에 참혹한 광경이 들어온 건 그 직후였다.

"꺄악! 수, 수연아!"

수연이 팔과 다리가 제멋대로 기괴하게 꺾인 채 방바닥에 쓰러져 있었다. 정숙은 소스라치게 놀라 황급히 제 딸에게 다가갔다. 수연의 입에서 가늘게 신음이 새어 나오고 있었지만 그녀의 눈이 허옇게 뒤집힌 걸 보면 정신이 든 상태는 아닌 듯싶었다.

"수연아! 수연아, 정신 좀 차려 봐! 아줌마! 익산댁!"

정숙은 수연을 함부로 건드리지도 못한 채 목이 찢어져라 소리를 질렀다. 그리고 얼마 지나지 않아 익산댁이 계단을 급히 올라오는 소리가 들리더니 비명이 이어졌다.

"에구머니! 이게 무슨 일이에요!"

"빨리 119에 신고해요! 어서!"

익산댁이 경악하여 덜덜 떨다가 정숙의 말을 듣고는 황급히 몸을 돌렸다. 정숙은 익산댁이 119에 전화를 걸어 집 주소를 알려 주는 걸 듣다가 다시금 제 딸을 쳐다보았다. 제 자식임에도 불구하고 그 기괴한 모습 때문인지 소름이 먼저 돋았다.

"대체 누가……."

그녀는 입술을 짓씹으며 중얼거리다가 흠칫 몸을 떨었다. 아들 녀석 역시 이와 비슷한 꼴이 되어 병원에 입원해 있다는 걸 새삼 자각한 것이다. 물론 지금 수연의 상태보다는 덜 심각했던 것 같기는 하지만, 어찌 되었든 유사한 폭력을 당했다는 건 부인할 수 없는 사실이었다.

설마 채서원 쪽에서?

채서원이 작정하고 제 남편과 저를 공격하고 뒤흔들었다는 건 알고 있다. 아들이 마약을 하고 여자들을 건드리고 다녔던 것 역시 그가 경찰에 제보하여 본격적으로 수사에 들어갔다는 점 역시 아는 바였다. 그 직전에 아들이 당한 폭행 또한 채서원 쪽에서 한 짓이라는 건 충분히 추측하고도 남았다. 제 아들의 입에서 직접 범인의 이름을 듣지는 못했지만 말이다.

멍청한 녀석.

뭐가 그렇게 두려워서 저를 그 지경으로 만든 범인의 이름조차 밝히지 못할까. 만약 그때 누가 그랬는지 말했더라면 역으로 채서원과 도경을 한꺼번에 싸잡아 공격하고 이 위기를 벗어날 수 있었을지도 모른다. 그리고 지금처럼 수연이 이런 꼴을 당했을 일도 없었을 테고.

"수연아, 정신 차려. 엄마야. 응?"

정숙은 입술이 찢어진 줄도 모른 채 거듭 입술을 짓씹다가 수연을 다시 불렀다. 수연이 눈을 뒤집은 채 움찔거리며 경련하다가 뻐끔뻐끔 입을 움직였다. 뭔가를 말하려는 듯한 움직임이었다.

"왜? 무슨 말을 하려고? 말해 봐. 엄마가 다 들어 줄게."

그녀는 황급히 제 딸의 입술 가까이 귀를 댔다.

"채…… 채서……원. 그, 남자가…… 나, 나를, 이…… 이렇게."

수연이 제힘으로는 손가락 하나 까딱하지 못하면서도 독기 서린 눈으로 입을 달싹였다. 끔찍한 악몽이었다. 아니, 악몽이라기에는 자신이 겪은 일이 너무나 참혹했다. 멀쩡한 정신으로 뼈가 부러졌다. 제 팔과 다리가 기형적으로 꺾이는 걸 보면서도 저항할 수 없었다. 머리끝까지 치솟는 고통에도 불구하고 혼절조차 할 수 없었다. 아무리 비명을 지르고 또 질러도 그 누구 하나 제 비명을 듣지 못한다는 사실에 절망감마저 치솟았다.

지독하다 싶을 만큼 긴 시간이었다. 그러나 햇살이 창문을 투과해 들어와 이동한 걸 보면 시간이 그리 오래 걸린 건 아닌 듯싶었다. 냉혹한 남자는 제 몸을 하나하나 그렇게 부러뜨린 뒤, 저를 벌레 보듯 내려다보다가 다시 창문을 통해 나가 버렸다.

'이영이가 느낀 고통만큼 너도 느껴 봐야 하지 않겠어?'

고작 그게 이유였다. 그 천한 계집애가 화근이었다. 아무도 보지 못할 때, 진작 그 계집애를 죽였어야 했다. 수연이 빠드득 이를 갈며 온몸이 으스러진 듯한 고통 속에서 재차 입을 열었다.

"그, 남자…… 괴물……."

붉게 변한 눈을 기억한다. 그의 입술 사이로 튀어나온 송곳니

역시 짐승의 것처럼 날카롭고 길었다. 결코 잘못 보거나 착각한 게 아니었다. 그녀는 밀려드는 공포를 억지로 털어 내며 눈을 부릅떴다.

"채서, 원이 버, 범인이니까…… 겨, 경찰에."

"알았어! 네 말 알아들었으니까 일단 진정해, 수연아. 곧 119 올 거야. 경찰에도 내가 신고할게. 채서원이 그랬다는 거지? 걱정 마. 내가 그 자식, 절대 가만히 놔두지 않을 테니."

정숙은 악착같이 말을 이으려는 수연을 만류하며 제 딸과 흡사하게 독기를 품은 얼굴로 입술을 깨물었다. 그녀의 눈이 서슬 퍼렇게 번득였다.

* ❊ *

"네가 한 짓이지?"

도준은 중환자실 옆의 대기실에 있던 서원을 데리고 밖으로 나왔다. 도준이 뭘 질문한 것인지 눈치챈 서원이 입꼬리를 비틀었다. 도준은 서원의 표정만으로도 그게 무언의 긍정임을 깨닫고는 헛웃음을 터뜨렸다.

"미쳤구나, 채서원. 아주 돌았어."

"말했잖아. 내가 알아서 한다고."

"팔 부러뜨리고 허벅지 으스러뜨린 게 잘한 짓이라고? 온몸 구석구석 아주 잘 부서졌다던데? 갈비뼈도 죄다 으스러져서 인공 뼈로 전부 이식해야 할 지경이라더라."

"아아…… 어쩐지 몸이 좀 물컹거리기는 했어."

서원은 별것 아닌 얘기를 한다는 듯 태연한 어조로 대꾸했다.

그 무덤덤한 모습에 도준은 저도 모르게 진저리를 쳤다. 지금껏 아무런 말썽도 부린 적 없이, 하다못해 흡혈조차 거부하며 평범한 인간으로 살아온 그가 이토록 잔혹한 짓을 저지르고도 태연하게 구는 게 기가 막혔다.

"내가 지금까지 너를 잘못 봤던 게 아닌가 싶다."

이런 미친놈을 두고 뱀파이어로서의 정체성을 망각했다는 둥 주절거렸던 게 문득 수치스러웠다. 도준이 한숨을 푹 내쉬고 있는데 서원의 목소리가 다시금 들렸다.

"그건 그렇고 형한테 물어볼 게 있었는데 말이야."

"물어볼 거라니?"

"이영이에게 내 피를 먹일 방법이 없을까?"

"뭐?"

도준은 서원의 물음에 미간을 찡그렸다. 그러다가 그의 말뜻을 이해하고는 고개를 절레절레 흔들었다.

"지금 의식이 없으니 먹이는 것 자체가 위험하고, 만약 잘 넘긴다 해도 소용없어."

"소용없다니, 그게 무슨 말이야?"

"피를 먹이는 것만으로는 네 아내를 살릴 수 없다는 거야. 겉에 생긴 상처를 아물게 할 뿐이지, 저렇듯 심하게 몸 안쪽까지 망가진 경우에는 무용지물이거든."

도준의 말을 듣던 서원의 표정이 일그러졌다. 도준은 그런 서원을 쳐다보다가 혀를 찼다. 나름대로 그것에 희망을 가졌던 모양인데, 제가 그 희망을 빼앗아 버린 느낌이라 기분이 좋지는 않았다.

"그런 얘기는 한 적 없잖아. 피를 먹으면 상처 같은 게 싹 없어진다며! 흉터도 남지 않는다며! 그 정도로 강한 재생력을 갖고 있다고 했으면서……. 단순히 몸 안이라고 안 된다는 게 말이 돼?"

서원이 꾹꾹 눌러 참았던 분노를 터뜨리며 목소리를 높였다. 그러나 도준은 서원에게 더 이상 해 줄 얘기가 없다는 듯 착잡한 표정으로 그를 쳐다보았다. 서원은 그 시선을 외면한 채 제 머리를 헝클어뜨리고는 바닥을 내려다보았다. 그렇게 잠시 시간이 흘렀다.

"정말, 방법이 없어?"

서원의 목소리가 잔뜩 갈라져 나왔다. 도준은 고개를 돌려 그를 바라보았다. 백 년은 고사하고 오십 년도 채 살지 않은 어린 녀석이 감당하기에는 버거운 현실인 듯했다. 그는 입술을 깨물고는 잠시 망설이다가 입을 열었다.

"방법이라면 딱 하나 있지."

"……!"

도준의 입에서 나온 말을 듣기 무섭게 서원이 재차 그를 쳐다보았다. 간절함과 절박함이 뒤섞인 시선을 마주한 도준이 한숨을 내쉬고는 어깨를 으쓱였다.

"그런데 그걸 직접 실행한 뱀파이어는 본 적 없어. 적어도 내가 살아온 시간 속에서는."

"그게 뭔데. 어떻게 하면 되는데?"

서원은 도준의 말을 듣자마자 다급히 물었다. 급한 마음에 멱살까지 쥐는 바람에 도준이 순간적으로 콜록거리며 기침을 하고는 제 멱살을 잡은 서원의 손을 떨쳐 냈다.

"인마, 아무리 그래도 그렇지. 너는 노인 공경도 모르……."

"뭐냐고!"

서원이 도준이 말을 다 잇기도 전에 그의 말을 끊은 뒤, 소리를 질렀다. 농담을 주고받을 상황이 아니었다.

방법이 있다고 했다.

오직 그 사실만이 서원의 머릿속을 채웠을 뿐이다. 그 뒤에 도준이 한 말 따위는 애당초 머릿속에 담아 두지도 않았다. 팔백 년 넘는 세월 동안 그 어떤 뱀파이어도 실행한 적 없는 방법이라는 것이 어떤 의미인지에 대해서는 조금도 고민하지 않는 모양새였다.

"네 아내를, 똑같이 뱀파이어로 만드는 거야."

"······뭐?"

"성공하면 함께 뱀파이어가 되어 영원히 살아갈 테고, 실패하면 둘 다 사이좋게 재가 되어 사라지겠지. 게다가 그 과정에는 엄청난 고통이 뒤따른다고 들었어. 그 어느 뱀파이어도 섣불리 행할 수 없을 정도로."

"······."

"그래서 뱀파이어들은 멸족 위기에 처해서도 시도조차 하지 못했어. 오래된 기록에 의하면 성공, 실패를 떠나서 그 과정 중에 고통을 견디지 못하고 미쳐 버린 뱀파이어들도 있다고 들었으니."

도준은 진지한 눈으로 서원을 쳐다보았다. 서원이 창백한 얼굴로 도준을 마주 보았다. 그의 시선이 흔들리는 걸 본 도준이 한숨을 거듭 내쉰 뒤, 서원의 어깨를 두드렸다.

"어쩔 수 없는 일이야. 네 아내 일은 안타깝지만, 그냥 의료진을 믿고······."

"이영이도 그 고통을 느끼게 돼?"

그 순간, 서원이 침착한 목소리로 다시 질문했다. 도준은 흠칫거리며 그를 향해 입을 달싹였다.

"서원이, 너……."

"이영이도 느끼는 거야? 아니면 나 혼자만 느끼는 거야?"

본인 혼자 느끼는 고통이라면 얼마든지 감내할 수 있다는 듯한 태도에 도준이 울컥하여 재차 말했다.

"야, 인마. 너 내가 지금 한 말을 가볍게 들었나 본데, 장난으로 꺼낸 말 아니거든?"

"대답해. 나도 장난 아니니까."

어떤 고통일지 상상할 수 없다. 다만 그럼에도 불구하고 가장 중요한 건 자신이 그녀를 이대로 내버려 둘 수 없다는 것이다. 단순히 병원 측을 믿고 있을 수는 없었다.

물론 그들이 최선을 다해 이영의 상태를 더 악화되지 않도록 유지시키고 있다는 건 안다. 그러나 지금 자신이 바라는 건 그것만이 아니었다. 이영이 다시금 눈을 뜨고 저를 보며 웃어 주기를, 부드럽게 말 걸어 주며 손을 내밀어 주기를, 그 부드럽고 따스한 몸을 제 품에 안고 이곳에서 나갈 수 있기를 바라는 것이다.

"……후우. 상대방은 아무것도 느끼지 못한다고 기록상에는 되어 있더라. 오로지 제 영생을 공유하고자 하는 뱀파이어만이 느낀다고. 자신에게 주어진 생을 강제로 갈라 나눠서 본래는 한정적인 삶을 살았을 이에게 나눈다는데 그 정도 고통은 각오해야겠지."

도준은 그 간절함을 이기지 못하겠다는 듯 한숨과 함께 대답했다. 그리고 다시 서원을 향해 입을 열려는 순간, 그들에게로 다가오는 기척이 느껴졌다. 그는 입을 다물고 고개를 돌렸다.

복도 저편에서 점퍼 차림의 사내와 경찰 제복을 입은 사내가 나란히 걸어오고 있었다. 그 광경을 본 도준이 인상을 쓴 것과 동시에 서원의 입매가 한쪽으로 비틀렸다. 그러나 그들이 가까이 오기 전, 서원은 언제 그랬나 싶게 덤덤한 표정을 지었다.

"채서원 씨 되십니까."

그들 중 점퍼 차림의 사내가 먼저 입을 열었다. 서원은 사내를 향해 고개를 끄덕였다.

"그렇습니다만, 누구십니까."

"강남경찰서 수사과 수사 2계 고정욱이라고 합니다."

사내는 서원에게 본인의 경찰 공무원증을 보여 주었다. 서원은 그것을 보고는 의아한 표정으로 입을 열었다.

"예, 고정욱 경장님. 그런데 여기는 무슨 일로……."

"그게, 사실은…… 경찰서로 고발장이 접수되었습니다."

사내, 고정욱은 난감한 표정을 짓다가 어쩔 수 없다는 듯 대답했다. 제 앞에 서 있는 남자는 고정욱에게도 꽤 익숙한 존재였다. 물론 어떤 친분이 있다거나 한 건 아니었다. 도경그룹의 후계자라는 점에서 텔레비전 뉴스나 신문 기사를 통해서 접했을 뿐이다.

그 훤칠한 얼굴이 완전히 엉망이네.

고정욱은 속으로 혀를 차며 중얼거렸다. 채서원의 아내가 뺑소니 사고를 당해 사경을 헤매고 있다는 건 금시초문이었다. 형사 생활하면서 온갖 뉴스를 챙겨 볼 새가 없으니 그렇다고 할 수도 있겠지만 옆에 같이 따라온 신참 역시 듣지 못한 소식이라고 했으니 아마도 언론에 새어 나가지 않도록 도경그룹 쪽에서 조치를 취했던 것이리라. 어쨌든 그런 상황이니 이 남자의 속이 오죽하겠는가. 듣자 하니 신혼이었다는 것 같은데…….

젠장. 이 상황에서 아내를 중환자실에 놔두고 어떤 미친놈이 밖에 나가 그 지랄을 했을까.

더구나 제 처가에 가서 말이다. 그는 변호사를 대동하고 나타나 고발장을 접수한 중년 여자를 떠올렸다. 한영일보가 요새 어려운 상황에 처하더니 정신까지 나간 건가 싶었다. 본인이 낳은 딸은 아니라고 하지만 지금껏 키웠으니 없던 정도 생겼을 법한데, 그 딸이 중환자실에서 죽느냐 사느냐 하는 마당에 사위를 상해 혐의로 고발하다니 말이다.

"고발장요?"

대체 무슨 소리를 하느냐는 듯 서원의 고개가 한쪽으로 기울어지는 걸 본 고정욱의 얼굴이 붉어졌다. 말도 안 되는 상황을 이야기해야 한다고 생각하니 면구스러워진 탓이다.

"그…… 오늘 오전, 채서원 씨의 처형 되는 공수연 씨가 집 안에서 괴한의 공격을 받았습니다."

"처형이 공격을 받다니요?"

서원이 눈을 크게 뜨더니 믿기 힘들다는 듯 물었다. 그러고는 고정욱과 수연의 현재 상태에 대하여 대화를 이어 나갔다. 그 모습을 지켜보던 도준이 입을 실룩이려다가 이내 손으로 입과 턱 주변을 문질렀다.

저, 저 교활한 놈. 천연덕스럽게 연기하는 것 좀 봐.

뱀파이어라기보다는 인간으로 자랐다고 여겨서 우려하는 점이 없지 않았는데, 그런 제 걱정이 쓸데없는 것이었다는 걸 재차 확인했다. 제 옆에 있는 어린 뱀파이어 녀석은 그 누구보다도 교활하고 차디찬 뱀파이어였던 것이다. 다만 지금까지는 그게 드러나지 않았을 뿐.

결국 저 본능을 끌어낸 게 공이영이란 말이지.

도준의 표정이 복잡해졌다. 이영에게 마음을 준 서원을 보며 걱정했었다. 백 년도 채 되지 않는 짧은 생을 사는 인간과의 사랑이 서원에게 남길 건 그저 추억과 그보다 더 큰 괴로움뿐일 거라 생각했기 때문이다. 저 역시 지난 팔백여 년을 살아오면서 그러했으니.

그런데 서원은 그에 그치지 않으려나 보다. 인간으로 치자면 본인의 목숨을 걸었다고 할 수 있을 정도로 제 모든 걸 그녀에게 건 것이니. 지금껏 그 누구도 시도하지 못했던 일을, 자신조차 사랑하는 여인이 늙어 죽어 가는 걸 보면서도 하지 못했던 일을 서슴없이 하고자 하면서까지 말이다.

그래. 어디 한번 해 봐라. 끝까지 도와주고 지켜봐 주마. 네 대부로서, 네 형으로서, 네 친우로서.

도준이 희미하게 미소 지었다. 그러나 다른 누가 그 미소를 볼 새도 없이 그는 미소를 모두 지운 채 서원과 고정욱의 대화에 끼어들었다.

"그게 무슨 억지랍니까? 서원이는 지금까지 여기, 병원 밖으로 한 발자국도 나간 적 없는데. 병원의 CCTV만 확인해도 당장 알 수 있는 사실입니다."

물론 서원이 자리를 비운 건 맞다. 하지만 그가 밖으로 나간 걸 확인하기는 힘들 것이다. 제 아내가 중환자실에서 힘겹게 버티고 있는 마당에 그가 평범하게 도심 한복판을 직접 운전하여 공수연을 찾아갔을 리 없으니까.

공수연에게 허비하는 시간이 아까워서라도 그렇게 하지는 않았을 것이다. 뱀파이어로서의 본능을 깨우친 이상, 그 능력을 적극 활용했을 터. 그 모든 걸 계산하여 말을 꺼낸 도준의 태도는 당당하기 그지없었다. 서원이 되레 기막혀했을 정도로 말이다.

"그럼 일단 병원 CCTV부터 확인하겠습니다. 이런 상황에서 참 죄송하기는 합니다만, 어쨌든 고발이 들어왔으니 저희도 범죄 혐의 여부를 확인해야 해서요."

고정욱이 재차 민망하다는 듯 머리를 긁적이며 입을 열었다.

제16장 ─ 당신과 영원히

"마, 말도 안 돼! 채서원이 분명히 내 방에 침입해서 나를⋯⋯
으윽!"

수연은 정숙이 전한 얘기를 듣고는 흥분하여 몸을 일으키려다가
고통스럽게 신음을 뱉었다. 정숙은 그런 수연을 보다가 신경질적
으로 외쳤다.

"헛소리 좀 그만해! 채서원이 계속 병원에 있었다는 게 CCTV
로도 확인됐는데, 무슨 말이 더 필요하니? 솔직히 말해 봐. 너 대
체 누구한테 무슨 원한을 사서 이 지경이 되어 놓고도 헛소리를
하는 건지."

"내가 무슨 헛소리를 했다고 그래! 진짜야! 그 남자, 채서원이
그랬단 말이야. 나를 이 꼴로 만든 게 그 새끼라고!"

수연이 흥분을 이기지 못하고 누운 채로 몸부림을 치며 제 뒷머
리를 베개에 몇 번이고 부딪쳤다. 팔과 다리가 모두 부러졌다. 아

니, 팔다리만 그렇게 된 게 아니었다. 온몸의 뼈란 뼈는 모조리 부러지고 으스러졌다. 일부는 인공 뼈로 대체했지만, 다른 일부는 그것조차 불가능하여 불구의 몸으로 살아야 한다는 판정을 받았다.

내가 왜 이런 꼴이 되어야 하는 건데!

수연은 시트를 물어뜯고 몸부림을 쳤다. 그 모습이 광인을 보는 것만 같아서 정숙은 저도 모르게 뒷걸음질을 치다가 너스 콜을 눌러 간호사를 호출했다. 그리고 얼마 지나지 않아 병실에 들어온 간호사가 수연이 맞고 있는 링거에 진정제를 투입했다. 정숙은 그 광경을 쳐다보다가 조금은 차갑게 식은 눈을 제 딸에게 돌렸다.

미쳐도 단단히 미쳤다.

그것이 수연에 대한 정숙의 판단이었다. 채서원이 집에 침입하여 자신을 폭행하고 상해를 입혔다고 주장한 것부터가 제정신으로 할 말은 아니었다.

정숙은 형사가 직접 보여 주었던 병원 CCTV 화면을 떠올렸다. 물론 CCTV에 서원이 계속 찍혀 있었던 건 아니다. 병원 내에는 CCTV에 찍히지 않는 구역도 얼마든지 있으니 말이다. 그러나 영상 속에 찍혀 있지 않은 공백 시간은 터무니없이 짧았다. 병원에서 자신의 집까지 왔다가 갈 시간이 되지 않았다. 아무리 가속 페달을 밟아 한껏 달렸다고 하더라도 불가능한 일이었다.

그러니 서원에게 아무런 혐의가 없다는 건 명백했다. 차라리 서원이 보낸 누군가의 짓이라고 한다면 모를까. 하지만 그것 역시 아무런 증거가 없는 이상, 함부로 입에 담을 수조차 없는 얘기였다.

지금 그런 걸 따질 상황도 아니고.

정숙은 지끈거리는 머리를 한 손으로 누르며 진정제를 맞고 잠든 수연을 다시 보았다.

어떻게 해야 할까. 가뜩이나 골치가 아파 죽겠는데 여기서 병수발을 하고 있을 수도 없고. 게다가 이렇게 일반병동에 있다가 괜한 소문이라도 나면…….

자식에 대한 애정보다 사회적 체면을 중요시하던 정숙이었다. 이미 추락할 대로 추락한 상태였지만, 여기서 더 추락하고 싶지는 않았다. 그녀는 잠시 망설이다가 서늘한 표정으로 간호사를 향해 입을 열었다.

"환자를 폐쇄병동으로 옮기려면 어떻게 해야 하죠? 우선 정신과 선생님부터 만나야 할까요?"

제 배로 낳은 자식을 정신병동에 입원시키고자 하면서도 정숙에게서는 일말의 망설임도 보이지 않았다. 고민은 찰나였고, 그녀의 결정은 단호했다.

✱ ✱ ✱

"정신병원? 하하, 역시 우리 어머니야. 당신한테 도움이 되지 않는다 싶으니까 바로 버려 버리네? 제기랄, 이러다가 나도 낙동강 오리알 되는 거 아니야?"

필성은 수연의 소식을 가지고 온 익산댁이 냉장고에 반찬 몇 가지를 넣은 뒤, 잠시 밖에 나가자마자 혼잣말을 중얼거렸다. 휠체어를 탄 상태로 창가에 있던 그의 얼굴이 사납게 일그러졌다.

제 여동생 또한 저처럼, 아니, 저보다 더 심하게 다쳤다고 들었다. 게다가 채서원이 그랬노라고 '헛소리'를 하다가 폐쇄병동에 갇혔다고 했다. 그는 입 안쪽 살을 씹으며 초조한 낯빛으로 눈을 찡그렸다.

그게 헛소리가 아니란 걸 다른 사람은 몰라도 자신은 안다. 자신 역시 채서원에게 얻어맞아 이런 꼴이 되었으니까. 그러나 그 누구에게도 말하지 못했다. 처음에는 겁이 나기도 했고 곧바로 터진 제 혐의 때문에 그럴 새가 없기도 했다. 그리고 그 뒤에는 수연이 저보다 더 심한 꼴로 당했다는 소식을 들었기에 말할 수 없었다.

분명 채서원이 뒤에서 꾸민 일이란 걸 알면서도 속수무책으로 당해야 하는 게 분통 터졌다. 지금도 병원 앞에서는 여성단체인지 뭔지 하는 곳에서 나온 여자들이 시위를 벌이고 있었다. 게다가 제 모습만 봤다 하면 취재를 하려고 눈이 벌게져 달려드는 기자들도 여전히 진을 치고 있는 상황이었다. 그 바람에 필성은 병실 안에 거의 갇혀 있다시피 한 신세였다. 그것도 곧 끝나기는 할 테지만 말이다.

"젠장. 그나저나 경찰서에는 어떻게 나가야 되지?"

몸이 어느 정도 회복되고 나면 경찰서에서는 곧바로 부를 태세였다. 언론의 주목을 받고 있는 사건이다 보니 경찰에서도 지금껏 보인 적 없던 열의를 보이고 있었다.

"아버지랑 한영일보만 멀쩡했어도……."

필성은 잇새로 새어 나오려는 욕설을 삼키며 짜증스럽게 제 머리를 헝클어뜨렸다. 정신없이 제 집안에 몰아친 태풍은 누구 하나 가리지 않고 집어삼키려 했다. 한영일보도, 아버지도 끝났단 말이 나올 정도였다. 어머니 역시 미술품 부당 거래 등으로 인해 몇 번이나 조사를 받은 상태였다. 그리고 저와 수연은 보다시피 각자 이런 몰골이 되었다. 이 모든 게 채서원 때문이었다.

"공이영, 그년 때문이기도 하지."

필성의 번들거리는 눈에 살기가 어렸다. 이럴 줄 알았으면 진작 그 계집애를 완전히 망가뜨리는 건데 그랬다. 아마 제 부친 역시 뒤늦은 후회를 하고 있을지도 모른다. 혹시 무슨 소문이라도 날까 두려워서 저를 막았던 걸 땅을 치며 후회하고 있을 수도 있다.

"두고 봐. 내가 나가기만 하면 그년부터 가만히 놔두지 않을 테니."

이왕 망쳐 버린 인생, 같이 끝장내는 것도 나쁘지 않다. 서원에게 짓밟혔던 성기는 발기불능 판정을 받았다. 고환 한쪽도 터져 버린 탓에 더 이상 남성으로서의 삶을 이어 갈 수 없다는 얘기도 들었다. 그것을 상기한 필성이 이를 악물었다.

최음제를 먹여 여러 놈들에게 돌려야지. 아래가 너덜너덜해진 걸 채서원, 그 새끼한테 보란 듯이 던져 줘야지. 동영상도 찍어서 인터넷상에 쫙 풀어 버려서 그년이 두 번 다시 고개 들고 다니지도 못하게 하고 말이야. 홀로 이런저런 상상을 곱씹던 필성의 귀에 병실 문이 열리는 소리가 났다.

"아줌마, 어딜 다녀오는 거야!"

익산댁이 들어온 것이라 여기고 냉큼 소리부터 질렀지만, 의외로 그 어떤 대답도 들리지 않았다. 필성은 신경질적으로 인상을 구기며 고개를 돌려 병실 문 쪽을 쳐다보았다. 익산댁이 아닌, 낯선 남자가 문 앞에 서 있었다.

"넌 뭐야?"

다짜고짜 남자를 향해 반말을 했지만, 필성과 비슷한 연배인 듯한 남자는 불쾌감을 드러내지 않고 되레 싱긋 웃었다. 그리고 차분한 음성으로 말을 걸었다.

"공필성 씨 되시죠?"

"넌 뭐냐니까? 여긴 어떻게 들어왔어? 젠장, 병실 관리를 뭐 이딴 식으로 하는 거야?"

필성이 남자를 쳐다보다가 짜증스러운 얼굴로 휠체어를 밀었다. 그러고는 너스 콜을 눌러 간호사를 막 호출하려는데, 남자가 먼저 다가오더니 그 사이를 가로막고 섰다. 갑작스러운 남자의 행동에 필성이 인상을 쓰며 재차 입을 열려는 순간, 남자가 먼저 입을 열었다.

"최연주."

"뭐?"

"최연주가 누구인지도 모르겠지?"

남자는 언제 웃었던가 싶게 굳은 표정으로 필성에게 물었다. 그러고는 필성의 대답을 들을 마음이 없다는 듯 혹은 대답을 기대조차 하지 않는다는 듯 말을 이어 나갔다.

"공필성, 당신이 죽인 여자 이름이야. 최연주는."

"지금 뭐라는……."

필성은 남자의 말에 짐짓 허세를 떨며 헛웃음마저 뱉었다. 그러나 그의 시선은 불안하게 좌우로 흔들렸다. 여자의 이름은 기억나지 않는다. 그러나 죽은 여자가 있었던 건 기억한다. 물뽕을 먹여 정신을 거의 못 차리던 여자를 안던 중에 벌어진 일이었으니까. 뻣뻣해지던 여자의 감촉이 새삼 몸에 들러붙기라도 하듯 찜찜한 느낌이 들었다.

"너, 뭐야? 기자야? 이딴 식으로 나를 떠보기라도 하려나 본데, 그거 다 헛수고하는 거야. 죽은 여자라니? 누가 죽었어? 내가 죽였대? 증거가 있나? 응?"

필성이 다시금 피식거리며 남자를 향해 빈정거리듯 말했다. 그 모습을 가만히 쳐다보던 남자 역시 피식 웃더니 입을 열었다.

"그래, 증거는 없지."

"……."

"아! 그리고 참고로 말하자면 난 기자가 아니야. 그 여자, 최연주의 약혼자였지."

"……!"

남자의 말을 들은 필성의 눈이 순간적으로 커졌다. 약혼자라니? 뭔가 느낌이 좋지 않았다. 그는 바쁘게 주위를 살피다가 여전히 돌아올 낌새가 보이지 않는 익산댁을 향해 속으로 욕을 퍼부었다. 그러고는 어색하게 입꼬리를 올리며 남자에게 말을 건넸다.

"뭔가, 음, 그러니까 뉴스 기사 같은 걸 보고 오해를 했나 본데……."

"친구들이 파티를 열어 준다며 연주는 그날, 하루 종일 들떠 있었어. 결혼 준비 하느라 신경을 많이 쓰던 터라 잘됐다 싶었지. 스트레스도 풀 겸 잘 놀다 오라고, 혹시 차가 끊기면 택시 타고 올 생각 말고 나한테 전화를 하라고 메시지를 보냈어. 그런데 그 이튿날 동이 트기도 전에 연락이 온 거야. 연주가 죽었다고 하더군. 불과 몇 시간 전만 하더라도 세상 누구보다 행복해하던 여자가 갑자기 죽었다고."

"이봐, 그, 그게……."

필성은 말을 더듬으며 휠체어 바퀴 위에 얹고 있던 손에 힘을 주었다. 남자를 밀치고 그 옆으로 빠져나갈 수 있지 않을까 나름대로 계산하는 눈빛이 번들거렸다. 그러나 남자는 필성의 속내를 알아차리지 못했다는 듯 덤덤한 목소리로 말을 이었다.

"왜 죽었는지 이유도 모른 채 시간이 지나갔어. 부검을 해도 사망 원인을 찾지 못했어. 그저 호흡 장애가 왔다는 것 외에는 아무것도 없었지. 보름 뒤에 내 아내가 되어 곁에 서 있었어야 할 여자가 차디찬 영안실에 들어간 걸 본 내 심정이 어땠을 것 같아?"

"그걸 내가 어떻게, 아, 물론 유감이기는 하지만, 그건 나와는 전혀 무관한 일이고…… 젠장, 비켜!"

필성이 남자를 향해 말을 잇다 말고 휠체어 바퀴를 있는 힘껏 굴렸다. 아니, 굴리려고 했다. 하지만 이번에도 역시 남자가 빨랐다.

"커헉!"

필성의 눈이 부릅떠졌다. 그는 고개를 숙여 제 배를 내려다보았다. 환자복 위로 드러난 칼 손잡이가 시커멓게 제 존재를 과시하고 있었다. 그리고 환자복이 서서히 붉게 물들기 시작했다.

"아, 안, 안 돼……."

그는 허둥대며 제 복부를 파고든 칼 손잡이를 움켜쥐고 다른 손으로 배를 더듬었다. 덜덜 떨리는 손에 피가 묻었다. 칼에 찔린 통증조차 느끼지 못할 정도로 필성은 공황 상태에 빠져 있었다. 남자는 그 모습을 보다가 칼 손잡이를 쥐고 있던 필성의 손을 밀친 뒤, 한 번 더 칼을 깊숙이 박아 넣었다.

"끄으, 끄으윽."

안 돼, 제발, 살려 줘. 필성이 간절한 눈으로 남자를 향해 손을 뻗었다. 그러나 남자는 망설임 없이 칼을 뽑아 버렸다. 칼이 박혔던 복부에서 피가 걷잡을 수 없이 흘러나오기 시작했다.

"아, 아아……."

손을 허우적거리던 필성의 몸이 앞으로 기울었다. 그리고 휠체어에 앉아 있던 그의 몸이 균형을 잃고 앞으로 고꾸라지고 말았다. 순식간에 병실 바닥에 피 웅덩이가 생겼다. 남자는 제 손에 들려 있는 칼을 잠시 내려다보다가 그대로 바닥에 떨어뜨린 뒤, 입을 열었다.

“연주가 죽은 뒤로 나는 살아도 살아 있는 게 아니었어. 당신은 그 하룻밤의 성욕을 채우자고 두 사람을 죽인 거야. 그러니 죽는다고 해도 억울해할 것 없잖아? 죗값을 치르는 거니까.”

남자는 단단히 각오한 듯 그 자리에 서서 눈을 감았다. 그리고 얼마나 시간이 지났을까. 병실 문이 열리는 듯싶더니 나이 든 여자의 비명이 들렸다.

✻ ❀ ✻

— 서른 살 회사원 정 모 씨가 살인 혐의로 긴급 체포 되었습니다. 경찰에 따르면 정 모 씨는 결혼을 앞두었던 약혼녀의 갑작스러운 죽음이 피해자 공 모 씨와 연관이 있다는 기사를 접한 뒤 범행을 결심했고, 공 모 씨가 서울의 모 대학병원에 입원해 있다는 걸 알게 되자마자 오늘 오후 병원에 찾아가 입원해 있던 공 모 씨를 두 차례 찔러 살해한 것으로 알려졌습니다. 피해자 공 모 씨는 모 언론사 사주의 아들로서 약물을 이용하여 여성들을 강간한 혐의를 받고 있었으며 곧 경찰 조사가 예정되어 있었…….

중환자실 옆의 대기실에 있던 사람들은 뉴스를 보다가 혀를 차며 뭐라고 작게 이야기를 주고받았다. 그러나 서원은 무덤덤한 얼굴로 텔레비전 화면을 응시했다. 그때 도준이 문을 열고 슬그머니 들어오더니 그의 옆에 앉았다.

“마침 너도 저 뉴스 보고 있었구나. 한영일보 아주 난리 났어. 사주는 구속됐지, 사주 아내 역시 구속 영장이 떨어지기 직전이지,

사주 자식들 중 하나는 정신병원 들어갔다는 소문이 쉬쉬하면서도 다 퍼져 나간 데다가 이제는 남은 하나가 저렇게 아예 죽어 버렸으니 말이야. 한영일보 주가가 곤두박질친 건 당연지사고, 이대로라면 주식이 휴지 조각이 되겠단 말까지 증권가에 버젓이 나돌 정도야."

"자업자득이지."

서원은 도준의 말에 냉랭히 대꾸하고는 입을 다물었다. 뉴스를 보는 그에게서는 일말의 동정심조차 엿보이지 않았다. 그는 잠시 입을 다물고 있다가 도준에게 나직한 목소리로 말했다.

"저 사람 앞으로 국내 최고 수준의 변호사를 선임해."

"뭐?"

"저 남자야말로 피해자잖아."

어쩌면 의심을 품은 채 살아가는 게 나았을지도 모른다. 그러다 보면 언젠가 약혼녀의 죽음은 잊히고, 다른 누군가를 만나서 가정을 꾸렸을 수도 있다. 아니, 그게 아니더라도 최소한 저렇듯 살인범이 되지는 않았을 테니 말이다. 그렇게 따지자면 남자를 저렇듯 범죄자로 만든 데에는 저 역시 원인을 제공한 것이나 다름없었다.

서원의 표정이 씁쓸해지는 걸 힐끔 돌아보던 도준이 알았다며 간단히 대답했다. 잠시 후 서원이 자리에서 일어섰다. 그러자 도준이 기다렸다는 듯 덩달아 일어섰다. 그들 두 사람이 대기실을 나갔지만, 대기실 안에 있던 보호자들 중 어느 누구도 그것을 알아차리지 못했다.

중환자실에 들어선 뒤에도 비슷한 상황은 지속되었다. 도준과 서원이 바로 옆을 스쳐 지나갔음에도 불구하고 중환자실 안에 있던 의사와 간호사들 중 아무도 그들의 기척을 감지하지 못한 것이다. 그렇게 그 어떤 방해도 받지 않은 채 그들은 이영이 누워 있는 침대 옆까지 다가갔다. 그리고 심장 모니터에 그려지는 그래프를 가만히 쳐다보던 서원을 향해 도준이 입을 열었다.

"신중하게 한 번 더 생각해라."

"······생각했어."

"내가 했던 말은 다 차치하고서라도 이 말은 해야겠다."

도준은 깊이 가라앉은 눈으로 서원을 쳐다보았다. 그러자 서원이 모니터를 응시하던 시선을 옮겨 도준을 마주 보았다.

"영원히 살아간다는 게 끔찍한 저주가 될 수도 있어. 지금이야 너는 실감 못 할지도 모르지. 어차피 네가 살아온 시간은 고작 서른 해밖에 되지 않았고, 인간들과 별반 다르지 않게 살았으니까. 아무리 머릿속으로 그려 보고 상상한다고 해도 제대로 실감하는 건 아주 먼 훗날이 될 거야. 그리고 그건, 네 아내도 마찬가지일 테고."

"영원히 함께할 거니까 괜찮아."

"그 '영원'을 확신할 수 있어?"

서원의 대답에 도준이 자신도 모르게 냉소를 지으며 물었다.

"사랑이란 감정이 영원할 수 있다고 생각해? 물론 그렇다고 대답하겠지. 너와 네 아내는 남들보다 특별한 사랑을 하고 있다고 믿을 테고. 그런데 그게 얼마나 갈까? 백 년? 이백 년? 오백 년? 흔히 장난처럼 말하는 천 년의 사랑, 뭐 그런 게 가능할 것 같아?"

도준은 제 가슴속을 수백 년 동안 차지하고 있었던 여인을 떠올렸다. 백 년도 살지 못하고 죽어 버리는 인간을 사랑한 대가는 비참했다. 그녀가 다시 윤회할 때마다 그 흔적을 찾아 주변을 맴돌았다. 그리고 그녀의 생이 끝날 때까지 몰래 훔쳐보기만 했다. 다시 태어난 여인이 저에 대한 기억은 이미 잊은 채 그때마다 다른 누군가를 만나 사랑하고, 함께 늙어 가는 걸 지켜볼 수밖에 없었다. 그리고 그 지켜보는 과정 속에서 깨달았다.

사랑이란 게 고작 그런 거구나.

백 년은 고사하고 수십 년도 채 이어지지 못하는 감정이구나.

그것을 깨닫고 나니 여인을 두 번 다시 보고 싶지 않았다. 그래서 이번에는 그녀의 흔적을 구태여 찾으려 하지 않았다. 그리고 앞으로도 그럴 것이다. 그녀는 계속 윤회를 거듭하며 태어날 테지만 자신과의 접점은 더 이상 존재하지 않으리라.

그렇듯 사랑에 대해 회의적인 입장이 된 도준으로서는 서원이 어리석고 철없어 보였다. 그 마음을 알 것 같으면서도 다른 한편으로는 조소하고 싶었다. 그래서 어떻게든 다시 생각해 보라고 설득하고 싶기도 했다.

"마지막이야, 서원아. 생각할 기회는 이번이 마지막이라고."

"……나는 형처럼 살지 않겠다고 결심했었어."

서원은 도준을 응시하며 입을 열었다.

"헛헛한 미소를 보면서 그렇게 살고 싶지 않아서, 나는 사랑 같은 건 아예 시작조차 하고 싶지 않았어. 그런데 사랑한다는 건, 내 의지로 되는 일이 아니더라. 내 생각, 내 뜻과는 상관없이 이 여자가 가슴속 깊숙이 박혀서 도저히 빼낼 수가 없게 되었는걸."

그러니 어쩌겠어. 가슴속에 박아 넣은 채 사는 수밖에. 서원이 작게 웃으며 다시 고개를 돌려 이영을 내려다보았다. 이영의 파리한 얼굴에 씌워져 있는 인공호흡기 안으로 습기가 살짝 생겼다가 사라지기를 반복했다. 그것을 가만히 쳐다보던 서원이 재차 말을 이었다.

"형 말대로 이영이에게는 저주일 수도 있겠지. 깨어나고 나면 본인을 뱀파이어로 만들었다고 화를 낼지도 몰라. 그래도 어쩔 수 없어. 이번에 알았는데 말이야. 나란 놈, 성격이 꽤나 이기적이더라고."

"그걸 이제야 알았냐?"

도준은 서원의 말을 툴툴거리며 받아쳤다. 서원이 피식거리며 고개를 주억거렸다.

"응, 이제야 알았어. 이영이를 위해서라면 더한 짓도 서슴없이 할 수 있을 것 같더라고."

그래서 그 남자, '정 모 씨'로 지칭되었던 남자를 돕고 싶은 건지도 모른다. 저 역시 그런 상황에 처했다면 똑같이 행동했을 테니까. 아니, 그보다 더 심하게 난도질을 하여 죽였을 것이다. 지금까지 살아오면서 배운 규칙조차 다 무시해 버린 채 말이다. 서원은 이영을 쳐다보다가 다시금 입을 열었다.

"그러니까 이영이 나를 원망하더라도 그것조차 끌어안고 가야지. 마음이 변한다 해도 그것 역시 끌어안고 갈 테고. 만약 이영이 다른 남자에게 마음을 주게 된다고 하더라도 결국 끝까지 곁에 남는 건 내가 될 테니까 다행이지 않겠어?"

서원이 웃음기 섞인 투로 중얼거리다가 도준을 쳐다보았다. 도준이 입을 꾹 다문 채 한 걸음 뒤로 물러섰다.

"결계는 나한테 맡기고 너는 거기에 집중이나 해. 실패하면 너뿐만 아니라 네 아내까지 끝나는 거야. 알지?"

도준은 뒤로 물러선 채 저와 서원, 그리고 이영을 둘러싸고 있는 결계를 한 번 더 확인했다. 다른 이들의 눈에 이 공간은 아무것도 존재하지 않는 무(無), 그 자체일 것이다. 공이영이란 환자가 있었다는 사실조차 망각한 탓에 그녀의 바이탈을 체크해야 하는 것도 아예 생각하지 못하리라.

모든 과정이 마무리될 때까지 자신이 해야 할 일은, 바로 그 상태를 유지시키는 것일 터. 도준은 천천히 호흡을 가다듬은 뒤, 결계와 자신을 동화시켰다. 그것이 결계를 지키는 가장 확실한 방법이기 때문이었다.

고마워, 형.

서원은 도준을 돌아보고는 속으로 중얼거렸다. 그가 조금 전 했던 말이 전부 자신을 염려하여 한 말이라는 걸 모르지 않았다. 그래서 한 번만 더 고민했으면 하고 말을 했을 것이다. 그러나 서원의 마음은 조금도 흔들리지 않았다.

실패를 각오하고서라도 해야 하는 일이다. 머리로 따지고 계산하는 것 자체가 지금 제게는 사치였다. 바이탈 수치가 아직은 어느 선으로 유지되고 있다고는 하지만, 이영의 상태는 그다지 낙관적이지 않았다. 이대로 며칠을 버티지 못하고 먼저 떠날 수도 있고, 혹은 이 상태로 수십 년을 의식 없이 살아갈 수도 있다는 얘기가 나오는 중이기도 했다. 둘 다 최악이기는 마찬가지였다.

만약 실패하더라도 내가 너랑 함께할 테니까…… 나 너무 혼내지만 말아 주라.

그는 이영을 쳐다보다가 조심스럽게 그녀의 손을 잡았다. 도준에게서 배운 것을 머릿속으로 한 번 더 되새겨 본 뒤, 천천히 눈을 감았다. 그리고 서원에게서 변화가 일어나기 시작한 건 그 직후였다.

그의 몸이 앞뒤로 크게 들썩이는 듯싶더니 주위의 공기가 빽빽

한 밀도를 자랑하듯 묵직해졌다. 만약 다른 생명체가 서원의 근처에 다가왔더라면 그대로 짓눌렸을 정도의 무게였다. 눈에는 보이지 않는 압박감이 소용돌이처럼 휘몰아치며 서원과 이영을 한꺼번에 휩쓸었다가 이내 내리눌렀다. 그러나 이영은 그 압박감을 전혀 느끼지 못하는 듯 변함없이 눈을 감고 있었다.

반대로 서원의 얼굴은 하얗게 질렸다가 시커멓게 변하기를 반복했다. 그와 동시에 송곳니가 자라 나오면서 입술을 찢고 손톱은 길어졌다. 목 안쪽의 혈관이 피부를 뚫고 나올 것처럼 꿈틀댔다.

그리고 서원이 다시 눈을 번쩍 뜨고는 제 길어진 손톱으로 목 옆쪽을 뚫었다. 동맥이 지나가는 자리를 정확히 뚫은 손톱이 다시 피부 밖으로 빠져나오자마자 피가 솟구치기 시작했다. 온몸의 피가 다 빠져나갈 기세로 솟구치던 피가 거대한 막을 형성하며 이영이 누워 있는 침대 위를 덮었다.

기괴한 광경이었다. 그 어떤 공포영화도 따라 할 수 없을 정도의 기괴함이었다. 하지만 서원이나 도준, 둘 다 아무렇지 않게 그 광경을 지켜보았다. 물론 도준의 경우에는 서원을 지켜보며 저도 모르게 식은땀이 흐르는 걸 느껴야 했지만 말이다.

오래된 기록에 남아 있는 것만 보았지, 실제로 제 눈으로 이것을 보게 될 줄은 몰랐다. 그 결과가 과연 어떻게 나올지 예측조차 할 수 없는 상황이었다. 서원의 피로 이루어진 막에 감싸인 이영의 모습은 아예 보이지 않았다. 그녀가 막에 뒤덮인 채 그 안에서 어떻게 변해 가고 있을지 알 수 없었다.

"크으윽."

그 순간, 서원에게서 억눌린 신음이 새어 나왔다. 도준은 다급히 서원을 쳐다보았다. 계속 피가 뿜어져 나오고 있는 서원의 피부는 시퍼레져서 흡사 시체를 연상시켰다. 온몸의 핏줄이 저마다 꿈틀거리며 요동을 쳤다. 자칫 온몸이 이대로 터져 나갈지도 모른단 위기감마저 들 정도였다.

도준은 자신도 모르게 한 발 앞으로 다가가려다가 입술을 짓씹으며 그대로 멈췄다. 고통 속에서도 이영에게서, 이영을 감싸고 있는 제 피로 이루어진 막에서 좀처럼 시선을 떼지 못하는 서원을 본 까닭이다. 그 간절함이 도준을 멈추게 했다.

견뎌! 실패하면 죽여 버린다!

도준이 속으로 외치며 다시 한번 결계를 방비했다. 실패하면 어차피 재가 되어 사라질 그를 죽여 버리겠다고 외친 제 말의 맹점을 깨달을 새도 없었다.

그때, 침대 위에 덮여 있던 붉은색 막이 어느 한 지점으로 빨려들어갔다. 그 지점은 이영의 목 한가운데였다. 목에 연결되어 있던 튜브가 아닌, 바로 옆의 살갗이 저 스스로 벌어지더니 피를 탐욕스럽게 빨아들이기 시작한 것이다.

그와 동시에 서원은 무릎이 그대로 꺾일 뻔한 걸 가까스로 침대 난간을 붙잡고 버텼다. 제 몸에 흐르던 피가 거의 대부분 빠져나간 걸 본능적으로 느낄 수 있었다. 그리고 그것이 이영의 몸 안으로 흡수되고 있다는 것도.

뱀파이어의 영생, 그것을 공유하는 과정이다. 본래 나눌 수 없는 것을 억지로 갈라 나누고자 하는 것이니 고통은 표현하기 힘들만큼 극심했다. 어떻게든 참고 견디려 했지만 서원의 이가 서로 맞부딪치고 온몸이 경련을 일으켰다. 그럼에도 불구하고 정신을 붙들기 위해 그는 눈을 부릅떴다.

그는 난간을 꽉 움켜쥔 채 이영의 목 안쪽으로 빨려 들어가는 제 피를 보았다. 얼마 지나지 않아 이영의 몸이 크게 들썩이더니 허공으로 떠오르기 시작했다. 온몸에 연결되어 있던 튜브들이 죄다 뽑혀 나가고 인공호흡기조차 떨어져 침대 아래에 대롱대롱 매달렸다. 심장 모니터에서 나오는 경고음에 귀가 멀 것만 같았다. 그러나 서원은 허공에 떠 있는 이영에게 집중한 채 그 어떤 것에도 신경을 돌리지 않았다. 하다못해 고통조차 제 관심 밖이었다.

이영아.

그는 이영을 불러 보았다. 소리를 내어 불렀는지, 혹은 속으로 조용히 불렀는지 분간이 되지 않았다. 어느새 피가 다 흡수된 것인지 이영을 둘러싸고 있던 붉은 막은 흔적조차 없이 사라진 상태였다. 이영이 허공에 떠 있는 것만 제외하면 놀랍도록 평온한 광경이었다. 물론 서원의 경우에는 여전히 가시지 않은 고통으로 인해 거듭 경련이 일어나고 있었지만 말이다.

울컥.

그의 입에서 피가 토해져 나왔다. 도준이 놀란 것인지 순간적으로 결계가 요동치는 게 느껴졌다. 하지만 서원이 곧바로 침대 난간을 쥐고 있던 손을 들어 보이자 도준이 진정했는지 결계가 다시금 안정되었다.

피를 토하고 나니 고통이 한결 나아진 것 같았다. 숨을 내쉬는 서원의 눈에 이영의 몸이 서서히 아래로 내려오는 게 보였다. 뒤이어 파리했던 이영의 얼굴에 혈색이 돌아오는 것도 보이기 시작했다. 그녀의 몸에 남았던 상처들이 빠르게 회복되는 것 역시.

"이영아……."

서원은 한 번 더 피를 토하고는 덜덜 떨며 손을 뻗었다. 옷 앞섶이 피에 젖어 붉어진 줄도 모른 채 그는 이영의 뺨에 제 손을 가져다 댔다. 온기가 손끝을 통해 전해졌다. 그는 눈시울이 붉어진 채 그녀의 뺨을 조심스럽게 어루만졌다.

성공. 실패.

그 단어들이 헛되이 사라져 갔다. 그저 제 눈앞에 이렇듯 존재하는 여자가 자신에게 남은 유일한 단어였다.

공이영.

이영아.

그의 부름을 듣기라도 한 것일까. 이영의 눈꺼풀이 파르르 떨리는 듯싶더니 천천히 열리기 시작했다. 그리고 그녀의 눈이 허공 어딘가를 헤매다가 곧바로 제자리를 찾았다.

"서…… 서원 씨."

그녀의 자리는 늘 그랬듯 서원의 곁이었다.

✻ ❀ ✻

한바탕 꿈을 꾸고 일어난 기분이었다. 이영은 푹신한 베개와 쿠션 덕분에 몸을 편하게 기대어 앉은 채 창문을 통해 쏟아지는 햇살을 가만히 바라보았다. 그러다가 문득 신기한 마음에 햇살에 닿아 있던 제 손목을 눈앞에 들어 보았다.

"햇빛을 받아도 괜찮구나……."

"괜찮다니까 그러네. 냉혹한 적자생존의 세계에서 살아남은 게 우리거든?"

병실 문이 열리는 소리가 나더니 서원이 괜히 머쓱한 얼굴로 툴툴대며 들어왔다. 이영은 그를 돌아보고는 가만히 웃었다. 그러자 그가 그녀의 시선을 슬그머니 피하더니 이내 가지고 들어온 과일

바구니 안을 뒤적거리는 시늉을 했다.

"서원 씨, 왜 자꾸 내 눈을 피해요?"

"내, 내가 뭘 피했다고 그래?"

"나 정말 괜찮은데, 왜 서원 씨가 미안해하는 거예요?"

자신이 다시 정신을 차리고 눈을 떴을 때, 병원 측에서는 거의 경악하다시피 하였다고 들었다. 도저히 의학적으로 설명이 되지 않는다고 했던가.

이영은 마치 동물원 원숭이라도 구경하듯 한꺼번에 우르르 몰려 와 정신없이 질문을 던지고 제 상태를 확인하던 의사들을 떠올리다가 피식 웃고 말았다. 아마 그들은 상상조차 하지 못할 것이다. 자신이 깨어나게 된 게, 그리고 놀라운 속도로 회복하게 된 게, 전적으로 제 앞에 서 있는 이 남자 때문이란 것을.

내가 뱀파이어가 되다니.

이영은 제 손을 반대쪽 손으로 쓸어 보다가 고개를 갸웃거렸다. 달라진 건 아무것도 없는 것 같은데, 이제 자신은 인간이 아닌 뱀 파이어라고 하니 스스로도 믿기 힘든 게 사실이었다.

"참, 그럼 앞으로는 나도 서원 씨랑 같이 내과 다니면 되는 거 예요? 피를 먹고 싶은 욕구는 안 생기는데."

이영이 제 손을 만지다 말고 불쑥 서원에게 물었다. 그러자 그 가 오렌지를 까다가 어색한 표정으로 고개를 주억거렸다.

"아마도 그렇겠지?"

"좋네요."

서원의 대답을 들은 이영이 진심으로 기쁘다는 듯 눈꼬리까지 휘어가며 웃었다. 그 모습에 서원이 멈칫하고는 입을 열었다.

"좋다고?"

"당연히 좋죠. 주사를 맞을 때도 늘 함께할 수 있다는 거잖아요."

서원이 철분 주사를 맞을 때 병원에 따라간 적이 있다. 그러나 그건 그저 따라간 것일 뿐, 그와 그 이상의 것을 나눌 수는 없었다. 물론 일상의 전반적인 모든 걸 서원과 함께하고자 하는 건 아니다. 다만 앞으로는 그가 정기적으로 내과에 들러 링거를 꽂고 홀로 누워 있지 않아도 된다는 게 기쁠 뿐이다. 저 역시 그와 나란히 누워 주사를 맞을 테니까.

"내가 원망스럽지 않아? 잠시 잠들었던 것뿐인데 그새 남편이란 작자가 너를 괴물로 만들어 버린 거잖아."

상큼한 오렌지 향이 코끝을 건드렸다. 그러나 그와는 반대로 서원의 말뜻은 한없이 무거웠다. 이영은 웃음기를 모두 지운 채 진지한 얼굴로 그를 쳐다보다가 침대 위를 가볍게 두드렸다.

"이리 와서 앉아요, 서원 씨."

덩치는 크지만 순한 강아지라도 되는 양 그가 순순히 그녀의 말을 따랐다. 이영은 서원이 침대 가장자리에 걸터앉자마자 그의 뺨을 양손으로 감싸고는 말을 이었다.

"솔직히 처음에 그 얘기를 들었을 때는 당황했어요. 난 변한 게 하나도 없는데 뱀파이어가 됐다고 하니까, 서원 씨가 놀리려고 거짓말을 하는 건가 싶기도 했고요."

그런데 그 모든 게 진실이었다. 자신이 마지막으로 기억하던 순간은 수연의 차가 굉음과 함께 저를 덮쳤던 것이다. 그러고 나서 깨어났을 때 다시 본 건 낯선 천장과 작은 형광등 불빛이었다. 그 뒤에는 선후를 분간할 수조차 없이 휘몰아치듯 상황이 계속 바뀌었다. 그러다가 다시금 정신을 온전히 차렸을 때, 자신은 일반병실에 누워 있었다. 그리고 이 남자가 제 곁에 앉아 있다가 눈시울이 붉게 물든 채 웃으며 말을 건넸다.

'이영아, 잘 잤어?'

매일 아침마다 하던 인사였다. 그런데 어째서인지 눈물이 왈칵 쏟아졌다. 서원이 허둥대며 간호사를 부르는 걸 보면서도 울음이 터져 나오는 걸 막을 수가 없었다. 이 남자를 두 번 다시 보지 못할 수도 있었다는 자각이 뒤늦게 찾아들었다. 또한 이 아침 인사를 다시는 들을 수 없을 수도 있었다는 깨달음이 그 뒤를 따랐다. 그러고 나서야 미처 느끼지 못했던 공포가 온몸을 옥죄어 오는 걸 알게 되었다.

어쩌면 그런 까닭에 뱀파이어가 되었다는 말을 듣고도 큰 충격을 받지 않았던 건지도 모르겠다. 당황하기는 했지만, 그렇다고 해서 거부감이나 두려움 같은 걸 느낀 건 아니었으니 말이다.

나는 이 남자와 영원히 함께할 수 있겠구나, 하는 안도감이 컸기에.

그래서 다른 감정이 끼어들 틈이 없었다. 그리고 그건 지금도 마찬가지였다. 서원의 경우에는 외려 뒤늦게 제 눈치를 살피고 있는 듯싶지만. 그녀는 맑은 미소와 함께 그의 뺨을 가만히 어루만지며 재차 말을 이어 나갔다.

"그게 전부 사실이라는 걸 알고, 내가 얼마나 기뻤는데요."

"뱀파이어가 되는 게 꿈이었어?"

서원이 상황에 맞지 않게 뚱한 목소리로 물었다. 이영은 작게 소리 내어 웃은 뒤, 고개를 끄덕였다.

"그랬나 봐요. 나도 몰랐던 내 꿈이 그거였나 봐. 뱀파이어가 되는 거. 세상에서 가장 사랑하는 남자와 같은 종족이 되는 거. 서

445

원 씨와 영원히 모든 시간을 함께할 수 있다는 게 나한테는 얼마나 꿈만 같은 일인지 몰라요."

"……하지만."

"장도준 씨가 옆에서 막 말리는데도 밀어붙였다면서요. 그러더니 그 배짱은 다 어디로 간 거래요?"

"도준 형이 언제 그런 얘기를…… 아! 내가 잠깐 자리 비웠을 때, 그사이에 그런 얘기를 한 거야?"

서원은 느닷없이 튀어나온 도준의 이름에 인상을 쓰다가 이내 피식 웃고 말았다. 도준이 무슨 말을 어떻게 했는지 모르지만 괜히 얼굴이 화끈거렸다. 절박했던 상황에서 했던 행동이 뒤늦게 민망함을 안겨 준 것이다. 그와 더불어 이영에 대한 미안함도.

"애당초 뱀파이어로 태어난 나와 다르게 너는 인간이었어."

그는 머쓱했던 표정을 지우고 제 뺨을 어루만지던 이영의 손을 붙잡았다. 작고 보드라운 손이 제 손에 잡혔다. 이 온기를 잃을 수 없었던 간절한 마음이 새삼 가슴속을 두드렸다. 그녀가 저를 원망해도 어쩔 수 없다고 생각하고 저지른 일이었다. 의식 없이 누워 있는 이영에게 허락조차 구하지 않은 채 행한 일이었다. 막상 이영이 깨어나고 나니 겁이 덜컥 난 건 사실이었다. 그녀가 혹시 저를 원망할까 싶어 두렵기도 했다.

하지만 그럼에도 불구하고,

"언젠가 나를 원망하게 될지도 몰라."

만약 똑같은 상황이 다시 돌아오게 된다면 자신은 주저하지 않고 같은 선택을 반복할 것이다.

"그래도 못 놓아줘."

이영의 손을 잡고 있는 서원의 손에 힘이 들어갔다. 그는 마치 으르렁대는 맹수처럼 거듭 말했다.

"평생, 영원히 내 옆에 붙잡아 놓을 거라고. 네가 만약 마음이 변해 나를 떠나려 해도 무슨 수를 써서라도⋯⋯."

말을 이어 가려던 서원의 입술 위에 이영의 입술이 닿았다. 보드랍고 따스한 감촉이 입술을 꾹 내리눌렀다. 맞닿은 입술이 파르르 떨리는 듯싶더니 다시 멀어졌다. 그리고 살짝 상기된 얼굴로 이영이 입을 열었다.

"나야말로 서원 씨 영원히 안 놔줄 거예요. 뱀파이어로 만들어 놓았으니까 쭉 책임지라고 해야지."

휘어진 눈가가 촉촉하게 젖어 들었다. 이영은 빨개진 코끝을 슬쩍 문지른 뒤, 입을 달싹이다가 크게 숨을 들이쉬고는 다시금 말했다.

"그리고 쭈우욱, 사랑하자고 할 거야."

"이영아⋯⋯."

"사랑해요, 서원 씨."

툭 던지듯 사랑한단 말을 꺼낸 그녀의 얼굴이 새빨갛게 물들었다. 서원 역시 순식간에 붉어진 얼굴과 목덜미를 가리지도 못한 채 입을 벙긋거리다가 그대로 이영의 뒷머리를 끌어당겨 안고는 입술을 맞댔다. 그녀의 입술을 가르고 들어온 혀가 성급히 입 안을 탐하기 시작했다. 이영 역시 서툰 움직임으로 서원을 맞이하며 그의 어깨를 거머쥔 손에 힘을 꽉 주었다.

환자복 위로 서원의 손이 올라와 봉긋한 가슴을 움켜쥐었다. 그와 동시에 이영의 몸이 침대 위로 뉘어졌다. 어느새 서원이 침대 위로 올라와 무릎과 양쪽 팔로 침대를 지탱하고는 제 아래에 누운 이영을 내려다보았다. 그 시선에 담긴 열기에 이영은 몸 안쪽 어딘가가 후끈해지며 달아오르는 걸 느꼈다. 그런 제 모습이 당혹스러울 정도로 부끄러워진 탓에 저도 모르게 그의 시선을 피해 고개를 옆으로 돌렸다.

그리고 무심코 돌린 시선에 그의 발끝이 보였다. 허둥지둥 침대 위로 올라오느라 슬리퍼가 아슬아슬하게 발끝에 걸려 있는 것이 눈에 들어왔다. 그 허술한 모습에 이영은 웃고 말았다.

아아, 정말이지 이 남자가 좋아.

모든 게 너무나 비현실적이었다. 이 남자와 관련된 모든 게 그랬다. 단 한 번도 꿈꿔 보지 못했던 삶이 저를 찾아왔다. 이영은 다시 그를 향해 시선을 돌리고는 싱긋 웃으며 입을 열었다.

"내 인생에, 가장 비현실적인 일을 해 볼까 하는데 도와줄래요?"

"가장 비현실적인 일?"

서원이 갑자기 무슨 소리인가 싶어 의아한 표정을 지었다. 그런 그를 쳐다보며 거듭 웃은 이영이 그의 목덜미에 팔을 감아 끌어당기고는 귓가에 속삭였다.

"병원에서, 사랑 나누기."

"……!"

"어때요?"

이영은 저답지 않은 대담한 발언을 해 놓고 배시시 웃었다. 잠시 놀란 듯 눈을 크게 뜬 채 그녀를 내려다보던 서원이 피식 미소 짓더니 입을 열었다.

"아무리 경악할 만한 속도로 회복했다고 하지만, 괜찮겠어?"

"예."

"진짜?"

"지금 아니면, 용기 못 낼 것 같으니까요."

이영의 뺨에 드리운 홍조를 알아차리지 못할 수 없었다. 서원은 낮게 웃음을 터뜨리고는 그녀를 향해 고개를 힘차게 끄덕였다. 그리고 다시 그녀에게 깊이 키스했다.

물론 병실 전체에 결계를 치는 건 잊지 않았다.

아무리 급해도 제 여자의 알몸을 다른 누군가에게 보이는 불상사가 벌어져서는 안 되니 말이다.

덧붙이는 이야기

달콤한 냄새와 함께 쌉싸름한 차향이 주방에서부터 거실로 퍼져 나갔다. 이영이 부른 배를 안고 미소를 머금은 채 주방 쪽을 쳐다 보고 있는데 갑자기 서재 쪽에서 요란한 발소리가 들리더니 네다 섯 살쯤 되어 보이는 사내아이가 모습을 드러냈다.

"엄마요! 앨범 봐요!"

제 몸의 절반도 넘어 보이는 큼직한 앨범을 품에 안고도 전혀 힘든 기색이 없어 보이는 아이가 신나서 이영을 향해 달려오다가 제 발에 걸려 넘어졌다. 이영은 미소를 짓고 있다가 쿵, 하며 아이 가 앞으로 고꾸라지는 걸 보고는 기겁하여 몸을 일으키려 했다. 하 지만 그보다 먼저 아이가 저 스스로 일어나더니 배시시 웃으며 머 리를 긁적였다.

"인우야, 괜찮아?"

"그럼요! 남자가 이런 걸로 아프다고 하는 거 아니야요!"

아이, 인우가 개구지게 웃으며 큰소리를 치고는 슬그머니 제 무릎을 문질렀다. 거실 대리석 바닥에 큰 소리를 내며 부딪쳤으니 아픈 게 당연할 터였다. 아마 조금 있으면 시퍼렇게 멍이 들지도 몰랐다. 물론 '남자'의 자존심에 아프단 말은 고사하고 멍이 생긴 것조차 내색하려 하지 않을 테지만 말이다.

이영은 '남자'로서의 허세부터 일찌감치 터득한 아이를 보며 웃어야 할지 울어야 할지 모르겠단 표정을 짓다가 이내 피식 웃어 버렸다. 그와 동시에 주방에 있던 서원이 쟁반을 들고나오다가 고개를 끄덕이며 입을 열었다.

"그렇지! 내 아들이라면 모름지기 그깟 멍 좀 들었다고 엄마 귀찮게 할 리가 없지. 채인우, 진짜 남자다! 그렇지?"

"응요!"

인우가 서원의 말에 고개를 위아래로 힘차게 끄덕이며 대답했다. 요즘 유치원에서 존대를 배우고 있다더니 무조건 말끝에 '요' 자를 붙이면 되는 줄 아는가 보다. 이영은 제 아이의 해맑은 모습을 보다가 다시금 미소를 지으며 제 부른 배를 쓰다듬었다. 그런 이영의 곁으로 서원이 다가오더니 테이블 위에 쟁반을 내려놓고는 찻잔을 건넸다.

"자, 이건 우리 이영이 것."

"고마워요."

그녀는 서원에게서 찻잔을 건네받아 입술을 축였다. 깔끔하게 우려낸 찻잎의 향이 은은했다. 이영은 두 손으로 찻잔을 감싸고는 감탄했다.

"차 우려내는 솜씨가 나날이 좋아지는 거 알아요? 그냥 입술만 축이기에는 정말 아까워."

"우리 새싹이 태어나고 나면 그때 실컷 마셔. 당신 차는 내가 영원히 책임질 테니까."

서원이 살짝 투정을 부리는 이영의 입술에 가볍게 입을 맞췄다. 쌉싸름한 녹차 향이 고스란히 제 입으로 전해졌다. 어느 정도 익숙해졌다고는 하지만, 그래도 쉽게 좋아지지는 않는 향이다. 그것을 눈치챘는지 이영이 냉큼 쟁반에 있던 노란색 마카롱 하나를 집어 서원의 입에 넣어 주었다. 그러자 서원의 표정이 금세 환해지는 듯싶더니 그가 어색하게 헛기침을 하며 입을 열었다.

"그나저나 우리 새싹이 입맛은 어떨까? 떡잎이 저놈은 딱 내 입맛을 닮았는데."

"나 떡잎이 아냐요!"

제 아빠와 엄마가 서로의 간식만 챙기는 것에 익숙한 인우가 알아서 저 먹을 딸기 주스를 챙겨 양손으로 컵을 잡고 주스를 마시다가 크게 외쳤다. 딸기 주스가 인우의 입 주변에 불그스름하게 묻어 있는 걸 본 이영이 서둘러 아이의 입가를 닦아 주었다. 엄마가 저를 챙기는 게 기분 좋은지 아이가 까르르 웃었다. 그 모습을 떨떠름하게 보던 서원이 중얼거렸다.

"단 걸 좋아하는 건 상관없는데…… 특히 딸기를 좋아해서, 기분이 묘해진단 말이야."

"왜 기분이 묘해져요?"

"그렇잖아. 딸기 주스든 딸기 우유든, 입가에 벌겋게 묻히고 먹는 게 꼭 피를……."

서원은 무심코 대답을 이어 가려다가 이영의 눈이 살짝 찡그려지는 걸 보고는 입을 다물었다.

"인우 앞에서 그런 말 하지 말라고 했죠! 그러다가 또 호기심

생겨서 피 먹는다고 하면 어쩌려고 그래요! 어머니께서 처음부터 입맛 잡아 놓아야 한다고 얼마나 강조하셨는데요."

엄마는 강하다. 아니, 무섭다. 그는 인우가 태어난 이후 종종 그 것을 깨닫는다. 서원이 혼난다고 생각했는지 인우가 박수까지 치며 깔깔댔다.

"아빠, 바보요! 엄마한테 혼나고요!"

"그래, 혼난다. 인마. 이게 다 떡잎이 너 때문……."

"떡잎이 아니라니까아아아!"

인우가 까르르 웃다 말고 다시 심통이 난 얼굴로 서원에게 항의했다. 유치원에서 배운 '요' 자 붙이기마저 잊고 본래 말투로 돌아간 걸 보니 꽤 화가 많이 난 듯싶었다.

"난 인우야. 떡잎이 아냐. 아가 아니야! 아가는 새싹이잖아. 저기, 엄마 배 속에 있는 새싹이!"

억울해하는 아이의 볼이 터질 것처럼 부풀었다. 이영은 서원을 향해 눈을 찡긋거리고는 인우를 향해 손을 내밀었다.

"인우는 이제 아가가 아니지. 어엿한 '남자'인데. 아빠가 바보다, 그렇지?"

"응! 아빠 바보야, 엄마! 아빠랑 놀지 마."

아이의 통통하고 짧은 팔이 이영의 목을 끌어안았다. 씩씩대는 모양새가 귀엽기 그지없었다. 이영은 인우를 안으며 웃음을 삼켰다. 얼마 전까지만 해도 '떡잎'이라는 태명을 제 이름으로 여겼는데, 이제는 태명 대신 본명인 '인우'로 불러 주기를 바라는 아이의 모습이 대견하기도 하고 한편으로는 서운하기도 했다. 어느새 이만큼 큰 건가 싶어 신기한 마음도 들었고.

"바보 아들, 이리 와. 엄마 힘들어."

그 순간, 서원의 퉁명스러운 목소리가 들렸다. 그와 동시에 이영의 품에 안겨 있던 인우의 귀가 쫑긋거리더니 아이에게서 큰 소리가 터져 나왔다.

"바보 아들 아냐!"

"그래? 고맙다. 아빠 바보 아니라고 해 줘서."

"으응? 응?"

인우가 서원이 냉큼 받아친 말에 뭔가 이상했는지 고개를 갸웃거렸다. 아빠가 왜 갑자기 제게 고맙단 말을 하는 건지 이해를 못하겠다는 표정이었다. 어쨌든 인우는 방금 제 아빠가 했던 '엄마 힘들어'란 말을 다시금 기억하고는 이영의 품에 안겨 있다가 슬금슬금 거실 바닥에 내려와 앉았다. 개구쟁이에 온갖 말썽을 많이 부리지만 제 엄마만큼은 끔찍이 챙기는 효자 아들이라는 걸 증명이라도 하듯.

"아! 맞다! 엄마, 앨범요!"

뒤늦게 자신이 왜 방에서 놀다 말고 거실로 나왔던 건지 그 이유를 기억해 낸 인우가 후다닥 일어나 바닥 한쪽에 나뒹굴고 있던 앨범을 가지고 다시 돌아왔다.

"우리 단풍 사진 찍은 거 봐요!"

"아아……."

이영이 인우의 말에 입을 달싹이고는 서원을 돌아보았다. 지난 주말에 아이를 데리고 모교에 갔었는데, 그날 찍은 사진을 보자는 듯싶었다. 서원은 이영과 시선을 맞추고는 피식 웃더니 인우를 제 다리 위에 앉힌 채 앨범을 펼쳤다.

"여기! 여기 엄마랑 아빠!"

앨범을 몇 장 넘기기도 전에 인우가 몸을 버둥대며 앨범 어딘가를 짧은 손가락으로 가리켰다. 아이가 가리킨 곳에는 사진 한 장이 담겨 있었다. 단풍나무 아래에 나란히 서 있는 서원과 이영의 모습이었다.

"이게 처음 찍은 거지?"

서원의 물음에 이영은 대답 없이 고개만 끄덕였다. 앨범을 보자던 건 인우였는데 이영이 더 집중한 듯했다. 그는 제 아내의 그런 모습에 가만히 웃은 뒤, 사진 속 아내를 사랑스러운 눈으로 바라보았다.

"하마터면 이때, 사진을 못 찍을 뻔했어요."

"……다시 떠올리고 싶지도 않아."

그는 인상을 쓰며 이영의 말에 대꾸했다. 그러고는 손을 내밀어 그녀의 어깨를 단단히 감싸 안았다. 이미 여러 해가 지났지만 지금도 생각하면 머릿속이 새하얘졌다.

"서원 씨, 인우 아빠."

그 마음을 안다는 듯 이영이 차분한 목소리로 그를 거듭 부르며 제 어깨를 감싸 안은 서원의 손 위에 자신의 손을 겹쳤다. 그리고 그를 쳐다보며 말을 이었다.

"나 여기, 이렇게 있잖아요."

"알아. 알지만…… 그래도 가끔씩 생각나. 그 사람들한테 더 갚아 줬어야 하는 건데 싶기도 하고."

"은근히 뒤끝 심하더라."

이영은 살짝 웃으며 대답하고는 이내 씁쓸한 표정을 지었다. 그 표정을 알아차린 서원이 나직한 목소리로 물었다.

"내가 너무했다고 생각해?"

"아니요. 그런 거 아니에요. 그냥…… 왜 그렇게밖에 될 수 없었을까, 한심해서요. 그 사람들도, 나도."

"넌 빼고, 그 사람들만."

서원은 대화하던 중에도 냉큼 이영의 말을 고치고는 그녀의 어깨를 안고 있던 손으로 목덜미와 뺨을 어루만졌다. 이영이 익숙하게 그의 품에 기대며 고개를 끄덕였다.

"그래요. 나는 빼고, 그 사람들만."

괜한 자학은 이제 하지 않는다. 제 잘못이 아니었다는 걸 안다. 자신은 그저 피해자였을 뿐이다. 그러니 그들은 제게 원망을 토로할 자격조차 없다. 또한 자신 역시 그들에게 괜히 미안해할 이유가 없다.

'자업자득이야.'

그가 단호히 했던 말이 새삼 귓가에 맴돌았다. 세상에서 그 누구보다 다정한 남자가 얼마나 냉혹하게 변할 수 있는지, 그녀는 잘 알고 있다. 그것이 무섭다기보다는 든든했다. 이영은 가만히 웃으며 그를 쳐다보았다.

나와 우리 아이들을 위해서라면 얼마든지 냉혹해질 수 있는 남자.

그와 반대로 나와 우리 아이들에게는 한없이 다정해지는 남자.

"신이 몰빵한 여자래요."

이영은 불쑥 생각난 것을 입에 담았다. 서원이 무슨 소리냐는 듯 한쪽 눈썹을 올리며 고개를 기울였다. 얼마 전에 친구들과 만난 자리에서 소라가 제게 한 말이었다.

"나 말이에요. 신이 몰빵했다던데요?"

"몰빵이라……. 애들 어느 정도 클 때까지는 친구들, 우리 집 출입 금지시켜야겠어."

456

대체 이 여자한테 무슨 말을 가르친 거야. 서원은 구시렁대면서도 웃는 얼굴로 이영의 입에 살짝 입을 맞췄다.

"나야말로 신이 몰빵한 남자겠지."

그렇지 않고서야 자신이 어떻게 이 여자와 이렇듯 함께할 수 있을까. 그는 결코 익숙해지지 않는 제 행운에 가슴이 벅차오르는 걸 느끼다가 문득 팔에 툭, 떨어진 무게를 감지하고는 시선을 내렸다. 인우가 어느새 쌕쌕 숨소리를 내며 제 팔에 머리를 댄 채 잠들어 있었다.

"녀석, 앨범 보자더니……."

서원은 피식 웃으며 중얼거리고는 인우가 편하게 잘 수 있도록 고쳐 안았다. 이영이 그 모습을 보다가 웃으며 말했다.

"인우가 깨어 있을 때 그렇게 다정히 대해 주면 좋잖아요. 늘 짓궂게 장난치고 툴툴거리고 심술부리지만 말고."

"이 녀석이 깨어 있기만 하면 당신을 빼앗아 가니까 그렇지. 엄연히 내 여자인데 말이야."

"뭐라고요?"

이영은 서원의 유치한 대답에 어이가 없어서 입을 벙긋거리다가 이내 웃고 말았다. 그러고는 다시 서원의 어깨에 고개를 기댄 채 앨범을 보았다. 학교를 졸업한 뒤에도 일 년에 한 번씩은 꼭 찾아가게 될 거라고 상상이나 했을까. 그와 함께 학교를 거닐다가 무심코 했던 말을 기억하고 지킨 건 자신이 아닌 서원이었다. 매년 가을마다 이곳에 와서 사진을 찍자고 했던 건 저였는데 말이다.

해마다 단둘이 찍던 사진이 바뀐 건 대학을 졸업한 이듬해였다. 이영은 만삭의 임산부 모습으로 서원과 함께 찍었던 사진을 보고는 얼굴을 붉혔다. 인우를 가졌을 때 입덧은 고사하고 되레 식욕이

왕성해지는 바람에 체중이 무려 20㎏은 늘었던 시절이다.

"적당히 좀 먹으라고 했어야죠. 이게 뭐야······."

"왜? 통통해서 귀엽기만 한데."

이영의 체중이 급격하게 증가했던 것에 한몫 제대로 했던 서원이 키득거리며 대꾸했다. 그 모습을 밉지 않게 흘겨보던 이영이 갑자기 웃음을 터뜨렸다.

"왜 웃어?"

"인우 가졌을 때요. 배도 아직 나오기 전에, 당신이 병원 따라와서 했던 행동이 생각나서."

"그런 건 좀 잊을 때도 되지 않았어?"

순식간에 서원의 얼굴이 벌게졌다. 임신 4주째였던가. 이영을 데리고 산부인과에 가서 초음파 검사를 함께 확인했을 때의 일이다.

'송곳니는요, 선생님? 송곳니가 뾰족하게 자랐나요?'

콩알 크기의 작은 아기집을 초음파 화면으로 같이 봤으면서도 그는 의사에게 엉뚱한 질문을 던졌다. 그때 의사가 얼마나 황당한 표정을 지었는지, 지금도 잊히지 않는 게 사실이었다. 서원은 새삼 민망해지는 걸 숨기며 아무렇지 않은 척 말을 이었다.

"궁금하니까 그랬지. 떡잎이 이 녀석이 나처럼 뱀파이어로 태어날지 궁금해서."

대꾸하던 서원의 얼굴에 금세 복잡한 빛이 드리워졌다. 인우는 뱀파이어로 태어났다. 그것을 다행이라고 해야 할지, 지금도 판단은 서지 않는다. 자라면서 남들과 다른 제 정체성 때문에 방황하고 고민하게 될지도 모른다고 생각하면 걱정이지만, 다른 한편으로는 다행이란 생각이 들기도 한다. 적어도 영원히 살아갈 부모의 입장에서 보자면 말이다. 자식을 앞세우는 일만큼은 없을 테니까.

"내가 당신을 만난 것처럼, 이 녀석도 제 짝을 만날 수 있겠지?"

"그럴 거예요."

이영은 서원의 마음을 이해한다는 듯 그를 쳐다보다가 대답했다. 저 역시 그런 불안을 가지고 있기는 하지만, 지금은 서원을 달랠 시간이었다. 그녀는 서원의 품에서 곤히 자고 있는 아이의 머리를 쓰다듬었다.

"하하, 이때 생각나? 이 녀석, 사진만 찍으려고 하면 우는 바람에 진땀 뺐던 거. 게다가 나중에는 기저귀에 한가득 응가까지 쌌었지?"

서원 역시 이영이 품고 있는 불안감을 아는 것처럼 더욱 유쾌한 어조로 말을 이었다. 이영은 다시금 웃으며 앨범 속의 사진을 보았다.

단둘이 찍었던 사진.

부른 배를 찍은 사진.

인우를 품에 안고 셋이 찍은 사진.

인우의 손을 잡고 셋이 찍은 사진.

그리고 올해는 인우의 손을 잡고 부른 배를 안고 찍은 사진.

"내년에는 넷이 되겠네."

서원이 웃음기 머금은 목소리로 말했다. 그 목소리를 듣던 이영의 입가에도 미소가 번졌다. 그리고 그 순간, 아이가 잠든 상태로 손을 뻗더니 제 아빠의 손을 덥석 쥐었다. 자그마한 손으로 잡기에는 서원의 손이 너무 컸기에 다 잡지는 못하고 손가락 세 개만을 움켜쥔 채 응얼거리며 잠꼬대를 했다.

걱정하지 마요. 아빠, 엄마.

마치 그렇게 말하기라도 하듯 아이가 잠결에 배시시 웃었다. 뭔가 기분 좋은 꿈을 꾸는 듯한 모습이었다. 그 모습에 두 사람 모두 가슴속에 살짝 스며들었던 불안을 지워 낸 뒤, 동시에 웃었다.

어찌 되었든 아이는 행복하게, 잘 자라날 것이다.

서원과 이영은 다시 한번 다짐했다. 그가 한 손으로는 인우를 안은 채 다른 손을 뻗어 이영의 배를 어루만지다가 그녀에게 입을 맞췄다.

"사랑해."

"나도요."

서원이 이영의 말에 재차 웃음 짓더니 품에 안고 있던 인우의 눈을 살짝 가리는 시늉을 했다. 그러고는 갑작스러운 그의 행동에 의아한 표정을 짓던 이영의 입술을 조금 더 깊숙이 탐했다.

어느 휴일, 나른한 오후였다.

— fin

작가 후기

2016년 5월 11일 수요일 오전 10:42:06.

〈녹차와 마카롱〉의 문서 정보에 기록되어 있는 시간이에요. 이 글을 처음 시작했던 시점이지요. 대략 일 년쯤 지났겠구나 하고 막연히 생각하기는 했지만, 원고 파일을 열어 그 첫 시점을 눈으로 확인해 보니 기분이 새삼 묘해지네요. 특히 이번 글은 여러 번 다시 쓰기를 반복했던 터라 더욱 그런 느낌이 드는 것 같습니다.

음…… 처음에는 그저 가볍게 쓰려던 글이었어요. 쌉싸름한 녹차 같은 여자 주인공과 달콤한 마카롱을 닮은 남자 주인공의 이야기를 쓰고 싶었죠. 거기에 하나 덧붙이자면 남자 주인공을 보통 인간이 아닌, 피를 마시지 못해 만성 빈혈을 지병으로 안고 사는 뱀파이어로 그려 내고 싶었고요. 단지 그걸 원했던 것뿐인데…… ㅠ_ㅠ

제 바람과는 달리 녹차 양(╰╯)과 마카롱 군(╰╯;;)의 이야기는 제멋대로 다채롭게 뻗어 나갔습니다. 건물주와 세입자의 이야기가 되었고, 오래전에 헤어졌던 연인의 이야기도 되었습니다. 그러다가 나중에는 연쇄흡혈마(?)를 둘러싼 호러 미스터리 이야기가 되기도 했었죠. 그렇게 몇 차례의 실패 끝에 나오게 된 이야기가 바로 이 글입니다.

그래서일까요. 이 글을 끝낸 지금, 후련한 마음이 들면서도 한편으로는 아쉬운 마음이 드네요. 지난 시간 내내 저를 괴롭혔던 애증(?)의 글이었는데 말이지요. 그만큼 정도 많이 든 모양입니다.

그래도 이제는 두 사람을 놓아주어야 할 때가 왔나 봐요. 이제 두 사람의 이야기는 그들, 둘에게 맡겨 둬야겠죠. '뱀파이어' 부부인 만큼, 앞으로도 영원히 사랑하며 행복하게 살아갈 테니까요.

감사한 분들께 인사 남깁니다.

원고가 많이 늦어졌는데도 불구하고 타박하지 않고 외려 응원해 주고 기다려 주셨던 이영은 편집자님, 정말 감사했습니다. 늘 세심하게 신경 써 주셔서 감사해요. 그리고 뜻하지 않게 글 속에서 편집자님의 이름을 자꾸 나오게 해서 흠칫흠칫 놀라게 만든 점 죄송해요. 저는 고의가 결코 아니었습니다!(단호하게)

또한 고수민 편집자님, 꼼꼼하게 교정 봐 주시고 멋진 소개 글 써 주셔서 정말 감사합니다. 뱀파이어물을 좋아하신다는데, 제 글 속의 서원이는 약간 모자란(?) 뱀파이어라……. 으하하. 그럼에도 불구하고 좋게 봐 주셔서 용기 많이 얻었어요^^

이 글이 책으로 나올 수 있도록 도움 주신 그 외에 다른 뿔미디어 님들께도 진심으로 감사하단 말씀 전합니다. 그러고 보니 〈녹차와 마카롱〉이 뿔미디어에서 낸 다섯 번째 책이 되었네요. 괜히

'다섯'이라는 점에 혼자 의미를 부여하며 즐거워하고 있습니다^^

상큼하고 사랑스러운 표지 만들어 주신 표지 디자이너님께도 정말 감사해요!

항상 격려해 주고 무조건 제 편이 되어 주는 부모님과 동생에게도 고맙단 말과 더불어 사랑한다는 인사 전합니다.

그리고 (두둥!) 제게 너무나 소중한, 이 글을 읽어 주신 독자님들. 작가 후기를 쓰는 건 결국 독자님들께 이렇게나마 감사 인사를 쓰기 위해서가 아닌가 싶어요.

얼굴도 나이도 그 무엇도 알 수 없지만, 글이라는 하나의 매개체를 통해 감정을 나눌 수 있다는 게 얼마나 멋진 일인지 모르겠어요. 제가 느낀 감정과 인물들의 이야기를 함께 즐겨 주시는 누군가가 있다는 것, 바로 그 점이 오늘도 저로 하여금 컴퓨터 앞에 앉아 글을 쓰게 만드는 이유일 것이고, 앞으로도 쭉 그러겠죠. 그래서 늘 다짐하지만, 오늘도 또 한 번 다짐해 봅니다.

앞으로도 꾸준히 쓰는 사람이 되겠다고요.

정말 고맙습니다.
저는 다음 글로 다시 찾아뵙도록 할게요.

2017년 여름에 접어들며,
김영희 드림.